知堂回想錄

〔修訂版〕

藥堂談往

知堂回想錄

周作人署

OXFORD
UNIVERSITY PRESS

OXFORD
UNIVERSITY PRESS

Oxford University Press is a department of the University of Oxford.
It furthers the University's objective of excellence in research, scholarship,
and education by publishing worldwide. Oxford is a registered trade mark of
Oxford University Press in the UK and in certain other countries

Published in Hong Kong by
Oxford University Press (China) Limited
39th Floor One Kowloon, 1 Wang Yuen Street, Kowloon Bay,
Hong Kong

First Edition published in 2019

知堂回想錄
修訂版

周作人

ISBN: 978-0-19-098866-1
ISBN: 978-988-863200-8 毛邊本

9 11 13 15 16 14 12 10 8

本版據著者手稿、香港三育版、河北教育版校勘；
本書校讀小記、牛津版後記、出版後話、校勘記，版權屬於各著者；
書中照片和手稿承蒙周吉宜、曹景行、羅海雷、董明、木木惠允使用，
謹此致謝

周作人，一九四三年

一九六一年二月

一九一〇年冬

一九三九年

一九三四年

三十年代中期

一九三七年

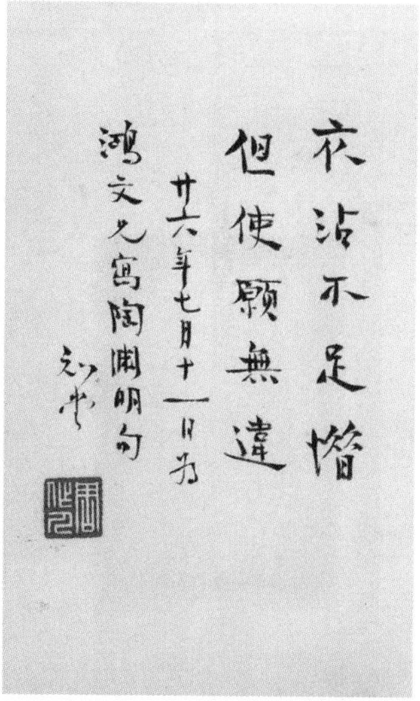

一九三七年七月寫陶淵明句

「苦雨齋」，沈尹默題

北京八道灣十一號

周作人(前左一)與魯迅、愛羅先珂等攝於北京。一九二二年

前排左起：王玄、吳空超、周作人、張禪林、愛羅先珂、魯迅、索福克羅夫、李世璋；後排左起：謝鳳舉、呂傳周、羅東傑、潘明誠、胡企明、陳崑三、陳聲樹、馮省三。一九二二年五月二十三日在北京世界語學會

前排左起：周作人、魯迅、愛羅先珂、藤塚鄰，後排左起：丸山幸一郎、張鳳舉、徐祖正。一九二三年四月十五日於北京中央飯店

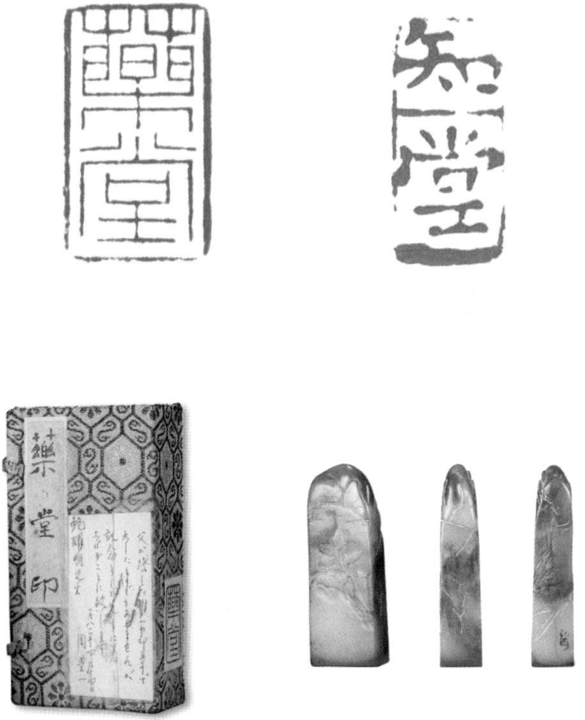

藥堂印

知堂墨蹟：陶淵明《歸園田居》和《兒童雜事詩》

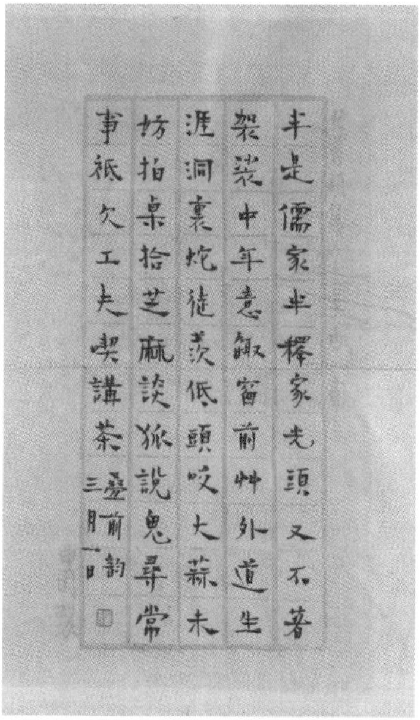
半是儒家半釋家光頭又不著
袈裟中年意趣窗前草外道生
涯洞裏蛇徒羨低頭咬大蒜未
妨拍桌拾芝麻談狐說鬼尋常
事祇欠工夫喫講茶
三月一日疊前韻

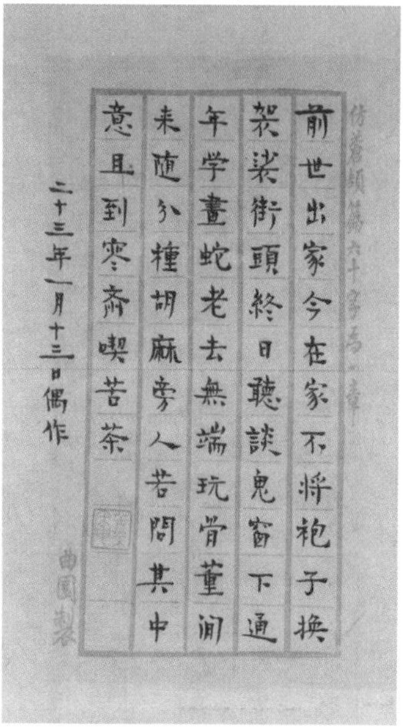
前世出家今在家不將袍子換
袈裟街頭終日聽談鬼窗下通
年学畫蛇老去無端玩骨董閒
來隨分種胡麻旁人若問其中
意且到寒齋喫苦茶
二十三年一月十三日偶作

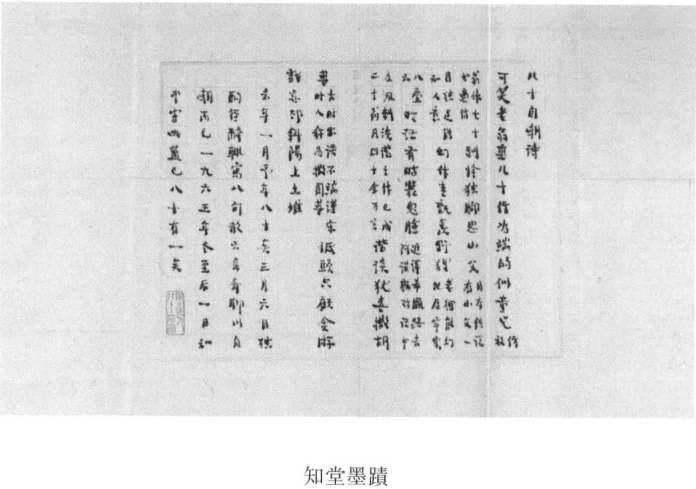
八十自嘲詩

知堂墨蹟

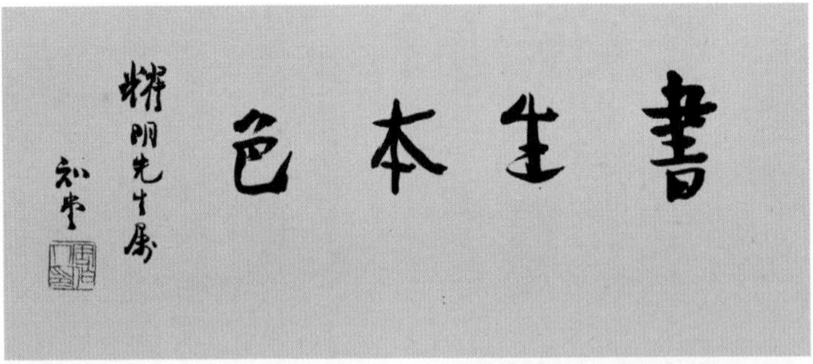
書生本色
耀明先生屬
知堂

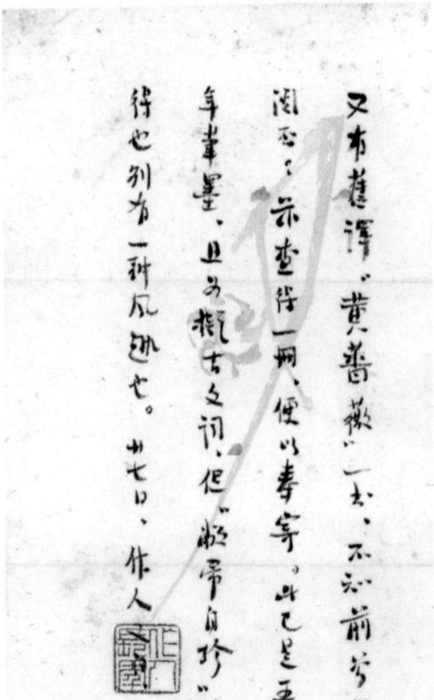
又有舊譯《黃薔薇》一本，不知前曾呈
閱否？茲查得一冊，便以奉寄。此已是五十
年前筆墨，且又擬古文詞，但"敝帚自珍"，覺
得也別有一種風趣也。　廿七日、作人

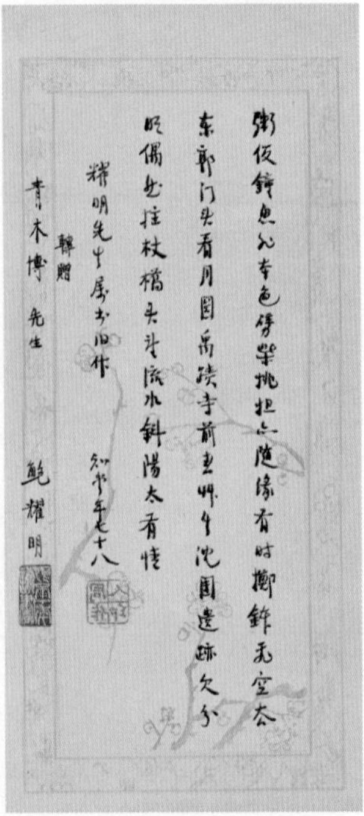
粥飯鐘魚非本色劈柴挑担亦隨緣有時擲缽飛空去
東郭門頭看月圓　偶讀寺前孟洲句沈園遺跡欠分
明偶然拄杖橋頭望流水斜陽太有情
耀明先生屬書舊作　知堂年七十八
青木博先生　轉贈　鮑耀明

知堂墨蹟

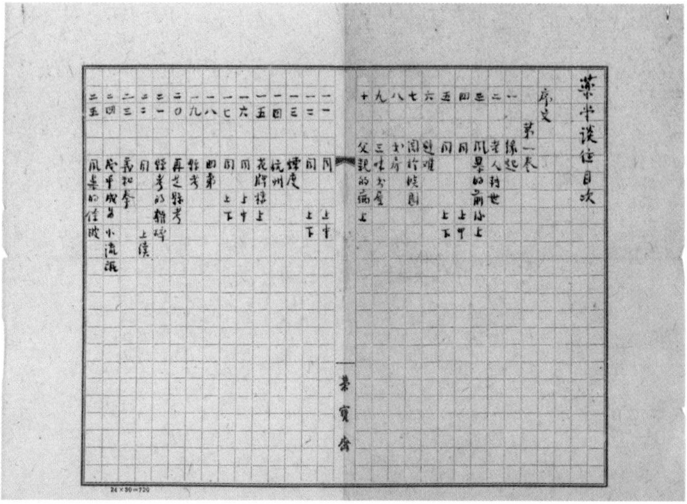

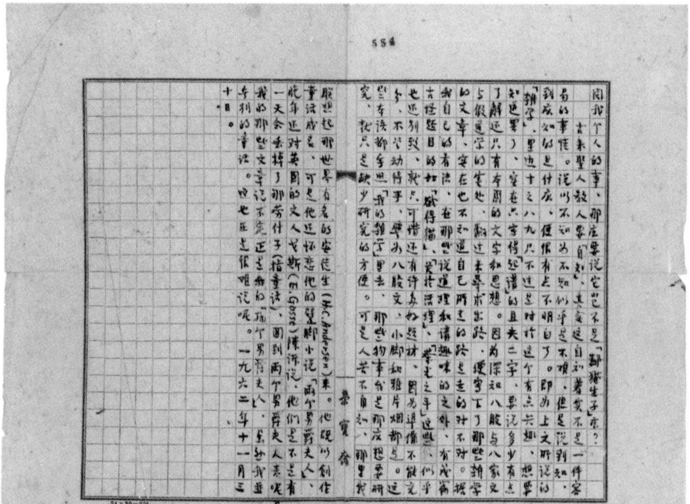

藥堂談往(知堂回想錄)手稿

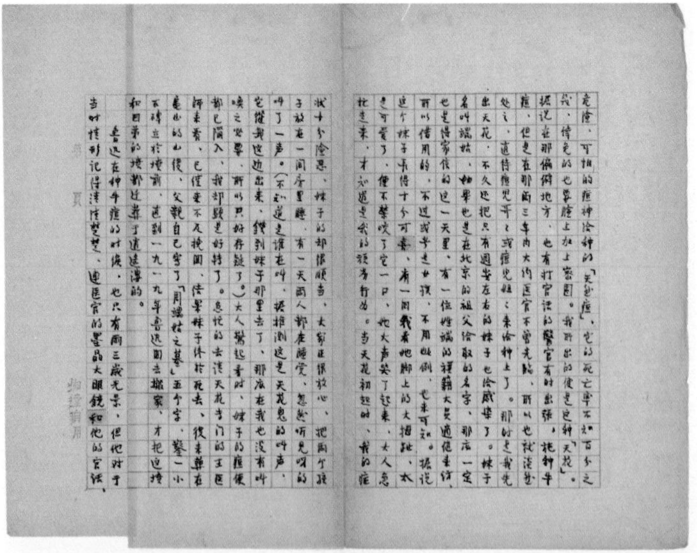

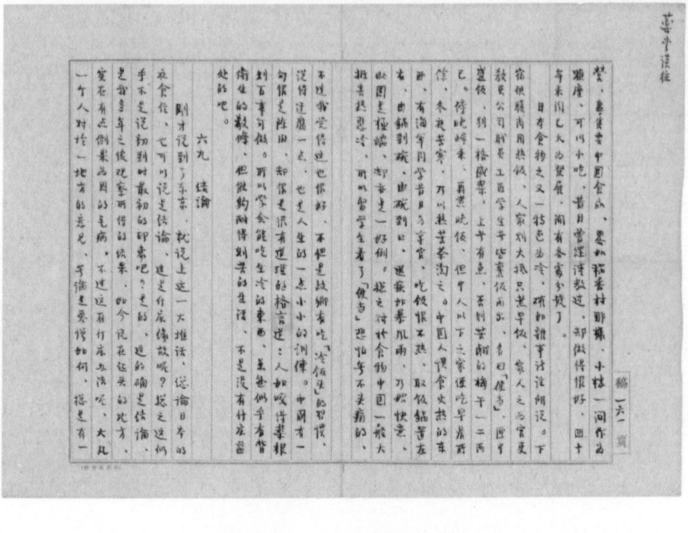

藥堂談往(知堂回想錄)手稿

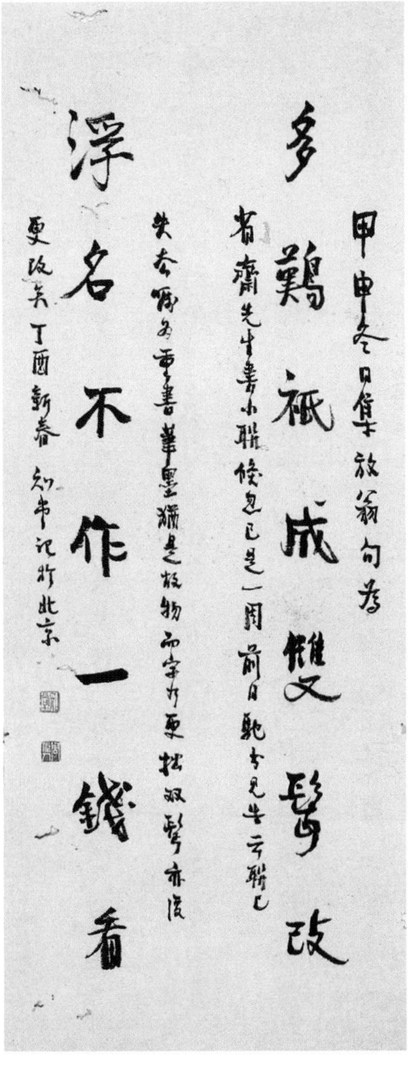

知堂集陸放翁句為朱省齋書小聯

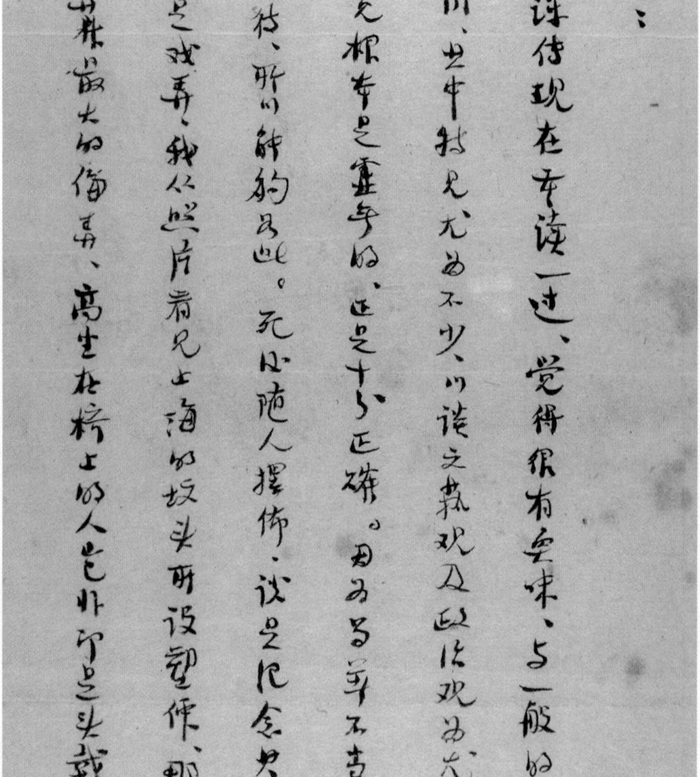
聚仁兄：
鲁迅评传现在重读一过，觉得很有意味，与一般的单调者不同，其中特见尤为不少，以谈文艺观及政治观为尤佳，云其意见根本是虚无的，正是十分正确。因为尊著不当他是神〃看待，所以能够如此。死后随人摆布，说是纪念其实有些实是戏弄，我从照片看见上海的坟头所设塑像，那实在可以算是最大的侮弄，高坐在椅上的人岂非即是头戴

知堂致曹聚仁信

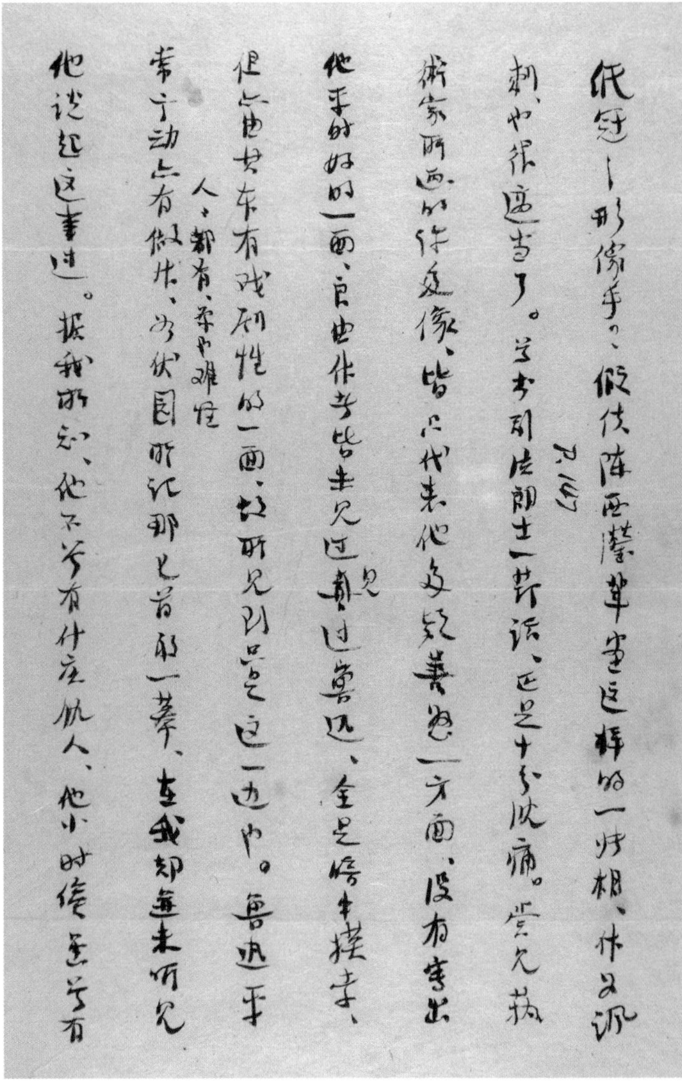

低廷ㄟ形像手○、假使陈西滢辈定这样的一些相、作文讽
刺、也很适当了。只说当时司徒朗士一些话、正是十分沉痛。尝见艺
术家所画的作者像、皆只代表他好善的一方面、没有写出
他平的好的一面、且也作者皆未见过鲁迅、全是靠想像、
但也并未有残酷性的一面、据所见到只是这一边也。鲁迅平
常行动亦有做作、如伏园所记那些前的一幕、在我却无未听见
人人都有、本也难怪
他说起这事过。据我所知、他不等有什么欺人、他小时候在学有

族人轻视却并无什么那样的仇、所以那年轻是对急就的印象、而这仇人是生花柳病、並男根烂掉突、也想不出有这样的人。用以推实者。那把刀有八九寸长、而且颇厚、也不能用以裁纸、那些都是从前人所说"焰头"。旧戏中出鬼时放"焰头"、讲话时多加藻饰形容的话。伏园大新闻记者、故此等材料是其拿手、但也不是他的假造的。又鲁迅著作中、有些集是他生前编订者、其中有夹杂有不少我的文章、当时都是用鲁迅的名字（唐俟）、其实却是我做的、[illegible]第二一三六所引、引用[illegible]的一节乃是随感录三十八中的一段

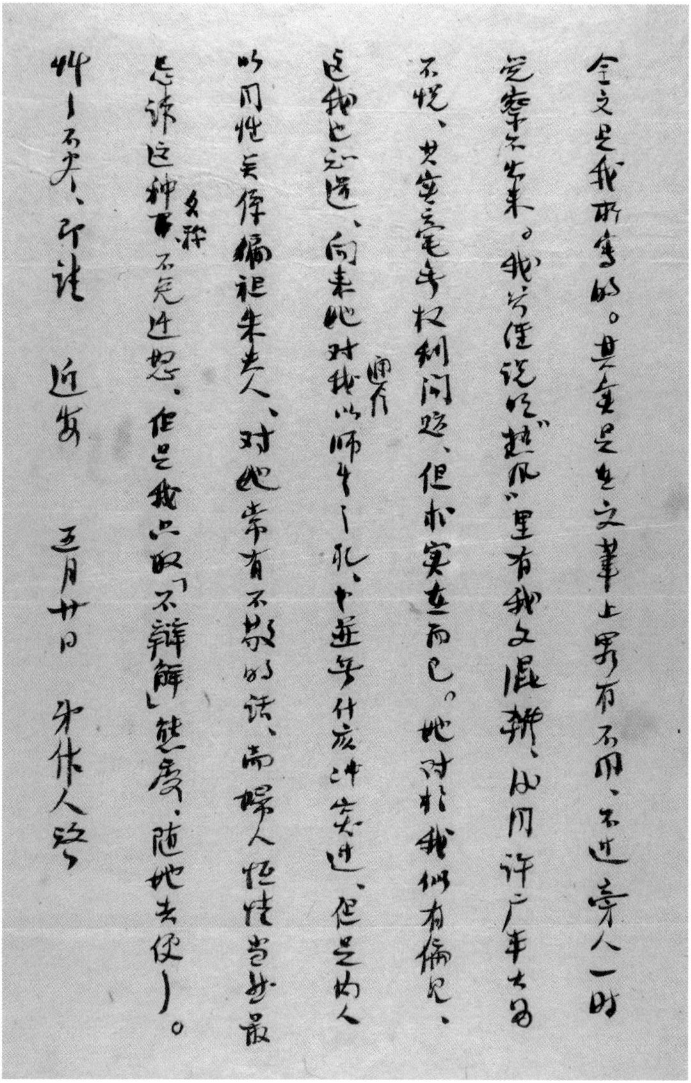
全文是我所写的。其余是些文笔上略有不同、不过旁人一时
觉察不出来。我曾经说明"起风"里有我文混杂、所以许广平大为
不悦、其实只是著作权利问题、但亦实在而已。她对于我似有偏见、
这我也知道、向来她对我以师生之礼、中经什么事变、但是妇人
以同性关系偏袒朱夫人、对她常有不敬的话、而妇人恒情当然最
忌讳这种事、不免近怨、但是我只取「不辩解」态度、随她去便了。
此不尽、即请
近安
五月廿日 周作人启

編按：此信曾在三育版《知堂回想錄》初版首頁刊出，未料引起軒然大波，層峰追究，迫令將該書停止發行，已發出去的亦高價回收。一時傳為奇談，嗣後回想錄重新發行，此信已被刪去。現重刊以還原歷史。

聚仁兄：

魯迅評傳現在重讀一過，覺得很有興味，與一般的單調者不同，其中特見尤為不少，以談文藝觀及政治觀為尤佳，云其意見根本是虛無的，正是十分正確。因為當著不當他是「神」看待，所以能夠如此。死後隨人擺佈，說是紀念其實有些實是戲弄，我從照片看見上海的墳頭所設塑像，那實在可以算作最大的侮弄，高坐在椅上的人豈非即是頭戴紙冠之形象乎？假使陳西瀅輩畫這樣的一張相，作為諷刺，也很適當了。尊書(P147)引法朗士一節話，正是十分沉痛。嘗見藝術家所畫的許多像，皆只代表他多疑善怒一方面，沒有寫出他平時好的一面，良由作者皆未見過魯迅，全是暗中摸索，但亦由其本有戲劇性的一面，故所見到只是這一邊也。魯迅平常言動亦有做作(人人都有，原也難怪)，如伏園所記那匕首的一幕，在我卻並未聽見他說起這事過。據我所知，他不曾有什麼仇人，他小時候雖曾有族人輕視卻並無什麼那樣的仇（而這仇人是生花柳病，至男根爛掉而死，也想不出有這樣的人。）。所以那無疑是急就的即興，用以娛賓者。那把刀有八九寸長，而且頗厚，也不能用以裁紙，那些都是紹興人所謂「焰頭」。（舊戲中出鬼時放「焰頭」，講話時多加藻飾形容的話。）伏園乃新聞記者，故此等材料是其拏手，但也不是他的假造的。又魯迅著作中，有些雖是他生前編訂者，其中有夾雜有不少我的文章，當時新青年的隨感錄中多有魯迅的名字（唐俟），其實卻是我做的，如尊著二一二頁所引，引用*Le Bon*的一節乃是隨感錄三十八中的一段，全文是我所寫的。其實是在文筆上略有不同，不過旁人一時覺察不出來。我曾經說明「熱風」裏有我文混雜，後聞許廣平大為不悅，其實毫無權利問題，但求實在而已。她對於我似有偏見，這我也知道，向來她對我通信以師生之禮，也並無什麼衝突過，但是內人以同性關係偏袒朱夫人，對她常有不敬的話，而婦人恆情當然最忌諱這種名稱，不免遷怒，但是我只取「不辯解」態度，隨她去便了。草草不盡，即請　近安　五月廿日　弟作人啟

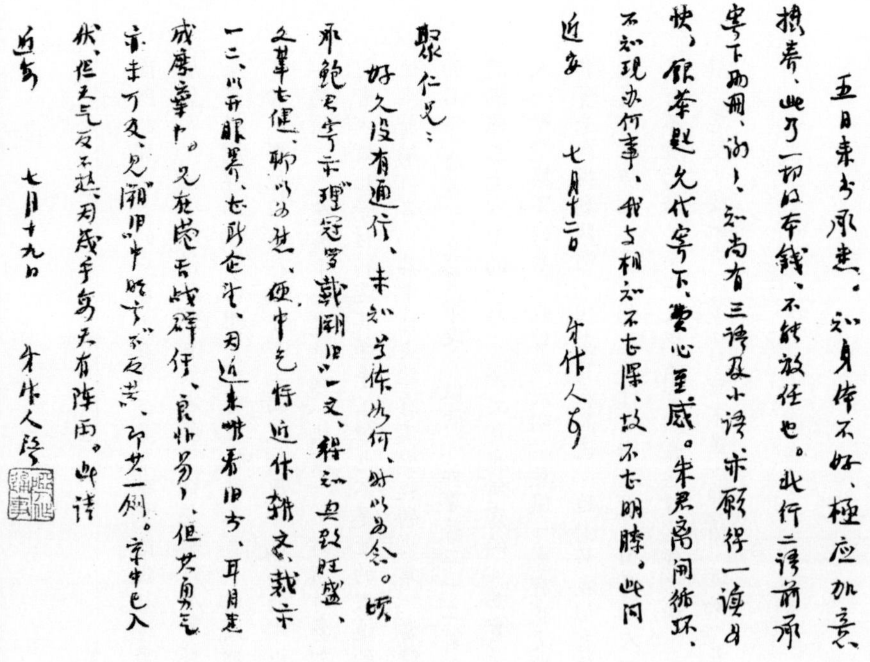

聚仁兄：
五月来书承悉。知身体不好，極应加意
摄养，此乃一切的本钱，不能放任也。北行二诗前承
寄下两册，谢谢。知尚有三诗及小诗，亦愿得一读为
快，很希望兄代寄下，费心至感。朱君离开循环，
不知现办何事，我与相知不甚深，故不甚明瞭。此问
近安　　七月十二　　作人启

聚仁兄：
好久没有通信，未知写作如何，时以为念。頃
承鲍君寄示理冠写戴阔旧以一文，得知兴致旺盛，
文笔甚健，聊以为慰。便中乞将近作杂文，裁示
一二，以开眼界，甚所企望。因近来惟看旧书，耳目甚
成麻痺了。兄在港专谈碑传，良非易易，但其勇气
亦未可及，兄翻旧时中所写不少也，即其一例。京中已入
秋，但天气反不热，因为每天有阵雨。此请
近安　　七月十九日　　作人启

知堂致曹聚仁手書(三育重印版)

聚仁兄：

所囑寫條幅，今日勉强塗了，今寄上，的確是塗鴉而已，不能說是寫字了也。題識亦附上。回想錄中有一節可以刪除，在第八本中不必列入了，因為從一九六至二〇五，說是郭那一篇，我的辯解已經多次發表過，再收入徒佔篇幅而已。請告訴抄稿的人，抄到一九五，即連下去抄二〇六可也。即請

近安　十月廿五日　弟作人啓

聚仁先生：

十三日信已收到，匯款亦到，唯所寄書八捆都尚未到，恐已寄失，但近來也少郵件遺失，或不至于，過幾日再看。稿件承費心去函感謝，以後尚乞仍舊照顧。前得省齋信，云新地可出詩集，因函致新加坡方面，將錄出全稿寄給朱君，近想已可寄到矣。詩本自作，但能夠印作一冊，可以送人，便已滿足，條件極簡單也。朱君近年來信，似因報事不如意之故，因而掃興矣。匆匆即請　近安　十二月廿三日　啓明上

字寫寄奉，省齋君亦屬相識，又及

知堂致曹聚仁手書(三育重印版)

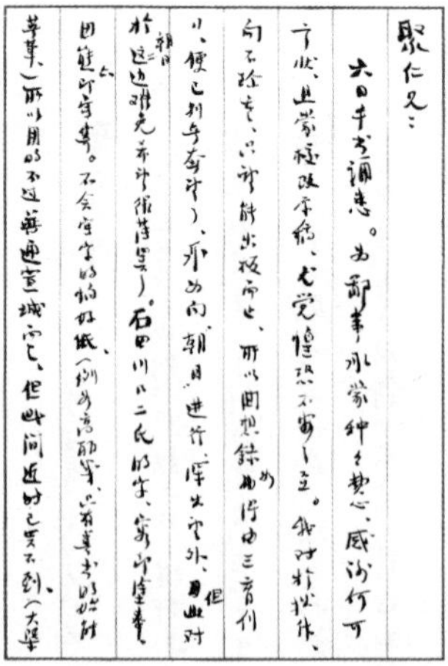

聚仁兄：
六日手书诵悉。为鄙事承蒙种种费心，感谢何可
言状，且蒙极改原稿，尤觉惶恐不安之至。我对于拙作，
向不珍惜，只要能出版而已，所以回想录如得由三育刊
行，便已非常幸运了。那么向朝日进行，除出版之外，但由对
于这边（朝日）那边都有所偏袒了。石田川口二氏的事，实即由此
因缘所有耳。不会写字的好纸（例如高丽纸，只有写书的时
笔墨）所以用的不过普通宣城纸而已，但此间近时已买不到（大学

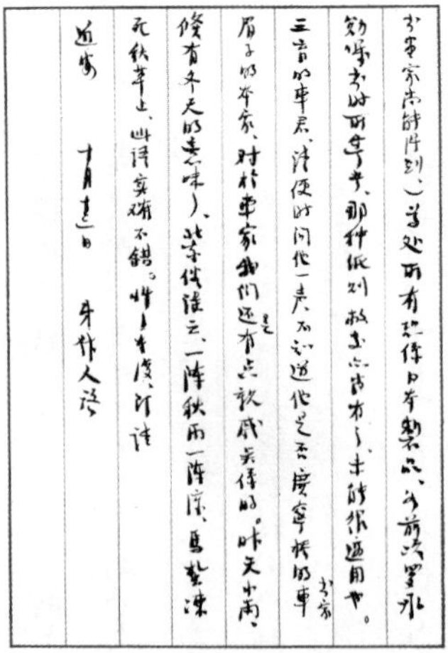

书画家尚能买到）当处所有比作日本制品，而前次寄承
勤惠书的所寄者，那种纸则极宜于书写，未能作适用也。
三育的事君，请便时问他一声，不知近代史否发寄我的书家
房子的本家，对于本家我们还有点敬感兵侍的。昨天小雨，
倏有冬天的意味了，若代读之一阵秋雨一阵凉，颇整谏
无秋草上，此诗实确不错。草草奉复，即请
近安
十月廿二日 作人启

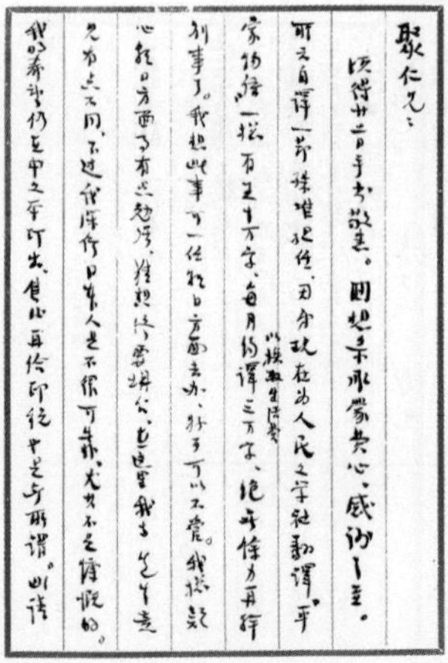

聚仁兄：
顷得廿二日手书敬悉。回想录承蒙费心，感谢之至。
可之自译一节殊堪想然，因本现在为人民文学社翻译，平
家物语一种，有五十万字，每月约译三万字，（以换取生活费）绝无余力再作
别事了。我想此事可以任托日本方面去办，孙子可以不管。我想起
心托日方面了有点勉强，若想候要接会，也还望我去这件事
见方亦不同，不过我深信日本人是不很可靠，尤其不是值得信赖的。
我的希望仍在中文本印出，但此再作印行中之所谓。此请
近安
九月廿八日 作人启

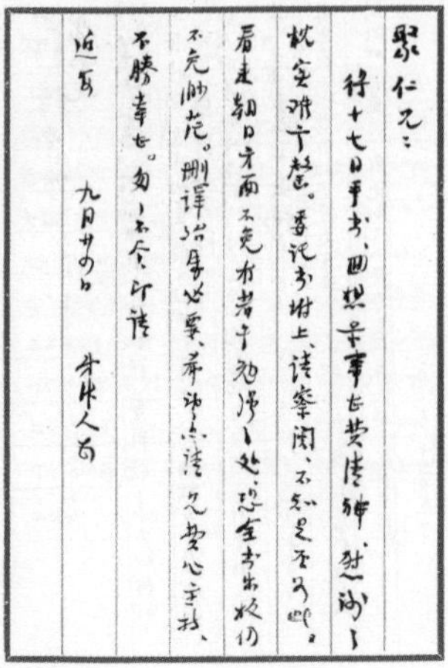

聚仁兄：
得十七日手书，回想录事甚费清神，甚谢了。
校正难于整。香港书坊上请参阅，不知是否可以。
看来知日方面不免有若干忽漏了处，想全书出版仍
不免删节。删译诸多必要，希请亦读兄费心主持，
不胜幸甚。匆匆不尽，即请
近安
九月廿四日 作人启

知堂致曹聚仁手書

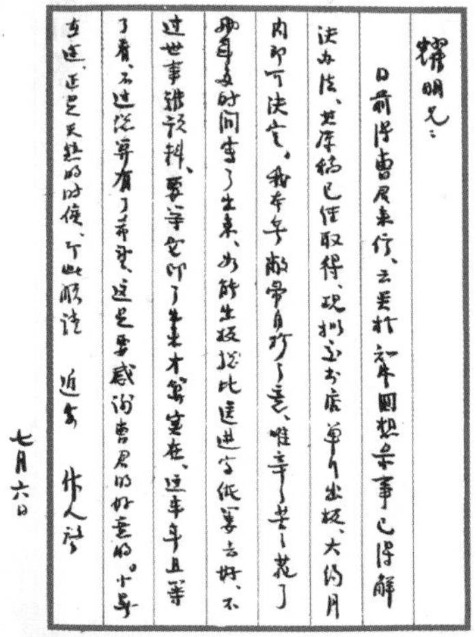

耀明兄：

日前得曹君來信，云关于知堂回想录事已得解决办法，其原稿已经取得，现拟在书店单行出版，大约月内即可决定。我本是敝帚自珍之意，唯辛苦写了一年多的时间写了出来，如能出版总比送进字纸簏去好，不过世事难预料，要等它印了出来才算实在，这事且等了看。不过总算有了希望，这是要感谢曹君的好意的。余容再述，正是天热的时候，匆此顺请

近安

作人启

七月六日

承勋先生：

六七月中已寄上译文八篇，估计共万五千字，汇款请仍从广州寄下为幸。专此顺请

近安

七月廿九日 周启明启

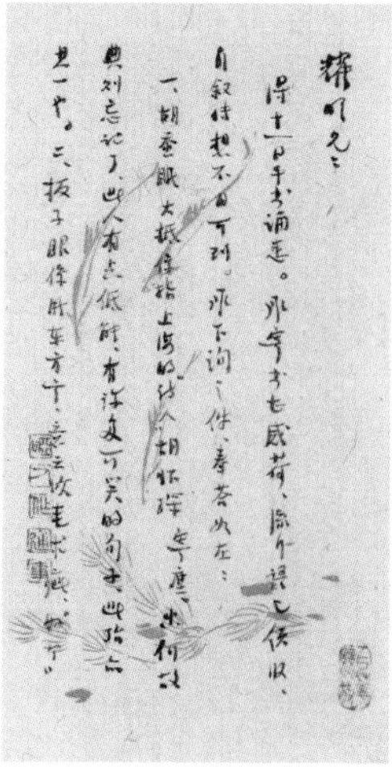

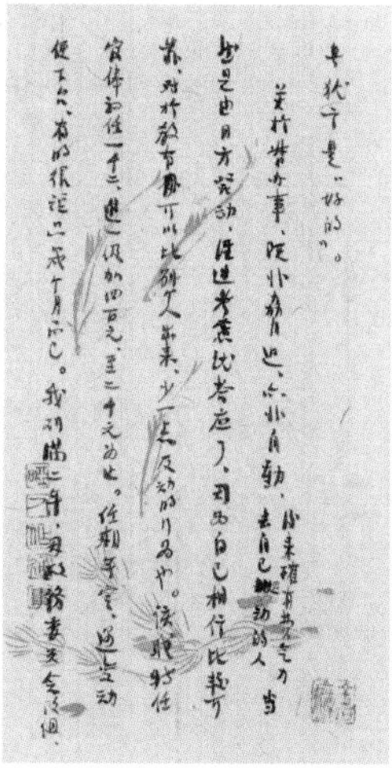

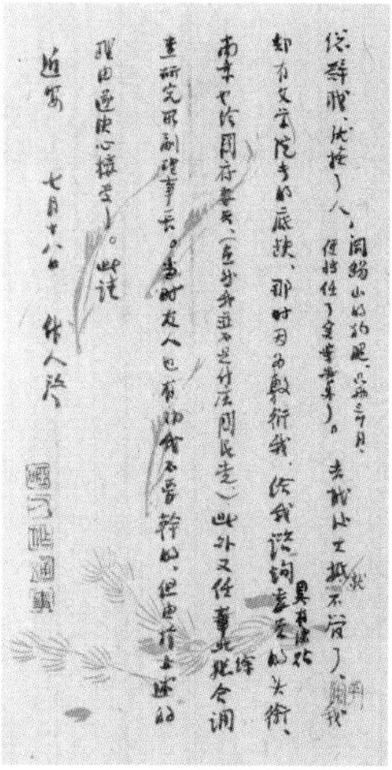

知堂致鮑耀明、羅承勛(羅孚)手書

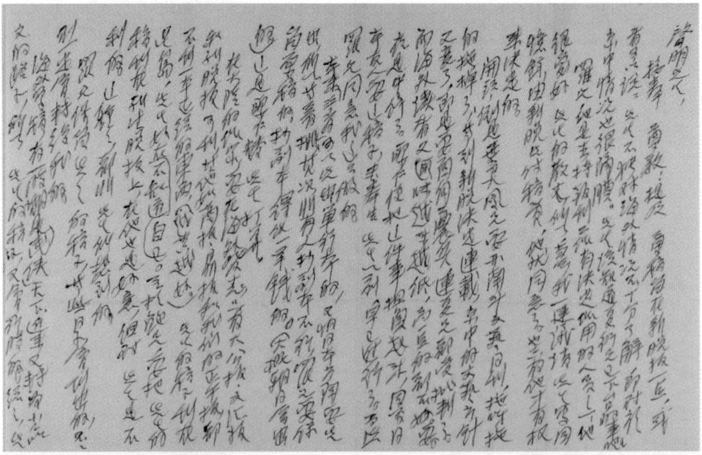

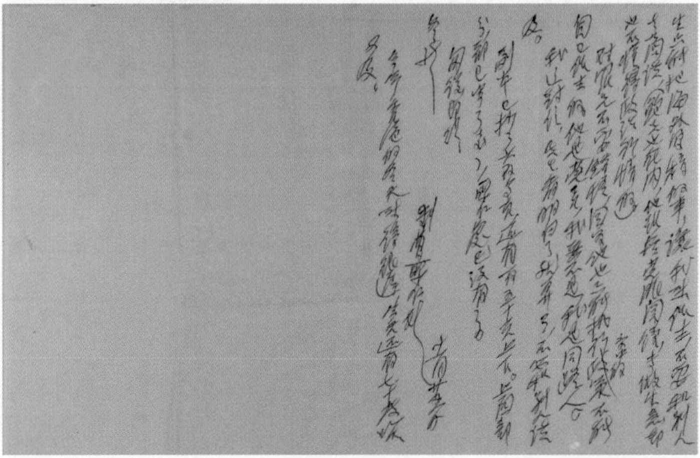

曹聚仁寫給知堂老人的信

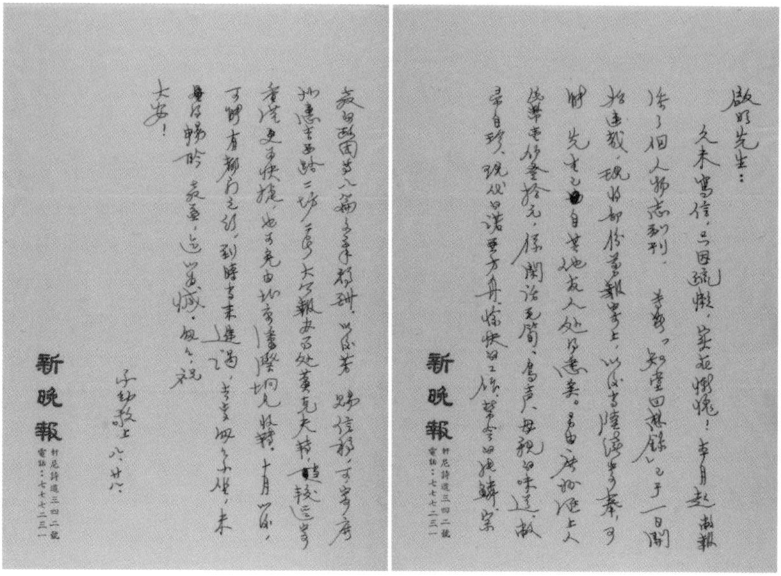

啟明先生：

久未寫信，只因疏懶，實在慚愧！本月起[illegible]報除了個人[illegible]副刊，[illegible]「知堂回想錄」之一日開始連載，現將部份剪報寄上，以後當陸續寄奉，可將先生之[illegible]自某地友人處得悉矣。[illegible]

[illegible]

新晚報
軒尼詩道三四二號
電話：七七七二三一

[illegible]大公報[illegible]轉，[illegible]較[illegible]香港更方便快捷，也可免由[illegible]轉。十月以後，可能有[illegible]，到時當來[illegible]，[illegible]

[illegible]

大安！

[illegible]敬上 八、廿六

新晚報
軒尼詩道三四二號
電話：七七七二三一

羅孚寫給知堂老人的信

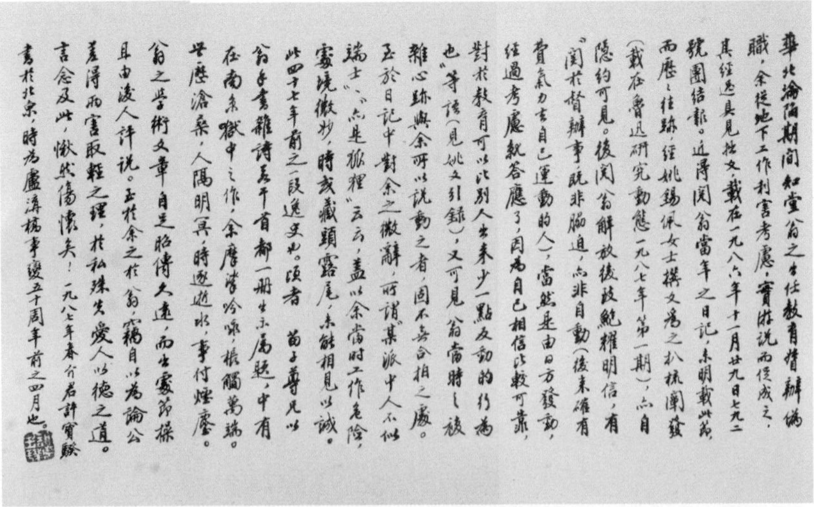
華北淪陷期間知堂翁之出任教育督辦偽
職，余從地下工作利害考慮，實游說而促成之，
其經過具見拙文，載在一九八六年十一月廿九日七九二
號團結報。近得閱翁當年之日記，未明載此節，
而歷歷往跡，經姚錫佩女士撰文為之爬梳闡發
（載在魯迅研究動態一九八七年第一期），亦自
隱約可見。後閱翁解放後致鮑耀明信，有
"關於督辦事既非脅迫，亦非自動（後來確有
費氣力去自己運動的人），當然是由日方發動，
經過考慮就答應了，因為自己相信比較可靠，
對於教育可以比別人出來少一點反動的行為
也"等語（見姚文引錄），又可見翁當時之被
離心跡與余所以說動之者，固不無合拍之處。
至於日記中對余之微辭，所謂某派中人不似
端士、"亦是狐狸"云云，蓋以余當時工作危險，
處境微妙，時或藏頭露尾，未能相見以誠。
此四十七年前之一段逸史也。頃者　苗子尊兄以
翁手書雜詩若干首都一冊出示屬題，中有
在南京獄中之作，余摩挲吟哦，棖觸萬端。
世歷滄桑，人隔明冥，時遷逝水，事付煙塵。
翁之學術文章自足昭傳久遠，而出處節操
且由後人評說。至於余之於翁，竊自以為論公
差得兩害取輕之理，於私殊失愛人以德之道。
言念及此，憮然傷懷矣！　一九八七年春分君許寶騤
書於北京，時為盧溝橋事變五十周年前之四月也。

許寶騤題周作人手書雜詩（參見本書第七〇四頁）

牛津版說明

《知堂回想錄》是一部傷逝之作。一九六二年書寫到第四卷「北大感舊錄」，知堂老人說，「今天聽說胡適之於二月二十四日在臺灣去世了，這樣便成為我的感舊錄裏的材料，因為這感舊錄中是照例不收生存的人的。」

《回想錄》於一九七〇年五月由香港三育圖書文具公司初版，至今已歷半個世紀，箇中的艱辛曲折，請參見本書附錄曹景行、曹臻《只求心之所安》一文。近年來，多家出版社相繼重印《回想錄》，然因為種種條件的限制，一直未能達到知堂長孫周吉宜先生所說的「接近著者的本意」。

本牛津版承蒙周吉宜、曹景行先生的支持，更得五度兄逾五年的校勘，以著者手稿為藍本，綜合校勘諸版本，訂正了自半個世紀前出版以來因循的八百餘處排校錯誤。我們希望這個版本足以告慰逝去的著者和他的友人——曹聚仁、羅孚、鮑耀明等先生。

周作人(一八八五—一九六七)，現代中國散文大家，他繼承中國古典，吸收西方東洋文化，「以文言的雅約以及外語的新奇，和白話語體相結合」，為二十世紀新文學散文，創造出沖淡雋永的風貌，陳之藩說過胡適對周作人的偏愛，他不止一次說：「到現在值得一看的，只有周作人的東西了。」

一九六七年五月六日，周作人在北京溘然逝世，享壽八十二歲。原名「藥堂談往」的《知堂回想錄》全部完成於一九六六年一月三日，是著者最後也是篇幅最大的一本書，在全書的最後，著者說：「我是一個庸人，就是極普通的中國人，並不是什麼文人學士，只因偶然的關係，活得長了，見聞也就多了些，譬如一個旅人，走了許多路程，經歷可以談談，有人說『講你的故事罷』，也就講些，也都是平凡的事情和道理。」

平凡還是非凡，逝者已矣，然海內外對其文學成就和一生行事功過，至今評價不一，尤其是淪陷時期，著者留在北平，出任華北政務委員會委員、常務委員兼教育總署督辦，世人於此毀多於譽，因人廢言。本書附錄著者《一九四九年的一封信》說：「人家批評我，在抗戰前說是有閒消極，在戰後則是附逆與敵合作。關於自己的事情應當嚴格批評，坦白承認錯誤，但是我現在還須得先來敘述事實緣由，這裏便多少有點像是辯解，可是誠實的說，決不是強詞奪理的辯解，其間顯示出來的錯誤，我都承認。」

牛津版訂正原書排校錯誤，盡可能保持著者白話文早期的行文、用詞和譯名原貌，例如「雅片」「鴉片」、「出版」「出板」等，不作編輯修改。除特別說明者外，文中括弧楷體均係知堂原文。本書的出版，得到周吉宜、曹景行、五度、董明先生的指點，謹此致謝。

本修訂版(第二、四刷)再次訂正了正文初版的編校錯誤，修訂並增補了圖版。

目錄

【第二卷】

【第三卷】

【第四卷】

【第一卷】

一　緣起

我的朋友陳思先生前幾時寫信給我，勸我寫自敘傳，我聽了十分惶恐，連回信都沒有寫，幸而他下次來信，也並不追及，這才使我放了心。為什麼這樣的「怕」寫自敘傳的呢？理由很是簡單，第一是自敘傳很難寫。既然是自敘傳了，這總要寫得像個東西，因為自敘傳是文學裏的一品種，照例要有詩人的「詩與真實」摻和在裏頭，才可以使得人們相信，而這個工作我是幹不來的。第二是自敘傳沒有材料。一年一年的活了這多少年歲，到得如今不但已經稱得「古來稀」了，而且又是到了日本人所謂「喜壽」（喜字草書有如「七十七」三字所合成），那麼這許多年裏的事情盡夠多了，怎麼說是沒有呢？其實年紀雖是古稀了，而這古稀的人乃是極其平凡的，從古以來不知道有過多少，毫沒有什麼足以稱道的，況且古人有言，「壽則多辱」，結果是多活一年，便多有一年的恥辱，這有什麼值得說的呢。

話雖如此，畢竟我的朋友的意思是很可感謝的。我雖然沒有接受他原來的好意，卻也不想完全辜負了他，結果是經過了幾天考慮之後，我就決意來寫若干節的「藥堂談往」，也就是一種感舊錄，本來舊事也究竟沒甚可感，只是五六十年前的往事，雖是日常瑣碎事蹟，於今想來也多奇奇怪怪，姑且當作「大頭天話」（兒時所說的民間故事）去聽，或者可以且作消閒之一助吧。

時光如流水，平常五十年一百年倏忽的流過去，真是如同朝暮一般，而人事和環境依然如故，所以在過去的時候談談往事，沒有什麼難懂的地方，可是現在卻迥不相同了。社會情形改變得太多了，有些一二十年前的事情，說起來簡直如同隔世，所謂去者日以疏，來者日以親，我想這就因為中間缺少連絡的緣故。老年人講故事多偏於過去，又兼講話嘮叨，有地方又生怕年青的人不懂，更要多說幾句，因此不免近於煩瑣，近代有教養的青年恐不滿意，特在此說明，特別要請原諒為幸。

二　老人轉世

我於前清光緒十年甲申十二月誕生，實在已是公元一八八五年的一月裏了。照舊例的干支說來，當然仍是甲申，在中國近代史上，的確是多難的一年，法國正在侵略印度支那，中國戰敗，柬埔寨就不保了。不過在那時候，相隔又是幾千里，哪裏會有什麼影響，所以我很是幸運的，在那時天下太平的空氣中出世了。

我的誕生是極平凡的，沒有什麼事先的奇瑞，也沒有見惡的朕兆。但是有一種傳說，後來便傳訛，說是一個老和尚轉生的，自然這都是迷信罷了。事實是有一個我的堂房阿叔，和我是共高祖的，那一天裏出去夜遊，到得半夜裏回來，走進內堂的門時，彷彿看見一個白鬚老人站在那裏，但轉瞬卻是不見了。這可能是他的眼花，所以有此錯覺，可是他卻信為實有，傳揚出去，而我適值恰於這後半夜出生，因為那時大家都相信有投胎轉世這一回事，也就信用了他，後來並且以訛傳訛的說成是老和尚了。當時我對這種浪漫的傳說，頗有點喜歡，一九三一年曾經為人寫一單條云：

「一月三十日晨，夢中得一詩云，偃息禪堂中，沐浴禪堂外，動止雖有殊，心閒故無礙。族人或云余前身為一老僧，其信然耶。三月七日下午書此，時杜逢辰君養病北海之濱，便持贈之，聊以慰其寂寞。」本來是想等裱裝好了送去，後乃因循未果，杜君旋亦病重謝世了。兩三年之後，我做那首打油詩，普通被稱為「五十自壽」的七律，其首聯云：「前世出家今在家，不將袍子換袈裟。」即是用的這個故典。我自信是個「神滅論者」，如今乃用老人轉世的故典，其打油的程度為何如，正是可想而知了。

因為我是老頭子轉世的人，雖然即此可以免於被稱作「頭世人」，——謂係初次做人，故不大懂得人世的情理，至於前世是什麼東西，雖然未加說明，也總是不大高明的了，——但總之是有點頑梗，其不能討人們的喜歡，大抵是當然的了。我不想舉出事實，也實在沒有事實，可以證明這事，現在只想一講我在四五歲的年頭上遇着的一個大災難，即是出天花，這不但幾乎奪去了我的生命，而且即使性命保全了，卻變了麻子，一個麻臉的老和尚，這是多麼的討厭的東西呀！說到這裏，應當趕緊的聲明一句，幸而二者都不，這是對於我的祖母母親的照顧應該感謝的。

痘為小兒的一大病，凡人都要經過這一難關。但是只要人工的種過痘，無論土法或洋法這便是牛痘，就可保無危險，可怕的痘神給種的「天然痘」，它的死亡率不知百分之幾，倖免的也要臉上加上密圈。我所出的便是這種「天花」。據說在那偏僻地方，也有打官話的醫官有時出張，施種牛痘，但是在那兩三年內大約醫官不曾光臨，所以也就淡然處之，直待痘兒哥哥或痘兒姐姐來給種上了。那時是我先出天花，不久還把只有周歲左右的妹子也給感染了。妹子名叫端姑，如果也是在北京的祖父給取的名字，那麼一定也是得家信的這一天裏，有一位姓端的旗籍大員適值來訪，所以借用的，不過或者是女孩，不用此例，也未可知。據說這個妹子長得十分可喜，有一回我看她腳上的大拇趾，太是可愛了，便不禁咬了它一口，她大聲哭了起來，大人急忙走來，才知道是我的頑劣行為。當天花初起時，我的症狀十分險惡，妹子的卻很順當，大家正很放心，把兩個孩子放在一間房裏睡，有一天兩人都在睡覺，忽然聽見呀的叫了一聲（不知道是誰在叫，據推測這是天花鬼的叫聲，它從我這邊出來，鑽到妹子那裏去了，那麼在我也沒有叫喚之必要，所以只好存疑了）。大人驚起看時，妹子的痘便都已陷入，我卻顯是好轉了。急忙的去請天花專門的王醫師來看，已經來不及挽回，結果妹子終於死去，後來葬在龜山的山後，父親自己寫了「周端姑之墓」五個字，鑿一小石碑立於墳前，直到一九一九年魯迅回去搬家，才把這墳和四弟的墳都遷葬於逍遙漊的。

魯迅在種牛痘的時候，也只有兩三歲光景，但他對於當時情形記得清清楚楚，連醫官的墨晶大眼鏡和他的官話，都還不曾忘記，我出天花是四五歲了，比他那時要大兩三歲，可是什麼都不記得了。只是聽大人們追述，這才知道一點，據說因為病人發熱怕光，一半也因了迷信關係，把房間窗門都用紅紙糊封，而且還把眼睛也糊了紅紙。這當時不曉得是否玩笑話，但聽去又像在講真話，所以我那眼睛實在有沒有被封過，封了又是什麼用意，現在已經無法質詢，因此無從知道了。在天花結痂的時候，據說很是要緊，因為很癢不免要去搔爬，而這一搔爬可就壞了大事，臉上麻點的有無或多少，就在這裏決定了。我是幸虧祖母看得很好，將兩隻手緊緊的捆住了，不讓它動一動，當時雖然很窘，大約哭得很兇吧，然而也因此得免於臉上雕花，這與我的出天花而幸得不死，都是很可慶幸的。

我在十歲以前，生過的病很多，已經都記不得，而且中醫的說法都很奇怪，所以更說不清是食裏火或火裏痰了。不過其中頂利害的是因為沒有奶吃，所以雇了一個奶媽，而這奶媽原來也是沒有什麼奶的，為的騙得小孩不鬧，便在門口買種種東西給他吃，結果自然是消化不良，瘦弱得要死，可是好像是害了饞癆病似的，看見什麼東西又都要吃。為的對症服藥，大人便什麼都不給吃，只准吃飯和醃鴨蛋，——這是法定的養病的唯一的副食物。這在饞癆病的小孩一定是很苦痛的，但是我也完全不記得了，這是很可感謝的。只記得本家的老輩有時提起說：

「二阿官那時的吃飯是很可憐相的，每回一茶盅的飯，一小牙（四分之一）的醃鴨子，到我們的窗口來吃。」她對我提示這話，我總是要加以感謝的，雖然在她同情的口氣後面，可能隱藏着有什麼惡意，因為她是挑撥離間的好手，此人非別，即魯迅在《朝花夕拾》裏所寫的「衍太太」是也。

三　風暴的前後 上

上文曾經說過，我在天下太平的空氣中出世，一直生活到十歲，雖然本身也是多病多災，卻總是平穩中渡過去了。但是在癸巳（一八九三）年遇着了風暴，而推究這風暴的起因，乃是由於曾祖母的去世。曾祖號苓年公，大排行第九，曾祖母在本家裏的通稱是「九太太」，她的母家姓戴，父親是個監生，所以大概也是本城的富翁，但在我有知識以來，過年過節已經沒有她的娘家人往來，可能親丁都已斷絕了吧。苓年公早年去世，沒有人看見他過，但性情似乎很是和順，不大容易發脾氣的，因為傳說他好種蘭花，有兩間房內特設地板，稱為「蘭花間」，還是他的遺跡，據說有一天他鑽到牀底下去安排花盆，當時祖父的保姆吳媽媽誤當是一隻狗，唆唆的吆喝想趕他出去，這話流傳下來，可以為例。但是曾祖母的相貌很是嚴正，看去有點可怕，其時她已年將望八了，——她去世時年七十九，恰在除夕了，其實算是八十也無不可，——終日筆挺的坐一把紫檀的一字椅上邊，在她房門外的東首，我記得她總是這個姿勢，實在威嚴得很。我們小孩卻不顧什麼，偏要加以戲弄，記得（這是我自己第一次記得的事了）同了魯迅走到她的旁邊，故意假作跌倒，睡在地上，那麼她必定說道：

「阿呀，阿寶（這是她對曾孫輩的總稱），這地下很髒呢。」那時已是她的晚年，火氣全然沒有了，在壯年時代她的脾氣實在怪僻得很哩。據我的一個堂叔「觀魚」所著《三台門的遺聞軼事》所記，大抵流傳於本家老輩口中，雖係傳聞，未必全屬子虛吧。現在抄錄在這裏：

「九老太太係介孚公的母親，孤僻任性，所言所行多出常人意料以外。當介孚公中進士，京報抵紹，提鑼狂敲，經東昌坊，福彭橋分道急奔至新台門，站在大廳桌上敲鑼報喜之際，這位九老太太卻在裏面放聲大哭。人家問她說，這是喜事為什麼這樣哭？她說，拆家者，拆家者！」

拆家者是句土話，意思是說這回要拆家敗業了。她平常就是這種意見，做官如不能賺錢便要賠錢，後來介孚公知縣被參革了，重謀起復，賣了田產捐官（內閣中書）納妾，果然應了她的話，不待等科場案發，這才成為預言。平常介孚公在做京官，每有同鄉回去的時候，多托帶些食品去孝敬母親，有一回記得是兩三隻火腿，外加杏脯桃脯蒲桃乾之類，裝在一隻麻袋裏，可是曾祖母見了怫然不悅道：

「誰要吃他這樣的東西！為什麼不寄一點銀子來的呢。」她這意思是前後相符，可以貫穿得起來的。

我們小孩暫時能夠在風平浪靜的時期，過了幾年安靜的生活，只在有時候和老太太們開點小玩笑，這實在是很幸福的。上面說過的「蘭花間」及其毗連的一部分，已經分給共高祖的「誠房」，——我們是「興房」居長，第二是「立房」，至於「誠房」這是智字派下的第三房了，——租給一家姓李的，是李越縵的本家，主人名為李楚材。我所記得的恰巧也是對於老人的小玩笑，這是很有意思的偶合了。魯迅在《朝花夕拾》的一篇裏記有一節，現在就借了過來應用吧。

「冬天，水缸裏結了薄冰的時候，我們大清早起一看見，便吃冰。有一回給沈四太太看到了，大聲說道：『莫吃呀，要肚子疼的呢！』這聲音又給我母親聽到了，跑出來我們都挨了一頓罵，並且有大半天不准玩。我們推論禍首，認定是沈四太太，於是提起她就不用尊稱了，給她另外起了一個綽號，叫作肚子疼。」這裏所謂「我們」，當然一個是我了，至於另外一件事乃是我單獨幹的，也是對於李家的一位房客。這是一個四五十歲的很高大的人，卻長着很是細小的辮子，頂上戴着方頂的瓜皮帽，樣子頗為滑稽。有一天在門外看見許多人圍着，是在看新嫁娘，這位高個子小辮子的人也在那裏。我便忍不住偷偷的走近前去，將他的辮子向上一拉，那頂帽子就立刻砰的飛掉了。為什麼辮子一扯帽子就會掉呢，這是因為辮子太細小了，深壓在帽子裏面，所以一掣動它，帽子便向前翻掉了。可是那人卻並不發怒，只回過頭來說道：

「人家連新娘子也看不得麼？」小孩雖然淘氣，只因他的態度應對得很好，所以第二次便不再和他開玩笑了。

四　風暴的前後 中

曾祖母於光緒十八年壬辰的除夕去世，她於兩三日以前，從她照例坐的那把紫檀椅子想站起來時，把身體略為矬了一矬，立即經旁人扶住了，此後隨即病倒，人家說是中風，其實不是，大約只是老衰罷了。

她是闔台門六房人家裏最年長的長輩，中間的「大堂前」要讓出來給她使用，本來是死人要大過活人，何況又是長輩呢。恰巧這年我家正是「佩公祭」（是智仁勇三派九房人家的祖先）值年，照例應當在堂前懸掛祖像，這也只好讓出來，移掛外邊大廳西南的大書房裏，可是陳設的祭器很值錢，恐防被人偷去，須要雇人看守才行，乃去找用人章福慶的兒子來擔任這件事。他名叫運水，這便是魯迅在小說《故鄉》裏所說的閏土，是十四五歲的鄉下少年，正是我們的好伴侶，所以小孩們忙着同他玩耍，聽他講海邊的故事，喪事雖然熱鬧，也沒有心思來管了。

祖父得到了電報，便告了假從北京回來了，那時海路從天津到上海已有輪船，所以在一個月之內，便已到了家裏。他同了他小女兒同年紀的潘姨太太和當時十二歲的兒子，輕車簡從的走回來，大約原是預備服滿再進京去的，卻不料演成那大風暴。這風暴計算起來是兩面的，其一方面是家庭的，那是不可避免的事，其第二乃是社會的，它的發生實在乃是出於預料之外的了。

祖父回家來，最初感到的乃是住屋有了變更的事，當初父母住的兩間西邊的屋騰了出來，讓給祖父，搬到東偏的屋裏來，從前曾祖母的房子則由祖母和我同住。祖父初到覺得陌生，又感覺威嚴難以接近，但潘姨太太雖然言語不通，到底年輕和藹一點，所以時常到那裏去玩。這樣胡裏胡塗過了幾天，大約不很長久吧，突然在曾祖母五七這一天，這距離她的死只有三十五天，祖父到家也還不到半個月，祖父忽爾大發雷霆，發生了第一個風暴。大約是他早上起來，看見家裏的人沒有早起，敬謹將事，當時父親因為是吃洋煙的，或者也不能很早就起牀，因此遷怒一切，連無辜的小孩子也遭波及了。那天早上我還在祖母的大牀上睡着，忽然覺得身體震動起來，那眠牀咚咚敲得震天價響，趕緊睜眼來看，只見祖父一身素服，拼命的在捶打那牀呢！他看見我已是捶醒了，便轉身出去，將右手大拇指的爪甲，放在嘴裏咬的戛戛的響，喃喃咒罵着那一班「速死豸」吧。我其時也並不哭，大概由祖母安排我着好衣服，只是似乎驚異得呆了，也沒有聽清祖母的說話，彷彿是說「為啥找小孩子出氣呢！」但是這種粗暴的行為只賣得小孩們的看不起，覺得不像是祖父的行為，這便是第一次風暴所得到的結果了。

五　風暴的前後　下

不久以後，大約過了曾祖母的「百日」之後，他漸作外遊的打算，到七八月的時候，就前往蘇州去了。不知道的或者以為是去打官場的秋風，卻不料他乃是去找本年鄉試的主考，於是第二次風暴就爆發了。現在借用《魯迅的青年時代》裏我所寫的一節，說明這件事情：

「那年正值浙江舉行鄉試，正副主考都已發表，已經出京前來，正主考殷如璋可能是同年吧，同介孚公是相識的。親友中有人出主意，招集幾個有錢的秀才，湊成一萬兩銀子，寫了錢莊的期票，由介孚公去送給主考，買通關節，取中舉人，對於經手人當然另有酬報。介孚公便到蘇州等候主考到來，見過一面，隨即差遣『二爺』（這是叫跟班的尊稱）徐福將信送去。那時恰巧副主考周錫恩正在正主考船上談天，主考知趣得信不立即拆看，那跟班乃是鄉下人，等得急了，便在外邊叫喊，說銀信為什麼不給回條。這件事便戳穿了，交給蘇州府去查辦。知府王仁堪想要含胡了事，說犯人素患怔忡，便是有神經病，照例可以免罪。可是介孚公本人卻不答應，在公堂上振振有詞，說他並不是神經病，歷陳某科某科的某某人，都通關節中了舉人，這並不算什麼事，他不過是照樣的來一下罷了。事情弄得不可開交，只好依法辦理，由浙江省主辦，呈報刑部，請旨處分。這所謂科場案在清朝是非常嚴重的，往往交通關節的雙方都處了死刑，有時要殺戮幾十人之多。清朝末葉這種情形略有改變，官場多取敷衍政策，不願深求，因此介孚公一案也得比較從輕，定為『斬監候』罪名，一直押在杭州府獄內，前後經過了八個年頭，至辛丑年乃由刑部尚書薛允升上奏，依照庚子年亂中出獄的犯人，事定後前來投案，悉予免罪的例，也把他放免了。」

此外在本家中又有一種傳說，便是說介孚公的事情鬧大，乃由於陳秋舫的報復。陳秋舫名章錫，為仁字派下「禮房」的一個女婿，曾來岳家久住，介孚公加以挖苦道：

「躡在布裙底下的是沒出息的東西，哪裏會得出山？」陳秋舫知道了，立即辭去，並揚言不出山不上周家門，後來中了進士，果然如願以償，改作幕友，正在王仁堪那裏，便竭力阻止東家的辦法，力主法辦云。其實這裏陳秋舫以直報怨，也不能算錯，況且蘇州府替人開脫，也是很負風險的事，師爺不贊成，正是他的本色吧。

六　避難

第二次風暴已經到來了，小孩們卻還什麼都不知道，仍然遊嬉着。直到得一天，大約是七八月裏，母親把我們叫去説，現今到外婆家住幾時，便即動身，好在時間不會很長，到那時候就會叫回到家裏來的。這樣便開始了避難的生活了。

外婆家原來在安橋頭，大概自從外祖父魯晴軒公中舉人之後，嫌它太狹窄，便遷居皇甫莊，典了范姓的半所房屋，這個范姓便是有名的《越諺》的著者范嘯風，名寅，別號扁舟子的便是。那時外祖父已經去世，只剩外祖母在，此外是母親的一兄一弟，大舅父號怡堂，小舅父字繼香，都是秀才，住在家裏。大舅父生有子女各一，小舅父卻只有四個女兒，因此我們兩個人都只好交給大舅父，但因為沒有地方歇宿，所以又把我送給小舅父處的老僕婦，通稱塘港媽媽（媽媽者猶上海稱娘姨），叫她帶領我睡覺。這是在一間寬而空的閣樓上，一張大眠牀裏，此外有一個朱紅漆的皮製方枕頭，最特別的是上邊鏤空有一個窟窿，可以安放一隻耳朵進去，當時覺得很有趣味，這事所以至今還是記得。我大約向來是夠渾渾噩噩的，什麼事都記不清，十歲以前的事情至今記憶的很是有限，只是有一件事卻還記的很是清楚。這便是到了那時候還要「溺牀」（見劉侗著《帝京景物略》），在夏天的早朝起來，席子有一兩回都溺得很濕的，主客各不説破，便自麻糊過去了。

這閣樓上只是晚間才來，在白天裏是在大舅父那邊，怎麼樣的混過一天，回想起來什麼都不記得，這也可見渾噩之一般了。但是也有零星的記憶可以一說的事。大舅父是吸雅片煙的，終日在牀上，帳子放了下來，經常很少見他的面，但見帳內點着煙燈，知道他醒着，便隔着帳子叫他一聲算了。我只記得在他那裏，有很希奇的一隻燒茶的爐子，大抵也只是黃銅所做的，但奇怪是用紙煤燒的。這是一種用「煤頭紙」折成的長條，據說燒十幾根紙煤，一小壺水就開了。這不曉得叫做什麼爐(不是神仙爐吧)，我時常看表姊珠姊姊在那裏折這種細長條的紙煤。

在大舅父臥房間壁的一間屋內，是我們避難時起居之處，魯迅便在那裏影寫《蕩寇志》的插畫，表兄紳哥哥也和我們在一起，有時幫助了寫背面題字，至於圖畫則除魯迅之外，誰都動手不來了。《蕩寇志》是一部立意很是反動的小說，他主張由張叔夜率領官兵來蕩平梁山泊的草寇，但是文章在有些地方的確做得不壞，繡像也畫得很好，所以魯迅覺得值得去買了「明公紙」來，一張張影描了下來。此外也是在這間屋裏，我們初次見到了石印本的《毛詩品物圖考》，後來魯迅回到家裏，便去搜求了來，成為購求書籍的開始。這是日本岡元鳳所著，天明四年甲辰(一七八四)木板刊行，雕刻甚精，我曾得有原本一部，收藏至今。

總而言之，我們在皇甫莊的避難生活，是頗愉快的，但這或者只是我個人的感覺，因為我在那時候是有點麻木的。魯迅在回憶這時便很有不愉快的印象，記得他說有人背地裏說我們是要飯的，大概便是這時候的事情，但詳情如何不得而知，或者是表兄們所說的閒話也難說吧。但是我們皇甫莊的避難也就快結束了，大約是租典的期限已滿，屋東要將房屋回收的關係吧，所以小舅父搬回安橋頭老家去，大舅父一家人遷居小皋埠，我們也就於癸巳（一八九三）年底一同搬去了。

七　關於娛園

小皋埠秦氏是大舅父的先妻的母家，先世叫作秦樹銛，字秋伊，也是個舉人，善於詩畫，是皋社主要詩人之一，家裏造有娛園，也算是名勝之地。大舅父寄居在廳堂西偏的廂房裏，我們便很有機會到這園裏玩耍。秋伊的兒子字少伊，家傳的也善於畫梅花，我們叫他做友舅舅，常跑去他那裏玩，魯迅尤其同他談得來，只是雅片煙大癮，上午總是高臥，所以只有午後才找得他着。他好看小說，凡是那時通行的小說在他那裏都有，不過都是鉛印石印者，盡量的借給人看，魯迅便不再畫人像，卻看本文了，我那時讀書才讀到《大學》，所以如入寶山卻是空手而回了。

講到娛園，那裏直到庚子那年，有七八年我還時常前去，所以約略記得，但是也沒有什麼值得說的，因為我從頭就不瞭解這種花園的好處在哪裏，我所覺得好的只是以百草園的那樣菜園或是類似的地方罷了。李越縵有一篇《庚午九日曹山宴集夜飲秦氏娛園詩序》，我最初在父親伯宜公的遺書《娛園詩存》中看到它，隨後又在《越縵堂駢體文》裏見到，對於這個園頗有點感情，不過感情是一回事，而興趣又是別一回事，就園說園，實在說不出他的好處來。大抵在一個四周造有圍牆內，又是一塊塊的區劃開來設計建造起來，要做成好園林是很艱難的。在那裏一座微雲樓，就我所記得的來說，只是普通的樓房罷了，另外在院子裏挖了一個一丈左右見方的水池，池邊一間單面開着門窗的房子，匾額題曰潭水山房，實在看了很是陰鬱。又有一所留鶴庵，名字倒是頂好，卻在園門之外，事實是一間側屋，前面是石板鋪的「明堂」即是院子，不見得留得鶴住。後來曾經游過觀音橋趙氏的省園廢址，和偏門外的快閣，所得到的也是同一的印象。蘇州多有名園，其中我只見過劉園，比較的還是整齊，可是總覺得是工筆劃的樣子，很少瀟灑之致。中國絕少南宗風趣的園林，這是我個人的偏見，因此對於任何名園，都以為不及百草園式的更為有趣。關於百草園的記述，最好的還是讓我來引一節《朝花夕拾》裏的文章吧：

「不必說碧綠的菜畦，光滑的石井欄，高大的皂莢樹，紫紅的桑椹，也不必說鳴蟬在樹葉裏長吟，肥胖的黃蜂伏在菜花上，輕捷的叫天子忽然從草間直竄向雲霄裏去了。單是周圍的短短的泥牆根一帶，就有無限趣味。油蛉在這裏低唱，蟋蟀在這裏彈琴。翻開斷磚來，有時會遇見蜈蚣，還有斑蝥，倘若用手指按住它的脊樑，便會拍的一聲，從後竅噴出一陣煙霧。何首烏藤和木蓮藤纏絡着，木蓮有蓮房一般的果實，何首烏有臃腫的根。如果不怕刺，還可以摘到覆盆子，像小珊瑚珠攢成的小球，又酸又甜，色味都比桑椹要好得遠。」

八 書房

我們在外婆家避難，大約不到一年，於第二年甲午（一八九四）的上半年回家裏來了。魯迅一回來，就往三味書屋壽家上學去了，這大約是在端午節吧，他是在這以前就已在那裏讀書了，記得初去的時候，還特地花了兩塊錢，買了一頂兩隻抽屜的書桌，這個我還記得很是清楚。後來關於這書桌流傳有許多神話，說這桌子是楠木的囉，又說魯迅因為要立志不遲到，在桌面刻有一個「早」字囉，這些話我卻是不知道的了。至於我自己，到三味書屋去大概是第二年乙未的正月，不過這卻不能確定了。我在癸巳年避難以前，曾經在「廳房」——大廳西偏的小書房裏，同了庶出的叔父伯升，讀過半年的書。伯升是跟着祖父從北京回來的，本來應當叫作「仲升」，但是因為北京音讀「仲升」與「眾生」相同，這兩個字本來自從佛經用起頭，只當一切有生命的東西講，別無什麼惡意，但是後來用稱牲畜，含有罵人的意味，所以他不願用，硬要改號伯升。這本來也是極為平常的事，但是小孩們的看法卻是不同，以為他行第二而要稱伯，未免有僭越之感，因此背地裏故意叫他做仲升。不過這位伯升先生事實上乃是極和氣的人，雖然是庶出卻不是姨太太的一黨，對於祖母特別恭而有禮，待我們年紀比他小的侄兒也平易親近，癸巳上半年我便同他兩個人在廳房裏讀書，以後在南京學堂裏同學，可以用了親歷的事實保證的。在廳房裏就只請了一個同族的叔輩做先生，他本身只是個文童，始終沒有考進「秀才」，沒有什麼本事，可喜也並不嚴厲，因此也少來管束我們，我至今記不起在他手裏讀了些什麼，事實上我那時《中庸》還未讀了呢。因此我所記得的便是在廳房的一間小花園玩耍的事情，那裏有一株月桂，一年裏有好幾個月都繼續開花，一株羅漢松，一株茶花，其餘有木瓜枇杷，樹陰底下還有秋海棠之類，不過這些都不是我所注意的，我最記得的乃是羅漢松樹根下所埋着的兩隻「蔭缸」。這乃是不大不小的缸，埋在土裏，缸裏盛着水，這水不是清澈的雨水，卻是不知經歷幾多年的青黑色的水，裏邊積存腐爛的樹葉大半缸，這是我們親手淘過，所以知道的。說也奇怪，我們托詞讀書，躲在廳房裏邊，關上了門，卻終日在園裏淘那兩隻水缸，將裏邊的樹葉瓦礫清理出來，居然沒有中什麼毒，連在預料中的蜈蚣毒蛇癩蝦蟆之屬，也一隻都沒有碰見過，真是奇事。那位文童先生平常也就只是早晚來到一遍，虛應故事罷了，我們並不怕他，雖然後來出外就館，說是出外也就只是在本縣的鄉下，卻忽然暴虐起來，據說曾經用竹枝抽打學生之後，再拿擦牙齒的鹽來擦上，用了做臘鴨的法子整治學生，學生當然是受不了的，結果是被辭了館完事。又有一個塾師，將學生的耳朵夾在門縫裏，用力的夾，這是用軋胡桃的方法引申出來的，卻不能確說是否他的故事了。我們在廳房裏遊嬉，那時虧得他還沒有變得這樣嚴厲，但是祖父知道了怎麼樣呢？這當然是很嚴重的一個問題，可是我們中間有一個乃是伯升叔，有他在裏邊這就是另外一件事，當然是不要緊的了。

九　三味書屋

舊日書房有各種不同的式樣，現今想約略加以說明。這可以分作家塾和私塾，其設在公共地方，如寺廟祠堂，所謂「廟頭館」者，不算在裏邊。上文所述的書房，即是家塾之一種，——我說一種，因為這只是具體而微，設在主人家裏，請先生來走教，不供膳宿，而這先生又是特別的麻胡，所以是那麼情形。李越縵有一篇《城西老屋賦》，寫家塾情狀的有一段很好，其詞曰：

「維西之偏，實為書屋。榜曰水香，逸民所目。窗低迫簷，地窄疑艣。庭廣倍之，半割池淥。隔以小橋，雜蒔花竹。高柳一株，倚池而覆。予之童騃，踞觚而讀。先生言歸，兄弟相速。探巢上樹，捕魚入洑。拾磚擬山，激流為瀑。編木葉以作舟，揉篠枝而當軸。尋蟋蟀而劚牆，捉流螢以照牘。候鄰灶之飯香，共抱書而出塾。」這裏先生也是走教的，若是住宿在塾裏，那麼學生就得受點苦，因為是要讀夜書的。洪北江有《外家紀聞》中有一則云：

「外家課子弟極嚴，自五經四子書及制舉業外，不令旁及，自成童入塾後曉夕有程，寒暑不輟，夏月別置大甕五六，令讀書者足貫其中，以避蚊蚋。」魯迅在第一次試作的文言小說《懷舊》中描寫惡劣的塾師「禿先生」，也假設是這樣的一種家塾，因為有一節說道：

「初亦嘗扳王翁膝，令道山家故事，而禿先生必繼至，作厲聲曰，孺子勿惡作劇，食事既耶，盍歸就爾夜課矣！稍忤，次日即以界尺擊吾首，曰，汝作劇何惡，讀書何笨哉！我禿先生蓋以書齋為報仇地者，遂漸弗去。」

第二種是私塾，設在先生家裏，招集學生前往走讀，三味書屋便是這一類的書房。這是坐東朝西的三間側屋，因為西邊的牆特別的高，所以並不見得西曬，夏天也還過得去。《從百草園到三味書屋》裏說明道：

「出門向東，不上半里，走過一道石橋，便是我的先生的家了。從一扇黑油的竹門進去，第三間是書房。中間掛着一塊匾道：三味書屋。匾下面是一幅畫，畫着一隻很肥大的梅花鹿伏在古樹下。沒有孔子牌位，我們便對着那匾和鹿行禮。第一次算是拜孔子，第二次算是拜先生。」

「三味書屋後面也有一個園，雖然小，但在那裏也可以爬上花壇去折蠟梅花，在地上或桂花樹上尋蟬蛻。最好的工作是捉了蒼蠅餵螞蟻，靜悄悄的沒有聲音。然而同窗們到園裏的太多，太久，可就不行了，先生在書房裏便大叫起來。

「『人都到哪裏去了！』人們便一個一個陸續走回去，一同回去也不行的。他有一條戒尺，但是不常用，也有罰跪的規則，但也不常用，普通總不過瞪幾眼，大聲道：

「『讀書！』」從這裏所說的看來，這書房是嚴整與寬和相結合，是夠得上說文明的私塾吧。但是一般的看來，這樣的書房是極其難得的，平常所謂私塾總還是壞的居多，塾師沒有學問還在其次，對待學生尤為嚴刻，彷彿把小孩子當作偷兒看待似的。譬如用戒尺打手心，這也罷了，有的塾師便要把手掌拗彎來，放在桌子角上，着實的打，有如捕快拷打小偷的樣子。在我們往三味書屋的途中，相隔才五六家的模樣，有一家王廣思堂，這裏邊的私塾便是以苛刻著名的。塾師當然是姓王，因為形狀特別，以綽號「矮癩鬍」出名，真的名字反而不傳了，他打學生便是那麼打的，他又沒收學生帶去的燒餅糕乾等點心，歸他自己享用。他設有什麼「撒尿簽」的制度，學生有要小便的，須得領他這樣的簽，才可以出去。這種情形大約在私塾中間，也是極普通的，但是我們在三味書屋的學生得知了，卻很是駭異，因為這裏是完全自由，大小便時逕自往園裏走去，不必要告訴先生的。有一天中午放學，我們便由魯迅和章翔耀的率領下，前去懲罰這不合理的私塾。我們到得那裏，師生放學都已經散了，大家便攫取筆筒裏插着的「撒尿簽」撅折，將朱墨硯覆在地下，筆墨亂撒一地，以示懲罰，矮癩胡雖然未必改變作風，但在我們卻覺得這股氣已經出了。

下面這件事與私塾不相干，但也是在三味書屋時發生的事，所以連帶說及。聽見有人報告，小學生走過綢緞衖的賀家門口，被武秀才所罵或者打了，這學生大概也不是三味書屋的，大家一聽到武秀才，便不管三七二十一的覺得討厭，他的欺侮人是一定不會錯的，決定要打倒他才快意。這回計劃當然更大而且周密了，約定某一天分作幾批在綢緞衖集合，這些人好像是《水滸》的好漢似的，分散着在武秀才門前守候，卻總不見他出來，可能他偶爾不在，也可能他事先得到消息，怕同小孩們起衝突，但在這邊認為他不敢出頭，算是屈服了，由首領下令解散，各自回家。這些雖是瑣屑的事情，但即此以觀，也就可以想見三味書屋的自由的空氣了。

十 父親的病 上

我於甲午年往三味書屋讀書，但細想起來，又似乎是正月上的學，那麼是乙未年了，不過這已經記不清楚了，所還記得的是初上學時的情形。我因為沒有書桌，就是有抽屜的半桌，所以從家裏叫用人背了一張八仙桌去，很是不像樣，所讀的書是《中庸》上半本，普通叫作「上中」，第一天所上的「生書」我還記得清清楚楚的是「哀公問政」這一節，因為裏邊有「夫政也者蒲蘆也」這一句，覺得很是好玩，所以至今不曾忘記。回想起來，我的讀書成績實在是差得很，那時我已是十二歲，在本家的書房裏也混過了好幾年，但是所讀的書總計起來，才只得《大學》一卷和《中庸》半卷罷了。本來這兩種書是著名的難讀的，小時候所熟知的兒歌有一首說得好：

大學大學，
屁股打得爛落！
中庸中庸，
屁股打得好種葱！

本來大學者「大人之學」，中庸者「以其記中和之為用」，不是小學生所能懂得的事情，我剛才拿出《中庸》來看，那上邊的兩句即「人道敏政，地道敏樹」，還不能曉得這裏講的是什麼，覺得那時的讀不進去是深可同情的。現今的小學生從書房裏解放了出來，再不必愁因為讀書不記得，屁股會得打的稀爛，可以種葱的那樣，這實在是很可慶幸的。

現在話分兩頭，一邊是我在三味書屋讀書，由「上中」讀到《論語》《孟子》，隨後《詩經》剛讀完了「國風」，就停止了。一邊是父親也生了病，拖延了一年半的光景，於丙申(一八九七)年的九月棄世了。

父親的病大概是在乙未年的春天起頭的，這總不會是甲午，因為這裏有幾件事可以作為反證。第一個是甲午戰爭。當時鄉下沒有新聞，時事不能及時報道，但是戰爭大事，也是大略知道的，八月裏黃海戰敗之後，消息傳到紹興，我記得他有一天在大廳明堂裏，同了兩個本家兄弟談論時事，表示憂慮，可見他在那時候還是健康的。在同一年的八月中，嫁在東關金家的小姑母之喪，也是他自己去吊的，而且由他親自為死者穿衣服，這是一件極其不易的工作，須得很細心謹慎，敏捷而又親切的人，才能勝任。小姑母是在產後因為「產褥熱」而死的，所以母家的人照例要求做法事「超度」，這有兩種辦法，簡單一點的叫道士們來做「煉度」，凡繼續三天，其一種是和尚們的「水陸道場」，前後時間共要七天。金家是當地的富家，所以就答應「打水陸」，而這道場便設在長慶寺，離我們的家只有一箭之路，來去非常方便，但那時的事情已都忘記了。小姑母是八月初十日去世的，法事的舉行當在「五七」，計時為九月十五日左右，這也足以證明他那時還沒有生病。有一天從長慶寺回來，伯宜公在臥室的前房的小榻上，躺着抽煙，魯迅便說那佛像有好許多手，都拿着種種東西，裏邊也有枯髏，當時我不懂枯髏的意義，經魯迅說明了就是死人頭骨之後，我感到非常的恐怖，以後到寺裏去對那佛像不敢正眼相看了。關於水陸道場，我所記得的就只是這一點事，但這佛像是什麼佛呢，我至今還未了然，因為「大佛」就是釋迦牟尼的像不曾見有這個樣子的，但是他那丈六金身坐在大殿上，倒的確是偉大得很呢。

十一　父親的病 中

伯宜公生病的開端我推定在乙未年的春天，至早可以提前到甲午年的冬天，不過很難確說了。最早的病象乃是突然的吐狂血。因為是吐在北窗外的小天井裏，不能估量其有幾何，但總之是不很少，那時大家狼狽情形至今還能記得。根據舊傳的學說，說陳墨可以止血，於是趕緊在墨海裏研起墨來，倒在茶杯裏，送去給他喝。小孩在尺八紙上寫字，屢次舔筆，弄得「烏嘴野貓」似的滿臉漆黑，極是平常，他那時也有這樣情形，想起來時還是悲哀的，雖是朦朧的存在眼前。這乃是中國傳統的「醫者意也」的學說，是極有詩意的，取其墨色可以蓋過紅色之意，不過於實際毫無用處，結果與「水腫」的服用「敗鼓皮丸」一樣，從他生病的時候起，便已註定要給那唯心的哲學所犧牲的了。

父親的病雖然起初來勢兇猛，可是吐血隨即停止了，後來病情逐漸平穩，得了小康。當初所請的醫生，乃是一個姓馮的，穿了古銅色綢緞的夾袍，肥胖的臉總是醉醺醺的。那時我也生了不知什麼病，請他一起診治，他頭一回對我父親說道：

「貴恙沒有什麼要緊，但是令郎的卻有些麻煩。」等他隔了兩天第二次來的時候，卻說的相反了，因此父親覺得他不能信用，就不再請他。他又說有一種靈丹，點在舌頭上邊，因為是「舌乃心之靈苗」，這也是「醫者意也」的流派，蓋舌頭紅色，像是一根苗從心裏長出來，彷彿是「獨立一枝槍」一樣，可是這一回卻不曾上它的當，沒有請教他的靈丹，就將他送走完事了。

這時伯宜公的病還不顯得怎麼嚴重，他請那位姓馮的醫生來看的時候，還親自走到堂前的廊下的。晚飯時有時還要喝點酒，下酒物多半是水果，據說這是能喝酒的人的習慣，平常總是要用什麼餚饌的。我們在那時便去圍着聽他講《聊齋》的故事，並且分享他的若干水果。水果的好吃後來是不記得，但故事卻並不完全的忘記，特別是那些可怕的鬼怪的故事。至今還鮮明的記得的，是《聊齋志異》裏所講的「野狗豬」，一種人身獸頭的怪物，兵亂後來死人堆中，專吃人的腦髓，當肢體不全的屍體一起站起，驚呼道：

「野狗豬來了，怎麼好！」的時候，實在覺得陰慘得可怕，至今雖然現在已是六十年後，回想起來與佛像手中的枯髏都不是很愉快的事情。

不過這病情的小康，並不是可以長久的事，不久因了時節的轉變，大概在那一年的秋冬之交，病勢逐漸的進於嚴重的段落了。

十二　父親的病　下

伯宜公的病以吐血開始，當初說是肺癰，現在的說法便是肺結核，後來腿腫了，便當作臌脹治療，也究竟不知道是哪裏的病。到得病症嚴重起來了，請教的是當代的名醫，第一名是姚芝仙，第二名是他所薦的，叫做何廉臣，魯迅在《朝花夕拾》把他姓名顛倒過來寫作「陳蓮河」，姚大夫則因為在篇首講他一件賠錢的故事，所以故隱其名了。這兩位名醫自有他特別的地方，開方用藥外行人不懂得，只是用的「藥引」，便自新鮮古怪，他們決不用那些陳腐的什麼生薑一片，紅棗兩顆，也不學葉天士的梧桐葉，他們的藥引起碼是鮮蘆根一尺。這在冬天固然不易得，但只要到河邊挖掘總可到手，此外是經霜三年的甘蔗或蘿蔔菜，幾年陳的陳倉米，那搜求起來就煞費苦心了。前兩種不記得是怎麼找到的，至於陳倉米則是三味書屋的壽鑒吾先生親自送來，我還記得背了一隻「錢搭」（裝銅錢的搭連），裏邊大約裝了一升多的老米，其實醫方裏需用的才是一兩錢，多餘的米不曉得是如何處分了。還有一件特別的，那是何先生的事，便是藥裏邊外加有一種丸藥，而這丸藥又是不易購求的，要配又不值得，因為所需要的不過是幾錢罷了。普通要購求藥材，最好往大街的震元堂去，那裏的藥材最是道地可靠，但是這種丸藥偏又沒有，後來打聽得在軒亭口有天保堂藥店，與醫生有些關係，到那裏去買，果然便順利的得到了。名醫出診的醫例是「洋四百」，便是大洋一元四角，一元錢是診資，四百文是給那三班的轎夫的。這一筆看資，照例是隔日一診，在家裏的確是沉重的負擔，但這與小孩並無直接關係，我們忙的是幫助找尋藥引，例如有一次要用蟋蟀一對，且說明須要原來同居一穴的，這才算是「一對」，隨便捉來的雌雄兩隻不能算數。在「百草園」的菜地裏，翻開土塊，同居的蟋蟀隨地都是，可是隨即逃走了，而且各奔東西，不能同時抓到。幸虧我們有兩個人，可以分頭追趕，可是假如運氣不好捉到了一隻，那一隻卻被逃掉了，那麼這一隻捉着的也只好放走了事。好容易找到了一對，用綿線縛好了，送進藥罐裏，說時雖快，那時卻不知道要花若干工夫呢。幸喜藥引時常變換，不是每天要去捉整對的蟋蟀的，有時換成「平地木十株」，這就毫不費尋找的工夫了。《朝花夕拾》說尋訪平地木怎麼不容易，這是一種詩的描寫，其實平地木見於《花鏡》，家裏有這書，說明這是生在山中樹下的一種小樹，能結紅子如珊瑚珠的。我們稱它作「老弗大」，掃墓回來，常拔了些來，種在家裏，在山中的時候結子至多一株樹不過三顆，家裏種的往往可以多到五六顆。用作藥引，拔來就是了，這是一切藥引之中，可以說是訪求最不費力的了。

經過了兩位「名醫」一年多的治療，父親的病一點不見輕減，而且日見沉重，結果終於在丙申年(一八九六)九月初六日去世了。時候是晚上，他躺在裏房的大牀上，我們兄弟三人坐在裏側旁邊，四弟才只四歲，已經睡熟了，所以不在一起。他看了我們一眼，問道：

「老四呢？」於是母親便將四弟叫醒，也抱了來。未幾即入於彌留狀態，是時照例有臨終前的一套不必要的儀式，如給病人換衣服，燒了經卷把紙灰給他拿着之類，臨了也叫了兩聲，聽見他不答應，大家就哭起來了。這裏所說都是平凡的事實，一點兒都沒有詩，沒有「衍太太」的登場，很減少了小說的成分。因為這是習俗的限制，民間俗信，凡是「送終」

的人到「轉綑」當夜必須到場，因此凡人臨終的時節只是限於並輩以及後輩的親人，上輩的人決沒有在場的。「衍太太」於伯宜公是同曾祖的叔母，況且又在夜間，自然更無特地光臨的道理了，《朝花夕拾》裏請她出臺，鼓勵作者大聲叫喚，使得病人不得安靜，無非想當她做小說裏的惡人，寫出她陰險的行為來罷了。

十三　煉度

伯宜公去世，照例有些俗禮，舉行殮葬事宜，沒有什麼特別的事可說，但在五七的時候，叫道士來做「煉度」的法事，這是很難得遇見的一樁事情。本來這種特別法事，只有婦女產難這才適用，因為世俗相信《劉香寶卷》裏的話，「生男育女穢天地」，倘若因此死了，就要落血污池，不得超生，這便需要他力濟度，在佛教是水陸道場，道教則為煉度是也。伯宜公因為病的起頭是吐血，所以牽強附會的也有人主張用煉度法事，我們小孩不懂得什麼，只覺熱鬧得很好玩，雖然價值也很不便宜，凡三晝夜，計共須銀洋四十幾元，比起水陸道場來卻又少得多了。

我們周家所用的道士，俗名阿金，法號不詳，住在城廟裏，乃是道士的正宗，與普通所謂野道士不同，雖然他平常因為和俗人一樣的打扮，也看不出什麼區別來。說也可怪，民國革命把和尚道士顛倒了一下。和尚以前是光頭的，與俗人迴不相同，現在俗人多變成光頭，和尚卻留了五分長的頭髮，一眼看去毫無分別，道士則蓄髮古裝，彷彿國畫裏人物了。在那時候的阿金，還是拖辮子穿大衫的人，及至裝束登場，身披鶴氅，頭戴道冠，上邊插着金如意，手執牙笏，足踏禹步，便有一股道氣，覺得全不像他本人了。但是阿金自己並不當那「大道士」，他去請別一個年老的來擔任，他自己只充當那三個主要腳色之一罷了。

煉度的法事主要是在晚間，白天共唸三天的道經，只知道他們對着三清的畫像行禮，口裏唸「至心朝禮」什麼什麼天尊而已。到了夜裏，煉度的精彩節目就開始了。第一天是「上表」，大道士率領孝子背着表文，大約是請求為死者贖罪的表文吧，俯伏在壇下，約莫在個把鐘頭，據說這是大「入定」，神魂到天上去面聖去了。第二天晚上，是表演「破地獄」。這裏前後的關係不大明白，似乎有點兒凌亂了。剛才上了表章，怎麼不等等結果，卻用自力去強暴的打開了地獄城呢？當時沒有想到這個問題，去問阿金師父一聲，只是看了那戲劇似的演出，彷彿是《鬧天宮》裏的一場，覺得很是痛快有趣。白天裏先拿來了一座四五尺見方的紙糊的酆都城，城門城牆都畫得很整齊，放在大廳當中，臨時大道士走來作法，末了將手裏的七星劍戳進城門去，把它撕得粉碎，這時節眾多道士都扮成各色鬼魂，四散奔走，是觀眾們所最所欣賞的一幕。記得鬼裏邊有大頭鬼和小頭鬼，五傷鬼因為不祥所以或者沒有，但的確記得有死在考場的「科場鬼」，以及賭鬼鴉片煙鬼，種種引人發笑的情狀。眾鬼倉皇奔走一通之後，又回到當作後臺的廳房裏去，這一幕精彩的表演就算完結了。末了的一天是「煉幡」，便是煉度的正文。其法係將記着死者姓名的幡，折疊藏在裏邊，外邊層層包裹，用耐火的包裝，據説是多用鹽鹵，每一層裏藏着一種紙糊物件，約有十層光景，紮縛得像一個蓮蓬或是胡蜂窠相似。還有左右兩副，是金童玉女，也是如法炮製。這三個包好的東西，放在三堆劈柴的火裏燒煉，在適宜的時間抖去外殼，將裏邊的彩物揮舞一會兒，復又燒卻，等候第二重的彩物出現，直至最後將主幡燒煉出來，象徵從火中將死者超度出了。這做幡與燒幡的工作很是煩難，卻要真實的本領才行，因為萬一煉不出來，道士便要受罰，得從新做過一場的。因此這主要的幡乃是由阿金自己來燒，也不復怎麼打扮，只是穿着斜領的短襖，頭戴普通的道士冠而已。到得燒到最後的一層，即是主幡將要出來的時候，不但道士們非常緊張，有的走到太上老君像的前面，捧拳禮拜，祈禱求祐，就是觀眾也無不替他們捏一把汗呢。幸而諸事順遂的結束，便把燒出來的三道幡送往靈前供了起來，於是這一場法事遂完全了結了。

十四　杭州

伯宜公的出喪大約是在七七日，就是世間所謂「斷七」，未必是「百日」吧，因為照例出喪是在這兩個日子，但是百日該是十二月中旬，已經接近年關了，所以推想是如此。出殯的地方是在南門外的龜山頭，在這裏有周氏的殯屋，但是不湊巧我家殯屋的空位借給別房用了，所以這回倒不能不出了租錢，去借遠房本家的來使用。還記得前幾天，魯迅還用了朱漆特地在棺材後方寫一個篆文的「壽」字做記號，在那裏還殯着他生前很要好的族兄桂軒，也就是在《魯迅的故家》裏所提起蘭星的父親。伯宜公得年三十七歲，可在殯在龜山，自光緒丙申（一八九六）至民國己未（一九一九），也經了二十四年之久，到是年這才因為移家北京，始安葬於逍遙村墳地。乙巳歲暮，獨自留在南京學堂裏，偶作舊詩，記得有一聯云，獨向龜山望松柏，夜烏啼上最高枝，便是指的那龜山，其實山很低小，就只是一個高坡罷了，在鄉下這種山叫作龜山或蛇山，平常是頗多的。

丙申年匆匆的過去，至丁酉（一八九七）年新正，我遂往杭州去陪侍祖父去了。祖父於癸巳年入獄，一直就在杭州，最初是由潘姨太太和伯升隨侍，他們不知道是什麼時候前去的，但在長慶寺「打水陸」，似乎已經不曾見伯升的面，那麼可能總在甲午年間吧。後來因為伯升決計進南京水師學堂去，所以叫我去補他的空缺，這是我所以往杭州的原因了。在丁酉年中幾乎沒有什麼值得記錄的記憶，現在所還約略記得的，不過那時一點生活的情形罷了。

我們住的地方是在杭州花牌樓，大概離清波門頭不很遠，那是清朝處決犯人的地方。這裏並無什麼牌樓，只是普通的一條小巷，走一點路是「塔兒頭」，多少有些店鋪，還有一所銀元局，它的大煙通是近地都能看得見的。這地點的好處是離開杭州府署很近，因為祖父便關在杭州府的司獄司裏，我每隔三四天去看他一回，陪他坐到下午方才回來。祖父雖然在最初的風暴裏顯示得很可怕，但是我在他身邊的一年有半，卻還並不怎樣，他的發起怒來咬手指甲，和畜生蟲豸的咒罵，還是仍舊，卻並不對於我生氣，所以容易應付。等到辛丑年遇赦回家，卻又那麼的苛刻執拗起來，逼得我只好也逃往南京，尋找生路。當時他的日課，是上午默唸《金剛經》若干遍，隨後寫日記，吃過午飯，到各處去串門，在獄神祠和禁卒等聊天。他平常苛於論人，自從呆皇帝昏太后（指光緒和西太后）起，下至本家子弟，幾乎沒有一個好人，但是他對那些禁子犯人，卻絕少聽見貶詞，這也是很特別的。他那裏備有圖書集成局印的「四史」，明季南略和北略，明季稗史彙編，官書局的《唐宋詩醇》，木板的《綱鑒易知錄》，此外還有一冊鉛印的徐靈胎四種，這些我都可以自由閱讀的。他也管我的正式功課，便是關於讀經作文的，不過這由我自己去讀，書房裏沒有讀完的《詩經》以及《書經》，但這成績是可以想見的了。學做八股文和試帖詩，別的沒有什麼進步，但抄過《詩韻》兩三遍，這步工夫總算是實在的，雖然後來也並無什麼實在的用處。總之我在他旁邊過來的這一年半的日子，實在要算平穩的，覺得別無什麼要訴說的事情。

我的寫日記，開始於戊戌（一八九八）年正月二十八日，以後斷斷續續的記到現在，已經有六十三年了。關於杭州，無論在日記上，無論在記憶上，總想不起有什麼很好的回憶來，因為當時的背景實在是太慘淡了。只記得在新年時候（大概是戊戌，但當時還沒有記日記）同了僕人阮標曾到梅花碑和城隍山一遊，四月初八那天遊過西湖，日記裏有記載，也只是左公祠和岳墳這兩處，別的地方都不曾去。我的杭州的印象，所以除花牌樓塔兒頭以外，便只是這麼一些而已。

十五　花牌樓　上

花牌樓的房屋，是杭州那時候標準的市房的格式。臨街一道牆門，裏邊是狹長的一個兩家公用的院子，隨後雙扇的宅門，平常有兩扇向外開的半截板門關着。裏邊一間算是堂屋，後面一間稍小，北頭裝着樓梯，這底下有一副板牀，是僕人晚上來住宿的牀位，右首北向有兩扇板窗，對窗一頂板桌，我白天便在這裏用功，到晚上就讓給僕人用了。後面三分之二是廚房，其三分之一乃是一個小院子，與東鄰隔籬相對。走上樓梯去，半間屋子是女僕的宿所，前邊一間則是主婦的，我便寄宿在那裏東邊南窗。一天的飯食，是早上吃湯泡飯，這是浙西一帶的習慣，因為早上起來得晚，只將隔日的剩飯開水泡了來吃，若是在紹興則一日三餐，必須從頭來煮的。寓中只煮兩頓飯，菜則由僕人做了送來，供中午及晚餐之用。在家裏住慣了，雖是個破落的「台門」，到底房屋是不少，況且更有「百草園」的園地，十足有地方夠玩耍，如今拘在小樓裏邊，這生活是夠單調氣悶的了。然而不久也就習慣了。前樓的窗只能看見狹長的小院子，無法利用，後窗卻可以望得很遠，偶然有一二行人走過去。這地方有一個小土堆，本地人把它當作山看，叫做「狗兒山」，不過日夕相望，看來看去也還只是一個土堆，沒有什麼可看的地方。花牌樓寓居的景色，所可描寫的大約不過如此。

初到杭州，第一覺得苦惱的是給臭蟲咬的事。有些人被它咬了，要大塊的腫痛，好幾天不能消，有的甚至變成瘡毒，我雖然當初也很覺得痛癢，但是幸虧體質特殊，據說這是「免疫」了，以後便什麼也不知道。雖是如此，但是被白吃了血去，也不甘心，所以還是要捉。在帳子的四角，以及兩扇的合縫處，只要一兩天沒有看，便生聚了一大堆，底下用一個臉盆盛上冷水，往下一撥，就都浮在水面，只消撩出來把它消滅好了。這實在是一件很討厭的工作。但是那時更覺得苦惱的，乃是饑餓。其實吃飯倒並不限制，可是那時才十二三歲，正是生長的時期，這一頓稀飯和兩餐乾飯的定時食，實在不夠，說到點心也不是沒有，定例每天下午，一回一條糕乾，這也是不夠的。沒有別的辦法，我就來偷冷飯吃，獨自到灶頭，從掛着的飯籃內揀大塊的飯直往嘴裏送，這淡飯的滋味簡直無物可比，可以說是一生所吃過的東西裏的最美味吧。可是這事不久就暴露出來了，主婦看出冷飯減少，心裏猜想一定是我偷吃了，卻不說穿，故意對女僕宋媽說道：

「這也是奇怪的，怎麼飯籃懸掛空中，貓兒會來偷吃去了的呢？」她這俏皮的挖苦話反引起了我的反感，心想在必要的時候我就決心偷吃下去，不管你說什麼。但是平心的說來，這潘姨太太人還並不是壞的，有些事情也只是她的地位所造成的，不好怪得本人。在行為上她還有些稚氣，例如她本是北京人，愛好京戲，不知從哪裏借來了兩冊戲本，記得其二是《二進宮》，心想抄存，卻又不會徒手寫字，所以用薄紙蒙在上面，照樣的描了下來，而原本乃是石印小冊，大約只有二寸多長，便依照那麼的細字抄了，我也被要求幫她描了一本。我在杭州的日記中，沒有說過她的壞話，而且在三月廿一日的項下還記着是她的生日，她蓋是與祖父的小女兒同歲，生於同治戊辰（一八六八），是年剛三十一歲。

因饑餓而想了起來的，乃是當時所吃到的「六穀糊」的味道。這是女僕宋媽所吃的自己故鄉裏的食品，就是北京的玉米麵，裏邊加上白薯塊，這本是鄉下窮人的吃食，但我在那時討了來吃，乃是覺得十分香甜的，便是現在也還是愛喝。宋媽是浙東的台州人，很有點俠氣，她大概因為我孤露無依，所以特意加以照顧的吧，這是我所不能不對她表示感謝的。

十六　花牌樓 中

我寫日記始於戊戌正月，開頭的一天便記着魯迅來杭州的事。今將頭幾天的日記照抄於下：

「正月廿八日，陰。去(案即去看祖父的略語)。下午，豫亭兄偕章慶至，坐談片刻，偕歸。收到《壺天錄》四本，《讀史探驪錄》五本，《淞隱漫錄》四本，《閱微草堂筆記》六本。」

「廿九日，雨。上午兄去，午餐歸。兄往申昌購《徐霞客遊記》六本，《春融堂筆記》二本，宋本《唐人合集》十本有布套，畫報二本，白奇(旱煙)一斤，五香膏四個。」

「三十日，雨。上午兄去。食水芹紫油菜，味同油菜，第莖紫如茄樹耳，花色黃。兄午餐歸，貽予建曆一本，口香餅二十五枚。」

「二月初一日，雨。上午予偕兄去，即回。兄往越，帶回《歷下志遊》二本，《淮軍平撚記》二本，《梅嶺百鳥畫譜》二本錦套，《虎口餘生記》一本，畫報一本，《紫氣東來圖》一張著色，中西月份牌一張。予送之門外，頃之大雨傾盆，天色如墨。」

至閏三月初九日，記着接越中初七日來信，云擬往南京投考水師學堂，隔了兩日即於十二日來杭州作別，蓋不及等祖父的許可，已決定前去了。本來伯升已在那裏，也並無不許可的理由，但總之即此可見魯迅離家的心的堅決了。我在花牌樓卻還是渾渾噩噩的，不覺得怎麼樣，還是按期作文詩，至四月廿六日這才「窗課完篇」，便是試作八股文是整篇的了，有了文童應考的資格了。五月初七日僕人阮標告假回越，叫他順便往家裏取幾部書來，但是十二日歸來，書並沒有拿，卻說母親有病，叫我暫時回去，我遂於十七日離杭，從此與花牌樓永別了。當天的日記云：

「十七日，晴。黎明與阮元甫收拾行李動身，時方夜半，殘月尚在屋角，行至候潮門，門尚未開，坐等許久始啟，行至江邊，日方銜山而上，光映水中，頗覺可觀。乘渡船過江，步至西興，時方清晨，在飯館飯畢，下四搖頭（一種快航船，用四人搖櫓故名），過錢清柯亭諸處，下午至西郭門育嬰堂門口上岸，喚小舟至大雲橋，步行至家，祖母母親均各安健，三四弟亦安，不禁歡然。」原來母親並沒有什麼病，只是因為掛念我，所以托詞叫我回來，我寫的杭州日記也就至此為止，不再寫下去了。

戊戌這年，是中國政治上新舊兩派勢力作殊死鬥的那一年，關係很大，可是在那日記上看不到什麼。這原因是日記寫到五月為止，沒有八月十三的那一場。祖父平常租看《申報》，我的日記裏也一鱗半爪的記有時事，如三月十七日項下，「報云俄欲佔東三省，英欲佔浙」，又關於德國亨利親王覲見的事，再三的記載，最後於互相送禮一節說道：

「亨利送上禮物四抬，中有珊瑚長八尺餘，上送以十六抬，中珍珠朝珠一串，每粒重錢餘云，吁！」雖然祖父罵呆皇帝昏太后，推想起來，對於主張維新諸人也不會有什麼好評，但總之不一定反對變法，那是大抵可信的。五月十三日記初五日奉上諭，科舉改策論，十四日往見祖父，便改定作文的期日，定為逢三作文，逢六作論，逢九作策，可見他不是死硬的要八股文的了。

十七　花牌樓　下

我與花牌樓作別，已經有六十多年了，可是我一直總沒有忘記那地方，因為在那一排三數間房屋內，有幾個婦女，值得來說她們一說。其中的一個自然是那主婦，就是潘姨太太，據伯升告訴我們，說是名叫大鳳，乃是北京人氏，因為身份是妾，自然有些舉動要為人所誤解，特別是主人無端憎惡本妻所出的兒孫的時候。及至祖父於光緒甲辰（一九〇四）年去世，遂覺得難於家居，漸漸「不安於室」，乃於宣統己酉（一九〇九）年冬天得到主母的諒解，辭別而去。最初據說是跟了一個自稱是姜太公後人的本地小流氓走的，可是後來那人的眼睛了，所以她的下落也就不得而知了。這裏第二個人，便是女僕宋媽，她是台州的黃岩縣人，卻在杭州做工，她的生活大概是普通的窮苦婦人一樣，也經過好些事情，那時她大約四十幾歲，嫁了一個轎夫，也是窮得可以的紹興鄉下人。但她似乎很是樂觀，對丈夫照料得很是周到，還拿些家鄉土產的六穀粉來吃，這個在上邊已經說及，我常是分得一杯羹的。

門外是東邊的鄰居，已經不在一個牆門之內，住着一家姓石的，男人名叫石泉新，是在塔兒頭開羊肉店的，他的妻子余氏是紹興人，和潘姨太太是好朋友，時常過來談心。那余氏人頗聰明，學的杭州話很不錯，但是據她自述，她的半生也是夠悲慘的。起初她是正式嫁在山鄉，照例是母家要得一筆「財禮」，這有時要的太多了，便似乎是變相的「身價」，結果就不很好了。過去之後不中那老姑之意，生生的把他們分離了，夫家因為要收回那一筆錢，遂將她轉賣給人，便是那羊肉「店倌」。幸而羊肉店倌是獨身的，沒有父母兄弟，而且夫妻感情很好，但是「活切頭」的境遇到底不是很好受的。民間稱婦人再醮者為「二婚頭」，其有夫尚存在者則為「活切頭」，尤其不是出於合意離婚，不免有「藕斷絲連」之恨，我們看陸放翁沈園的故事，雖然男女關係不同，但也約略的可以瞭解了。

花牌樓的東鄰貼隔壁是一家姚姓的，姚老太太年約五十餘歲，看去也還和善，卻不知道什麼緣故與潘姨太太處得不很好，到後來幾乎見面也不打招呼了。姚家有一個乾女兒，她本姓楊，家住清波門頭，因為行三，人家都稱她作三姑娘，姚老太太便叫作「阿三」。她不管大人們的糾葛，常來這邊串門，大抵先到樓上去，同潘姨太太搭訕一回，隨後走下樓來，站在我同僕人公用的一張板桌旁邊，看我影寫陸潤庠的木刻的字帖。我不曾和她談過一句話，也不曾仔細的看過她的面貌與姿態。在此時回想起來，彷彿是一個尖面龐，烏眼睛，瘦小身材，年紀十二三歲的少女，並沒有什麼殊勝的地方，但是在我性生活上總是第一個人，使我對於自己以外感到對於別人的愛着，引起我沒有明瞭的概念的，對於異性的戀慕的第一個人了。

有一天晚上，潘姨太太忽然又發表對於姚姓的憎恨，末了說道：

「阿三那小東西，也不是好貨，將來總要落到拱辰橋去做婊子的。」我不很明白做婊子這些是什麼事情，但當時聽了心裏想道：

「她如果真是流落做了婊子，我必定去救她出來。」

大半年的光陰這樣消費過了。到了夏天因為母親生病，便離開杭州回家去了。一個月以後，阮元甫告假回去，順便到我家裏，說起花牌樓的事情，說道：

「楊家的三姑娘患霍亂死了。」我那時聽了也很覺得不快，想像她悲慘的死相，但同時卻又似乎很是安靜，彷彿心裏有一塊大石頭已經放下了。

丙戌(一九四六)年在南京，感念舊事，作《往昔》詩三十首，以後稍續數章，有《花牌樓》三首，即寫當時情事者，今將末章鈔錄於後，算作有詩為證吧。

「吾懷花牌樓，難忘諸婦女。主婦有好友，東鄰石家婦。自言嫁山家，會逢老姑怒。強分連理枝，賣與寧波賈。後夫幸見憐，前夫情難負。生作活切頭，無人知此苦。傭婦有宋媼，一再喪其侶。最後從轎夫，肩頭肉成阜。數月一來見，呐呐語不吐。但言生意薄，各不能相顧。隔壁姚氏嫗，土著操杭語。老年苦孤獨，瘦影行踽踽。留得乾女兒，盈盈十四五。家住清波門，隨意自來去。天時入夏秋，惡疾猛如虎。婉孌楊三姑，一日歸黃土。主婦生北平，髫年侍祖父。嫁得窮京官，庶幾尚得所。應是命不猶，適值暴風雨。中年終下堂，漂泊不知處。人生良大難，到處聞悽楚。不暇哀前人，但為後人懼。」

十八　四弟

我從五月十七日回到家以後，就不寫日記，一直到戊戌十一月，這才又從廿六日寫起，到己亥年的六月，成為日記第二卷。在這沒有寫的期間，卻不是沒有事情可記，而且還是頗為重大的，至少在家族裏這影響很是不少。這便是四弟的病歿，和魯迅的回家來考「縣考」。

日記雖然不寫，然而大事情還有記錄，十一月中記有初六日縣試，予與大哥均去，初七日記四弟病甚重，初八日記四弟以患喘逝世，時方辰時。前一天的初七日，我還獨坐小船，趕到小皋埠的大舅父家裏去，請他來看四弟的病，因為他是懂得中醫的，但是他來看了之後，並不開方，卻自回去了，他不是行時的「名醫」，知道這無可救，所以不肯用了鮮蘆根之類來騙人的。四弟的病大概是急性肺炎吧，當時的病象只是氣喘，這在現時是可以有救的，有青黴素等藥存在，但是在六十餘年前這有什麼辦法呢。母親的悲傷是可以想像得來的，住房無可掉換，她把板壁移動，改住在朝北的套房裏，桌椅擺設也都變更了位置。她叫我去找那畫神像的人，給他憑空畫一個小照，說得出的特徵只是白白胖胖的，很可愛的樣子，頂上留着三仙髮。感謝那畫師葉雨香，他居然畫了這樣的一個，母親看了非常喜歡，雖然老實說我是覺得沒有什麼像。這畫得很特別，是一張小中堂，一棵樹底下有一塊圓扁的大石頭，前面站着一個小孩，頭上有三仙髮，穿着藕色斜領的衣服，手裏拈着一朵蘭花，如不說明是小影，當作畫看也無不可，只是沒有一點題記和署名。這小照的事是我一手包辦的，在己亥年日記的二月裏，記有下列三項：

「十一日，雨。同方叔訪葉雨香畫師，不值。

「十二日，雨。重訪葉雨香，適在，托畫四弟小影。

「十三日，晴。往獅子街取小影，所畫『頭子』尚可用，使繪秋景。」其後裝裱，也是我在大慶橋文聚齋所辦的，可是在日記卻找不到了。母親拿這畫掛在她的臥房裏，前後足足有四十五年，在她老人家八十七歲時撒手西歸之後，我把這幅畫卷起，連同她所常常玩耍，也還是祖母所傳下來的一副骨牌，拿了回來，一直放在箱子裏，不曾打開來過。這畫是我親手去托畫裱好了拿來的，現在又回到我的手裏來，我應當怎麼辦呢？我想最好有一天把它火化了吧，因為流傳下去它也已沒有什麼意義，現在世上認識他的人原來就只有我一個人了。但是轉側一想，它卻有最適當的一個地方，便由我的兒子拿去獻給了文化部，現在它又掛在魯老太太的臥房門口了。

四弟名椿壽，因為他的小名是「春」，在祖父接到家信的那天，又不曉得遇着了姓春的京官，或者也是一個滿人，這也是說不定的吧。

十九　縣考

縣考是件小事，似乎沒有什麼值得講的，這在清朝還舉行科舉的時代，每年在各縣都有一次，並不是希罕的事情。但是它的意義卻很是重大。這是知識階級，那時候稱作士人或讀書人的，出身唯一的正路，很容易而又極其艱難的道路。這有如彩票，人只要有幾毛錢就可以去買，也有人居然得中了頭二彩，頃刻發了大財，但有人而且這是大多數，連末尾也沒有份。這樣可以一年年的考下去，到得鬚髮皓白了，還是提了考籃做「考相公」，外號被不客氣的稱作「場楦」，言其長在考場裏混過日子，正如鞋匠用以楦大鞋子的「鞋楦」相似。這考試的本錢是什麼呢？買彩票還得要幾個銀角子，這卻更是省事，只要會謅幾句半通不通的爛時文就成了。說起時文來，現在的人大半要不懂得了，或者要誤會是時髦文章上去也說不定吧。換句話說，時文便是八股文章，四書讀熟會得背誦了，學做「破題」以及「起講」，一直加到「後股」，共成八股，算是「完篇」了，這便有進考場的資格，夠得上「文童」或童生的稱號。這時文裏的奧妙沒有窮盡，我們這裏只能姑就「破題」一件事，略為談談吧。八股文是題目都是出在四書上面，所以說這是「代聖賢立言」，是非常可尊貴的。破題是開頭的兩句話，須將題目的意思講說清楚，這便叫作「破」。俗語說初次遇着的事情，是破題兒第一回，也就是借用這個意思。因為八股文裏出來的盡是聖賢，所以破題上也有一個規則，便是「破」孔子時務必稱「聖人」，孟子等人則稱大賢或先賢，此外無名之輩一律號為「時人」。我現在引用一個故事，來說明破題是怎麼一回事，這雖然是用詼諧的說法，當不得真，但是它把題意破得極妙，可以說是無以復加的了。題目是「三十而立」，這是孔子說的一句話，所以「破題」說道：

「聖人兩當十五之年，雖有板凳椅子而不敢坐焉。」此外還有一個正經的例，是八股名家章日價所作「父母惟其疾之憂」的文中的兩股，發揮盡致，並且音韻鏗鏘，讀起來兼有音樂之美。其文曰：

「罔極之深恩未報，而又徒遺留不肖之肢體，貽父母以半生莫殫之憂。百年之歲月幾何，而忍吾親以有限之精神，更消磨於生我劬勞之後。」

不過光是這麼樣子，還沒有多少意思，據說有一個名流的兒子不思上進，流留荒亡，父親將這上半股的文章，寫在兒子的書房牆壁上，兒子看見了無話可說。可是那個做父親的也不大規矩，有一天宿妓回來，給他兒子知道了，於是乃高吟下半股，這裏邊的意義字字針鋒相對，尤為妙絕人工，我想父親聽了更是說不出話，只有苦笑了吧。

文章居然「完篇」了，湊足有三四百字，試帖詩也勉強可以做成六韻，這樣便可去「觀場」了，這是一句「術語」，也是說得頗為謙虛的。天下的文風未必真是在「敝邑」，但是應考的人卻實在不少，在當時山陰會稽還未合併為紹興縣的時候，會稽一縣的考生總有五百餘人，當時出榜以五十人為一圖，寫成一個圓圖的樣子，共有十圖左右，若在鄰縣諸暨恐怕還要多些。而每年「進學」就是考取秀才的定額只有四十名，所以如考在第十圖裏，即使每年不增加來考的人，只就這些人中拔取，待到自己進學，也已在十多年以後了。這些被淘汰下來的人，那麼哪裏去了呢？他們如不是改變計劃，別尋出路，便將「場楦」進而為「街楦」，——在街上遊蕩的人，落到孔乙己的地位裏去了。

二〇　再是縣考

上邊所說是關於縣考的一般情形，底下卻要講自己所經歷的事了。考試既然是士人出身的正路，那麼我們那時沒有不是從這條路走的，等得有點走不下去了，這才去找另外的道路，那自然都是後話，如今且表過不提。日記裏記戊戌年（一八九八）十一月初六日，我同大哥往應縣試，但是以後便不再記，而且也於廿四日回南京去，等我的第二冊日記於戊戌十一月廿六日重寫開頭，縣考的「招覆」悉已過去，均不及記，但於廿九日項下，記有往看「大案」一事而已。「大案」云者，縣考初試及四次覆試之後，再將總應考的人數計算一遍，出一總榜，只要榜上有名的人，便可以去應府試，再經過院試，就決定名額，算是合格的秀才了。當時大案的情形如下：

「會稽凡十一圖，案首為馬福田，予在十圖三十四，豫才兄三圖三十七，仲翔叔頭圖廿四，伯文叔四圖十九。」這裏須得說明，馬福田即是浙江的名流馬一浮，仲翔伯文乃是我們的族叔，不過已經很疏遠，只是和我們同太高祖，即是同五世祖而已。這裏魯迅着實考的不壞，只是考了一次，也不曾去覆試，還是巴在三圖裏，所以一同去考的叔輩竭力慫恿母親，府試的時候找一個人，去槍替一下子，明年可以去院試，這很有希望。因為請人當「槍手」，是要花錢的，其實也只兩三塊錢吧，所以母親不願意，後來攛掇再三，這才答應了，便請仲翔的妻弟莫與京去，這我還記得很清楚，是十二月初二日府試，四更進場，會稽「已冠」的題目，首題是「孔子嘗為委吏矣曰會計」，次題是「未有義而後其君者也」，詩題賦得既雨晴亦佳，得晴字。「未冠」的首題是「有事弟子」，次題是「能竭其力」，詩題同已冠。當時童生分已冠未冠兩種，二十歲以上的人稱作已冠，以下的則為未冠，題目略分難易，但是這未冠的也是「截搭題」，便是文句沒有完全，只截取一半，搭在上面，原文是「有事弟子服其勞」，這裏卻把「服其勞」半句截去了，實在並不好做，但是比那已冠的好一點罷了。初七日去看榜，我在六圖廿七名，那位槍手先生卻不知在哪裏，不曾記得，總之是沒有考掉，廿四日大案出來，我在四圖四十七，大哥八圖三十，伯文叔二圖廿二，仲翔叔二圖第四。

次年己亥（一八九九）十月初五日院試，周姓三人前去應考，魯迅不曾回來，因為那時他已經考進了礦路學堂，總辦是講維新的俞明震，空氣比較開明，他就安定了下來了。考試的首題是「四海之內」，注明是「皆舉首而望之」的上邊的，次題則是「則不如無書」，詩題賦得詩中定合愛陶潛，得潛字。初八日出榜，結果是仲翔以「周開山」的官名，考取了四十名即末名的秀才，也是清朝以八股文取士的最後的一次考試了。庚子年後廢止八股，改用策論，不過那也是換湯不換藥的辦法，假如前者是土八股，那麼這後者也無非是洋八股罷了。

前清時代士人所走的道路，除了科舉是正路之外，還有幾路杈路可以走得。其一是做塾師，其二是做醫師，可以號稱儒醫，比普通的醫生要闊氣些。其三是學幕，即做幕友，給地方官「佐治」，稱作「師爺」，是紹興人的一種專業。其四則是學生意，但也就是錢業和典當兩種職業，此外便不是穿長衫的人所當做的了。另外是進學堂，實在此乃是歪路，只有必不得已，才往這條路走，可是「跛者不忘履」，內心還是不免有連戀的。在庚子年的除夕我們作「祭書神長恩文」，結末還是說，「他年芹茂而樨香兮」，可以想見這魔力之着實不小了。

二一　縣考的雜碎

關於縣考已經寫了兩節，要說的話都已說過了，但是有些零碎的事情，至今還是記得，似乎已值得順便記了下來。第一是「下考場」的情形。我們住在府城裏的人，比起鄉下或是外縣的住民來，實在要方便的很多。他們前來應試，須得坐船進城，在船裏過些日子，或者是到試院左近人家暫時租住，我們卻只是走了去便成了。從我們所住的東昌坊口向西北走去，大約有十里以上的路，就是「大街」，也就是試院所在的地方。東昌坊口是個十字路，向北拐彎一直走過長慶寺和馬梧橋，到大坊口再往西走，經過開元寺，到清道橋再北折，這就是「大街」，直到小江橋為止。不過往「新試前」（這即是試院的名稱）去，不必走得那麼遠，過了水澄橋往西，不久就到了，或者在大街入口的清風里口就轉了灣，走那倉橋直街，過了倉橋，在路北的就是。民國以前在科舉既廢之後，試院就改作了紹興府中學堂，到了民國改稱浙江第五中學校，我在那裏教過英文有四五年，這條路幾乎每天要走，也走熟了。大街上轂擊肩摩，擁擠得不大好行走，所以那條後街倒還清爽的，不過是在那考試時候卻也無所謂，因為那時是在後半夜，行人本來是稀少的了。這條路平常走起來，共總要花一個鐘頭的樣子，但是夜間卻可以減少三分之一的時間吧。只須步行這三刻鐘的時候，就可以省去寄寓的麻煩，那豈不是很便宜的事情嗎？

縣考大抵在陰曆十一月初，府試則在十二月中旬，正是大寒的時節，考試的前一天在半夜裏起牀，洗臉吃過什麼油炒飯之後，便準備出發了。將考籃託付給同去的工人，自己只提着一盞考燈，是四方的玻璃燈，中間點着一枝洋蠟燭，周身是一副「考相公」裝束，棉袍棉馬褂棉鞋，頭上披着「風兜」，是一種呢製的風帽，普通多用紅色呢，下連肩背，前面包住兩頰下巴，彷彿古人畫踏雪尋梅的高士所戴的那樣。沿路闃寂無人，只有塔子橋馬梧橋等地方，設有冬防民團，才有幾個人半醒半睡的坐着，在一個銅鼓的旁邊。走近新試前的時候，人就多起來了，反正都是與考試有關的。不是院試，考場的關防是照例不嚴密的，所以人們都可以進去，找適宜的位置坐定，叫人代去點名接了卷子回來，一面安排考具。這是甬道兩旁的東西兩個大的廠子，裏邊又用短牆隔開，每一區域可以容得兩三排長板桌，每排可坐一二十個人吧，這在院試時節才有坐號，現是不妨亂坐的。不久便封門了，是時天色也已是魚肚白，快要天亮了，題目也就發下，這是寫了貼了一塊板上，由人佚擎着走的。題目有了便要開始作文，於是場中一時便靜了下來，但聞咿唔之聲隨之而起，不過這與前回的很有不同，以前的喧囂是熱鬧，現在則有點淒涼之感罷了。

九十點鐘光景，聽見外邊有人傳呼道：「蓋戳！」此蓋是一種監察制度，凡考生作文到一個段落，便須經「學老師」在卷子上文句完處，蓋上一個戳記，這在縣府考時是由考生自由去蓋，所以往往延長至中午，若在院試時乃由學老師親自光臨，挨名蓋去，有的只做得「破題」，也就蓋上了，雖然一般的情形是要蓋在「起講」的末尾，這才算是合格的。蓋戳以後，便任你自由安排，將兩篇四書文，一首五言六韻詩做好謄正，就算完事了。

二二　縣考的雜碎續

說到考場中的吃食，這一天的食糧原應由本人自備，有的只帶些乾糧就滿足了，如松子糕棗子糕紅綾餅等，也有半濕的茯苓糕，還有鹹的茶葉雞子，也有帶些年糕薄片，到那裏用開水一泡，就可以吃了，水果則甘蔗桔子也可以多少帶得。不過開水在考場就很是名貴，這其實也是難怪的，因為考場算是禁地，在裏邊做生意，當然要費用，自然「水漲船高」了。平常泡一壺茶，用水不過一二文，現在差不多要四十文，至少加了二十倍，所以如泡一碗年糕也要花不少的錢，此外茶攤上也有東西可吃，這便是粉絲煮湯，可以當麵，但看去既不好吃，價錢也貴，始終沒有請教過它。此外也有闊人去洗臉的，那自然要比沏茶更貴，一般的人也是不敢去領教的。

冬天日短，快近冬至了，下午的太陽特別跑的快，一會兒看看就要下山去了，這時候就特別顯得緊張，咿唔之聲也格外悽楚，在暮色蒼然之中，點點燈火逐漸增加，望過去真如許多鬼火，連成一片，在這半明不滅的火光裏，透出呻吟似的聲音來，的確要疑非人境。但是過了這個時候，情形便又一變，忽然的現出活氣，彷彿「考先生」的精神便又復活了。這是有些人文章已經做了，要求趕快出去的時候。這些人大抵多是少年，氣盛好鬧，把卷子交了，隨來到甬道上高呼道，「放班來！」或者溜到大堂上去，把那裏放着的銅鼓冬冬的敲上兩三聲，這時文章還沒有做完的人便大聲嚷道：「打！打！」這樣的鬧着，等到真正放班了，才算了結，自放頭班以至溜四班，場內的人遂悉出去了。

在縣府考的時節，也有一種樂趣，便是買書和文房具，這彷彿與北京的廠甸有點相樣，今略舉數例於後。戊戌十二月初七日記項下云：

「往試前，購竹簡一方，洋五分，上面刻詩一絕曰，紅粉溪邊石，年年漾落花，五湖煙水闊，何處浣春紗。下刻八大山人四字。小信紙一束四十張，洋二分，上印鴉柳，五色信紙廿張，洋一分六，上繪佛手柿二物，松鶴紙四張，四文；洋燭四支，洋一角一分。」十一日記項下云：

「在試前購信紙廿張，一種上印簾外牡丹一株，題曰一簾花影詩中畫，十張，一種上印一人背後有泉作聽狀，題曰聽泉，五張，一種上印竹一枝，題曰竹報平安，五張，共洋一分。」十三日記項下云：

「至試前看案尚未出，購《思痛記》二卷，江寧李圭小池撰，木刻本，洋一角。」己亥九月廿七日記項下云：

「至試前文奎堂購《搜神記》二本，晉干寶撰，凡二十卷，石印本，洋二角。」廿八日又記云：

「至試前文奎堂購《七劍十三俠》一部，凡六本。閱一過，頗新奇可喜，聞是俞蔭甫所作，丁酉年石印，凡六十回，有繪圖數頁，亦七俠五義之流亞也。」這裏愛讀《七劍十三俠》的事也頗有意思的，自從《劍俠傳》以後，這類的書一向受人的歡迎，我也自然不是例外，回想當時的情形覺得深可記念。辛丑三月十九日記項下尚記有至試前看案，購《後七劍十三俠》一部，計洋一角八分，可見還是熱心於此書，以後凡有續集刊行，必去購求得來，所以我當初所得是首尾完具的。

二三　義和拳

己亥的第二年，乃是光緒庚子，這不但是十九世紀的末年，而且也可說是清朝的末年，因為在這一年裏鬧過所謂拳匪事件，弄得不成樣子，結果不出十年，這清朝的天下遂告終結了。所以這庚子年影響的重大，並不下於戊戌，可是它在我們鄉下少年，渾渾噩噩不知世事，一知半解的人，有怎麼樣的影響呢？就我自己來說，這影響不怎麼大，只就以庚子為中心的前後兩年看來，胡塗的思想，遊蕩的行為，那麼的下去，怕不變成半個小拳匪和半個小流氓麼？這個變化，乃是因為後來事情的偶然的轉變而阻止了，我被逼而謀脱出紹興，投入南京水師，換了一個新的環境，這件事且等下節再來敘説，如今先來就日記裏所説這一點兒，看我那時對於義和團是什樣的態度吧。

頭一次的記錄是在庚子年五月十九日，日記原文云：

「聞天津義和拳匪三百人，拆毀洋房電杆，鐵路下松椿三百里，頃刻變為麩炭，為首姓部，蓋妖術也。又聞天津水師學堂亦已拆毀。此等教匪，雖有扶清滅洋之語，然總是國家之頑民也。」至廿四日記云：

「接南京大哥十七日函，云拳匪滋事是實，並無妖術，想係謠傳也。」六月中記載尤多，初五日云：

「聞拳匪與夷人開仗，洋人三戰三北，今決於十六上海大戰，倘拳匪不勝，洋人必下杭州，因此紹人多有自杭逃歸者。時勢如此，深切杞憂。」初六日云：

「聞近處教堂洋人皆逃去，想必有確信，或拳匪得勝，聞之喜悦累日。又聞洋人願帖中國銀六百兆兩求和，義和拳有款十四條，洋人已依十二條云。」初八日云：

「晨在大雲橋，忽有洋人獨行，路人見之，嘩稱洋鬼子均已逐出，此何為者，俱噪逐之，追者有五六十人。洋人趨蹶而逃，幾為所執，後經人勸解，始獲逃脱，聞之捧腹。」這幾天日記的書眉上，有大字題曰：

「驅逐洋人，在此時矣！」又曰：

「非我族類，其心必異。」

「臥榻之側，豈容他人酣睡。」但是最緊張的時候，卻在這以後，今節錄日記於後：

「廿二日，傍晚予正在廊下納涼，忽聞總府點兵守城，山會本府均同在嵇山旱門防堵，云台州殷萬登之子稱報父仇，並拆教堂，已在於村過宿，距城只七八十里矣。予聞之駭然，少頃惠叔亦來，因遣人去探，所云亦然。街上人聲不絕，多有連夜逃避城外者，船價大貴，每只須洋七八元。家中疑懼頗甚，不能成寐，十二點鐘始寢。聞城門船隻放行，納洋一元，九城門合計總有千餘元云。」

「廿三日，謠言益夥，人心搖搖。謙嬸家擬逃避城外，予家亦有逃避之意，後聞信息稍平，因此不果，然對門傳澄記(米店)間壁張永興(壽材鋪)均已逃去矣。」

「廿四日，聞本府出示，禁止訛言，云並無其事，百姓安業，不得驚慌，人心稍定。傅張二姓逃出在外，下午逡巡自歸，聞之不覺發噱。」

日記裏關於義和拳的事只有這些，這卻已經夠了。它表示是贊成義和拳的「滅洋」的，就是主張排外，這壞的方面是「沙文主義」，但也有好的方面，便是民族革命與反帝國主義的，但它又懷疑乃是「頑民」，恐它的「扶清」不真實，則又是保皇思想了。這兩重的思想實在胡塗得很，但是照眉批的話看來，它的根源是從書本上來的，所以結果須得再從書本增加力量，這便是後來民報一派的革命宣傳了。

二四　幾乎成了小流氓

我說小流氓，意思是說他地位的大小，並不專指年紀，雖然年齡的大小也自然包括在內，因為年輕的人就不可能成為大腳色。在我們的鄉下，方言稱流氓為「破腳骨」，這個名詞的本意不甚明瞭，但望文生義的看去，大約因為他們要被打破腳骨，所以這樣稱的吧。

一個人要做流氓，須有相當的訓練，與古代的武士修行一樣，不是很容易的事。流氓的生活裏最重要的事件是挨打，所以非有十足的忍苦忍辱的勇氣，不能成為一個像樣的「破腳骨」。大流氓與人爭鬥，並不打人，他只拔出尖刀來，自己指他的大腿道，「戳吧！」敵人或如命而戳一下，則再命令道，「再戳！」如戳至再至三而毫不呼痛，刺者卻不敢照樣奉陪，那便算大敗，要吃虧賠償，若是同行的流氓，也就從此失了名譽了。能禁得起毆打，術語曰「受路足」，乃是流氓修養的最要之一。此外官司的經驗也很重要，他們往往大言於茶館中云，「屁股也打過，大枷也戴過」，亦屬流氓履歷中很出色的項目。有些大家子弟轉入流氓者，因門第的餘蔭，無被官刑之慮，這兩項的修煉或可無須，唯挨打仍屬必要。我有一個同族的長輩，通文，能寫二尺見方的大字，做了流氓，一年的春分日在宗祠中聽見他自伐其戰功，「打翻又爬起，爬起又打翻」，這兩句話實在足以代表「流氓道」之精義了。

法律上流氓的行為是違法的，在社會上也不見得有名譽，可是有一點可取的地方，即是崇尚義氣與勇氣，頗有古代游俠的意思，即使並非同幫，只要在酒樓茶館會見過一兩面，他們便算有交情，不再來暗算，而且有時還肯幫助保護。當時我是愛讀《七劍十三俠》的時代，對於他們並不嫌忌，而且碰巧遇見一個人，年紀比我們要大幾歲，正好做嬉遊的伴侶，這人卻是本地方的一個小流氓。他說是跟我們讀書，大約我那時沒有到三味書屋去，便在祖父住過的一間屋佈置為書房，他讀他的《幼學瓊林》，我號稱做文章預備應考，實際上還是遊蕩居多。他自稱為姜太公的後人，因為姓姜所以名字便叫作「渭河」，不過他在社會上為人所知的名字乃是「阿九」。他的母親是做「賣婆」的，這種職業是三姑六婆之一種，普通規矩的大家是不輕易讓進門裏來的，因為她們以賣買首飾為名，容易做些壞事，不過阿九的母親乃是例外的一個，還是老實的人。她也做那所謂「貰花」的勾當，這是一種變相的「高利貸」，卻更為兇惡，便是把珠花首飾租賃給人，按日收錢，租賃的人拿去典當，結果須得拿出當鋪，貰主與經手人三方面的利錢，而且期間很短，催促得很兇，所以不是尋常婦女所能經手辦理的。阿九和他的姊姊時常代表他們的母親，來我們的同門居住的本家裏來催促，可是他卻不大以為然，只是輕描淡寫的去到債主家裏一轉，說我母親叫我催錢來了，說了就走到這邊來和我們出去玩耍去了。

說是玩耍也就是在城內外閒走，並不真去惹事，總計庚子那一年裏所遊過的地方實在不少，街坊上的事情，知道的也是很多。遊蕩到了晚上，就到近地吃點東西。我們隔壁的張永興是一家壽材店，可是他們在東昌坊口的南邊都亭橋下開了一爿「葷粥店」，兼賣餛飩切面，都做得很好。葷粥乃是用肉骨頭煮粥，外加好醬油和蝦皮紫菜，每碗八文錢，真可以算得價廉物美。我們也就時常去光顧，有一回正在吃粥，阿九忽然正色問道：

「這裏邊你們下了什麼沒有？」店主愕然不知所對。阿九慢慢的笑說道：

「我想起你們的本行來，生怕這裏弄點花樣。」棺材店的主人聽他這說明，不禁失笑，這就是小流氓的一點把戲了。這樣的事是常見的，例如小流氓尋事，在街上與人相撞，那人如生了氣，小流氓反詰問說：

「倒還碰患帶者？」這裏我們只好用方言來寫，否則不能表現他的神氣出來，意思則云「難道撞了倒反不好了麼」，這是一種詭辯，便是無理取鬧的表示。同樣的事情，阿九也曾有過。其時我已經不在家，我的兄弟同母親往南街看戲，那時還沒有什麼戲館，只在廟臺上演戲敬神，近地的人在兩旁搭蓋看臺，租給人家使用，我們便也租了兩個坐位。後來台主不知為何忽下逐客令，大約要租給闊人了，坐客大窘，恰巧阿九正在那裏看戲，於是便去找來，他也並不怎麼蠻來，只對台主說道：

「你這台不租了麼？那麼由我出租給他們了。」台主除收回成命之外，還對他賠了許多小心，這才了事。在他這種不講道理的詭辯裏邊，實在含有很不少的詼諧與愛嬌。我從他的種種言行之中，着實學得了些流氓的手法。後來我離開紹興，便和他斷了聯繫，所以我的流氓修業也就此半途而廢了。到了宣統元年(一九〇九)，這位姜太公的後人把潘姨太太拐跑了，不過這件事情，或者也不好專怪他們的，現在就不再談了。

二五　風暴餘波

上面關於風暴講的很多，但是我個人只受到了一點，後來差不多就淡忘了。我在杭州的一年多，經常在祖父的身邊，也並不覺得怎麼嚴厲，生活過的還好，原想後來再去的。己亥年冬天，對於自己的遊蕩很不滿意，十月三十日日記有「學術無進，而馬齒將增，不覺惡然」的話，十一月十二日項下記云：

「忽作奇想，思明春往杭州去，擬大哥歸後再議。」次年三月廿一日阮元甫來，云欲往杭，予以河水漲暫不去。至四月初二日發杭州信，使阮元甫初六來接，至期已收拾行李什物，而等候阮元甫不至，事遂中止。不料事情才隔半年，家中情形又復發生極大變化。介甫公自癸巳入獄，關在杭州八年，終於辛丑年(一九〇一)正月裏奉旨准其釋放，回到家裏來了。這件事是由刑部尚書薛允升附片奏明，因拳匪鬧事時，在刑部獄中的犯人都已逃了出來，可是到事平的時候又自去投首，刑部遂奏請悉予免罪，薛公乃援例推廣，把在杭州的介甫公也拉了進去，請准一律釋放，這裏明係有人情關係，雖然介甫公不曾自去活動，或者薛公因為是秦人，性情厚道的緣故，顧念年誼，所以肯這樣的援手的吧。雖然後來介甫公偶爾談到薛允升，仍然說他乃是胡塗人，他平常總說「呆皇帝，昏太后」的，那麼那種批評也是難怪的，不過薛公的「出力不討好」的做事精神，總是值得佩服的吧。

正月廿七日得到杭州的信，知道釋放的消息，二月十三日信裏說，部文已到杭州府，即可回家，十九日云已定廿一日晨動身，可雇舟至西興來接。現在便把有關這事的幾天日記抄錄於後：

「二十日，晴。晚下舟放至西郭，已將初鼓，門閉不得出，予以錢二十，啟焉。行里許，予始就寢，春雨瀟瀟，打篷甚厲，且行舟甚多，摩舷作聲，久之不能成睡。披衣起閱湯氏《危言》一篇，坐少刻，就枕即入寐矣。少選，又為舟觸岸驚醒，約已四下鐘，遂不復睡，挑燈伏枕，作是日日記，書訖推篷一望，曙色朗然，見四岸菜花，色黃如金，縱觀久之，怡然自得，問舟子已至何處，則已到迎龍閘左近矣。大雨。

「廿一日，晴。晨過蕭山，巳刻至西興，停泊盛七房門首，見祖父已在，候少頃行李始至。午開船，晚至柯亭，就寢，二鼓至西郭門，夜深門已扃，至晨始得入。

「廿二日，晴。晨至家。」

祖父在離家八年之後，當然是一件大可喜事，但是這中間只隔了十二三日，到了二月初五日家裏的大風暴卻又即開始了。是日記載道：

「初五日，雨。上午同伯文叔往舒家墺上墳，未刻歸家。祖父信衍生讒言，怒詈。」

「初七日，雨。下午，祖父信衍讒，罵玉田叔祖母，大鬧。」關於這事件，須得來說明一下緣因。自從戊戌冬四弟病故，母親甚為悲傷，改變住房格式，繪畫小影，上邊已曾說及，其時本家妯娌中有一個人，特別關切，時常走來勸慰。這人便是玉田叔祖母的兒媳，也即是上文預備逃難的謙嬸。其人係出觀音橋趙氏，是很漂亮的善於交際的一位太太，她同魯太夫人特別說得來，因此拉她到她那邊去玩。湊巧的是魯太夫人的住房和那裏堂屋只隔着一個院子，雖然當初分家，在院子中央砌了一堵牆，將兩邊分開了，但是那邊如高呼一聲，這邊還是聽得見的。在晚飯後，常聽見「請來玩吧」的呼聲，這邊也就點燈走了過去，因為中間牆壁隔着，所以須得由外邊繞了過去，而這條路又一定要經過「衍太太」的門口，因此看在眼裏，以為她們必然得到許多好處，得有機會焉能不施報復呢？其實那裏也只是打馬將消遣，沒有什麼輸贏，只醵出幾角錢來，作為吃炒麵及供油火費之用，乃一經點染，遂為大鬧的資料。讒人的手段便是那麼高明的，後來衍生病死，祖母於無意中唸了一句阿彌陀佛，可見他影響之多麼深遠了。

祖父對於兒媳，不好當面斥罵，便借我來做個過渡。他叫我出去教訓，倒也不什麼的疾言厲色，只是講故事給我聽，說某家子媳怎樣不孝公婆，賭錢看戲，後來如何下場，流落成為乞丐，饑寒至死，或是遇見兵亂全家被難。這裏明示暗喻，備極刻薄，說到憤極處，咬嚼指甲戛戛作響，仍是常有的事情。至於對了祖母，則是毫不客氣的破口大罵了，有一回聽他說出了「長毛嫂嫂」，還含胡的說了一句房幃隱語，那時見祖母哭了起來，說「你這成什麼話呢？」就走進她的臥房去了。我當初不很懂，後來知道蔣老太太的家曾經一度陷入太平軍中，祖父所說的即是那事，自此以後，我對於說這樣的話的祖父，便覺得毫無什麼的威信了。

二六　脱逃

魯迅在《朝花夕拾》的一篇《瑣記》裏，說他的想離開紹興，乃是「衍太太」所逼成的，因為她最初勸導他偷家裏的東西，後來又造他的謠言，使他覺得家裏不能再蹲下去。但是我卻是衍生所間接促成的。本來衍生和衍太太的不正當的結合，雖然由曠達的人看去，原算不得一回什麼事，因為本家的房份遠了，與路人相差無幾，但到底是「有乖倫常」，至少也是可笑的。介甫公對於這事很是不滿，不過因為事屬曖昧，也只好用他暗喻的方法，加以諷刺，於是有在堂前講《西遊記》的事情，據族叔官五（別號觀魚）所記，所講的是豬八戒遊盤絲洞這一節，這故事如何活用，我因為沒有聽到過，無從確說，但總之是諷刺他們兩個人的。雖然明知他們是怎樣的人，而獨深信他們的說話，這實在是不可理解的一個矛盾。

但是我想從家裏脱逃的原因，這還只是一半，其他一半乃是每天上街買菜，變成了一個不可堪的苦事。每天早起，這在我並不難，就是換取了九十幾文大小不一的銅錢，須得摻雜使用，討價還價的買東西，什麼四兩蝦，一塊胖頭魚，一把茭白，兩方豆腐，這個我也幹得來，雖然不免吃虧，但是買了回來祖父看了，總還說是要比用人買的更是便易，所以在這些上面都沒有什麼困難。其最為難的是，上街去時一定要穿長衫。早市是在大雲橋地方，離東昌坊口雖不很遠，也大約有二里左右的路吧，時候又在夏天，這時上市的人都是短衣，只有我個人穿着白色夏布長衫，帶着幾個裝菜的「苗籃」，擠在魚攤菜擔中間，這是什麼一種況味，是可想而知了。我想脱去長衫，只穿短衣也覺得涼快點，可是祖父堅決不許，這雖是無形的虐待，卻也是忍受不下去的。

我想脱逃的意思是四月裏發生的，在祖父回家後剛兩個月的時候，我就寫私信給大哥，「托另圖機會，學堂各處乞留意」，這是四月初四日的事情。本來祖父是贊成各種職業，他認為讀書不成，倒不如去學做豆腐，還可以自立，見於他所著的《恒訓》。他在己亥年十二月十八日給我的信，有過這樣的話：

「杭省將有求是書院，兼習中西學，各延教習。在院諸童日一粥兩飯，菜亦豐。得考列上等，每月有三四元之奬，且可兼考各書院。明正二十日開考，招儒童六十人，如有志上進，盡可來考。」可見他對於學堂也是贊成的，他的愛子長孫都已在南京，而且認為考求是書院，亦是有志上進的表示呢。儘管如此，不過當時我如提出此種要求，倘或他覺察了我想脫逃的意思，那也可能不許可的，因此我不敢來直接請求，寧可轉彎抹角的去想辦法，叫南京方面替我說話，那就可以保險了。

過了兩個月的光景，南京的消息來了，最初乃是伯升來的信。五月廿六日記項下云：

「廿六日，小雨。下午升叔來函云，已稟叔祖，使予往充當額外學生，又允代繳飯金，其意頗佳。」伯升已在水師學堂四年，現為二班學生，其三班則稱額外生，最初一年須自備伙食。其時有同族叔祖在那裏當國文教習兼管輪堂監督，信中所說的便是這人。再過了半個月，得到大哥來信，事情更是具體化了。日記裏說：

「十二日，晴。下午接大哥初六日函，云已稟明叔祖，使予往南京充額外生，並屬予八月中同封燮臣出去。又附叔祖致封君信，使予持函往直樂施（地名）一會，托其臨行關會。」

脫逃的計劃既已成功，現在只等實行罷了。

二七　夜航船

有一個號叫作鳴山的，是我們同高祖的族叔，曾經在水師學堂當過一時的學生，記得幾句「喝茶抽煙」的英語，與封燮臣或者還是同年，其時在宋家漊的北鄉義塾改作學堂，請他去當教習，我便請他給我與封君連絡。七月十八日下午同鳴山至昌安門外趁陶家埭埠船，傍晚至宋家漊，次日往直樂施會見封燮臣，約定廿九日一同啟行。封君是水師學堂管輪班學生，於今年畢業，所以搬家前往南京，同去的有封君母堂，封君的兩個兄弟，此外還有一位女客，彷彿說是表姊，大約是個寡婦，也隨同前去。廿八日仍同鳴山至宋家漊，次日上午至直樂施封宅，下午趁姚家埭往西興的航船，日記裏記着傍晚至東浦，黃昏至柯橋，夜半至錢清看夜會，天氣甚冷遂睡。

在這裏我須得來把埠船與航船的區別來講一講。紹興和江浙一帶都是水鄉，交通以船為主，城鄉各處水路四通八達，人們出門一步，就須靠仗它，而使船與坐船的本領也特別的高明，所謂南人使船如馬這句話也正是極為確當的。鄉下不分遠近，都有公用的交通機關，這便是埠船，以白天開行者為限，若是夜裏行船的則稱為航船，雖不說夜航船而自包含夜航的意思。普通船隻，船篷用竹編成梅花眼，中間夾以竹箬，長方的一片，屈兩頭在船舷定住，都用黑色油漆，所以通稱為烏篷船，若是埠船則用白篷，航船自然也是事同一律。此外有戲班所用的「班船」，也是如此，因為戲班有行頭傢伙甚多，需要大量的輸送地方，便把船艙做得特別的大，以便存放「班箱」，艙面鋪板，上蓋矮矮的船篷，高低只容得一人的坐臥，所以乘客在內非相當局促的，但若是夜航則正是高臥的時候，也就無所謂了。紹興主要的水路，西邊自西郭門外到杭州去的西興，東邊自都泗門外到寧波去的曹娥，沿路都有石鋪的塘路，可以供舟夫拉纖之用，因此夜裏航行的船便都以塘路為標準，遇見對面的來船，輒高呼曰「靠塘來」，或「靠下去」，以相指揮，大抵以輕船讓重船，小船讓大船為原則。旅客的船錢，以那時的價格來說，由城內至西興至多不過百錢，若要舒服一點，可以「開鋪」，即攤開鋪蓋，要佔兩個人的地位，也就只要二百文好了。

航船中乘客眾多，三教九流無所不有，而且夜長岑寂，大家便以談天消遣，就是自己不曾插嘴，單是聽聽也是很有興趣的。十多年前做過《往昔》三十首，裏邊有一篇《夜航船》，即是紀念當年的情形的，今抄錄於後：

「往昔常行旅，吾愛夜航船。船身長丈許，白篷竹葉苫。旅客顛倒臥，開鋪費百錢。來船靠塘下，呼聲到枕邊。火艙明殘燭，鄰坐各笑言。秀才與和尚，共語亦有緣。堯舜本一人，澹台乃二賢。小僧容伸腳，一覺得安眠。晨泊西陵渡，朝日未上簷。徐步出鎮口，錢塘在眼前。」

我這裏又來引一段古人的文章，來做注腳。這是出在張宗子的《瑯嬛文集》卷一的《夜航船序》裏，文云：

「昔有僧人與士子同宿夜航船，士人高談闊論，僧畏懾，拳足而寢。僧聽其語有破綻，乃曰，請問相公，澹台滅明是一個人，是兩個人？士子曰，是兩個人。僧人曰，這等，堯舜是一個人，是兩個人？士子曰，自然是一個人。僧人乃笑曰，這等說起來，且待小僧伸伸腳。」

二八　西興渡江

「七月三十日，晴。晨至西興，落俞天德行。上午過江，午至門富三橋沈宏遠行，下午下駁船，至拱辰橋，下大東小火輪拖船。」日記上簡單的記載如此，現在來說得稍為詳細一點吧。

西興是蕭山縣的一個市鎮，也即是由紹興西郭北海橋到杭州的第一個驛站，計程是水路九十里。這雖是一個小鎮，可是因為是通達杭滬寧漢各大商埠，出入必由之路，所以着實繁盛，比那東路通達寧波的曹娥站，要熱鬧得多了。講到市面來，也只是平常的一個市鎮罷了，卻自有一種驛站的特色，這便是有許多的「過塘行」，專門管理客貨，上邊所說的俞天德行就是其一，又在第二十五節裏我提到盛七房，那也是一家過塘行，不過不稱什麼行而已。過塘行的隔壁或對門，照例是一家小飯店，那裏的店主兼夥計十分有禮貌，看見客人落行洗過了臉，便過來招呼，請在他那裏吃便飯。客人反正是要吃飯的，而且盛情難卻，也便欣然應命，自己命駕前去，或者懶得行動，要叫送過來吃，也無不可。店主人又是很殷勤的推薦「下飯」的小菜，總是些紹興的家常菜蔬，無非那些煎魚烤蝦醃鴨子之類，吃得很是舒服而並不怎麼耗費的。這裏主客歡然作別，隨後是過塘行了，要挑行李過江反正是有定價的，而且東西也一件都不會失落，若是要坐轎，也可以代雇，這要看潮水漲落移動，沙灘路程長短而定時價，但總也定得公道，不大會得超出一元錢的。你同過塘行的主人也歡然別過之後，便可以準備過那錢塘江了。

過錢塘江是一件危險的事，恐怕要比渡黃河更為危險，因為在錢塘江裏特別有潮汛，在沒有橋也沒有輪渡的時候這實在是非常可怕的。但是這在我們水鄉的居民這算得什麼事呢？實在是，也哪裏顧得這許多呢？身邊四面都是河港，出門一步都是用船，一層薄板底下，便是沒有空氣的水。我們暫時稱強便只在水上的一刻，而一生中卻是時時刻刻都可以落到水中去，若要怕它豈不是沒有工夫做別的事情了嗎？但從積極的方面去想，那些渡船上的「老大」，都是飽經風險過來的，我們倚靠着他，是決不會出什麼危險的。過渡雖是安全了，可是上船的這一幕，卻仍不免有多少危險。那些坐轎的君子是可以不必愁的，只有徒步的人，看見那很長的許多「跳板」，難免要心驚肉跳了。特別是沙灘淺而遠，渡船不能靠近的時候，需要跳板接出來，而這跳板長而且軟，前面有人走着，兩條板一高一低，後邊走的着實困難，差不多要被攧下水去的樣子。等到上了船，這才可以安心了，因為沙灘只在西興這邊才有，杭州那面的松毛場是渡船可以靠岸停泊的。

上了渡船之後，還得要看那天的風色，這並不是占卜天候如何，乃是這裏是不是順風，或雖是偏風而可以利用風篷的。如若可以利用，那麼百事大吉，只消掛上布帆，便一直前去了。萬一全然不能利用，則乘客就大倒其黴，要洗耳恭聽船夫的各種惡罵了。一隻渡船的船夫本來就只是三四個人，不使帆時須憑搖櫓，原是不夠用的，所以須得由乘客義務的幫着去搖。據渡船不文律的規定，凡坐轎的和徒步而穿長衫的都照例得免，其抬轎挑腳，及一切短衣人等則均有幫搖的義務。有些乖覺的人看見風帆空懸着的時候，便自動的去搖櫓，到了適當時節就可以退了下來，但懶人倒底居多，船夫看搖櫓的人不夠，就開始說話，起初是一般的要請，其次則指名，如說那位戴涼帽的，那個抽旱煙的，最後則破口大罵了。紹興船夫的善於罵人，是向來很著名的，似乎別處也是一樣，辱及祖先，並及內外姻親，很是惡毒難聽，可是有一點很是奇怪，它決不侵犯對方的配偶方面的。因此我頗疑心，此乃是詛咒而非是罵詈，蓋詛咒對方為是亂倫的事，若是牽涉其配偶，那麼便是夫婦的「敦倫」，不成其為咒罵了。可是罵的雖是厲害，也有聽的恬然毫不為意的，終於不去搖櫓，這時候渡船也就快到埠頭，大家不一會兒一哄而散了。

二九　拱辰橋

鬥富三橋的沈宏遠行也是與俞天德行同性質的一家過塘行，旅客借他的地方略為休息之後，便下駁船，往拱辰橋，船錢大約是一角吧。不知道有多少里路，坐在船上總要花費三四小時，這是在狹窄的內河裏行走，須用竹篙來撐，所以花的時候很多。在將近拱辰橋的地方，須得過一個「壩」，這乃是一個土坡，介在內河外江的中間，船隻經過這坡，須用繩索絡在船首，用絞盤倒拖上去，普通總是外江水漲，所以出去很是費力，進來便只是順流而下罷了。有些地方內外河距離頗遠，所以過壩費事得很，須得把船抬着走一段路，像拱辰橋的要算是最便利的了。

拱辰橋是杭滬運河的盡頭，在那裏開闢商埠，設有租界，像上海似的，論理是應該很繁華熱鬧，但在那裏設有租界的只有日本，諸事苟簡，很不像個樣子，可是既名夷場，總有些玩藝兒，足夠使得鄉下有幾個錢的人迷魂失魄的了。我從南京回家，一共有過四五次，那麼總也有八九回要走過拱辰橋，卻不曾下去細細觀察過，總只是從駁船跳到拖船上，所見到感到的只有那渾濁污黑的河水，煙霧昏沉的天空，和喧囂雜亂的人聲而已。有一回，我卻終於上岸去了，這也不記得哪一年，總之是在夏天，平常小火輪要走上兩夜一天才到，這時不知是什麼緣故，只走了一晝夜就到了。前天下午四時上海開的船，到第二天的傍晚已到了拱辰橋，想要進城已經來不及，而船到了埠便不讓客人在船上過夜，所以唯一的辦法只有上陸去。這是我第一次瞻仰拱辰橋商埠，結果乃使我大大的吃驚，以後便不敢賜顧了。我住在一家客棧裏，隔壁便是一個「野雞」的住房，剛才要了一碗湯麵來吃，茶房就來勸駕去「白相」，接着那「小姐」和她的「大姐」(大應照方音讀若渡或陀)也親自過來，苦口婆心的勸說。好容易總算打發走了，預備睡覺，則帳子裏的臭蟲實在厲害，走出外邊則蚊蟲又多得很，而且白相也似乎沒有生意，隔壁的主僕喁喁的説閒話，雖是低聲卻也聽了實在心煩。混過了半夜，到了天蒙亮的時候趕緊下樓去找茶房，搬行李下駁船進城去了。拱辰橋就只這一回上去過，以後沒有再上去的勇氣了。

由拱辰橋開往上海的小火輪，那時計有兩家公司，即戴生昌與大東。戴生昌首先開始，大東是日本人開的，繼之而起，又加以改良，戴生昌係是舊式，散艙用的是航船式的，艙下放行李，上面住人，大東則是各人一個牀鋪，好像是分散的房艙，所以旅客多喜歡乘坐大東。價錢則是一樣的一元五角，另外還有一種便宜的，號稱「煙篷」，係在船頂上面，搭蓋帳幕而成，若遇風雨則四面遮住，殊為氣悶，但價錢也便宜得多，只要八角錢就好了。普通在下午四時左右開船，次日走一天，經過嘉興嘉善等處，至第三天早晨，那就一早到了上海碼頭了。

三〇　青蓮閣

我們於辛丑(一九〇一)八月初二日到上海，在那裏耽擱三天，初四日乘輪船出發，至初六日上午到南京。據日記上所載如下：

「初二日，晴。晨至上海，寓寶善街老椿記客棧。上午至青蓮閣，啜茶一盞。夜至四馬路春仙茶園看戲，演《天水關》《蝴蝶杯》二劇，歸寢。

「初三日，晴，在上海。

「初四日，晴。下午，下江永輪船。夜沈子香失去包裹一個，陳文玲亦來。夜半開船，至吳淞口，已五更矣。舟行震動，甚覺不安。

「初五日，晴，在舟中。

「初六日，晨小雨，至江陰雨止，到鎮江，上午至南京下關。」

當時上海洋場上所特有的東西，第一是洋房和紅頭巡捕。但這與過客無緣，住的客棧是中國舊式房子，平常出去只要不在馬路邊上小便，也不會碰見印度巡捕的麻煩，若是在小巷裏那是照例可以的。其次多的便是「野雞」。她們散居在各處衖堂裏，但聚集最多的地方乃是四馬路一帶，而以青蓮閣茶樓為總匯。所以凡往上海觀光的鄉下人，必定首先到那裏去，我們也不是例外。那裏茶也本來頗好，不過「醉翁之意不在酒」，目的乃是看女人，你坐了下來，便見周圍走着的全都是做生意的女人，只等你一句話或者示意，便兜搭着坐下了。樓上內部是售賣鴉片煙的，放着一張張的精巧的臥榻，可以容得兩個人對抽，五光十色的尤其可觀。青蓮閣外邊有一個很特別的書攤，擺攤的姓徐，綽號叫作「野雞大王」，除普通書報以外，還帶賣各種革命刊物，那時還沒有什麼東西出板，後來我看見的那些《新廣東》和《革命軍》，便都是從他那裏得來的。這也可以說是青蓮閣外的一個奇人吧。

上海的「茶園」那時由我們看來也是頗特別的。在紹興還只有「社戲」，是地方上出份子，會首去招戲班來，在廟臺上或是搭台開演，各人可以自由站立着看，不費一文。我上文講的「杏花寺」演戲，便是那一種類，其在鄉間把戲臺搭在半河的，便於在船上觀看，尤其方便。社戲的戲班不是「高調」，就是「亂彈」，後來有所謂「徽班」者出現，但演的仍舊是紹興府下的人，總之不是京戲。上海的「茶園」，蓋是仿北京的什麼茶樓而起，以吃茶為名，附帶的看戲，但也似乎不是京戲，因為記憶起來，雖是十分模胡了，不記得有嗳嗳嗳的力竭聲嘶的叫喚模樣。地方戲我都看得，就只是那京戲裏老生的唱法，在一個字的母音上拉長了變把戲，這和中醫的醫理一樣，我是至今不敢領教的。紹興城內有新式戲園，可以買票去聽的，還是始於布業會館，是一個姓陶的賣布商人仿照上海開辦，時間已經在民國初年了。那時演的是所謂坤伶，民間稱髦兒戲，又稱「的篤班」，乃是現今越劇的前身，一經蜕化，真是光輝萬丈了。從前有個同鄉的人曾經説笑話道：現今紹興酒不好吃了，善釀酒尤其甜俗得可以，以後替紹興揚名的恐怕要推越劇了吧。雖然説的是笑話，事情倒是實在的。

三一　長江輪船

這裏所要説的是上海地方的流氓以及「扒手」，他們對於旅客的惡事計分明暗兩種做法，暗的是偷竊行李，明的則是訛詐敲竹槓。他們並不全是本地人，乃係來自各處，以蘇北一帶為最多，因為接近淮河，地方十年九荒，流亡者多，以致「江北人」這一個名詞，在江南人心目中，含有特別的一種意義。他們分佈在長江一帶，以沿江碼頭及輪船為其活動地區，而以上海和漢口為總匯。他們有嚴密的組織，屬於什麼幫會，不過這些事情並非我們外人所能得知就是了。現在只就我個人所見所知，約略記述一二，以見一斑。

日記裏說封君的同班畢業生沈子香失掉了包裹一個，這就是着了扒手的道兒了。沈君乃是上海本地人，尚且不能預防，從別處地方來的自然更是難免了。大抵在船停着還未開行，或者中途停泊，都是他們最為活動的時節，你就是熬夜睜着眼睛看着，它也會從你的鼻子底下拿走的。但是他們很有規矩，對於自家人是決不侵犯的。關於這件事，我有過一個經驗，因為是親身經歷的，雖然事情並不關聯我自己。

有一回我從上海往南京，坐在長江輪船裏，可能是招商局的，也可能是太古或怡和公司的，因為長江裏的這三家的船都差不多，通常稱作「三公司」的船，碰着誰家就坐誰，雖然招商局是中國官督商辦，而太古怡和乃是外國商人所辦的。他們的船在各埠大抵都有「躉船」，讀若「頓船」，這乃是一種浮着的碼頭，可以隨着水位高下而升降，隨後再用橋樑似的東西與陸地相聯接，所以是頗為便利。此外還有一家日本公司，因為開辦得遲，不但沒有躉船，沿路要停泊在江心，用擺渡上岸，而且上海的碼頭又在對岸浦東，也須得過渡，更多有流氓活動的餘地，因此旅客對於這一家的船特別懷有戒心，不敢輕易搭乘的。總之我趁的是三公司船，老早就已上去，雖然佔不到十分好的位置，也還是適中的得到一個中層的散艙鋪位，看看時間漸晚，來者愈多，後來不但是沒有牀位，連牀位中間的空隙也有人打開鋪蓋來了。我的牀位前面，卻來了一位衣服華麗的旅客，穿的大概是寧綢吧，約在四十以上年紀，看情形也似乎是上等人，在攤開被鋪之後，開始抽起鴉片煙來。沒有什麼值得特別注意，我便不去看他了，這時大約船已開行，我也朦朧的假寐一會兒，再睜眼看時已近半夜，那位闊客卻還是不睡，點着煙燈，不知是在抽煙，還是幹什麼。那時忽然聽見有人走來，口裏一面駡着，一面四顧尋覓，好像要找一個人的樣子，嘴裏說着寧波話，意思是說「怎麼對我也開起玩笑來了」。那人走到闊客面前，便停了下來，也不說別的話，逕自屈身向他懷中掏摸，便嘰哩咕嚕的拉出一連串的東西來，乃是一隻錶和它的索子。拉出錶來之後，看也不一看，裝進自己的口袋裏，嘴裏還是嘮叨着，仍走原路回去，這邊的闊客則不作一聲，任他掏了錶去，若無其事的樣子。我看了心裏正自納悶，不曉得是怎麼一回事，及至回頭再來注意闊客時，則不知在什麼時候已經收拾了煙盤和鋪蓋，搬到別處去了。這時才瞭解這是他錯拿了同幫的人的東西，所以弄得當眾出醜，露出了馬腳，只好偷偷的躲避過了。

另外一件事，乃是當事人告訴我的，所以也是的確可靠。此人我們姑且叫他小土，乃是北大校長蔣夢麟的得力的秘書，在張作霖進京做大元帥的時節，逃出北京，由天津南歸，是一九二六年的事。當時他率領妻子，並且帶有若干件行李，生怕在上海碼頭上遇着流氓要敲他的竹杠，所以他預先寫信，通知北新書局的李老闆，請求照顧一下。李小峰雖是他住同安公寓時節的老友，應當給他幫忙的，但李老闆乃是有名的忠厚老實人，恐怕沒有什麼力量，不過久在上海，總可以代找一個「場面上人」替他出一臂之力吧。及至輪船到了「金利源碼頭」，看不見救兵的來，只見黑壓壓兒站滿了腳夫流氓，小土這才着了忙，眼看那些行李都被運到碼頭，東一件西兩件的分散放着，這是流氓的照例的做法，教人不好照管，以便從中做些手腳。其時才見李老闆到場了，仍然咧着嘴笑，隨帶着一個人，卻是衣裳楚楚的白面書生，不像是個虯髯着短後衣保鑣人的模樣。小土這時心想百事休矣，行李準定要失少一半了，可是那書生不動聲色，和主人招呼過後，便回轉來對腳夫罵了一句，這是極普通的罵法，因為用的太廣泛了，有點失去了原來惡意，猶如紹興的「仰東碩殺」，——見於《雜纂四種》序中所引用的魯迅書簡中，算不得什麼罵了。原語當然是句上海話，彷彿是什麼「觸係娘」之類，可是這句話一說，恍如五雷真訣一樣的有靈，聽的人聳然震動，立刻把分散的行李歸在一處，立在旁邊聽候吩咐。書生乃問明行李件數，再查問流氓頭兒的姓名，叫留下幾名挑夫，責成頭子阿什麼負責送到什麼地方。吩咐既畢，便對主人說道：「我們走吧。」各自分路而去，小土到了地點，果然見行李隨到，一件都不短少，挑夫各受應得的工資而去。小土隨後告訴我這件經過，他說他還清清楚楚的記得那句真言，後來遇着機會很想依樣壺盧的來試它一試，可是也就害怕，生怕真如五雷真訣一樣，萬一唸的不很準確，不但不見靈驗，還會惹得雷火燒身，所以不敢照樣的做。但是傳到了我的手裏，這句真言只存了大意，已經把原語也已失傳了。

三二　路上的吃食

從前大凡旅行，路上的吃食概歸自備，家裏如有人出外，幾天之前就得準備「路菜」。最重要的是所謂「湯料」，這都用好吃的東西配合而成，如香菇，蝦米，玉堂菜就是京冬菜，還有一種叫做「麻雀腳」的，乃是淡竹筍上嫩枝的筍乾，曬乾了好像鳥爪似的。它的用處是用開水沖湯，此外當然還有火腿家鄉肉，這是特製的一種醃肉，醬雞臘鴨之類，是足夠豐美的。後來上海有了陸稿薦紫陽觀，有肉鬆薰魚，及各種小菜可買，那就可以不必那麼預備了。

由杭州到上海的路上，船上供給旅客的飯食，而且菜蔬也相當的好。房艙二十個人一間，分作前後兩截，上下兩層牀鋪各佔一人，飯時便五個一桌，第一天供應晚餐一頓，次日整天兩頓，都在船價一元五角之內，這實在要算便宜的。滬寧道中船票也是一元五角，供應餐數大略相同，可是它只管三頓白飯，至於下飯的小菜，因為人數太多，也實在是照管不來了。這且不談也罷，那輪船裏茶房對客人的態度也比較的差，譬如送飯來的時候，將裝飯的大木桶在地上一放，大聲喊道：「來吃吧！」這句話意思是如此，可是口調還有不同，彷彿有古文裏所謂「嗟，來食」之意，而且他用寧波話說，讀作「來曲」，這自然更不好聽了。不過那時候誰也計較不得這些，只等到「來曲」一聲招呼，便蜂擁的奔過去，用了臉盆及各種合用的器具，盡量的盛飯，隨後退回原處，靜靜的去享用。這是杭滬以及滬寧兩條路上，不同的吃飯的情形。

路過各處碼頭，輪船必要停泊下來，上下客貨，那時有各種商人攜百貨兜售，這也是很有趣味的事。不過所記得的大抵以食物為多，即如杭滬道上的糕團，實在頂不能忘記的了。這種糕團乃是一種濕點心，是用糯米或粳米粉蒸成，與用麥粉所做的饅頭燒賣相對，似乎是南方特有的東西，我說南方還應修正，因為我在嘉興和蘇州看見過它，在南京便沒有了，北京所謂餑餑，乃全是乾點心而已。大概因為兒時吃慣了「炙糕擔」上的東西，所以對於糕團覺得很有情份。魯迅也是熱愛糕團，因此在嘉興曾鬧過一個小小的笑話。他看見一種糕，塊兒很不小，樣子似乎很好吃，便問幾錢一塊，賣糕的答說，「半錢」。他聞之大為驚異，心想怎麼這樣的便宜，便再問一遍，結果仍是「半錢」。他於是拿了四塊糕，付給他兩文制錢，不料賣糕的大不答應，吵了起來。仔細一問，原來是說「八錢一塊」，只因方言八半二音相近，以致造成這個誤會，這也是很有意思的一件事。

此外在滬寧路上，覺得特別記得的，是在鎮江碼頭停泊的時節，大約是以「下水」便是船向着長江下游走的時候居多，總在夜晚，而且因為貨多，所以停船的時間也就很長。那時便有一種行販，曼聲的說，「晚米稀飯，阿要吃晚米稀飯。」說也奇怪，我沒有一回吃過它，因此終於不知道這晚米稀飯是怎麼一個味道，但想像它總不會得壞，而且也就永遠的記住了它。怕得稀飯裏會放進「迷子」這一類東西去，所以不敢去請教的麼，這未必是為此，只是偶然失掉了這機會罷了。江湖上雖然盡多風險，但是長江上還沒有像《水滸》上的山東道上一樣，有這樣的危難。可是後來有一年，我在禮拜天同伯升到城南去，在夫子廟得月臺喝茶，遇着一位巡城的「總爺」。他穿着長衫馬褂，頭戴遮陽的大草帽，手裏拿着一支藤條，雖是個老粗，卻甚是健談，與伯升很是說得來。據他說，騙子手裏的迷藥確是有的，他曾經抓住過這樣的一個人，還從他問得配合迷藥的藥方。伯升沒有請教他這個方子，想來他也未必肯告訴我們，那麼何必去碰這個釘子。——而且或者他這番的話本來全是他編造的，拿來騙我們的也未可知呢。

三三　南京下關

到了南京下關，再走一步路，便是江南水師學堂，是我們此次旅行的目的地了。南京也是長江上一個大碼頭，照例有些流氓，旅客上下也是很有些不方便的。下關是學堂的大門口，不能眼看受人家的欺負，所以非想個法子來抵制不可。好在那時學堂還算是歪路，當學生的也是一種「吃糧」的朋友，借了那一套紅青羽緞的操衣，一雙馬靴的裝備，穿起來像個「丘八」的樣子，也就可以混進去了。這是「自力更生」的辦法，還有一種是「他力」的，便是利用學堂裏的「聽差」，叫他去碼頭上接送。這些名叫王福徐貴的人，在學堂裏當差，伺候諸位「少爺」，但是他們卻自有地位，多是什麼幫會裏的人物，那時最有勢力的是青幫，其次是洪幫（當初還以為是紅幫，是顏色的區別呢）和所謂「安清道友」。叫他隨着，不希望怎麼幫忙，但已足夠阻止他們的進攻，這就盡夠好了。說起校役中多有幫會的人，真是周知的事情，誰也用不着怎麼驚怪的。從前我在學堂裏的時候，漢文講堂有一個聽差，名字也無非王福劉貴之類，只是模樣很是奇異，所以特別記得。他的辮髮異常粗大，而且編的很鬆，所以腦後至少有一尺頭髮，散拖着不曾編辮，這怪樣子是足夠驚人的。那時有革命思想的人，很討厭這辮髮，卻不好公開反對，只好將頭髮的「頂搭」剃得很小，在頭頂上梳起一根細小的辮子來，拖放在背後，當時看見徐錫麟，便是那個模樣的。如今所說鬆編的大辮子，卻正是相反，雖然未必含有反革命的意義，總之不失為奇裝異服的一種，有些風厲的地方官，看見了就要懲辦的。我們上漢文講堂，因為暫時不曾看見那副怪相，有一天便問那後任的聽差，說那人哪裏去了，他的後任若無其事似的坦然回答道：「他麼，被他們幫裏做掉了。」我們知道他們幫裏的「行話」，所謂做掉，就是說他違反幫規，依照最高的法律，將他消滅了，其執行辦法，則據傳說是辦一桌酒，請他吃了，隨後傳達命令，請他自裁，若是不能辦到，便裝入一個口袋內，扔到長江裏去了事。這是傳說如此，究竟事實若何，那就不能知道，但總之那大辮子之被做掉，乃是確實的事情，而且眾人皆知，毫無隱諱，在此活生生的事實前面，足證幫會勢力在南京是如何的活躍了。

江南水師學堂靠近下關，下關乃是輪船碼頭，有相當的店鋪市街，所以是頗為方便的。我們說是靠近，其實還隔着一座城，也有幾里路，不過比往南走，到北門橋去要近得多，而且輪船開行時放汽的聲音也聽得見，所以感覺得很近就是了。江邊因為洋船上下，所以特別設了幾家「辦館」，這是一種簡單的洋貨店，但其重要職務則是在給洋人代辦食物，所以有此名稱，不過我們也可以買到些東西，如「摩爾登糖」和一種成聽的普通方塊餅乾，價廉而物美，所以也是很方便的。再過來便是新開的郵政局，以上是在江干的一塊地方，也就是惠民橋的那邊，其普通市街則是在橋的這一邊。惠民橋下因為要通船隻，都是豎有很高的桅竿的，而橋上面又要通車馬，所以橋是做得可以開關的，一不湊巧遇着開橋的時候，便須等候着，要花費個把時辰。橋的這邊有一道橫街，道路很狹，有各種街鋪，最後至江天閣，可以吃茶遠眺，顧名思義當是可以望見長江，其實也只是一句話而已。由惠民橋沿着馬路進城，走上一個頗長的高坡，就是儀鳳門，門的左手是獅子山，上邊設有炮臺，但是沒有上去過，那裏駐守的官兵是不准閒人去看的，本來炮臺哪裏可以隨便看得呢？可是那裏洋人卻可以上去「遊覽」的。過了儀鳳門走不多遠，就可以望得見機器廠的大煙通了，雖然是煙通終年到頭不冒煙，但總之煙通是在那裏，那即是我們的水師學堂了。

三四　入學考試

等考學堂，平常必須暫住客棧，而且時間久暫不能預定，花費也就不小，幸而我有本家的叔祖在學堂裏當管輪堂的監督，可以寄寓在他那裏，只要每月貼三塊錢的飯錢給廚房就行了。我於八月初六日到來，初九日即考試額外生，據當日舊日記說是共有五十九人，難道真是有那麼多嗎，現在卻也記不清了。考的是作論一篇，題云：

「雲從龍風從虎論。」一上午做了，日記上說有二百七十字，不知是怎麼說的，至今想起來也覺得奇怪。十一日的項下說：

「下午聞叔祖說，予卷係朱穎叔先生延祺所看，批曰文氣近順，計二十本，予列第二，但未知總辦如何安排耳。」朱穎叔係杭州人，亦是水師學堂的漢文教習，其批語很有意思，文氣只是「近」順，可見也還不是真正順了。但是十六日出榜，取了三名，正取胡鼎，我是備取第一，第二是誰不記得了。我頗懷疑我這列了備取第一，是很有情面關係的，論理恐怕還應名落孫山才是呢。十七日覆試，更是難了，因為題目乃是十足的八股題：

「雖百世可知也論」。以後不曾發榜，大概這樣就算都已考取了吧，到了九月初一日通知到校上課。這兩回的論題真是難的很，非是能運用試帖詩八股文的作法者都不能做得好，初試時五十幾個人一齊下了第，就是我們三人也不知怎樣逃過第二難關的，因為那要比第一個題目更是空洞了。覆試的結果雖是不曾發表，據說也是胡鼎的卷子做得最好，因為他在末後說西洋有一種新的學問，叫做哲學，彷彿說憑了這個，就可以推知百世以後的事情。在那時候國文教員聽見了這個新名詞，的確要大吃一驚的。——可是且慢，難的還在後頭，我們上課一個月之後，遇着全校學生漢文分班考試，策論的題目如下：

「問孟子曰，我四十不動心。又曰，我善養吾浩然之氣。平時用功，此心此氣究如何分別，如何相通，試詳言之。」列位看了這個題目，有不對我們這班苦學生表示同情的麼？一星期後榜出來了，計頭班二十四名，二班二十名，其餘都是三班，總有五六十吧，大抵什九是老班學生，大家遇到此心此氣，簡直是一敗塗地了。這入學考試的兩個題目乃是總辦方碩輔自己所出，就只是難做而已，還可以從字面來敷衍，後來請來了一位桐城派大家，又是講道學的，向我們講話，首先提出須得每人備一部《古文辭類纂》，及至考問「平時用功」，就叫做那條策問，這便是那題目的來源。那一次漢文分班考試我也混過去了，結果還考列頭班的二十名，現在想起來還要出冷汗，不知道那裏是怎麼樣的胡說八道的，當時考卷如能找得到，倒的確想要看它一看呢。

三五　學堂大概情形

江南水師學堂本來內分三科，即是駕駛，管輪和魚雷，但是在一九〇一年時魚雷班已經停辦，駕駛與管輪原設有頭二三班，預定每班三年，那時候三班也已裁去，事實上又不能招收新生直接加入二班，所以又改頭換面的添了一種副額，作為三班的替代。招生時稱為額外生，考取入堂試讀三個月，甄別一次，只要學科成績平均有五成，就算及格，比後來的六十分還要寬大，這之後就補了副額學生了。各班學生除膳宿，衣靴，書籍儀器，悉由公家供給外，每月各給津貼，稱為贍銀，副額是起碼的一級，月給銀一兩，照例折發銀洋一元，制錢三百六十一文。我自九月初一日進堂上課，至十二月十三日掛牌准補副額，凡十二人，遂成為正式學生，洋漢功課照常進行，兵操打靶等則等到了次年壬寅(一九〇二)年三月，發下操衣馬靴來，這才開始。我這裏說「洋漢功課」，用的係是原來的術語，因為那裏的學科總分為洋文漢文兩大類，一星期中五天上洋文課，一天上漢文課。洋文中間包括英語，數學，物理，化學等中學課程，以至駕駛管輪各該專門知識，因為都用的是英文，所以總名如此。各班由一個教習專任，從早上八時到午後四時，接連五天，漢文則另行分班，也由各教習專教一班，不過每週只有一天，就要省力得多了。就那時計算，校內教習計洋文六人，漢文四人，兵操體操各一人，學生總數說不清，大概是在一百至一百二十人之間吧。

講到學堂的大概情形，須得先把房屋來說明一下才行。從朝東的大門進去，一條闊長的甬道，二門朝南，偏在西頭，中間照例是中堂簽押房等，附屬有文書會計處。後邊乃是學生的飯廳，隔着院子南北各三大間，再往北是風雨操場，後面一片廣場，豎立着一根桅竿，因為底下張着粗索的網，所以佔着不小的面積。以上算是中路。東面靠近大門，有一所小洋房，是給兩個頭班教習住的。那時駕駛的是何利得，管輪的是彭耐爾，都是英國人，大概不過是海軍的尉官吧。隔牆一長埭是駕駛堂，向西開門，其迤北一部與操場相並，北邊並排着機器廠與魚雷廠，又一個廠分作兩部，乃是翻沙廠與木工廠。到這裏東路就完了。西路南頭是一個小院子，接着是洋文講堂，係東西兩面各獨立四間，中為磚路甬道，小院有門通外邊，容洋教習出入，頭班講堂即在南頭，其次為二三班，北頭靠東一間原為魚雷講堂，靠西的是洋槍庫。漢文講堂在其東偏，係東向的一帶廂房，介於中路與東路之間。洋文講堂之北是一小塊空地，西邊有門，出去是兵操和打靶的地方，乃是學堂的外邊了。管輪堂即在此空地之北，招牌掛在向東的牆外，也是一長埭，構造與駕駛堂一樣。後面西北角舊有魚雷堂，只有十幾間房屋，東鄰是一所關帝廟。這裏本來是一個水池，據說是給學生學游泳用的，因為曾經淹死過兩個年幼的學生，所以不但填平了，而且還造了一所「伏魔大帝」的廟。廟裏住着打更的老頭子，他在清朝打過太平軍，是個不大不小的「都司」，我在將來還要說到他，現在只是講房屋，所以只能至此為止了。

三六　管輪堂

管輪堂坐北朝南，長方一塊。外院南屋一排九間，中間是走向洋文講堂等處的通路，其餘是教習的聽差和吹號人等所住的房間。北屋也有九間，中間通往宿舍，左右住着教習們，中央靠東的一間是監督所住。院子的東牆開一頭門，外掛管輪堂三字的木板，接着是一條由西北往東南的曲折的走廊，走到飯廳，穿過那院子，再往南折，便是出門去的路。內院即是學生的宿舍，這建築在光緒初年，與後來北大清華的新宿舍迥不相同，或者多分近似舊書院的制度也未可知。那是一個大院子，東西相對各是十六間的平房，門外有廊，其第八間外面中蓋有過廊，所以不能使用，空着不算，號舍共總算是三十間，這大概總佔地面五分之四吧，還有西邊五分之一，則是聽差的住處，由那空間的通路走到宿舍裏來，那裏的一條長街往北去可以通到便所，往南則是茶爐，再出去就是監督的門口了。宿舍定規每間住兩個人，照例一人發給牀板一副，牀架有柱，可掛帳子，兩抽屜半桌一張，凳子一個，大書架，箱子架和面盆架各一個，可以夠用。又油燈一盞，油錢二百文，交給聽差辦理，若是要點洋油燈，則須自己加添一百文，那玻璃油壺的洋燈也須得自己置辦。大抵當副額時只好用香油燈對付，到得升了二班，便可換用洋燈，但這只是說那窮學生，後來有些帶錢到學堂裏來用的人，那也就並不是那麼寒酸的了。

宿舍南北兩邊都是板壁，東西一面開門，旁邊是兩扇格子糊紙的和合窗，對面中間開窗，是直開的玻璃門，外邊有鐵柵欄。房間裏佈置沒有一定，可以隨各人的意思，但是歸結起來，大抵也只有三類。甲式是牀鋪南北對放，稍偏近入口，桌子也拼合放在玻璃窗下，兩人對坐，書架衣箱分列坐後。這種擺法房內明朗，空氣流通，享用平等，算是最好，但這須二人平日要好，才能實行。乙式是牀鋪一橫一直，直的靠板壁一面，橫的背門靠對面的板壁，空間留得稍大，桌子可以拼合，也可一人靠近窗下，一人在橫放的牀前壁下，便於各做各人的事。丙式是最差的一種辦法，牀鋪也是一橫一直，不過橫的在裏邊，如乙式而略向前，約佔房間的大半，而直的則靠近門口放在窗下，本來也只一小半，又空出門口一段，實際上他所有的才是全部三分之一罷了。新生入堂，被監督分配在有空位的那一號裏去住，不但人情不免要欺生，而且性情習慣全不瞭解，初步隔離的辦法也不算壞，雖然在待遇上要吃些虧。日久有朋友，再來請求遷居別號，或者與居停主人意氣投合，也會得協議移動牀位。其有長久那麼株守門口的人，大抵總有什麼緣故，與人合作不來，只好蟄居方丈（實在還不到一方丈）的斗室中了。三者之中，以甲式最為大方，因為至少總沒有打馬將什麼這種違法的企圖也。

三七　上飯廳

學生每天的生活是，早晨六點鐘聽吹號起牀，過一會兒吹號吃早飯，午飯與晚飯都是如此。說到吃飯，這在新生和低年級生是一件難事，不過早飯可以除外，因為老班學生那時大都是不來吃的。他們聽着這兩遍號聲，還在高臥，廚房按時自會有人托着長方的木盤，把稀飯和一碟醃蘿蔔或醬萵苣送上門來，他們是熟悉了哪幾位老爺（雖然法定的稱號是少爺）是要送的，由各該聽差收下，等起牀後慢慢的吃。這時候飯廳裏的坐位是很寬裕的，吃稀飯的人可以隨便坐下來，從容的喝了一碗又一碗，但是等到午飯或是晚飯，那就沒有這樣的舒服了。飯廳裏用的是方桌，一桌可以坐八個人，在高班的桌上卻是例外，他們至多不過坐六人，坐位都有一定，只是同班至好或是低級裏附和他們的小友，才可以參加，此外閒人不能闌入。年級低的學生，一切都沒有組織，他們一聽吃飯的號聲，便須直奔向飯廳裏去，在非頭班所佔據的桌上見到一個空位，趕緊坐下，這一頓飯才算安穩的到了手。在這大眾奔竄之中，頭班卻比平常更安詳的，張開兩隻臂膊，像是螃蟹似的，在曲折的走廊中央大搖大擺的踱方步。走在他後面的人，不敢繞越僭先，只能也跟他踱，到得飯廳裏，急忙的各處亂鑽，好像是晚上尋不着窠的雞，好容易找到位置，一碗雪裏蕻上面的幾薄片肥肉也早已不見，只好吃餐素飯罷了。

學堂裏上課的時間，似乎是在沿用書房的辦法，一天中間並不分作若干小時，每小時一堂課，它只分上下午兩大段，午前八點至十二點，午後一點半至四點，但於上午十點時休息十分鐘，打鐘為號，也算是吃點心的時間。關於這事，汪仲賢先生在《十五年前的回憶》（還是一九二二年所寫，所以距今已經是五十五年前了）裏有幾句話，說的很有意思：

「早晨吃了兩碗稀飯，到十點下課，往往肚裏餓得咕嚕嚕的叫，叫聽差到學堂門口買兩個銅元山東燒餅，一個銅元麻油辣醬和醋，拿燒餅蘸着吃，吃得又香又辣，又酸又點饑，真比山珍海味還鮮。」這裏我只須補充說一句，那種燒餅在當時通稱為「侉餅」，意思也原是說山東燒餅，不過這裏用了一個雅號，彷彿對於山東人有點不敬，其實南京人稱侉子只是略開玩笑，並無別的意思，山東朋友也並不介意的。這是兩塊大約三寸見方的燒餅連在一起，中間勒上一刀，拗開來就是兩塊，其實看它的做法也只是尋常的燒餅罷了，但是實在特別的好吃，這未必全是由於那時候餓極了的緣故吧？但是這做侉餅的人，卻有一種特別的習慣，很是要不得的，即是每逢落雨落雪，便即停工，在茅篷裏打起紙牌來，因為茅篷狹小而打牌的人多，所以坐在門口的就把背脊露出在外邊。這於吃慣辣醬蘸侉餅的人非常覺得不方便，去問他為什麼今天不做侉餅，他就會反問道：「今天不是下雨麼？」為什麼下雨就做不成侉餅，這理由當初覺得不容易懂，但是查考下去，這也就明白了。下雨天沒有柴火，因為賣蘆柴的人不能來的緣故。後來我問南京的人，已經不知有侉餅的名稱，似乎是沒有這東西買了，但是那麻油辣醬還有，其味道厚實非北京的所能及，使我至今不能忘記。那十點鐘時候所吃的點心當然不止這一種，有更闊氣的人，吃十二文一件的廣東點心，一口氣吃上四個，也抵不過一隻侉餅，我覺得殊無足取，還不如大餅油條的實惠了。汪仲賢先生所說是一九一〇年左右的事，大概那種情形繼續到清朝末年為止，一直沒有變為每一小時上一堂的制度吧。

三八 講堂功課

洋文功課是沒有什麼值得說的，頭幾年反正教的都是普通的外國語和自然科學，頭班以後才弄航海或機械等專門一點的東西，倒是講堂的情形可以一講，因為那是有點特別的。洋文講堂是隔着甬道，東西對立，南北兩面都是玻璃窗，與門相對的牆上掛着黑板，前面是教習的桌椅，室內放着學生的坐位四排，按著名次坐。南京的冬天本不很冷，但在黑板左近總裝起一個小火爐來，上下午生一點爐火，我想大概原來是對付洋教習的吧，我們卻並不覺得它有什麼好處，特別如有一時期代理二班教習的奚清如老師，他還把桌子挪到門口那邊去，有點避之若浼的意思。到了夏天，從天井上掛下一大塊白布做的風扇，由繩子從壁間通出去，有聽差坐在屋後小弄堂裏拉着，這也是毫無用處的東西，只是裝個樣子，後來學堂也作興放暑假若干天，那時候或者這也就取消了吧。漢文講堂只是舊式的廂房，朝東全部是門，下半是板，上部格子上糊紙，地面砌磚，與洋文講堂比較起來差得多了，那些火爐風扇也並沒有，好在每星期只有一天，也就敷衍過去，誰都沒有什麼不平。還有一層漢文簡直沒有什麼功課，雖說上課實際等於休息，而且午後溜了出來，回到宿舍泡一壺茶喝，閒坐一會兒也無妨礙，所以這一天上課覺得輕鬆，不過那時要走間道，通過文書房到宿舍裏去，不是新生所能夠做到的罷了。

我說漢文功課覺得輕鬆，那是因為容易敷衍之故，其實原來也是很難的，但是誰都無力擔負，所以只好應付了事了。那時漢文教習共有四人，一位姓江，一位姓張，都是本地的舉人，又兩位是由駕駛堂監督朱，管輪堂監督周兼任，也是舉人，但兩個是浙江的人。總辦方碩輔是候補道，大概也是秀才出身吧，他的道學氣與鴉片煙氣一樣的重，彷彿還超過舉人們，這只要看入學考試和漢文分班的那些題目就可知道。我的國文教員是張然明老師，辛丑十月的日記上記有幾個作文題目，今舉出二十日一個來為例：

「問秦易封建為郡縣，衰世之制也，何以後世沿之，至今不改，試申其義。」這固然比那「浩然之氣」要好一點，但沒法辦還是一樣的，結果只能一味的敷衍，不是演義便是翻案，務必簡要，不可枝蔓，先生一半因為改卷省力，便順水推舟，圈點了事，一天功課就混過去了。這種事情很是可笑，但在八股空氣之下，怎麼做得出別的文章來呢。汪仲賢先生說：

「有一位教漢文的老夫子說，地球有兩個，一個自動，一個被動，一個叫東半球，一個叫西半球。」這不知道是哪一位所說的，我們那時代的教員還只是舊的一套，譬如文中說到「社會」，他誤認為說古代的結社講學，刪改得牛頭不對馬嘴，卻還不來摻講新學，汪先生所遇見的已經是他們的後輩，所以不免有每下愈況之感了。

三九　打靶與出操

吃過早飯後，在八點鐘上課之前，每天的功課是打靶，但是或者因為子彈費錢的緣故罷，後來大抵是隔日打一次了。打靶是歸兵操的徐老師指揮的，那時管輪堂監督暫兼提調，所以每回總是由他越俎經管，在一本名冊上簽注某人全中，某人中一兩槍，或是不中。後來兵操換了軍隊出身的梅老師，打靶也要先排好了隊出去，末了整隊回來，規矩很嚴了，最初卻很是自由，大家零零落落的走去，排班站着，輪到打靶之後，也就提了槍先回來了，看去倒很有點像綠營的兵，雖然號衣不是一樣。老學生還是高臥着聽人家的槍聲，等到聽差一再的來叫，打靶回來的人也說，站着的人只有兩三個了，老爺們於是蹶然而起，操衣袴腳散罩在馬靴外邊，蓬頭垢面的走去，不管三七二十一的開上三槍，跑回宿舍來吃冷稀飯，上課的鐘聲也接着響了起來了。學堂以前打靶只是跪着放槍，梅老師來後又要大家臥放立放，這比較不容易，不免有些怨言，但是他自己先來，也不管草裏泥裏，隨便躺倒，拿起槍來打個全紅，學生們也就無話可說，古人云，「以身教者從」，這話的確是不錯的。梅老師年紀很青，言動上有些粗魯的地方，但也很有些直爽，因此漸漸得到學生的佩服，雖然我因為武功很差，在他所擔任的教科中各項成績都不好，和他不接近，但是在許多教習中，我對於他的印象倒要算是頂好的。

午飯吹號召集體操，這有點不大合於衛生，但這些都沒有排在上課時間裏，因為那時間是整個的被洋文漢文所佔去了，所以只好分配到上課的前後去了。新生只舞弄啞鈴，隨後改玩那像酒瓶似的木製棍棒，有點本事的人則玩木馬，雲梯及槓杆等，翻跟斗，豎蜻蜓的把戲，雖然平日功課不大好，但在大考時節兩江總督會得親自出馬，這些人便很有用處，因此學校裏對於他們也是相當的看重的。每星期中爬桅一次，這算是最省事，按著名次兩個人一班，爬上爬下，只要五分鐘了事，大考時要爬到頂上，有些好手還要蝦蟆似的平伏在桅尖上，平常卻只到一半，便從左邊轉至右邊，走了下來了。最初的教習是林老師，乃是本校老畢業生，年紀並不大，因為吃鴉片煙，很是黑瘦，他只是來喊幾句英語號令，他的本領大概也只能玩那種棍棒而已。後來更換來了新軍出身的梅老師，那是一位很有工夫的人，諸事都整頓起來了，但是爬桅也歸了他指導，這於他多少是覺得有點彆扭的。兵操在晚飯以前，雖然不是天天有，但一星期總有四次以上吧。梅老師之前教操的是一位徐老師，不知道他的履歷，彷彿聽說也是陸軍出身，平時下操場他自己總還是穿着長袍，所以空氣很是散漫，只是敷衍了事。到得考試時候，照例有什麼官來監考，多是什麼「船主」之類，那一天裏他這才穿起他的公服來，水晶頂的大帽，身穿馬褂，底下是戰裙似的什麼東西，看去有點滑稽，彷彿像是戲臺上的人物。

四〇　點名以後

出操回來，吃過晚飯之後，都是學生自己所有的時間了。用功的可以在燈下埋頭做功課，否則也可以看閒書，或者找朋友談天，有點零錢的時候，買點白酒和花生米或是牛肉，吃喝一頓，也是一種快樂。到了九點三刻，照例點名，吹號不久，即由監督同着提了風雨燈的聽差進來，按着號舍次序走過去，只看各號門口站着兩個人便好，並不真是點呼，這樣就算完了。十點鐘在風雨操場上吹就眠的號，那裏有廚房裏所養的兩隻狗，聽了那一套號聲，必定要長嗥相和，就是發出那做狼時代的叫聲，數年來如一日，可是學生們聽了卻毫不關心，要用功或談天到十二點一點都無所不可，問題只是燈油不夠，要另外給錢叫聽差臨時增加，因為一個月三百文的洋油，每天一定的分量是不大多的。兩堂宿舍中以管輪堂第十六至三十號這一排為最好，因為坐東朝西，西面是門，有走廊擋住太陽，東窗外是空地，種着些雜樹，夏天開窗坐到午夜，聽打更的梆聲自遠而近，從窗下走過，很有點鄉村的感覺。後來回想起來，曾寫過一首打油詩以為記念，其詞云：

「昔日南京住，匆匆過五年。炎威雖可畏，佳趣卻堪傳。喜得空庭寂，難消永日閒。舉杯傾白酒，買肉費青錢。記日無餘事，繙書盡一編。夕涼坐廊下，夜雨溺門前。板榻不覺熱，油燈空自煎。時逢擊柝叟，隔牖問安眠。」題目乃是「夏日懷舊」，原是說暑假中的事情的。所說打更的人，便是那位都司君，那時已有六十多歲的光景，一個人住在關帝廟裏，養着幾隻母雞，有時隔着窗門來兜售他的雞蛋，我因為住在路東的第二十三號宿舍，所以多有機會，和他打這種交道的。

星期日照例是宿舍一空，凡是家住城南的學生都回家去了，一部份手頭寬裕的也上夫子廟去遊玩，其次也於午後出城到下關去，只有真是窮得連一兩毛錢都沒有的才留在學堂裏閒坐。這所謂週末空氣，在星期六下午便已出現，出操回來之後，本城學生便紛紛告假回去，大抵要到星期日點名前才回校來，但也有少數的節儉家特別要吃了星期六的晚飯後才去，次日也於飯前趕回學堂，魯迅曾很挖苦他們，說在陰間七月半開放地獄門，有些鬼魂於飯後出來，到了十六那天跑回地獄去吃晚飯，可以說是刻畫盡致了。往城南去大抵是步行到鼓樓，吃過小點心，雇車到夫子廟，在得月臺吃茶和代午飯的饅頭麵，遊玩一番之後，迤邐走到北門橋，買了油雞鹹水鴨各一角之譜，坐車回學堂時，飯已開過，聽差各給留下一大碗白飯，開水一泡，如同遊是兩個人，剛好吃得很飽很香。若是下關，那很可以步行來回，到江邊一轉，看上下水輪船的熱鬧之後，在一家鎮江揚州茶館坐下，吃幾個素包子，確是價廉物美，不過這須是在上午才行罷了。學生告假出去，新生和低班學生總喜歡穿着操衣，有點誇示的意思，老班則往往相反，大都改穿了長衣，這原因很有點複雜，有的倚老賣老，有的世故漸深，覺得和光同塵，行動稍為方便，但有的也由於要躲避人家的耳目，有如抽兩口鴉片煙，在每班裏這種仁兄也總是會有個把人的。

四一 老師

在學堂裏老師不算少，計算起來共有八位，但是真是師父似的傳授給一種本事的卻並沒有。即如說英文吧，從副額時由趙老師奚老師教起，二班是湯老師，頭班是鄭老師，對於這幾位我仍有相當敬意，可是老實說，他們並沒有教我怎麼看英文，正如我們能讀或寫國文也不是哪一個先生教會的一樣，因為學堂裏教英文也正是那麼麻胡的。我們讀的是印度讀本，不過發到第四集為止，無從領解那些「太陽去休息，蜜蜂離花叢」的詩句，文法還不是什麼納思菲耳，雖然同樣的是為印度人而編的，有如讀《四書章句》，等讀得久了自己瞭解，我們同學大都受的這一種訓練。於我們讀英文有點用處的，只是一冊商務印書館的《華英字典》，本是英語用漢文注釋，名字卻叫作「華英」，意思是為國家爭體面，華字不能居於英字的底下，我們所領到的大約還是初版所印，用薄紙單面印刷，有些譯語也非常的純樸，一個極少見的字，用學堂的方言用語可以叫做「契弟」的，字典上卻解作「賣屁股者」，這也是特別有意思的。可是比我們低一級的人，後來所領來的書裏已經沒有這一項，書名也不久改正為英華字典了。本來學堂裏學洋文完全是敲門磚，畢業之後不管學問的門有沒有敲開，大家都把它丟開，再也不去讀它了，雖然口頭話還是要說幾句的。我是偶然得到了一冊英文本的《天方夜談》，引起了對於外國文的興趣，做了我的無言的老師，假如沒有它，大概是出了學堂，我也把那些洋文書一股腦兒的丟掉了吧。有些在兵船上的老前輩，照例是沒有書了，看見了我的這本《天方夜談》，也都愛好起來，雖然這一冊書被展轉借看而終於遺失了，但這也還是愉快的事情，因為它能夠教給我們好些人讀書的趣味。

我的這一冊《天方夜談》乃是倫敦紐恩士公司發行的三先令六便士的插畫本，原來是贈送小孩的書，所以裝訂頗是華麗，其中有阿拉廷拿着神燈，和阿利巴巴的女奴揮着短刀跳舞的圖，我都還約略記得。其中的故事都非常怪異可喜，正如普通常說的，從八歲至八十歲的老小孩子大概都不會忘記，只要讀過它的幾篇。中間篇幅頂長的有水手辛八自講的故事，其大蛇吞人，纏身樹上，把人骨頭絞碎，和那海邊的怪老人，騎在頸項上，兩手搭着脖子，說得很是怕人，中國最早有了譯本，記得叫作「航海述奇」的便是。我看了不禁覺得「技癢」，便拿了《阿利巴巴和四十個強盜》來做試驗，這是世界上有名的故事，我看了覺得很有趣味，陸續把它譯了出來。雖說是譯當然是用古文，而且帶着許多誤譯與刪節，第一是阿利巴巴死後，他的兄弟凱辛娶了他的寡婦，這本是古代傳下來的閃姆族的習慣，卻認為不合禮教，所以把它刪除了，其次是那個女奴，本來凱辛將她作為兒媳，譯文裏卻故意的改變得行蹤奇異，說是「不知所終」。當時我的一個同班朋友陳作恭君定閱蘇州出板的《女子世界》，我就將譯文寄到那裏去，題上一個「萍雲」的女子名字，不久居然分期登出，而且後來又印成單行本，書名是「俠女奴」。譯本雖然不成東西，但這乃是我最初的翻譯的嘗試，時為乙巳（一九〇五）年的初頭，是很有意義的事，而這卻是由於《天方夜談》所引起，換句話說也就是我在學堂裏學了英文的成績，這就很值得紀念的了。

四二　老師 二

漢文老師我在學堂裏只有一個，張然明名培恒，是本地舉人，說的滿口南京土話，又年老口齒不清，更是難懂得很，但是他對於所教漢文頭班學生很是客氣，那些漢文列在三等，雖然洋文是頭班，即是那螃蟹似的那麼走路的仁兄，在他班裏卻毫不假以詞色，只為他是只以漢文為標準來看的。說到教法自然別無什麼新意，只是看史記古文，做史論，寫筆記，都是容易對付的，雖然用的也無非是八股作法。辛丑十一月初四日課題是：

「問漢事大定，論功行賞，紀信追贈之典闕如，後儒謂漢真少恩，其說然歟？」我寫了一篇很短的論，起頭云：

「史稱漢高帝豁達大度，竊以為非也，帝蓋刻薄寡恩人也。」張老師加了許多圈，發還時還誇獎說好，便是一例。那時所使用的，於正做之外還有反做一法，即是翻案，更容易見好，其實說到底都是八股，大家多知道，我也並不是從張老師學來的，不過在他那裏應用得頗有成效罷了。所以我在學堂這幾年，漢文這一方面未曾學會什麼東西，只是時時要點拳頭給老師看，騙到分數，一年兩次考試列在全堂前五名的時候，可以得到不少獎賞，要回家去夠做一趟旅費，住在校裏大可吃喝受用。所看漢文書籍於後來有點影響的，乃是當時書報，如《新民叢報》，《新小說》，梁任公的著作，以及嚴幾道林琴南的譯書，這些東西那時如不在學堂也難得看到，所以與學堂也可以說是間接的有點兒關係的。

我說在學堂裏不曾學到什麼漢文，那麼我所有的這一點知識是從哪裏來的，難道是在書房裏學來的麼？書房裏的授業師，有三味書屋的壽鑒吾先生和洙鄰先生父子兩位，那是很好的先生，我相當的尊敬他們，但是實在也沒有傳授給我什麼。老實說，我的對於漢文懂得一點，這乃是從祖父那裏得來的。他是個翰林出身的京官，只懂得做八股文章，而且性情乖僻，喜歡罵人，那種明比暗喻，指桑罵槐的說法，我至今還很是厭惡，但是他對於教育卻有特殊的一種意見，平常不禁止小孩去看小說，而且有點獎勵，以為這很能使人思路通順，是讀書入門的最好方法。他時常同我講《西遊記》，說是小說中頂好的作品。豬八戒怎樣的傻，孫行者怎樣的調皮，有一次戰敗逃走，搖身一變，變做一座古廟，就只有一根尾巴無處安放，乃把它變成一枝旗竿，豎在廟後面。哪裏有光是一枝旗竿，而且豎在廟後面的呢，他又被人所識破了。講這故事時似乎是很好笑的樣子，他便自己呵呵的笑了起來了。不過在杭州寓裏，他只有一部鉛印的《儒林外史》，我們所常拿來看的。等到戊戌秋間回到家裏，我就找各種小說來亂看，在母親的大廚角落裏，發見一部《綠野仙蹤》，這就同《七劍十三俠》一起的看。及到南京時差不多大旨已經畢業，只有《野叟曝言》未曾寓目，但從同學借來石印的半部，沒有看完，卻還了他了。我的讀書的經驗即是這樣的從看小說入門的，這個教會我讀書的老師乃是祖父，雖然當初他所希望的「把思想弄通」，到底是怎樣一個情形，而且我的思想算不算通，在他看來或者也還是個疑問，不過我總覺得有如朱穎叔批的考卷，所謂「文氣近順」罷了。一九二六年我曾寫過一篇《我學國文的經驗》，敘述這一段情形，裏邊說道：

「我在南京的五年，簡直除了讀新小說以外，別無什麼可以說是國文的修養。」這便是繼承了上邊的經驗，由舊小說轉入新小說的一個段落了。

四三 風潮

學堂裏的生活照上邊所說的看來，倒是相當的寫意的，但是那裏的毛病也漸漸的顯現出來，在我們做了二班學生的時候，有好些同學不約而同的表出不滿意來了。其一是覺得功課麻胡，進步遲緩，往往過了一年半載，不曾學得什麼東西。因此大家都想改良環境，來做這個運動。壬寅冬天總辦換黎錦彝，也是候補道，卻比較年輕，兩江總督又叫他先去日本考察三個月，校務令格致書院的吳可園兼代。聽說他要帶四名學生同去，覺得這是一條出路，我便同了胡鼎，張鵬，李昭文四人，往找新舊總辦，上書請求，結果說是帶了畢業生去，這計劃也完全失敗了。胡鼎又對江督及黎氏上條陳，要怎樣改革學堂，才能面目一新，大概因為理想太高，官僚也於改革缺少興趣，自然都如石沉大海，沒有一點影響。

其二是烏煙瘴氣的官僚作風，好幾年都是如此，以我進去的頭兩年為最甚。魯迅在《朝花夕拾》裏，說他在水師學堂過了幾個月，覺得住不下去，說明理由道：

「總覺得不大合適，可是無法形容出這不合適來。現在是發見了大致相近的字眼了，烏煙瘴氣，庶幾乎其可也。」這烏煙瘴氣的具體的例，可以我的壬寅(一九〇二)年中所記的兩件事作為說明，都是在方碩輔做總辦時代的事情。正月廿八日，下午掛牌革除駕駛堂學生陳保康一名，因為文中有「老師」二字，意存譏刺云。又七月廿八日，下午發贍銀，聞駕駛堂吳生扣發，並停止其春間所加給的銀一兩，以穿響鞋故，響鞋者上海新出紅皮底圓頭鞋，行走時吱吱有聲，故名。在這種空氣之中，有些人便覺得不能安居，如趙伯先，楊曾誥，秦毓鎏等人，均自行退學，轉到陸師或日本去了。可是這不但總辦有這樣威勢，就是監督也是着實厲害，或者因為是本家的緣故，所以更加關心也說不定。《朝花夕拾》裏記有一段說：

「你這孩子有點不對了，拿這篇文章去看去，抄下來去看去。一位本家的老輩嚴肅對我說，而且遞過一張報紙來。接來看時，臣許應騤跪奏，……那文章現在是一句也不記得了，總之是參康有為變法的，也不記得可曾抄了沒有。」這位本家的老輩便是管輪堂的監督椒生公，他是道學家兼是道教的信徒，每天早上在吃過稀飯之後要去淨室裏朗誦幾遍《太上感應篇》的。他有一回看見我寄給魯迅的信，外面只寫着公元的年月，便大加申斥，說是「無君無父」，這就可以見一斑了。

但是不平和風潮的發現，並不是在方碩輔時代，而是在黎錦彝新接任的這一個月裏，這雖似乎是偶然的矛盾，卻是有時勢的因緣在裏面的。當時講維新，還只有看報，而那時最為流行的是《蘇報》，蘇報上最熱鬧的是學堂裏的風潮，幾乎是天天都有的。風潮中最有名的是「南洋公學」的學生退學，以後接續的各地都發生了，彷彿是不鬧風潮，不鬧到退學便不成其為學堂的樣子，這是很有點可笑的，卻也是實在的事情。這時候新總辦到來，兩堂的監督都已換了人，駕駛堂的姓詹，管輪堂的姓唐，椒生公則退回去單做國文教習，雖然沒有新氣象，卻也並不怎麼樣壞。我們四個人——即我和胡鼎，江際澄，李昭文的小組，可是覺得水師學堂是太寂寞了，想響應蘇報，辦法是報告內情，寫信給報館去。內容無非說學生的不滿意，也順便報告些學堂的情形，卻是很幼稚的說法，如說管輪堂監督姓唐的綽號「糖菩薩」，駕駛堂的姓詹，綽號就叫「沾不得」，這些都沒有什麼惡意，其重要的大約還是說班級間的不平，這事深為老班學生所痛恨。這是四月中間的事，到了四月廿八日學堂遂迫令胡鼎退學，表面理由是因為他做「穎考叔茅焦論」，痛罵西太后，為大不敬，以稟制台相恫嚇，未幾胡君遂去水師，轉到陸師去了。

四四 風潮 二

汪仲賢先生在一九二二年所寫的《十五年前的回憶》中，曾經說道：

「校中駕駛堂與管輪堂的同學隔膜得很厲害，平常不很通往來。據深悉水師學堂歷史的人說，從前兩堂的學生互相仇視，時常有決鬥的事情發生，有一次最大的械鬥，雙方都毆傷了許多人，總辦無法阻止，只對學生歎了幾口氣。」這一節話當出於傳聞之誤，我們那時候兩堂學生並無仇視的事情，雖然隔膜或未能免，倒是同屬一堂的學生因了班次高低很不平等，特別是頭班對於二班和副額，如不附和他們做小友，便一切都要被歧視，以至受到壓迫。例如學生房內用具，都向學堂領用，低級學生只可用一頂桌子，但頭班卻可以佔兩頂以上，有時便利用了來打牌。我的同班吳志馨君同頭班的翟宗藩同住，後來他遷住別的號舍，把自己固有的桌子以外，又分去了那裏所有的三頂之一，翟某大怒罵道：「你們即使講革命，也不能革到這個地步！」過了幾天，翟某的好友戈乃存向着吳君尋釁，說我便打你們這些康黨，幾乎大揮其老拳。又有高先澍也附和着鬧，撒潑罵街，大家知道這都是那桌子風潮的餘波。查癸卯（一九〇三）年的舊日記，有好幾處記着高先澍的罵街的事：

「三月初三日，禮拜二，晴。夜看蘇報，隔巷寒犬，吠聲如豹，聞之令人髮指。

「初五日，禮拜四，晴。夜看《夜雨秋燈錄》，讀將終卷，吠聲忽作，蛙鳴聒耳，如置身青草池塘，陶子縝詩云，春蛙還煩吠，嗚呼，可憎也。古人雙柑斗酒，聽兩部鼓吹，以為雅人深致，惜我身無雅骨，殊不耐也。一笑。」這因為是高某的宿舍適在我的貼夾壁，所以他故意如此，是罵給我聽的。日記裏也就沒有明寫，只以隱喻出之，對於其人的品格倒亦是適合的。

但是後來事情也並不鬧大，只是這樣的僵持下去，直到甲辰（一九〇四）年頭班畢業離校為止。本來對於學生間的不平等，想要補救，空談是無用的，只能用實行來對抗，剝削役使一切不承受，也不再無理地謙遜，即如上文說過的上飯廳的時候，儘管老學生張開了螃蟹的臂膀在踱着方步，後邊的人就不客氣的越過去，他們的架子便只好擺給自己看了。這種事情積累起來，時常引起衝突，老班只有謾罵恫嚇，使用無賴的手法，但是武力不能解決問題，經過一次爭鬧，他們的威風也就減低一層，到後來再也抖不起來了。而且他們也有很大的缺點，往往為學校所查獲，而我們卻沒有，這是於我們很有利的。如上邊記高某謾罵的第二天，就記着道：

「初七日，禮拜六。點名後炒麵一盆，沽白酒四兩，招升叔同吃，微醉遂睡。少頃監督來，有惡少數人聚賭為所獲，此輩平日怙惡不悛，賭博已二閱月矣，今已敗露，必不免矣。」這裏所謂惡少數人，蓋有高某在內。

那時候我們做二班的只注意於反抗頭班的壓迫，打破不平等，這事總算終於成功了。但這只是消極的一面，以後升了頭班，決不再去對別班擺架子，可是並沒有更進一步的做，去同他們親近交際，班次間的不平等是沒有了，但還存在着一種間隔，可以說是疏遠，這風氣不知道後來什麼時候才有轉變，——總不會因此而釀成那樣的大械鬥的吧？

四五　考先生

上邊所說差不多全是客觀的，集體的事情，沒有多少是我個人的事，但是我原是在這個集體之中，那麼這裏也可以有我的一份行動在內。現在卻要來說我個人的事情了。我在學校裏前後六個年頭，自光緒辛丑（一九〇一）九月至丙午（一九〇六）七月，十足也只是五年罷了，告假在家的時候要佔了一年有餘，有好幾次幾乎離脱學堂了，卻不知以何種關係，終於得以維繫住，想起來是極有意思的。現今就把這個來敘述它一下。

我到南京以後，第一次回家去，是在壬寅年的四月裏，初一日接家信，知母親患病，祖父諭令歸視，遂於初三日同了頭班的胡恩誥君離寧到滬，胡君原籍安徽，説到杭州分路，其實卻是家住上海，所以到了上海就不動了。我乃獨自旅行，於初七日到家，則母親病已快好了，遂於十四日離家，十九日重返學堂了。是年六月二十四日記項下有云：

「二十四日，禮拜，晴。下午接家信，促歸考，即作答歷陳利害，堅卻不赴。」這是很嚴重的一個誘惑，可是勝利的拒絕了。為什麼説是嚴重的呢？緣因是由於混過幾回的考場，對八股的應付辦法也相當的得到訓練，所以在庚子年的縣府考時，以「周珠」的名義應試，雖是在二三圖裏滾上滾下，最高也到過第二圖的第五名，即是總數第五十五名，縱使距及格的四十名還差得遠，但是比戊戌年的第十圖三十四即四百八十四名看起來，實在已經進步不少了。當時家裏的人大概還覺得當水手不及做秀才的正路，或者由於本家文童的力勸，也未可知，而同時在學堂本身也存在着這樣的空氣，這是很奇妙的，雖然是辦着學堂，實際卻還是提倡科舉，即如我們同班丁東生告假去應院試，進了秀才，總辦還特別掛虎頭牌，褒獎他一番呢。這事不記得這一年了，但總之這乃是方碩輔當總辦的時候的事，那是無可疑的，那麼這總當在癸卯以前吧。這樣裏外夾攻的誘惑可以說是很厲害了吧，但是它也乾脆的被擊退，因為這時我的反漢文的空氣也很嚴重。如十月二十四日項下云：

「今日漢文堂已收拾，即要進館，予甚不樂。人若有以讀書見詢者，予必曰否否，寧使人目予為武夫，勿使人謂作得好文章也。」又十一月十六日項下云：

「上午作論，文機鈍塞，半日不成一字，飯後始亂寫得百餘字，草率了事。顧予甚喜，此予改良之發端，亦進步之實證也，今是昨非，我已深自懺悔，然欲心有所得，必當盡棄昔日章句之學方可，予之拼與八股尊神絕交者，其義蓋如此。」

癸卯年兩江師範學堂成立，秋天仍舉行鄉試，夫子廟前人山人海的，算是絕後的熱鬧，因為甲辰年以後科舉遂永遠停止了。那年暑假適值魯迅回來，我也回到家裏，於七月十六日偕至上海，魯迅往日本去，我則同了伍仲學坐長江輪船，一路與「考先生」為伍，直至南京。今抄錄當時的日記兩節於後：

「晚九下鐘始至招商輪船碼頭，人已滿無地可措足，尋找再三，始得一地才三四尺，不得已暫止其處。天熱甚，如處甑中，二人交代看守行李，而以一人至艙面少息。途中倦甚，蜷屈倚壁而睡，而間壁又適為機器房，壁熱如炙，煩燥欲死，至夜半尚無涼氣。四周皆江南之考先生，饒有酸氣，如入火炎地獄，見牛首阿旁，至南京埠，始少涼爽。」

「江南考先生之情狀，既於金陵賣書記中見之，及親歷其境，更信不謬。考先生在船上者，皆行李纍纍，遍貼鄉試字樣，大約一人總要帶書百許斤，其餘家居用具靡不俱備，堆積如山，飯時則盤辮捋袖，疾走搶飯，不顧性命。及船至埠，則另有一副面目，至入場時，又寬袍大袖，項掛卷袋，手提洋鐵罐，而闊步夫子廟前矣。」其時對於「考先生」的印象既然十分惡劣，那麼自己之得以倖免，當然很是可以喜慶的事了。

四六　生病前

癸卯暑假的日記改了體例，不再是按日填注，改為紀事體，有事情的時候寫它一段，以詳實為主，因此這半年——實在只有一個月半裏的日記顯得比較實在。起頭是記魯迅的從家出發，到上海上輪船的情形，第一節是七月十六日，題目為「冒雨之啟行之珠岩之泊」：

「予與自樹（魯迅當時的別號）既決定啟行，因於午後束裝登舟。雨下不止，傍晚至望江樓少霽，舟人就岸市物，予亦登，買包子三十枚，回舟與自樹大啖。少頃開舟，雨又大作。三更至珠岩壽拜耕家，往談良久，啜茗而返，攜得國民日報十數紙，爇燭讀之，至四更始睡。雨益厲，打篷背作大聲。次晨，至西興埠。」這裏且來讓我作一點注解，是關於望江樓的包子的。所謂包子，實在用的乃是普通話，在紹興是不論有餡無餡，統稱饅頭的，其無餡的則特別稱為實心饅頭。這是紹興城內的名物，個子很小，只有核桃那麼大，名為「候口饅頭」，正好一口一個，分肉餡和糖餡兩種，都是兩文錢一個。望江樓照那名字看來，一定是座高大洞橋，上有樓閣，因為否則哪能夠望得見江呢？豈知這地方是在大街正中，居水澄橋與江橋的中央，雖然是道橋，可是階層只有一級，底下通着河流，但是走過去的人不容易發見，因為這橋上有屋頂，兩面是有牆壁遮住的。為什麼是這樣的呢，誰也不能知道，向來就是這樣的嘛。而這饅頭店又是特別得很，它只有一個攤，擺在橋上邊，帶着缸灶，鍋鑊蒸籠，一邊做着一邊蒸，生意十分興隆，但是買的人隨來隨買，也不用排隊，不曉得什麼緣故。因為饅頭個子很小，所以兩人吃三十個是綽有餘裕的，這也是值得說明的。

第二節是記十七日在杭州的事，題目是「白話報館之寄宿」：

「大雨中雇轎渡江，至杭州旅行社，在白話報館中，見汪素民諸君。自樹已改裝，路人見者皆甚為詫異。飯後自樹往城頭巷醫療齒疾，予着外套冒雨往清和坊，為李復九購白菊，苦甚，中道迷路問行人，答甚詳，以予洋服故也。又得一老人，亦往清和坊者，同行始得達，途中彼問予是紅毛國人否，予告以係越人，似不信。回來已晚，夜宿樓上。次日伍仲學來訪，云今日往上海，因約定同行。下午予兩人乘舟至拱辰橋，彼已先在，包一小艙同住，舟中縱談甚歡。」伍仲學是魯迅的路礦同班，當時也在東京留學，他是南京的人，回家去後隨復往日本去了。我到了學堂裏遇見許多的朋友，在城南聚會了一次，這就是日記的第七節紀事，題目是「三山街同人之談話」，是七月二十九日的事：

「前一日得鍔剛信，命予與復九至城南聚會，當日乃偕俠畊復九二人至承恩寺萬城酒樓，為張偉如邀午餐，會者十六人。食畢至劉壽昆處，共拍一照以為紀念，名氏列後，張蕢臣，孫竹丹，趙伯先，濮仲厚，張偉如，李復九，胡俠耕，方楚喬，王伯秋，孫楚白，吳鍔剛，張尊五，江彤侯，薛明甫，周起孟，劉壽昆。散後復至鐵湯池，晤張伯純，及回城北已晚。」

以後是「江干兩次之話別」，係送張偉如往浙及李復九往日本去的，又一節是「明故宮之印象」，與王伯秋王毅軒鍾佛汰劉壽昆共「往吊明故宮」，裏邊含有民族革命的意思，則已是八月十四日的事了。從這上邊的事情看來，神氣非常旺盛，可是才過了一星期卻不意生了病，竟至纏綿四閱月之久，於是那日記也就中斷了。

四七　生病後

我到了南京才得一個月，卻不料就生起重病來。這一天是八月二十一日正逢禮拜，患了近似時症的病，當初昏不知人，樣子十分沉重。學堂裏的醫官照例是不高明的，所以醫藥毫無效驗，朋友們勸去住醫院，那時這只有外國教會所開的醫院，窮學生怎麼住得起呢，承蒙同班的柯采卿自動的借給我六七塊錢，俠畊從陸師趕來，雇車送我進了美國醫院。這所醫院設在鼓樓，大概創辦人的名字是埤勃(Beebe)吧，一般的人都稱它作「埤埤醫院」。我是下午進院的，辦好手續，交了飯費，大約這所住的是免費的一種吧，所以不記得要收住院費用。但是因此待遇也就特別的糟，我被放在一大間裏，住有十多個病人，那時我還發着高熱，睡在眾人中間，好像是在長江輪船的散艙裏，覺得騷擾不堪，這中間有一個腰腿不便的病人，在地上爬着行走，卻特別顯得活潑，一忽兒到這邊牀前說些話，一忽兒又跑到那邊去了。這很令人想起多年不見的「孔乙己」來，但是孔乙己盤着腿在地上拖，兩隻手全是烏黑的泥，他的樣子又十分頹唐，所以叫人感到一種憐憫，但這個瘸子卻只令人發生厭惡之感罷了。這一天的夜裏真是不好過，況且進院以後醫生也沒有來看過，我便在第二天決心搬出去，辦好退院交涉之後，又要等廚房算還飯錢，麻煩了好半天這才算清楚了。但是回學堂來病仍是沒有好，虧得別的朋友幫忙，這回是劉壽昆君招我到他的店裏去住。他的底細我不知道，只曉得他是湖南人，暗中在做聯絡革命的工作，在貢院左近臨時開了一家書店，收羅當時時務書以及禁書，以備來鄉試的考先生們的顧者上鉤，結果自然是像姜太公的一無所得。我的牀便放在書架後面，有興致時可以自己抽看，一面也聽着買書人的說話，與站在櫃枱前無異。劉君應付着主顧，又隔日同我去找香山鄧雲溪看病，煎藥煮稀飯，忙得要命，我也十分過意不去，一直住了十多天光景，病已漸見輕減，才回到學堂去，那時已是重陽前後了。這書架子後邊的生活，我到後來還不能忘記，回想起來也很是有趣，但特別感到困難的，乃是大小便的時候，因為這樣的臨時小店中是沒有便所的設備的。所以在那時候必須走出門去，而且走的相當的遠，在一塊空地裏在人家的後牆下，找兩塊斷磚來墊腳，構成急就的廁所，這在有病的人是相當吃力的。書店主人在醫藥飲食方面，都想得很周到，唯獨對於這一件事覺得無能為力了。不過這種經驗也是很難得的，我在南京這幾年裏頭，在野地裏拉屎，這也只是第一次哩。

我回到學堂裏來，不意又生起病來了。這回卻不是舊病重犯，乃是一種新的病，——我也不明白從前生的是什麼病，這回的又是什麼，這其間有沒有因緣的關係，總之這回所患的病是兩腳從膝蓋以下都腫脹了，後來是連面部都顯得浮腫起來。我因為不相信學堂的醫官，所以也並不去請教他，只是由它拖着。這回好意的自動來給我幫助的，卻不是我的朋友和同學，乃是學堂裏的聽差。他名叫劉貴，想來也是應付公家的姓名，是南京本地人，平日看他很是粗魯，對我卻相當關心，有一天午飯時他忽然拿來一個盤子，說這是烏魚，用火煨熟，可以治水腫，只是要淡吃，一次吃完才好。我謝謝他的好意，如法的吃了，雖然病依然沒有好，但他的意思總是很可感謝的。劉貴平時對頭班的老爺們很不客氣，如吃點心的時候問他要，他硬不肯給，說已經有人定下了，卻拿來給我們。我和柯采卿同住在二十三號，離聽差的房間不很遠，但是我們不願學頭班那樣，在自己房裏大聲叫嚷，所以總走到穿堂那裏去叫，可是一叫就來了。他便是這樣一個吃軟不吃硬的人。回想到過去，自己受過人家的照顧很是不少，有的就此分散，連生死的消息也不知道，很覺得有點悵然，這兩位劉君的事正是最早的一例了。

病既然沒有好，賴在學堂裏也不是辦法，湊巧這時候椒生公被辭退了國文教習，正要回家去，就順便帶了我回紹興了。這是九月二十九日的事情，於十月初三日抵家，請包越湖診治。包越湖是諸暨縣人，在「諸暨冊局」應診，我坐轎子隔日一去，轎錢來回只要兩角，比較的還不算貴。到了十一月腿腫已經消了，左側項上在耳朵背後忽然生了一個大疽，這地位既已不好，況且癬子在冬天發生，更不是尋常的事。這是第三種的毛病，不但苦痛，也很覺得危險，據説這名為「髮際」，因為生在頭髮邊沿的關係，特別有了名稱，便是不好醫治的證據。幸虧得南街的外科醫李介甫給我開刀，加上「潤子」，——這是一種紙撚，加藥插入瘡口，防止它的癒合，與現代的紗布有同樣的效用，經過了月餘的治療，這才逐漸的好起來了。李介甫是三味書屋的同學李孝諧的父親，也是大舅父怡堂的親家，本來也是大家子弟，因為自己喜歡搞這一行，所以做了外科，否則外科地位很低，多少與剃頭修腳相像，平常人是不肯幹的。他到了晚年，稱呼卻仍是「李大少爺」，這可見是他初做外科時人家這樣叫他，表示尊重，就一直沿用下來了。癸卯年底我差不多已經復原了，可以到大街去蹓躂，甲辰(一九〇四)年二月遂決行回學堂去，乃於初五日啟行，初十日到了南京了。

四八　祖父之喪

我於壬寅癸卯年間，曾經三次回到家裏，卻沒有遇着祖父大發雷霆罵人的事情，好像是脾氣已經改過了，或者是對於跑出在外的孫子輩表示嚴厲，沒有什麼意思了吧。但是這時候沒有了「挑剔風潮」的人，也是一個大的原因。在壬寅十一月二十七日項下有云：

「仲翔叔來信云，五十(即衍生的小名)已於十八日死矣，聞之雀躍，喜而不寐，從此吾家可望安靜，實周氏之大幸也。」據說在衍生死信傳出的時候，祖母聽了不禁唸了一句阿彌陀佛，她是篤信神佛，決不是幸災樂禍的人，但這時也就忍不住表出她的感情來了。話雖如此，祖父就只不再怒罵而已，平常怪話還是時常有的，譬如伯升在學堂考試得了個倒數第二，我則在本班第二名，他便批評說：

「阿升這回沒有考背榜，倒也虧他的。阿魁考了第二，只要用功一點本來可以考第一的，卻是自己不要好。」這樣的話，聽慣了也就不算什麼了。這裏只須說明一句，學堂榜上的末名稱為「背榜」，或稱「坐紅椅子」，因為照例於末了的這一名加上朱筆的一鉤。阿魁則是我的小名，因為當日接到家信的時候，有一個姓魁的京官去訪他，所以就拿來做了小名，這是他給孫子們起名字的一個定例。

我於癸卯年在家裏養病過了年，至第二年二月始回到南京，但是過了四個月又是暑假，我便又到家裏來了。不過這一回不湊巧，正趕上祖父的喪事，差不多整個假期就為此斷送了。祖父當時六十八歲，個子很是魁梧，身體向來似乎頗好的，卻不知道生的是什麼病，總之是發高燒，沒有幾天便不行了。他輩分高，年紀老，在本台門即是本家合住的邸宅裏要算是最長輩了，親丁也不少，但是因為脾氣乖張的關係，弄得很是尷尬，所以他的死是相當的寂寞的。講到排場，當然有那一大套，甚至還弄什麼「門訃」，以及大門口釘上麻布等，和尚道士的「七七做，八八敲」自然是不用說了。他的長子早死了，照例要長孫「承重」，但是魯迅也在日本，於是叫我頂替，我迫於大義，自不得不勉為其難。但是不久在學堂裏的伯升奔喪回來了，我以為可以卸責了吧，可是不行，一定要我頂替下去，我不知道這是禮教所規定的呢，還是只因為他是庶出的緣故，所以對他特別歧視的。倘若是後面的原因，那麼我倒替伯升說一句話，這實在是極不公平的。平心的說，伯升的立場倒無寧是站在我們這一邊的，我們那時雖是多數，但是被損害與被侮辱者，他不去附和那強者的那邊，這或者是他的聰明處，但是也很可佩服。他對蔣老太太恭而有禮，過於看領他大的潘姨太太，有一回彼此鬧彆扭，他不肯叫一聲「媽」，便不給他綿袴穿，害得他終於「拉稀」——這就是患肚瀉，後來經蔣老太太的干涉，這才穿上了綿袴。伯升是十二歲的時候從北京回去的，隨後學得了一口紹興話，常有一句口頭禪，是「伊拉話啦」，普通話就是說「他們說的」，在講了一通海闊天空，難以置信的話以後，必定添一句「伊拉話啦」，極有天真爛漫之趣。他因為生長在北京，故極愛京戲，在南京時極醉心於當時的旦角粉菊花，幾乎每星期日必跑往城南去聽戲。監督公想法羈縻他，特於前晚對他說道：

「你明天早上來我這裏吃稀飯，有很可口的揚州小菜。」伯升唯唯，可是第二天一清早就溜了出去，牀上只留帳子低垂着，牀前擺着一雙馬靴，像是還高臥着的樣子，及至監督覺察，這時人已走遠，差不多已經過了鼓樓了。又有一回遇見非常的窮困，禮拜日無聊心想出去，問我借錢，適值我也沒有，只剩了三角小洋，他乃自告奮勇，說到城南買點心去，果然徒步來回走了三四十里路，從夫子廟近旁的稻香村買了好些很好吃的點心來，在宿舍裏飽吃一頓，現在說了也覺難信，那時候的點心的確這樣的價廉而物美。他似乎平時很是樂天，所以總是那麼吊兒郎當的，有時又似乎世故很深，萬事都不大計較的樣子，所以他對於我的充當承重孫也別無什麼不滿意。其後祖母去世，家裏沒有他的長輩了，但他仍舊守着「長嫂如母」的古訓，着實不敢放肆，就是母親給他包辦的婚姻，他也表示接受，雖然這事結果弄得很是不幸，卻終不明白反抗。民國六年(一九一七)三月我從紹興往北京，知道他的兵船在寧波停駐，就特地繞道前去相會，在率春樓吃了晚飯，是為最後的一次會見，至第二年的一月二十七日得到二十三日家信，得知他已經在南京病故了，享年三十七，剛過了「本壽」，與伯宜公是一樣的。身後遺留下來，一位傅氏太太，沒有子女，要母親留養她到百草園故家賣去，隨後分了錢走散，一位在外的徐氏太太帶着一個小孩，並且還有遺腹兒未生，則不知行蹤若何，這也是十分遺憾的事。他的正式官名是「聯鯨兵輪輪機正海軍上尉周文治」，在公文書上是這樣稱呼的。我在記祖父的喪事這一節裏，趁這機會講他一番，聊作紀念。

四九　東湖學堂

椒生公在南京學堂的勢力與地位開始漸漸的下降，由提調而監督，又由監督而國文教習，末了連教習也保不住了，便只好回家吃老米飯去。不過他在本地還是一時有聲望的，因為一向在外邊辦學務多年，縱使不很高明，辦學的經驗總是有的。所以他回到紹興，最初也得到相當的地位，便是請他去當紹興府學堂的監督。這裏名稱雖是監督，實際乃是校長，權力很大，而同時有一個副監督，這人卻不好相與，此人非別，即是後來過了三年實行暗殺造反的徐伯蓀即徐錫麟便是。這兩個人共處一堂辦起事來，其不能順利進行，蓋是必然的道理。一個是矮胖擁腫的身材，身穿一件「接衫」，上半截的白布，有下半截綠綢的三分之二的長，——接衫者穿在馬褂底下的襯袍，因為有馬褂遮蓋着的緣故，為節省綢料起見，用白布替代，古時馬褂特別的長，故下邊露出的綢料只有三分之一，——蹣跚行來，看來的人都不禁要喝一聲彩，說好一個「蕩湖船」的老爺出來也。又一個則是蒼老精悍的小伙子，頂上留着一個小頂搭和一條細辮子，夏天穿着一件竹布長衫，正在教學生們兵操，過了一會兒他叫學生走到牆陰地方，立定少息，自己便在太陽地裏曬着。這是兩個人形象具體的描寫，是我親自看來的。後來監督公還自誇口，說他在三年前就知道他是亂黨，自己有先見之明呢。他既然有了職業，不成什麼問題了，可是對於我在南京還是不放心，假如參加了亂黨，這怎麼辦呢，不如叫回紹興來，便可以不負當初介紹的責任了。這回湊巧我因祖父的喪事，在家裏耽擱很久，他便勸我去教英文，地方在東湖，這也算是近時名勝之一，所以我就答應去試試看。幸而這事只試了兩個月，我便仍舊回學堂裏去，不然的話就會教書下去，於未來生活發生一個巨大的變化了。

東湖的這個學堂，門前匾額上寫着「東湖通藝學堂」，不知道是什麼性質，是私立呢還是公立，只有問那創辦人陶心雲去才曉得。在一九三二年出板尹幼蓮所編的《紹興地志述略》第十四章說名勝古跡的地方，東湖底下注道：

「東湖在城東十里，有陶氏屋，面山帶水，風景頗佳。」這話說得很含蓄而得要領，因為地是官地，用的是公款修造，但是房屋卻為陶氏佔為私有，為敷衍門面計，分定作三種辦法。其一是所謂「稷廬」，即是東頭的一部份純粹是該觀察公的私人住宅，遊人不得闌入的，其二是中間也就是靠近西頭的幾間，作為「學堂」，這是要和學堂有關係的人才能進出。其三是一片水面和幾條堤防，說是「放生池」，是公開給大眾的，但是東湖的建築是在箬簣山即繞門山的腳下，和北岸隔着一條運河，運河上架有一座石橋，卻在稷廬之東，從這橋繞道入湖，便要走過住宅部分，這是斷乎不可，但遊人既無翅膀，又不會水上行走，如要看看放生池的風景，勢非用船不可，從學堂東邊的「濠梁」橋進去，而這橋下卻有鐵門鎖着，若要開時須出「酒錢」，請陶府的做工的人特別來開鎖才行。因此之故，這個公開地方倒實在是很閒靜的，平常管領着這大片土地的也就是稷廬陶家有關的幾個人罷了。

我到東湖學堂去是教英文，學生記得是兩班一共三個人，初級是陶望潮，是陶心雲的本家，現今尚健在，高級是陶緝民，乃是心雲的承繼的孫子，那時還只是十二三歲的小孩，現在卻已經故去了，還有一個忘記了名字，但總之不是姓陶的。每天上午是由我教英文，下午由兩位教員分教國文和算學。教室便在一間大屋內，東湖的屋都建造在一道築成的堤上面，所以進身都不能很深，這間要算頂大的了，面北兩扇黑漆大門，上邊紅地黑字，大書道：「臨淵無羨，大德曰生。」這對聯以文句論，以筆劃論，都要算是屋主人的最成功的傑作，東湖所有的大小扁額柱聯無一不是他的手筆，實在紹興人已經看的厭了，只這八個字似乎還沒有那種呆板相。我的住房便在「臨淵無羨」那一邊的耳房裏，那裏又分為南北二間，南邊的一間稍為大點，只是因為北牆臨運河，只有一個很高的窗，西面又是房屋盡頭，不好開窗門，所以很是黑暗，蚊子非常的多，但是因為臨河的關係，回家去時在那裏等候趁「埠船」，卻是很方便的。當初口頭說好，每月薪水是二十元，學堂供給食宿，但是到了下旬時節，有一個自稱是觀察公的表姪的會計走來找我，說什麼經費困難，只能姑且奉送這麼多，就送來英洋十六元。我也無意於較量多少，便同意收下了，到了第二個月也是如此，但是兩個月快滿，學堂方面通知椒生公說，因為學生們說英文口音不大準確，所以擬不再聘請了。南京同學碰巧也這時來信，說要冬季例考了，趕緊前來銷假，我遂即回去，學校是十二月初一日起舉行考試，大概是在十月中回到學堂裏的。

東湖時代的學生雖然不多，可是與我卻是有緣，長久保持着聯絡，如陶望潮君，關於他的事後來還要說及。陶緝民君於民國二十一二年時，來北京大學，見面多次，當時曾寫了一幅字送他，現在便抄在這裏，作為紀念。原文收在《夜讀抄》的苦雨齋小文裏邊，題目是「書贈陶緝民君」：

「繞門山在東郭門外十里，係石宕舊址，水石奇峭，與吼山彷彿。陶心雲先生修治之，稱曰東湖，設通藝學堂，民國前八年甲辰秋余承命教英文，寄居兩閱月，得盡覽諸勝，曾作小詩數首紀之，今稿悉不存，但記數語曰，岩鴿翻晚風，池魚躍清響。又曰，瀟瀟數日雨，開落白芙蓉。忽忽三十年，懷念陳跡，有如夢寐，書此數行以贈緝民兄，想當同有今昔之感也。廿二年十一月二十三日，在北平。」

五〇　東湖逸話

我在上邊只是講得東湖學堂，對於東湖本身還沒有講到，現在就來補說幾句話。東湖在紹興如以山水論，那是沒有什麼值得說的，因為它的奇怪不及吼山的水石宕，若欲和西湖對峙，那簡直是笑話了。但是它在近時卻非常有名，這是什麼緣故呢？我想這第一是因為它離城近，交通方便，往往可以順路去一瞻仰，不比別的名勝多在偏僻地方，去走一趟要費一天的工夫。第二是因為這是近來新添出來的，看的覺得新鮮，不管這好看不好看。其實看它當初造成的原因，就可以看出它的特色來，這也就是缺點。我們這裏姑且借用張宗子的《越山五佚記》中說曹山的話，來做個石宕的山水的說明。原文云：

「曹山，石宕也。鑿石者數什百指，絕不作山水想，鑿其堅者，瑕則置之，鑿其整者，碎則置之，鑿其厚者，薄則置之。日積月累，瑕者墮則塊然阜也，碎者裂則巋然峰也，薄者穿則砑然門也。由是堅者日削，而峭壁生焉，整者日琢，而廣廈出焉，厚者日磔，而危巒突焉，石則苔蘚，土則薜荔，而蓊翳興焉，深則重淵，淺則灘瀨，而舟楫通焉，低則樓臺，高則亭榭，而畫圖萃焉。」正因為這奇峭的山水是因為採取山石而成功的，故長處在於它的雕琢，而這雕琢也就是短處，張宗子記他的祖父張雨若的檄語云：

「誰云鬼刻神鏤，竟是殘山剩水」，為此種名勝最確切的評語，連吼山也在其內。李越纔在《七居》中第六說到吼山，也說道：

「其山劖削，其水瀏疾，故其人罕壽，而性剽急。」還有一層，我是在那裏住過兩個月的，所以深知道夜景的可怕，為白天遊湖的人所不曾見到的。我在室外南廊下站着，面對着壁立千仞的黝黑的石壁，在微細的月光下，恍然如見法國陀勒的有名的《神曲》中地獄篇的插畫，別有一種陰森淒慘的可怖景象，覺得此地不宜長住，不僅是辦學校和醫院是非所宜，別的事情也辦不來，——除非是圖謀造反，這才是適合的背景。哪知事有湊巧，這恰成為革命計劃的原始地，而是與徐錫麟有密切的關係的。

原來徐伯蓀的革命計劃是在東湖開始的，不，這還說不到什麼革命，簡直是不折不扣的「作亂」，便是預備「造反」，佔據紹興，即使「佔據一天也好」，這是當日和他同謀的唯一的密友親口告訴我說的。當初想到的是要招集豪傑來起義，第一要緊的是籌集經費，既然沒有地方可搶劫，他們便計劃來攔路劫奪錢店的送現款的船隻。那時紹興錢店一禮拜裏有一次送款的船，由一個店夥押送，坐了腳踏的小船前去，因為往東走，大約是經過曹娥往寧波去的吧，也應該有往西到杭州去的，但因為西路太是熱鬧，所以不曾計劃也說不定。而且，這與東湖的預謀地點也有關係，遂決定在東路實行了。

他們的計劃是借東湖辦什麼事業，主要卻是夜間，由徐伯蓀和他的同謀陳君二人，在湖中練習划船，這時期大概也不很早，在我教書去的一二年前吧。學會了划船之後，便於「月黑殺人夜，風高放火天」，出外實行路劫，錢店店夥和小船船夫由他們一人對付一個，請他們吃了「板刀麵」，把洋錢搶了來，做「造反」的本錢。這個計劃實在迂緩得很，但是他們竭力進行，正在這個時節卻來了一位軍師，一席話把這可笑的計劃全盤推算，他們同意這種小生意沒有做頭，決心來大幹一番。這位軍師即是陶成章號煥卿，乃是陶觀察的一位本家，他主張聯絡浙東會黨，招集各地豪傑，都「動」起來，然後大事可成，這是他的「光復會」的主張，民族革命的一張大纛。徐伯蓀聽從了他的話，便去運動人替他出錢捐候補道，到安徽省去候補，結果做了那驚天動地的一幕，卻不料這事發端是在東湖，也是在那裏定策的。和他同謀的陳君名字叫一個「濬」字，號曰子英，比較不大知名，他在安慶事發的當時逃到東京，時常到魯迅所住的公寓裏來，這是當時聽他自己所講，由我聽着記了下來的。現在他也久已逝世，大約聽過他講這故事的人也只有我存在，今因說到東湖，就把它記錄下來，且當作一則東湖的逸話講講吧。

五一　我的新書 一

我們的英語讀本《英文初階》的第一課第一句說：「這裏是我的一本新書，我想我將喜歡它。」我的第一本新書，使我喜歡看的，在上邊已經說過，乃是英國紐恩斯(Newnes)公司的送禮用本《天方夜談》，裝訂的頗精美，價值卻只是三先令六便士。我有了這部書，有事情做了，就安定了下來，有如阿利巴巴聽來的「胡麻開門」的一句咒語，得以進入四十個強盜的寶庫，不再見異思遷了，同時也要感謝東湖學堂，假如要我在那裏教書，那也就將耽誤了我的工作，不及趕那笨驢去搬運山中的寶貝了。我回到學校，感謝功課教得那麼麻胡，我也便趕上考試，而且考得及格，只是告假過多，要扣分數，結果考在前五名以外，這半年的贍銀也多少要少得一兩，這就算是我的損失了。

但是我的新書並不只限於這《天方夜談》，還有一種是開這邊書房門的鑰匙，我們姑且稱它的名字是「酉陽雜俎」吧。因為它實在雜得可以，也廣博得可以，舉凡我所覺得有興味的什麼神話傳說，民俗童話，傳奇故事，以及草木蟲魚，無不具備，可作各種趣味知識的入門。我從皇甫莊看來的石印《毛詩品物圖考》——後來引伸到木板原印，日本天明四年(一七八四)所刊的舊本，至今還寶存着，和《秘傳花鏡》，已經被引入了唐代叢書的「藥譜」裏，得了《酉陽雜俎》卻更是集大成了。在舊的方面既然有這基礎，這回又加上了新的，這便有勢力了。十多年前，我做了一首打油詩，總括這個「段十六成式」所做的書，現在引了來可以做個有詩為證：

「往昔讀說部，吾愛段柯古。名列三十六，姓氏略能數。不愛余詩文，但知有雜俎。最喜諾皋記，亦讀肉攫部。金經出鳩異，黥夢並分組。旁行得金椎，灰娘失玉履。童話與民譚，紀錄此鼻祖。抱此一函書，乃忘讀書苦。引人入勝地，功力比水滸。深入而不出，遂與蠹魚伍。」

舊書堆裏沒有怎麼深入，這回卻又鑽進了新書裏去，雖然也還是「半瓶醋」，可是這一回卻是泡得很久，有一次曾經說過，自己的那些「雜學」，十之七八都是從這方面來的。我的一個從前的朋友，曾說我是「橫通」，這句褒貶各半的話，我卻覺得實在恰如其分的。沒有一種專門知識與技能，怎麼能夠做到「直通」呢？我弄雜學雖然有種種方面的師傅，但這《天方夜談》總要算是第一個了。我得到它之後，似乎滿足一部份的欲望了，對於學堂功課的麻胡，學業的無成就，似乎也沒有煩惱，一心只想把那夜談裏有趣的幾篇故事翻譯了出來。那時我所得到的恐怕只是極普通的雷恩的譯本罷了，但也盡夠使得我們嚮往，哪裏夢想到有理查白敦勳爵的完全譯注本呢，就是現在我們也只得暫且以美國的現代叢書裏的選本為滿足，世間尚有不少篤信天主教的白敦夫人，白敦本就不見得會流行吧。這《阿利巴巴與四十個強盜》是誰也知道的有名的故事，但是有名的不只是阿利巴巴，此外還有那水手辛八和得着神燈的阿拉廷，可是辛八的旅行述異既有譯本，阿拉廷的故事也着實奇怪可喜，我願意譯它出來，卻被一幅畫弄壞了。這畫裏阿拉廷拿着神燈，神氣活現，但是不幸在他的腦袋瓜兒上拖着一根小辮子，故事裏說他是支那人，那麼豈能沒有辮子呢，況且有了它也很好玩，小時候看那變把戲的人，在開始以前說白道：「在家靠父母，出家靠朋友。」說話未了只把頭一搖，那條辮髮便像活的蛇一樣，已蟠在額上，辮梢頭恰好塞在圈內。這怎能怪得畫家，要利用作材料呢，但是在當時看了，也怪不得我得發生反感，不願意來翻譯它了。還有一層，阿利巴巴故事的主人公是個女奴，所以譯了送登《女子世界》，後來由「小說林」單行出版，卷頭有說明道：

「有曼綺那者波斯之一女奴也，機警有急智，其主人偶入盜穴為所殺，盜復跡至其家，曼綺那以計悉殲之。其英勇之氣頗與中國紅線女俠類，沉沉奴隸海，乃有此奇物，亟從歐文移譯之，以告世之奴骨天成者。」倘若是譯出阿拉廷的故事為「神燈記」，當然就不能出這樣的風頭了。

五二　我的新書 二

《俠女奴》單行本是在光緒乙巳，我所有的一冊破書已是丙午(一九〇六)年三月再板，《玉蟲緣》刊行在於《俠女奴》之後，初板的年月是乙巳年五月，這是書本的紀錄。再查日記，可惜這不完全了，甲辰年只有十二月一個月，乙巳年至三月為止，但在這寥寥一百二十天的記載裏邊，卻還有點可以查考，今抄錄於後。甲辰十二月十五日條下云：

「終日譯俠女奴，約得三千字。」這大概不是起頭，可見這時正在翻譯，十八日寄給丁初我，這是女子世界的主編，也是上海小說林的編者之一。乙巳正月初一日云：

「元旦也，人皆相賀，予早起譯書，午飲於堂中。」至十四日，又記云：

「譯美國坡原著小說山羊圖竟，約一萬八千言。」二十四日寄給丁初我，至二月初四日得到初我回信，允出板後以書五十部見酬。十四日條下云：

「譯俠女奴竟，即抄好，約二千五百字，全文統一萬餘言，擬即寄去，此事已了，如釋重負，快甚。」由是可知俠女奴着手在前，因在報上分期發表，故全文完成反而在後了。二十九日條下云：

「接初我廿六日函，云山羊圖已付印，易名玉蟲緣。又云俠女奴將印單行，有所入即以補助女子世界社。下午作函允之，並聲明一切，於次日寄出。」這裏那兩本小書的譯述年月已經弄明白，即虛假的署名，一個是萍雲，一個是碧羅，而且都是女士，也均已聲明，雖然無此必要，因為這在編者原是一目了然的。

「玉蟲緣」這名稱是根據原名而定的，本名是「黃金甲蟲」（The Gold-bug），因為當時用的是日本的《英和辭典》，甲蟲稱為玉蟲，實際是吉丁蟲，我們方言叫它做「金蟲」，是一種美麗的帶殼飛蟲。這故事的梗概是這樣的，著者的友人名萊格蘭，避人住於蘇利樊島，偶然得到一個吉丁蟲，形狀甚為奇怪，頗像人的枯髏，為的要畫出圖來給著者看，在裹了吉丁蟲來的偶從海邊撿得的一幅羊皮紙上，畫了圖遞給著者的時候，不料落在火爐旁邊了，經著者拾起來看時，圖卻畫得像是一個人的髑髏。萊格蘭仔細檢視，原來在畫着甲蟲的背面對角地方，真是髑髏的圖，是經爐火烘烤出現的，而在下方則顯出一隻小山羊，再經洗刷烘烤，乃發見一大片的字跡，是一種用數字及符號組成的暗碼。他的結論是這是海賊首領甲必丹渴特(Kidd)的遺物，因為英語小山羊的發音與渴特相同，而髑髏則為海賊的旗幟，所以苦心研究，終於將暗號密碼翻譯了出來，掘得海賊所埋藏的巨額的珍寶。這是安介亞倫坡(Edgar Allen Poe, 1809–1849)所作中篇小說之一，坡少孤受育於亞倫氏，故兼二姓，性脱略耽酒，終於沉醉而死，詩文均極瑰異，人稱鬼才，我後來在《域外小說集》裏譯有他的一篇寓言《默》，此外亦不能多譯。這篇《玉蟲緣》的原文係依據日本山縣五十雄的譯注本，係是他所編的《英文學研究》的一冊，題目是「掘寶」。所以在譯本後邊，有譯者的附識道：

「譯者曰，我譯此書，人勿疑為提倡發財主義也。雖然，亦大有術，曰有智慧，曰細心，曰忍耐。三者皆具，即不掘藏亦致富，且非獨致富，以之辦事，天下事事皆可為，為無不成矣。何有於一百五十萬弗之巨金。吾願讀吾書者知此意。乙巳上元，譯竟識。」

這是還沒有偵探小說時代的偵探小說，但在翻譯的時候，華生包探案卻早已出板，所以我的這種譯書，確是受着這個影響的。但以偵探小說論，這卻不能說很通俗，因為它的中心在於暗碼的解釋，而其趣味乃全在英文的組織上，因此雖然這篇小說雖是寫得頗為巧妙，可是得不到很多的外國讀者，實在是為內容所限，也是難怪的。因為敝帚自珍的關係，現在重閱，覺得在起首地方有些描寫也還不錯，不免引用在這裏：

「此島在南楷羅林那省查理士頓府之左近，形狀甚奇特，全島係砂礫所成，長約三英里，廣不過四分之一，島與大陸毗連之處，有一狹江隔之，江中茅葦之屬甚茂盛，水流迂緩，白鷺水鳧多棲息其處，時時出沒於荻花蘆葉間。島中樹木稀少，一望曠漠無際，島西端盡處，墨而忒列炮臺在焉。其旁有古樸小屋數椽，每當盛夏之交，查理士頓府士女之來避塵囂與熱病者，多僦居之。屋外棕櫚數株，綠葉森森，一見立辨。全島除西端及沿海一帶砂石結成之堤岸外，其餘地面皆為一種英國園藝家所最珍重之麥妥兒樹濃陰所蔽，島中此種灌木生長每達十五尺至二十尺之高，枝葉蓊郁，成一森密之矮林，花時游此，芬芳襲人，四圍空氣中，皆充滿此香味。」

五三　我的筆名

我的別名實在也太多了，自從在書房的時候起，便種種的換花樣，後來看見了還自驚訝，在那時有過這稱號麼，覺得很可笑的，不值得再來講述了。現在只就和寫文章有關係的略為說明，這便是所謂「筆名」，和普通一般的別名不同，是專用作文章的署名的。

我的最早的名字是個「魁」字，這個我已經說明過，原來乃是一個在旗的京官的姓，碰巧去訪問我的祖父，那一天裏他得到家信，報告我的誕生，於是就拿來做了我的小名，其後檢一個木旁的同音的字，加上「壽」字，那麼連我的「書名」也就有了。但是不湊巧，木部找不着好看的字，只有木旁的一個魁字，既不好寫，也沒有什麼意思，就被派給我做了名字，與那有名的桐城派大家劉大櫆一樣。他的大名為什麼也弄得這樣怪裏怪氣的呢？這個理由，我也還沒有機會查得清楚。總之我覺得沒有意思，而且有北斗星的關係的號——「星杓」，也不中意，還不如叫做槐壽的好，雖然木旁一個鬼字，但比較鬼在踢斗總要好得多了。後來因為應考，請求祖父改名，他命改為同音的「奎綬」，這仍舊不脫星宿的關係，而且「奎」又訓作「兩髀之間」，尤其是不大雅馴，但隨後看見有名的坤伶，名字叫作「喜奎」，頗疑心是促狹的文人的作怪呢。奎綬云者，也不過是掛在前面的闊帶子，即古代之所謂韍也。

我既然決定進水師學堂，監督公用了「周王壽考，遐不作人」的典故，給我更名，又起號曰樸士，不過因為叫起來不響亮，不曾使用，那時魯迅因為小名曰「張」，所以別號「弧孟」，我就照他的樣子自號曰「起孟」。這個號一直沿用下來，直到後來章太炎先生於一九〇九年春夏之間寫一封信來，招我們去共學梵文，寫作「豫哉啟明兄」，我便從此改寫啟明，隨後《語絲》上面的豈明，開明以及難明，也就從這裏引伸出來了。

如今說話且退回去，講那萍雲女士吧。這萍雲的號也只是那時別號之一，如日記上見着的什麼不柯，天欹，頑石一樣，不久也就廢棄了吧。但是因為給女子世界做文章的關係，所以加上女士字樣，至於萍雲的文字大抵也只取其漂泊無定的意思罷了。碧羅是怎麼來的呢，那已經忘記是什麼用意，或者是「秋雲如羅」的典故吧，或者只是臨時想起，以後隨即放下了也未可知。萍雲的名字在《女子世界》還是用着，記得有一回抄撮《舊約》裏的夏娃故事，給它寫了一篇《女禍傳》，給女性發過一大通牢騷呢。少年的男子常有一個時期喜歡假冒女性，向雜誌通信投稿，這也未必是看輕編輯先生會得重女輕男，也無非是某種初戀的形式，是慕少艾的一種表示吧。自己有過這種經驗，便不會對於後輩青年同樣的行為感到詫異與非難了。

離開南京學堂以後，所常用的筆名是一個「獨應」，故典出在《莊子》裏，不過是怎麼一句話，那現在已經記不得了。還有一個是「仲密」，這是聽了章太炎先生講《說文解字》以後才制定的，因為《說文》裏說，周字從用口，訓作「密也」，仲字則是說的排行。前者用於劉申叔所辦的《天義報》，後來在《河南》雜誌上做文章也用的是這個筆名，後者則用於《民報》，我在上邊登載過用「仲密」名義所譯的兩篇文字，其一是斯諦普虐克的宣傳小說《一文錢》，現在收入《域外小說集》中，其二是克羅泡金的《西伯利亞紀行》，不過這登在第二十四期上，被日本政府禁止了。其後國民黨(那時還是同盟會)在巴黎復刊民報，卻另外編印第二十四期，並未將東京民報重新翻印，所以這篇文章也就從此不見天日了。

其後翻譯小說賣錢，覺得用筆名與真姓名都不大合適，於是又來用半真半假的名氏，這便是《紅星佚史》和《匈奴奇士錄》的周逴。當初只讀半邊字，認為從卓聲，與「作」當是同音，卻不曉得這讀如「綽」，有點不合了，不過那也是無礙於事的。民國以來還有些別的筆名，不過那是另一段落的事了，現在這裏姑且從略，——我只可惜不曾使用那「槐壽」的筆名，這其實是我所很喜歡的名字，很想把它來做真姓名用呢。

五四　秋瑾

乙巳（一九〇五）年裏我在南京有一件很可紀念的事，因為見到一位歷史上有名的人物，雖然當時一點都看不出來，她會得有那偉大的氣魄。此人非別，即是秋瑾是也。日記裏三月十六日條下云：

「十六日，封燮臣君函招，下午同朱浩如君至大功坊辛卓之君處，見沈翀，顧琪，孫銘及留日女生秋瓊卿女士，夜至悅生公司會餐，同至辛處暢談至十一下鐘，往鍾英中學宿，次晨回堂。」至二十一日項下，有記錄云：

「前在城南夜，見唱歌有願借百萬頭顱句，秋女士笑云，但未知肯借否？信然，可知作者亦妄想耳。」據當時印象，其一切言動亦悉如常人，未見有慷慨激昂之態，服裝也只是日本女學生的普通裝，和服夾衣，下著紫紅的裙而已。這以前她在東京，在留學生中間有很大的威信，日本政府發表取締規則，這裏當然也有中國公使館的陰謀在內，留學生大起反對，主張全體歸國，這個運動是由秋瑾為首主持的。但老學生多不贊成，以為「管束」的意思雖不很好，但並不限定只用於流氓私娼等，從這文字上去反對是不成的，也別無全體歸國之必要，這些人裏邊有魯迅和許壽裳諸人在內，結果被大會認為反動，給判處死刑。大會主席就是秋女士，據魯迅說她還將一把小刀拋在桌上，以示威嚇。當時還有章行嚴等人是中間派，主張調停其間，但是沒有效，秋瑾的一派便獨自回來了。她其時到了上海，但沒有立刻回紹興去，卻溯江而上來到南京，那天的談話似乎也沒有談到，看她的態度似乎很是明朗，彷彿那一件事的成功失敗，都沒有多少關係的樣子。第二年丙午初夏我因為決定派往日本留學，先回到家裏一走，這時秋女士已經在紹興辦起大通學堂來，招集越中綠林豪傑，實行東湖上預定的「大做」的計劃，但是我那時不曾知道，所以沒有到豫倉去訪問。其時魯迅回家來完婚，也在家裏，談起取締規則風潮的始末，和那一班留學生們對於「鑒湖女俠」的恭順的情形，也就把她那邊的事情擱下了。及至安慶的槍聲一舉世震驚，秋女士只留下「秋雨秋風愁殺人」的口供，在古軒亭口的丁字街上被殺。革命成功了六七年之後，魯迅在新青年上發表了一篇《藥》，紀念她的事情，夏瑜的名字這是很明顯的，荒草離離的墳上有人插花，表明中國人不曾忘記了她。

五五　大通學堂的號手

秋瑾從日本歸國後，據《傳略》裏說，「主講潯溪學校，旋在上海主持同盟會通訊機關，嘗與陳墨峰會同造炸彈，彈藥爆炸創甚，幾以此被捕，因無左證得免。尋辦中國女報，以母喪返浙，居於徐伯蓀所創辦之大通體育會，往來江浙，連絡會眾，得數千人，編為光復漢族大振國權八軍，以徐為長，己副之，張恭等為分統。」這時候已經在徐伯蓀進日本陸軍學校不成，捐了候補道，到安徽去候補，陶成章則在蕪湖的皖江中學教書，監督是張伯純，名通典，是候補道中的開明人物。陳子英的行蹤未明，大約仍住在紹興東浦，與徐伯蓀是同村的人，後來安慶事發，他便是直接從那裏逃往日本去的。

大通體育會即是大通體育學堂，是徐伯蓀等人所設，用以收羅綠林豪傑的機關，表面說是學堂，但是那些不三不四的赳赳武夫說是學什麼好呢？只有體育還說得過去，所以這名字定得恰好，可以和東湖通藝學堂競爽的。造反的計劃始於東湖，而終於大通，這是紹興鬧革命的一幕。大通學堂設在豫倉，我沒有到來那地方，但是那學堂卻和我有過一番交涉。這一時期我沒有寫日記，所以月日無可考了，但總之是在乙巳(一九〇五)年的下半年吧。有一天接到封燮臣君的一封信，說大通學堂要找一名吹號的人，叫我給他們介紹一個。那時我們大家真是胡塗，大通學堂如有吹號，照例應當是陸軍的，理應給他們去陸師學堂找一個德國式的號手才對，我們水師所用係是英國式的，當然不能適用。但是那時大家都是稀裏胡塗一起，封君和我只是自己在水師裏，聽慣了英國的號聲，以為這就是了。我於是找管輪堂的號手來一談，托他介紹一位，他當然欣然承諾，不久便前去赴任去了。我的介紹就此完了，但事情還不完了，因為此後還有那包抄豫倉的大通學堂的這一件事呢。

我介紹號手在一九〇五年，第二年離開學堂往日本去了，就不曾知道那裏的消息，大概這兩年間總是平安無事的吧。包抄的結果，大家都知道犧牲了秋女士，其餘的傷亡的人大約也有吧，范文瀾君的回憶文中便說，有人中槍斃命，人家當作他的堂兄，混了過去，即此可以知道。但是我所介紹的號手呢，就此信息杳然，他本來是江北人，異言異服的很容易被人注意，可能就捉將官裏去了。

事過十餘年之後，在一九一八年左右，封燮臣君又在北京遇見，這才聽到這位號手的消息。原來他倒是運氣，仍然回到他的故鄉去了，生性來得機警，又熟知號聲的緣故，大概曉得來勢不善，所以越牆而遁，虧他在「人生路弗熟」的地方，逃出了性命。這是他親自告訴給他介紹的原經手人的。我很高興，他能夠逃出「豫倉」，——因為這個地方，經民國後改為「民團」總部，乃是風水很不好的地方，誰進去了就不容易出得來的。

上邊說到「民團」，不免蛇足的來說明幾句。民團這東西本是地主鄉紳的武裝勢力，民國初年便由徐伯蓀的兄弟仲蓀來擔任團長，這已經很是滑稽了，而徐團長卻又做得不甚好看。聽說有一回民團槍斃強盜，團長騎了高頭大馬，親來監刑，在強盜已經中彈斃命之後，團長再親手打他一手槍。這事就出在豫倉，我說豫倉風水不好，意思裏就有這故事包含在內的。

五六　武人的總辦

在學堂方面這時也有了一個變更，這事大約是在乙巳年三月以後，因為日記上沒有記載。所謂變更乃是又換了總辦，總辦換人也是常事，但是這回換的不是候補道，不是文人而是武人，是一位水師的老軍官。這或者可以說是破天荒的事，因為無論軍事或非軍事的學堂，向來做總辦的人總是候補道，似乎候補道乃是萬能的人，怎麼事都能夠包辦的。可是這回到來的卻不是官樣十足的道台，只是一介武弁，他的姓名是蔣超英，官銜是「前遊擊」。為什麼不寫現在的官銜的呢？因為他沒有現在的官，只是從前做過遊擊，——這是前清的武官的名稱，地位居參將之次，等於現在的中校，本是陸軍的官名，但那時海軍也是用的陸軍的官制。他做着遊擊的時候，還是光緒甲申(一八八四)以前的事吧，據說他帶領一隻兵船，參加馬江戰役，後來兵敗，船也沉掉了，有人說是他自己弄沉的，但是這或是謠言也說不定，總之是船沒有了而人卻存在，因此犯了失機的罪就把他革了職。聽說凡是官革職，是革去現在的職務，他本身所有的官銜——誥封三代所留下的自己這一代，還是存在的，所以他還是「前遊擊」，而且可以用那前遊擊的「藍頂子」的三四品頂戴。前頭說過管輪堂監督椒生公有一個姪兒，最早進水師學堂，分在駕駛班，這位蔣超英其時擔任駕駛堂監督，因為和椒生公有意見，便藉口功課不及格，把他開除了。這人便是曾在宋家漊北鄉義塾教過英文的周鳴山，在學校的名字是周行芳，他本人和椒生公都這樣說，歸罪於監督的不公平，其實功課不行或者是真的，監督只是不留情面而已，說是由於什麼惡意，恐怕未必如此，這是我從他來做總辦以來觀察所得，可以替他說明的。武人做總辦，他與文人很有點不同。他第一是來得魯莽些，也就率直些，不比文人們的虛假。方碩輔是一股假道學氣，黎錦彝比較年輕漂亮，但是很滑頭，總之是不脫候補道的習氣。蔣總辦的作法便很是不同，他在「下車伊始」，即開始擬訂一種詳細規則，大約總有幾十條之多，指導學生的生活，寫了兩大張，貼在兩堂宿舍的入口。條文都已忘記了，只是有一條因為成為問題，所以還記得。那一條的意思是說，宿舍內禁止兩個人在一張牀上共睡。學生們看了都是心照不宣，但是覺得這種所謂契弟的惡習雖然理應嚴禁，可是這樣寫着「堂而皇之」的貼在齋舍外面，究竟不大雅觀，便推派代表去找學堂當局，請求適當處理。其時學堂裏又新添了提調一職，由總辦的一個同鄉同事姓黃的充任，這人身體不很高大，又因姓黃的關係，所以學生們送他一個徽號叫「黃老鼠」，可是話雖如此，這卻是別沒有什麼惡意，因為他也是很漂亮，與學生相處得很是不錯。代表去找他一說，他隨即瞭解，便叫人用了一細長條的白紙，把那禁令糊上，這樣一來那滿紙黑字的掛牌中間，留有一條空白，是這事件所遺留下的痕跡。還有一回，我們下操場出操，蔣總辦親臨訓話，也無非鼓勵的話，但是措辭很妙，他說你們好好用功，畢業便是十八兩，十六兩，十四兩，將來前程遠大，像薩鎮冰何心川那樣的，都是紅頂子，藍頂子。這一篇訓話雖然後來傳為笑柄，但是他的直爽處卻還是可取的。又如有一回我們同班的福建同學陳崇書，因事除名，我們幾個人代表全班前去說情，結果是不成功，但總辦的態度還不十分官僚的，這或者是由於他夾說英語的關係，他連說「埃姆索勒」，這雖是一句口頭語，但因為意思可以解作「我很抱歉」，所以在聽者也就少有反感了。

五七　京漢道上

一

甲辰（一九〇四）年冬天，上一班的頭班學生已經畢業，我們升了頭班，雖然功課還是那麼麻胡，但留學轉學都沒有辦法，大抵只好忍耐下去，混過三年再說了。想不到剛過了一個年頭，忽然有了新的希望，北京練兵處（那時還沒有什麼海陸軍部）要派學生出國去學海軍，叫各省選送。我們便急起來運動，要求學堂裏保送我們出去，一面又各自向本省當道上稟請求，浙省計有林秉鏞柯樵和我三名，就聯名上書，此外也代別省同學做過稟帖，可是都如石沉大海，一去沒有消息，只有山東給了一個回電給學堂裏，應允以在學的山東學生魏春泉補充，那時山東巡撫不知道是什麼人，就這一件事看來，可以說是勝於東南各省的大官遠甚了。學校裏沒有法子規定，為免得大家爭吵起見，乃決定將頭班學生都送往北京應考，由練兵處自己選擇。手邊留有一本《乙巳北行日記》，實在只有兩葉，簡單的記着事項，還可以知一個梗概。

「十一月十一日，晴。上午因北上應考事，謁見兩江總督，又至督練公所。夜，赴總辦餞行之宴。

「十二日，晴。整理行李。上午六點鐘至下關，宿於第一樓旅館，同行者學友二十三人，提調黃曁聽差二人。

「十三日，晴。侵晨至頓船，候招商局江孚上水船，至下午不至，後知因機損不能來，復回至第一樓宿。

「十四日，晴。晨兩下鐘下怡和公司瑞和船，上午九點到蕪湖，下午六點到大通，十二點到安慶。

「十五日，陰。晨到湖口，上午十點到九江，下午五點到蘄州，七點到黃石岡即赤壁，九點到黃州。

「十六日，晴。晨四點到漢口，寓名利棧。」長江一路，無事可記，唯船泊九江的時候，曾登岸遊覽，偶過一瓷器店，見有一種茶盅，白地藍邊，上有暗花，以三角錢買得十個。今年在北京新街口的店中，見有飯碗亦是此種質地和花紋，心甚喜愛，亟買兩個，價共九角四分。

十七日在漢口大智門車站上火車，八點開車。那時京漢鐵路雖已通車，只是夜間是不走的，所以從漢口到北京要走上四天，若是有特別情形，還要加上一天的工夫。是日下午六點到駐馬店，宿連元棧。

十八日上午六點開車，下午三點到黃河，即渡河，至八點始到達對岸河北，火車已開，宿三元棧。這時候黃河鐵橋大概在修理吧，車到南岸，用船過渡，河北岸火車等着，九點可到新鄉住宿。可是那一天過河特別困難，有橋的地方雖只有六里三分的路程，河中間卻有一條沙埂，船須逆流上行，繞越過去，這一來便成了五倍多，到岸時已是八時了。河水流甚迅速，所以舟行十分困難，舟夫甚至赤體竄入河中背纖，那時已是陰曆十一月冬至前後的天氣，艱苦生涯可以想見，但中途勒索酒資，其勢洶洶，也很覺可怕。好容易船靠了岸，看見岸邊的黃土大塊的坼裂下來，整個兒的掉下河裏去，這也顯得黃河的可怕，印象是十分深刻的。其時火車早已開走，我們只得在河邊住下，僥倖那裏也有客棧，或者是專為渡河誤了車的人們開設的吧，牆壁只用蘆柴編成，上面也不抹灰，牀也是蘆幹所編的，同學魏春泉君站了上去想打開鋪蓋，剛一用力，兩隻腳踏斷了蘆柴，就陷了下去了。客棧裏歡迎我們，特別殺雞煮飯，飯米也不壞，煮飯的當然都是黃河裏的水，所以飯吃起來卻是有沙的。

「十九日，晴。下午四點上火車，七點開行，九點到新鄉縣，屬衛輝府，寓源和棧。

「二十日，陰。上午十點半鐘開車，下午五點二十分到順德府，寓聚豐棧。

「廿一日，晴。上午八點開車，下午八點到北京，寓西河沿全安棧。因屋隘不能住下，予與柯樵林秉鏞魏春泉三君分居新豐棧。」

五八　在北京

這是我第一次到北京，在庚子事變後的第五年，當時人民創痛猶新，大家有點談虎色變的樣子，我們卻是好奇，偏喜歡打聽拳匪的事情。我們問客棧的夥計，他們便急忙的分辯說：

「我們不是拳匪，不知道拳匪的事。」其實是並沒有問他當不當過拳匪，只是問他那時候的情形是怎麼樣罷了。可是他們恰如驚弓之鳥，害怕提起這件事來，這實在也是難怪的。因為我們雖然都還有辮子，卻打扮得不三不四，穿了粗呢的短衣，戴着有鐵錨模樣的帽徽的帽子，而且口音都是南方人，裏邊雖然也有山東河南的同學，但在老北京看去也要算是南邊，這便是一群異言異服的人，那樣的盤問他，不知是何用意。何況在那時的形勢之下，有誰不是反對「毛子」的人呢？民國初年錢玄同在北京做教員，雇有一個包車夫，他自己承認做過拳匪，但是其時已經是熱心的天主教徒了，在他的房裏供有耶穌和聖母馬利亞的像，每早禱告禮拜很是虔誠。問他什麼緣因改信宗教的呢？他回答得很是直截了當道：

「因為他們的菩薩靈，我們的菩薩不靈嘛。」這句話至少去今已有四十多年了。在那時候，我第二次來北京，到西河沿去看過一趟，再也找不到客棧的一點痕跡，這其間雖然只隔着十整年，可是北京的變遷卻很大，不但前門已經拆通，那比人行道窪下的道路也都不見了。我們的那客棧，想起來只是一個小四合房，臨街的南屋是老闆夫婦住房，本是旗人，都吸雅片煙，我們中間有林秉鏞君也吸幾口，所以他雖是滿口黃岩口音，卻主客很講得來，常在他們房裏閒坐。兩間南向的上房，便分給我們客人居住，林柯二人住在東邊，我和魏春泉君住在西邊，此外似乎不曾見有別的住客，顯得十分冷靜。白天多在外面行走，吃飯也集中在全安棧，只是晚上回來睡覺，在那沒有火氣的房間裏的冷炕上邊，所以留下來的是一個暗淡陰冷的印象。在學堂裏，我們穿的棉操衣袴，用紅青羽毛紗做的，也並不寒傖，但是大家不滿意，由學堂去代辦了黑色粗呢的制服來，原來是供應新軍用的吧，但只是單層呢，雖然是頗厚實，此外各人預備了一套棉織衛生衣袴，用了這服裝就在北京過了一個寒冬。據那年的冬至算來，其時正是「二九三九」的天氣，我們那麼的在冷屋裏睡，寒風裏走，當初大家都有一件擬毛織的「一口鐘」大衣，經呂得元提議，瑟畢的披着走不大好看，以後便只穿了呢製服挺去，結果誰也不曾傷風，可以說是很難得的。我們於廿一日抵京之後，隔了一天由黃老師率領了往練兵處，先見了提調達壽，隨後過了些時候徐世昌出來，他是那裏的頭兒吧，名稱不記得是練兵處大臣或是什麼了，照例慰勞幾句之後，回過頭去對那跟隨的人說道：

「北京天氣很冷，給他們做皮外套吧。」後邊站着的達壽等人都齊聲答應是是。我們聽了這話，當時以為可以得到一件北京巡警穿的那種狗皮領子的大衣了。豈知到出發那天仍舊毫無消息，這才知道是沒有希望了，但是究竟是說了話就不算，還是皮外套是報銷了，不過這實物卻並沒有呢，那就終於不能知道罷了。

五九　在北京 二

我們到了北京，第一要做的事，是去訪問在北京學校裏的同鄉。次日是十一月廿二日，便同了林秉鏞柯樵二君至醫學館去看俞榆蓀君，俞君是台州黃岩人，又曾經在水師是同學，是從前相識的，此外又至京師大學堂譯學館各處，卻不曾去找人。至初六日又訪榆蓀，同柯采卿(樵)三人照相，並在煤市街飯館吃飯，十六日同采卿訪榆蓀，見到溫州永嘉的胡儼莊，因同至廣德樓觀劇，十八日晚，同了柯采卿徐公岐吳椒如至榆蓀處告別。在初七那一天裏，曾經到大學堂，訪問紹興同鄉馮學壹，不料一見就是滿口北京話，打破了同鄉人的空氣，不覺興味索然，便匆匆別去，以後也就不再去找別的同鄉了。榆蓀因為是舊友，所以特別過往頻繁，而且為人也很誠實，在醫學館畢業後在北京做事，逐漸升為醫務處長。有一年東北鬧鼠疫，情形很是猖獗，他前去視察，已是任務完畢了，臨行因為往看一個病人，終於自己也染病而亡，這事問醫學界的朋友，或者還有人知道的吧。

我們於十一月廿五日至練兵處報到後，廿八日起在軍令司考試各項學科，至十二月初二日上午這才考畢。詳細情形已經不記得了，大抵只是上午考一兩門，下午是休息吧。由軍學司長譚學衡來監考，他是廣東人，也是水師出身，與黃老師談得很投機，戴着藍頂花翎說英語，很是特別的事。考試完了以後，不知為什麼事又耽擱好久，至十九日才乘火車出京。據日記上說，火車是二等室，價二十九元，也實在貴得很，與民國後的京浦路二等車差不多了，不過那時所謂二等實際與頭等也相差無幾，四個人一間房，上下四個牀位，但只是這樣罷了，此外設備是什麼也沒有。火車仍舊要行走四天，便是第一天停在順德，第二天渡過黃河，停在鄭州，第三天停在駐馬店，第四天到漢口的大智門。這一次卻可以住宿車中，不要搬上搬下的住客棧了，所以方便得多，吃飯卻仍要到各站時自辦，其時賣東西的很多，不成什麼問題。記得梨子特別好吃，一路上買了不少，雖然小販因為我們是「外江佬」，多少要欺侮一點，彷彿是要一個「大子」（二分銅幣）一個，但在我們看來卻不算貴，便買了有半網籃，路上削了來吃，我當初不會旋轉削梨法，一路學着削，走了半路梨將要吃完，整個削梨，梨皮一長條接連不斷的削法也給我學會了。

說到北京的名物，那時我們這些窮學生實在誰也沒有享受到什麼，我們只在煤市街的一處酒家，吃過一回便飯，問有什麼菜，答說連魚都有，可見那時候活魚是怎麼難得而可貴了。但是我們沒有敢於請教那魚，而且以後來的經驗而論，這魚似乎也沒有什麼了不得，那有名的廣和居的「潘魚」，在江浙人嘗來，豈不也是平常得很麼？至於烤鴨子，就是後來由於紅毛人的賞識而馳名世界的「北京鴨子」，也無緣享受，因為那時是整隻不能另售的。我們那時可以買得的北京名物，無非只是一兩把王麻子的剪刀，兩張王回回的狗皮膏，和一兩幾十小粒的同仁堂萬應錠，俗稱「耗子屎」的一種可吃可搽的藥，回南京後狗皮膏的用處不得而知了，但這「耗子屎」卻幫助我醫好了腿上的瘡，是於我大有好處的。

六〇　北京的戲

北京的戲是向來有名的，我在上文說過潘姨太太在影抄石印小本的《二進宮》，伯升的每星期往城南看粉菊花，這似乎含有雙重意義，因為在這裏有着對於北京的「鄉愁」，是生長在北京的人所特別有的，此外則是對於那聲調的迷戀，這卻是很普遍的情形了。我們在北京這幾天裏，一總看了三回戲，據日記裏說：

「十一月初九日下午，偕采卿公岐至中和園觀劇，見小叫天演時，已昏黑矣。

「初十日下午，偕公岐椒如至廣德樓觀劇，朱素雲演《黃鶴樓》，朱頗通文墨。」此外十六日還同了采卿榆蓀至廣德樓，和溫州胡君看過一回戲。三回看的不算多，但我看到了京戲的精華，同時也看了糟粕，給我一個很深的印象。京戲的精華是什麼呢？簡單的回答是：小叫天的演戲，這總是不大會錯吧。譚鑫培別號「叫天」，大概是說他的唱聲響徹雲霄吧，他是清末的有名京劇演員，我居然能夠聽見他的唱戲，不能不說是三生有幸了。魯迅在他的《社戲》這一篇小說裏，竭力表揚野外演出的地方戲，同時卻對於戲園裏做的京戲給予一個極不客氣的批評。他說在近二十年中只看過兩次京戲，但不是沒有看成，便是看得極不愉快。第一次他的耳朵被戲場裏的「冬冬喤喤」嚇慌了，而且又忍受不住狹而高的凳子的優待，所以不看而出來了。第二次呢，因為決心聽譚叫天，雖然也仍是「咚咚喤喤」，但是從九點鐘忍耐到十二點，「然而叫天竟還沒有來」，結果他也只得走了。那麼他終於沒有能夠聽見叫天的戲，而我卻是看見了，雖然那時已是昏黑，看不清他的相貌，然而模樣還是約略可辨的。那天因為演的是白天戲，照例不點燈，臺上已是一片黑暗，望過去只見一個人黑鬚紅袍，逛蕩着唱着。唱的怎麼樣呢，這在外行是不能贊一辭的。老實說，我平常也很厭惡那京戲裏的拿了一個字的子音拉長了唱，噯噯噯或嗚嗚嗚的糾纏不清，感到一種近於生理上的不愉快，但那譚老闆的唱聲卻是總沒有這樣的反感的。

所謂糟粕一面乃是什麼呢？這是戲劇上淫褻的做作。在小說戲劇上色情的描寫是不可避免的，但作公開的表演的時候這似乎總應該有個斟酌才對。京戲裏的，特別那時我所看到的那可真是太難了。我記不清是在中和園或廣德樓的哪一處了，也記不得戲名，可是彷彿是一出《水滸》裏的偷情戲吧，臺上掛起帳子來，帳子亂動着，而且裏面伸出一條白腿來，還有一場是丫環伴送小姐去會情人，自己在窗外竊聽，一面實行着自慰。這些在我用文字表白，還在幾費躊躇，酌量用字，真虧演員能在臺上表現得出來。這一面與那時盛行的「像姑」制度也有關係，所以這種人材也不難找，若在後來恐怕就找不到肯演這樣的戲的人了。說到底，這糟粕也只是一時的事，但是在我的印象上卻仍是深刻，雖然知道這和京戲完全是分得開的事情，但是因為當初發生在一起，也就一時分拆不開了。我第二次來北京以後，已經有四十餘年，不曾一次看過京戲，而且聽見「噯噯噯」那個唱聲，便衷心發生厭惡之感，這便是那時候在北京看戲所種的病根，有如吃貝類中了毒，以後便是看見蠣黃也是要頭痛了。

六一　魚雷堂

我們北京考試的成績都是及格的，那麼就算是考取了，在派遣出國以前暫時仍舊在學堂裏居住。這一群人中間差不多有一大半是本地人，他們樂得回家去，剩下來的也只有十一二人了，不過人數雖少，在學堂方面應付也頗有困難，因為他們雖是舊學生，卻又大半算是已經脱離了，把他們放在宿舍裏，和別的學生在一起，管理上不免有些不大方便。這大概是黃老師的計劃吧，的確不失為一個好辦法，就是請這班仁兄們住到魚雷堂裏去。魚雷班停辦已經很久，幾間宿舍本來空閒着，又遠在校內西北角，與各處都有相當距離，在種種方面是再也適當不過的了。那是向東開門的一個狹長院子，我住在內院朝南靠西的一間裏，東鄰是誰已記不得了，對面朝北的兩間中間打通，南邊又有窗門，算是最好的房間，為徐公岐所得，與其他兩人共住，但因為稍為寬暢，也被指定為吃飯的地方，一天三次難免有些煩擾。外院即迤東的院子裏房屋大抵與內院相同，如何分配居住，不知怎的全不清楚了，只是由宿舍撥來的聽差也即是徐公岐原來所用的王福住在那裏，那總是確實的。這裏與管輪堂等的宿舍不同，沒有走廊，所以下雨時候稍感困難，不但是小便時要走一段濕路，而且簷溜直落到窗門前面來，也是很憂鬱的。魚雷堂在學堂西路的西北角，廚房則在於東路的中間靠東，冬天雨夾雪的時候從那邊送飯菜過來，總是冷冰冰的，這多少是一個缺點，除此以外，則因為環境特別，好處很多，寄住在那裏的兩三個月的光陰可以說是很愉快的了。

住在魚雷堂的幾個人因為是學生，所以仍是學生待遇，照舊領取贍銀，但一方面又有點不是了，沒有功課，也沒有監督，出入也不必告假，晚上也不點名了。可是他們也還能自肅，那種濫用自由，夜遊不歸的人始終沒有，雖然或者打小牌是難免的。從前頭班學生夜半在宿舍裏打牌，窗上掛了被單，廊下佈置巡風的事是有過的，這下一班的人是反對他們這樣的行動，所以自己不肯再犯，但是搬到這幽僻的地域來了之後，不免似乎受了暗示，有點技癢起來，在徐公岐的房裏便有時要打起麻將來，這差不多是半公開的了，所以也沒有那些巡風等的勾當。好在當時有一種不文律，或者是有過這樣的命令也未可知，在堂學生都不到魚雷堂裏來，所以也不至於有什麼壞影響。丙午（一九〇六）新年過去不久之後，有幾個同學缺少零用，走去找黃老師借支贍銀，他聽了微笑說道：

「以前發錢不久，輸去了麼？」大家也只一笑，仍舊借了兩三元回來。其實他是在說玩笑話，這裏是不曾有過什麼輸贏的。我住在那裏的時候，只記得右邊大腿上長了一個瘡，這並不很深，但是橢圓形的有一寸來長，沒有地方去找醫生，便用土醫方，將同仁堂的萬應錠，用醋來磨了，攤在油紙上貼着，這樣的弄了一兩月才算好了，但是把一條襯袴都染了膿血，搞得不成樣子了。此外一件事，是半做半偷的寫了一篇文言小說，——為什麼說「偷」的呢，因為抄了別人的著作，卻不說明是譯，那麼非偷而何？我當初執筆，原想自己來硬做的，但是等到那小主人公「阿番」長大了之後，卻沒有辦法再寫下去，結果只好借用雨果——當時稱為嚣俄，因為在梁任公的《新小說》上介紹以後，大大的有名，我們也購求來了一部八大冊的英譯選集，長篇巨著啃不動，便把他的一篇頂短的短篇偷了一部分，作為故事的結束。故事講一個孤兒，從小貧苦，藏身土穴，乞討為活，及長偶為竊盜，入獄作苦工，因為袒護同監的犯人，將看守長殺死，被處死刑，臨死將所餘的一點錢捐了出來，說道：「為彼孤兒。」這裏明明是說的外國事情，因為其時還沒有什麼孤兒院的設備，不過那是只好不管，抄的乃是人家的「刊文」嘛。原本前一半卻是苦心的做了，說到那土穴的確用了點描寫的工夫，可惜原書既然沒有，也不可能來抄錄了，只是有蛇在草間蜿蜒自去，卻拉扯到「天可見憐，蛇蟲也不見害」，未免有點幼稚可笑了。書名是「孤兒記」，有兩萬多字，賣給上海小說林書店，為「小本小說」的第一冊，得洋二十元，是我第一次所得的稿費，除在南京買了一隻帆布製的大提包以外，做了我後來回鄉去的旅費，輸給徐公岐他們的大概沒有什麼。

六二　吳一齋

我們進學堂的時候，只考了一篇漢文，雖然很難，但是只此一關，過了這關便沒事了。到北京練兵處考試，沒有這樣簡單了，學科繁多倒還沒有多大關係，問題是在於體格檢查，在這關上我們裏邊就有兩個通不過，因為都是眼睛近視。一個是我，一個是駕駛堂的吳秉成。在練兵處和學堂兩邊都沒有發表什麼，但是我們自己知道，牆上掛的那些字這個也不知道，那個也不明白，在視力這一項上總不能算是及格，那麼這整個的留學考試豈不是完了麼。可是不及格到底又不就是開除，所以結果仍是回來住在魚雷堂裏，和及格的同班一樣待遇，至於下文如何，誰也不能知道。我與吳君雖是同班，就是同一年裏進去的學生，但他是駕駛堂的學生，又是河南固始人，所以並無什麼交際，這回因有同病之雅，關係便密切起來，特別是春風得意的同學走了之後，於是吳一齋——這是吳君的號——成為我唯一的座上客了。他們去了的時候，魚雷堂又非關門不可，我們乃被請回駕駛堂和管輪堂去住，又不好放到宿舍裏去，吳君的住處記不清了，我的房間是在管輪堂門內東口第一間，以前是二班的湯老師所住的，房內設備很是不錯，但是門外有很深的走廊，那裏又是拐角，廊是曲尺形的，顯得房內更是陰暗。獨住倒也不妨，反正並不怕鬼，只是每頓頓飯都是送進來獨吃，覺得十分乏味，這樣大概也住了有兩個月，比起魚雷堂來真是有天壤之殊了。

我同吳一齋成了學堂裏的兩個遺老之後，每天相見只有愁歎，瞻望前途，一點光明都沒有，難道就是這樣請學堂供養下去，這又有什麼意思呢？大概是三四月時候，忽然聽差來說，江督視察獅子山炮台，順便來學堂裏，要叫考取留學而未去的兩個學生來一見，我們走到風雨操場，看見周玉山便服站在那裏，像是一個老教書先生，他問我們學過哪些學科，隨後回顧跟在後邊的一群官說道：

「給他們兩個局子辦吧。」照例是一陣回答「是是」。我們卻對他申明不想辦「局子」，仍願繼續去求學，他想了一想說道：

「那麼，去學造房子也好。」這會見的情形雖還不錯，但是我們有過了那皮外套的經驗，不敢相信這事就會成功，不過既然有了這一句話，我們總可以去請學堂去催詢，或直接上書去請求了。不知道是什麼緣故，這回周玉山所說的話，與水竹村人的迥不相同，大抵在一個月之後，就得到江南督練公所的消息，決定派遣吳一齋和我往日本去學建築，於秋間出發。不過督練公所的官在這裏小小的弄了一點手腳，便是於我們兩人之外，另外加添了一個周某一同去學「造房子」，這人不知道是何等樣人，也一直沒有見到過，但是這於我們是毫無損害的，所以就不管他了。我得着消息之後，就先回家鄉去一走，將來由上海上船，不再回到南京去，把一隻木箱託付了吳君，連治裝費代領了一併帶到東京。那是一隻笨重的木板箱，裏邊裝有八冊英文的雨果小説集，這是我的又一部新書，雖然不曾翻譯應用，可是於我很有影響，一直珍藏着，到了民國二十年左右才賣給北大圖書館的。此外又有一把茶壺，用黃沙所做，壺嘴及把手等處都做成花生菱角百果模樣，是孫竹丹君托帶，交給在東京留學的吳弱男女士的，孫吳都是安徽巨族，大概他們還是親族，還有一件羊皮背心，也托帶去，那個只好收在我的帆布提包裏，後來由魯迅特地送了去，叫那宮崎寅藏就是那自稱「白浪庵滔天」的代收轉交的。這只箱子承他辛苦的送到下宿，連治裝費一百元，卻不知聽了哪個老前輩的忠告，還給兑換了日本的金幣，一塊值二十日圓的五個，結果又賠錢換回紙幣才能使用。幸虧他沒有完全聽了忠告，像魯迅在《朝花夕拾》所說那樣，買些中國的白布襪子來，那便是全然的廢物，除了塞在箱子底下別無用處，在日本居住期間，那足趾分作兩杈的日本布襪真是方便，只是在包過腳的男子，因為足指重疊，這才不能穿用罷了。

六三　五年間的回顧

在南京的學堂裏五年，到底學到了什麼呢？除了一點普通科學知識以外，沒有什麼特別的東西。但是也有些好處，第一是學了一種外國語，第二是把國文弄通了，可以隨便寫點東西，也開始做起舊詩來。這些可以籠統的說一句，都是浪漫的思想，有外國的人道主義，革命思想，也有傳統的虛無主義，金聖歎梁任公的新舊文章的影響，雜亂的拼在一起。這於甲辰乙巳最為顯著，現在略舉數例，如甲辰「日記甲」序云：

「世界之有我也，已二十年矣，然廿年以前無我也，廿年以後亦必已無我也，則我之為我亦僅如輕塵棲弱草，彈指終歸寂滅耳，於此而尚欲借駒隙之光陰，涉筆於米鹽之瑣屑，亦愚甚矣。然而七情所感，哀樂無端，拉雜記之，以當雪泥鴻爪，亦未始非蜉蝣世界之一消遣法也。先儒有言，天地之大，而人猶有所恨，傷心百年之際，興哀無情之地，不亦傎乎，然則吾之記亦可以不作也夫。甲辰十二月，天欹自序。」是歲除夕記云：

「歲又就闌，予之感情為何如乎，蓋無非一樂生主義而已。除夕予有詩云：東風三月煙花好，秋意千山雲樹幽，冬最無情今歸去，明朝又得及春遊。可以見之。「然予之主義，非僅樂生，直並樂死。小除詩云：一年倏就除，風物何淒緊。百歲良悠悠，白日催人盡。既不為大椿，便應如朝菌。一死息群生，何處問靈蠢。可以見之。」這裏的思想是很幼稚的，但卻是很真摯，因為日記裏一再的提及，如乙巳元旦便記着：「是日也，賀者賀，吊者吊，賀者無知，吊者多事也。予則不喜不悲，無所感。」又初七日記云：「世人吾昔覺其可惡，今則見其可悲，茫茫大地，荊蕙不齊，孰為猿鶴，孰為沙蟲，要之皆可憐兒也。」

那時候開始買佛經來看。最初是十二月初九日，至延齡巷金陵刻經處買得佛經兩本，記得一本是《投身飼餓虎經》，還有一本是經指示說，初學最好看這個，乃是《起信論》的纂注。其實我根本是個「少信」的人，無從起信，所以始終看了「不入」，於我很有影響的乃是投身飼虎的故事，這件浪漫的本生故事一直在我的記憶上留一痕跡，我在一九四六年做《往昔》三十首，其第二首是詠菩提薩埵，便是說這件事的，前後已經相隔四十多年了。

丙午（一九〇六）年以後，因為沒有寫日記，所以無可依據了，但是有一篇《秋草閒吟序》，是那年春天所作，詩稿已經散逸，這序卻因魯迅手抄的一本保存在那裏，現在得以轉錄於下：

「予家會稽，入東門凡三四里，其處荒僻，距市遼遠，先人敝廬數楹，聊足蔽風雨，屋後一圃，荒荒然無所有，枯桑衰柳，倚徙牆畔，每白露下，秋草滿園而已。予心愛好之，因以園客自號，時作小詩，顧七八年來得輒棄去，雖衰之可得一小帙，而已多付之腐草矣。今春無事，因摭存一二，聊以自娛，仍名秋草，意不忘園也。嗟夫，百年更漏，萬事雞蟲，對此茫茫，能無悵悵，前因未昧，野花衰草，其遲我久矣。卜築幽山，詔猶在耳，而紋竹徒存，吾何言者，雖有園又烏得而居之？借其聲，發而為詩，哭歟歌歟，角鴟山鬼，對月而夜嘯歟，抑悲風戚戚之振白楊也。龜山之松柏何青青耶，茶花其如故耶？秋草蒼黃，如入夢寐，春風雖至，綠意如何，過南郭之原，其能無惘惘而雪涕也。丙午春，秋草園客記。」在這裏青年期的傷感的色彩還是很濃厚，但那些爛調的幼稚筆法卻已逐漸減少了。上文説過的詩句，「獨向龜山望松柏，夜烏啼上最高枝」，大抵是屬於這一時期的，這裏顯然含着懷舊的意味。乙巳二月中記云：

「過朝天宮，見人於小池塘內捕魚，勞而所獲不多，大抵皆鰌魚之屬耳。憶故鄉菱蕩釣鰷，此樂寧可再得，令人不覺有故園之思。」這與辛丑魯迅的《再和別諸弟原韻》第二首所云：「悵然回憶家鄉樂，抱甕何時共養花」，差不多是同一樣的意思。

六四　家裏的改變

自從甲辰年的冬天回到學堂，一直到了丙午（一九〇六）年的夏天再回家去，時間隔的很長，所以家裏的情形也改變得不少了。第一是房屋的改變。以前我們「興房」派下的房子乃是在本宅的西北角一帶，這是宅內的第四五進，本來也有「立房」的一部分在內，後來「立房」的十二世子京身死無後，擬以伯升承繼，所以併入這一邊了。第四進計有前後五大間，南邊對着桂花明堂（院子），盡西頭的一間出典給了吳姓，隔壁即是祖父居住的地方，中間隔了一個堂屋，東邊的兩間原為祖母和母親的住房。路北院子的對面即是第五進了，原來偏東的兩間劃歸「仁房」，院子裏對半分開，砌上了一個曲尺形的牆，西頭的兩間經了太平軍的戰亂已經殘毀，只剩下南邊的一部分房屋尚可住人，與中堂相對的一間作為女僕們的宿舍，後邊朝北的一間則因樓板和窗戶都已沒有了，所以空着，只供存放谷米之用，東偏一間即是在《魯迅的故家》裏所說的「桔子屋」，乃是子京所原住，他在這裏教書，掘藏，也在這裏發瘋的地方。樓上也是空着，卻比東邊倉間的樓上更是荒廢了，因為那邊只是沒有樓板，空空洞洞的沒有什麼奇怪，這邊卻仍是一間空着的房子，卻是窗戶全無，隔牆又是梁姓的竹園，所以有種種鳥獸前來借住，往往在夏天黃昏時候，陣雨將要到來，小孩向北窺窺，看見樓上窗口伸出貓臉似的，或狗頭似的，不曉是什麼鳥獸的臉孔來，覺得又是害怕又是愛看，着實很有興趣。現在卻把這一部分全都改造了，東邊是一間南向的堂屋，後面朝北的一間作為母親的住房，西邊朝南的是祖母的住房，後邊一間是通往第六進的廚房的通路，以及樓梯的所在。樓上也都修復了，共有兩間，則作為魯迅的住房。為什麼荒廢了幾十年的破房子，在這時候重新來修造的呢？自從房屋被太平天國戰役毀壞以來，已經過了四十多年，中間祖父雖然點了翰林，卻一直沒有修復起來，後來在北京做京官，捐內閣中書，以及納妾，也只是花錢，沒有餘力顧到家裏，這回卻總算修好，可以住得人了。這個理由並不是因為有力量修房子，家裏還是照舊的困難，實在乃因必要，魯迅是在那一年裏預備回家，就此完姻的。樓上兩間乃是新房，這也是在我回家之後才知道的。當初重修房屋與魯迅結婚的事情，我在南京彷彿事前並不得知，那時或者也曾信裏說及，不知怎的現在卻全不記得了。總之魯迅的結婚儀式是怎麼樣的，我不在場，故全然不清楚，想必一切都照舊式的吧。頭上沒有辮子，怎麼戴得紅纓大帽，想當然只好戴上一條假辮吧？我到家的時候，魯迅已是光頭着大衫，也不好再打聽他當時的情形了。「新人」是丁家弄的朱宅，乃是本家叔祖母玉田夫人的同族，由玉田的兒媳伯撝夫人做媒成功的，伯撝夫人乃出於觀音橋趙氏，也是紹興的大族，人極漂亮能幹，有王鳳姐之風，平素和魯老太太也頂講得來，可是這一件事卻做的十分不高明。新人極為矮小，頗有發育不全的樣子，這些情形姑媳不會得不曉得，卻是成心欺騙，這是很對不起人的。本來父母包辦子女的婚姻，容易上媒婆的當，這回並不是平常的媒婆，卻上了本家極要好的妯娌的當，可以算是意外的事了。

#【第二卷】

六五　往日本去

這回的啟行也同癸卯（一九〇三）年秋天那一回差不多，有伴侶偕行，而且從紹興直到日本，所以路上很是不寂寞。這同行的是什麼人呢？這人乃是邵明之，名文鎔，紹興人留學日本北海道札幌地方，學造鐵路，北海道是日本少數民族多須的蝦夷聚居之地，多雪多熊，邵君面圓而黑，又多鬍子，所以魯迅送他一個日本綽號叫作「熊爺」。（日本語用一個樣字，加在名氏下面，用作稱呼，不問身份高低，悉可通用，很是方便，猶如法文裏的M一樣。就是中國沒有適宜的字，現在一般公用，例如稅關郵局銀行的通信，一律都是直呼姓名，未免太是簡單。老實說來，那種稱呼或者是封建遺風倒未可知，直截的叫法反是民主的，現在學生中間和一般社會通行，可以為證。但是也有應了年齡，加上一個老字或是小字的，例如說「老趙」或是「小錢」，或將老字加在姓的底下，表示尊敬，可見也有相同的表示，不過沒有一個可以一切通用的稱呼罷了。）平常魯迅是很看不起學鐵路的，雖然自己是礦路學堂的出身，因為那一班進岩倉鐵道學校的速成班的，目的只是在賺錢，若是進高等專門的學習鐵道，那自然是另眼相看的。在《魯迅的青年時代》裏面，有一張插畫，後邊站着許壽裳和魯迅，在許壽裳前面的即是邵明之其人，魯迅前面的則是陳公俠，即是後來的陳儀，一時改為陳毅，民國以後這才恢復原名。在照相那時，可能是弘文學院剛畢業，開始分別進高等專門，經過兩年的學習，魯迅已經學完醫學校的前期功課，因思想改變，從救濟病苦的醫術，改而為從事改造思想的文藝運動了，所以決心於醫校退學之後回家一轉，解決多年延擱的結婚問題，再行捲土重來，作「新生」的文學活動。其時邵君適值回鄉，於是約定一同回日本去，那時候有邵君的友人張午樓也要同行，所以我們這一行總共有四個人，都是由紹興出發，可是分作兩批，約定在西興會合，共乘小火輪拖船前往上海。到了上海之後，由於邵君的主意，特別在後馬路或是五馬路的一家客棧裏住下，這不是普通的客棧，乃是湖州絲業商人的專門住宿的地方，不過別人也可以住得，邵君不曉得以什麼關係，得到了這一種的特權，現在卻是忘記了。因為不是普通的客店，所以多少覺得清淨，可是因為我們住客太不老實了，以致別的客人嘖有煩言，這其實要怪我們的不好。那時我們幾個人都年少氣盛，難免自高自大，蔑視別人，因為主張打倒迷信，破除敬惜字紙的陋習，平常上廁所去總使用報紙，其實這是很不合衛生的一件事，尤其是犯人家的嫌惡，討厭你褻瀆字紙還是其次，第一是要連累他也犯了罪了。那客棧的住客於是聯合抗議，表面上很是和平，說願意供給上茅廁用的草紙，請勿用字紙，以免別人望而生畏。對於這種內剛而外柔的抗議，結果只好屈服了事，因為沒法僵持下去，事實顯然是我們理曲的。在這裏大約也停留了三五天之久，因為一則要候買船票，二則我和張午樓都要剪去辮子。我的剪髮很花工本，那時上海只有一個剃頭匠，他有一把「軋剪」，能夠軋平而不是剃光，軋髮的工錢只要大洋一元，但是附帶有一個條件，剪下來的辮子是歸他所有，由他去做成假髮或假辮，又有二三元的進益。他寄住在一家什麼小客棧裏，顧客跑去請教，倒還相當便利清閒，張午樓為的貪圖便利，只叫普通剃頭匠一刮了事，雖然是省事，但是刮得精光像是一個和尚，一時長不起來，在日本去的船上很被人家所注目，卻也是一種討厭的事情。

六六　最初的印象

一個人初到外國的地方，最是覺得有興趣的，是那裏人民的特殊的生活習慣，其有一般習得的文化生活，雖然其時也頗覺得新奇，不過總是還在其次了。我們往日本去留學，便因為它維新成功，速成的學會了西方文明的緣故，可是我們去的人看法卻並不一致，也有人以為日本的長處只有善於吸收外國文化這一點，來留學便是要偷他這記拳法，以便如法炮製。可是我卻是有別一種的看法，覺得日本對於外國文化容易模仿，固然是他的一樣優點，可是不一定怎麼對，譬如維新時候的學德國，現在的學美國都是，而且原來的模範都在，不必要來看模擬的東西，倒是日本的特殊的生活習慣，乃是他所固有也是獨有的，所以更值得注意去察看一下。這個看法或者是後來經過考慮這才決定的也未可知，大體從頭就是這樣看法，不過後來更是決定罷了。

關於日本民族的問題，我們是門外漢，不容得來亂開口的，但說他是屬於太平洋各島居民有關的大洋洲系統，那總是沒有十分錯誤的吧。他的根本精神是巫來由的，但是表面卻又受了很濃厚的漢文化與佛教文化，所以顯出很特殊的色彩來，這是我所覺得看了很有興趣的。要瞭解日本的國民性，他的一切好的和壞的行動，不單是限於文學藝術一方面的成就，這需要從宗教下手，從他的與中國人截不相同的宗教感情去加以研究，這事現在無法討論，所以只好不談，因為這所謂宗教當然並不是佛教，乃是佛教以前固有的「神道」，這種宗教現在知道與朝鮮滿洲的薩滿教是一體的，但與南洋的宗教的關係現今還沒有聽說去調查研究，我們外行更不配來插嘴了。因此我們這裏所談的，也只是一個旅客在日本所得的最初的印象，說是最初卻也可以延長到最後，因為在這方面我的意見始終沒有什麼改變。

我初次到東京的那一天，已經是傍晚，便在魯迅寄宿的地方，本鄉湯島二丁目的伏見館下宿住下，這是我和日本初次的和日本生活的實際的接觸，得到最初的印象。這印象很是平常，可是也很深，因為我在這以後五十年來一直沒有什麼變更或是修正。簡單的一句話，是在它生活上的愛好天然，與崇尚簡素。我在伏見館第一個遇見的人，是館主人的妹子兼做下女工作的乾榮子，是個十五六歲的少女，來給客人搬運皮包，和拿茶水來的。最是特別的是赤着腳，在屋裏走來走去，本來江南水鄉的婦女赤腳也是常有的，有如張汝南在所著《江南好詞》中第九十九首，便是歌詠這事的，其詞云：

「江南好，大腳果如仙。衫布裙綢腰帕翠，環銀釵玉鬢花偏。一溜走如煙。」原注云：

「大腳婦女其美者皆呼為大腳仙，其妝飾如此，過者能知之。諺云，大腳仙，頭綰白玉簪，臉像米粉團，走街邊，走起來一溜煙。」但這是說街邊行走，不是說在屋裏。我在一九二一年寫過一篇名為「天足」的短文，第一句便說道：

「我最喜見女人的天足。」但後邊卻做的是反面文章，隨即翻過來說道：

「這實在是我說顛倒了。我意思是說，我嫌惡纏足。」二十年後，在我給日本二千六百年紀念作《日本之再認識》那篇文章，裏邊仍是說這個話，不過加以引伸道：

「日本生活裏的有些習俗我也喜歡，如清潔，有禮，灑脫。灑脫與有禮這兩件事一看似乎有點衝突，其實卻並不然。灑脫不是粗暴無禮，他只是沒有宗教的與道學的偽善，沒有從淫佚發生出來的假正經，最明顯的例是對於裸體的態度。藹理斯(H. Ellis)在他的論『聖芳濟及其他』的文中有云：

「『希臘人曾將不喜裸體這件事看作波斯人及其他夷人的一種特性，日本人——別一時代與風土的希臘人——也並不想到避忌裸體，直到那西方夷人的淫佚的怕羞的眼告訴他們，我們中間至今還覺得這是可嫌惡的，即使單露出腳來。』我現今不想來禮讚裸體，以免駭俗，但我相信日本民間赤腳的風俗總是極好的，出外固然穿上木屐或草履，在室內席上便白足行走，這實在是一種很健全很美的事。我所嫌惡的中國惡俗之一是女子的纏足，所以反動的總是讚美赤腳，想起兩足白如霜不着鴉頭襪之句，覺得青蓮居士畢竟是可人，在中國古人中殊不可多得。我常想，世間鞋類裏邊最善美的要算希臘古代的山大拉，開適的是日本的下馱，經濟的是中國南方的草鞋，而皮鞋之流不與也。凡此皆取其不隱藏，不裝飾，只是任其自然，卻亦不至於不適用與不美觀。此亦別無深意，不過鄙意對於腳或身體的別部分以為解放總當勝於束縛與隱諱，故於希臘日本的良風美俗不得不表示讚美，以為諸夏不如也。希臘古國恨未及見，日本則幸曾身歷，每一出門去，即使別無所得，只是憧憧往來者皆是平常人，無一裹足者在內，如現今在國內行路所常經驗，見之令人愀然不樂者，則此一事亦已大可喜矣。」這文章寫了之後，現今又過了二十年了，可是出去的時候，還皆遇見「愀然不樂」的現象，這不能不感慨系之了。

六七　日本的衣食住　上

我對於日本的平常生活方式，即是衣食住各方面的事情，覺得很有興趣，這裏有好些原因，重要的大約有兩個，其一是由於個人的性分，其二可以說是思古之幽情吧。我是生長於東南水鄉的人，那裏民生寒苦，冬天屋內沒有火氣，冷風可以直吹進被窩裏來，吃的通年不是很鹹的醃菜也是很鹹的醃魚，有了這種訓練去過東京的下宿生活，自然是不會不合適的。

我那時又是民族革命的一信徒，凡民族主義必含有復古思想在裏邊，我們反對清朝，覺得清朝以前或元朝以前的差不多都是好的，何況更早的東西。聽說夏穗卿錢念劬兩位先生在東京街上走路，看見店鋪招牌的某文句或某字體，常指點讚歎，謂猶存唐代遺風，非現今中國所有。岡千仞著《觀光紀遊》中亦紀楊惺吾回國後事云：

「惺吾雜陳在東所獲古寫經，把玩不置曰，此猶晉時筆法，宋元以下無此真致。」這句話是很有道理的，其實不但「古寫經」是如此，即現時墨筆字也可以這麼說，因為不單是唐朝書法的傳統沒有斷絕，還因為做筆的技術也未變更，不像中國看重翰林的楷法，所以筆也做成那種適宜於書寫白折紙的東西了。用了翰林們所愛用的毛筆來寫字，又加上翰林字的範本，自然也只是那一派的末流罷了。

紀錄日本生活，比較詳細而明白合理的，要推黃公度在《日本雜事詩》注裏所說的為第一。卷下關於房屋的注有云：

「室皆離地尺許，以木為板，藉以莞席，入室則脫屨戶外，襪而登席。無門戶窗牖，以紙為屏，下承以槽，隨意開闔，四面皆然，宜夏而不宜冬也。室中必有閣以庋物，有牀笫以列器皿陳書畫。（室中留席地，以半掩以紙屏，架為小閣，以半懸玩器，則緣古人牀笫之制而亦仍其名。）楹柱皆以木而不雕漆，晝常掩門而夜不扃鑰。寢處無定所，展屏風，張帳幙，則就寢矣。每日必灑掃拂拭，潔無纖塵。」又一則云：

「坐起皆席地，兩膝據地，伸腰危坐，而以足承尻後，若趺坐，若蹲踞，若箕踞，皆為不恭。坐必設褥，敬客之禮有敷數重席者。有君命則設几，使者宣詔畢，亦就地坐矣。皆古禮也。因考《漢書．賈誼傳》，文帝不覺膝之前於席。《三國志．管寧傳》，坐不箕股，當膝處皆穿。《後漢書》，向栩坐板，坐積久板乃有膝踝足指之處。朱子又云，今成都學所存文翁禮殿刻石諸像，皆膝地危坐，兩蹠隱然見於坐後帷裳之下。今觀之東人，知古人常坐皆如此。」

這種日本式的房屋我覺得很喜歡。這卻並不由於好古，上文所說的那種坐法實在有點弄不來，我只能胡坐，即不正式的趺跏，若要像管寧那樣，則無論敷了幾重席也坐不到十分鐘就兩腳麻痹了。我喜歡的還是那房子的簡素適用，特別便於簡易生活。雜事詩注已說明屋內鋪席，其制編稻草為台，厚可二寸許，蒙草席於上，兩側加麻布黑緣，每席長六尺寬三尺，室之大小以席數計算，自兩席以至百席，而最普通者則為三席，四席半，六席，八席，學生所居以四席半為多。戶窗取明者用格子糊以薄紙，名曰障子，可稱紙窗，其他則兩面裱糊暗色厚紙，用以間隔，名曰唐紙，可云紙屏耳。閣原名戶棚，即壁廚，分上下層，可分貯被褥及衣箱雜物，牀第原名「牀之間」，即壁龕而大，下宿不設此，學生租民房時可利用此地堆積書報，幾乎平白的多出一席地也。四席半一室面積才八十一方尺，比維摩斗室還小十分之二，四壁蕭然，下宿只供一副茶具，自己買一張小几放在窗下，再有兩三個坐褥，便可安住。坐在几前讀書寫字，前後左右凡有空地都可安放書卷紙張，等於一張大書桌，客來遍地可坐，容六七人不算擁擠，倦時隨便臥倒，不必另備沙發，深夜從壁廚取被攤開，又便即正式睡覺了。昔時常見日本學生移居，車上載行李只鋪蓋衣包小几或加書箱，自己手拿玻璃洋油燈在車後走而已。中國公寓住室總在方丈以上，而板牀桌椅箱架之外無他餘地，令人感到局促，無安閒之趣。大抵中國房屋與西洋的相同，都是宜於富麗而不宜於簡陋，一間房子造成，還是行百里者半九十，非是有相當的器具陳設不能算完成，日本的則土木功畢，鋪席糊窗，即可居住，別無一點不足，而且還覺得清疏有致。從前在日本旅行，在吉松高鍋等山村住宿，坐在旅館的樸素的一室內憑窗看山，或着浴衣躺席上，要一壺茶來吃，這比向來住過的好些洋式中國式的旅舍都要覺得舒服，簡單而省費。這樣房屋自然也有缺點，如雜事詩注所云宜夏而不宜冬（雖然日本北方的屋裏，別有一種取暖的所謂「圍爐裏」的設備），其次是容易引火，還有或者不大謹慎，因為槽上拉動的板窗木戶易於偷啟，而且內無扃鑰，賊一入門便可以各處自在遊行也。

六八　日本的衣食住　中

關於衣服，日本雜事詩注只講到女子的一部分，卷二中云：

「宮裝皆披髮垂肩，民家多古裝束，七八歲丫髻雙垂，尤為可人。長，耳不環，手不釧，髻不花，足不弓鞋，皆以紅珊瑚為簪，出則攜蝙蝠傘。帶寬咫尺，圍腰二三匝，復倒卷而直垂之，若繈負者。衣袖尺許，襟廣微露胸，肩脊亦不盡掩。傅粉如面然，殆《三國志》所謂丹朱坋身者耶。」又云：

「女子亦不着褲，裏有圍裙，《禮》所謂中單，《漢書》所謂中裙，深藏不見足，舞者回旋偶一露耳。五部州唯日本不着褲，聞者驚怪。今按《説文》，袴脛衣也。《逸雅》，袴兩股各跨別也。袴即今制，三代前固無。張萱《疑耀》曰，袴即褌，古人皆無襠，有襠起自漢昭帝時上官宮人。考《漢書．上官後傳》，宮人使令皆為窮袴。服虔曰，窮袴前後有襠，不得交通，是為有襠之袴所緣起。」這個問題其實本很簡單。日本上古有袴，與中國西洋相同，看「埴輪」土偶便可知道，後受唐代文化衣冠改革，由筒管袴而轉為燈籠袴，終乃袴腳益大，袴襠漸低，今禮服的所謂袴已幾乎是裙了。平常着袴，故裏衣中不復有袴類的東西，男子但用犢鼻褌，女子用圍裙，就已行了，迨後民間平時可以衣而不裳，遂不復着袴，只用作乙種禮服，學生如上學或訪老師則和服之上必須得着袴才行。現今所謂和服實即古時的「小袖」，袖本小而底圓，今則甚深廣，有如口袋，可以容手巾錢袋等物，與中國和尚所穿者相似，西人稱之曰Kimono，原語云「著物」，實只是衣服的總稱。日本衣裳之制大抵都根據中國，而逐漸有所變革，乃成今狀，蓋與其房屋起居最適合，若以現今和服住於洋房中，或以華服住日本房，亦不甚相適也。雜事詩注又有一則是關於鞋襪的云：

「襪前分歧為二靫，一靫容拇指，一靫容眾指。屐有如丌字者，兩齒甚高，又有作反凹者。織蒲為苴，皆無牆有梁，梁作人字，以布綆或紉蒲繫於頭，必兩指間夾持用力乃能行，故襪分作兩歧。考《南史·虞玩之傳》，一屐着三十年，蒵斷以芒接之。古樂府，黃桑柘屐蒲子履，中央有絲兩頭繫。知古制正如此也，附注於此。」這個木屐也是我所喜歡着用的，我覺得這比廣東的用皮條絡住腳背的還要好些，因為這似乎更着力可以走路。黃公度說必兩指間夾持用力乃能行，這大約是沒有穿慣，或者因為中國男子多包腳，腳指互疊不能銜梁，銜亦無力，所以覺得不容易，其實是套着自然着力，用不着什麼夾持的。甲戌（一九三四）年夏間我往東京去，特地到大震災時沒有毀壞的本鄉菊阪去寄寓，晚上穿了和服木屐，曳杖往帝大前面一帶去散步，看看舊書店和地攤，很是自在，若是穿着洋服就覺得拘束，特別是那麼大熱天。不過我們所能穿的也只是普通的「下駄」，即所謂反凹字形狀的一種，此外名稱「日和下駄」，底作丌字形而不很高的，從前學生時代也曾穿過，至於那兩齒甚高的「足駄」，那就不敢請教了。在大正時代以前，東京的道路不很好，也頗有雨天變醬缸之概，足駄是雨具中的要品，後來卻是可以無需，不穿皮鞋的人只要有日和下駄就可應付，而且在實際上連這也少見了。

六九　日本的衣食住下

黃公度在《日本雜事詩》注裏，關於食物說的最少，其一是說生魚片的：

「多食生冷，喜食魚，聶而切之，便下箸矣，火熟之物亦喜寒食。尋常茶飯，蘿蔔竹筍而外，無長物也。近仿歐羅巴食法，或用牛羊。」又云：

「自天武四年（案即公元六七六年，但史稱三年詔禁食牛馬雞犬猿等，次年乃令諸國放生），因浮屠教禁食獸肉，非餌病不許食。賣獸肉者隱其名曰藥食，復曰山鯨。所懸望子，畫牡丹者豕肉也，畫丹楓落葉者鹿肉也。」講到日本的吃食，第一感到奇異的事的確是獸肉的稀少。四十多年前，我在三田地方確實還看見過山鯨的招牌，這是賣豬肉的，畫牡丹楓葉的卻已不見，馬肉稱為櫻花肉，但也不曾見諸招牌。雖然近時仿歐羅巴法，但肉食不能說很盛，不過已不如從前以獸肉為穢物禁而不食，肉店也在「江都八百八街」到處開着罷了。平常鳥獸的肉只是雞與豬牛，羊肉簡直沒處買，鵝鴨也極不常見。平民的下飯的菜到現在仍舊還是蔬菜以及魚介。中國學生初到日本，吃到日本飯菜那麼清淡，枯槁，沒有油水，一定大驚大恨，特別是在下宿或分租房間的地方。這是大可原諒的，但是我自己卻不以為苦，還覺得這有別一種風趣。——的確有過一次，因為下宿的老太婆三日兩頭的給吃「圓油豆腐」，有點受不住了，只好買罐頭鹹牛肉來下飯。這是因為烹調得不好的緣故，這種圓豆腐原名為「假鴈肉」，用胡蘿蔔等切成丁，和在豆腐內製成，加醬油糖煮，也是很好吃的，但是那老太婆似乎只拿鹽水來煮，而且幾乎天天是這個，所以吃厭了，那只算是例外吧。——吾鄉窮苦，人民努力日吃三頓飯，唯以醃菜臭豆腐螺螄為菜，故不怕鹹與臭，亦不嗜油若命，到日本去吃無論什麼都不大成問題。有些東西可以與故鄉的什麼相比，有些又即是中國某處的什麼，這樣一想就很有意思。如味噌汁與乾菜湯，金山寺味噌與豆板醬，福神漬與醬咯嗟，牛蒡獨活與蘆筍，鹽鮭與勒鯗，皆相似的食物也。又如大德寺納豆即鹹豆豉，澤庵漬即福建的黃土蘿蔔，蒟蒻即四川的黑豆腐，刺身即廣東的魚生，壽司即古昔的魚鮓，其製法見於齊民要術，此其間又含有文化交通的歷史，可資研究。——刺身讀如薩西米，即是雜事詩注所說「聶而切之」的魚肉。黃君乃廣東嘉應州人，是知道魚生的，但日本所不同的就是這樣的生吃了，這在中國也不是沒有先例的，如吃醉蝦即是。魚用鮪和鯛，亦有用鯉者，此外多骨的河魚皆不適用。——家庭宴集自較豐盛，但其清淡則如故，亦仍以菜蔬魚介為主，雞豚在所不廢，唯多用其瘦者，故亦不油膩也。近時社會上亦流行中國及西洋菜，則並沒有什麼高明，蓋以日東手法調理西餐（日本昔時亦稱中國為西方）難得恰好。東京神田有「維新號」，當初係一小雜貨店，乃浙江寧波鄭君所經營，專售賣中國食品，略如稻香村那樣，小樓一間作為雅座，可以小吃，昔日曾經請教過，卻做得很好，四十年來聞已大為發展，開有各處分號了。

日本食物之又一特色為冷，確如雜事詩注所說。下宿供膳尚用熱飯，人家則大抵只煮早飯，家人之為官吏教員公司職員工匠學生者皆裹飯而出，名曰「便當」，匣中盛飯，別一格盛菜，上者有魚，否則苦鹹的梅乾一二而已。傍晚歸來，再煮晚飯，但中人以下之家便吃早晨所餘，冬夜苦寒，乃以熱苦茶淘之。中國人慣食火熱的東西，有海軍同學昔日為京官，吃飯恨不熱，取飯鍋置左右，由鍋到碗，由碗到口，迅疾如暴風雨，乃始快意，此固是極端，卻亦是一好例。總之對於食物中國一般大抵喜熱惡冷，所以留學生看了「便當」恐怕無不頭痛的，不過我覺得這也很好，不但是故鄉有吃「冷飯頭」的習慣，說得迂腐一點，也是人生的一點小小的訓練。中國有一句很是陳舊，卻很是很有道理的格言道：人如咬得菜根則百事可做。所以學會能吃生冷的東西，雖然似乎有背衛生的教條，但能夠耐得刻苦的生活，不是沒有什麼益處的吧。

七〇　結論

剛才說到了東京，就說上這一大堆話，總論日本的衣食住，也可以說是結論，這是什麼緣故呢？總之這似乎不是說初到時最初的印象吧？是的，這的確是結論，是我多年之後觀察所得的結果，如今說在起頭的地方，實在有點倒果為因的毛病。不過這有什麼辦法呢，大凡一個人對於一地方的意見，無論是愛憎如何，總是有一種結論做根據。我現在便把這個根據說在前邊，再來敘述我的事情，希望它可以說得清楚一點。老實說，我在東京的這幾年留學生活，是過得頗為愉快的，既然沒有遇見公寓老闆或是警察的欺侮，或有更大的國際事件，如魯迅所碰到的日俄戰爭中殺中國偵探的刺激，而且最初的幾年差不多對外交涉都是由魯迅替我代辦的，所以更是平穩無事。這是我對於日本生活所以印象很好的理由了。

我那時對於日本的看法，或者很有點宿命觀的色彩也說不定。我相信日本到底是東亞或是亞細亞的，他不肯安心做一個東亞人，第一次明治維新，竭力掙扎學德國，第二次昭和戰敗，又學美國，這都於他自己沒有好處，反給亞細亞帶來了許多災難。我最喜歡的是永井荷風的在所著《江戶藝術論》第一篇《浮世繪之鑒賞》中說過的一節話，雖然已是五十年前的舊話了，但是我還要引用了來，說明我的一點意思：

「我反省自己是什麼呢？我非是威耳哈倫似的比利時人，而是日本人也，生來就和他們的運命及境遇迥異的東洋人也。戀愛的至情不必說了，凡對於異性的性欲的感覺悉視為最大的罪惡，我輩即奉戴此法制者也。承受『勝不過啼哭的小孩和地主』的教訓的人類也，知道『說話則唇寒』的國民也。使威耳哈倫感奮的滴着鮮血的肥羊肉與芳醇的蒲桃酒與強壯的婦女之繪畫，都於我有什麼用呢？我愛浮世繪。苦海十年，為親賣身的遊女的繪姿使我泣。憑倚竹窗，茫然看那流水的藝妓的姿態使我喜。賣宵夜麵的紙燈，寂寞的停留着的河邊的夜景使我醉。雨夜啼月的杜鵑，陣雨中散落的秋天樹葉，落花飄風的鐘聲，途中日暮的山路的雪，凡是無常無告無望的，使人無端嗟歎此世只是一夢的，這樣的一切東西，於我都是可親，於我都是可懷。」他的話或者也有過於消極悲觀的地方，但是在本篇的末尾這樣說，覺得是很有道理的：

「日本之都市外觀和社會的風俗人情，或者不遠將全都改變了吧。可傷痛的，將美國化了，可鄙夷的，將德國化了吧。但是日本的氣候與天象與草木，和為黑潮的水流所浸的火山質的島嶼存在的時候，初夏晚秋的夕陽亦將永遠如猩猩緋的深紅，中秋月夜的山水將永遠如藍靛的青，落在茶花與紅梅上的春雪也將永遠如友禪印花綢的絢爛。如不把婦女的頭髮用了烙鐵燙得更加捲縮了，恐怕也將永遠誇稱水梳頭髮之美吧。然則浮世繪者，將永遠對於生在這太平洋上島嶼的日本人，在感情方面傳達親密的私語。浮世繪的生命，實與日本的風土，永劫存在，蓋無可疑。而其傑出的製品，今乃悉不在日本了，豈不悲哉！」

這是著者論「浮世繪」的幾節話，但是這裏我引用了來，卻也覺得是恰好。我那時喜歡這「東洋」的環境，所以愉快的過了留學時期，不過這夢幻的環境卻也到時候打破了，那便在我關閉了「日本研究」的小店的門，正式發表在《日本管窺之四》裏邊，已經是在盧溝橋的前夕了。關於日本的衣食住的結論我還是沒有什麼修正，但是日本人是宗教的國民，感情超過理性，不大好對付，這是我從前看錯了的。

七一　下宿的情形

我最初來到東京，住在伏見館下宿屋裏。伏見館在東京的本鄉區湯島二丁目，是中下等的下宿，——我這樣說也是沒有什麼根據的，只是憑我的估計罷了。本來下宿是按月計算房飯錢，與按日計算的旅館不同，這是最大的區別。至於下宿本身的等級也大有高下，大的有三四層的樓房，用人眾多，有點像是旅館的樣子，小的則房子不到十間，只用着一兩個下女，有的還用自己的女兒們充任。伏見館的情形是這樣的，一進柵欄門是脱鞋的地方，走上去時右手是一個樓梯，隨後即是所謂賬房即是店主人的住所，便所與廚房就在這後邊，左手外邊是兩間四席半的房間，大約就算是第一二號，不過因為房間太是氣悶也不方便，所以不大有人居住，只有我們有一個時候，曾經借住第一號有一個月左右，再往後是一個通往便所的樓梯，以後是一間浴室，這之後是一間安放什物的房間，樓下的情形便是如此。樓上樓梯之後是第一間客房，卻算是第八號，因為這就是魯迅所住的房間，所以記得清楚，上邊偶然需要茶水，一按電鈴，底下便有人報告説，「八番樣」，這意思也就是説第八號叫，但是直譯起來是「第八號的先生」，而意義又略為不同，「樣」字很有一種柔軟性，這裏譯作先生也覺得有點兒硬了。第九號是一間三席的，平常總是閒空着，本來也盡有較為寒苦的學生足夠居住，但這裏是專住中國留學生的，所以沒有人看得起這種小屋，一般的房間總要有四席半大小才好，裏邊是往三樓的樓梯了，其實三層樓上只有一間四席半的房間，便是第十號了。再回來説二樓，樓梯上面右邊一間，左邊接連三間，其第三間便與第八號相對，便算是第三至第六號，第七號單獨一間，位置在往便所去的樓梯與往三樓的樓梯的交叉點，最是靜僻，沒有左右鄰居的煩擾。據上邊所説的情形看來，我那中下的考語或者下得算是公平吧。它的確有浴堂的設備，每星期或者燒兩三次，但這乃是一種家常的入浴，並不是什麼特別的待遇，那裏也設有叫人的電鈴，卻是還沒有電燈，仍舊用洋油燈照明，電鈴是用乾電池的。高等下宿則每間房裏都裝有電話，可以與賬房通話，也可以打到外邊去，從前蔣觀雲住的地方便是這樣的。

下宿屋所供給客人用的，除房間之外，有一個火盆，這並不限於冬天取暖，平常也供燒熱開水並點火之用，和一套茶具，但如是客人自己有，就不再供給了，不過誰也覺得麻煩去自辦，故而多是借用下宿的，此外則晚上點的洋油燈，以及三餐所需的食器，也都由下宿制辦。坐具即墊子之類，也可以暫時借用，但這樣東西既是必需的，所以結果以自備為宜，此外則有書桌也須自備，大小悉可隨意，但是一般留學生習慣於桌椅的生活，不肯席地而坐，在日本房子裏也一定要用桌椅，不特狼抗很佔地方，也覺得不合適，如穿和服而冬天高坐，實在也是很冷的。我們所用便只是日本的「几」，這與日本房屋是相配合的，而且坐在墊子上面，即使不能正式跪坐，就是胡坐也不妨事，也總是蓋住兩腿，比「垂腳而坐」要暖和得多了。房飯錢每月不出十元，中午和晚上兩餐飯，早上兩片麵包加黃油，牛奶半磅，也就夠了。但留學經費實在也很少，進國立大學的每年才有五百日圓，專門高校則四百五十，別的學校一律四百圓，一個月領得三十三圓，實在是很拮据的，不過那時管理也特別麻胡，就是你不進什麼學校，也不顧問，一樣可以領取學費，只要報告說是在什麼地方讀書就好了。

七二　學日本語

我們在伏見館住了下來之後，要做的事情第一件是學習日本話，其次是預備辦文藝雜誌的事情，不過那是一件長期的工作，不是在短時間所能完成的。我第一年學日本話，乃是在一個講習班裏，這是中華留學生會館所組織的，彼此也不曾會面，願意加入的只須在名單上簽個姓名，按期繳納學費就行。時間是每天上午九點至十二點，教師名菊地勉，年紀大約三十幾歲，手裏一筆好白話文，寫在黑板上很得要領，但是嘴裏仍是說日本話，這樣的教員曾經見過好幾個，這套工夫實在是很可佩服的。教場設在留學生會館內一間側屋裏，容得下二三十個人的坐位。留學生會館是一所洋房，在東京市神田區駿河臺上，這是本鄉與神兩區的交界處，那時我們住在本鄉的湯島，靠近「御茶水橋」，一過橋就是神田的甲賀町，橋旁右折即是駿河台了。所以從下宿去上課，倒是極近便的，走了去至多只花十分鐘左右罷了，但是我去聽課卻不能說是怎麼的勤，大約一星期裏也只是去上三四次吧，因為一則是懶，其二講的也是頗慢，所以脫了幾堂課沒有什麼關係，總之彼此都很是麻胡。可是話雖如此，我的一點日本語基本知識，卻是從菊地先生學得的，但是話又說了回來，這於我卻沒有什麼用處，因為那時候跟魯迅在一起，無論什麼事都由他代辦，我用不着自己費心，平常極少一個人出去的時候，就只是偶然往日本橋的丸善書店，買過一兩冊西書而已。這種情形一直繼續有三年之久，到魯迅回國時為止。講習會是私人組織，畢業了也沒有文憑，進學堂不方便，所以在第二年便是丁未(一九〇七)年的夏天，又改進了法政大學的特別豫科。這種豫科期限一年，教授日文以及英算歷史淺近學科，學了之後可以進專門科，若是要進大學本科另有一種豫科，學習普通中學課程，須三年工夫才能畢業。我因為中學普通知識在南京差不多都已學過，現在補習日文和日本歷史就已夠了，所以進了這特別豫科，這計劃是很合理的，可是實際上卻是很有不利。我因為總算學過一年的日本語，而英算等學科又都是已經學過了，所以沒有興味去聽，這樣就獎勵我的偷懶，繳了一年的學費，事實上去上學的日子幾乎才有百分之幾，到了考試的時候，我得到學校的通知，這才趕去應考，結果還考了一個第二名。在校裏遇到事務員，說你要不是為了遲到缺考一門功課，怕不是第一麼？很替我可惜，但是這卻省得我好些麻煩，不必去當同班的代表，去致畢業式的答辭，只領到學校所發給的一本獎品日本譯的伊索寓言就算完事了。我這樣說，好像是在同班裏自己是怎麼了不得的樣子，這當然不是的，但事實上的確有些怪人，說來像是笑話，卻是實在的事情。有一個英文教員姓風見，年紀五十來歲，看樣子似乎是很神經質的，教學生拼法，說ba——賠，學生跟不上，說錯了，也是有的，總不會差得很遠。可是班裏有一位仁兄，卻錯得很離奇，不是說ba——羅，便是說ba——歪，先生以為是故意開玩笑，氣得個不亦樂乎，而那位仁兄卻是神氣坦然，一點都沒有搗亂的模樣。風見先生終於因此辭職了，換了一位教日文的兼任，這位先生的對付的方法很好，毫不生氣，於是結果成功了。他只是一味的鎮靜，說道：「不是的，不是羅。ba是賠。」如果學生這回說是歪，他便說道：「不是的，也不是歪。ba是賠。」他不厭其煩的回答，聽着的人覺得十分好笑，但是奏了效，那位有特別拼法的人也逐漸會得學說普通的拼法了。這種怪人怪事，我以後也沒有遇見過，但那時讀書人初次從書房裏解放出來，與外邊的事情相接觸，便會現出類似的情形來。魯迅當時形容他們，常與許壽裳罵「眼睛石硬」，的確非常切貼而且得神，到了近幾十年來，這似乎已過了時，說起來有點不盡可信了，辛亥革命以來這五十年間，社會情形確實改變了不少，這是很好的事情，雖然在講故事的時候要多費一點事，需要些多餘的說明罷了。

七三　籌備雜誌

刊行雜誌，開始一種文學運動，這是魯迅在丙午(一九〇六)年春天，從仙台醫學校退學以後，所決定的新方針。在這以前他的志願是從事醫藥，免除國人的病苦，至是翻然變計，主張從思想改革下手，以為思想假如不改進，縱然有頑健的體格，也無濟於事。他本來也曾經在同鄉留學生所辦的雜誌《浙江潮》上寫過些文章，又翻譯焦爾士威奴的《月界旅行》，但還沒有強調文學的重要作用，大約只是讀了梁任公的《新小說》，和他的所作的《論小說與群治的關係》，所受的一點影響罷了。當時的計劃是發刊「新生」雜誌，這件事便開始籌備。一九二〇年的三月在《域外小說集》的新板序文上，他曾這樣說道：

「我們在日本留學時候，有一種茫漠的希望，以為文藝是可以轉移性情，改造社會的。因為這意見，便自然而然的想到介紹外國新文學這一件事。但做這事業，一要學問，二要同志，三要工夫，四要資本，五要讀者。第五樣逆料不得，上四樣在我們卻幾乎全無。」雖然是這樣說，其實所缺少的就只是資本，在當初籌辦的時候上三樣東西原是充分滿足的。所說第一件是學問，說沒有原是句客氣話，其實要來領導一種文學運動，至少對於自己的主張有些自信，至於第二件的工夫，則事實上是多得很，因為既如上邊所說，我在起頭的兩年麻麻胡胡的學日本話，大半是玩耍的時候，魯迅則始終只在獨逸語學協會附設的學校裏掛名學習德文，自然更多有自己的工夫了。倒是同志的確很是稀少，最初原只有四個人，魯迅把我拉去也充了一個，此外是許季茀和袁文藪。魯迅當初對於袁文藪期望很大，大概彼此很是談得來，我卻不曾看到過，因為他從日本轉往英國留學，等得我到日本的時候，他已經往英國去了。可是袁文藪離開日本以後就一直杳無消息，本來他答應到英國後就寫文章寄去，結果不但沒有文章，連通信都不曾有過一封。這是「新生」運動最不利的事情，在沒有擺出陣勢之前，就折了一員大將，不，這還是頂得力的一員大將哩。可是「新生」卻似乎沒有受到什麼影響，還是默不作聲的籌備着。在這以前，朋友中間還有時談起，所以有人便開玩笑，說這是新進學的生員，但自從袁文藪脱走以後，這個問題便冷落起來了，至少對外是如此，剩下的我們三個人卻仍舊是那麼積極，總之是一點都沒有感到沮喪。

我在南京的時候所受到的文學的影響，也就只是梁任公的《新小説》裏所載的那些，主要是焦爾士威奴的科學小説，以及法國雨果——當時因為用英文讀法稱為囂俄的名字，此外則是林琴南所譯的哈葛德等，後來有司各得，其《薩克遜劫後英雄略》比較的有點意思。至於我所有的外文本文學書，就只有一冊英文天方夜談，八冊英文雨果選集，和美國朗斐羅的什麼詩，坡的中篇小説《黃金甲蟲》的翻印本罷了。我到達東京的時候，下宿裏收到丸善書店送來的一包西書，是魯迅在回國前所訂購的，內計美國該萊(Gayley)編的《英文學裏的古典神話》，法國戴恩(Taine)的英國文學史四冊，乃是英譯的。説也可笑，我從這書才看見所謂文學史，而書裏也很特別，又說上許多社會情形，這也增加我不少見聞。《古典神話》雖是主要在於說明英文學上的材料，但也就有了希臘神話的大概，卷首並說及古今各派的不同解釋，使我對於安特路朗的人類學派的說法有了理解。恰巧在駿河台下的中西屋書店裏有多少本的「銀叢書」，安特路朗的主要著作就收在這裏邊，這便是《習俗與神話》（*Custom and Myth*）和兩冊《神話儀式和宗教》（*Myth, Ritual and Religion*），我便去都買了來，這就是研究神話最早的根據。後來弄希臘神話，更得到弗來則與哈利孫女士的著作，更有進益，但在那時候覺得有了新園地躍躍欲試，便在那一年裏（一九〇六）用了新生稿紙，開始寫一篇《三辰神話》，意思是說日月星的，剛起了頭，才寫得千餘字，有一天許季茀來訪，談起新生的稿件，魯迅還拿出來，給他閱看。大概他對於這些問題沒有興趣，我的文章也當然寫得很糟，他什麼也沒有說，然而也算僥倖新生未曾出板，不然這樣不成樣子的東西發表出來，豈不是一件笑話嗎。

七四　徐錫麟事件

我們在伏見館始終住的是第八號房間，後來對面的第六號空出來了，遂並借了這一間，因為彷彿是朝東的，所以在夏天比較要好一點。到了第二年的春天，忽然的來了新客，不得不讓給他們住了，來客非別，乃是蔡谷卿君夫婦，蔡君名元康，是蔡鶴卿即孑民的堂兄弟，經常在紹興公報上面寫些文章，筆名國親，與魯迅本不熟識，是邵明之所介紹來的。蔡君是新近才結了婚，夫人名郭珊，她的長姊嫁給了陳公猛，即是陳公俠的老兄，二姊是傅寫臣的夫人，這時同了她的妹子來到日本，要進下田歌子的實踐女學校，可是就生了病，須得進病院，而這病乃是懷了孕，她那一方面是由邵明之照料，弄得做翻譯的十分狼狽，時常來伏見館訴說苦況。這大抵是關於婦女生活的特殊事情，魯迅經手辦理的也有這種的事，不過最初由男人傳述，還沒有什麼困難，第二步卻要說給下女聽，如托她們代買月經帶等，這在當時實在有點彆扭的。好在這事也只頭一次為難，以後進了學校，她們會得自己辦理了。

那年夏天，確實的說是陰曆五月廿六日，中國突然發生一件不平常的革命事情，這便是徐伯蓀刺殺恩銘的所謂安慶事件。如今暫且借用魯迅的《朝花夕拾》裏的文章，寫范愛農的起頭一節如下：

「在東京的客店裏，我們大抵一起來就看報，學生所看的多是《朝日新聞》和《讀賣新聞》。一天早晨，辟頭就看見一條從中國來的電報，大概是：——

『安徽巡撫恩銘被Jo Shakurin刺殺，刺客就擒。』(Jo Shakurin原書作Jo Shikirin，系是錯誤的，今為改正。)

「大家一怔之後，便容光煥發的互相告語，並且研究這刺客是誰，漢字是怎樣三個字。

但只要是紹興人，又不專看教科書的，卻早已明白了。這是徐錫麟，他留學回國之後，在安徽做候補道，辦着巡警事務，正合於刺殺恩銘的地位。

「大家接着就豫測他將被極刑，家族將被連累。不久秋瑾姑娘在紹興被殺的消息也傳來了（案，這是六月初五日的事），徐錫麟是被挖了心，給恩銘的親兵炒食淨盡。人心很憤怒。有幾個人便秘密的開一個會，籌集川資，這時用得着日本浪人了，撕魷魚下酒，慷慨一通之後，他便登程去接徐伯蓀的家屬去。」

接着是紹興同鄉會開了一個會，討論到發電報的事，結果分成兩派，主張發的是想借了主持公論的幌子，去和當時滿清政府發生接觸，所以表面主張民主，要政府文明處理，以後不再隨便處刑。這派的首領是蔣觀雲，他本是老詩人，寄寓在東京，素來受到同鄉青年們的尊敬，魯迅和許季茀等人也時常去問候，可是這時受了康梁立憲派的影響，組織「政聞社」，預備妥協了，所以這時竭力主張發電報，去和政府接近。反對的是比較激烈的，以為既然革命便是雙方開火了，說話別無用處，魯迅原來也是這一派，所以范愛農所說的話：

「殺的殺掉了，死的死掉了，還發什麼屁電報呢！」根本是不錯的，魯迅當然也是這個意思，不過他說話的口氣和那態度很是特別，所以魯迅隨後還一再傳說，至於意見卻原來是一致的。那篇《范愛農》的文章裏說，自己主張發電報，那為的是配合范愛農反對的意思，是故意把「真實」改寫為「詩」，這一點是應當加以說明。關於蔣觀雲的事，我有一節文章收在「百草園的內外」裏，節錄於下：

「當時紹屬的留學生開了一次會議，本來沒有什麼善後辦法，大抵只是憤慨罷了。不料蔣觀雲已與梁任公連絡，組織政聞社，主張君主立憲了，在會中便主張發電報給清廷，要求不再濫殺黨人，主張排滿的青年們大為反對。蔣辯說豬被殺也要叫幾聲，又以狗叫為例，魯迅答說，豬才只好叫叫，人不能只是這樣便罷。當初蔣觀雲有贈陶煥卿詩，中云，敢云吾發短，要使此心存，魯迅常傳誦之，至此時乃仿作打油詩云，敢云豬叫響，要使狗心存。原有八句，現在只記得這兩句而已。」

七五　法豪事件

自從安慶事件以後，來伏見館訪問的客人似乎要比從前增加了。以前來訪的人無非是南京礦路學堂的同學張協和，或是弘文學院的同學許季茀，要不然便是新來的張午樓和吳一齋罷了。這回來的卻很有不同，大都是與革命案件有關的人，首先是在東湖裏與徐伯蓀一同練習路劫，豫備在紹興城關門造反的陳子英，他是在紹興聞警逃回日本來的。還有遊說兩浙綠林豪俠起義，要做到天下人都有飯吃的，後來被蔣介石所刺殺的陶煥卿，他這時不知在什麼地方，卻也逃到東京，經常帶了龔未生來，談論革命大勢。此外還有他的本家陶望潮，本來是在日本留學，專門藥學，後來又篤信佛教，但是在當時卻很熱心於革命事業，也時常跑來談天。不過那些事情大半乃是我們遷居東竹町以後了，這裏須得來說明一下，為什麼我們要搬出伏見館的因緣了。

簡單的一句，由於環境不合適，住的很不痛快。老實説，下宿生活不會是住得痛快的，寓居的人既然雜亂，吵鬧勢所難免，但伏見館的情形還算好的，因為它房間少，住不到十個人，而且多數是岩倉鐵道學校的學生，雖然志趣很低，為魯迅所看不起，卻還是專心用功，整天上學，晚上也很安靜，所以一時可以共處得來。可是後來蔡君夫婦後來搬到別處去了，我也另外找了第七號住下，這邊第五六號來了幾個江西客人，這情形便大不相同了。不曉得共總有幾個人，但是卻也同我們一樣，平常不上學校去，一天裏以在家的時候為多，而且經常高談闊論，又復放聲狂笑，對門第六號裏住的一位豪傑，尤其是了不得，醒時大笑大叫，睡了又立即鼾聲大作，聲如豬嗥，他的同伴叫他做「法豪」，——後來在民國初年在議員當中，發見了江西的一位議員名叫歐陽法孝，才知道他的正式的大名。這位法豪老爺又似乎頭腦特殊的壞，日本房子特別是下宿的房間，外觀構造都很相似，可是外邊標着號數，自己住慣了也很有數，可是他卻時常走錯，衝進別人的住房裏去，又復愕然退出，也不打一個招呼。這些江西客人似乎對於洗澡又特有興趣，本來下宿裏有一個不文律，凡是住得最久的客人對於洗浴有優先權，遇着澡堂燒開了之後，由下女按着次序來請，大約那裏是平日一星期兩次吧，每逢期日水剛燒好，法豪便不等來通知，逕自鑽了進去。魯迅並不怎麼熱心於剃頭沐浴，平常住在沒有洗澡設備的下宿的時候，往往兩三個月也難得去浴堂一次，可是這回因為憎惡這班人的緣故，又因他們大抵不懂得入浴的規矩之故，時常把浴湯弄得稀髒，尤其令人覺得不快。這彷彿是一件小事情，不值得計較，但是日日聽着狗叫似的吵鬧，更是四日兩頭的有那洗澡這一幕，實在叫人不好受，所以在躊躇好久之後，終於決心遷居，離湯島不過一箭之路，在東竹町的一戶人家租借了兩間房，住了下來了。這一件小小的「法豪事件」雖然是渺小得很，可是攪亂我們的心緒，影響實在很大，所以這裏用了這樣的一個題目，或者不算是怎麼誇大吧。

七六　中越館

東竹町在順天堂病院的右側，中越館又在路右，講起方向來，大概是坐北朝南吧。我們的住房是在樓下，大小兩間，大的十席，朝西有一個紙窗，小的六席，紙門都南向，要比下宿的普通房間為寬大。人家住房照例有板廊，外邊又有一個曲尺形的一個天井，有些樹木，所以那西向的窗戶在夏天也不覺得西曬。這是一家住家，有房間出租給人，只因為寄居的客共有三人，警察方面一定要以下宿營業論，所以後來掛了一塊中越館的招牌。主人的二房東是一個老太婆，帶了她的小女兒，住在門口一間屋裏，西邊的兩大間和樓上一間都租給人住，地點很是清靜，沒有左右鄰居，可是房飯錢比較貴，吃食卻很壞。有一種圓豆腐，中間加些素菜，徑可兩寸許，名字意譯可云素天鵝肉，本來也很可以吃，但是煮得不入味，又是三日兩頭的給吃，真有點吃傷了，我們只好隨時花五角錢，自己買一個長方罐頭鹽牛肉來補充。那老太婆賺錢很兇，但是很守舊規矩，走進屋裏拿開水壺或是洋燈來的時候，總是屈身爬着似的走路。這種爬走便很為魯迅所不喜歡，可是也無可奈何她。那小女兒名叫富子，大概是小學三四年級生，放學回來倒也是很肯做事的。晚上早就睡覺，到了十點鐘左右，老太婆總要硬把她叫醒，說道：

「阿富，快睡吧，明天一早要上學哩。」其實她本來是睡着了的，卻被叫醒了來聽她的訓誨，這也是我們所討厭的一件事。好在阿富並不在乎，或者連聽也不大聽見，還是繼續她的甜睡，這事情也就算完了。

在中越館裏還有一個老頭兒，不知道是房東的兄弟還是什麼，白天大抵在家，屋角落裏睡着，蓋着一點薄被，到下午便不見了。魯迅睡得很遲，吃煙看書，往往要到午夜，那時聽見老頭兒回來了，一進門老太婆便問他今天哪裏有火燭。魯迅當初很覺得奇怪，給他起了一個綽號叫「放火的老頭兒」，事實上當然並非如此，他乃是消防隊瞭望台的值夜班的，時間大概是從傍晚到半夜吧。

這下宿因為客人少，所以這一方面別無什麼問題。樓上的房客是但燾，後來也是政治界的名人，但他是很安靜的，雖然他的同鄉劉麻子（本名是劉成禺，可是劉麻子的名字卻更為人所知）從美國回來，在他那裏住了些時，鬧了點不大不小的事件。有一天劉麻子外出，晚上沒有回來，大門就關上了。次早房東起來看時，門已大開，嚇了一跳，以為是着了賊，可是東西並沒有什麼缺少，走到樓上一看，只見劉麻子高臥未醒，元來是他夜裏回來並未叫門，不知怎麼弄開了就一直上樓去了。又有一次，劉麻子拿着梳子梳髮，奔向壁間所掛的鏡面前去，把放在中間的火缽踢翻了，並不返顧一下，還自在那裏理他的頭髮，由老太婆趕去收拾，雖然燒壞了席子，總算沒有燒了起來。不久他離開中越館，大概又往美國去了吧，於是這裏邊的和平也就得以恢復了。

大概因為這裏比普通的下宿較為方便的緣故，所以來訪的人也多一點了，主要是因安慶事件而亡命來日本的幾個同鄉，便是陶煥卿和龔未生，他們常是一起來的，陳子英，陶望潮是東湖時代的學生，但因年齡關係，還只能算是朋友，因為他只比我小三四歲罷了。其中最常的要算是陶煥卿，他一來就大談其中國的革命形勢，說某處某處可以起義，這在他的術語裏便是說可以「動」，其講述春秋戰國時代的軍事和外交，說的頭頭是道，如同目睹一樣，的確是有一種天才的。談到吃飯的時候，假如主人在抽斗裏有錢，便買罐頭牛肉來添菜，否則只好請用普通客飯，大抵總只是圓豆腐之外，一木碗的豆瓣醬湯，好在來訪的客人只圖談天，吃食本不在乎，例如陶煥卿即使給他燕菜，他也只當作粉條喝了下去，不覺得有什麼好的。記得有一回是下雨天氣，煥卿一個人匆匆的跑到中越館來，夾着一個報紙包，說這幾天日本警察似乎在注意他，恐怕會要來搜查，這是他聯絡革命的文件，想來這裏存放幾天。因為這是機密文件，所以我們只是替他收了起來，不曾檢查它的內容，後來過了若干時日又走來拿去，這時他打開給我們看，原來乃是聯合會黨的章程，以及有些空白的「票布」，有一種是用紅緞子印製的，據說這是「正龍頭」所用，他還開玩笑的對我們說道：「要封一個麼？」章程只有十來條的樣子，末了一條是說對違反上列戒條的處置，簡單的說「以刀劈之」。

七七　翻譯小說　上

我們留學日本，準備來介紹新文學，這第一需要資料，而搜集資料就連帶的需要買書的錢，於是便想譯書來賣錢的事。留學費是少得可憐，也只是將就可以過得日子罷了，要想買點文學書自然非另籌經費不可，但是那時稿費也實在是夠刻苦的，平常西文的譯稿只能得到兩塊錢一千字，而且這是實數，所有標點空白都要除外計算，這種標準維持到民國十年以後，一直沒有什麼改變。我在這幾年間所譯出者，計有長篇中篇小說共五種：

一，《紅星佚史》，英國哈葛德與安特路朗共著，共有十萬字左右。

二，《勁草》，俄國托爾斯泰著，約有十多萬字。
三，《匈奴奇士錄》，匈牙利育凱摩耳著，六萬多字。
四，《炭畫》，波蘭顯克微支著，約四萬字。
五，《黃薔薇》，育凱著，三萬多字。

上邊中間只有一三兩種，總算買賣成功，得到若干錢，買了些參考書，餘下的也都貼補了日用，其他便賣不出去，就此擱淺了。第二種《勁草》是比較有趣味的一部歷史小說，也正是在中越館的時期所翻譯，似乎值得來一說，至於其餘的也就只是連帶的說及罷了。

我譯《紅星佚史》，因為一個著者是哈葛德，而其他一個又是安特路朗的緣故。當時看小說的影響，雖然梁任公的《新小說》是新出，也喜歡它的科學小說，但是卻更佩服林琴南的古文所翻譯的作品，其中也是優劣不一，可是如司各得的《劫後英雄略》和哈葛德的《鬼山狼俠傳》，卻是很有趣味，直到後來也沒有忘記。安得路朗本非小說家，乃是一個多才的散文作家，特別以他的神話學說和希臘文學著述著作，我便取他的這一點，因為《紅星佚史》裏所講的正是古希臘的故事。這書原名為「世界欲」（*The World's Desire*），因海倫佩有滴血的星石，所以易名為「紅星佚史」，說老實話這裏面的故事雖然顯得有點「神怪」，可是並不怎麼見得有趣味，至多也就只是同那《金字塔剖屍記》彷彿罷了。不過不知道為了什麼緣故，總覺得這裏有一部分是安得路朗的東西，便獨斷的認定這是書裏所有詩歌，多少有這可能，卻沒有的確的證據。這在哈葛德別的作品確是沒有這許多的詩，大概總該有十八九首吧，在翻譯的時候很花了氣力，由我口譯，卻是魯迅筆述下來，只有第三編第七章中勒屍多列庚的戰歌因為原意粗俗，所以是我用了近似白話的古文譯成，不去改寫成古雅的詩體了。據序文上所記是在丁未（一九〇七）年二月譯成，那時還住在伏見館裏，抄成後便寄給商務印書館去看，回信說可以接收，給予稿費二百元，還要一個賣稿的中保人，這時我們恰好便請蔡谷卿做了，因為他是當時場面上的人物，是最好沒有的了。十一月中《紅星佚史》就出板了，作為說部叢書的初集的第七十八種，但是我們所苦心搜集的索引式的附注，卻完全芟去了，這是關於古希臘埃及神話的人物說明，雖然當時沒有知識，還把希臘羅馬的神名混在一起，而且音譯也不正確，——如把阿普洛狄德照英文讀作亞孚羅大諦之類，但總之是很費些工夫去抄集攏來的，但似乎中國讀者向來就怕「煩瑣」的注解的，所以編輯部就把它一裏腦兒的拉雜摧燒了，不過這在譯者無法抗議，所以也就只好默爾而息，好在學了一個乖，下次譯書的時候不來再做這樣出力不討好的傻事情，這就很好了。

七八　翻譯小說　下

初次出馬成功，就到手了兩百塊錢，這是很不小的一個數目，似乎可以買到好些外國書了。在錢還沒有寄來之前，先向蔡谷清通融了一百元，去到丸善書店買了一部英譯屠介涅夫選集，共有十五本，每本裏有兩三張玻璃板插圖，價錢才只六十先令，折合日金三十元，實在公道得很。我們當時很是佩服屠介涅夫，但不知為了什麼緣故，卻總是沒有翻譯他的小說過，大約是因為過服的緣故，所以不大敢輕易出手吧。此外又看見出板的廣告，見有丹麥的勃闌兌斯的《波蘭印象記》在英國出板，也就托丸善書店去訂購一冊，這書是倫敦的海納曼所出，與屠介涅夫選集是同一書店印行的。勃闌兌斯大概是猶太系的丹麥人，所以有點離經畔道，同情那些革命的詩人，但這於我們卻是很有用的。他有一冊《俄國印象記》，在很早以前就有英譯了，在東京也很容易得到，這與後出的克魯泡金的《俄國文學上的理想和現實》，同是講十九世紀俄國文學的好參考書。至於《波蘭印象記》，尤其難得，在後來得着札倍耳的德文《世界文學史》以前，差不多沒有講波蘭文學的資料，替河南雜誌寫《摩羅詩力說》的時候，裏邊講到波蘭詩人，尤其是密克威支與斯洛伐支奇所謂「復仇詩人」的事，都是根據《波蘭印象記》所說，是由我口譯轉述的。講匈牙利的，有一冊《匈牙利文學史論》，是奧大利系的匈牙利人賴息所著，也是很有用處，但那是偶然買到，不是這一回所特地去訂購的。

我們第二種翻譯的乃是俄國的一部歷史小說，是大托爾斯泰所著，他與《戰爭與和平》的作者同姓，但是生的更早，所以加一「大」字以為識別。原書名叫「克虐支綏勒勃良尼」，譯起意思來是「銀公爵」，是書中主人公的名字，英譯則稱為「可怕的伊凡」，伊凡即是教名約翰的轉變，伊凡四世是俄國十八世紀中的沙皇，據說是很有信心而又極是兇暴，是個有精神病的皇帝，被人稱作可怕的伊凡。銀公爵雖是呱呱叫的忠臣義人，也是個美男子，可是不大有什麼生氣，有如戲文裏的落難公子，出臺來喚不起觀眾的興趣，倒是那半瘋狂的俄皇以及懂得妖法的磨工，雖然只是二花面或小丑腳色，卻令人讀了津津有味，有時回想起來還不禁要發笑。這部小說很長，總有十多萬字吧，陰冷的冬天，在中越館的空闊的大房間裏，我專管翻譯起草，魯迅修改謄正，都一點都不感到困乏或是寒冷，只是很有興趣的說說笑笑，談論裏邊的故事，一直等到抄成一厚本，藍格直行的日本皮紙近三百張，仍舊以主人公為名，改名「勁草」，寄了出去。可是這一回卻是失敗了，不久接到書店的覆信，說此書已經譯出付印，原稿送還，這是沒有辦法的事，自然只好罷了，但是覺得這《勁草》卻還有它的長處，過了幾時那譯本果然出來了，上下兩冊，書名「不測之威」。看了並不覺得怎樣不對，但敝帚自珍，稿本一直也保存着，到了民國初年魯迅把它帶到北京，送給雜誌或日報社，計劃發表，但是沒有成功，後來展轉交付，終於連原稿也遺失了。

這回的譯稿賣不出去，只好重新來譯，這一回卻稍為改變方針，便是去找些冷僻的材料來，這樣就不至於有人家重譯了。恰巧在書店裏買到一冊殖民地版的小說，是匈牙利育凱所著，此人乃是革命家，也是有名的文人，被稱為匈牙利的司各得，擅長歷史小說，他的英譯著作我們也自搜藏，但為譯書賣錢計，這一種卻很適宜。蓋此書原本很長，英譯者稍事刪節，我們翻譯急於求成，所以這是頗為相宜的，書中講一神宗徒的事情，故書名「神是一個」，即不承認三位一體之說，但裏邊穿插戀愛政治，寫的很是有趣，所以出板者題作「愛情小說」，可見商人是那麼樣鑒定的。這一部稿子算是順利的賣成功了，可是寄賣稿契約和錢來的時候，卻是少算了一萬字之譜，當初就這樣的收下了，等到半年後書印了出來，特地買來一冊，一五一十的仔細計算，查出數目的確不對，於是去信追補，結果要來了大洋十幾元幾角幾分，因為那書店是一個字算幾個錢，是那麼樣的精算的。翻譯是在中越館進行，但是序文上題戊申五月，已是在遷居西片町之後了。

七九　學俄文

如果丁未(一九〇六)年在中越館的時候，有一件值得記述的事情，是學俄文這事件，那麼戊申(一九〇七)年住在伍舍時期該是民報社聽講説文這事吧。當初由陶望潮發起，一共六個人，每人每月學費五元，在晚間上課一小時，地點在神田，由本鄉徒步走去，路不很遠。教師名瑪理亞孔特夫人，這姓是西歐系統，可能是猶太人吧，當時亡命日本，年紀大約三四十歲的光景，不會得説日本話，只用俄語教授，有一個姓山內的書生，這是寄食於主人的家裏，半工半讀的學生，是外國語專門學校的俄語系肄業生，有時叫來做翻譯，不過那些文法上的說明大家多已明白，所以山內屢次申說，如諸位所已經知道，吶吶的說不好，來了一兩次之後便不再來了。大家自己用字典文法查看一下，再去聽先生講讀，差不多只是聽發音，照樣的唸而已。俄文發音雖然不很容易，總比英語好，而且拼音又很規則，在初學覺得長一點罷了。不知怎的有一位汪君總是唸不好，往往加上些雜音去，彷彿多用「僕」字音，每聽他僕僕的讀不出的時候，不但教師替他着急，就是旁邊坐着的許壽裳和魯迅也緊張得渾身發熱起來，他們常開玩笑說，上課猶可，僕僕難當。汪公權是劉申叔家的親戚，陶望潮所拉來參加的，後來在上海為同盟會人所暗殺，那時劉申叔投在端方那裏，汪君的死大概與此有關，但這已是兩三年後的事情了。同學的六個人除我們兩個以外，有陶望潮和許壽裳，此外則是汪公權和陳子英，但是這個班卻是不久就散，我記得托教員從海參威去買來的一冊初級教本，都還沒有唸完，可以證明這時期是不很長的了。這中間是教師先發生了事件，因為有俄國青年出入，所以外邊便有些流言，其實這大約也只是在本國人中間流傳着罷了，外邊的人本來並不知道，可是女人到底心窄，用了手槍自殺了，但是沒有打中要害，所以不久傷口癒合，仍舊可以上課了。我們這俄文班當初成立原有點勉強，因為學費太大了，有點難以持久，就有些動搖，陳子英首先提出獨自學習，同班的又減少了一個，不久發起的陶望潮也要退出去了，說要往長崎跟俄國人學製造炸彈去，這也只得讓他走了。結果這俄文班只好散夥了事，六個人中間恐怕就只有陳子英繼續的學下去，可以看書，其餘的便都已半途而廢，我們學俄文為的是佩服它的求自由的革命精神及其文學，現在學語固然不成功，可是這個意思卻一直沒有改變。這計劃便是用了英文或德文間接的去尋求，日本語原來更為方便，但在那時候俄文翻譯人材在日本也很缺乏，經常只有長谷川二葉亭和升曙夢兩個人，偶然有譯品在報刊發表，升曙夢的還算老實，二葉亭因為自己是文人，譯文的藝術性更高，這就是說也更是日本化了，因此其誠實性更差，我們尋求材料的人看來，只能用作參考的資料，不好當作譯述的依據了。

八〇　民報社聽講

假如不是許季茀要租房子，招大家去品住，我們未必會搬出中越館，雖然吃食太壞，魯迅常常訴苦說被這老太婆做弄(欺侮)得夠了，但住着的確是很舒服的。許季茀那時在高等師範學校已經畢業，找到了一所夏目漱石住過的房屋，在本鄉西片町十番地呂字七號(伊呂波是伊呂波歌的字母次序，等於中國千字文的天地玄黃，後來常被用於數目次序)，硬拉朋友去湊數，因此我們也就被拉了去，一總是五個人，門口路燈上便標題曰「伍舍」，近地的人也就稱為「伍舍樣」。我們是一九〇八年四月八日遷去的，因為那天還下大雪，因此日子便記住了。那房子的確不錯，也是曲尺形的，南向兩間，西向兩間，都是一大一小，即十席與六席，拐角處為門口是兩席，另外有廚房浴室和下房一間。西向小間住着錢家治，大間作為食堂和客室，南向大間裏住了許季茀和朱謀先，朱是錢的親戚，是他介紹來的，小間裏住了我們二人，但是因為房間太窄，夜間攤不開兩個鋪蓋，所以朱錢在客室睡覺，我則移往許季茀的房內，白天仍在南向的六席上面，和魯迅並排着兩張矮桌坐北。房租是每月三十五元，即每人負擔五元，結果是我們擔受損失，但因為這是許季茀所辦的事，所以也就不好說得了。

往民報社聽講，聽章太炎先生講說文，是一九〇八至九年的事，大約繼續了有一年多的光景。這事是由龔未生發起的，太炎當時在東京一面主持同盟會的機關報民報，一面辦國學講習會，借神田地方的大成中學講堂定期講學，在留學界很有影響。魯迅與許季茀和龔未生談起，想聽章先生講書，怕大班太雜沓，未生去對太炎說了，請他可否於星期日午前在民報社另開一班，他便答應了。伍舍方面去了四人，即許季茀和錢家治，還有我們兩人，未生和錢夏（後改名玄同），朱希祖，朱宗萊，都是原來在大成的，也跑來參加，一總是八個聽講的人。民報社在小石川區新小川町，一間八席的房子，當中放了一張矮桌子，先生坐在一面，學生圍着三面聽，用的書是《說文解字》，一個字一個字的講下去，有的沿用舊說，有的發揮新義，乾燥的材料卻運用說來，很有趣味。太炎對於闊人要發脾氣，可是對青年學生卻是很好，隨便談笑，同家人朋友一般，夏天盤膝坐在席上，光着膀子，只穿一件長背心，留着一點泥鰍鬍鬚，笑嘻嘻的講書，莊諧雜出，看去好像是一尊廟裏哈喇菩薩。中國文字中本來有些素樸的說法，太炎也便笑嘻嘻的加以申明，特別是卷八屍部中「尼」字，據說原意訓近，即後世的暱字，而許叔重的「從後近之也」的話很有點怪裏怪氣，這裏也就不能說得更好，而且又拉扯上孔夫子的「尼丘」來說，所以更顯得不大雅馴了。

《說文解字》講完以後，似乎還講過《莊子》，不過這不大記得了，大概我只聽講《說文》，以後就沒有去吧。這《莊子》的講義後來有一部分整理成書，便是《齊物論釋》，乃是運用他廣博的佛學知識來加以說明的，屬於佛教的圓通部門，雖然是很可佩服，不過對於個人沒有多少興趣，所以對於沒有聽這《莊子》講義並不覺得有什麼懊悔，實在倒還是這中國文字學的知識給予我不少的益處，是我所十分感謝的。那時太炎的學生一部分到了杭州，在沈衡山領導下做兩級師範的教員，隨後又做教育司（後來改稱教育廳）的司員，一部分在北京當教員，後來匯合起來成為各大學的中國文字學教學的源泉，至今很有勢力，此外國語注音字母的建立，也是與太炎有很大的關係的。所以我以為章太炎先生對於中國的貢獻，還是以文字音韻學的成績為最大，超過一切之上的。

八一　河南——新生甲編

魯迅計劃刊行文藝雜誌，沒有能夠成功，但在後來這幾年裏，得到河南發表理論，印行《域外小說集》，登載翻譯作品，也就無形中得了替代，即是前者可以算作新生的甲編，專載評論，後者乃是刊載譯文的乙編吧。留日學生分省刊行雜誌，鼓吹改革，乃是老早就有了的事，兩湖江浙出的最早，在我往東京的那時候，有的就已停刊了。河南係是河南留學同鄉會所出，是比較晚出的一種，其第一期出板時日是一九〇七年的十二月，大概至多也出到十期吧。魯迅在第一期上邊發表了一篇《人間之歷史》，寫作的時期自然更在其前，那時候是還住在中越館裏，河南的朋友只有我的一個同學吳一齋，但來拉寫文章的卻並不是他，乃是安徽壽州的朋友孫竹丹，而河南的總編輯則是江蘇儀徵的劉申叔。稿子寫好，便由孫竹丹拿去，日後稿費也是由他交來，大約待遇總要比書店賣稿好些吧，就只是支付不確實，雖然不至於落空，但總之拖延是難免的。那時節問孫竹丹，他總說，程克現在旅行，等他回來時一定送來。程克記得也是民國初年的一個議員，那時不知道在學什麼，為什麼老是在日本旅行，也不明白他與河南的關係，是同鄉會長麼，是雜誌社長，還是會計呢？總之關於這月刊雜誌的一切都不明了，只聽得一種傳說，說河南有一位富家寡婦，帶着一個獨生兒子過活，本家的人覬覦她的財產，陰謀侵略，她覺得不能安居，只能叫兒子來東京留學，自己也跟了出來，她把一筆款捐給同鄉會，舉辦公益事情，一面也求點保護，這樣便是河南月刊的緣由，至於事實有無出入，那就不得而知了。劉申叔是揚州有名的國學世家，以前參與國粹學報，所做文章久已聞名，這時在東京專替他的夫人何震出名，創辦破天荒的女性無政府主義雜誌，尤其聲名很大，這事常有龔未生來談，從章太炎和蘇曼殊方面得來的消息，所以知道得很多。他為河南做總編輯，是否也是像天義報似的出力宣傳「安那其」主義，卻記不得了，似乎也不可能，而且無此必要吧，大約只是寫他那國粹學報派煩冗的考據文章，至於談論的是什麼事情，那因為年代太是久遠，已經全不記得了。

我對於河南的投稿，一共只有兩篇，分在三期登出，因為有一篇的名目彷彿是「論文學之界說與其意義，並及近時中國論文之失」，上半雜抄《文學概論》的文章，湊成一篇，下半是根據了新說，來批評那時新出板的《中國文學史》的，這本文學史是京師大學堂教員林傳甲所著，裏邊妙論很多，就一條一條的抄了出來，不憚其煩的加以批駁，本來就可以獨立的自成一篇，卻拿來與上篇聯合了，因為魯迅在《墳》的題記上說，「那是寄給河南的稿子，因為那編輯先生有一種怪脾氣，文章要長，愈長稿費便愈多。」此外另有一篇，那就很短了，題目是「哀絃篇」。魯迅一總寫了六篇文章，兩篇是談文藝的，《摩羅詩力說》分作兩次登載，是最為用力之作，又有《裴象飛詩論》惜未曾譯全，因為這些詩人是極值得介紹的，此外四篇則屬於學術思想範圍，是在西片町所寫的了。當時也拉許季茀寫文章，結果只寫了半篇，題名「興國精神之史耀」，躊躇着不知道用什麼筆名好，後來因了魯迅的提議，遂署名曰「旒其」（俄語意曰「人」），這也是共同學習俄文的唯一紀念了。

八二　學希臘文

在伍舍居住的期間，還有兩件事值得記述，其一便是在這年（一九〇八）的秋天，我開始學習古希臘文，其二則是太炎先生叫我給他譯印度的「鄔波尼沙陀」（Upanishad），——可惜終於因為懶惰，沒有實現。那時日本學校裏還沒有希臘文這一科目，帝國大學文科有開倍耳在教哲學，似乎設有此課，但那最高學府，不是我們所進得去的，於是種種打算，只能進了築地的立教大學。這是美國的教會學校，校長是姓忒喀（Tucker），教本用的是懷德的《初步希臘文》，後來繼續下去的，是克什諾芬（Xenophon）的《進軍記》（*Anabasis*）。但是我並不重視那正統古文，卻有時候還到與立教大學有關係的「三一學院」去聽希臘文的《福音書》講義，這乃是那時代的希臘白話文，是一般「引車賣漿」之徒所用的語言，所以耶穌的弟子那班猶太人也都懂得，能夠用以著書。我這樣做，並不是不知道古希臘學術的重要，不想去看那些學者們的著作，實在我是抱有另外一種野心的。正如嚴幾道努力把赫胥黎弄成周秦諸子（雖然章太炎先生說他「載飛載鳴」的不脫時文調子），林琴南把司各得做得像司馬遷一樣，我也想把《新約》或至少是四福音書譯成佛經似的古雅的。我在南京學堂裏時候，聽過比我高兩班的同學胡朝梁——這是他的原名，後來成為詩人，稱作胡詩廬了——的議論，強調《聖書》的文學性，說學英文的人不可不讀。這在一六一一年英王欽定的譯本是不錯的，但是我讀漢文譯的聖書，白話本是不必說了，便是用古文寫的，也總是覺得不夠古奧，不能與佛經相比。佛經本來讀得很不多，但那時已經讀到《楞嚴經》和《菩薩投身飼餓虎經》，覺得這中間實在很有一段距離，我的野心便是來彌補這個缺恨。但是天下事不可預料，等得我學了幾年，回到本國來之後，復古思想慢慢的改變了，後來翻看聖書，覺得那官話和合譯本就已經十分好了，用不着再來改譯，至於希臘哲人的文史著作，實在望之生畏，自己估量力不能及，不敢染指。這樣的過了幾年，一轉眼間已是民國二十年即是一九三一年，距我初學希臘文的那年已經有了二十多個年頭了。這樣擱置下去，覺得有點像是學了屠龍之技，不大很好，心想譯點東西出來，聊以作個紀念，但是偉大的作品不敢仰攀，回過來弄亞力山大時代的著作，於是找到了希臘擬曲這個題目。這只是戔戔的小冊子，計海羅達思的七篇，諦阿克利多思的五篇，一總才有四萬字的樣子，但是寫了有大半年，這才成功了。裏邊有些穢褻字樣，翻譯很費斟酌，我去對當時的編譯委員會的主任胡適之說明了，說我要用「角先生」這字，請他諒解，他笑着答應了，所以現在還是這樣印刷着。這本稿子賣了四百塊錢，花了三百六十元買得板井村的一塊墳地，只有二畝地卻帶着三間房屋，後來房子倒坍了，墳地至今還在，先後埋葬了我的末女若子，侄兒豐三，和我的母親。這是我學希臘文的好紀念了。解放以後，又開始希臘文翻譯工作，譯出的有《伊索寓言》，阿波羅陀洛斯《希臘神話》，阿里斯托芬喜劇一種，歐里庇得斯悲劇十三種，總計約百萬言，然而這又在希臘擬曲的二十年之後了。現在所擬翻譯的，還有路喀阿諾斯的散文集，著作年代在公元的一世紀，差不多是中國的東漢中間了。

八三　鄔波尼沙陀

這也是在一九〇八年的事，大概還在去聽講說文的前幾時吧。有一天龔未生來訪，拿了兩冊書，一是德人德意生(Deussen)的《吠檀多哲學論》的英譯本，卷首有太炎先生手書鄔波尼沙陀五字，一是日文的印度宗教史略，著者名字已經忘記。未生說先生想叫人翻譯鄔波尼沙陀，問我怎麼樣。我覺得此事甚好，但也太難，只答說待看了再定。我看德意生這部論卻實在不好懂，因為對於哲學宗教了無研究，單照文字讀去覺得茫然不得要領。於是便跑到丸善書店，買了「東方聖書」中的第一冊來，即是幾種鄔波尼沙陀的本文，係麥克斯穆勒博士的英譯，雖然也不大容易懂，不過究係原本，說的更素樸簡潔，比德國學者的文章似乎要好辦一點。下回我就便順告訴太炎先生，說那本吠檀多哲學論很不好譯，不如就來譯鄔波尼沙陀本文，先生亦欣然贊成。這裏所說泛神論似的道理雖然我也不甚懂得，但常常看見一句什麼「彼即是你」的要言，覺得這所謂奧義書彷彿也頗有趣，曾經用心查過幾章，想拿去口譯，請太炎先生筆述，卻終於遷延不曾實現得，這實在是很可惜的事。大概我那時候很是懶惰，住在伍舍裏與魯迅兩個人，白天逼在一間六席的房子裏，氣悶得很，不想做工作，因此與魯迅起過衝突，他老催促我譯書，我卻只是沉默的消極對付，有一天他忽然憤激起來，揮起他的老拳，在我頭上打上幾下，便由許季茀趕來勸開了。他在《野草》中說曾把小兄弟的風箏折毀，那卻是沒有的事，這裏所說乃是事實，完全沒有經過詩化。但這假如是為了不譯吠檀多的關係，那麼我的確是完全該打的，因為後來我也一直在懊悔，我不該是那麼樣的拖延的。

太炎先生一方面自己又想來學梵文，我也早聽見說，但一時找不到人教。日本佛教徒中常有通梵文的，太炎先生不喜歡他們，有人來求寫字，輒錄《孟子》裏逢蒙學射于羿這一節給他。蘇曼殊也學過梵文，太炎先生給他寫梵文典序，不知為什麼又不要他教。東京有些印度學生，但沒有佛教徒，梵文也未必懂，因此這件事也就擱了好久。有一天，忽然得到太炎先生的一封信，這大約也是未生帶來的，信面係用篆文所寫。本文云：

「豫哉、啟明兄鑒。數日未晤。梵師密史邏已來，擇於十六日上午十時開課，此間人數無多，二君望臨期來赴。此半月學費弟已墊出，無庸急急也。手肅，即頌撰祉。麟頓首。十四。」其時為民國前三年己酉(一九〇九)春夏之間，卻記不得是哪一月了。到了十六那一天上午，我走到「智度寺」去一看，教師也即到來了，學生就只有太炎先生和我兩個人。教師開始在洋紙上畫出字母來，再教發音，我們都一個個照樣描下來，一面唸着，可是字形難記，音也難學，字數又多，簡直有點弄不清楚。到十二點鐘，停止講授了，教師另在紙上寫了一行梵字，用英語說明道，「我替他拼名字。」對太炎先生看看，隨唸道：「披遏耳羌。」太炎先生和我都聽了茫然。教師再說明道：「他的名字，披遏耳羌。」我這才省悟，便辯解道：「他的名字是章炳麟，不是披遏耳羌(P. L. Chang)。」可是教師似乎聽慣了英文的那拼法，總以為那是對的，說不清楚，只能就此了事。這梵文班大約我只去過兩次，因為覺得太難，恐不能學成，所以就此中止了。

太炎先生學梵文的事情，我所知道的本來只有這一點，是我所親身參與的，但是在別的地方，還可以得到少許文獻的旁證。楊仁山的《等不等觀雜錄》卷八中有《代余同伯答日本末底書》二通，第一通附有來書，案末底梵語，義曰慧，係太炎先生學佛後的別號，其致宋平子書亦曾署是名，故此書即是先生的手筆。其文云：

「頃有印度婆羅門師，欲至中土傳吠檀多哲學，其人名蘇蕤奢婆弱，以中土未傳吠檀多派，而摩訶衍那之書彼土亦半被回教摧殘，故懇懇以交輸知識為念。某等詳婆羅門正宗之教本為大乘先聲，中間或相攻伐，近則佛教與婆羅門教漸已合為一家，得此扶掖，聖教當為一振，又令大乘經論得返彼方，誠萬世之幸也。先生有意護持，望以善來之音相接，並為灑掃精廬，作東道主，幸甚幸甚。末底近已請得一梵文師，名密屍邏，印度人非人人皆知梵文，在此者三十餘人，獨密屍邏一人知之，以其近留日本，且以大義相許，故每月只索四十銀圓，若由印度聘請來此者，則歲須二三千金矣。末底初約十人往習，頃竟不果，月支薪水四十圓非一人所能任，貴處年少沙門甚眾，亦必有白衣喜學者，如能告仁山居士設法資遣數人到此學習，相與支持此局，則幸甚。」此書未署年月，但看來似學梵文時所寫，計時當在己酉的夏天。太炎先生以朴學大師兼治佛法，又以依自不依他為標準，故推重法華與禪宗，而淨土真言二宗獨所不取，此即與普通信徒大異，宜其與楊仁山言格格不相入。且先生不但承認佛教出於婆羅門正宗（楊仁山答夏穗卿書便竭力否認此事），又欲翻讀吠檀多奧義書，中年以後發心學習梵天語，不辭以外道梵志為師，此種博大精進的精神，實為凡人所不能及，足以為後世學者之模範者也。

八四　域外小說集——新生乙編

新生式的論文既然得在河南上邊得到發表的機會，還有翻譯這一部分，不久也就以別一種形式發表，這就是《域外小說集》了。但那是己酉年的事，那時已從伍舍搬在「波之十九號」居住，在講小說集之前，我們須得先把遷居的事情以及民報案說明一下。本來往民報社聽講，許季茀拉了錢家治同去，那是很有點勉強的，他本來對於中國學問沒有什麼興趣，所以不久就有點生厭了。這一天我們聽講已畢，因為談什麼事，重又坐下了，錢家治就很不高興，獨自先走了。此後就發生了遷移的問題，他同親戚朱謀先隨搬了出去，我們和許季茀仍在一起，在西片町十號內另外找到了一所房子，便移過去了。這屋是朝南的，靠東一間是十席，由許君和我居住，西邊一間六席，是魯迅所居，此外是三席一間，作為食堂，門口兩席，下房三席，接着是浴室以及廚房和男女廁所各一間。住的比較舒適了，我的書桌擺在房間的西南角，可以安靜的做一點事，便翻譯些文章，交未生拿去在民報上發表，有斯諦普虐克的《一文錢》，和克魯泡金的《西伯利亞紀行》。斯諦普虐克是有名的俄國革命者，這篇小說乃是在本國遊説農民時所作，寫地主牧師榨取農民，用筆非常滑稽，選載在英國伏伊尼支編譯的《俄國的詼諧》裏邊，她是有名的《牛虻》的著者，這也是值得一提的。克魯泡金的那篇紀行，那是從他的《在英法獄中》選出，登在民報最後這一期上，未及發行，就被日本政府禁止沒收了。這即是所謂的民報案了。

民報以前的編輯人用的是章炳麟名義，這時不知道為了什麼緣故，卻換了陶成章，沒有報告該管官廳，就要出板了。日本政府這時是等着機會的，因為有滿清政府的要求，想禁止民報，就趁這個機會來小題大做了，説是違反出版法，不但禁止發刊，而且對於原編輯人科以罰金一百五十元，如過限不交，改處懲役，以一元一天折算。民報社經濟很窘，沒有錢來付這筆罰款，拖到最後這兩天裏，龔未生走來告訴魯迅，大家無法可想，恰巧這時許季茀經手替湖北留學生譯印《支那經濟全書》，經管一筆經費，便去和他商量，借用一部分，這才解了這一場危難。為了這件事魯迅對於孫系的同盟會很是不滿，特別後來孫中山叫胡漢民等在法國復刊民報，仍從被禁止的那一期從新出起，卻未重印太炎的那一份，更顯示出他們偏狹的態度來了。民報的文章雖是古奧，未能通俗，大概在南洋方面難得瞭解，於宣傳不很適宜，但在東京及中國內地的學生中間，力量也不小，不過當時的人不大能夠看到這一點罷了。

《支那經濟全書》為東亞同文會所編，調查中國經濟社會情形，甚為詳細，湖北留學生計劃翻譯出板，其時張之洞為兩湖總督，贊成其事，撥款籌辦，由許季茀的一個湖北朋友陳某總管，後來陳某畢業回去，托季茀代為管理未了的事情。他因此能夠做了幾件好事，即是代民報墊付罰款，救了太炎的急難，又給魯迅找到校對的事務，稍為得到一點報酬。報酬很有限，但因此魯迅認識了印刷所的人，這完全是偶然的機會，卻是很有關係，承印經濟全書的是神田印刷所，那裏派來接洽的人很是得要領，與魯迅頗說得來，所以後來印《域外小說集》，也是叫那印刷所來承辦的。這時候有不速之客到來，聽見譯印小說的計劃欣然贊同，慷慨的借墊印刷費用，於是《域外小說集》也就是新生的譯文部分也就完成了。

八五　蔣抑卮

時間大約是在戊申（一九〇八）年的初冬，我們剛搬家到波十九號，就來了兩位不速之客，這時幸而已經搬了家，若是在伍舍，就有點不好辦了。這客人乃是夫婦兩位，大概是魯迅認識的人，所以他只好將房子讓出來，請他們暫住，自己歸併到許季茀的這邊來，變成三個人共住一間八席的房間，雖然不算很擠，已經足夠不方便的了。這人便是蔣抑卮，名曰鴻林，本身是個秀才，很讀些古書以及講時務的新書，思想很是開通，他這回到東京來，乃是為的是醫病，他的耳朵裏有什麼毛病，那時在國內沒有辦法，所以出國來請教專家的。他要在東京居住相當長久的時候，預備租借房子，但是一時找不着，而且這又有條件，便是非在近地不可，因為他們二人且不懂日本話的，諸事要別人招呼，不能住在遠隔的地方。但是過了不久，大概也就是兩三個禮拜吧，托了出入的商人打聽，也在西片町十號，離波之十九相去不很遠的地方，找到一所房子，就遷移過去了。白天裏由他夫人同下女看家，他自己便跑到這邊來談天，因為人頗通達，所以和魯迅很談得來，我那時只是在旁聽着罷了。他一聽譯印小說的話，就大為贊成，願意墊出資本來，助成這件事，於是《域外小說集》的計劃便驟然於幾日中決定了。

蔣抑卮的上代是紹興人，似乎他的父親也還是的，少年時代很是貧窮，常背負布匹包裹，串門做生意，由此起家，開設綢緞莊，到了蔣抑卮的時代，兼做銀行生意，是浙江興業銀行的一個股東了。他平常有一句口頭禪，凡遇見稍有窒礙的事，常說只要「撥伊銅錢」（即是「給他錢」的紹興話，是他原來的口氣）就行了吧，魯迅因此給他起綽號曰「撥伊銅錢」，但這裏並沒有什麼惡意，只是舉出他的一種特殊脾氣來，做一個「表德」罷了。天下事固然並不都是用錢便可以做得到的，但是他這「格言」如施用得當，卻也能做成一點事情來，這裏他只墊出了印刷費二百元之譜，印出了兩冊小說集，不能不說是很有意義的事情。

不久他與醫生接洽好了，這自然也是魯迅一手代他翻譯經理的，進了耳鼻咽喉的專門醫院，要開刀醫治耳疾了。院長本是鼎鼎大名的博士，不知為什麼會得疏忽，竟因手術而引起了丹毒，這不得不說是大夫的責任。丹毒的熱發的很高，病人時說胡話，病情似頗危險，時常找魯迅說話，說日本人嫉妒中國有他那麼的人，蓄意叫醫生謀害，叫魯迅給他記着，由此可知他平常自己看得甚是了不得，這也是很有意思的事情。他在囈語裏也說到我，說啟明這人甚是高傲，像是一隻鶴似的，這似乎未必十分正確，我只是不善應酬，比較沉默，但在形跡上便似乎是高傲，這本來是我所最為不敢的。後來魯迅便給我加上一個綽號，平常他喜歡給人起諢名，有些是很巧妙的，如上文所說的「撥伊銅錢」，但這回只是把鶴字讀成日本話，稱作「都路」（Tsuru），我從前有一個時候，為上海亦報寫文章，也用過「鶴生」這筆名，即是從這個故典出發的。

八六　弱小民族文學

《域外小説集》第一冊於己酉(一九〇九)年二月間出版，接着編印第二集，在六月裏印成，這時魯迅已經預備回國，到杭州的兩級師範去教書，那裏的校長便是沈鈞儒，很招羅了些有名的浙江留學生去當教員，許季茀便早已進去，蔣抑卮此時也已病好，回到上海去了。

《域外小説集》在那時候要算印的特別考究，用一種藍色的「羅紗紙」做書面，中國可以翻作「呢紙」吧，就是呢布似的厚紙，上邊印着德國的圖案畫，題字是許季茀依照《説文》所寫的五個篆文，書的本文也用上好洋紙，裝訂只切下邊，留着旁邊不切，可是定價卻很便宜，寫明是「小銀圓二角」，即是小洋兩角。卷首有一篇序言，是己酉正月十五日寫的，其文曰：

「域外小説集為書，詞致樸訥，不足方近世名人譯本，特收錄至審慎，移譯亦期弗失文情。異域文術新宗，自此始入華土。使有士卓特，不為常俗所囿，必將犁然有當於心，按邦國時期，籀讀其心聲，以相度神思之所在。則此雖大海之微漚歟，而性解思惟，實寓於此。中國譯界，亦由是無遲暮之感矣。」

短短的一小篇序言，可是氣象多麼的闊大，而且也看得出自負的意思來，這是一篇極其謙虛也實在高傲的文字了。雖然是不署名，這是魯迅的筆墨，後來在一九二〇年的三月群益書社重印《域外小說集》的時候，有一篇署我的名字的序文，也是他做的，裏邊說當初的經過，今抄錄於左：

「當初的計劃，是籌辦了連印兩冊的資本，待到賣回本錢，再印第三第四，以至第X冊的。如此繼續下去，積少成多，也可以約略紹介了各國名家的著作了。於是準備清楚，在一九〇九年的二月，印出第一冊，到六月間，又印出了第二冊。寄售的地方，是上海和東京。

「半年過去了，先在就近的東京寄售處結了賬。計第一冊賣去了二十一本，第二冊是二十本，以後可再也沒有人買了。那第一冊何以多賣一本呢？就因為有一位極熟的友人，怕寄售處不遵定價，額外需索，所以親去試驗一回，果然劃一不二，就放了心，第二冊不再試驗了。但由此看來，足見那二十位讀者，是有出必看，沒有一人中止的，我們至今很感謝。

「至於上海，是至今還沒有詳細知道。聽說也不過賣出二十本上下，以後再沒有人買了。於是第三冊只好停板，已成的書便都堆在上海寄售處堆貨的屋子裏。過了四五年，這寄售處不幸失了火，我們的書和紙板都連同化成灰燼，我們這過去的夢幻似的無用的勞力，在中國也就完全消滅了。」

但是這勞力也並不是完全消滅，因為在「五四」以後發生新文學運動，這也可以看作「新生」運動的繼續。當初《域外小說集》只出了兩冊，所以所收各國作家偏而不全，但大抵是有一個趨向的，這便是後來的所謂東歐的弱小民族。統計小說集兩冊裏所收，計英法美各一，俄國七，波蘭三，波思尼亞二，芬蘭一，這裏俄國算不得弱小，但是人民受着迫壓，所以也就歸在一起了。換句話說，這實在應該說是，凡在抵抗壓迫，求自由解放的民族才是，可是習慣了這樣稱呼，直至「文學研究會」的時代，也還是這麼說，因為那時的《小說月報》還出過專號，介紹弱小民族的文學，也就是那個運動的餘波了。

八七　學日本語

我學日本語已經有好幾年了，但是一直總沒有好好的學習，原因自然一半是因為懶惰，一半也有別的原因，我始終同魯迅在一處居住，有什麼對外的需要，都由他去辦了，簡直用不着我來說話。所以開頭這幾年，我只要學得會看書看報，也就夠了。而且那時的日本文，的確也還容易瞭解，雖然已經不是梁任公《和文漢讀法》的時代，只須倒鉤過來讀便好，總之漢字很多，還沒有什麼限制，所以覺得可以事半功倍。後來逐漸發生變化，漢字減少，假名(字母)增多，不再是可以「眼學」的文，而是須要用耳朵來聽的話了。其時不久魯迅要到杭州教書去，我自己那時也結了婚，以後家庭社會的有些事情都非自己去處理不可，這才催促我去學習，不過所學的不再是書本上的日本文，而是在實社會上流動着的語言罷了。論理最好是來讀現代的小說和戲曲，但這範圍很大，不曉得從哪裏下手好，所以決心只挑詼諧的來看。這在文學上便是那「狂言」和「滑稽本」，韻文方面便是「川柳」這一種短詩，——日本詩句無所謂韻，因為日本語是母音結末的，它一總只有五個母音，如要押韻很是單調，所以詩歌是講音數的，便是五個字七個字分句，交錯組成，這裏川柳這種詩形，是十七個字，分作五七五三段，與俳句同一格式。此外還有一種是笑話，稱作「落語」，謂末了有一個着落，便是發笑的地方。當初很是簡短，後來由落語家來口演，把它拉長了，可能要十分鐘光景，在雜耍場裏演出，與中國的相聲彷彿，不過中國是用兩個人對說，它卻是單口相聲，只是一個人來說罷了。那時富山房書房出板的「袖珍名著文庫」裏，有一本芳賀矢一編的《狂言二十番》，和宮崎三昧編的《落語選》，再加上三教書院的「袖珍文庫」裏的《俳風柳樽》初二編共十二卷，這四冊小書講價錢一總還不到一元日金，但是作為我的教科書卻已經盡夠了。可是有了教本，這參考書卻是不得了，須要各方面去找，因為凡是諷刺總有個目標存在，假如不把它弄清楚，便如無的放矢，看了不得要領。《落語選》中引有「座笑土產」的一條笑話道：

「近地全是各家撒豆的聲音。主人還未回來，便吩咐叫徒弟去撒也罷。這徒弟乃是吃吧，抓了豆老是說，鬼鬼鬼。門口的鬼打着呵欠說，喊，是出去呢，還是進來呢？」寫的很是簡煉，但這裏倘若不明白立春前夜撒豆的典故，便沒有什麼意思。據村瀨栲亭著《藝苑日涉》卷七說：

「立春前一日謂之節分，至夕家家燃燈如除夜，炒黃豆供神佛祖先，向歲德方供撒豆以迎福，又背歲德方位撒豆以逐鬼，謂之儺豆。」又蜀山人著《半日閒話》中云：

「節分之夜，將白豆炒成黑，以對角方升盛之，再安放簸箕內，唱福裏邊兩聲，鬼外邊一聲，撒豆，如是凡三度。」那店家的徒弟因為口吃的緣故，要說「鬼外邊」卻到鬼字給吃住了，老是說不下去，所以鬼聽了納悶，但是人卻覺得可以發笑了。狂言裏有一篇《節分》，也是說這事情的，不過鬼卻更是吃虧了。蓬萊島的鬼於立春前夜來到日本，走進人家去，與女主人調戲，被女人乘隙用豆打了出來，只落得將隱身笠隱身蓑和招寶的小槌都留下在屋裏了。川柳裏邊有一句道：

「寒唸佛的最後回向，給鬼戳壞了眼睛。」這話說的有點彆扭，並不是很好的作品，但也是說事的，所以引用在這裏。小寒大寒稱作寒中，這三十日裏夜誦佛號，叫作寒唸佛，及功德圓滿做回向時正是立春前夜，這時候鬼被豆打得抱頭鼠竄，四處奔走，一不小心會得碰得角上，戳傷了眼睛，因為日本的鬼是與中國的不同，頭上有兩隻角的。這與「幽靈」不一樣，幽靈乃是死後的鬼，這是一種近似生物的東西，大約中國古時稱為「物魅」的吧。

狂言是室町時代的文學，屬於中古時期，去今大約有四百年了，川柳與滑稽本雖然是近世的江戶時代，但計算起來也已是二百年前左右的東西，落語的起源也約略在這時候，所以這些參考的資料，大半是在書裏，這就引我到雜覽裏邊去了。川柳在現今還有人做着，落語則在雜耍場每天演着，與講談音曲同樣的受人歡迎，現代社會的人情風俗更是它的很好資料，閒來到「寄席」去聽落語，便是我的一種娛樂，也可以說學校的代用，因為這給予我語言風俗的幫助是很大的。可是我很慚愧對於它始終沒有什麼報答，我曾經計劃翻譯出一冊《日本落語選》來，但是沒有能夠實現，因為材料委實難選，那裏邊的得意的人物不是「長三倌人」便是敗家子弟，或是幫閒，否則是些傻子與無賴罷了。森鷗外在《性的生活》中有一節云：

「剛才饒舌着的說話人起來彎着腰，從高座的旁邊下去了，隨有第二個說話人交替着出來。先謙遜道：人是換了，卻也換不出好處來。又作破題道：爺兒們的消遣就是玩玩窯姐兒。隨後接着講工人帶了一個不知世故的男子到吉原（吉原為東京公娼所在地）去玩的故事，這實在可以說是吉原入門的講義。我聽着心裏佩服，東京這裏真是什麼知識都可以抓到的那樣便利的地方。」川柳與吉原的關係也正是同樣的密切，而且它又是韻文，這自然更沒有法子介紹了。倒是狂言，我卻譯了二十五篇，成功了一冊的《日本狂言選》，滑稽本則有式亭三馬著的《浮世風呂》（譯名浮世澡堂），和《浮世牀》（浮世理髮館）兩種也譯出了，便是還有十返舍一九著的《東海道中膝栗毛》（膝栗毛意云徒步旅行）沒有機會翻譯，未免覺得有點可惜，因為這也是我所喜歡的一冊書。

八八　炭畫與黃薔薇

我這時學日本話，專是為的應用，裏邊包括應付環境，閱覽書報，卻並不預備翻譯，我從日本語譯小說第一次在民國七年戊午（一九一八），譯的是江馬修著的《小小的一個人》，這以前的翻譯還是都從英文轉譯的。當時我所最為注重的是波蘭，其次是匈牙利，因為他們都是亡國之民，尤其值得同情。在《域外小說集》第一二集裏，我便把顯克微支譯出了三篇，就是《樂人揚珂》，《天使》和《燈枱守》，其所著頂有名的《炭畫》，在己酉春天也已譯成，不知道為什麼緣故不曾登入。大概因為分期登載不很方便吧，但第二集的末尾以後擬譯作品的預告上面，記得裏邊有匈牙利的密克札忒的《神蓋記》，即是《聖彼得的傘》，那篇分量還要多，自然更非連續登載不可了。《神蓋記》的第一分的文言譯稿，近時找了出來，已經經過魯迅的修改，只是還未謄錄，本來大約擬用在第三集的吧。這本小說的英譯後來借給康嗣群，由他譯出，於一九五三年由平明出板社印行，那也是很有意思的作品，不過是徹頭徹尾的明朗的喜劇，與匈牙利的革命問題沒有什麼關係了。

且說那篇《炭畫》是一篇中篇小說，大抵只是三萬多字吧，據勃蘭兑斯在《波蘭印象記》說：

「顯克微支係出高門，天才美富，文情菲惻，而深藏諷刺，所著《炭畫》記一農婦欲救其夫於軍役，至自賣其身，文字至是，已屬絕技，蓋寫實小說之神品也。」我於民國七年在北京大學，編「歐洲文學史」講義，裏邊記述他的作品道：

「顯克微支所作短篇，種類不一，敘事言情，無不佳妙，寫民間疾苦諸篇尤勝。事多慘苦，而文特奇詭，能出以輕妙詼諧之筆，彌足增其悲痛，視戈果爾笑中之淚殆有過之，《炭畫》即其代表。顯克微支旅美洲時著此書，此言記故鄉事實，唯託名羊頭村而已。村雖稱自治，而上下離散，不相扶助，小人遂得因緣為惡，良民又多愚昧，無術自衛，於是悲劇乃成。書中所言，舍來服夫婦外，自官吏議員至於乞丐，殆無一善類，而其為惡又屬人間之常，別無誇飾，雖被以詼諧之詞，而令讀者愈覺真實，其技甚神，余人莫能擬也。」可是譯本的運氣很壞，歸國以後，於民國二年寄給商務印書館的小說月報社，被退了回來，回信裏說：

「雖未見原本，以意度之，確係對譯能不失真相，因西人面目俱在也，行文生澀，讀之如對古書，頗不通俗，殊為憾事。」這裏所說，對於原文的用古文直譯的方法，褒貶得宜，後來又寄給中華書局去看，則不贊一詞的被退回了。近年人民文學出板社印行《顯克微支小說集》，復由我用白話來譯了一遍，收在裏邊。

在這之後，我又翻譯了一本《黃薔薇》，這乃是匈牙利小說家育凱摩耳所著，也是中篇小說，原本很長，經英譯者節譯成了中篇，一總只有三萬字左右，因為後來賣稿給商務印書館得了六十元，但那時已去譯出的十年之後了。原譯本有庚戌（一九一〇）十二月的序文，在一九二〇年日記上有賣稿的記事，是托蔡孑民先生介紹的：

八月九日，校閱舊譯《黃薔薇》。

十日，往大學，寄蔡先生函，又稿一本。

十六日，晚得蔡先生函附譯稿。

十七日，上午寄商務印書館譯稿一本。

十月一日，商務分館送來《黃薔薇》稿值六十元。

時間距《紅星佚史》的丁未（一九〇七）已經隔了有十四個年頭，但稿費還是一樣的二元一千字，又擱了六七年，這才印了出來，那時的廣告恰巧尚是保存着，便錄於後：

「此書體式取法於牧歌，描寫鄉村生活，自然景物，雖運用理想，而不離現實，實為近世鄉土文學之傑作。周君譯以簡練忠實之文言，所譯牧歌尤臻勝境。」這廣告裏的話雖是多半從序言裏取來，但是他稱讚譯詩的話，卻不是原來所有的。原書的足本當然還要佳勝，聽說俄國有足譯本，中國近來有孫用君譯本，大約據世界語譯或者亦是足本，不過我還沒有機會看到，不能確說罷了。

八九　俳諧

這時我所注意的一種日本文學作品，仍是俳諧，這也稱作俳句，是一種古老的文學，但在現在也還有人做，而且氣勢很是旺盛。這本是日本詩歌的一種形式，我自己知道不懂得詩，況且又是外國的東西，要想懂它已是妄想，若說是自己懂得，那簡直是說誑話了。不過我對於它有興趣，時常去買新出板的雜誌來看，也從舊書地攤上找些舊的來，隨便翻閱。俳諧乃是俳諧連歌的縮稱，古時有俳諧連歌，是用連歌的體裁，將短歌的三十一音，分作五七五及七七兩節，由兩個人各做一節，聯續下去，但其中含着詼諧的意思，所以加上俳諧兩字。後來覺得一首連歌中間，只要發句，即五七五的第一節，也可以獨立成詩，便成功為別一種東西了。其後經過變遷發展，有始祖松尾芭蕉的正風，幽玄閒寂的禪趣味，與謝蕪村的優美豔麗的畫意，晚近更有正岡子規的提倡寫生，這是受了寫真主義文學的影響了，但是儘管如此，它卻始終沒有脫掉「俳諧」的圈子，仍舊是用「平淡俗語」來表達思想，這是我所以覺得很有意思的地方。可是他們卻又反對因襲的俗俳，蕪村在《春泥集》序文上說：

「畫家有去俗論，曰畫去俗無他法，多讀書，則書卷之氣上升而市俗之氣下降矣，學者其慎旃哉。夫畫之去俗亦在投筆讀書而已，況詩與俳諧乎。」子規也常反對庸俗的俳人，贊成蕪村的「用俗而離俗」。子規住在根岸，稱作根岸派，發刊雜誌題名「保登登岐須」，意云子規鳥，他自己生肺病咯血，故別號子規，雜誌的名字或者也是這個意思吧。當時所出雜誌並不單是提倡俳句，裏邊還有散文部分，包括小說隨筆，子規所提倡的「寫生」亦應用於散文方面，有一種特別的成就。我還保存着一冊舊雜誌，是丙午（一九〇六）年四月所發刊的，登有夏目漱石的小說《我是貓》的第十章，和他的中篇小說《哥兒》（普通這樣譯，其實是江浙方言的「阿官」，或如普通話可以說是「大少爺」，意指不通世故的男子）。有些寫生文派的作家如長塚節，高濱虛子，阪本四方太等人的著作，又常在那上邊發表，長塚的長篇小說《土》，短篇《太十和他的狗》，高濱的《俳諧師》，阪本的《夢一般》，都是我所喜歡的，可惜我只譯出《夢一般》，也未能印成單行本，卻隨即散失了。

《夢一般》是己酉年民友社出板，菊判半截一冊，紅洋布面，定價金三十五錢。這書乃是在三田散步時於路旁一小書店中所得，甚為歡喜，曾寫入《藥堂語錄》。全書共總有九章，另另碎碎的記錄兒時的事情，甚有情趣，第一章裏記故家情狀，有這樣的一節：

「我們家的後邊是小竹林，板廊的前面即是田地。隔着砂山，後方是海。澎湃的波浪的聲音不斷的聽到，無論道路，無論田地，全都是沙，穿了木屐走起來也全沒有聲響，不管經過多少年，木屐的齒也不會得磨滅。建造房屋的時候，只在沙上潑去五六擔的水，沙便堅固的凝結，變得比岩石還要硬。在這上邊放下台基石，那就成了。這自然是長大了以後聽來的話，但是我們的家是沙地中間的獨家，這事卻至今還好好的記憶着。家是用稻草蓋的。在田地裏有梅樹，總有兩三株。竹林裏有螃蟹。澤蟹很多，像是亂撒着小石子一般。人走過去，他們便出驚，沙沙的躲到枯竹葉底下去的聲音，幾乎比竹林的風雨聲還要利害。不但竹林子裏，在廚房的地板上也到處爬，也在天花板上頭行走。夜裏睡靜了之後，往往驚醒，在紙隔扇外邊，可不是偷兒的腳步聲麼，這樣的事也不止有過一兩次，這是後來從母親聽來的話。」

那時候寫的文章已經沒有存留了，故紙中找得一紙，是記釣魚的，但沒有寫上題目，其文云：

「庚戌秋日，偕內人，內弟重久及保阪氏嫗早出，往大隅川釣魚。經蓬萊町，出駒入病院前，途漸寂靜，隘但容車，兩旁皆樹木雜草，如在山嶺間。徑盡忽豁朗，出一懸厓上，即為田端。下視田野羅列，草色尚青，屋宇點綴其間，左折循厓而下為大路，夾路流水涓涓然。行未十丈許，雨忽集，以雨具不足，躊躇久之遂決行。前有田家售雜品，擬求竹笠，問之無應者。重久言當冒雨獨行，乃分果餌與之使去，而自先歸。遂至田端驛乘電車至巢鴨，欲附馬車而待久不至，保阪嫗請先行，未幾車至即乘之。意嫗去未遠，留意覘之，見前有人折裾負包而行，呼之果嫗也，令同乘。至鈴本亭前下車，雨已小霽，歸家饑甚，發食合取團飯啖之甚旨，其味為未嘗有也。未幾雨復大至，旁午重久亦返，言至川畔而雨甚，因走至羽太家假傘而歸，所持餌壺釣竿，則已棄之矣。是日為月曜，十月頃也。」擬作寫生文，而使用古文辭，似忘記了俳諧的本意，此事甚可笑，唯因可為一時的紀念，故錄於此。

九〇　大逆事件

上面這篇小文是庚戌（一九一〇）年十月所寫，這提醒我其時還住在本鄉的西片町，鈴本亭在這條街的盡頭，便是我們時常去聽落語的「寄席」（雜耍場）。在十一月中我們便又搬家了，這回卻搬出了本鄉區，到了留學生所極少去的麻布，那裏靠近芝區，只有在慶應義塾讀書的才感覺方便，其次則是立教大學了。但其時在慶應讀書的似乎不大有人，立教則以前只有過一個羅象陶，不過我進去的時候他已經不在那裏了，雖然似乎他還在留學，卻不知道在幹什麼。他是龔未生陶冶公的朋友，大概也是在搞革命，民國以後聽說他因此很失意，我曾給他遺札題字，表示悼惜之意，這手札是陶冶公所藏的。其文云：

「光緒末年余寓居東京本鄉，龔君未生時來過訪，輒談老和尚及羅黑子事。曼殊曾隨未生來，枯坐一刻而別，黑子時讀書築地立教大學，及戊申余入學則黑子已轉學他校，終未相見。倏忽二十年，三君先後化去，今日披覽冶公所藏黑子手札，不禁憮然有今昔之感。黑子努力革命，而終乃鳥盡弓藏以死，尤為可悲，宜冶公兼士念之不忘也。民國廿三年三月十日，識於北平。」

我們遷居的地方是麻布區森元町，靠近芝公園與赤羽橋，平常往熱鬧場所去是步行到芝園橋，坐往神田的電車，另外有直通赤羽橋的一路，但是路多迂迴，要費加倍的時間，所以平常不很乘坐，只有夜裏散步看完了舊書店之後，坐上就一直可到家門近旁，雖是花費工夫，卻可省得走路，也是可取的事。因此之故，雖然住在偏僻的地方，上街並無不便之處，午後仍是往本鄉的大學前面，或晚飯後上神田神保町一帶看書，過着遊惰的生活。可是在這期間，卻遇見一件事，給我一個很大的刺激。這是明治四十四年（一九一〇）一月廿四日的事，那時正在大學赤門前行走，忽然聽見新聞的號外呼聲，我就買了一張，拿來一看，不覺愕然立定了。這乃是「大逆事件」的裁判與執行。這是五十年前的事情，那時候日本有沒有共產黨雖然未能確說，但是日本官憲心目中所謂「社會主義者」，事實上只是那些無政府主義思想的人和急進的主張社會改革家罷了。這一案裏包含二十四個人，便是把各色各樣的人，只要當時政府認為是危險的，不管他有無關係，都羅織在內，作一網打盡之計，罪名便是「大逆」，即是謀殺天皇。他們所指為首魁的是幸德傳次郎（秋水）和他的愛人菅野須賀，其實幸德是毫不相干的，因為他最有名，居於文筆領導的地位，所以牽連上了。原來是只有四個人共謀，內有宮下太吉與菅野須賀，都是無政府主義者，想合炸藥炸明治天皇，目的是證明他也是會死的凡人，並非神的化身，所查獲的證物只是洋鐵罐和幾根鐵絲，火藥及鹽酸加里少許，——我想當年陶冶公說要到長崎跟俄國人去學的炸彈，大約也就是這種東西吧。差不多同時候，有佛教徒內山愚童，單獨計劃謀刺皇太子，發覺了也隨作為同黨，併案辦理。他們與幸德當然也有往來，宮下太吉曾同幸德到熊野川舟遊，這便說是密謀，大石誠之助松尾卯一太曾到平民社訪問過幸德，便說是率死黨若干人赴會，這些都是檢事小山松吉的傑作，其實也正是政府傳統的手法，近年的三鷹和松川事件就用了同樣的方法鍛煉成功的。他們將二十幾個不相統屬的人做成一起，說是共謀大逆，不分首從悉處死刑，次日又由天皇特飭減刑，只將一半的人處死，一半減為無期徒刑，以示天恩高厚，這手段兇惡可憎也實在拙笨得可憐。當時我所看見的號外，即是這一批二十四個人的名單。

這時候我僑居異國，據理說對於僑居國的政治似別無關心之必要，這話固然是不錯的，但這回的事殆已超過政治的範圍，籠統的說來是涉及人道的問題了。日本的新聞使我震驚的，此外還有一次，便是一九二三年九月一日大震災的時節，甘粕憲兵大尉殺害無政府主義者大杉榮的夫婦，並及他的六歲的外甥橘宗一的這一件事。日本明治維新本來是模仿西洋的資本主義的民主，根本是封建武斷政治，不過表面上還有一點民主自由的跡象，但也逐漸消滅了。這一樁事在他們本國思想界上也發生不少影響，重要的是石川啄木，佐藤春夫，永井荷風，木下木太郎（本名太田正雄，木太郎的木字本從「木工」二字合成），皆是。石川正面的轉為革命的社會主義者，永井則消極自承為「戲作者」，沉浸於江戶時代的藝術裏邊，在所著《浮世繪的鑒賞》中說明道：

「現在雖云時代全已變革，要之只是外觀罷了，若以合理的眼光一看破其外皮，則武斷政治的精神與百年以前毫無所異。」寫這文章的時候為大正二年（一九一一）二月，即是「大逆事件」解決一年之後也。

九一　赤羽橋邊

我們以前都是住在本鄉區內，這在東京稱為「山手」，意云靠山的地方，即是高地，西片町一帶更是有名，是知識階級聚居之處，呂之七號以前夏目漱石曾經住過，東邊鄰居則是幸田露伴，波之十九號的房東乃是順天堂醫院的院長佐藤進。現在一下子搬到麻布，雖然不能算是出於喬木，遷於幽谷，總之是換了一個環境了。那裏的房屋比較簡陋，前門臨街，裏邊是六席的一間，右手三席，後面是廚房和廁所，樓上三席和六席各一間，但是房租卻很便宜，彷彿只是十元日金，比本鄉的幾乎要便宜一半的樣子。在本鄉居住的時候，似坐在二等的火車上，各自擺出紳士的架子，彼此不相接談，而且還有些不很愉快的經驗，例如在呂之七號貼近鄰居有一家是植物分類學者，名叫牧野富太郎，家裏下女常把早上掃地的塵土堆到我們這邊來，這或者不是牧野的主意，但總之可見他的沒有什麼家教了。在森元町便沒有這種事情，這好像是火車裏三等的乘客，都無什麼間隔，看見就打招呼，也隨便的談話。不過這裏也有利有弊，有些市井間的瑣聞俗事，也就混了進來，假如互相隔離的住着，這就不會得有了。我們的右鄰是一個做裱糊工的，家裏有一妻一女，這女兒是前妻所生，與後母相處自然是不很和協，而那後母又似乎是故意放縱她，或者真是不能管教呢，總之那女兒漸漸流為「不良少女」了。每天午後，我們胡同裏便聽見有男子在吹口哨，這是召集的口號，於是她便溜出門去，到附近的芝公園裏與她的那些男女同志會合了。晚上父親回來，聽了後母的訴説，照例來一通大嚷大罵，以至痛打，但是有什麼用呢？第二天到那時候，召集的口哨又來了，弱小的心靈恍如受了符咒的束縛，不覺仍舊衝了出去，結果又是那一場的吵鬧。有時鄰婦看見她，順便勸説道：

「你也何妨規矩點，省得你父親那樣生氣呢？」但是她卻笑嘻嘻的回答道：

「你不知道在外邊玩耍是多麼有趣哩。」這是很有意義的一句話，很值得人去思索玩味的。我們在森元町住了大半年，到了暑假就回中國來了，在我們離開那裏以前，那情形一直是如此，至於後事如何就不得而知了。

在赤羽橋左近，那裏還有一個畸人，他那地方我卻是時常去的，雖然並不曾談什麼天，因為他乃是理髮師，所以我總是兩三星期要去找他一趟的。他據説也有妻子，但是卻獨自住着，在芝公園的近旁，孤另另的一所房屋，外邊一間店面，設備得很考究，後邊一間三席的住房，左右幾十步之內並無什麼鄰舍。他的店裏比較清淨，這是因是價格特別高之故，所以我去理髮的時候，總見他是閒空着，用不着在那裏坐等。還有一種緣由，人們不大去請教他，便是傳聞他是有點精神病的，試想一個人怎肯伸着脖子，聽憑一個手執鋒利的剃刀的精神病患者去播弄呢？我到他那裏去嘗試，本來是頗有點危險的，但是幸而他卻不曾發病，這個危險也就過去了。其實他或者性情乖僻則是有之，看他那樣的生活形式可以想見，人們加鹽加醋的渲染，所以說他有精神病，雖然也是難怪，但總是不足憑信的。我的危險的經驗，縱然不能證明他沒有神經病，但至少說明人言之不盡可信了。

九二　辛亥革命 一——王金發

現在已是辛亥這一年了。這實在是不平常的一個年頭，十月十日武昌起義，不久全國響應，到第二年便成立了中華民國，人民所朝夕想望的革命總算實現了。可是這才是起了一個頭，一直經過了四十年，這個人民解放事業才算是成功，以前所經過的這些困難時代，實在是長的很，也是很暗淡的。何況在當時革命的前夜，雖是並沒有疾風暴雨的前兆，但陰暗的景象總是很普遍，大家知道風暴將到，卻不料會到得這樣的早罷了。這時清廷也感到日暮途窮，大有假立憲之意，設立些不三不四的自治團體，希圖敷衍，我在翻譯波蘭顯克微支的《炭畫》，感覺到中國的村自治如辦起來，必定是一個「羊頭村」無疑，所以在小序裏發感慨說：

「民生顓愚，上下離析，一村大勢，操之兇頑，而農婦遂以不免，人為之亦政為之耳。

古人有言，庶民所以安其田裏，而亡歎息愁恨之心者，政平訟理也。觀於羊頭村之事，其亦可以鑒矣。」及至回到故鄉來一看，果然是那一種情形，在日本其時維新的反動也正逐漸出現，而以大逆案作為一轉折點，但那到底是別國的事情，與自己沒有多少迫切的關係，這回卻是本國了，處於異族與專制兩重的壓迫下，更其覺得難受。那時將庚戌秋天釣魚的記事抄錄了出來，後邊加上一段附記道：

「居東京六年，今夏返越，雖歸故土，彌益寂寥，追念昔游，時有棖觸。宗邦為疏，而異地為親，豈人情乎。心有不能自假，欲記其殘缺以自慰焉，而文情不副，感興已隔。用知懷舊之美，如虹霓色，不可以名，一己且爾，若示他人，更何能感，故不復作，任其飄泊太虛，時與神會，欣賞其美，或轉褪色，徐以消滅，抑將與身命俱永，溘然相隨，以返虛浩，皆可爾。所作一則，不忍捐棄，且錄存之，題名未定，故仍其舊。辛亥九月朔日記。」後末有九月初七日夜中作詩一首，題在末後云：

「遠遊不思歸，久客戀異鄉。寂寂三田道，衰柳徒蒼黃。舊夢不可道，但令心暗傷。」

但是十月十日「霹靂一聲」，各地方居然都「動」了起來了，不到一個月的工夫，大勢已經決定，中國有光復的希望了。在那時候也有種種謠言，人心很是動搖，但大抵說戰局的勝敗，與本地沒有多少關係，到了浙江省城已經起義，紹興只隔着一條錢塘江，形勢更是不穩，因此乘機流行一種謠言，說杭州的駐防旗兵突圍而出，頗有點兒危險，足以引起反動的騷亂，但是仔細按下去，仍是不近情理，不過比平常說九龍山什麼地方的白帽赤巾黨稍好罷了。一有謠言，照例是一陣風的「逃難」，魯迅在一篇文言的短篇小說《懷舊》裏描寫這種情形，有一節云：

「予窺道上，人多於蟻陣，而人人悉函懼意，惘然而行。手多有挾持，或徒其手，王翁語予，蓋圖逃難者耳。中多何墟人，來奔蕪市，而蕪市居民則爭走何墟。李媼至金氏問訊，云僕猶弗歸，獨見眾如夫人方檢脂粉薌澤，紈扇羅衣之屬，納行篋中，此富家姨太太似視逃難亦如春遊，不可廢口紅眉黛者。」這篇小說是當時所寫，記的是辛亥年的事，而逃難的情形乃是借用庚子夏天的事情，因為本家少奶奶預備逃難，卻將團扇等物裝入箱內，這是事實，但是辛亥年的謠言卻只一天就過去了，只是人心惶惶，彷彿大難就在目前的樣子。有一位少奶奶，乃是庚子年那一位的妯娌，她的丈夫是前清秀才現任高小教員，當時在學校裏不曾回家，她就着急的說道：「大家快要殺頭了，為什麼還死賴在外邊？」她大約是固守着「長毛」時候的教訓，以為是遇亂當然要殺頭，所以是在準備遭難而不是逃難了。幸而這恐慌只是一時的，城內經了學生們組織起來，武裝但是拿着空槍出去遊行，市面就安定下來了，接着省城裏也派了「王逸」率領少數軍隊到來接防，成立了紹興軍政分府。這王逸本來名叫王金發，是紹興人所熟知的草澤英雄，與竺酌仙齊名，還是大通學堂的系統，他的兩年來在紹興的行事究竟是功是過，似乎很難速斷，後來他被袁世凱派的浙江督軍朱瑞所誘殺，實在可是死得很冤的。

九三　辛亥革命　二——孫德卿

辛亥秋天我回到紹興，一直躲在家裏，雖是遇着革命這樣大事件，也沒有出去看過，所以所記錄的大抵只是一些得之傳聞的事情，如今且來做一回文抄公，從《略談關於魯迅的事情》裏抄來，這乃是我的兄弟所寫，我想這大約是寫得可靠的。他敘述遊行及歡迎的情形如下：

「這時候城內的一個寺裏就開了一個大會，好像是越社（案即南社的紹興分社）發動的，到了許多人，公舉魯迅做主席。魯迅當下提議了若干臨時辦法，例如提議組織講演團，分發各地去演說，闡明革命的意義和鼓動革命情緒等。關於人民的武裝，他說明在革命時期，人民武裝實屬必要，講演團亦須武裝，必要時就有力量抵抗反對者。他每一提議剛要說完而尚未說完的時候，就有一個坐在前排的頭皮精光的人，彎着腰，作要站起來但沒有完全站起來的姿勢，說一句『鄙人贊成！』又彎着腰坐下去，提議就很快的通過。這人不是別人，便是後來魯迅文章裏曾經說起的孫德卿。他雖是鄉下的地主家庭出身的人，但對於推翻滿清政權這件事是熱心的。他曾經拿明朝人的照片去分送給農民，我看到的一張是明太祖的像，約莫三寸來長，分明是從畫像上照下來的。他並且向農民說明，清朝的政府是外面侵入的人組成的，我們應當把他們打出去。對於這主張，農民都贊成，願意起來去打。《揚州十日記》之類的小冊子，這時候也流行到民間。這孫德卿在秋瑾案發生時，曾一次下獄，但不久就出來了。

「但是魯迅提議的武裝講演等，大家雖然都贊成，可是缺少準備，力量也不夠。第一件是缺少槍械。府學堂裏雖然有些槍，但沒有真的子彈，有一些也是操演時用的那種只能放響的彈子，只有在近距離內大概能傷人。於是人民終於恐怖起來了。有一天，魯迅從家裏出去，到府學堂去，到了離學校不遠，見有些店鋪已在上排門，有些人正在張皇的從西往東奔走。魯迅拉住一個問他為什麼，他說不知道究竟什麼事。魯迅知道問亦無益，不如到學堂去了再說。他走進校門，已有一部分學生聚在操場裏討論這件事，才知道市民因為聽了有敗殘清兵要渡江過來，到紹興來騷擾的謠言，所以起恐慌的。於是魯迅主張整隊上街解釋，以鎮定人心。手腳很快，一歇工夫就印好了許多張油印的傳單，大概是報告省城克復的經過，和說明決沒有清兵過來的事情。即刻打起鐘來，學生立時齊集於操場，發了槍，教兵操的先生也跑來了，滿頭是汗，他還沒有剪掉辮髮，把它打了一個大結子。他不拿平常用的狹細的指揮刀，掛上一把較闊厚的可以砍刺的長刀，這無非防備萬一的。小心怕事的校長，抖零零的到操場上來講話，想設法攔阻，但沒有用處。在路上，魯迅一班人分送傳單，必要時更向人說明，叫他們不要無端恐慌，的確這很有用處，學生們走到之處，人心立刻安定下來，店鋪關的也仍然開了。時間在下午，一班人回到學校時，天已黑下去了。

「離這事情不久（案大概就是第二天吧），就有人告訴魯迅，說王金發的軍隊大約今晚可以到紹興，我們應當去接他和他的軍隊，這回仍在府學堂裏會集，學生也去的。晚飯後大家興高采烈的走到西郭門外。到了黃昏，不見什麼動靜，到了二更三更，還是不見軍隊開到。學生穿的操衣很是單薄，夜深人靜時覺得很寒冷，於是只好敲開育嬰堂的門，到裏面去休息，叫起茶房，貼還些柴錢，叫他們燒茶來喝。這時候才看見穿制服的學生們之外，還有頭皮精光的孫德卿，頭戴毡帽的范愛農，好像和徐伯蓀一起捐道台出洋的陳子英也在內。但是夜深了，不特冷，而且也餓，學生們大家摸錢袋，設法敲開店門買東西吃。孫德卿拿出錢來，叫人去買了幾百個雞蛋，大家分吃了。這以後不久，有人來報信，說軍隊因為來不及開拔，大概須明天才可開到，今晚不來了。

「於是第二天晚上再去，這回不往西郭，卻往東邊的偏門，人還是這一大批。黃昏以後，月亮很皎潔，正盼望間，遠遠的聽到槍聲響，以後每隔一定的時間槍聲響一下。不多時看見三兩隻白篷船，每只只有一個船夫搖着，然而很快的搖來。船吃水很深，可見人是裝的滿滿的。各船都只有一扇篷開着，過一歇時候船中就有兵士舉起槍來，向空中放一響。先前的兵隊老是這樣做，在有開仗可能的情勢下，常常一響一響的放着槍。不多時候船已靠岸，王金發的軍隊很快的上了岸，立刻向城內進發。兵士都穿藍色的軍服，戴藍色的布帽，打裹腿，穿草鞋，拿淡黃色的槍，都是嶄新的。帶隊的人騎馬，服裝不一律，有的穿暗色的軍服，戴着帽子，有的穿淡黃色軍服，光着頭皮。

「這時候是應該睡的時候了，但人民都極興奮，路旁密密的站着看，比看會還熱鬧，中間只留一條狹狹的路，讓隊伍過去，沒有街燈的地方，人民都拿着燈，有的是桅杆燈，有的是方形玻璃燈，有的是紙燈籠，也有照着火把的。小孩也有，和尚也有，在路旁站着看。經過教堂相近的地方，還有傳道師，拿着燈，一手拿着白旗，上寫歡迎字樣。兵士身體都不甚高大，臉上多數像飽經風霜的樣子，一路過去，整齊，快捷。後面跟的人，走的慢一點的便跟不上。不久到了指定駐紮的地方，去接的人們有跟了進去，也有站住在門外面，大家都高叫着革命勝利和中國萬歲等口號，情緒熱烈，緊張。不久就有人來叫讓路，一班人把酒和肉等挑進去，是慰勞兵士去的，外面的人們也就漸漸的散去了。」

我這一節文章寫得特別的長，而且裏邊又是大都抄的別人的文章，這是什麼緣故呢？因為我很珍重那一回革命的回憶，可是我自己沒有直接的經歷，所以只能借用人家所寫的，寫的雖是實樸卻很誠實，後來對於王金發的批評也下的很有分寸，其寫孫德卿也頗是簡單得要領，活畫出一個善良的人來。軍政分府成立，政治上沒有什麼建設，任用的人很不得當，有三個姓王的，頗弄權斂錢，人民倒不大怪王金發，大家都責備「三王」，當時老百姓利用一句「戲文」上的句子，唱道「可恨三王太無禮」，卻不曉得是什麼戲上邊的。這時候府學堂的學生用了魯迅和孫德卿的名義，辦了一個越鐸日報，時常加以諷刺，有一回軍政分府佈告，說要出去視察，卻說是「出張」，報上就挖苦說，「都督出張乎，宜乎門庭如市也！」別一篇的文章的結末，則有「悲夫」二字，這本是從前常用的字眼，沒甚希奇，可是實際上是在譏刺何悲夫，他也是軍政分府的一個要人。「後來那報館被兵士毀壞了一部分，孫德卿大腿上被刺了一尖刀，但並非要害，傷亦不重。這也許是三王指使的，也許是王金發自己的主意，即使是他的主意，比之於後來軍閥的隨便殺人，實在是客氣得多了。孫德卿被刺傷後，想要去告訴各位老朋友，並且預備把傷痕照了相給老朋友去看。但是很為難，因為身體大而傷痕小，如果只照局部，傷痕是極清楚了，但看的人不曉得受傷者是孫德卿，如果照全身，面貌是照出來了，但傷痕就看不清楚了。因為照相總不能照得太大呀。結果終於照了全身，但照片並不大。魯迅接到照片，拆開來看時只見赤條條的一個孫德卿，不看見傷痕，不覺嚇了一跳，還以為他發癡了，等到看了他的說明，才知道原來是這樣一件事情。」

九四　辛亥革命　三——范愛農

辛亥革命的時候，我所直接見到的人物，只有一個范愛農，——王金發做都督的時候，沒有機會見到，只在雜誌上看見他在二次革命後被朱瑞誘殺的一張死後照相，孫德卿則始終沒有看到，那張裸體照相也因為不是原本，只是翻印登在報上的，所以記不清楚了。范愛農卻是親自見過的，雖然在安慶事件當時反對打電報，蹲在席子上那種情形，不曾看見過，卻也大略可以想像得來。紹興軍政分府成立，恢復師範學堂，那時是在民國改元以前，還稱「學堂」，委派魯迅為校長，愛農為監學，二人重復相會，成為好友。因為學堂在「南街」，與東昌坊相距不到一里路，在辦公完畢之後，愛農便身着棉袍，頭戴農夫所用的卷邊毡帽，下雨時穿着釘鞋，拿了雨傘，一直走到「裏堂前」，來找魯迅談天。魯老太太便為他們預備一點家鄉菜，拿出老酒來，聽主客高談，大都是批評那些「呆蟲」的話，老太太在後房聽了有時不免獨自匿笑。這樣總要到十點鐘以後，才打了燈籠回學堂去，這不但在主客二人覺得愉快，便是魯老太太也引以為樂的。但是好景不常，軍政府本來對於學校不很重視，而且因為魯迅有舊學生在辦報，多說閒話，更是不高興，所以不久魯迅自動脫離，只留下愛農一人，有點孤掌難鳴了。

這時候已經是民國元年壬子，改用陽曆，師範學堂也改稱第五師範學校了，魯迅以後的校長是傅力臣，即是當時的孔教會會長，縣署裏教育科長是孫幾仲（案：下文作何幾仲），也就是《阿Q正傳》裏所說的「柿油黨」，掛着一個銀桃子的徽章的，此外也有羅伯颺朱又溪等人。這個情形正是魯迅《哀范君》詩中所說的，「狐狸方去穴，桃偶盡登場」，是也。范愛農一個人獨自在他們中間，這情形就可想而知的了。我這裏為的記載誠實起見，便來借用他自己信裏的話，敘述前後的事情。

這裏第一封信，是壬子（一九一二）年三月二十七日從杭州所發，寄給在紹興的魯迅的，其文云：

「豫才先生大鑒：晤經子淵，暨接陳子英函，知大駕已自南京回。聽說南京一切措施與杭紹魯衛，如此世界，實何生為，蓋吾輩生成傲骨，未能隨波逐流，惟死而已，端無生理。弟於舊曆正月二十一日動身來杭，自知不善趨承，斷無謀生機會，未能拋得西湖去，故來此小作勾留耳。現承傅勵臣函邀擔任師校監學事，雖未允他，擬陽月杪返紹一看，為偷生計，如可共事，或暫任數月。羅揚伯居然做第一科課長，足見實至名歸，學養優美。朱幼溪亦得列入學務科員，何莫非志趣過人，後來居上，羨煞羨煞。令弟想已來杭，弟擬明日前往一訪。相見不遠，諸容面陳，專此敬請著安，弟范斯年叩，二十七號。越鐸事變化至此，恨恨，前言調和，光景絕望矣。又及。」這裏需要附帶說明我往杭州的事，那時浙江教育司（後來才改稱教育廳）司長是沈鈞儒，委我當本省視學，因事遲去，所以不曾遇見愛農。越鐸變化不是說被軍人搗毀，乃是說內部分裂，李霞卿宋紫佩等人分出來，另辦民興報，後來魯迅的《哀范君》的詩便是登在這報上的。第二封信的是五月九日，也是從杭州發出，寄往北京的，距前回寄信的日子才有一個月半，范愛農卻已被人趕出師範學校了。原信云：

「豫才先生鈞鑒：別來數日矣，屈指行旌已可到達。子英成章（校務）已經卸卻，弟之監學則為二年級諸生斥逐，亦於本月一號午後出校。此事起因雖為飯菜，實由傅勵臣處置不宜，平日但求敷衍了事，一任諸生自由行動所致。弟早料必生事端，唯不料禍之及己。推及己之由，現統悉係何幾仲一人所主使，惟幾仲與弟結如此不解冤，弟實無從深悉。蓋飯菜之事，係范顯章朱祖善二公因二十八號星期日起晏，強令廚役補開，廚役以未得教務室及庶務員之命拒之，因此深恨廚役，唆令同學於次日早膳，以飯中有蜈蚣，冀泄其忿。時弟在席，當令廚役換掉，一面將廚役訓斥數語了事。詎范朱等忿猶未泄，於午膳時復以飯中有蜈蚣，時適弟不在席，傅勵臣在席，相率不食(但發現蜈蚣時有半數食事已畢)，堅欲請校長嚴辦廚房，其意似非撤換不可。傅乃令學生詢弟，弟令廚役重煮，學生大多數贊成，且宣言如菜不敷，由伊等自購，既經范某說過重煮，定須令廚役重煮。廚役遂復煮，比熟已在上課時刻，乃請諸候選教員用膳，請之再三，而胡問濤朱祖善范顯章趙士璘等一味喧擾不來。傅乃囑弟去喚，一面搖鈴，令未飽者趕緊來吃，其餘均去上課。弟遂前往宣佈，胡問濤以菜冷且不敷為詞，弟乃云前此汝等宣言菜如不敷，由汝等自備，現在汝等既未備，無論如何只有勉強吃一點。胡等猶復刺刺不休，弟遂宣言，不願吃又不上課，汝等來此何干，此地究非施飯學堂(施飯兩字係他們所出報中語)，如願在此肄業，此刻飯不要吃了，理當前去聽講，否則即不願肄業，盡可回府，即使汝等全體因此區區細故退學亦不妨。於是欲吃者還赴膳廳，其已畢者去上課。次日早膳，校長俟諸生坐齊後乃忽宣言，此後諸生如飯菜不妥，須於未坐定前見告，如昨日之事可一不可再，若再如此，決不答應。諸生復憤，俟食畢遂開會請問校長，以罷課為要挾，此時係專與校長為難，未幾乃以弟昨日所云退學不妨一語為詞，宣言如弟在校，決不上課，係專與弟為難，延至午後卒未解決。弟以弟之來師範非學生之招，係校長所聘，非校長辭弟，或弟辭校長，決不出校，與他們尋開心。學生往告訴幾仲，傍晚幾仲遂至校，囑校長辭弟，謂范某既與學生不洽，不妨另聘，傅未允，怏怏而去。次日仍不上課，傅遂懸牌將胡問濤並李銘二生斥退（此二生有實據，係與校長面陳換弟），胡李遂與趙士瑹朱祖善等持牌至知事署，並告幾仲。幾仲遂於午後令諸生將弟物件搬出門房，幾仲亦來，並令大白暨文灝登報（案金伯楨後改名劉大白，當時辦禹域日報，王文灝辦越鐸日報）。弟適有友來訪，遂與偕出返舍。刻因家居無味，於昨日來杭，冀覓一棲枝，且陳子英亦曾約弟同往西湖閒遊，故早日來杭，因如是情形現有祭產之事，日前晤及，云須事畢方可來杭也。專此即詢興居，弟范斯年叩，五月九號。」還有第三封信，今從略。魯迅在壬子日記七月項下，記有范愛農的最後消息道：

「十九日晨得二弟信，十二日紹興發，云范愛農以十日水死，悲夫悲夫，君子無終，越之不幸也，於是何幾仲輩為群大蠹。」又云：

「二十二日夜作韻言三首，哀范君也，錄存於此。」第二日抄錄一本，稍加修改寄給我，其第一首次聯云：

「華顛萎搖落，白眼看雞蟲。」後附一紙說明道：

「我於愛農之死，為之不怡累日，至今未能釋然。昨忽成詩三章，隨手寫之，而忽將雞蟲做入，真是奇絕妙絕，霹靂一聲，群小之大狼狽。今錄上，希大鑒定家鑒定，如不惡乃可登諸民興也。天下雖未必仰望已久，然我亦豈能已於言乎。二十三日，樹又言。」日記八月項下云：

「二十八日收二十及二十一二日民興日報一分，蓋停板以後至是始復出，余及啟孟之哀范君詩皆在焉。」我的一首詩題作「哀愛農先生」，其詞云：

「天下無獨行，舉世成萎靡。皓皓范夫子，生此寂寞時。傲骨遭俗忌，屢見螻蟻欺。坎壈終一世，畢生清水湄。會聞此人死，令我心傷悲。峨峨使君輩，長生亦若為。」

范愛農之死是在壬子年七月十日，是同了民興報館的人乘舟往城外遊玩去的，有人說是酒醉失足落水，但頗有自殺的嫌疑，因為據說他能夠游水，不會得淹死的，他似乎很有厭世的傾向，這是在他被趕出師範以前所寫的信裏，也可以看出痕跡來的了。

九五　望越篇

辛亥革命的前景不見得佳妙，其實這並不是後來才看出來，在一起頭時實在就已有的了。且不說大局，只就浙江來看，軍政府的都督要捧一個湯壽潛出來，這人最是滑頭，善於做官，有一個時候蔣觀雲批評他最妙，他說，蟄仙的手段很高，他高談闊論一頓，人家請他出來，便竭力推辭，說我不幹，及至把他擱下了，他又來撈一下子，再請他來，仍說不幹，但是下回仍是這樣撈法，卻把地位逐漸的提高了。後來他升任臨時政府的交通部長，後任有陶成章的呼聲，可是為陳英士所忌，陶住在上海法租界的廣慈醫院，終於壬子一月十三日為刺客所暗殺。陶煥卿是個革命勇士，他的聯絡草澤英雄，和要使天下人都有飯吃的主張，確是令人佩服，但看去彷彿有點可怕，似乎是明太祖一流人物，所以章太炎嘗戲呼為「煥皇帝」，或「煥強盜」，魯迅也曾同許季茀評論他道：「假如煥卿一旦造反成功，做了皇帝，我們這班老朋友恐怕都不能倖免。」雖然如此，可是同盟會人那樣的爭權奪利，自相殘殺，不必等二次革命的失敗，就可知道民軍方面的不成了。不過那也是關於本省大局的事，我們不去管它，單說紹興本地，而且只是教育文化一面的事情也罷。

說到紹興教育界的情形，其實也未必比別處特別壞，不過說好那也是不然。大約在光緒末年的乙巳年間吧，他們請蔡孑民去辦學務公所，蔡君便托封燮臣來叫我，去幫他的忙，我因為不願意休學，謝絕了他，可是沒有多久，蔡君自己也就被人趕走了。這為什麼緣故呢？那時學務公所是當地最肥的缺，有每月三十元的薪水，想謀這缺的人多了，所以就是蔡孑民也不能安坐這把交椅了。自從「桃偶盡登場」以後，這情形自然就更糟了。應運而生的「自由黨」做了教育科長，其餘人物也是一丘之貉，魯迅那三首詩的後面所說那幾句幽默話，即是他們的典故。什麼「大鑒定家」啦，什麼「天下仰望已久」啦，都是朱又溪平常恭維人的話，據蔡谷卿傳說，在紹興初辦警察局（還在前清時代）的時候，他致辭道：

「紹興警察，十分整頓。

杭州警察，腐敗不堪。

兩相比較，相去天壤。」這比孫德卿的演說，在胡亂說了一番之後，突然的說：「那麼（讀作難末，意思是『如今』）警察局萬歲！」便收了場，雖是也覺得可笑，卻顯得性格善良，沒有那種惡劣氣了。

大約是在這個時候，便是桃偶已經登場，魯迅還沒有到南京教育部去的時候，我寫了那篇《望越篇》，在報上（或是民興報，但總之不是越鐸）發表，因為留着草稿，上邊有魯迅修改的筆跡，所以略可推測這篇文章的年月。今將全文錄存於後：

「蓋聞之，一國文明之消長，以種業為因依，其由來者遠，欲探厥極，當上涉幽冥之界。種業者本於國人彝德，馴以習俗所安，宗信所仰，重之以歲月，積漸乃成，其期常以千年，近者亦數百歲，逮其寧一，則思感咸通，立為公意，雖有聖者，莫能更贊一辭。故造成種業，不在上智而在中人，不在生人而在死者，二者以其為數之多，與為時之永，立其權威，後世子孫，承其血胤者亦並襲其感情，發念致能，莫克自外，唯有坐紹其業而收其果，為善為惡，無所撰別，遺傳之可畏，有如是也。

「蓋民族之例，與他生物同，大野之鳥，有翼不能飛，冥海之魚，有目不能視，中落之民，有心思材力而不能用，習性相傳，流為種業，三者同然焉。中國受制於滿洲，既二百六十餘年，其局促伏處專制政治之下者，且二千百三十載矣，今得解放，會成共和，出於幽谷，遷於喬木，華夏之民，孰不歡欣，顧返瞻往跡，亦有不能不懼者，其積染者深，則更除也不易。中國政教，自昔皆以愚民為事，以刑戮懾俊士，以利祿招黠民，益以酷儒莠書，助張其虐。二千年來，經此淘汰，庸愚者生，佞捷者榮，神明之冑，幾無孑遺，種業如斯，其何能臧，歷世憂患，有由來矣。

「今者千載一時，會更始之際，予不知華土之民，其能洗心滌慮，以趣新生乎，抑仍將伈伈俔俔，以求祿位乎？於彼於此，孰為決之？予生於越，不能遠引以觀其變，今唯以越一隅為之徵。當察越之君子，何以自建，越之野人，何以自安？公僕之政，何所別於君侯，國士之行，何所異於臣妾？凡茲同異，靡不當詳，國人性格之良窳，智慮之蒙啟，可於是見之。如其善也，斯於越之光，亦夏族之福，若或不然，利欲之私，終為吾毒，則是因果相尋，無可誅責，唯有撮灰散頂，詛先民之罪惡而已。仲尼龜山操曰，吾欲望魯兮，龜山蔽之，手無斧柯，奈龜山何！今瞻禹域，乃亦唯種業因陳，為之蔽耳，雖有斧柯，其能伐自然之律而夷之乎？吾為此懼。」

這篇文章寫的意思不很徹透，色采也很是暗淡，大有定命論一派的傾向，雖然不是漆黑一團的人生觀，總之是對於前途不大樂觀，那是很明瞭的了。但這正是當時情勢的反映，也是一種資料，所以抄錄在這裏。在那時候所寫的文言的文章也只難得的保存了這一篇，抄下來重看一遍，五十年漫長的光陰，卻一眨眼間便已在這中間過去了。

九六　臥治時代

在東京留學這六年中都沒有寫日記，所以有些事情已經記不起來了，到了民國元年這又繼續來寫，從十月一日起，一直寫到現在。但是壬子年十月以前的事情，也大抵年月無可查考了，這些事例如范愛農的一件，幸而有他的親筆信札和魯迅的日記，還可知道一點，我自己的往杭州的教育司當視學，在那裏「臥治」的事蹟，那就有點茫然了。辛亥革命起事的前後幾個月，我在家裏閒住，所做的事大約只是每日抄書，便是幫同魯迅翻看古書類書，抄錄《古小說鉤沉》和《會稽郡故書雜集》的材料，還有整本的如劉義慶的《幽明錄》之類。壬子元旦臨時政府成立，浙江軍政府的教育司由沈鈞儒當司長，以前他當兩級師範學堂校長時代在那裏任教的一班人，便多轉到這邊來了，一部分是從前在民報社聽過章太炎講說文的學生，其中有朱逷先錢玄同（其時他還叫錢夏，號中季），這就是朱逷先，他介紹我到教育司去的。起初是委任我當第幾科的課長，但是不久又改任了本省視學，這時期大概是三月裏的事情，所以范愛農在三月廿七日的信裏提到這事，但是我因為家裏有事，始終沒有能夠去，一直拖延到大約六七月中，這才前去到差。那時教育司的辦公處是租用頭髮巷丁氏的房屋，這丁家便是刻那《武林掌故叢編》的，在前清咸同時代很是有名，是杭州的一個大家，但是我覺得這住屋並不怎麼好。我在教育司的這多少天裏，並沒有遍看教育司的房屋，我只到過那客廳，飯廳，和樓上的住室，都是很湫隘的地方。客廳裏擺列着許多石頭，是那有名的「三十六峰」，我卻看不出它的好處來，而且那間房子很是陰暗，那時又值夏天，終日有蚊子飛鳴着，這上邊就是我的宿舍，因為我到來晚了，所以牀位已經是在旁邊樓門口，樓梯下院子裏是一個小便桶，雖然臭氣並不薰蒸，卻總也不是什麼好地方。視學的職務是在外面跑的，但是平常似乎也該有些業務，可是這卻沒有，所以也並沒有辦公的坐位，每日就只是在樓上坐地，看自己帶來的書，看得倦了也就可以倒臥在牀上，我因為常是如此，所以錢玄同就給我加了一句考語，說是在那裏「臥治」。在樓下「三十六峰」的客廳裏，有些上海的日報，有時便下去閱看，不過那裏實在暗黑得可以，而且蚊子太多，整天在那裏做市的樣子，看一會兒的報就要被叮上好幾口。因此我「臥治」的結果，沒有給公家辦得一點事，自己卻生起病來了。當初以為是感冒風寒，可是後來因為寒熱發得出奇，知道是給「三十六峰」室的蚊子叮的發瘧疾了。本來瘧疾自有治法，只要吃金雞納霜即可以好的，但是在那蚊子窩裏起居，一面吃藥，一面被叮，也不是辦法，所以就告了假，過江回家來了。我這回到杭州到差，大概前後有一個月光景，因為我記得領過一次薪水，是大洋九十元，不過這乃是浙江軍政府新發的「軍用票」。我們在家的時候，一直使用的是現大洋，乃是墨西哥的鑄有老鷹的銀元，這種軍用票還是初次看見，我在領到之後，心裏忐忑不知是否通用，於是走到清和坊的抱經堂，買了一部廣東板朱墨套印的陶淵明集，並無什麼麻煩的使用了，這才放心，以後便用這個做了旅費，回到家裏來了。

我往杭州的月日，因為那時沒有寫日記，所以無可考查，但我查魯迅的壬子日記，卻還可以找到一點資料。五月項下有云：

「二十三日，下午得二弟信十四日發，云望日往申，迎羽太兄弟。又得三弟信云，二弟婦於十六日分娩一男子，大小均極安好，可喜，其信十七日發。」上面所說因為私事不曾往杭州去，便是這事情，又因分娩在即，要人照管小孩，所以去把妻妹叫來幫忙，這時她只有十五歲的樣子，由她的哥哥送來，但是到得上海的時候，這邊卻是已經生產了。六月項下記云：

「九日，得二弟信，三日杭州發。」這時大概我已到了教育司，可見是六月初前去到差的。隨後在七月項下記云：

「十九日，晨得二弟信，十二日紹興發，云范愛農以十日水死，悲夫悲夫，君子無終，越之不幸也，於是何幾仲輩為群大蠹。」這樣看來，那麼我到杭州去的時期，說是從六月一日以後，七月十日以前，那大概是沒有大差的吧。

九七　在教育界裏

壬子年總算安然的過去了，「中華民國」也居然立住，喜是很可喜的事，可是前途困難正多得很，這也是很明顯的。新建設的一個民國，交給袁世凱去管理，而他是戊戌政變的罪魁禍首，怎麼會靠得住呢？到了癸丑(一九一三)年的春天，便開始作怪了，第一件便是三月二十日的暗殺宋教仁，這事大概在當時很令人震驚，因為宋遯初這人在民黨裏算是頂溫和的，他主張與袁合作，現在卻把他來開刀，那下文是可想而知了。這件新聞在我的日記裏記在廿三日項下，平時日記裏邊都不記這種政治要聞，查閱魯迅日記便不曾記着，就是我以後日記也是如此，便是乙卯三月被迫取消帝制，也沒有記錄，直至丙辰六月八日得縣署通告，有一條「袁總統於六日病歿，由黎副總統代行職務」的記事。從癸丑至乙卯這兩年裏，因為二次革命失敗，袁認為天下已莫予毒，可以為所欲為，先是終身總統，隨後想做皇帝，發起籌安會的帝制運動，厲行特務政治，搜捕異己，這種情形以北京為最甚，紹興因天高皇帝遠，還不十分緊張，但也覺得黑暗時代到來，叫人漸漸有點喘不過氣來了。我在這個時期內，一直在幹着中學教書的職務，一面在本縣教育會內做着會長，在教育界裏浮沉了四個年頭，也就是在那裏扮一名「桃偶」的腳色。雖然那時中學與師範都已改屬省裏領導，改稱第五中學等，本縣的教育部也換了人，不復是何幾仲羅颺伯，雖然朱又溪似乎還在。碰巧是教育會副會長陳津門來告訴我，教育會選舉我做會長，勸我就職的是四月廿一日，即是我聽到宋遯初被刺消息的那一天，蔣庸生來邀我到第五中學擔任英文，乃是四月廿九日，彷彿我是這時決心到那裏去「躲雨」似的。古人句云，山雨欲來風滿樓，不過老實說，我們其時還沒有這樣的敏感，預料到一兩年後的事情，也只是偶爾的遭逢，有了這樣的兩個機會，就抓住了就是了。

我在浙江省立第五中學，自癸丑四月至丙辰三月，十足四個年期，在這時期一共換了三個校長，最初是錢遹鵬，接着是朱宗呂，和徐晉麒。我是在錢君的時候進去的，恰巧那時的聘書還是保留着，現在鈔錄在下面，也是當時的文獻，看了很有趣味的。

「浙江第五中學校代表錢遹鵬，敦聘

周啟明先生為本校外國語科教授，訂約如右：

一，教授時間每週十四小時。

一，月俸墨銀伍拾元，按月於二十日致送，但教授至十四小時以外，按時加奉。

一，除燈油茶水外，均由本人自備。

一，此約各執一紙。

中華民國二年四月　日訂。」

八月校長易人，新來的朱渭俠，是教育司的舊同事，又是朱蓬仙的兄弟，蓬仙名宗萊，乃是民報社聽講的一人。渭俠任中校校長甚久，至丙辰十一月，因患傷寒專看中醫，及病去而體已不支，終以是無疾而卒，乃由徐鋤榛補充，係兩級師範舊生。我的薪水自癸丑八月起，是每週十八小時，每月六十八元，較以前稍好。渭俠人甚勤懇，唯對學生似微失之過嚴，有一次在教務室內訓飭一個學生，有一個名叫錢學曾的，自己因有事去找校長，在旁等候着，看了不平，便上前給了他一拳。錢生是嵊縣人，「兩火一刀」的地方的人，生性本來剛直，本來事不干己，大可不管，乃遽爾動手對付，只落得自己除名了事，聽說的都為嘆惜，卻已無濟於事了。

我在教育會裏，也是無事可做，反正是敷衍故事罷了，但因為縣署有每月五十元的津貼，所以要辦點事業，除雇用一個事務員和一名公役及支付雜費之外，印行一種教育雜誌，以及有時調查小學，展覽成績，有一回居然辦過一回教科書審查的事。本來小學教科書向由各校自由在商務中華兩家出板物中選用，這回由教育會審定似乎也有點越俎之嫌，但是大家不曾反對，結果審定國文一科是中華書局的當選。原來書局方面誰也沒有運動，不意中獲了勝利，在中華書局固然是喜出望外，可是商務印書館卻氣炸了肺，聲言要去告狀，後來卻不知道怎樣的不告了，大概查不到我們有接受中華書局的賄賂的證據吧。當時我們的行動，實在有點幼稚而且冒失，在教育界上有那麼大勢力的一隻大老虎頭上，居然想去抓它一下癢，那可不是玩的呀！我們辦教育雜誌，現在想起來也有許多好笑的事，文章是用古文，那是不必說了，起初幾期還是每句用圈斷句，等到後來索性不斷句了，理由是古文本不難懂，中國人的義務本應該能讀懂古文的文章，所以沒有加圈點的必要。這主張簡直有點荒謬了，復古到了極端，這便與清朝的江聲書小札或購物開賬用篆文差不多，現在這種實物已經找不到，如能找出來看看，那一定也是好玩的吧。

九八　自己的工作一

我在紹興教育會混跡四五年，給公家做的事並不多，剩下來做的都是私人的事，這些卻也不少，現在可以一總的說一下子。我於一九三六年寫《關於魯迅》這篇文章裏，曾經說過：

「他寫小說，其實並不始於《狂人日記》，辛亥年冬天在家裏的時候，曾經用古文寫過一篇，以東鄰的富翁為模型，寫革命前夜的情形，有性質不明的革命軍將要進城，富翁與清客閒漢商議迎降，頗富於諷刺色彩。這篇文章未有題名，過了兩三年由我加了一個題目與署名，寄給小說月報，那時還是小冊，係惲鐵樵編輯，承其覆信大加稱賞，登在卷首，可是這年月與題名都完全忘記了，要查民初的幾冊舊日記才可知道。」這回查看日記，居然在壬子十二月裏找到這幾項紀事：

「六日，寄上海函，附稿。

「十二日，得上海小說月報社函，稿收，當覆之。下午寄答。

「廿八日，由信局得上海小說月報社洋五元。」

此後遂渺無消息，直至次年癸丑七月這才出板了，大概誤期已很久，而且寄到紹興，所以這才買到：

「五日，懷舊一篇，已載小說月報中，因購一冊。」廿一日又往大街，記着「又購小說月報第二期一冊」，可知上面所說的一冊乃是本年的第一期，卷頭第一篇便是《懷舊》，文末注云：

「實處可致力，空處不能致力，然初步不誤，靈機人所固有，非難事也。曾見青年才解握管，便講詞章，卒致滿紙餖飣，無有是處，亟宜以此等文字藥之。焦木附志。」本文中又隨處批註，共有十處，雖多是講章法及用筆，有些話卻也講的很是中肯的，可見他對於文章不是不知甘苦的人。但是批語雖然下得這樣好，而實際的報酬卻只給五塊大洋，這可以考見在民國初年好文章在市場上的價格，——然而這一回還算是很好的，比起《炭畫》的苦運來，實在是要說有「天壤之殊」了。雖然那篇文章本來不是我所寫的，我自己在同時候也學寫了一篇小說，題目卻還記得是「黃昏」，是以從前在伏見館所遇見的老朋友「法豪」為模型，描寫那貓頭鷹似的呵呵的笑聲似乎也很痛快，但是大約當時自己看了也不滿意，所以也同樣的修改抄好了，卻是沒有寄去。至於那篇《懷舊》，由我給取了名字，並冒名頂替了多少年，結果於魯迅去世的那時聲明，和《會稽郡故書雜集》一併退還了原主了。我們當時的名字便是那麼用法的，在新青年投稿的時節，也是這種情形，有我的兩三篇「雜感」所以就混進到《熱風》裏去，這是外邊一般的人所不大能夠理解的。

九九　自己的工作 二

《炭畫》是波蘭顯克微支所著的中篇小說，還是我於戊申己酉之交，在東京時所譯出，原稿經魯迅修改謄正後，一直收藏在箱子裏面，沒有法子出板。這回覺得小說月報社頗有希望，便於癸丑二月廿五日寄了去，到了三月一日便得覆信云：

「大著《炭畫》一卷已收到，事冗僅拜讀四之一，雖未見原本，以意度之，確係對譯能不失真相，因西人面目俱在也。但行文生澀，讀之如對古書，頗不通俗，殊為憾事。林琴南今得名矣，然其最初所出之《茶花女遺事》及《迦因小傳》，筆墨腴潤輕圓，如宋元人詩詞，非今日之以老賣老可比，吾人若學林氏近作，鮮能出色者。質之高明，以為何如？原稿一本，敬以奉還。二月二十七號。」這當然也是惲鐵樵所寫的，因為他是於舊文學頗有瞭解的人，所以說的話有些也很有道理，他看出我們很有點受林琴南的影響，但我們一面主張直譯，竭力保存「西人面目」，卻又主張復古，多用古奧難懂，超出「宋元詩詞」的文句，這種意思卻不是他所能瞭解的了。總之這結果是「行文生澀，讀之如對古書」，不能通俗，就難得為世人所歡迎，這即是所謂遺憾，被碰了回來正是當然的，但是領了「落卷」回來，得了一句中肯的批語，失意之中也還有幾分的得意。過了小半年之後，我又把譯稿寄到中華書局去試試看，這回可是預料是要失敗，《中華小說界》的編輯原是不大高明的，因為預防這一着，接着又把一篇新寫成的《童話略論》送了去，說明不想賣錢，只希望採用後給我一年份的雜誌，大約價值一元錢，例如《中華小說界》，——不料這也是不成功。過了些時候，得到回信道：

「日前接到來示及《童話略論》，具見著作宏富，深為欽佩。前《炭畫》稿一本，本欲寄還，茲以《童話略論》亦不甚合用，故與《炭畫》一併交郵掛號奉趙，乞即察收。八月二十七日。」

既然兩次碰了釘子，只好向別的方面去另找出路，但是也沒有很好的方法，只得寄到北京托想辦法，於是於九月三日將《炭畫》和那冊《黃薔薇》（當時為得古雅，稱作「黃華」，因為薔薇的名稱不見經傳）的譯稿，都寄北京去。魯迅甲寅日記在正月項下記云：

「十六日，晚顧養吾招飲於醉瓊林，以印二弟所譯《炭畫》事，與文明書局總纂商榷也，其人為張景良字師石，允代印，每冊售去酬二成。」隨後由文明書局寫了一個合同送給我，這合同條例也偶然保存着，是很難得的資料，今不嫌煩瑣的抄錄在這裏。

「立合同上海文明書局，今承周作人先生以所譯小說《炭畫》一書，委敝局出資印行，以後應得權利均經雙方商定，爰訂合同，彼此各執，條例如次。

一，此書初板印壹仟冊，每售一冊，著者應得照定價拾分之貳之利益。

二，文明書局每逢三節結賬一次，將所售書數報告譯者，並將譯者應得之利益郵寄譯者，或譯者之代理人。

三，此書未銷罄期內，譯者不得將稿他售。

四，此書文明書局不得延至四個月後出板。

五，譯者倘違第三條之規定，對於文明書局應負印資之賠償。

六，文明書局倘違第四條之規定，對於譯者應負壹佰伍拾圓之賠償。

七，初板售罄後，譯者得將稿自印或他售。

八，譯者售稿時，文明書局得買稿之優先權（即文明書局所出稿價，與他處相等時，譯者應將此稿售與文明書局）。

九，初版售罄後，倘譯者與文明書局雙方仍欲繼續合印，應另訂合同。
十，此書印成後，須黏有譯者之印花，或印有譯者之圖章，方能發行。
十一，此書定價每冊銀二角伍分。
十二，此書印成後，譯者於壹仟冊內，應提取三拾冊，文明書局不計價值。
中華民國三年一月　日文明書局代表　俞仲還

證人　顧養吾　張師石

周作人先生存照。」

《炭畫》居然照合同所說的那樣，於四月裏出板了。魯迅日記裏說：「二十七日，午後稻孫持來文明書局所印《炭畫》三十本，即以六本贈之。校印紙墨俱不佳。」這書面的圖案係是錢稻孫所畫，四角裏是一個斧頭，就是第十一章「凶終」裏來服殺妻所用的斧子，中間一株受風的彎曲的楊柳，乃是農婦受難的象徵，至於題字則似是陳師曾所寫。印刷紙張的確不大好，但是書能夠出板，總算是難得的了，初版一千冊也不知賣了多少，事隔幾年之後去問他算賬，書局裏說換了東家，以前的事不認賬了，版稅百分之二十，一總也不過是五十元，可是一個錢也沒有拿到。一九二六年由北京北新書局重新付印，可能印過兩三板，解放後由我改譯白話，收在施蟄存譯的《顯克微支短篇小說集》中，通行於世。總之，這主人翁來服的夫婦的命運是夠苦惱的了。

一〇〇　自己的工作　三

癸丑九月三日寄往北京的舊譯小說，共有三種，除《炭畫》和《黃薔薇》以外，還有一大本的《勁草》。關於《勁草》這本翻譯，在本文第七八節中已經說過，乃是丁未（一九〇七）年在東京時代所譯，因為與書店的《不測之威》重復，賣不出去，所以擱下來的，但是我們對於這書卻有點敝帚自珍的意思，覺得內容很好，總想把它印了出來，為此種種設法，寄給各報館雜誌社的人去看，可是沒有用處，到了末後連原稿也沒有能夠要得回來。據魯迅說，這可能是寄給庸言報館，終於失蹤了。《黃薔薇》的原稿卻幸而不曾遺失，這篇中篇小說總算是出板了，但是在它的出板經過上也有一段很好玩的歷史。我於一九二八年開始寫「夜讀抄」，第一篇便是講《黃薔薇》的，裏邊曾這樣的說過：

「《黃薔薇》，匈加利育凱摩耳所著，我的文言譯小說的最後的一種，於去年（即是一九二七年）冬天在上海出板了。這是一九一〇年所譯，一九二〇年托蔡孑民先生介紹，賣給商務印書館的。在八月項下有這幾項記事：

「九日，校閱舊譯《黃薔薇》。

「十日，上午往大學，寄蔡先生函，又稿一本。

「十六日，晚得蔡先生函，附譯稿。

「十七日，上午寄商務印書館譯稿一冊。

「十月一日，商務分館送來《黃薔薇》稿值六十元。」這是二十年前我們賣給《紅星佚史》的時候的價值，每千字大洋二元，因為那篇譯稿是「毛估」三萬字的樣子，雖然一個字一個字的除去空白計算起來，實在有幾何字，那就不得而知了！

上文說《黃薔薇》乃是我的文言譯小說的最後的一種，這句話似乎應該加以修正才對，因為我用白話寫文章是從丁巳(一九一七)年來到北京，在《新青年》上邊發表文章時才開始的，在這以前的一切譯作用的都是文言。例如辛亥歸國後給紹興公報譯的安兌爾然(今通稱安徒生)的《皇帝之新衣》，壬子在教育司時所譯的顯克微支的《酋長》，藹夫達利阿諦斯的《老泰諾思》，《秘密之愛》和《同命》，須華勃的「擬曲」五小篇，都是如此。後來一九二〇年群益書社發起重刊《域外小說集》的時節，我便把上邊所說的長短十篇，連同到北京後所譯梭羅古勃的《未生者之愛》以及他的十篇寓言，一併加了進去，這末後的一篇才可以說是我的最後的一種文言譯品了。但是此外也寫些隨筆小品，多是介紹外國的文藝的，作有《希臘之小說》一二兩篇，一是講公元前三世紀時朗戈斯的所謂牧歌小說，二是敘述二世紀時敘利亞文人路吉阿諾斯的諷刺小說，題目是「信史」，可是裏面說的全是神異的故事，譏刺歷史家說誑話的風氣。又寫了一篇公元前六世紀時的女詩人薩福的事蹟和她的遺作，題名「希臘女詩人」，還寫了《希臘之牧歌》，是講牧歌詩人諦阿克利思多斯的。另外也寫些別的，如根據古英文的史詩「倍阿烏耳夫」——意云蜜蜂狼，即是熊，是主人翁的名字，作《英國最古之詩歌》，又抄安徒生的傳記，做成一篇《安兌爾然傳》，送給紹興公報。在乙卯年十月裏，將那講希臘的幾篇抄在一起，加上一個總名「異域文談」，寄給小說月報社去看，乃承蒙賞識，覆信稱為「不可無一，不能有二」之作，並由墨潤堂書坊轉送來稿酬十七元，這一回似乎打破了過去的紀錄，大約千字不只兩塊錢了吧。

一〇一　自己的工作　四

以前因為涉獵英國安特路朗的著作，略為懂得一點人類學派的神話解釋法，開始對於「民間故事」感到興趣，覺得神話傳說，童話兒歌，都是古代沒有文字以前的文學，正如麥卡洛克的一本書名所說，是「小說之童年」。我就在民初這兩三年中寫了好些文章，有《兒歌之研究》，《童話略論》與《童話之研究》，又就《酉陽雜俎》中所紀錄的故事加以解釋，題作「古童話釋義」，可是沒有地方可以發表，那篇《童話略論》，怎麼的碰釘子，前邊已經說過了。那時因為模仿日本，大書店已仿作童話，但是研究的文章卻不大歡迎，所以就是送給白登，也是不要。我因為沒有辦法，只能送到北京去，恰好教育部的編纂會辦有一種月刊，便在這上邊發表了。後來連同我在北京所寫的幾篇白話文章，頭一篇是在孔德學校講演的《兒童的文學》，一總收集起來，定名為「兒童文學小論」，由上海兒童書局出版，這書局乃是張一渠君所辦，他原名張錫類，是我在紹興中學教過的一個學生。現在這書局早已沒有，我手頭也已沒有那本小書，所以其內容詳細情形，也已無法説起了。從癸丑年起，我又立意搜集紹興兒歌，至乙卯春初草稿大概已定，但是一直無暇整理，一九三六年五月寫過一篇《紹興兒歌述略序》，登在當時復刊的北京大學歌謠週刊上邊，但是這個工作直至一九五八年九月這才完成，二十多年又已過去了。當時原擬就語言及名物方面，稍作疏證的工夫，故定名「述略」，後來卻不暇為此，只是因陋就簡的稍加注解，名字便叫做「紹興兒歌集」。可是現今因為興起「新民歌」運動，這是舊時代的兒歌，它的出板不能不稍要等待了。

此外我在紹興所做的一件事情，是刊刻那《會稽郡故書雜集》。這原稿是由魯迅預備好了，訂成三冊，甲寅(一九一四)年十一月十七日由北京寄到，廿五日至清道橋許廣記刻字鋪定刻木板，到第二年的五月廿一日，這才刻成，全書凡八十五葉，外加題葉一紙，連用粉連紙印刷一百本，共付洋四十八元。書於六月十四日印成，十五日寄書二十本往北京，這書是我親自校對的，自己以為已是十分仔細了，可是後來經魯迅覆閱，卻還錯了兩個字，可見校書這件事是很困難的。故書雜集的題葉係是陳師曾所寫，乙卯日記(魯迅)四月項下記云：

「八日，托陳師曾寫《會稽郡故書雜集》書衣一葉。」陳君那時也在教育部裏的編審處，是很傑出的藝術家，於書畫刻石都有獨自的造就，和魯迅是多年的舊交，因為從前在江南陸師學堂的時代便已相知了。他們因此很是托熟，在魯迅日記上很可看得出來，例如丙辰年六月項下云：

「廿二日，上午銘伯先生來，屬覓人書壽聯，攜之部，捕陳師曾寫訖，送去。」兩人的交情，約略可以想見。師曾所刻圖章，魯迅有「會稽周氏」及「竢堂」諸印，又嘗省去兄弟三人名字的「人」字，模仿漢人兩個字的名字，我也得到一方白文的印章，文曰「周作」，又另外為刻一方，是朱文「仿磚文」的，很是古拙，我曾利用漢磚上的一個「作」字，原有外廓方形，將拓本縮小製為鋅板，其古趣可與相比。這裏附帶說及，也是很可紀念的。師曾的國畫世上早有定評，普通所見的都是些花鳥之類，但看到他的北京風俗圖的印本，覺很這別有一種趣味，也似乎有特別的價值。這是民國十七年北京淳菁閣出板的，那時師曾已經逝世，是他的友人姚茫父把所收藏的他的遺作三十四幅，各題詞一首，分作兩冊印行，題曰「菉猗室京俗詞，題陳朽畫十七闋」，但是現在早已絕板了。其第十九圖「送香火」，畫作老嫗蓬頭垢面，敝衣小腳，右執布帚，左持香炷，逐洋車乞錢，程穆庵題詞曰：

「予觀師曾所畫北京風俗，尤極重視此幅，蓋着筆處均極能曲盡貧民情狀，昔東坡贈楊耆詩，嘗自序云，女無美惡富者妍，士無賢不肖貧者鄙，然則師曾此作用心亦良苦矣。」其實這三十幾幅多是如此，除旗裝仕女及喇嘛外皆無告者也，其意義與流民圖何異，只可惜朽道人死後，此種漫畫成了廣陵散，而後人亦無復知道他的人物畫的了。

刻書以後，木板一直放在刻字鋪裏，不曾取回，直至丙辰年的九月十八日始從許廣記取來刻板，放在樓上堆放書籍雜物的一間屋裏。到得民國八年己卯（一九一九）冬天，全家預備搬到北京來住，魯迅一個人回家整理，那時看見一堆木板，以為那些都是先代的試草朱卷的板片，不曾細看，便一裹腦兒付之一炬。結果這雜集算是絕板了，只有一百本印本，留存在世間罷了。錢玄同在去世的一年前，便是戊寅（一九三八）年二月一日給我的信裏說道：

「闕逢攝提格年之木刻大著（搜輯亦著錄也，故稱著無語病），其價總與七五有關，可謂奇矣。這話怎講？原來昨晚得書後，我想今日去代為再碰碰看，不料一問，竟大出意外之表，蓋時經兩日而已漲價為三元矣。我說，未免太貴了。他答道，不貴，還已經說少了！應該是三元五毛呢。我只好揚長而去了。查來函謂他說二元而您要打七五扣，則是一元五毛矣，而今他說應是三元五毛，然則二元尚須加七成五矣。何此書之價之增減皆為七五乎？何其奇也。其實此攤若讓我來擺，我要價還要大呢。因為我知道此書之板已燬，又知此書印得很少，然則當以准明板書論，非當古董賣不可。」所說木刻書即《會稽郡故書雜集》，序文署闕逢攝提格即是甲寅年秋，刻成則已在次年乙卯之夏，所謂已燬乃是指上面當試草刻板燒了的事情。

一〇二　金石小品

我在紹興的時候，因為幫同魯迅搜集金石拓本的關係，也曾收到一點金石實物。這當然不是什麼貴重的東西，——這裏所謂貴重，可以分作兩種來說，其一是寶貴，例如商彝周鼎，價值甚高，財力不及，其二是笨重，例如造象墓誌，分量不輕，拿它不動，便都不能過問，餘下來的只是那些零星小件了。這種金石小品，製作精工的也很可愛玩，金屬的有古錢和古鏡，石類則有古磚，盡有很好的文字圖樣，我所有的便多是這些東西，但是什九多已散失，如今只把現在尚存的記錄於下。乙卯八月日記裏說：

「十七日，下午往大街，於大路口地攤上得吉語大泉一枚，價三角，文曰龜鶴齊壽。羅泌謂字壯勁如大觀泉，信然。」其錢直徑市尺一寸八分，字作六朝楷體，甚有雅趣，嘗手拓製為鋅板，印成信封，但因龜字適居中央，如寫信時適當姓名之首，慮或犯忌諱，故迄未使用。磚則有「鳳皇磚」，尚是紹興所得，日記五月項下云：

「十七日，在馬梧橋下小店得殘磚一，文曰鳳皇三年七月，下缺，蓋三國吳時物。」云此磚鄉人得之溪水中，故文字小有磨滅，彌增古趣。「鳳皇」三年為公元二七四年，係孫皓年號，過了六年，皓遂降於晉，去做所謂降王長去了。同樣是南朝的東西，卻是在北京所得，因為原物也恰在手頭，所以就附記在這裏。這乃是南齊年號的磚硯，於癸酉(一九三三)

年四月七日買得，查舊日記云：

「七日下午往後門外，在品古齋以三元得一磚硯，文曰永明三年，永字上略見筆劃，蓋是齊字也，筆勢與永明六年妙相寺石佛銘相似，頗可喜。」曾手拓數本，寫題記於上曰：

「此南朝物也，乃於後門外橋畔店頭得之，亦奇遇也。南齊有國才廿餘年，遺物故不甚多，余前在越，曾手拓妙相寺維衛尊像背銘，今復得此，皆永明年間物，而字跡亦略相近，亦至可寶愛。大沼枕山句云，一種風流吾最愛，南朝人物晚唐詩，此意余甚喜之。古人不可見，尚得見此古物，亦大幸矣。中華民國廿二年重五日，知堂題記於北平苦雨齋。」或者有人要批評說，這磚文恐怕是假的，其實我也是這樣想，兩個永明筆勢彷佛，便是頂顯著的證據，因為沒有別的文字可以做根據來模仿，所以只好採用這巧妙的笨法子了。但是這總值得我們的感謝的，雖然是說假冒，它反正沒有大敲我們的竹杠，一總只要了三塊錢去，而且給我們來模造出一件希有的東西，孔文舉把虎賁士權當蔡中郎，說道：「雖無老成人，尚有典型。」我們對於有些古物，也該是這樣說吧。

此外還有一塊磚硯，也是在北京所得的，但至今尚留存在我的身邊，似乎也值得來一說。這是沒有年號的殘磚，只剩了下端，文曰「大吉」，右側則只有末字曰「作」，上文已經說及，便是我縮小製板，當作名章用，又用原來尺寸，作為《苦口甘口》的書面，後來的《立春以前》也是使用這個封面的。「作」字上邊原來該是造磚的人名和年代，不幸斷缺了，但也幸而斷了，只剩了這一小部分，可以製為硯臺（雖然我個人是不贊成利用古器物，把它改製為日用品的），若是整個的，那就有一尺多長，要顯得笨重累墜了。這雖是沒有年號，但看它文字的古拙疏野，可以推想是漢人的筆墨，紹興在跳山有一塊大吉磨崖，是建初年間的刻石，我看這個大吉磚未必在它之後，不過不知道是在哪裏出土的罷了。這個磚硯有木製底蓋，是用極平凡的木材所做，上面有刻字曰「磚研」，二字並列，下係四字一行云：

「稱即墨矦，有石有瓦，茲以磚為，古而尤雅。甲戌首夏，曙初宗兄大人屬，弟錦春並記。」其製為硯的年月大概是同治甲戌，即一八七四年，去今也已將有八九十年了。

一〇三　故鄉的回顧

這回我終於要離開故鄉了。我第一次離開家鄉，是在我十三歲的時候，到杭州去居住，從丁酉正月到戊戌的秋天，共有一年半。第二次那時是十六歲，往南京進學堂去，從辛丑秋天到丙午夏天，共有五年，但那是每年回家，有時還住的很久。第三次是往日本東京，卻從丙午秋天一直至辛亥年的夏天，這才回到紹興去的。現在是第四次了，在紹興停留了前後七個年頭，終於在丁巳（一九一七）年的三月，到北京來教書，其時我正是三十三歲，這一來卻不覺已經有四十幾年了。總計我居鄉的歲月，一裏腦兒的算起來不過二十四年，住在他鄉的倒有五十年以上，所以說對於紹興有怎麼深厚的感情與瞭解，那似乎是不很可靠的。但是因為從小生長在那裏，小時候的事情多少不容易忘記，因此比起別的地方來，總覺得很有些可以留戀之處。那麼我對於紹興是怎麼樣呢？有如古人所說，維桑與梓，必恭敬止，便是對於故鄉的事物，須得尊敬。或者如《會稽郡故書雜集》序文裏所說，「序述名德，著其賢能，記注陵泉，傳其典實，使後人穆然有思古之情」，那也說得太高了，似乎未能做到。現在且只具體的說來看：第一是對於天時，沒有什麼好感可說的。紹興天氣不見得比別處不好，只是夏天氣候太潮濕，所以氣溫一到了三十度，便覺得燠悶不堪，每到夏天，便是大人也要長上一身的痱子，而且蚊子眾多，成天的繞着身子飛鳴，彷彿是在蚊子堆裏過日子，不是很愉快的事。冬天又特別的冷，這其實是並不冷，只看河水不凍，許多花木如石榴柑桔桂花之類，都可以在地下種着，不必盆栽放在屋裏，便可知道，但因為屋宇的構造全是為防潮濕而做的，椽子中間和窗門都留有空隙，而且就是下雪天門窗也不關閉，室內的溫度與外邊一樣，所以手足都生凍瘡。我在來北京以前，在紹興過了六個冬天，每年要生一次，至今已過了四十五年了，可是腳後跟上的凍瘡痕跡卻還是存在。再說地理，那是「千岩競秀，萬壑爭流」的名勝地方，但是所謂名勝多是很無聊的，這也不單是紹興為然，本沒有什麼好，實在倒是整個的風景，便是這千岩萬壑並作一起去看，正是名勝的所在。李越縵念念不忘越中湖塘之勝，在他的幾篇賦裏，總把環境說上一大篇，至今讀起來還覺得很有趣味，正可以說是很能寫這種情趣的。至於說到人物，古代很是長遠，所以遺留下有些可以佩服的人，但是現代才只是幾十年，眼前所見的就是這些人，古語有云，先知不見重於故鄉，何況更是凡人呢？紹興人在北京，很為本地人所討厭，或者在別處也是如此，我因為是紹興人，深知道這種情形，但是細想自己也不能免，實屬沒法子，唯若是叫我去恭惟那樣的紹興人，則我唯有如《望越篇》裏所說，「撒灰散頂」，自己詛咒而已。

對於天地與人既然都碰了壁，那麼留下來的只有「物」了。魯迅於一九二七年寫《朝花夕拾》的小引裏，有一節道：

「我有一時，曾經屢次憶起兒時在故鄉所吃的蔬果，菱角，羅漢豆，茭白，香瓜。凡這些，都是極其鮮美可口的，都曾是使我思鄉的蠱惑。後來，我在久別之後嘗到了，也不過如此，惟獨在記憶上，還有舊來的意味留存。他們也許要哄騙我一生，使我時時反顧。」這是他四十六歲所說的話，雖然已經過了三十多年的歲月，我想也可以借來應用，不過哄騙我的程度或者要差一點了。李越縵在《城西老屋賦》裏有一段說吃食的道：

「若夫門外之事，市聲沓囂。雜剪張與酒趙，亦織簝而吹簫。東鄰魚市，罟師所朝。魴鯉鰱鯾，澤國之饒。鯽闊論尺，鮆銛若刀。鰻鱔蝦鱉，稻蟹巨螯。屆日午而濈集，呴腥沫而若潮。西鄰菜傭，瓜茄果匏。蹲鴟蘆菔，夥頤菰茭。綠壓村擔，紫分野舠。蔥韭蒜薤，日充我庖。值夜分之群息，乃諧價以雜嘈。」羅列名物，迤邐寫來，比王梅溪的《會稽三賦》的志物的一節尤其有趣。但是引誘我去追憶過去的，還不是這些，卻是更其瑣屑的也更是不值錢的，那些小孩兒所吃的夜糖和炙糕。一九三八年二月我曾作《賣糖》一文寫這事情，後來收在《藥味集》裏，自己覺得頗有意義。後來寫《往昔》三十首，在四續之四云：

「往昔幼小時，吾愛炙糕擔。夕陽下長街，門外聞呼喚。竹籠架熬盤，瓦缽熾白炭。上炙黃米糕，一錢買一片。麻餐值四文，豆沙裹作餡。年糕如水晶，上有桂花糝。品物雖不多，大抵甜且暖。兒童圍作圈，探囊競買啖。亦有貧家兒，銜指倚門看。所缺一文錢，無奈英雄漢。」題目便是「炙糕擔」。又作《兒童雜事詩》三編，其丙編之二二是詠果餌的，詩云：

「兒曹應得唸文長，解道敲鑼賣夜糖，想見當年立門口，茄脯梅餅遍親嘗。」注有云：

「小兒所食圓糖，名為夜糖，不知何義，徐文長詩中已有之。」詳見《藥味集》的那篇《賣糖》小文中。這裏也很湊巧，那徐文長正是紹興人，他的書畫和詩向來是很有名的。

【第三卷】

一〇四　去鄉的途中 一

大概是在紹興住得有點煩膩了，想到外邊，其實是北京方面，找點別的事情做做看，也就是什麼科員之類，這不記得是哪一年的事情了，總之是袁世凱勢力很旺盛的時候吧，所以這事就一直擱下來了。查魯迅的甲寅日記，在八月項下有記錄道：

「十一日下午，得朱逷先信，問啟孟願至大學教英文學不？

「十二日晚，覆朱逷先信。」這事在我的日記上沒有什麼記載，大概魯迅也不曾寫信告知我，因為他知道我自揣沒有能力到大學去教英文學，也無此興趣的，所以也不用問我的意思怎樣，便逕自回信謝絕了。朱逷先是在東京民報社聽章太炎先生講說文的同學八人之一，平常雖然不常往來，卻是很承他的關切，壬子年的在浙江教育司的位置，當初是課長隨後改為視學，也是由他的介紹，這一回的事雖未成，但是其好意總是很可感謝的。其後過了兩年，洪憲帝制既然明令取消，袁世凱本人也已不久去世，北京人心安定了下來，於是我轉業的問題乃重新提起來了。這回的事卻不知道是誰的主動，大約不是朱逷先總是許季茀吧，那時是黎元洪繼任大總統，教育總長是范源廉，請蔡孑民來做北京大學校長，據說要大加改革，新加功課有希臘文學史和古英文，可以叫我擔任。我因為好奇，有一個時候曾經自修學過古代英文，就是盎格魯索遜的文字，這經過司各得的《劫後英雄略》(*Ivanhoe*)的提倡，我們對於這民族有相當的敬意，便就史詩《倍阿烏耳夫》的原文加以研究，這種艱苦的學習沒有給我什麼別的好處，只是在後來涉獵斯威忒的「新英文文法」的時候，稍有便利而已。

關於此次北行的事前的商談，在我們的日記上都沒有記載，只於魯迅丁巳日記的二月項下，有這兩條：

「十五日，寄蔡先生信。

「十八日上午，得蔡先生信。」雖然沒有說明事件，可能是關於這事的。二十日得北京十六日信，隔了三天特別寄一封快信去，此信於廿八日到達北京，即日有一封信寄給我，這北行的事就算決定了。我在日記上記着三月四日接到北京的廿八日信之後，次日寫着：

「五日上午，至中校訪徐校長，說北行事。」隔了一個星期，又記道：

「十一日，得北京七日信，附興業匯券九十，又掛號信一，內只群強報一片，不具寄者姓名，不知何為也。」這裏我們查對魯迅的日記，在三月七日條下寫道：

「寄二弟信，附旅費六十，季茀買書泉卅。」上文匯票九十元的來源是明白了，但是同時寄到那一封掛號的群強報呢？當初一看，似乎是大有文章隱藏在後面，值得用顯微鏡看，或是化學藥水去泡，彷彿是什麼秘密文件似的，但是仔細的反復一想，這裏的用意也就清楚的瞭解了。先祖介孚公當了二十多年的「京官」，沒有什麼好處，可是因此懂得北京的「聽差」哲學，有些簡直可以和斯威夫忒的「婢僕須知」媲美，我因為得聞緒論，所以也就能夠瞭解此種疑難問題了。我們首先要知道，這類附寄匯票的信件，照例應當掛號，而這卻沒有掛，這是一個要點。同時寄來的一封卻是掛號信，而信內別無他物，只有群強報一片，群強報不群強報且不去管它，但這總就有了一張掛號回執了，這又是一個要點。兩個要點歸併在一起，這問題便解決了：寄信的聽差忘記了掛號，就將報紙一片裝入信封，追補掛號，拿了回執可以消差，至於收件人得到這樣怪信，將如何驚疑，則他是不管的了。日記裏的話多少還有當時驚異的口氣，但當時得到了解答，也就付之不問了。後來見到魯迅，談到這件事的時候，他也只是微笑，說我的推測是不錯的，這正是「公子」所幹的事。「公子」便是那時所用的聽差的「別號」，因為他有那麼從容不迫的態度，無論什麼困難的事都有應付的辦法，自己可以免於「老爺」的責罵，至於達到這目的的手段如何則在所不問的。這種高明的手法也只是在「輦轂之下」才有，若是紹興小地方，那還似乎沒有，所以在《阿Q正傳》裏邊，也還缺少這種人物，作者不曾借用「公子」，也正是他描寫忠實的地方吧。

一〇五　去鄉的途中 二

我將離去紹興的一個月以前，那個曾任江南水師學堂管輪堂監督的叔祖椒生公終於去世了。他的頑固和迷信都是小事情，頂不行者是假道學，到得晚年便都暴露出來，特別是關於女色方面，所以在《回憶魯迅房族和社會環境三十五年間的演變》中間，著者「觀魚」是椒生公的胞侄，也只有感慨的説道：

「但他到了將近古稀的時候，突然的變了，一反以前的道學面孔，竟至淪於荒謬。」他的兒媳本來並不是怎麼的好，現在卻更為家人所看不起，於二月廿一的夜裏死了，也不知道是幾點鐘死的，入斂的時候親丁都藉口避忌，躲了開去，只剩下我們幾個疏遠的本家在場送殮，「中」字派芹侯的次子仲皋，也是椒生公的侄輩，人甚灑脱有趣，看見入斂時無人給死人「捧頭」，這本是兒子的職務，他就笑着自告奮勇説：

「暫且由我來當臨時的孝子也罷。」次日他的兒子仲翔叫我替他做一副聯，那時就給他雜湊道：

「數十年鞠養劬勞，真是恩並昊天，至今飽食暖衣，固無弗盡由慈蔭。廿餘日淹留牀簀，遽爾痛興風木，並此啜粟飲水，亦不容長報春暉。」我自己也做了一副，於第三日送過去，其詞曰：

「白門隨侍，曾幾何時，憶當年帷後讀書，竊聽笑言猶在耳。玄室永潛，遂不復返，對此日堂前設奠，追懷謦欬一傷神。」他的一生純是為假道學所害，在南京的時代嘗同伯升給他起一個諢名是「聖人」，覺得這個名字很得要領，實在可以當作他的諡法用了。我於三月廿七日由紹興起程往寧波，是日恰值椒生公的「五七」，中午往拜後，隨於傍晚下船往曹娥去了。

我將啟行的前兩天，第五中校的同事十四人為我餞別於偏門外快閣的花園。餞行也是平常的事，似乎不值得記，我在這裏記的是那地方，因為據今人尹幼蓮在《紹興地志述略》第十四章裏所說：

「快閣，在城西南三里，宋陸放翁小樓聽雨處。」據說放翁詩有「小樓一夜聽春雨，深巷明朝賣杏花」之句，即是在這裏所做的。快閣在常禧門外跨湖橋邊，俗稱偏門外，正是鑒湖的勝處，近處有橋名為「杏賣橋」，也是用這典故的。但是那七言律詩的題目，卻是「臨安春雨初霽」，乃是淳熙十三年(一一八六)丙午初春在杭州所作，與快閣是沒有什麼關係的。快閣的花園也只是那麼一回事，平凡局促的，看不出好處在哪裏，和前後看見的娛園與蘇州留園一樣，雖然大小有點差別。所以我這一回的快閣餞別也只是徒有其名，在花廳裏設席宴飲，就那麼走散便算了。

丁巳年(一九一七)三月廿七日晚，我從紹興啟行，同了我的兄弟和工人王鶴招坐了一隻中船，到曹娥埠去。紹興城至曹娥是一站水路，這是在曹娥江東邊，渡江便是上虞縣界，地名百官，據傳說是虞舜的典故，那時浙江鐵路才造了一段，從寧波通到百官鎮。我往北京去，這樣的走法，目的是順路從寧波過，一看伯升叔，他在聯鯨軍艦上任「輪機正」，便是俗語說的「大俥」，那時正停泊在寧波。我們於次日廿八日晨到曹娥，就過江在百官坐火車，八時開車，十一時到寧波，住江北岸華安旅館。伯升叔來訪，因一同進城，至率春樓飲茶，並吃飯，遂回寓，談至十一時睡。廿九日晨，打發三弟鶴招回去，同伯升叔至新寧紹輪定艙位，飲茶於江岸，旋下船，下午四時半開輪，伯升叔別去。這兩天的事情我在這裏就照日記所記的直抄了，原因是借此來做一點記念，因為我這算是與伯升叔的最後一次的會面了。查戊午(一九一八)年日記一月項下記云：

「廿七日，得廿三日家信，云升叔在寧病故。」後來檢查關係文件，云在陰曆十二月初九日身故，可能這就是一月廿一日，次日得到電報，又次日乃寄此信。這樣計算起來，他也是剛得年三十七歲，就是俗傳過了本壽，同我的父親正是一樣。他雖然是我的叔父，但是比我只大得兩歲，從前在家裏唸書，後來進南京的學堂，也有好幾年全在一起，關係都是很好的，如今回想起來，絕無一點欺侮或什麼不愉快的事蹟。他為人很聰明，但只是不用功，性喜玩耍，可是性情和易，不喜歡和人鬧彆扭，他對於我們小輩尚且如此，何況並輩以及他所視為尊長的人呢。他平常對於我的祖母和母親都非常尊敬，常說「長嫂如母」的古老話，因此對於家裏其實是我的母親做主代定的婚姻，也不敢表示反抗，終於釀成家庭的悲劇。母親也有她自己的舊的看法，她常說道，一家的主婦如不替子女早點解決婚事，那就失了主婦的資格。她替伯升訂定了松陵傅家的一頭親事，伯升見不能躲避，於壬子十一月廿四日結了婚，帶到武昌去，不久卻回來了，當初不敢抗爭，後來想要離婚，這明明是不可能的了。到了伯升死後，家裏有一個傅氏太太，當地又有一個徐氏太太，和一個小孩據說還有遺腹，撫恤費除還債餘剩只有二百五十元，四六分得，有小孩的多得了五十元，就是這樣了事了。我在這裏詳細的把這事寫出來，意思是給伯升做個供養，說明他的善良成為他的缺點，而尊長的好意乃反是禍根，想起來時是很可歎息的。

我此次北行，彷彿是一個大轉折，過去在南京時代很有關係的椒生公和從小就是同學似的伯升，適值都在這個時期過去了，似乎在表示時間的一個段落吧。

一〇六　從上海到北京

范嘯風在《越諺》卷上，占驗之諺第六載，「長江無六月」，注云：

「越人皆有四方之志，不敢偷安家居，無六月者，言其通氣風涼，雖暑天亦可長征也。」其實各處的人都不敢偷安家居，如馮夢龍在《笑府》裏講「余姚先生」的故事，說道：

「余姚師多館吳下，春初即到，臘盡方歸，本土風景反認不真，便見柳絲可愛，向主人乞一枝寄歸種之。主人曰，此賤種是處都有，貴處寧獨無耶？師曰，敝地是無葉的。」——話雖如此，長江這條路我的確有點兒怕。它要經過全國頂有名的都市，即是上海，從前是諸惡畢備，平常的人偶爾通過，便說不定要吃什麼虧的。我往來南京學堂，過去曾經走過十幾回，總算幸而沒有碰到什麼，這回從寧波到上海，卻不意着了他們一回道兒。我坐了「新寧紹」客船到上海，到埠之後卻沒有客棧接客的上去，便只好叫茶房幫忙，雇了一輛黃包車，到山西路周昌記客棧裏去。那拉車的江北人，似乎開頭便打主意，拉了一段路說要換車，我也不加警惕，就下了車，拉車的就向我身邊緊擠，這一擠便把我放在衩袋裏的一個名片鈔票夾子掏了去了。換坐的車子也不好好的走，似乎老在拐灣，又脫下夾衣，放在我腳下的皮包上頭，費了好些工夫，這才引起我的懷疑，叫他站住，他不聽命令還想前去，我就一手提了皮包，一手按住車沿，蹦了下來，這時拉車的就一溜煙的奔向一邊去了。我跳下來的地方，適值前面有巡警站崗，他聽我的陳述以後，說道：

「可惜他逃到那邊界線外去了，沒法再去找他。」似乎這是中國地方和租界分界之處，我因為不明白情形，所以也弄不清楚。從那裏又坐車到山西路，這回總算平安無事的到了。查衩袋裏的失去的名片夾子，其中有幾張名片，兩塊現洋和幾個角洋，損失還不大，但是危險的乃是那個皮包，它只是帆布所做的，上邊帶有鎖鑰，也是值逢其會，我在從輪船上下來的時候，碰巧把它鎖上了，那車夫假裝脫衣服，便動手想把它打開，卻是沒有能夠，這裏邊卻是有好些現款，其未被掏摸去，真是僥倖萬分了。這一回我算是請教了「扒兒手」一次，大概他們的技藝並不是很高明的一種，而自己也實在是夠遲鈍的了，所以受到這一個小損失。北京竹枝詞有云：

「短袍長褂着鑲鞋，搖擺逢人便問街，扇絡不知何處去，昂頭猶自看招牌。」這雖然是說北京的考相公的事，但在碼頭上受騙的人總歸是壽頭碼子，其迂闊是一樣的。我也曾聽老輩的教訓，說「出門」的時候應該警惕的事，便是要到處提防，遇見人要當他騙賊看，要盡量的說誑說，對於自己的姓名和行蹤，也可能要加隱諱，不過聽了不能照辦，也是枉然。大約這事須得要居心刻薄，把別人都當小偷看待，才能防備得來，不是平常聽幾句指示的話，所能學得這種本領的。

從上海到北京，雖然已是通着火車，卻並不是接連着，還要分作三段乘坐。第一段是在上海北站乘車，到南京的下關，稱作滬寧鐵路，隨後渡過長江，從浦口直到天津，是為第二段的津浦鐵路，這時還要改乘第三段的京奉鐵路，乃能到達北京。到得坐上了浦口列車，這趟旅行才算是大半成功，可以放了心，其實如誤了點，在天津換不了車，也仍是有問題，不過那並不算是什麼，因為京津近在咫尺，所以覺得已經到了家門口了。從下關一渡過了長江，似乎一切的風物都變了相，頓然現出北方的相貌，這裏主觀的情緒也確實佔大部分勢力，叫人增加作客之感。那列車也似比江南的要差些，但是設備雖然稍差，坐在上面的感覺卻並不壞，原因是坐的是二等車，這車上大抵是走津浦遠道的才坐二等，近路的便都不坐，所以列車很是寬暢，我們一人不但可以佔用兩個坐位，而且連對面也都佔用了，夜間車上的茶房給墊上一片什麼板，成為急就的臥鋪。大概在乘客和茶房中間，成立一種心照不宣的約束，這邊在相當時期特別給予相當豐富的酒錢，那邊也就隨時供給設備，足以供一宵的安睡了。我知道這個情形，所以雖然初次乘車，卻是無事的到了北京，於四月一日下午八時下車，逕自雇洋車到了紹興縣館裏來了。

一〇七　紹興縣館一

紹興縣館當時在北京宣武門外南半截胡同，這地方有點不大好，因為是個南北胡同，北頭的就叫北半截胡同，它的出口即是那有名的菜市口，——是前清時代殺人的地方，所謂刑人於市，與眾共棄之，就是古人所說的「棄市」。在那時沒有幾年前，戊戌政變時殺「六君子」，庚子義和團起事時殺那「三忠」和許多難民，都在那地方，就是西鶴年堂藥店所在的丁字街口。似乎明朝殺人還在靠北，因為我看那明末的有名屠殺案之一的剮鄭鄤案的紀載，是在西四牌樓舉行的，那裏一個牌樓標明「大市街」字樣，便說明是那遺跡，但現在那牌坊卻早已不見了。或者在清朝早已改在菜市口，所以這裏就發生了一種神奇的傳說，說在「棄市」的那一天夜裏，那裏常出現一隻異乎尋常的大狗，來舔血吃，偶然被人看去，便一道火光，衝上天去，人們才知道它是「神獒」，不是普通的狗。我們不在三更半夜裏出門的人，輕易不會得遇見它，但是那與眾共棄的人，卻不免有碰見的可能，有如我過去在故鄉清早上「大街」去，走過軒亭口，那時路上還沒有行人，卻看見有兩個赤腳朋友，倒臥在街心，——軒亭口也是一個丁字街，與菜市口一樣，上身合蓋着一張草薦，雖然沒有揭起來看，但我知道大概是沒有頭的。還有一回是在南京，徒步走過制台衙門，在前面的馬路邊上，看見躺着一個死屍，赤膊反剪着兩手，身子頗為肥壯，穿了一條類似綢類的袴子，頭也沒有了，但是殺得很是高明，旁邊挖了一個小坑，血都聚在裏邊，沒有亂噴。我從旁邊走過，看得很是清楚，心裏納悶，不曉得是怎麼一回事，近處又無一人可以打聽，我便只能獨自推想，這大約是衙門裏的人，因為壞事發覺，趕緊請「王命」把他幹掉了，俾大事化小，這也是一種標準的官僚主義吧。這兩回的經驗都是五十年前的事了，可是至今留下一個不愉快的印象，終於不能忘記，幸而自從民國成立以來，北京殺人換了地方，不再在菜市口，改在天橋了，使得我們出入自由，夜裏固然免得遇着神獒，白天也不至於遇到什麼東西，會得引起了夢魘。

紹興縣館在名義上是紹興縣人的會館，所謂會館乃是來北京應考的人的公寓，有些在京候補的官，自己沒有公館的或者也住在那裏。這是山陰會稽兩縣的人所共有的，從前稱為「山會邑館」，自從宣統年間廢除府制，將山陰會稽合併，稱作紹興縣以後，這也就改稱為「紹興縣館」了。但是紹興人似乎有點不喜歡「紹興」這個名稱，這個原因不曾深究，但是大約總不出這幾個理由。第一是這不夠古雅，於越起自三代，會稽亦在秦漢，紹興之名則是南宋才有。第二是小康王南渡偷安，使用吉祥字面做年號，妄意改換地名，這是很可笑的事情。第三是紹興人滿天飛，《越諺》也登載「麻雀豆腐紹興人」的俗語，謂三者到處皆有，實際是到處被人厭惡，即如在北京這地方紹興人便不很吃香，因此人多不肯承認是紹興人，魯迅便是這樣，人家問他籍貫，只答說是浙江。舊紹興府屬八縣的會館，向來也稱為「越中先賢祠」，這原因自然是先賢始自范蠡（？是否待考，但裏邊沒有漢代的王充，因為李越縵說他講父親的壞話，所以把他扣除了），那時沒有紹興府名稱呢。一總計算起來，浙江十一府的名號，紹興要算頂是寒傖的了。我之所以討厭這個名稱，其理由完全是為了那第二個，其實假如他用了「建炎」兩字做地名，那就沒有這樣可憎，因為裏邊頌聖的份子比較的少了。

從前的山會邑館裏也有一間房間，供奉着先賢牌位，這是館裏邊的正廳，名字叫做「仰蕺堂」，一望而知是標榜劉蕺山的了，因為這裏既然沒有那為李越縵所不喜歡的王仲任，連王陽明與黃太沖都不在內，這是因為他們是外縣人的關係，所以這個招牌便落下在《人譜》著者的身上了。我雖是在會館住過三年，但對於先賢是哪些人，終於沒有弄清楚，其原因固然由於對劉蕺山等人沒有什麼興趣，那仰蕺堂終年關閉，平時不好闖進去，一年有春秋兩次公祭，我也沒有參加過。公祭擇星期日舉行，在那一天魯迅總是特別早起，我們在十點鐘以前逃往琉璃廠，在幾家碑帖店聊天之後，到青雲閣吃茶和點心當飯，午後慢慢回來，那公祭的人們也已散胙回府去，一切都已恢復了以前的寂靜了。

一〇八　紹興縣館　二

上邊寫的是關於紹興縣館的外面情形，這裏想來把會館裏面說明一下子。這雖如此，我對於裏面的事或者比較外面知道得更少，也未可知，仰蕺堂是會館裏南邊一部分，我尚且不曾走到過，何況是與我們無關的西北方面呢。去年夏天，魯迅博物館的幹部來邀我同去，一看那裏「補樹書屋」的現狀，以及所謂藤花館是在哪裏，結果是什麼都沒有看得。誠然是門庭院落依然如故，那圓洞門已經毀壞，槐樹也不見了，補樹書屋做了什麼車間，狼藉不堪，沒有能進去。至於西北一部分，更是住民雜亂，看見有人進來了，紛紛質問，是不是「房管局」的人，來幹什麼的？我們只得乘興而來，卻是掃興而退了。不過現在所記的乃是四十多年前的紹興縣館，在記憶中還是完全無損的，有去年夏天所見現狀的對比，似乎過去一時的這影像更是着實實在，這裏來紀錄一回，或者不是多餘的吧。

會館在南半截胡同的北頭路東，門面不大，有魏龍常所寫的一塊匾，文曰紹興縣館。他是山陰縣人，但生長在廣西桂林，他能寫魏碑，那塊匾大概也是那一體，卻是記不得了，只記署名魏鹹，這是他後來的改名。他在紹興很有點名氣，說是他能打拳，後來知道這種傳說很普遍，高伯雨著《聽雨樓雜筆》中有一篇《精於技擊的詩人魏鐵珊》，就是講他的故事的。說他會「壁虎功」，即學壁虎爬牆壁，但是他卻比那師父要高一着，便是他能「以背緣壁」而行，這就是在四腳有吸盤的壁虎也敬謝不敏了。幼時聽見先君講魏龍常的一件故事，說他能縱跳如飛，做秀才的時候曾在鎮東閣上頭挾妓飲酒，鎮東閣在府橫街的西頭，與殺人的軒亭口遙遙相對，其北接近紹興府的衙門，是差役聚集的地方。這事為他們所知道，自然認為訛詐的好機會，便有幾個差人走上前去恐嚇他，意在敲竹槓。魏龍常一聲不響，只提起一個差人來，向窗外一扔，這鎮東閣至少乃是同小城門一樣的高，如一個摔到地上，一定粉身碎骨了。魏龍常卻隨即一跳，自己也縱身而下，在還未到地的時候，將差人一把抓住，以是沒有跌死，但也嚇的幾乎昏過去了。故事是這麼說，不過這裏應當有一點訂正，似乎應當說魏龍常抓住差人，和他一起從窗子上跳下，這才可能把差人嚇了而沒有摔死，因為若是先後跳窗便不能同時落地，他縱有內功，但不可能與這物理的定律爭勝的。我是一個少信的唯物論者，但是平常很不願意給人家掃興，所以講神異的傳說的時候也竭誠靜聽，所謂「姑妄言之姑聽之」是也，可是假如要收入我的文章裏去，便不得不稍稍有所訂正了，雖然上文所說的故事乃是我父親對我們講的。他本來也是無鬼論者，不過也是隨便講新奇的故事，沒有注意到不合事理的情形，而且要找漏洞那麼別的還有，魏龍常既是生長桂林，那麼這在紹興鬧事也似乎可成為問題了。為了一塊匾的事情，不料引起技擊內功的議論來，這實在是節外生枝，可以結束了事。

現在我們來說會館內部的情形吧。上邊已經說及，我所能說的只是會館裏邊的一部分，即是進門靠南的兩個院子。藤花館是在西北方面，但魯迅於丙辰(一九一六)年五月搬往「補樹書屋」了。日記裏說：

「六日晴，下午以避喧移入補樹書屋住。」這補樹書屋便在會館南邊的兩個院子的裏進。一進大門的過廳，右手的門裏就是第一進的一個大院子，北京房屋在城外的與城內構造大不相同，城裏都是「四合房」，便是小型的宮殿式，城外卻是南方式的，一個院子普通只是上下兩排，這裏就是這個樣子。在大院子的東西方面，各有房屋一排，上邊是正廳三間，南邊留一條過道，下邊大約四間，前面都有走廊，靠北一帶也有廊，為的是雨天可以不走濕路。從南邊過道進去，是為第二進的院子，路南的牆上有一個圓洞門，裏邊朝東四間房屋，在第二間中間開門，南首住房一間，北首兩間相連。院中靠北牆是一間小屋，內有土炕，是預備給用人住的，往東靠大廳背後一條狹弄堂內是北方式的便所，即是蹲坑。因為這小屋突出在前面，所以正房北頭那一間的窗門被擋住陽光，很是陰暗，魯迅住時便索性不用，將隔扇的門關斷，只使用迤南的三間。靠近圓洞門的東頭有一株大槐樹，這樹極是平常，但是說來很有因緣，據說在多少年前有一位姨太太曾經在這裏吊死了，可能就是這棵槐樹上，在那時樹已高大，婦女要上吊已經夠不着了，但在幾十年以前或者正是剛好吧。因此之故，會館便特別有這一條規定，凡住戶不得帶家眷，這使得會館裏比較整齊清淨，而對於魯迅亦不無好處，因為保留下補樹書屋，容得他搬來避喧，要不然怕是早已有人搶先住了去了。

一〇九　補樹書屋的生活

補樹書屋是一個獨院，左右全沒有鄰居，只有前面是仰蕺堂，後邊是希賢閣，那裏我沒有進去看過，聽說閣上是供着魁星，差不多整個書屋包圍在鬼神窩中，原是夠偏僻冷靜的，可是住了看也並不壞，槐樹綠陰正滿一院，實在可喜，毫無吊死過人的跡象，缺點只是夏秋之交有許多的槐樹蟲，遍地亂爬，有點討厭。成蟲從樹上吐絲掛下來的時候，在空中擺蕩，小孩們都稱之為「吊死鬼」，這又與那故事有點關聯了，不過它並不「吊死」，實在是下地來蛻化的，等到它鑽到土裏去，變成小蝴蝶出來的時候，便並不覺得討厭了。「補樹」不知道是什麼故典，難道這有故事的槐樹原是補的麼？總之這院子與樹那麼有關係，是很有意思的一件事。在房屋裏邊有一塊匾寫這四個字，也不曉得是誰所寫的，因為當時不注意，不曾看得清楚，現在改作工場的車間，怕早已不見了吧。

這三間補樹書屋的內部情形且來說明一下。中間照例是「風門」，對門靠牆安放一頂畫桌，外邊一頂八仙桌，是吃飯的地方，桌子都極破舊，大概原是會館裏的東西。南偏一室原是魯迅住的，我到北京的時候他讓了出來，自己移到北頭那一間裏去了。那些房屋都是舊式，窗門是和合式的，上下都是花格糊紙，沒有玻璃，到了夏季，上邊糊一塊綠色的冷布，做成卷窗。我找了一小方的玻璃，貼在自己房的右手窗格裏面，可以望得見圓洞門口的來客，魯迅的房裏卻是連冷布的窗也不做，說是不熱，因為白天反正不在屋裏。說也奇怪，補樹書屋裏的確不大熱，這大概與那槐樹很有關係，它好像是一頂綠的大日照傘，把可畏的夏日都給擋住了。這房屋相當陰暗，但是不大有蚊子，因為不記得用過什麼蚊香，也不曾買有蠅拍子，可見沒有蒼蠅進來，雖然門外面的青蟲很有點兒討厭。那麼舊的屋裏該有老鼠，卻也並不見，倒是不知道誰家的貓常來屋上騷擾，往往叫人整半夜睡不着覺。查一九一八年舊日記，裏邊便有三四處記着，「夜為貓所擾，不能安睡」。不知道魯迅在日記上有無記載，事實上在那時候大都是大怒而起，拿着一枝竹竿，我搬了小茶几，在後簷下放好，他便上去用竹竿痛打，把它們打散，但也不能長治久安，往往過了一會兒又回來了。《朝花夕拾》中間有一篇講到貓的文章，其中有些是與這有關的。

南頭的一間是我的住房兼作客室，牀鋪設在西南角上，東南角窗下一頂有抽屜的長方桌，迤北放着一隻麻布套的皮箱，迤北邊靠板壁是書架，裏邊並不放書，上隔安放茶葉火柴雜物以及銅元，下隔堆着些新舊報紙。書架前面有一把藤的躺椅，書桌前是籐椅，牀前靠壁排着兩個方凳，中間夾着狹長的茶几，這些便是招待客人的用具，主客超過四人時，可以利用牀沿。平常吃茶一直不用茶壺，只在一隻上大下小的茶盅內放一點茶葉，泡上開水，也沒有蓋，請客人吃的也只是這一種。飯托會館長班代辦，菜就叫長班的兒子隨意去做，當然不會得好吃，客來的時候則到外邊去叫了來。在胡同的口外有一家有名的飯館，就是李越縵等有些名人都賞識過的廣和居，有些拿手好菜，例如潘魚，沙鍋豆腐，三不黏等，我們大抵不叫，要的只是些炸丸子，酸辣湯，拿進來時如不說明，便要懷疑是從什麼蹩腳的小飯館裏叫來的，因為那盤碗實在壞得可以，價錢也便宜，只是幾個銅元罷了。可是主客都不在乎，反正下飯這就行了，擦過了臉，又接連談他們的天，直至深夜，用人在煤球爐上預備足了開水，便也逕自睡覺去了。

我們在補樹書屋所用的聽差即是會館裏老長班的大兒子，魯迅戲稱之為「公子」，而叫長班為「老太爺」，這兩個諢名倒是適如其分，十分確切的。公子辦事之巧妙而混，我在前回的掛號寄一片群強報這一件事裏已經領教過了，長班的徽號則是從他的整個印象得來的，他狀貌清瘦，顯得是吸雅片煙的，但很有一種品格，彷彿是一位太史公出身的京官。他姓齊，自稱原籍紹興，這可能是真的，不過不知道已在幾代之前了，世襲傳授當長班的職務，所以對於會館的事情是非常清楚的。他在那時已經將有六十歲了，同治光緒年間的紹興京官他大概都知道，對於魯迅的祖父介乎公的事情似乎知道得更多。介乎公一時曾住在會館裏，或者其時已有不住女人的規定，他畜了妾之後就移住在會館近旁了。魯迅初來會館的時候，老長班對他講了好些老周大人的故事，家裏有兩位姨太太，怎麼的打架等等。這在長班看來，原是老爺們家裏的常事，如李越縵也有同樣情形，王止軒在日記裏寫得很熱鬧，所以隨便講講，但是魯迅聽了很不好受，以後便不再找他來談，許多他所知悉的名人軼事都失掉了，也是一件無可補償的，很可惜的事情。

一一〇　北京大學

我於丁巳年四月一日晚上到了北京，在紹興縣館找好了食宿的地方，第二天中午到西單牌樓教育部的近旁益錩大菜館同魯迅吃了西餐，又回會館料理私事，三日上午叫了一輛來回的洋車，前往馬神廟北京大學，訪問蔡孑民校長，接洽公事。從南半截胡同坐洋車到馬神廟，路着實不少，大約要走上一個鐘頭，可是走到一問，恰巧蔡校長不在校裏，我便問他家在什麼地方，這其實是問得很傻的，既然不在學校，未必會在家裏的，不過那時候胡塗的問了，答説是在遂安伯胡同多少號。我便告訴車夫轉到那裏去，不過我的藍青官話十分蹩腳，説至再三也聽不懂，後來忽然似乎聽懂了，捏起車把來，便往西北方面走去。假如其時我知道一點北京地理，便知道這方向走的不對，因為遂安伯胡同是在東城，那麼應該往東南方面才是，可是當時並不知道，只任憑着他拉着就是了。後來計算所走的路線是，由景山東街往北，出了地安門，再往西順着那時還有的皇城，走過金鼇玉蝀橋，——提起這橋來，有一段故事應當說一說，民國成立後這一條走路是總算開放了，但中南海還是禁地，因為這是大總統府所在，照例不准閒人窺探，而金鼇玉蝀橋卻介在北海與中海之間，北海不得已姑且對於人民開放了眼禁，但中南海卻斷乎不可，所以在南邊橋的上面築起一堵高牆來，隔斷了人們的視線，這牆足有一丈來高，與皇城一樣的高，我們並不想偷看禁苑的美，但在這樣高牆裏邊走着，實在覺得不愉快的很。感謝北伐成功，在一九二九年的秋天這牆才算拆除，在金鼇玉蝀橋上的行人於是可以望得見三海了。且說那天車子過了西壓橋，其時北海還沒有開放做公園，向北由龍頭井走過護國寺街，出西口到新街口大街，隨後再往西進小胡同，說是到達地點了。我仔細一看，乃是四根柏胡同，原來是車夫把地名聽錯了，所以拉到這地方來，這倒也罷了，而這四根柏胡同乃是離我現在的住處不遠，只隔着一兩條街，步行不要三五分鐘可到，所以來時的這一條路即是我後來往北大去的道路，實在可以說是奇妙的巧合了。從四根柏回南半截胡同去，只是由新街口一直往南，走過西四牌樓和西單牌樓（那些牌樓現今都已移到別處去，但名稱還是仍舊留下）出宣武門，便是菜市口了。

四月三日上午到遂安伯胡同訪蔡校長，又沒有見到，及至回到寓裏，已經有信來，約明天上午十時來訪，遂在寓等候，見到了之後，則學校功課殊無着落，其實這也是當然的道理，因為在學期中間不能添開功課，還是來擔任點什麼預科的國文作文吧。這使我聽了大為喪氣，並不是因為教不到本科的功課，實在覺得國文非我能力所及，但說的人非常誠懇，也不好一口拒絕，只能含混的回答考慮後再說。這本是用不着什麼考慮，所以回來的路上就想定再在北京玩幾天，還是回紹興去。十日下午又往北大訪蔡校長，辭教國文的事，順便告知不久南歸，在校看見陳獨秀沈尹默，都是初次相見，竭力留我擔任國文，我卻都辭謝了。到了第二天，又接到蔡校長的信，叫我暫在北大附設的國史編纂處充任編纂之職，月薪一百二十元，那時因為袁世凱籌備帝政，需要用錢，令北京的中國交通兩銀行停止兌現，所以北京的中交票落價，一元只作五六折使用，卻也不好推辭，便即留下，在北京過初次的夏天，而這個夏天卻是極不平常的，因為在這年裏就遇見了復辟。

十二日上午又至北京大學，訪問蔡校長，答應國史編纂處的事情，說定從十六日開始，每日工作四小時，午前午後各二小時，在校午餐。這時大約因為省錢，裁撤國史館，改歸北大接辦，除聘請幾位歷史家外，另設置編纂員管理外文，一個是沈兼士，主管日本文，一個是我命收集英文資料，其實圖書館裏沒有什麼東西，這種職務也是因人而設，實在沒有什麼成績可說的。其時北京大學只有景山東街這一處，就是由四公主府所改造的，設有本科，北河沿的譯學館乃是預科，此外是漢花園的一所寄宿舍，通稱東齋，後來做文科的「紅樓」尚在修建未成，便是大學（即後來的第一院）的大門也還在改修，進出都是從西邊旁門，其後改作學生宿舍，所謂西齋的便是。但是校中並沒有我們辦事的地方，沈兼士是在西山養病，我只是一個人，結果在圖書館的堆放英文雜誌的小屋裏，收拾出地方來，放上桌椅，暫作辦公之用，一切由館員胡質庵商契衡招呼，午飯也同商君一起在庶務課品吃，所以說也奇怪，我在北大為時甚久，但相識最早的乃是庶務課的各位職員，這可以說是奇緣了。我還記得在那裏等待開飯，翻看公言報與順天時報，一面與盛伯宣諸君談論時局的情形，如今已事隔四十餘年，盛君也已早歸道山了吧。

一一一 往來的路

四月十六日以後，我便每天都往北京大學上班，地點是圖書館的單獨一室，這圖書館是有名的四公主的梳妝樓，廣闊的幾間樓房，塗飾得非常華麗，我的辦公室乃是孤獨對立的小房，樣子似乎寺廟的鐘鼓樓，不知道是什麼用的，原來也很不錯，如今被舊雜誌堆放得沒有隙地，實在有點兒氣悶。但是我在那裏卻也過了些有趣的時光，在那舊雜誌上面找到幾篇論文，後來由我翻譯了，登在《新青年》上面，這是一篇《陀思妥也夫斯奇之小說》，另一篇是《俄國革命之哲學的基礎》。胡質庵是福建人，當時是圖書館的最高的職員，但是似乎身體不大好，後來於六月底因患猩紅熱死去了。商契衡則是紹興的嵊縣人，原是魯迅在中學任教時的學生，其後在北京大學畢業，魯迅曾供給他的學費，在日記上常有紀載。

我從紹興縣館往北京大學，經常往來有東西兩條路線。其一是由菜市口往東，走騾馬市到虎坊橋北折，進五道廟經由觀音寺街，出至前門，再經南池子北池子走到北頭，便是景山東街了。其二是一直往北進宣武門，由教育部街東折經絨線胡同和六部口，走出西長安街，再前進時是天安門廣場，過去便是南池子，以後的路和前邊一樣，但不到天安門也可向北進南長街北長街，這一條直街是和南池子並行的，北頭直通北海的三座門大街，往東去經過景山前街。這裏是故宮的後門神武門所在，宣統在退位之後還保留皇帝稱號，他便在這裏邊設立小朝廷，依舊每天上朝，不過悉由後門出入罷了，我午前往校經過此處，就常見有紅頂花翎的官員，坐了馬車進宮，也有徒步走着的，這事在復辟敗後尚未停止，這是很奇怪的一件事情。還看見有一輛驢子拉的水車，車上蓋着黃布，這乃是每天往玉泉山取水，來供給「御用」的，但是這似乎不久停止，因為清宮裏隨後也裝了自來水了。

北京的街路以前是很壞的，何況這是四十多年前的事了。交通不便，許多地方都不能通行，須要繞一個大圈子，我到北京的時候看着南北池子這條馬路，是正方開闢的。至於小胡同的難走，是很有名的，我的住處外邊一條胡同叫作「前公用庫」，每到秋天久雨，便泥水一灘，廢名走過這裏，遇見一個年過古稀的老太婆在太息說，這條路怎麼總是這樣的難走，便可以想見它的年代久遠了。這是到了近來的這幾年，才算改好了。因為這個緣故，街上的有些景象也改變了，譬如「潑水夫」，便已絕跡，只剩下陳師曾在北京風俗圖中留下的一幅畫，兩個人都穿着背有圓圖的號衣，腳下馬靴，頭戴空梁的紅纓帽，一個手握木勺，一個側着水桶，神情活現，但是現在的人已經不能瞭解，因為早已不曾看見過他們了。此外還有一種是掃雪的人，我於一九一九年一月十三日曾經做過一首詩，題曰《兩個掃雪的人》，是在天安門前車上所作，便錄在這裏：

「陰沉沉的天氣，
香粉一般的白雪，下的漫天遍地。
天安門外，白茫茫的馬路上，
全沒有車馬蹤跡，
只有兩個人在那裏掃雪。
　一面盡掃，一面盡下，
掃淨了東邊，又下滿了西邊，
掃開了高地，又填平了坳地。
粗麻布的外套上已經積了一層雪，
他們兩人還只是掃個不歇。
　雪愈下愈大了，

上下左右都是滾滾的香粉一般的白雪。
在這中間，好像白浪中漂着兩個螞蟻。
他們兩人還只是掃個不歇。
祝福你掃雪的人！
我從清早起，在雪地裏行走，不得不謝謝你。」
這種人夫在北京也已經不見，而且說起來也很奇怪，似乎近來這若干年裏，雪也的確少下，彷彿是天氣也是多少有了變化了。

一一二 復辟前後 一

我來到北京，正值復辟的前夜，這是很不幸的事情，但也可以說是一件幸事，因為經歷這次事變，深深感覺中國改革之尚未成功，有思想革命之必要。當時袁世凱死了，換了一個全無能力的黎元洪當大總統，一切實權還在北洋派軍閥的手裏，而國務總理是段祺瑞，正是袁世凱的頭號夥計，因此府(總統府)院(國務院)兩方面的衝突，是無法避免的。府方的謀臣便只是掉筆頭的幾個文官，院方的黨羽卻都是帶槍的丘八，他們逐漸的結合起來，聯合所謂「督軍團」，與當時的中央政府相對立了。我在北大庶務課所看的公言報順天時報上時局消息，便都是關於這一件事，公言報是他們的機關，順天時報則是日本人所辦的漢文報紙，一向是幸災樂禍，尤其是顛倒黑白，沒有什麼好話了。督軍團的首領是有名的兩個壞人，即是徐州的張勳和蚌埠的倪嗣沖。倪嗣沖已經夠反動的了，張勳更是不法，自己做了民國的官，卻仍以前清遺老自居，不曾剪去辮髮，不但如此，而且招用有辮子的軍隊，便是所謂「辮子兵」，駐屯山東一帶，凡旅行過那地方的人無不懷有戒心，怕被擾害。魯迅一九一三年日記六月項下，便有云：

「二十日夜，抵兗州，有垂辮之兵時來窺窗，又有四五人登車，或四顧，或無端促臥人起，有一人則提予網籃而衡之，旋去。」現今的人，沒有見過「辮子兵」的恐怕不能想像那時情景吧，因為一個人如剃去頭上四周頭髮，只留中間一塊，留長了梳成一條烏梢蛇似的大辮，拖在背上，這決不是一種好看的形相，如果再加上兇橫的面目，手上拿着兇器，這副樣子才真夠得嚇人哩。如今聽說這位張大帥將以督軍團首領的資格，率領他的辮子兵進駐京津，這豈不是最可怕的惡消息麼？

在當時風聲很緊，正是所謂「山雨欲來風滿樓」的時候，我卻個人先自遇到了一件災難，生了一場不小不大的病，我說不大，因為這只是一場麻疹，凡是小孩子都要出一遍的，只要不轉成肺炎，是並無什麼危險的。但這裏我又說是不小，則因我終究不是小孩了，已經是三十以上的成人，生這種病是頗有危險，因為發熱很高，頗有猩紅熱的嫌疑，但是我信憑西醫的診斷，相信這是疹子，不過何以小時候沒有出過，直到成人以後再出，則與我在四歲時候的出天花，同是不可解的事情。當時熱高的時候，的確有點兒危險，魯迅也似乎有點兒張皇了，決定請德國醫生來看，其時狄博爾是北京外國醫生最有權威的人，雖然他的診費不及意大利的儒拉大夫的貴，要十二塊錢看一趟。我現在來抄錄當年一部分的舊日記在這裏，這是從五月八日起頭的：

「八日晴，上午往北大圖書館，下午二時返。自昨晚起稍覺不適，似發熱，又為風所吹少頭痛，服規那丸四個。

「九日晴風。上午不出門。

「十一日陰風。上午服補丸五個，令瀉，熱仍未退，又吐。

「十二日晴。上午往首善醫院，俄國醫生蘇達科甫出診，云是感冒。

「十三日晴。下午請德國醫院醫生格林來診，云是疹子，齊壽山君來為翻譯。

「十六日晴。下午請德國醫生狄博爾來診，仍齊君譯。

「二十日晴。下午招匠人來理髮。

「廿一日晴。下午季茀貽菜湯一器。

「廿六日晴風。上午寫日記，自十二日起未寫，已閱二星期矣。下午以小便請醫院檢查，云無病，仍服狄博爾藥。

「廿八日晴。上午季茀貽燉鴨一器。下午得丸善十五日寄小包，內梭羅古勃及庫普林小說集各一冊。

「六月三日晴。午服狄博爾藥已了。

「五日晴。上午九時出會館往大學，又訪蔡先生，下午一時返。」

以上便是生病的全部過程，日子並不算怎樣長，在二十左右便已好起來了，那天裏已可理髮，而且在第二天許季茀送一碗菜來，吃時覺得特別鮮美，因為那時候似乎遍身都蛻了一層皮，連舌頭上也蛻到了，所以特地有一種感覺，但是過了一天便又是如常的長上舌苔了。魯迅在《彷徨》邊裏有一篇題名「弟兄」的小說，是一九二五年所作，是寫這件事的，雖然也是「詩與事實」的結合，但大概卻是與事實相合，特別是結末的地方：

「他旋轉身子去，對了書桌，只見蒙着一層塵，再轉臉去看紙窗，掛着的日曆上，寫着兩個漆黑的隸書：廿七。」又說收到寄來的西書，這就與上面所記的廿八日的事情相符，不過小說裏將書名轉化為「胡麻與百合」罷了。但是小說裏說病人「眼裏發出憂疑的光，顯係他自己也覺得是不尋常了」，那大抵只是詩的描寫，因為我自己沒有這種感覺，那時並未覺得自己是恐怕要死了，這樣的事在事實上或者有過一兩回，我卻總未曾覺到，這原因是我那麼樂觀以至有點近於麻木的。在我的病好了之後，魯迅有一天說起，長到那麼大了，卻還沒有出過瘄子，覺得很是可笑，隨後又說，可是那時真把我急壞了，心裏起了一種惡念，想這回須要收養你的家小了。後來在小說《弟兄》末尾說做了一個惡夢，虐待孤兒，也是同一意思，前後相差八年了，卻還是沒有忘卻。這個理由，我始終不理解，或者須求之於佛洛伊德的學說吧。

一一三 復辟前後 二

當初在紹興的時候，也曾遇見不少大事件，如辛亥革命，洪憲帝制等，但因處在偏陬，「天高皇帝遠」，對於政治事情關心不夠，所以似乎影響不很大，過後也就沒有什麼了。但是在北京情形就很不同，無論大小事情，都是在眼前演出，看得較近較真，影響也就要深遠得多，所以復辟一案雖然時間不長，實際的害處也不及帝制的大，可是給人的刺激卻大得多，這便是我在北京親身經歷的結果了。

復辟之變，是由張勳主動，但實在是闇而懦的黎元洪叫他進京的，結果是由段祺瑞利用了做他政治上的資本，這手段可以說是巧妙極了，於是黎元洪被封為武義親王，只好逃進東交民巷去，段祺瑞卻以討逆軍總司令出現，「再造共和」，成為內閣總理，只落得張勳成為「火中取栗」的猴子，也逃到荷蘭公使館裏去躲去了。不過在那黎段交惡，督軍團與議院對立，事情日益惡化的那時間，情形是夠緊張的，我還記得於六月廿六日往北京大學時，走訪蔡先生，問他對於時局的看法和意見，他只簡單的説道，只要不復辟，我總是不走的。這話的預兆雖然不大好，但是沒有料到在五天工夫裏邊，這件事卻終於實現了。

七月一日是星期日，因為是夏天，魯迅起來得相當的早，預備往琉璃廠去。給我們做事的會館長班的兒子進來説道，外邊都掛了龍旗了。這本來並不是意外的事，但聽到的時候大家感到滿身的不愉快。這感情沒法子來形容，簡單的方法只可打個比喻，前回匈牙利事情逐漸鬧大，到了聽説連「紅衣大主教」也出現在政治舞臺上了，那種感覺多少有點相近，雖然那時所聽的是屬於外國的事情。當時日記上沒有什麼記載，但是有一節云：

「晚飲酒大醉，吃醉魚乾，銘伯先生所送也。」這裏可以看出煩悶的情形。魯迅的有些教育界的朋友最初打算走避，有的想南下，有的想往天津，但是在三四天裏軍閥中間發現分裂，段祺瑞在馬廠誓師，看來復辟消滅只是時間，我們既然沒有資力逃難，所以只好在北京坐等了。

段派李長泰的一師兵漸漸逼近北京，辮子兵並不接戰，只是向城裏面退，結果是集中於外城的天壇，和內城南河沿的張勳的住宅附近一帶。從六日起城內的人開始往來避難，怕的不是巷戰的波及，實在還是怕辮子兵的搶劫罷了。會館在外城的西南，地方很是偏僻，難免覺得不安，便於七日搬到東城，我在日記上只記錄着：

「七日晴。上午有飛機擲彈於宮城。十一時同大哥移居崇文門內船板胡同新華飯店。」

同日的魯迅日記則比較詳細，文云：

「七日晴熱。上午見飛機。午齊壽山電招，同二弟移寓東城船板胡同新華旅館，相識者甚多。」以下都是我的日記：

「九日陰。托齊君打電報至家，報平安。夜店中人警備，云聞槍聲。

「十二日晴。晨四時半聞槍炮聲，下午二時頃止，聞天壇諸處皆下，復辟之事凡十一日半而了矣。出至八寶胡同，擬買點心，值店閉，至崇文門大街亦然，遂返。晚同大哥至義興局吃飯，以店中居奇也。」義興局係齊壽山君家所開的店鋪，出售糧食，在東裱褙胡同。魯迅同日日記所記頗詳，可供比較參考：

「十二日晴。晨四時半聞戰聲甚烈，午後二時許止，事平，但多謠言耳。覓食甚難，晚同王華祝，張仲蘇及二弟往義興局，覓齊壽山，得一餐。」這底下又是根據我的日記：

「十三日晴。上午同大哥往訪銘伯季茀二君，飯後至會館一轉，下午三時後回飯店，途中見中華門匾復掛上，五色旗東城已有，城外未有。晚飲酒，夜甚熱。

「十四日晴。上午十時先返寓，大哥隨亦來，令齊坤往取鋪蓋來，途中五色旗已遍矣。改懸竹簾於補樹書屋門外，稍覺涼爽。」

那一天的槍炮聲很是猛烈，足足放了十小時，但很奇怪的是，死傷卻是意外的稀少，謠言傳聞說都是朝天放的，死的若干人可能是由於流彈。東安門三座門在未拆除之前，還留下一點戰跡，在它的西面有些彈痕，乃是從南河沿的張公館向着東南打過來的。燒殘的張公館首先毀去，東安門近年也已拆除，於是這復辟一役的遺跡就什麼都已看不到了。

一一四　復辟前後 三

在舊筆記稿本中，找到一篇小文章，題曰「丁巳舊詩」，是關於那時的事情的，現在便抄錄在這裏：

「偶然整理二十年前故紙，於堆中得一紙片，寫七言絕句二首云：

天壇未灑孤臣血，地窖難招帝子魂，
一覺蒼黃中夜夢，又聞蛙蛤吠前門。(其一)
落花時節無多日，遙望南天有淚痕，
槐蘭未成秋葉老，閒繙土偶坐黃昏。(其二)

末署曰，六年七月二十一日。以詩意與時日考之，可知是為張勳復辟戰後之作。查舊日記，七月二十一日項下只記云，陰，上午雨，終日未霽。但十八日云，得丸善書店五日所寄勞苐爾著《支那土偶考》第一分一冊。詩中所繙即係是書，齋中雖有若干六朝土偶，但塊然一物，不能繙也。張勳率辮子兵駐於天壇，戰敗乃隻身逃入東交民巷，前門為商會所在地，本事惜不復能詳，大抵當時多有奇論怪話，第二首云南天何事，今亦已不復記憶矣。其時寓居南半截胡同舊邑館，院中有大槐樹，相傳昔有鄉人攜眷居此，其妾縊死此樹下，後遂定例館內不得住女眷云。每至夏日，槐蠶滿地，穴土作繭，故詩語及之。菖蒲溇人謝甲攜妾來避難，館中人共哄，在院外爭執，力竭聲嘶，甘乙出而調停，許留一宿，其事始解。乙為內務部司官，為魯迅之三味書屋同學，常督其幼子讀《古文觀止》，朝夕出入，遙聞其哀吟聲，為之惻然，自己雖曾在書房讀過舊書，殊不知古文之聲，其悲切乃如斯也。因槐繭而想起當年的邑館，牽連書之，事雖瑣碎，亦殊可記，廿餘年前往事多如輕塵過目，無復留影，偶得一二事，亦正是劫灰之餘，致可珍重者也。」

關於謝甲的事，魯迅日記上一點都沒有記載，在我的日記裏卻記的頗為詳細。其文云：「六日晴。下午客來談。傍晚悶熱。菖蒲溇謝某攜妾來避難，住希賢閣下，同館群起難之，終不肯去，終乃由甘潤生調停，許其暫住一晚。閒談，至一時半始睡。」那時我們覺得會館地僻，不甚安全，想要避往東城，同時也有人想來會館避難，可見各人看法不同，正如魯迅在《懷舊》中所說的那樣子，「逃難者中多何墟人，來奔蕪市，而蕪市居民則爭走何墟」。北京市商會一向多有「懷古」之情，特別對於滿清更是留戀，大約因為久居輦轂之下的原故，所以養成了這一種根性，這時大概又發什麼議論，替清室有辯解的話。不過這也是沒有什麼值得驚奇的事，「討逆軍」既然勝利，總司令便可仍舊做他的內閣總理，那個替他取火中栗子的猴子燙了一下子，也就逃掉了，可以不必追究，這復辟一案就此雲消雨散，商會的給清室呼冤，不免多此一舉，所以等於一陣的田雞叫而已。

上邊日記裏屢次提到國旗的事，說中華門匾額又復掛上，並懸五色旗，次日又說，途中五色旗已遍，這與前面七月一日的「龍旗」對比起來，情形便顯然不同了。其實黃龍旗的式樣並不難看，從前在《龍是什麼》這篇文章的第十一節結論裏說：

「但是最明顯的是在藝術上，它的生命更是長久，圖畫和壁畫的水墨龍，古寺院柱上的蟠龍，北京北海的九龍壁，都永久有人賞鑒，龍袍與龍頭拐杖沒有人使用了，但這刺繡與雕刻還是一樣的有價值，至於一般工藝上裝飾施用龍頭，也是很好看的。龍頭並沒有什麼意義，難在經過人民意匠的陶鎔，把怪異與美和合在一處，比單獨一個牛馬或駱駝的頭更好看，這是很難得的事。將來龍在俗信上的勢力和在文藝上的影響會得逐漸稀薄下去，但在藝術上保留着它的痕跡，此在四靈之中最為幸運，誰也比它不上的了。」不過在感情上那又是另一問題，當時因為這是代表滿清的勢力的，所以看了發生一種憎惡，後來看見臨時粗製的龍旗，畫的龍有些簡直像一條死鰻，心裏很是快痛，及至五色旗重又掛上，自然是驚喜之餘，情見乎辭了。可是後來這五色旗變成了北洋軍閥的旗幟，便又覺得不順眼，當時有些「醒獅」派的國家主義者發起護旗運動，覺得很是無聊，曾經寫些文章挖苦他們過。後來「北伐軍」進北京，故友馬隅卿首先在孔德學院揭起「青天白日」旗來歡迎，可是一轉瞬間人民的感情又生了轉變，於是那面青白旗難免走上第三個龍旗的舊路去了。

一一五　蔡孑民一

復辟的事既然了結，北京表面上安靜如常，一切都恢復原狀，北京大學也照常的辦下去，到天津去避難的蔡校長也就回來了，因為七月三十一日的日記上載着至大學訪蔡先生的事情。九月四日記着得大學聘書，這張聘書卻經歷了四十七年的歲月，至今存在，這是很難得的事情，上面寫着「敬聘某某先生為文科教授，兼國史編纂處纂輯員」，月薪記得是教授初級為二百四十元，隨後可以加到二百八十元為止。到第二年（一九一八）四月卻改變章程，由大學評議會議決「教員延聘施行細則」，規定聘書計分兩種，第一年初聘係試用性質，有效期間為一學年，至第二年六月致送續聘書，這才長期有效。施行細則關於「續聘書」有這幾項的說明：

「六，每年六月一日至六月十五日為更換初聘書之期，其續聘書之程式如左，敬續聘某某先生為某科教授，此訂。

「七，教授若至六月十六日尚未接到本校續聘書，即作為解約。

「八，續聘書止送一次，不定期限。」這樣的辦法其實是很好的，對於教員很是尊重，也很客氣，在蔡氏「教授治校」的原則下也正合理，實行了多年沒有什麼流弊。但是物極必返，到了北伐成功，北京大學由蔣夢麟當校長，胡適之當文科學長的時代，這卻又有了變更，即自民國十八年(一九二九)以後仍改為每年發聘書，如到了學年末不曾收到新的聘書，那就算是解了聘了。在學校方面生怕如照從前的辦法，有不合適的教授拿着無限期的聘書，學校要解約時硬不肯走，所以改用了這個方法，比較可以運用自如了吧。其實也不盡然，這原在人不在辦法，和平的人就是拿着無限期聘書，也會不則一聲的走了，激烈的雖是期限已滿，也還要爭執，不肯罷休的。許之衡便是前者的實例，林損(公鐸)則屬於後者，他在被辭退之後，大寫其抗議的文章，在《世界日報》上發表的致胡博士的信中，有「遺我一矢」之語，但是胡博士並不回答，所以這事也就不久平息了。

蔡孑民在民國元年(一九一二)南京臨時政府任教育總長的時候，首先即停止祭孔，其次是北京大學廢去經科，正式定名為文科，這兩件事在中國的影響極大，是絕不可估計得太低的。中國的封建舊勢力倚靠孔子聖道的空名，橫行了多少年，現在一股腦兒的推倒在地上，便失了威信，雖然它幾次想捲土重來，但這有如廢帝的復辟，卻終於不能成功了。蔡孑民雖是科舉出身，但他能夠毅然決然衝破這重樊籬，不可不說是難能可貴。後來北大舊人仿「柏梁台」做聯句，分詠新舊人物，其說蔡孑民的一句是，「毀孔子廟罷其祀」，可說是能得要領，其餘詠陳獨秀胡適之諸人的惜已忘記，只記得有一句是說黃侃(季剛)的，卻還記得，這是「八部書外皆狗屁」，也是適如其分。黃季剛是章太炎門下的大弟子，平日專攻擊弄新文學的人們，所服膺的是八部古書，即是《毛詩》，《左傳》，《周禮》，《說文解字》，《廣韻》，《史記》，《漢書》，《文選》是也。蔡孑民的辦大學，主張學術平等，設立英法德俄日各國文學系，俾得多瞭解各國文化，他又主張男女平等，大學開放，使女生得以入學。他的思想辦法有人戲稱之為古今中外派，或以為近於折衷，實則無寧說是兼容並包，可知其並非是偏激一流，我故以為是真正儒家，其與前人不同者，只是收容近世的西歐學問，使儒家本有的常識更益增強，持此以判斷事物，以合理為止，所以即可目為唯理主義。《蔡孑民先生言行錄》二冊，輯成於民國八九年頃，去今已有四十年，但仍為最好的結集，如或肯去虛心一讀，當信吾言不謬。舊業師壽洙鄰先生是教我讀四書的先生，近得見其評語題在《言行錄》面上者，計有兩則云：

「孑民學問道德之純粹高深，和平中正，而世多訾嗷，誠如莊子所謂純純常常，乃比於狂者矣。

「孑民道德學問，集古今中外之大成，而實踐之，加以不擇壤流，不恥下問之大度，可謂偉大矣。」壽先生平常不大稱讚人，唯獨對於蔡孑民不惜予以極度的讚美，這也並非偶然的，蓋因蔡孑民素主張無政府共產，紹興人士造作種種謠言，加以譭謗，乃事實證明卻正相反，這有如蔡孑民自己所說，「惟男女之間一毫不苟者，夫然後可以言廢婚姻」。其古今中外派的學說看似可笑，但在那時代與境地卻大大的發揮了它的作用，因為這種寬容的態度，正與統一思想相反，可以容得新思想長成發達起來。

一一六　蔡孑民二

講到蔡孑民的事，非把林蔡鬥爭來敘說一番不可，而這事又是與復辟很有關係的。復辟這齣把戲，前後不到兩個星期便收場了，但是它卻留下很大的影響，在以後的政治和文化的方面，都是關係極大。在政治上是段祺瑞以推倒復辟的功勞，再做內閣總理，造成皖系的局面，與直系爭權利演成直皖戰爭，接下去便是直奉戰爭，結果是張作霖進北京來做大元帥，直到北伐成功，北洋派整個坍台，這才告一結束。在段內閣當權時代，興起了那有名的五四運動，這本來是學生的愛國的一種政治表現，但因為影響於文化方面者極為深遠，所以或又稱以後的作新文化運動。這名稱是頗為確實的，因為以後蓬蓬勃勃起來的文化上諸種運動，幾乎無一不是受了復辟事件的刺激而發生而興旺的。即如新青年吧，它本來就有，叫作青年雜誌，也是普通的刊物罷了，雖是由陳獨秀編輯，看不出什麼特色來，後來有胡適之自美國寄稿，說到改革文體，美其名曰「文學革命」，可是說也可笑，自己所寫的文章都還沒有用白話文。第三卷裏陳獨秀答胡適書中，儘管很強硬的說：

「獨至改良中國文學當以白話為文學正宗之說，其是非甚明，必不容反對者有討論之餘地，必以吾輩所主張者為絕對之是，而不容他人之匡正也。」可是說是這麼說，做卻還是做的古文，和反對者一般。（上邊的這一節話，是抄錄黎錦熙在《國語週刊》創刊號所說的。）我初來北京，魯迅曾以《新青年》數冊見示，並且述許季茀的話道，「這裏邊頗有些謬論，可以一駁」。大概許君是用了民報社時代的眼光去看它，所以這麼說的吧，但是我看了卻覺得沒有什麼謬，雖然也並不怎麼對，我那時也是寫古文的，增訂本《域外小說集》所收梭羅古勃的寓言數篇，便都是復辟前後這一個時期所翻譯的。經過那一次事件的刺激，和以後的種種考慮，這才翻然改變過來，覺得中國很有「思想革命」之必要，光只是「文學革命」實在不夠，雖然表現的文字改革自然是聯帶的應當做到的事，不過不是主要的目的罷了。所以我所寫的第一篇白話文乃是《古詩今譯》，內容是古希臘諦阿克列多思的牧歌第十，在九月十八日譯成，十一月十四日又加添了一篇題記，送給新青年去，在第四卷中登出的。題記原文如下：

「一，諦阿克列多思(Theokritos)牧歌是希臘二千年前的古詩，今卻用口語來譯它，因為我覺得它好，又相信中國只有口語可以譯它。

「什法師說，譯書如嚼飯哺人，原是不錯。真要譯得好，只有不譯。若譯它時，總有兩件缺點，但我說，這卻正是翻譯的要素。一，不及原本，因為已經譯成中國語。如果還同原文一樣好，除非請諦阿克列多思學了中國文自己來做。二，不像漢文——有聲調好讀的文章——，因為原是外國著作。如果用漢文一般樣式，那就是我隨意亂改的胡塗文，算不了真翻譯。

「二，口語作詩不能用五七言，也不必定要押韻，只要照呼吸的長短作句便好。現在所譯的歌就用此法，且試試看，這就是我所謂新體詩。

「三，外國字有兩不譯，一人名地名（原來著者姓名係用羅馬字拼，今改用譯音了），二特別名詞，以及沒有確當譯語，或容易誤會的，都用原語，但以羅馬字作標準。

「四，以上都是此刻的見解，倘若日後想出更好的方法，或有人別有高見的時候，便自然從更好的走。」

這篇譯詩與題記都經過魯迅的修改，題記中第一節的第二段由他添改了兩句，即是「如果」云云，口氣非常的強有力，其實我在那裏邊所說，和我早年的文章一樣，本來也頗少婉曲的風致，但是這樣一改便顯得更是突出了。其次是魯迅個人，從前那麼隱默，現在卻動手寫起小說來，他明說是由於「金心異」（錢玄同的諢名）的勸駕，這也是復辟以後的事情。錢君從八月起，開始到會館來訪問，大抵是午後四時來，吃過晚飯，談到十一二點鐘回師大寄宿舍去。查舊日記八月中的九日，十七日，廿七日來了三回，九月以後每月只來過一回。魯迅文章中所記談話，便是問抄碑有什麼用，是什麼意思，以及末了說，「我想你可以做一點文章」，這大概是在頭兩回所說的。「幾個人既然起來，你不能說決沒有毀滅這鐵屋的希望」，這個結論承魯迅接受了，結果是那篇《狂人日記》，在《新青年》次年四月號發表，它的創作時期當在那年初春了。如眾所周知，這篇《狂人日記》不但是篇白話文，而且是攻擊吃人的禮教的第一炮，這便是魯迅錢玄同所關心的思想革命問題，其重要超過於文學革命了。

一一七　蔡孑民　三

如今說到了林蔡鬧爭的問題，不由得我在這裏不作一次「文抄公」了，但在抄襲之先，還須得讓我來說明幾句。北洋派的爭鬥，如果只是幾個軍閥的爭權奪利，那就是所謂狗咬狗的把戲，還沒有多大的害處，假如這裏邊夾雜着一兩個文人，便容易牽涉到文化教育上來，事情就不是那麼的簡單了。段祺瑞派下有一個徐樹錚，是他手下頂得力的人，不幸又是能寫幾句文章，自居於桐城派的人，他辦着一個成達中學，拉攏好些文人學士，其中有一個自稱清室舉人的林紓，以保衛聖道自居，想借了這武力，給北大以打擊，又連絡校內的人做內線，於是便興風作浪起來了。最初他在上海新申報上發表《蠡叟叢談》，是《諧鐸》一流的短篇，以小說的形式，對於在北大的新青年的人物加以辱駡與攻擊，記得頭一篇名叫「荊生」，說有田必美，狄莫與金心異——影射陳獨秀，胡適與錢玄同的姓名——三個人，放言高論，詆毀前賢，被荊生聽見了，把這班人痛加毆打，這所謂荊生乃是暗指徐樹錚。用意既極為惡劣，文詞亦多草率不通，如說金心異「畏死如蝟」，畏死並不是刺蝟的特性，想見寫的時候是氣憤極了，所以這樣的亂塗。隨後還有一篇《妖夢》，說夢見這班非聖無法的人都給一個怪物拿去吃了，裏邊有一個名元緒公，即是說的蔡孑民，因為《論語》注有「蔡大龜也」的話，所以比他為烏龜，這元緒公尤其是刻薄的罵人話。蔡孑民答覆法科學生張厚載的信裏說得好：

「得書知林琴南君攻擊本校教員之小說，均由兄轉寄新申報。在兄與林君有師生之誼，宜愛護林君，兄為本校學生，宜愛護母校。林君作此等小說，意在毀壞本校名譽，兄徇林君之意而發佈之，於兄愛護母校之心，安乎否乎？僕生平不喜作謾罵語輕薄語，以為受者無傷，而施者實為失德。林君詈僕，僕將哀矜之不暇，而又何憾焉。惟兄反諸愛護本師之心，安乎否乎？往者不可追，望此後注意。」

林琴南的小說並不只是謾罵，還包含着惡意的恐嚇，想假借外來的力量，摧毀異己的思想，而且文人筆下輒含殺機，動不動便云宜正兩觀之誅，或曰寢皮食肉，這些小說也不是例外，前面說作者失德，實在是客氣話，失之於過輕了。雖然這只是推測的話，但是不久漸見諸事實，即是報章上正式的發表干涉，成為林蔡鬥爭的公案，幸而軍閥還比較文人高明，他們忙於自己的政治的爭奪，不想就來干涉文化，所以幸得苟安無事，而這場風波終於成為一場筆墨官司而完結了。我因為要抄錄這場鬥爭的文章，先來說明幾句，卻是寫得長了，姑且作為一段，待再從頭從公言報的記事說起吧。

一一八　林蔡鬥爭文件一

《公言報》是段派的一種報紙，不知道是誰主筆，有人說是後來給張宗昌所槍斃的林白水，它的論調是一向對於北大沒有好意，可以說是有點與日本人所辦的《順天時報》同一鼻孔出氣的。其時為民國八年(一九一九)三月十八日，在報上登出長篇的記事，題曰「請看北京學界思潮變遷之近狀」，其全文如下：

「北京大學之新舊學派　北京近日教育雖不甚發達，而大學教師各人所鼓吹之各式學說，則五花八門，頗有足紀者。國立北京大學自蔡孑民任校長後，氣象為之一變，尤以文科為甚。文科學長陳獨秀氏以新派首領自居，平昔主張新文學甚力，教員中與陳氏沆瀣一氣者，有胡適錢玄同劉半農沈尹默等，學生聞風興起，服膺師說，張大其辭者，亦不乏人。其主張以為文學須順應世界思潮之趨勢，若吾中國歷代相傳者，乃為雕琢的阿諛的貴族文學，陳腐的鋪張的古典文學，迂晦的艱澀的山林文學，應根本推翻，代以平民的抒情的國民文學，新鮮的立誠的寫實文學，明瞭的通俗的社會文學，此文學革命之主旨也。自胡適氏主講文科哲學門後，旗鼓大張，新文學之思潮亦澎湃而不可遏，既前後抒其議論於新青年雜誌，而於其所授授之哲學講義，亦且改用白話文體裁。近又由其同派之學生，組織一種雜誌曰新潮者，以張皇其學說。

「兩種雜誌之對抗　新潮之外，更有每週評論之印刷物發行，其思想議論之所及，不僅反對舊派文學，冀收摧殘廓清之功，即於社會所傳留之思想，亦直接間接發見其不適合之點，而加以抨擊，蓋以人類社會之組織，與文學本有密切之關係，人類之思想更為文學實質之所存，既反對舊文學，自不能不反對舊思想也。顧同時與之對峙者，有舊文學一派。舊派中以劉師培氏為之首，其他如黃侃馬敘倫等，則與劉氏結合，互為聲援者也，加以國史館之耆老先生，如屠敬山張相文之流，亦復深表同情於劉黃。劉黃之學以研究音韻說文訓詁為一切學問之根，以綜博考據講究古代制度，接跡漢代經史之軌，文章則重視八代而輕唐宋，目介甫子瞻為淺陋寡學，其於清代所謂桐城派之古文則深致不滿，謂彼輩學無所根，而徒斤斤於聲調，更藉文以載道之說，假義理為文章之面具，殊不值通人一笑。從前大學講壇為桐城派古文家所佔領者，迄入民國，章太炎學派代之以興，在姚叔節林琴南輩，目擊劉黃諸後生之皋比坐擁，已不免有文藝衰微之感，然若視新文學派之所主張，當更認為怪誕不經，以為其禍之及於人群，直無異於洪水猛獸，轉顧太炎新派，反若塗軌之猶能接近矣。頃者劉黃諸氏以陳胡等與學生結合，有種種印刷物發行也，乃亦組織一種雜誌曰國故，組織之名義出於學生，而主筆政之健將教員實居其多數，蓋學生中固亦分新舊兩派，而各主其師說者也。二派雜誌旗鼓相當，互相爭辨，當然有裨於文化，第不免忘其辯論之範圍，純任意氣，各以惡聲相報復耳。

「第三者之調停派學說　至於介乎二派者，則有海鹽朱希祖氏，朱亦太炎之高足弟子也，邃於國學，且明於世界文學進化之途徑，故於舊文學之外兼冀組織新文學，惟彼之所謂新者，非脫卻舊之範圍，蓋其手段不在於破壞而在於改良，以記者之愚，似覺朱氏之主張較為適當也。

「三者以外之學者議論　日前喧傳教育部有訓令達大學，令其將陳錢胡三氏辭退，但經記者之詳細調查，則知尚無其事，唯陳胡等對於新文學之提倡，不第舊文學一筆抹殺，而且絕對的菲棄舊道德，毀斥倫常，詆排孔孟，並且有主張廢國語而以法蘭西文字為國語之議，其鹵莽滅裂，實亦太過。頃林琴南氏有致蔡孑民一書，洋洋千言，於學界前途深致悲憫，茲將原書刊佈於下，讀者可以知近日學風變遷之劇烈矣。」

一一九　林蔡鬥爭文件 二

林琴南致蔡孑民書云：「鶴卿先生太史足下，與公別十餘年，壬子一把晤，匆匆八年，未通音問，至為歉仄。辱賜書以遺民劉應秋先生遺著屬為題辭，書未梓行，無從拜讀，能否乞趙君作一短簡事略見示，謹撰跋尾歸之。嗚呼，明室敦氣節，故亡國時殉烈者眾，而夏峰黎洲亭林楊園二曲諸老，均脱身斧鉞，其不死幸也。我公崇尚新學，乃亦垂念逋播之臣，足見名教之孤懸，不絕如縷，實望我公為之保全而護惜之，至慰至慰。雖然，尤有望於公者，大學為全國師表，五常之所係屬，近者外間謠諑紛集，我公必有所聞，即弟亦不無疑信，或且有惡乎闒茸之徒，因生過激之論，不知救世之道，必度人所能行，補偏之言，必使人以可信，若盡反常軌，侈為不經之談，則毒粥既陳，旁有爛腸之鼠，明燎宵舉，下有聚死之蟲，何者？趨甘就熱，不中其度，則未有不斃者。方今人心喪敝，已在無可救挽之時，更侈奇創之談，用以嘩眾，少年多半失學，利其便己，未有不麋沸麇至而附和之者，而中國之命如屬絲矣。晚清之末造，慨世者恒曰去科舉，停資格，廢八股，斬豚尾，復天足，逐滿人，撲專制，整軍備，則中國必強，今百凡皆遂矣，強又安在？於是更進一層，必覆孔孟，鏟倫常為快，嗚呼，因童子之羸困，不求良醫，乃追責其二親之有隱瘵，逐之，而童子可以日就肥澤，有是理耶。外國不知孔孟，然崇仁仗義矢信尚智守禮，五常之道，未嘗悖也，而又濟之以勇。弟不解西文，積十九年之筆述，成譯著一百二十三種，都一千二百萬言，實未見中有違忤五常之語，何時賢乃有此叛親蔑倫之論，此其得諸西人乎，抑別有所授耶。我公心右漢族，當在杭州時間關避禍，與夫人同茹辛苦，宗旨不變，勇士也。方公行時，弟與陳叔通惋惜公行，未及一送，中伍異趣，各衷其是。蓋今公為民國宣力，弟仍清室舉人，交情固在，不能視若冰炭，故辱公寓書，殷殷於劉先生之序跋，實隱示明清標季各有遺民，其志均不可奪也。弟年垂七十，富貴功名，前三十年視若棄灰，今篤老尚抱守殘缺，至死不易其操。前年梁任公倡班馬革命之説，弟聞之失笑，任公非劣，何為作此媚世之言，馬班之書讀者幾人，殆不革而自革，何勞任公費此神力。若云死文字有礙生學術，則科學不用古文，古文亦無礙科學。英之迭更累斥希臘拉丁羅馬之文字為死物，而至今仍存者，迭更雖躬負盛名，固不能用私心以蔑古，矧吾國人尚有何人如迭更者耶。須知天下之理，不能就便而奪常，亦不能取快而滋弊，使伯夷叔齊生於今日，則萬無濟變之方，孔子為聖之時，時乎井田封建，則孔子必能使井田封建一無流弊，時乎潛艇飛機，則孔子必能使潛艇飛機不妄殺人，所以名為時中之聖，時者與時不悖也。衛靈問陣，孔子行，陳恒弒君，孔子討，用兵與不用兵，亦正決之以時耳。今必曰天下之弱弱於孔子，然則天下之強宜莫強於威廉，以柏林一隅，抵抗全球皆敗衄無措，直可為萬世英雄之祖，且其文治武功，科學商務，下及工藝，無一不冠歐洲，胡為懨懨為荷蘭之寓公。若云成敗不可以論英雄，則又何能以積弱歸罪孔子。彼莊周之書，最擯孔子者也，然《人間世》一篇盛推孔子，所謂人間世者，不能離人而立之謂，其托顏回，托葉公子高之問難孔子，陳以接人處眾之道，則莊周亦未嘗不近人情而忤孔子，乃世士不能博辯，為千載以上之莊周，竟咆勃為千載以下之桓魋，一何其可笑也。且天下唯有真學術，真道德，始足獨樹一幟，使人景從，若盡廢古書，行用土語為文字，則都下引車賣漿之徒，所操之語，按之皆有文法，不類閩廣人無為文法之啁啾，據此則凡京津之稗販，均可用為教授矣。若水滸紅樓皆白話之聖，並足為教科之書，不知水滸中辭吻多採岳珂之《金陀萃編》，紅樓亦不止為一人手筆，作者均博極群書之人，總之非讀破萬卷，不能為古文，亦並不能為白話。若化古子之言為白話演說，亦未嘗不是，按說文演長流也，亦有延之廣之之義，法當以短演長，不能以古子之長演為白話之短。且使人讀古子者，須讀其原書耶，抑憑講師之語即算為古子，若讀原書則又不能全廢古文矣。矧於古子之外，尚以說文講授，說文之學非俗書也，當參以古籀，證以鐘鼎之文，試思用籀篆可化為白話耶。果以篆籀之文雜之白話之中，是引漢唐之環燕與村婦談心，陳商周之俎豆為野老聚飲，類乎不類。弟閩人也，南蠻鴃舌，亦願習中原之語言，脫授我者以中原之語言，仍令我為舌之閩語，可乎。蓋存國粹而授說文，可也，以說文為客以白話為主，不可也。乃近來尤有所謂新道德者，斥父母為自感情欲，於己無恩，此語曾一見之隨園文中，僕方以為不倫，斥袁枚狂謬，不圖竟有用為講學者，人頭畜鳴，辯不屑辯，置之可也。彼又云，武曌為聖王，卓文君為名媛，此亦拾李卓吾之餘唾，卓吾有禽獸行，故發是言，李穆堂又拾其餘唾，尊嚴嵩為忠臣，今試問二李之名，學生能舉之否。同為澌滅，何苦增茲口舌，可悲也。大凡為士林表率，須圓通廣大，據中而立，方能率由無弊，若憑位分勢利而施趨怪走奇之教育，則惟穆罕默德左執刀而右傳教，始可如其願望。今全國父老以子弟托公，願公留意，以守常為是，況天下溺矣，藩鎮之禍邇在眉睫，而又成為南北美之爭，我公為南士所推，宜痛哭流涕，助成和局，使民生有所蘇息，乃以清風亮節之躬，而使議者紛集，甚為我公惜之。此書上後可以不必示覆，唯靜盼好音，為國民端其趨向，故人老悖，甚有幸焉。愚直之言，萬死萬死。林紓頓首。」

林琴南的信原本只是每句圈斷，這回重抄，很想給它斷句分節，但是這個極不容易，因為文章頭緒不清，找不到主意之所在，所以只好勉強斷句，其餘便是那麼囫圇一大團罷了。

一二〇 林蔡鬥爭文件 三

蔡孑民答林琴南書云：「琴南先生左右，於本月十八日《公言報》中得讀惠書，索劉應秋先生事略，憶第一次奉函時，曾抄奉趙君原函，恐未達覽，特再抄一通奉上，如荷題詞，甚幸。

「公書語長心重，深以外間謠諑紛集為北京大學惜，甚感。惟謠諑必非實錄，公愛大學，為之辨正可也。今據此紛集之謠諑而加以責備，將使耳食之徒，益信謠諑為實錄，豈公愛大學之本意乎？原公之所責備者不外兩點，一曰，覆孔孟，鏟倫常，二曰，盡廢古書，行用土語為文字。請分別論之。

「對於第一點，當先為兩種考察。甲，北京大學教員曾有以覆孔孟鏟倫常教授學生者乎？乙，北京大學教授曾有於學校以外，發表其覆孔孟鏟倫常之言論者乎？

「請先察覆孔孟之說。大學講義涉及孔孟者，惟哲學門中之中國哲學史，已出板者為胡適之君之《中國上古哲學史大綱》，請詳閱一過，果有覆孔孟之說乎？特別講演之出板者有崔懷瑾君之《論語足征記》《春秋復始》。哲學研究會中有梁漱溟君提出『孔子與孟子異同』問題，與胡默青君提出『孔子倫理學之研究』問題。尊孔者多矣，寧曰覆孔？

「若大學教員於學校以外，自由發表意見，與學校無涉，本可置之不論，當姑進一步而考察之，則惟新青年雜誌中，偶有對於孔子學說之批評，然亦對於孔教會等托孔子學說以攻擊新學說者而發，初非直接與孔子為敵也。公不云乎？『時乎井田封建，則孔子必能使井田封建一無流弊，時乎潛艇飛機，則孔子必能使潛艇飛機，不妄殺人。衛靈問陣，孔子行，陳恒弒君，孔子討。用兵與不用兵，亦正決之以時耳。』使在今日，有拘泥孔子之說，必復地方為封建，必以兵車易潛艇飛機，聞俄人之死其皇，德人之逐其皇，而曰必討之，豈非昧於時之義，為孔子之罪人，而吾輩所當排斥者耶？

「次察鏟倫常之說。常有五，仁義禮智信，公既言之矣。倫亦有五，君臣父子兄弟夫婦朋友，其中君臣一倫不適於民國，可不論。其他父子有親，兄弟相友（或曰長幼有序），夫婦有別，朋友有信，在中學以下修身教科書中詳哉言之。大學之倫理學涉此者不多，然從未有以父子相夷，兄弟相鬩，夫婦無別，朋友不信，教授學生者。大學尚無女學生，則所注意者自偏於男子之節操。近年於教科以外，組織一進德會，其中基本戒約，有不嫖不娶妾兩條。不嫖之戒，決不背於古代之倫理，不娶妾一條則且視孔孟之說之尤嚴矣。至於五常，則倫理學中之言仁愛，言自由，言秩序，戒欺詐，而一切科學皆為增進知識之需，寧有鏟之之理歟？

「若大學教員既於學校之外，發表其鏟倫常之主義乎，則試問有誰何教員，曾於何書何雜誌，為父子相夷，兄弟相鬩，夫婦無別，朋友不信之主張者？曾於何書何雜誌，為不仁不義不智不信及無禮之主張者？公所舉斥父為自感情欲，於己無恩，謂隨園文中有之。弟則憶《後漢書．孔融傳》，路粹枉狀奏融有曰：『前與白衣禰衡跌盪放言，云父之於子，當有何親，論其本意，實為情欲發耳，子之於母亦復奚為，譬如寄物瓶中，出則離矣。』孔融禰衡並不以是損其聲價，而路粹則何如者。公能指出誰何教員，曾於何書何雜誌，述路粹或隨園之語，而表其極端贊成之意者？且弟亦從不聞有誰何教員，崇拜李贄其人而願拾其唾餘者，所謂武曌為聖王，卓文君為賢媛，何人曾述斯語，以號於眾，公能證明之歟？

「對於第二點，當先為三種考察。甲，北京大學是否已盡廢古文而專用白話？乙，白話果是否能達古書之義？丙，大學少數教員所提倡之白話的文字，是否與引車賣漿者所操之語相等？

「請先察北京大學是否已盡廢古文而專用白話。大學預科中有國文一課，所據為課本者，曰模範文，曰學術文，皆古文也。其每月中練習之文，皆文言也。本科中國文學史，西洋文學史，中國古代文學，中古文學，近世文學，又本科預科皆有文字學，其編成講義而付印者，皆文言也。於北京大學月刊中，亦多文言之作。所可指為白話體者，惟胡適之君之《中國古代哲學史大綱》，而其中所引古書，多屬原文，非皆白話也。

「次考察白話是否能達古書之義。大學教員所編之講義固皆文言矣，而上講壇後決不能以背誦講義塞責，必有賴於白話之講演，豈講演之語必皆編為文言而後可歟？吾輩少時讀《四書集注》《十三經注疏》，使塾師不以白話講演之，而編為類似集注類似注疏之文言以相授，吾輩豈能解乎？若謂白話不足以講說文，講古籀，講鐘鼎之文，則豈於講壇上當背誦徐氏說文解字繫傳，郭氏汗簡，薛氏鐘鼎款識之文，或編為類此之文言而後可，必不容以白話講演之歟？

「又次考察大學少數教員所提倡白話的文字，是否與引車賣漿者所操之語相等。白話與文言形式不同而已，內容一也。《天演論》，《法意》，《原富》等，原文皆白話也，而嚴幼陵君譯為文言。小仲馬，迭更司，哈葛德等所著小說，皆白話也，而公譯為文言。公能謂公及嚴君之所譯，高出於原本乎？若內容淺薄，則學校報考時之試卷，普通日刊之論說，盡有不值一讀者，能勝於白話乎？且不特引車賣漿之徒而已，清代目不識丁之宗室，其能說漂亮之京話，與《紅樓夢》中寶玉黛玉相埒，其言果有價值歟？熟讀《水滸》《紅樓夢》之小說家，能於《續水滸傳》《紅樓復夢》等書以外，為科學哲學之講演歟？公謂『水滸紅樓作者均博極群書之人，總之非讀破萬卷，不能為古文，亦並不能為白話。』誠然，誠然。北京大學教員中善作白話文者，為胡適之，錢玄同，周啟孟諸公。公何以證知為非博極群書，非能為古文，而僅以白話文藏拙者？胡君家世從學，其舊作古文雖不多見，然即其所作《中國哲學史大綱》言之，其瞭解古書之眼光，不讓於清代乾嘉學者。錢君所作之文字學講義學術文通論，皆古雅之古文。周君所譯之域外小說，則文筆之古奧，非淺學者所能解。然則公何寬於水滸紅樓之作者，而苛於同時之胡錢周諸君耶？

「至於弟在大學，則有兩種主張如左：一，對於學說，仿世界各大學通例，循『思想自由』原則，取兼容並包主義，與公所提出之『圓通廣大』四字頗不相背也。無論有何種學派，苟其言之成理，持之有故，尚不達自然淘汰之運命者，雖彼此相反，而悉聽其自由發展。此義已於月刊之發刊詞言之，抄奉一覽。

「二，對於教員，以學詣為主，在校講授以無背於第一種之主張為界限。其在校外之言動悉聽自由，本校從不過問，亦不能代負責任。例如復辟主義，民國所排斥也，本校教員中有拖長辮而持復辟論者，以其所授為英國文學，與政治無涉，則聽之。籌安會之發起人，清議所指為罪人者也，本校教員中有其人，以其所授為古代文學，與政治無涉，則聽之。嫖賭娶妾等事，本校進德會所戒也，教員中間有喜作側豔之詩詞，以納妾挾妓為韻事，以賭為消遺者，苟其功課不荒，並不誘學生而與之墮落，則姑聽之。夫人才至為難得，若求全責備，則學校殆難成立。且公私之間，自有天然界限。譬如公曾譯有《茶花女》，《迦茵小傳》，《紅礁畫槳錄》等小說，而亦曾在各學校講授古文及倫理學等，使有人詆公為以此等小說體裁講文學，以狎妓奸通爭有夫之婦講倫理者，寧值一笑歟？然則革新一派即偶有過激之論，苟於校課無涉，亦何必強以其責任歸之於學校耶？此覆，並候着祺。八年三月十八日，蔡元培敬啟。」

此外還有一封致公言報的信，其詞曰：「公言報記者足下，讀本月十八日貴報，有《請看北京大學思潮變遷之近狀》一則，其中有林琴南君致鄙人一函，雖原函稱不必示覆，而鄙人為表示北京大學真相起見，不能不有所辨正，謹以答林君函抄奉，請為照載。又貴報稱陳胡等絕對菲棄舊道德，毀斥倫常，詆排孔孟，大約即以林君之函為據，鄙人已於致林君函辨明之。惟所云主張廢國語而以法蘭西文字為國語之議，何所據而云然？請示覆。」結果是公言報並無什麼答覆。

一二一　卯字號的名人一

為了記錄林蔡二人的筆墨官司，把兩方面的文件抄寫了一通，不意有六七千字之多，做了一回十足的「文抄公」，給談往增加了不少的材料，但是這實在乃是為欲瞭解「五四」以前的北大情形的資料，不過現在已經很是難得，我恰有一冊《蔡孑民先生言行錄》下，裏邊收有此文，所以拿來利用了。我本來還有公言報上的原本，卻已經散失，這回轉錄難免有些錯字，只是隨了文氣加以訂正，恐怕是不很靠得住的。現在這重公案既然交代清楚，我們還是回過頭去，再講北京大學的事情。那時是民國六年(一九一七)的秋天，距我初到北京才只有五六個月，所以北大的情形還是像當初一個樣子，所謂北大就是在馬神廟的這一處，第一院的紅樓正在建築中，第三院的譯學館則是大學預科，文理本科完全在景山東街，即是馬神廟的「四公主府」，而且其時那正門也還未落成，平常進出總是走西頭的便門，即後來叫做西齋的寄宿舍的門的。進門以後，往北一帶靠西邊的圍牆有若干間獨立的房子，當時便是講堂，進去往東是教員的休息室，也是一帶平房，靠近南牆，外邊便是馬路，不知什麼緣故，普通叫作「卯字號」，隨後改做校醫室，一時又當作女生寄宿舍。但在最初卻是文科教員的預備室，一個人一間，許多名人每日都在這裏聚集，如錢玄同，朱希祖，劉文典，以及胡適博士，還有談紅樓故事的人所常談起的三沈二馬諸公，——但其時實在還只有沈尹默與馬裕藻而已，沈兼士在香山養病，沈士遠與馬衡都還未進北大，劉半農雖然與胡適之是同在這一年裏進北大來，但是他擔任的是預科功課，所以住在譯學館裏。卯字號的最有名的逸事，便是這裏所謂兩個老兔子和三個小兔子的事。這件事說明了極是平常，卻很有考據的價值，因為文科有陳獨秀與朱希祖是己卯年生的，又有三人則是辛卯年生，那是胡適之劉半農和劉文典，在民六才只二十七歲，過了四十多年之後再提起來說，陳朱二劉已早歸了道山，就是當時翩翩年少的胡君也已成了十足古希的老博士了。

這五位卯年生的名人之中，在北大資格最老的要算朱希祖，他還是民國初年進校的吧，別人都在蔡孑民長校之後，陳獨秀還在民五冬天，其他則在第二年裏了。朱希祖是章太炎先生的弟子，在北大主講中國文學史，但是他的海鹽話很不好懂，在江蘇浙江的學生還不妨事，有些北方人聽到畢業還是不明白。有一個同學說，他聽講文學史到了周朝，教師反復的說孔子是「厭世思想」的，心裏很是奇怪，又看黑板上所寫引用孔子的話，都是積極的，一點看不出厭世的痕跡，尤其覺得納悶，如是過了好久，後來不知因了什麼機會，忽然省悟教師所說的「厭世」思想，實在乃是說「現世」思想，因為朱先生讀「現」字不照國語發音如「線」，仍用方音讀若「豔」，與厭字音便很相近似了。但是北方學生很是老實，雖然聽不懂他的說話，卻很安分，不曾表示反對，那些出來和他為難的反而是南方尤其是浙江的學生，這也是一件很有趣的事。在同班的學生中有一位姓范的，他搗亂得頂利害，可是外面一點都看不出來，大家還覺得他是用功安分的好學生。在他畢業了過了幾時，才自己告訴我們說，凡遇見講義上有什麼漏洞可指的時候，他自己並不出頭開口，只寫一小紙條搓團，丟給別的學生，讓他起來說話，於是每星期幾乎總有人對先生質問指摘。這已經鬧得教員很窘了，末了不知怎麼又有什麼匿名信出現，作惡毒的人身攻擊，也不清楚這是什麼人的主動。學校方面終於弄得不能付之不問了，於是把一位向來出頭反對他的學生，在將要畢業的直前除了名，而那位姓范的仁兄安然畢業，成了文學士。這位姓范的是區區的同鄉，而那頂了缸的姓孫的則是朱老夫子自己的同鄉，都是浙江人，可以說是頗有意思的一段因緣。

後來還有一回類似的事，在五四的前後，文學革命運動興起，校內外都發生了反應，校外的反對派代表是林琴南，他在新申報公言報上發表文章，肆行攻擊，頂有名的是新申報上的《蠡叟叢談》，本是假聊齋之流，沒有什麼價值，其中有一篇名叫『荊生』和『妖夢』的小說，是專門攻擊北大，想假借武力來加以摧毀的。北大法科有一個學生叫張繆子，是徐樹錚所辦的立達中學出身，林琴南在那裏教書時的學生，平常替他做些情報，報告北大的事情，又給林琴南寄稿至新申報，這些事上文都曾經說及，當時蔡孑民的回信雖嚴厲而仍溫和的加以警告，但是事情演變下去，似乎也不能那麼默爾而歇，所以隨後北大評議會終於議決開除他的學籍，雖然北大是向來不主張開除學生，特別是在畢業的直前，但這兩件似乎都是例外。從來學校裏所開除的，都是有本領好鬧事的好學生，北大也是如此。張繆子是個劇評專家，在北大法科的時候便為了辯護京戲，關於臉譜和所謂摔殼子的問題，在《新青年》上發生過好幾次筆戰。范君是歷史大家，又關於《文心雕龍》得到黃季剛的傳授，有特別的造詣。孫世暘是章太炎先生家的家庭教師還是秘書，也是黃季剛的高足弟子，大概是由他的關係而進去的。這樣看來，事情雖是在林琴南的信發表以前，這正是所謂新舊學派之爭的一種表現，黃季剛與朱希祖雖然同是章門，可是他排除異己，卻是毫不留情的。我與黃季剛同在北大多年，但是不曾見過面，和劉申叔也是這樣，雖然他在辦《天義報》《河南》的時候我都寄過稿，隨後又同在北大，卻只有在教授會議的會場上遠遠的望見過一次顏色，若黃季剛連這也沒有，也不曾見過照相，這不能不說是一個缺恨了。

一二二　卯字號的名人 二

這裏第二位的名人乃是陳獨秀。他是蔡孑民長校以後所聘的文科學長，大約當初也認識吧，但是他進北大去據說是由於沈君默（當時他不叫尹默，後來因為有人名沈默君，所以他把口字去了，改作尹默，老朋友叫他卻仍然是君默，他也不得不答應）的推薦，其時他還沒有什麼急進的主張，不過是一個新派的名士而已，看早期的青年雜誌當可明瞭，及至雜誌改稱「新青年」，大概在民六這一年裏逐漸有新的發展，胡適之在美國，劉半農在上海，校內則有錢玄同，起而響應，由文體改革進而為對於舊思想之攻擊，便造成所謂文學革命的運動。到了學年開始，胡適之劉半農都來北大任教，於是新青年的陣容愈加完整，而且這與北大也就發生不可分的關係了。但是月刊的效力還覺得是緩慢，何況《新青年》又並不能按時每月出板，所以大家商量再來辦一個週刊之類的東西，可以更為靈活方便一點。這事仍由新青年同人主持，在民七（一九一八）的冬天籌備起來，在日記上找到這一點記錄：

「十一月廿七日，晴。上午往校，下午至學長室議創刊每週評論，十二月十四日出板，任月助刊資三元。」那時與會的人記不得了，主要的是陳獨秀，李守常，胡適之等人。結果是十四日來不及出，延期至廿一日方才出第一號，也是印刷得很不整齊。當初我做了一篇《人的文學》，送給每週評論，得獨秀覆信云：

「大著《人的文學》做得極好，唯此種材料以載月刊為宜，擬登入《新青年》，先生以為如何？週刊已批准，定於本月二十一日出板，印刷所之要求下星期三即須交稿，唯紀事文可在星期五交稿。文藝時評一欄，望先生有一實物批評之文。豫才先生處，亦求先生轉達。十四日。」我接到此信，改寫《平民的文學》與《論黑幕》二文，先後在第四五兩期上發表。隨後接連地遇見「五四」和「六三」兩次風潮，《每週評論》着實發揮了實力，其間以獨秀守常之力為多，但是北洋的反動派卻總是對於獨秀眈眈虎視，欲得而甘心，六月十二日獨秀在東安市場散放傳單，遂被警廳逮捕，拘押了起來。日記上說：

「六月十四日，同李辛白王撫五等六人至警廳，以北大代表名義訪問仲甫，不得見。

「九月十七日，知仲甫昨出獄。

「十八日下午，至箭竿胡同訪仲甫，一切尚好，唯因粗食故胃腸受病。」在這以前，北京御用報紙經常攻擊仲甫，以彼不謹細行，常作狹斜之遊，故報上紀載時加渲染，說某日因爭風抓傷某妓下部，欲以激起輿論，因北大那時有進德會不嫖不賭不娶妾之禁約也，至此遂以違警見捕，本來學校方面也可以不加理睬，但其時蔡校長已經出走，校內評議會多半是「正人君子」之流，所以任憑陳氏之辭職，於是拔去了眼中釘，反動派乃大慶勝利了。獨秀被捕後，每週評論暫由李守常胡適之主持，二人本來是薰蕕異器，合作是不可能的，但事實上沒有別的辦法。日記上說：

「六月廿三日，晴。下午七時至六味齋，適之招飲，同席十二人，共議每週評論善後事，十時散。」來客不大記得了，商議的結果大約也只是維持現狀，由守常適之共任編輯，生氣虎虎的每週評論已經成了強弩之末，有幾期裏大幅的登載學術講演，此外胡適之的有名的「少談主義多談問題」的議論恐怕也是在這上邊發表的。但是反動派還不甘心，在過了一個多月之後，每週評論終於在八月三十日被迫停刊了，總共出了三十六期。新青年的事情以後仍歸獨秀去辦，日記上記有這一節話：

「十月五日，晴。下午二時至適之寓所，議新青年事，自七卷始，由仲甫一人編輯，六時散，適之贈所著《實驗主義》一冊。」在這以前，大約是第五六卷吧，曾議決由幾個人輪流擔任編輯，記得有獨秀，適之，守常，半農，玄同，和陶孟和這六個人，此外有沒有沈尹默那就記不得了，我特別記得是陶孟和主編的這一回，我送去一篇譯稿，是日本江馬修的小說，題目是「小的一個人」，無論怎麼總是譯不好，陶君給我加添了一個字，改作「小小的一個人」，這個我至今不能忘記，真可以說是「一字師」了。關於新青年的編輯會議，我一直沒有參加過，每週評論的也是如此，因為我們只是客員，平常寫點稿子，只是遇着興廢的重要關頭，才會被邀列席罷了。

一二三　卯字號的名人 三

上邊說陳仲甫的事，有一半是關係胡適之的，現在要講劉半農，這也與胡適之有關，因為他之成為法國博士，乃是胡適之所促成的。我們普通稱胡適之為胡博士，也叫劉半農為劉博士，但是很有區別，劉的博士是被動的，多半含有同情和憐憫的性質，胡的博士卻是能動的，純粹是出於嘲諷的了。劉半農當初在上海賣文為活，寫「禮拜六」派的文章，但是響應了新青年的號召，成為文學革命的戰士，確有不可及的地方。來到北大以後，我往預科宿舍去訪問他，承他出示所作《靈霞館筆記》的資料，原是些極為普通的東西，但經過他的安排組織，卻成為很可誦讀的散文，當時就很佩服他的聰明才力。可是英美派的紳士很看他不起，明嘲暗諷，使他不安於位，遂想往外國留學，民九乃以公費赴法國，留學六年，終於獲得博士學位，而這學位乃是國家授與的，與別國的由私立大學所授的不同，他屢自稱國家博士，雖然有點可笑，但這卻是很可原諒的。他最初參加新青年，出力奮鬥，頂重要的是和錢玄同合「唱雙簧」，由玄同扮作舊派文人，化名王敬軒，寫信抗議，半農主持答覆，痛加反擊，這些都做得有些幼稚，在當時卻是很有振聾發聵的作用的。他不曾與聞每週評論，在「五四」時卻主持高等學校教職聯合會事務，後來歸國加入語絲，作文十分勇健，最能嚇破紳士派的苦膽。後來至綏遠作學術考察，生了回還熱，這本來可以醫好，為中醫所誤，於一九三四年去世，在追悼會的時候，我總結他的好處共有兩點。其一是他的真，他不裝假，肯說話，不投機，不怕罵，一方面卻是天真爛漫，對什麼人都無惡意。其二是他的雜學，他的專門是語音學，但他的興趣很廣博，文學美術他都喜歡，做詩，寫字，照相，搜書，講文法，談音樂，有人或者嫌他雜，我覺得這正是好處，方面廣，理解多，於處世和治學都有用。當時並做了一副輓聯送去，其文云：

十七年爾汝舊交，追憶還從卯字號。

廿餘日馳驅大漠，歸來竟作丁令威。

在第二年的夏天，下葬於北京西郊，劉夫人命作墓誌刻石，我遂破天荒第一次正式做起文章來，寫成《故國立北京大學教授劉君墓誌》一篇，其文如下：

「君姓劉，名復，號半農，江蘇江陰縣人，生於清光緒十七年辛卯四月二十日，以中華民國二十三年七月十四日卒於北平，年四十四。夫人朱惠，生子女三人，育厚，育倫，育敦。

「君少時曾奔走革命，已而賣文為活，民國六年被聘為國立北京大學預科教授，九年教育部派赴歐洲留學，凡六年。十四年應巴黎大學考試，受法國國家文學博士學位，返北京大學，任中國文學系教授，兼研究所國學門導師。二十年為文學院研究教授，兼研究院文史部主任。二十三年六月至綏遠調查方音，染回歸熱，返北平，遂卒。二十四年五月葬於北平西郊香山之玉皇頂。

「君狀貌英特，頭大，眼有芒角，生氣勃勃，至中年不少衰。性果毅，耐勞苦，專治語音學，多所發明。又愛好文學美術，以餘力照相，寫字，作詩文，皆精妙。與人交遊，和易可親，善談諧，老友或與戲謔以為笑。及今思之，如君之人已不可再得。嗚呼，古人傷逝之意其在茲乎。

「將葬，夫人命友人紹興周作人撰墓誌，如皋魏建功書石，鄞馬衡篆蓋。作人，建功，衡於誼不能辭，故謹志而書之。」

第五個卯字號的名人乃是劉文典，但是這裏餘白已經不多，只好來少為講幾句，雖然他的事情說來很多。他是安徽合肥縣人，乃是段祺瑞的小同鄉，為劉申叔的弟子，擅長那一套學問，所著有《淮南子集解》(?)，有名於時。其狀貌甚為滑稽，口多微詞，凡詞連段祺瑞的時候，輒曰，「我們的老中堂……」，以下便是極不雅馴的話語，牽連到「太夫人」等人的身上去。劉號曰叔雅，常自用文字學上變例改為「狸豆烏」，友人則戲稱之為「劉格拉瑪」，用代稱號。因為昔曾吸食雅片煙，故面目黧黑，亦不諱言，又性喜食豬肉，嘗見錢玄同在餐館索素食，便來辯說其不當，莊諧雜出，玄同匆遽避去。後來北大避難遷至昆明，於是相識友人遂進以尊號，曰二雲居士，謂雲土與雲腿，皆所素嗜也。平日很替中醫辯護，謂世上混賬人太多，他們「一線死機」唯以有若輩在耳，其持論奇辟大抵類此。

一二四　三沈二馬上

平常講起北大的人物，總說有三沈二馬，這是與事實有點不很符合的。事實上北大裏後來是有三個姓沈的和兩個姓馬的人，但在我們所說的「五四」前後卻不能那麼說，因為那時只有一位姓沈的即是沈尹默，一位姓馬的即是馬幼漁，別的幾位都還沒有進北大哩。還有些人硬去拉哲學系的馬夷初來充數，殊不知這位「馬先生」，——這是因為他發明一種「馬先生湯」，所以在北京飯館裏一時頗有名，——乃是杭縣人，不能拉他和鄞縣的人做是一家，這尤其是可笑了。沈尹默與馬幼漁很早就進了北大，還在蔡孑民長北大之前，所以資格較老，勢力也比較的大，實際上兩個人有些不同，馬君年紀要大幾歲，人卻很是老實，容易發脾氣，沈君則更沉着有思慮，因此雖凡事退後，實在卻很起帶頭作用。朋友們送他一個徽號叫「鬼谷子」，他也便欣然承受，錢玄同嘗在背地批評，說這混名起得不妙，鬼谷子是陰謀大家，現在這樣的說，這豈不是自己去找罵麼？但就是不這樣說，人家也總是覺得北大的中國文學系裏是浙江人專權，因為沈是吳興人，馬是寧波人，所以有「某籍某系」的謠言，雖是「查無實據」，卻也是「事出有因」，但是這經過閒話大家陳源的運用，移轉過來說紹興人，可以說是不虞之譽了。我們紹興人在「正人君子」看來，雖然都是紹興師爺一流人，性好舞文弄墨，但是在國文系裏我們是實在毫不足輕重的。他們這樣的說，未必是不知道事實，但是為的「挑剔風潮」，別有作用，卻也可以說弄巧成拙，留下了這一個大話柄了吧。

如今閒話休題，且說那另外的兩位沈君。一個是沈兼士，沈尹默的老弟，他的確是已經在北大裏了，因為民六那一年我接受北大國史編纂處的聘書為纂輯員，共有兩個人，一個便是沈兼士，不過他那時候不在城裏，是在香山養病。他生的是肺病，可不是肺結核，乃是由於一種名叫二口蟲的微生物，在吃什麼生菜的時候進到肚裏，侵犯肺臟，發生吐血，這是他在東京留學時所得的病，那時還沒有全愈。他也曾從章太炎問學，他的專門是科學一面，在「物理學校」上課，但是興味卻是國學的「小學」一方面，以後他專搞文字學的形聲，特別是「右文問題」，便是凡從某聲的文字也含有這聲字的意義。他在西山養病時，又和基督教的輔仁學社裏的陳援庵相識，陳研究元史，當時著《一賜樂業考》，《也里可溫考》等，很有些新氣象，逐漸二人互相提攜，成為國學研究的名流。沈兼士任為北大研究所國學門主任，陳援庵則由導師轉升燕京大學的研究所主任，再進而為輔仁大學校長，更轉而為師範大學校長，至於今日。沈兼士隨後亦脫離北大，跟陳校長任輔仁大學的文學院長，終於因同鄉朱家驊的關係，給國民黨做教育的特務工作，勝利以後匆遽死去。陳援庵同胡適之也是好朋友，但胡適之在解放的前夕乘飛機倉黃逃到上海，陳援庵卻在北京安坐不動，當時王古魯在上海，特地去訪胡博士，勸他回北京至少也不要離開上海，可是胡適之卻不能接受這個好意的勸告。由此看來，沈兼士和胡適之都不能及陳援庵的眼光遠大，他的享有高齡與榮譽，可見不是偶然的事了。

另外一個是沈大先生沈士遠，他的名氣都沒有兩個兄弟的大，人卻頂是直爽，有北方人的氣概，他們雖然本籍吳興，可是都是在陝西長大的。錢玄同嘗形容他說，譬如有幾個朋友聚在一起談天，漸漸的由正經事談到不很雅馴的事，這是凡在聚談的時候常有的現象，他卻在這時特別表示一種緊張的神色，彷彿在聲明道，現在我們要開始說笑話了！這似乎形容的很是得神。他最初在北大預科教國文，講解的十分仔細，講義中有一篇《莊子》的天下篇，據說這篇文章一直要講上一學期，這才完了，因此學生們送他一個別號便是「沈天下」。隨後轉任為北大的庶務主任，到後來便往燕京大學去當國文教授，時間大約在民國十五年（一九二六）吧，因為第二年的四月李守常君被捕的那天，大家都到他海甸家裏去玩，守常的大兒子也同了同學們去，那天就住在他家裏，及至次晨這才知道昨日發生的事情，便由尹默打電話告知他的老兄，叫暫留守常的兒子住在城外。因此可以知道他轉往燕大的時期，這以後他就脫離了北大，解放後他來北京在故宮博物院任職，但是不久也就故去了。至今三位沈君之中，只有尹默還是健在，但他也已早就離開北大，在民國十八年北伐成功之後，他陸續擔任河北省教育廳長，北平大學校長，女子文理學院院長，後到上海任中法教育職務，他擅長書法，是舊日朋友中很難得的一位藝術家。

一二五　三沈二馬　下

現在要來寫馬家列傳了。在北大的雖然只有兩位馬先生，但是他家兄弟一共有九個，不過後來留存的只是五人，我都見到過，而且也都相當的熟識。馬大先生不在了，但留下一個兒子，時常在九先生那裏見着，二先生即是北大的馬幼漁，名裕藻，本來他們各有一套標準的名號，很是整齊，大約還是他們老太爺給定下來的，即四先生名衡，字叔平，五先生名鑒，字季明，七先生名準，本字繩甫，後來曾一度出家，因改號太玄，九先生名廉，字隅卿，照例二先生也應是個單名，字為仲什麼，但是他都改換掉了，大約也在考取「百名師範」，往日本留學去的時候吧。不曉得他的師範是哪一門，但他在北大所教的乃是章太炎先生所傳授的文字學的音韻部分，和錢玄同的情形正是一樣。他進北大很早，大概在蔡孑民長校之前，以後便一直在裏邊，與北大共始終，民國廿六年（一九三七）學校遷往長沙隨後又至昆明，他沒有跟了去，學校方面承認幾個教員有困難的不能離開北京，名為北大留校教授，凡有四人，即馬幼漁，孟心史，馮漢叔和我，由學校每月給予留京津貼五十元，但在解放以前他與馮孟兩位卻已去世了。

馬幼漁性甚和易，對人很是謙恭，雖是熟識朋友也總是稱某某先生，這似乎是馬氏弟兄的一種風氣，因為他們都是如此的。與舊友談天頗喜詼諧，唯自己不善劇談，只是傍聽微笑而已。但有時跡近戲弄的也不贊成，有一次劉半農才到北京不久，也同老朋友一樣和他開玩笑，在寫信給他的時候，信面上寫作「鄞縣馬廄」，主人見了艴然不悅，這其實要怪劉博士的過於輕率的。他又容易激怒，在評議會的會場上遇見不合理的議論，特別是後來「正人君子」的一派，他便要大聲叱吒，一點不留面子，與平常的態度截然不同。但是他碰見了女學生，那就要大倒其楣，他平時的那種客氣和不客氣的態度都沒有用處。現在來講這種軼事，似乎對於故人有點不敬的意思，其實是並不然的，這便是說他有特別的一樣脾氣，便是所謂譽妻癖。本來在知識階級中間這是很尋常的事，居家相敬如賓，出外說到太太時，總是說自己不如，或是學問好，或是治家有方，有些人聽了也不大以為然，但那畢竟與季常之懼稍有不同，所以並無什麼可笑之處，至多是有點幽默味罷了。他有一個時候曾在女師大或者還是女高師兼課，上課的時候不知怎的說及那個問題，關於「內人」講了些話，到了下星期的上課時間，有兩個女學生提出請求道：

「這一班還請老師給我們講講內人的事吧。」這很使得他有點為難，大概只是嗨嗨一笑，翻開講義夾來，模胡過去了吧。這班學生裏很出些人物，即如那搗亂的學生就是那有名的黃瑞筠，當時在場的她的同學後來出嫁之後講給她的「先生」聽，我又是從那裏轉聽來的，所以雖然是間接得來，但是這故事的真實性是十分可靠的。——說到這裏，聯想所及不禁筆又要岔了開去，來記劉半農的一件軼事了。這些如教古舊的道學家看來，就是「談人閨閫」，是很缺德的事，其實講這故事其目的乃是來表彰他，所以乃是當作一件盛德事來講的。當初劉半農從上海來北京，雖然有志革新，但有些古代傳來的「才子佳人」的思想還是存在，時常在談話中間要透露出來，彷彿有羨慕「紅袖添香」的口氣，我便同了玄同加以諷刺，將他的號改為龔孝拱的「半倫」，因為龔孝拱不承認五倫，只餘下一妾，所以自認只有半個「倫」了。半農禁不起朋友們的攻擊，逐漸放棄了這種舊感情和思想，後來出洋留學，受了西歐尊重女性的教訓，更是顯著的有了轉變了。歸國後參加語絲的工作，及張作霖入關，語絲被禁，我們兩人暫避在一個日本武人的家裏，半農有《記硯兄之稱》一小文記其事云：

「余與知堂老人每以硯兄相稱，不知者或以為兒時同窗友也。其實余二人相識，余已二十七，豈明已三十三。時余穿魚皮鞋，猶存上海少年滑頭氣，豈明則蓄濃髯，戴大絨帽，披馬夫式大衣，儼然一俄國英雄也。越十年，紅鬍入關主政，北新封，語絲停，李丹忱捕，余與豈明同避菜廠胡同一友人家。小廂三楹，中為膳食所，左為寢室，席地而臥，右為書室，室僅一桌，桌僅一硯。寢，食，相對枯坐而外，低頭共硯寫文而已。居停主人不許多友來視，能來者余妻豈明妻而外，僅有徐耀辰兄傳遞外間消息，日或三四至也。時為民國十六年，以十月二十四日去，越一星期歸，今日思之，亦如夢中矣。」我所說的便是躲在菜廠胡同的事，有一天半農夫人來訪，其時適值余妻亦在，因避居右室，及臨去乃見其潛至門後，親吻而別，此蓋是在法國學得的禮節，維持至今者也。此事適為余妻窺見，相與歎息劉博士之盛德，不敢笑也。劉胡二博士雖是品質不一樣，但是在不忘故劍這一點上，卻是足以令人欽佩的，胡適之尚健在，若是劉半農則已蓋棺論定的了。

一二六　二馬之餘

上邊講馬幼漁的事，不覺過於冗長，所以其他的馬先生只能寫在另外的一章了。馬四先生名叫馬衡，他大約是民國八九年才進北大的吧，教的是金石學一門，始終是個講師，於校務不發生什麼關係，說的人也只是品湊「二馬」的人數，拉來充數的罷了。他的夫人乃是寧波巨商葉澄衷堂家裏的小姐，卻十分看不起大學教授的地位，曾對別人說：

「現在好久沒有回娘家去了，因為不好意思，家裏問起叔平幹些什麼，要是在銀行什麼地方，那也還說得過去，但是一個大學的破教授，教我怎麼說呢？」可是在那些破教授中間，馬叔平卻是十分闊氣的，他平常總是西服，出入有一輛自用的小汽車，胡博士買到福特舊式的「高軒」，恐怕還要在他之後哩。他待人一樣的有禮貌，但好談笑，和錢玄同很說得來，有一次玄同與我轉托黎劭西去找齊白石刻印，因為黎齊有特別關係，刻印可以便宜，只要一塊半錢一個字，叔平聽見了這個消息，便特地坐汽車到孔德學校宿舍裏去找玄同，鄭重的對他說：

「你有錢盡有可花的地方，為什麼要去送給齊白石？」他自己也會刻印，但似乎是仿漢的一派，在北京的印人經他許可的只有王福庵和壽石工，他給我刻過一方名印，仿古人「庾公之斯」的例，印文云「周公之作」，這與陳師曾刻的省去「人」字的「周作」正是好一對了。他又喜歡喝酒，玄同前去談天留着吃飯的時候，常勸客人同喝，玄同本來也會喝酒，只因血壓高怕敢多吃，所以曾經寫過一張「酒誓」，留在我這裏，因為他寫了同文的兩張，一張是給我的，卻不知道是什麼緣故，都寄到這裏來了。原文係用九行行七字的急就廎自製的紅格紙所寫，其文曰：

「我從中華民國二十二年七月二日起，當天發誓，絕對戒酒，即對於馬凡將周苦雨二氏，亦不敷衍矣。恐後無憑，立此存照。錢龜競十。」下蓋朱文方印曰龜競，十字甚粗笨，則是花押也。給我的一紙文字相同，唯周苦雨的名字排在前面而已。看了這寫給「凡將齋」的酒誓，也可以想見主人是個有風趣的人了。他於賞鑒古物也很有工夫，有一年正月逛廠甸，我和玄同叔平大家適值會在一起，又見黎子鶴張鳳舉一同走來，子鶴拿出新得來的「醬油青田」的印章，十分得意的給他看，他將石頭拿得很遠的一看（因為有點眼花了），不客氣的說道：

「西貝，西貝！」意思是說「假」的。玄同後來時常學他的做法，這也是可以表現他的一種性格。自從一九二四年宣統出宮，故宮博物院逐漸成立以後，馬叔平遂有了他適當的工作，後來正式做了院長，直到解放之後這才故去了。

此外還有幾位馬先生，雖然只有一位與北大有關係，也順便都記在這裏。馬五先生即是馬鑒季明，他一向在燕京大學任教，我在那裏和他共事好幾年，也是很熟習的朋友，後來轉到香港大學，到近年才歸道山。馬七先生馬準，法號太玄，也是一個很可談話有風趣的人，在有些地方大學教書，只是因為曾有嗜好，所以不大能夠得意，在他的兄弟處時常遇見，頗為諗熟。末了一個是馬九先生隅卿，他曾在魯迅之後任中國小說史的功課，至民國二十四年（一九三五）二月十九日在北京大學第一院課堂上因腦出血去世。隅卿的專門研究是明清的小說戲曲，此外又搜集四明的明末文獻，這件事是受了清末的民族革命運動的影響，大抵現今的老年人都有過這種經驗，不過表現略有不同，如七先生寫到清乾隆必稱曰弘曆，亦是其一。因為這些小說戲曲從來是不登大雅之堂的，所以隅卿自稱曰不登大雅文庫，隅卿沒後，聽說這文庫以萬元售給北大圖書館了。後來得到一部二十回本的《平妖傳》，又稱平妖堂主人，嘗複刻書中插畫為箋紙，大如冊頁，分得一匣，珍惜不敢用，又別有一種畫箋，係《金瓶梅》中插圖，似刻成未印，今不可得矣。居南方時得話本二冊，題曰「雨窗集」「欹枕集」，審定為清平山堂同型之本，舊藏天一閣者也，因影印行世，請沈兼士書額雲雨窗欹枕室，友人或戲稱之為雨窗先生。隅卿用功甚勤，所為札記甚多，平素過於謙退不肯發表，嘗考馮夢龍事蹟著作甚詳備，又抄集遺文成一卷，屢勸其付印亦未允。二月十八日是陰曆上元，他那時還出去看街上的燈，一直興致很好，不意到了第二天便爾溘然了。我送去了一副輓聯，只有十四個字：

月夜看燈才一夢，

雨窗欹枕更何人。——中年以後喪朋友是很可悲的事，有如古書，少一部就少一部，此意惜難得恰好的達出，輓聯亦只能寫得像一副輓聯就算了。當時寫一篇紀念文，是這樣的結末的。

一二七　五四之前

關於北大裏的人物的事情，講的已經不算少了，現在來講一點學校那時的一點情形吧。其時我才從地方中學出來，一下子就進到最高學府，不知道如何是好，也只好照着中學的規矩，敷衍做去。點名劃到，還是中學的那一套，但是教課，中學是有教科書的，現在卻要用講義，這須得自己來編，那便是很繁重的工作了。課程上規定，我所擔任的歐洲文學史是三單位，希臘羅馬文學史三單位，計一星期只要上六小時的課，可是事先卻須得預備六小時用的講義，這大約需要寫稿紙至少二十張，再加上看參考書的時間，實在是夠忙的了。於是在白天裏把草稿起好，到晚上等魯迅修正字句之後，第二天再來謄正並起草，如是繼續下去，在六天裏總可以完成所需要的稿件，交到學校裏油印備用。這樣經過一年的光陰，計草成希臘文學要略一卷，羅馬一卷，歐洲中古至十八世紀一卷，合成一冊《歐洲文學史》，作為北京大學叢書之三，由商務印書館出板。這是一種雜湊而成的書，材料全由英文本各國文學史，文人傳記，作品批評，雜和做成，完全不成東西，不過在那時候也湊合着用了。但是這裏也有一種特色，便是人地名都不音譯，只用羅馬字拼寫，書名亦寫原文，在講解時加以解說，所以是用橫行排印，雖然用的還是文言。後來商務印書館要出一套大學的教本，想把這本文學史充數，我也把編好了的十九世紀文學史整理好，預備加進去，可是拿到他們專家審訂的意見來一看，我就只好敬謝不敏了。因為他說書中年月有誤，那可能是由於我所根據的和他的權威不合，但是主張著作名稱悉應改用英文，這種英語正統的看法在那些紳士學者的社會雖是當然，但與原書的主旨正是相反，所以在紳士叢書中間只得少陪了。曾見歐洲分期文學史中一冊《十四世紀》，是英國聖茲伯利所編，他在例言裏邊說，因為編寫這冊書的緣故，重新將十四世紀的作品讀了一遍，一切悉依原文，自己說明只有愛爾蘭古文不懂，所以用了譯文。我看了只能叫聲慚愧，編文學史的工作不是我們搞得來的，要講一國一時期的文學照理非得把那些作品都看一遍不可，我們平凡人哪裏來這許多精力和時間？我的那冊文學史在供應了時代的需要以後，任其絕板，那倒是很好的事吧。

北大那時還於文科之外，還早熟的設立研究所，於六年(一九一七)十二月開始，凡分哲學，中文及英文三門，由教員擬定題目，分教員公同研究及學生研究兩種。我於甲種中選擇了「改良文字問題」，同人有錢玄同馬裕藻劉文典三人，卻是一直也沒有開過研究會，乙種則參加了「文章」類第五的小說組，同人有胡適劉復二人，規定每月二次，於第二第四的星期五舉行開會，照例須有一個人講演。我們的小說組於十二月十四日開始，一共有十次的集會，研究員只有中文系二年級的崔龍文和英文系三年級的袁振英兩人。我記得講演僅有胡劉二君各講了一回，是什麼題目也已忘記了，只彷彿記得劉半農所講是什麼「下等小說」，到了四月十九日這次輪到應該我講了，我遂寫了一篇《日本近三十年小說之發達》，在那裏敷衍的應用。大意是說它學西洋學得好，能夠徹底的去模仿外國，隨後就可以蛻化出自己的東西來，隨後講到中國，便大發其牢騷，現在雖已是過時，不妨抄在這裏，以供參考：

「中國講新小說也二十多年了，算起來卻毫無成績，這是什麼理由呢？據我說來，就只在中國人不肯模仿，不會模仿。因為這個緣故，所以舊派小說還出幾種，新文學的小說就一本也沒有。創作一面姑且不論也罷，即如翻譯，也是如此。除卻一二種節譯的小仲馬《茶花女遺事》，托爾斯泰《心獄》外，別無世界名著。其次司各得，迭更司還多，接下去便是高能達利，哈葛得，白髭拜(Buothby)，無名氏諸作。這宗著作，固然沒有什麼可模仿，也決沒人去模仿它，因為譯者本來也不是佩服他的長處所以譯它，所以譯這本書者便因為它有我的長處，因為他像我的緣故。所以司各得小說之可譯可讀者，就因為他像史漢的緣故，正與將赫胥黎《天演論》比周秦諸子同一道理。大家都存着這樣一個心思，所以凡事都改革不完成，不肯自己去學別人，只願別人來像我，即使勉強去學，也仍是打定老主意，以『中學為體，西學為用』。學了一點，更上下古今扯作一團，來作他的傳奇主義的聊齋，自然主義的子不語，這是不肯模仿不會模仿的必然的結果了。」

我說這番話，完全是針對那時上海的小說界而說的，當時除風行一時的「鴛鴦蝴蝶派」而外，就是劉半農所說的下等小說和「黑幕」派，所指的翻譯界現象則是林琴南派的說法了。這裏反面的發牢騷，就是對於當時小說界的批評，至今覺得很對，但是正面說日本的話，卻似乎現在要加以修正了。日本文化的特色固然是在於「創造的模仿」，但是近來卻有點過分的模仿西洋，尤其是美國，連言語也生了變化，混雜了許多不必要的「英文」，彷彿成功了一種新的混血日本語，而且聽說書法家也傳染了美國什麼叫做抽象派畫家的習氣，大幅的塗抹，這不但浪費紙墨，也簡直可以說是風雅掃地了。這個緣因大抵是由於資本主義的報館和文人一同起哄，造成這種混亂情形，或者這是在西方式的所謂自由社會裏應有的現象吧。

北京大學經過改革，兩年來逐漸就緒，馬神廟的校舍改造成功，稱為第二院。在漢花園建築也於民國七年(一九一八)落成，上下共有五層，本來原擬作為宿舍用的，現在卻改為文科，稱為第一院，譯學館則稱第三院，專辦法科。第二院因為房屋較好，作為理科之用，校長辦公室也就留在那裏，但是以後文化活動的中心卻也同文科一起搬到第一院來了。舊日記在民國七年九月項下云：

「廿七日，晴。下午同半農秣陵往看新築文科。」據褚保衡編的《北大生活》裏大事記說，五年六月借比國儀品公司款二十萬元，建造預科宿舍，至七年十月落成，改為文科，就是後來的所謂紅樓。

一二八　每週評論 上

《北大生活》的大事記上有這幾項記錄：

「民國七年十二月三日，新潮雜誌成立。

「八年一月，新潮雜誌出板。

「同月，國故月刊社成立。」這樣，公言報所誇張的新舊學派對立的情形已經開始，剛到兩個月便興起了那武力干涉的陰謀，但是其實那異軍突起的卻並不是每月一回的月刊，乃是七年十一月廿七日成立，而於十二月廿一日創刊的每週評論。所謂新舊派的論爭實在也爭不出什麼來，新派純憑文章攻擊敵方的據點，不涉及個人，舊派的劉申叔則只顧做他的考據文章，別無主張，另一位黃季剛乃專門潑婦式的罵街，特別是在講堂上尤其大放厥詞，這位國學大師的做法實是不足為訓。這手法傳給了及門弟子，所以當時說某人是「黃門侍郎」（即是說是黃季剛的得意門生），誰也感到頭痛，覺得不敢請教的。新潮的主幹是傅斯年，羅家倫只是副手，才力也較差，傅在研究所也單認了一種黃侃的文章組的「文」，可以想見在一年之前還是黃派的中堅，但到七年十二月便完全轉變了，所以陳獨秀雖自己在編新青年，卻不自信有這樣大的法力，在那時候曾經問過我，「他們可不是派來做細作的麼？」我雖然教過他們這一班，但實在不知底細，只好成人之美說些好話，說他們既然有意學好，想是可靠的吧。結果仲甫的懷疑到底是不錯的，他們並不是做細作，卻實在是投機，「五四」以後羅家倫在學生會辦事也頗出力，及至得到學校的重視，資送出洋，便得到高飛的機會了。他們這種做法實在要比舊派來得高明，雖然其動機與舊派一流原是一樣的。

每週評論預定於十二月十四日創刊，我乃寫了一篇《人的文學》，於十二月七日脫稿，送了過去，十四日得仲甫回信道：

「大著《人的文學》做得極好，唯此種材料以載月刊為宜，擬登入新青年，先生以為如何？週刊已批准，定於本月二十一日出板，印刷所之要求，下星期三即須交稿。文藝時評一欄，望先生有一實物批評之文。」因此我就改作了一篇《平民的文學》，是二十日做成的，此外又寫了一篇《論黑幕》，這兩篇文章在每週評論第四五兩期上登載了出來。此後在二月十四日又寫了《再論黑幕》，不曉得發表在什麼時候，現在這兩篇關於黑幕的文章都沒有收在集子裏，所以說些什麼，已經完全忘記了。比較的至今還是記得清楚的，是兩篇別的文章，因為這些乃是由衷之言，可以說是近於「言志」的東西，這即是《祖先崇拜》與《思想革命》，在《談虎集》上卷收在開頭的地方。兩篇文章的末尾都只記着「八年三月」，查日記裏也沒有記載，只有二日下午記着「作文」，可能就是這個。《祖先崇拜》是反對中國的尊重國粹，主張廢止祖先崇拜而改為子孫崇拜，主要說：

「我不信世上有一部經典，可以千百年來當人類的教訓的，只有紀載生物的生活現象的學問，才可供我們的參考，定人類行為的標準。在自然律上面的確是祖先為子孫而生存，並非子孫為祖先而生存的。」我這倫理的生物學的解說不管它的好壞得失如何，的確跟了我一輩子，做了我一切意見的根柢，而其實關於生物學的學問，不說是外行，也只有中學的程度。第二篇《思想革命》則是正面的主張，強調思想改革之必要，彷彿和那時正出風頭的「文學革命」即是文字改革故意立異，實在乃是補足它所缺少的一方面罷了。這主要所說固然是文學裏的思想，但實際包含着一切的封建的因襲道德，若是借了大公報的說法，那也就是「剗倫常」的一種變相了。我給每週評論幫忙，在前三個月中間就只有這一點，因為四月裏我告假出京，先往紹興家中一轉，再到日本東京，所以「五四」時候不曾在場，待得我從東京回得北京來，卻已是五月十八日了。

一二九　每週評論 下

「五四」的情形因為我不在北京，不能知道，但是一個月之後，遇見「六三」事件，我卻是「親眼目睹」的，有些事情便在每週評論上反映了出來。五四是大學生干預國政運動的開始，所以意義很是重大，六三則是運動的擴大，中小學生表示同情，援助大學生，出來講演遊行，北洋政府慌了手腳，連忙加以鎮壓，可是對於幼小學生，到底不好十分亂來，只好遇見就拘捕起來。那一天下午，我在北大新造成的第一院，二樓中間的國文系教授室那時作為教職員聯合會辦事室的一間屋裏，聽說政府捉了許多中小學生拘留各處，最近的北路便是第三院法科那裏，於是陳百年劉半農王星拱和我四人便一同前去，自稱係北大教員代表，慰問被捕學生，要求進去，結果自然是被拒絕，只在門前站着看了一會兒。三院前面南北兩路斷絕交通，隔着水溝（那時北河沿的溝還未填平）的東邊空地上聚集了許多看熱鬧的男女老幼都有，學生隨時被軍警押着送來，有的只是十三四歲的初中學生，走到門前，在門樓上的有些同學，便拍手高呼歡迎他，那看熱鬧的人也拍手相應。有的老太婆在擦眼淚，她眼看像她孫兒那麼大的小學生被送進牢門（雖然這原是譯學館的門）裏不見了，她怎能不心酸呢？反動政府對於革命運動的無理的鎮壓，不但給予革命者本身，也給予一般民眾以最好的訓練，使得他們瞭解並同情於革命，往往比運動本身更有效力。

這一天就在混亂中過去了，第二天是六月四日，下午二時至第二院理科赴職教員會，沒有什麼結果，又回至文科，則門外已駐兵五棚，很有不穩的形勢。五日下午仍至文科，三時半出校，步行至前門內警察廳門前，有學生講演不能通行，大隊軍警包圍着他們，我們正想擠過去，馬隊便過來衝散行人，有一老翁忽然大怒，說我們平民為什麼路都不能走，要奔去馬隊拼命，好容易由旁人勸止，這一件小事也就可以證明，和平的小市民怎麼的被激動而引起反政府的感情，這全由於北洋政府自己的行動，並不單是學生的講演所能造成的。那一天回到會館裏，在燈下做了一篇《前門遇馬隊記》，於次日上午往北大上課的時候，送到圖書館主任室交給守常，請他編入每週評論，那天似是星期五，所以可能在下一期上登了出來了。其文曰：

「中華民國八年六月五日下午三時後，我從北池子往南走，想出前門買點什物。走到宗人府夾道，看見行人非常的多，我就覺得有點古怪。到了警察廳前面，兩旁的步道都擠滿了，馬路中間站立着許多軍警。再往前看，見有幾隊穿長衫的少年，每隊裏有一張國旗，站在街心，周圍也是軍警。我還想上前，就被幾個兵攔住。人家提起兵來，便覺得害怕。但我想兵和我同是一樣的中國人，有什麼可怕呢？那幾位兵士果然很和氣，說請你不要再上前去。我對他說，『那班人都是我們中國的公民，又沒拿着武器，我走過去有什麼危險呢？』他說，『你別見怪，我們也是沒法，請你略候一候，就可以過去了。』我聽了也便安心站着，卻不料忽聽得一聲怪叫，說道什麼『往北走！』後面就是一陣鐵蹄聲，我彷彿見我的右肩旁邊，撞到了一個黃的馬頭。那時大家發了慌，一齊向北直奔，後面還聽得一陣馬蹄聲響和怪叫。等到覺得危險已過，立定看時，已經在『履中』兩個字的牌樓底下了。我定一定神，再計算出前門的方法，不知如何是好，須得向哪裏走才免得被馬隊來衝。於是便去請教那站崗的警察，他很和善的指導我，教我從天安門往南走，穿過中華門，可以安全出去。我謝了他，便照他指導的走去，果然毫無危險。我在甬道上走着，一面想着，照我今天遇到的情形，那兵警都待我很好，確是本國人的樣子，只有那一隊馬煞是可怕。那馬是無知的畜生，它自然直衝過來，不知道什麼是共和，什麼是法律。但我彷彿記得那馬上似乎也騎着人，當然是兵士或警察了。那些人雖然騎在馬上，也應該還有自己的思想和主意，何至任憑馬匹來踐踏我們自己的人呢？我當時理應不要逃走，該去和馬上的『人』說話，諒他一定也很和善，懂得道理，能夠保護我們。我很懊悔沒有這樣做，被馬嚇慌了，只顧逃命，把我衣袋裏的十幾個銅元都丟了。想到這裏，不覺已經到了天安門外第三十九個帳篷的面前，要再回過和他們說，也來不及了。晚上坐在家裏，回想下午的事，似乎又氣又喜。氣的是自己沒用，不和騎馬的人說理，喜的是僥倖沒有被馬踏壞。於是提起筆來，寫這一篇做個紀念。從前中國文人遇到一番危險，事後往往做一篇什麼思痛記或虎口餘生記之類。我這一回雖然算不得什麼了不得的大事，但在我卻是初次。我從前在外國走路，也不曾受過兵警的呵叱驅逐，至於性命交關的追趕，更是沒有遇着過。如今在本國的首都卻吃了這一大驚嚇，真是出人『意表之外』，所以不免大驚小怪，寫了這許多話。可是我決不悔此一行，因為這一回所得的教訓與覺悟比所受的侮辱更大。」

這篇文章寫的並不怎麼的精采，只是裝癡假呆的說些諷刺話，可是不意從相反的方面得到了賞音，因為警察廳注意每週評論，時常派人到編輯處去查問，有一天他對守常說道：「你們的評論不知怎麼總是不正派，有些文章看不出毛病來，實際上全是要不得。」據守常說，所謂有些文章即是指的那篇遇馬隊記，看來那騎在馬上的人也隔衣覺着針刺了吧。

一三〇 小河與新村 上

民國八年（一九一九）一月裏，我做了一首新詩，題云「小河」。同年七月我到日本去，順便一看日向地方的「新村」。這兩件事情似乎很有連帶的關係，所以一起寫在這裏，題作「小河與新村」。

我寫「新詩」，是從民國七年才開始的，所以經驗很淺，寫那樣的長篇實在還是第一次，而且也就是第末次了，因為我寫的稍長的詩實在只有這一篇。現在先來做一回文抄公，把那首詩完全抄在這裏吧。

　一條小河，穩穩的向前流動。
經過的地方，兩面全是烏黑的土，
生滿了紅的花，碧綠的葉，黃色的果實。
　一個農夫背了鋤來，在小河中間築起一道堰。
下流乾了，上流的水被堰攔着，下來不得，
不得前進，又不能退回，水只在堰前亂轉。
水要保他的生命，總須流動，便只在堰前亂轉。
堰下的土，逐漸淘去，成了深潭。
水也不怨這堰，——便只是想流動，
想同從前一樣，穩穩的向前流動。
　一日農夫又來，土堰外築起一道石堰。
土堰坍了，水沖着堅固的石堰，還只是亂轉。

* * *

堰外田裏的稻，聽着水聲，皺着眉說道：
「我是一株稻，是一株可憐的小草，
我喜歡水來潤澤我，
卻怕他在我身上流過。
小河的水是我的好朋友，
他曾經穩穩的流過我的面前，
我對他點頭，他向我微笑。
我願他能夠放出了石堰，
仍然穩穩的流着，
向我們微笑，
曲曲折折的盡量向前流着，
經過的兩面地方，都變成一片錦繡。
他本是我的好朋友，
只怕他如今不認識我了，
他在地裏底呻吟，
聽去雖然微細，卻又如何可怕！

這不像我朋友平日的聲音，
被微風攙着走上沙灘來時
快活的聲音。
我只怕他這回出來的時候，
不認識從前的朋友了，——
便在我身上大踏步過去。
我所以正在這裏憂慮。」

田邊的桑樹，也搖頭說：
「我長的高，能望見那小河，——
他是我的好朋友，
他送清水給我喝，
使我能生肥綠的葉，紫紅的桑葚。
他從前清澈的顏色，
現成變了青黑，
又是終年掙扎，臉上添出許多痙攣的皺紋。
他只向下鑽，早沒有工夫對了我點頭微笑。

堰下的潭，深過了我的根了。
我生在小河旁邊，
夏天曬不枯我的枝條，
冬天凍不壞我的根。
如今只怕我的好朋友，
將我帶倒在沙灘上，
拌着他帶來的水草。
我可憐我的好朋友，
但實在也為我自己着急。」
田裏的草和蝦蟆，聽了兩個的話，
也都歎氣，各有他們自己的心事。
＊＊＊
水只在堰前亂轉。
堅固的石堰，還是一毫不搖動。
築堰的人，不知到哪裏去了。
（一月二十四日）

一三一　小河與新村　中

事隔三十五年，在民國甲申（一九四四）的九月，我抄了廿四首「弗入調」（方言「弗入調」兼有不遵規則及無賴的意思）的舊詩，題曰「苦茶庵打油詩」，在雜誌上發表了。篇末有一段話，涉及《小河》，現在也可以抄了來，做個說明。

「這些以詩論當然全不成，但裏邊的意思總是確實的，所以如只取其述懷，當作文章看，亦未始不可，只是意稍隱曲而已。我的打油詩本來寫得很是拙直，只要第一不當作遊戲話，意思極容易看得出，大約就只有憂與懼耳。孔子說，仁者不憂，勇者不懼。吾儕小人誠不足與語仁勇，唯憂生憫亂，正是人情之常，而能懼思之人亦復為君子所取，然則知憂懼或與知慚愧相類，未始非人生入德之門乎。從前讀過《詩經》，大半都已忘記了，但是記起幾篇來時，覺得古時詩人何其那麼哀傷，每讀一過令人不歡。如《王風》裏的黍離云，知我者謂我心憂，不知我者謂我何求，悠悠蒼天，此何人哉。其心理狀態則云中心搖搖，終乃如醉以至如噎。又兔爰云，我生之初，尚無為，我生之後，逢此百罹，尚寐無吪。小序說明原委，則云君子不樂其生。幸哉我們尚得止於憂懼，這裏總還有一點希望，若到了哀傷則一切已完了矣。大抵憂懼的分子在我的詩文裏由來已久，最好的例是那篇《小河》，民國八年所作的新詩，可以與二十年後的打油詩做一個對照。這是民八的一月廿四日所作，登載在

《新青年》上，共有五十七行，當時覺得有點別致，頗引起好些注意。或者在形式上可以說，擺脫了詩詞歌賦的規律，完全用語體散文來寫，這是一種新表現，誇獎的話只能說到這裏為止，至於內容那實在是很舊的，假如說明了的時候，簡直可以說這是新詩人所大抵不屑為的，一句話就是那種古老的憂懼。這本是中國舊詩人的傳統，不過不幸他們多是事後的哀傷，我們還算好一點的是將來的憂慮。其次是形式也就不是直接的，而用了譬喻，其實外國民歌中很多這種方式，便是在中國，《中山狼傳》中的老牛老樹也都說話，所以說到底連形式也並不是什麼新的東西。鄙人是中國東南水鄉的人民，對於水很有情份，可是也十分知道水的利害，《小河》的題材即由此而出。古人云，民猶水也，水能載舟，亦能覆舟。法國路易十四云，朕等之後有洪水來。其一戒懼如周公，其一放肆如隋煬，但二者的話其歸趨則一，是一樣的可怕。把這類意思裝到詩裏去，是做不好詩來的，但這是我誠懇的意思，所以隨時得有機會便想發表，自《小河》起，中間經過好些詩文，以至《中國的思想問題》，前後二十餘年，就只是這兩句話，今昔讀者或者不接頭亦未可知，自己則很是清楚，深知老調無變化，令人厭聞，唯不可不說實話耳。打油詩本不足道，今又為此而有此一番說明，殊有唐喪時日之感，故亦不多贅矣。」

這些詩裏邊有第十五首，情調最是與《小河》相近，不過那是借種園人的口氣，不再是譬喻罷了。原詩云：

野老生涯是種園，閒銜煙管立黃昏。
豆花未落瓜生蔓，悵望山南大水雲。

原注，「夏中南方赤雲瀰漫，主有水患，稱曰大水雲。」這裏夏天六月有大水雲的時候，什麼瓜才生蔓，什麼豆花未落，這些都不成題，只是說瓜豆尚未成熟，大水即是洪水的預兆就來了，種園的人只表示他的憂慮而已。這是一九四二年所作，再過五六年北京就解放了，原來大革命的到來極是自然順利，俗語所謂「瓜熟蒂落」，這又比作婦人的生產，說這沒有像想像的那麼難，那麼這些憂懼都是徒然的了。不過這乃是知識階級的通病，他們憂生憫亂，叫喊一起，但是古今情形不同，昔人的憂懼後來成為事實，的確成為一場災難，現在卻是因此得到解救，正如經過一次手術，反而病去身輕了。

一三二　小河與新村　下

民國八年我們決定移家北京，我遂於四月告假先回紹興，將在那裏的家小——妻子和子女一共四人，送往日本東京的母家歸寧，還沒有來得及去逛上野公園，聽見「五四」的消息，趕緊回北京來，已經是五月十八日了。到了七月二日，又從塘沽乘船出發，去接她們回來，六日上午到日本門司港，坐火車迂道到日向的福島町，至石河內，參觀「新村」。

這「新村」是什麼樣的東西呢？原來這乃是武者小路實篤所發起的一種理想主義的社會運動，他本是白樺派的一個人，從一九一〇年四月開始，刊行雜誌，提倡人生的文學。當時日本文學上自然主義已經充分發展，那種主張對於人生不求解決，便不免發生一種厭倦與悲觀的空氣，他們為的不滿意於這樣現象，所以傾向於一種新的理想，籠統的說一句可以說是人道主義的吧。他們都很受俄國托爾斯泰，陀思妥也夫斯奇的影響，武者小路是這派的領袖，尤其佩服托爾斯泰晚年的「躬耕」，從理想轉變成現實，這便是所謂「新村」了。他最初在雜誌發揮他的主張，後來看見同志的青年逐漸增多，就來着手組織實行，一九一八年在日向兒湯郡地方買了若干畝田地，建立了第一個新村。第二年七月間我去訪問的，便是這個「新村」了。

我首先引用幾節武者小路的說話，來說明這新村的理想是什麼。他在《新村的生活》裏說：

「新時代應該來了。無論遲早，世界的革命總要發生，這便因為要使世間更為合理的緣故，使世間更為自由，更為個人的，又更為人類的——的緣故。」這裏儼有一種預言者的態度，很有些宗教氣，似乎是受了托爾斯泰的影響，那是很顯明的事。他又說道：

「對於這將來的時代，不先預備，必然要起革命。怕懼革命的人，除了努力使人漸漸實行人的生活以外，別無方法。」新村的運動便在提倡實行這「人的生活」，順了必然的潮流，建立新社會的基礎，以免將來的大革命，省去一次無用的破壞損失。但是怎樣才是人的生活呢，用他自己的話來説，「各人先盡了人生必要的勞動的義務，再將其餘的時間，做各人自己的事」。這就是「各盡所能，各取所需」的社會主義的理想，但他覺得這可以和平的獲得，這是他的主張特別的地方。他説：

「我極相信人類，又覺得現在制度存立的根基，非常的淺，只要大家都真望着這樣社會出現，人類的運命便自然轉變。」他又説：

「我所説的事，即使現在不能實現，不久總要實現的，這是我的信仰。但這種社會的造成，是將用暴力得來呢，還是不用暴力呢？那須看那時的個人進步的程度如何了。現在的人還有許多惡德，與這樣的社會不相適合。但與其説惡，或不如説是不明更為切當。他們怕這樣的社會，彷彿地老鼠怕見日光。他們不知道這樣的社會來了，人類才能得到幸福。」這裏更明白揭示出「信仰」這兩個字來了，所以我們無妨總結的斷一句説，這「新村」的理想裏面確實包含着宗教的分子，不過所信奉的不是任何一派的上帝，而是所謂人類，反正是空虛的一個概念，與神也相差無幾了。普通空想的共產主義多是根據托爾斯泰的無抵抗主義，相信人性本善，到頭終有覺悟的一天，這裏武者小路更稱共產主義的生活乃是人類的意志，雖然還是有點渺茫，但總比説是神意要好得多。新村的理想現在看來是難以實現，可是那時創始者的熱心毅力是相當可以佩服的，而且那種期待革命而又懷憂慮的心情於此得到多少的慰安，所以對於新村的理論在過去時期我也曾加以宣揚，這就正是做那首《小河》的詩的時代。那時登在《新潮》九月號的《訪日本新村記》，是一篇極其幼稚的文章，處處現出宗教的興奮來，如在高城地方遇見村裏來接的橫井和齋藤二人的時候，說道：

「我自從進了日向已經很興奮，此時更覺感動欣喜，不知怎麼說才好，似乎平日夢想的世界已經到了，這兩人便是首先來通告的。現在雖然仍在舊世界居住，但即此部分的奇跡，已能夠使我信念更加堅固，相信將來必有全體成功的一日。我們常說同胞之愛，卻多未曾感到同類之愛，這同類之愛的理論，在我雖也常常想到，至於經驗，卻是初次。新村的空氣中，便只充滿這愛，所以令人融醉，幾於忘返，這真可說是不奇的奇跡了。」我自己承認是范縝的神滅論者，相信人只有形體，沒有精神可以離形體而獨存，至於上帝與神更是不在話下了。可是儘管如此相信，卻有時也要表現出教徒那種熱心，或者以為宗教雖是虛妄，但在某種時地也是有用，有時也還要這樣的想，大概到了一九二四年的春天，發表了那篇《教訓的無用》之後，才從這種迷妄裏覺醒過來吧。

一三三　文學與宗教

「五四」運動是民國以來學生的第一次政治運動，因了全國人民的支援，得了空前的勝利，一時興風作浪的文化界的反動勢力受了打擊，相反的新勢力俄然興起，因此隨後的這一個時期，人家稱為「新文化運動」的時代，其實是也很確當的。在這個時期，我憑了那時浪漫的文藝思想，在做文學活動，這所謂浪漫的思想第一表現在我給《每週評論》所寫而後來發表在《新青年》上的一篇《人的文學》裏邊。雖然我因為考慮婦人問題，歸結到「女人的自由到底須以社會的共產制度為基礎，只有那種制度，才能在女子為母的時候供給養活她，免得去倚靠男子專制的意志過活」（一九一八年十月論《愛的成年》），但是文學上所講到的，還是很空洞的人類。這不只是《人的文學》是如此，便是在一九二〇年我給少年中國學會講演的「新文學的要求」，也是那樣的說法，結末處云：

「這新時代的文學家是偶像破壞者，但他還有他的新宗教，——人道主義的理想是他的信仰，人類的意志便是他的神。」我給少年中國學會先後講演過三次，都是鄧仲澥（後來改號中夏）高君宇二君來叫我去的，末後兩次不記得是講什麼了，但大抵總是這一類的話吧。我除了寫些評論之外，尤着力於翻譯外國「弱小民族」的作品，在民國以前結集在《域外小説集》裏，民國七八年在《新青年》發表的結集為《點滴》——後來改稱為「空大鼓」，其後在《小説月報》發表的則編為現代小説譯叢，始終是一貫的態度。當時我在《點滴》的序文上説，新潮社的傅斯年羅家倫兩人説在這裏有特別的兩點，要我特加説明，這便是一直譯的文體，二人道主義的精神，因此在初板時曾將《人的文學》一篇附錄在後邊，再板時這才撤去了。關於第一點我卻仍然堅持，在原序中有一節道：

「我以為此後譯本，應當竭力保存原作的風氣習慣，語言條理，最好是逐字譯，不得已也應逐句譯，寧可中不像中，西不像西，不必改頭換面。但我毫無才力，所以成績不良，至於方法卻是最為適當。」現在不敢說方法一定是正確，因為事實上可能有具備「信達雅」這三樣條件的，我只說自己才力不及，所以除直譯之外別無更好的方法了。

我的文學活動的第二件，是在燕京大學文學會所講演的《聖書與中國文學》。這是一九二〇年十一月廿一至廿七日所寫成，至三十日晚間在盔甲廠的一間小講堂裏所講，這當然因為是教會大學的緣故，所以選擇了那樣的題目，但裏邊所說的話卻是我真實的意思，不是專為應酬教會而說的。從前在南京學堂讀書的時候，就聽前輩胡詩廬說，學英文不可不看聖書，因為那「欽定」譯本是有名的，所以我雖不是基督徒，也在身邊帶着一冊新舊約全書，曾經有過一個時候還想學了希臘文來重譯《新約》，至少也把四福音書改寫成上好的古文。後來改譯的興趣已經是沒有了，覺得它官話的譯本已是很好，而且有些地方還可以作現在的參考，一方面當作文學作品來看，也是很有益的，特別是《舊約》裏的抒情和感想部分，如《雅歌》，《傳道書》和《箴言》等。我的講演從形式與精神兩點上，來講它和中國文學的關係，很從思想方面把人道主義和基督教牽連在一起，這方面結論上說：

「近代文藝上人道主義思想的源泉，一半便在這裏，我們要想理解托爾斯泰，陀思妥也夫斯奇的愛的福音之文學，不得不從這源泉上來注意考察。」不但是講文學時是這樣說，就是在別的泛論中國事情的時候，也曾經有這樣的意見，彷彿覺得基督教是有益於中國似的。一九二一年的夏天，我在北京西山養病，寫有幾段《山中雜信》寄給孫伏園，那時報紙還沒有「副刊」這東西，那幾封便發表在《晨報》的第五板上。第六段是九月三日寫的，裏邊說看見英斂之所著的《萬松野人言善錄》的感想道：

「我老實說，對於英先生的議論未能完全贊同，但因此引起我陳年的感慨，覺得要一新中國的人心，基督教實在是很適宜的。極少數的人能夠以科學藝術或社會的運動去替代宗教的要求，但在大多數是不可能的。我想最好便以能容受科學的一神教把中國現在的野蠻殘忍的多神教打倒，民智的發達才有點希望。」但是這實在能有什麼用呢？三年以後在什麼書上見到斯賓塞給友人的信裏說道德教訓的無用，有這幾句話道：

「在宣傳了愛之宗教將近二千年之後，憎之宗教還是很佔勢力，歐洲住着二萬萬的外道，假裝着基督教徒，如有人願望他們照着他們的教旨行事，反要被他們所辱罵。」這時我對於宗教可以利用的這種迷信方才打破了。上面已經說過，本來我是不信宗教的，也知道宗教乃是鴉片，但不知怎的總還有點迷戀鴉片的香氣，以為它有時可以醫病，以無信仰的人替宗教作辯護，事實上是有點矛盾也很是可笑的，那時對於非宗教運動的抗議，便是一例。但是這個矛盾，到了一九二七年也就取消，那時主張說：

「假如這不算是積極的目的，現在來反對基督教，只當作反帝國主義的手段之一，正如不買英貨等的手段一樣，那可是另一問題」，也是可以做的一種事了。關於文學的迷信，自己以為是懂得文藝的，這在「自己的園地」的時代正是頂熱鬧，一直等到自己覺悟對於文學的無知，宣告文學店關門，這才告一結束。

一三四　兒童文學與歌謠

在一九二〇年我又開始——這說是開始，或者不如說是復活更是恰當，一種特別的文學活動，這便是此處所說的兒童文學與歌謠。民國初年我因為讀了美國斯喀特爾(Scudder)麥克林托克(Maclintock)諸人所著的《小學校裏的文學》，說明文學在小學教育上的價值，主張兒童應該讀文學作品，不可單讀那些商人杜撰的讀本，讀完了讀本，雖然說是識字了，卻是不能讀書，因為沒有養成讀書的趣味。我很贊成他們的意見，便在教書的餘暇，寫了幾篇《童話研究》，《童話略論》這類的東西，預備在雜誌上發表。那時中國模仿日本已經發刊童話了，我想這一類的文章或者也還適用吧，便寄給中華書局編輯部去看，當然並不敢希望得到報酬，說明只願發表後得有一年份的《中華教育界》就好了，——結果卻說那篇《童話略論》不甚合用，退了回來，後來寄給魯迅，承他連同《童話研究》都登在教育部月刊中了。這是民國二年（一九一三）的事情，自然是用文言所寫的，在第二年裏又用文言寫了《兒歌之研究》和《古童話釋義》，登在紹興縣教育會月刊上，反正是拿去湊篇幅的，也不見有人要看，所以也不繼續寫下去了。但是還沒有全然的斷念，心想本地的兒歌或者還有人感到興趣吧，說不定可以搜集一點，於是便在第二年的一月號月刊上登載了這樣的一個啟事：

「作人今欲採集兒歌童話，錄為一編，以存越國土風之特色，為民俗研究，兒童教育之資料。即大人讀之，如聞天籟，起懷舊之思，兒時釣游故地，風雨異時，朋儕之嬉游，母姊之話言，猶景象宛在，顏色可親，亦一樂也。第茲事繁重，非一人才力所能及，尚希當世方聞之士，舉其所知，曲賜教益，得以有成，實為大幸。」這個廣告登後經過了幾個月，總算有一個同志送來了一篇兒歌，沒有完全辜負發起人的意思，但是這徵集兒歌的一件事不能不就此結束了。

我來到北京以後，適值北京大學的同人在方巾巷地方開辦孔德學校，——平常人家以為是提倡孔家道德，其實卻是以法國哲學家為名，一切取自由主義的教育方針，自小學至中學一貫的新式學校，我也被學校的主持人邀去參加，因此又引起了我過去的興趣，在一九二〇年十一月二十六日乃在那裏講演了那篇《兒童的文學》。這篇文章的特色就只在於用白話所寫的，裏邊的意思差不多與文言所寫的大旨相同，並沒有什麼新鮮的東西，大意只在說明兒童的特殊狀況，不應當用了大人的標準去判斷他。這裏分作兩點說道：

「第一，我們承認兒童有獨立的生活，就是說他們內面的即精神的生活與大人們不同，我們應當客觀的理解他們，並加以相當的尊重。

「第二，我們又知兒童的生活，是轉變的生長的。因為這一層，所以我們可以放膽供給兒童需要的歌謠故事，不必愁它有什麼壞的影響，但因此我們更須細心斟酌，不要使他停滯，脱了正當的軌道。」譬如兒童相信貓狗能説話的時候，我們便同他講貓狗説話的故事，不但要使得他們喜歡，也因為知道這過程是跳不過的，——然而又自然的會推移過去的，所以相當的對付了，等到兒童要知道貓狗是什麼東西的時候到來，我們再可以將生物學的知識供給他們。我這樣的説，彷彿是什麼新發見似的，其實是「古已有之」的話，在一千幾百年前印度的《大智度論》裏已經説過類似的話道：

「爾時菩薩大歡喜作是念，衆生易度耳，所以者何，衆生所著皆是虛誑無實。譬如人有一子，喜在不淨中戲，聚土為谷，以草木為鳥獸，而生愛着，人有奪者，瞋恚啼哭，其父知已，此子今雖愛着，此事易離耳。小大自休。何以故，此物非真故。」印度哲人真是了不起，「小大自休」一語有多少斤兩，説明兒童的特質，與中國從前的教育家生怕兒童聽了貓狗講話的故事，便會到老相信貓狗能説話的，真不可同日而語了。

民國七年北京大學開始徵集歌謠，是由劉半農錢玄同沈尹默諸人主持其事，後來他們知道我也有這興趣，便拉我參加這個工作。當初在簡章上規定入選歌謠的資格，其三是「征夫野老遊女怨婦之辭，不涉淫褻而自然成趣者」，但是其後考慮我提出的意見，加以擴大，於十一年(一九二二)發行《歌謠》週刊，改定章程，第四條寄稿人注意事項之四云：

「歌謠性質並無限制，即語涉迷信或猥褻者亦有研究之價值，當一併尋寄，不必先由寄稿者加以甄擇。」在週刊的發刊詞中亦特別聲明道：

「我們希望投稿者盡量的錄寄，因為在學術上是無所謂卑猥或粗鄙的。」但是徵集的結果還是一樣，在這一年之內仍舊得不到這種難得的東西。在歌謠週刊的一周年紀念特刊上，我特地寫了一篇《猥褻的歌謠》，對於這事稍作說明，隨後還和錢玄同與歌謠的編輯人常維鈞(惠)商量，用三個人的名義共同發起，專門徵集猥褻性質的歌謠故事，我個人所收到的部分便很不少，足有一抽斗之多，但是這些在國民黨劫收之餘已幾乎散失了，目下只剩了河南唐河和山東壽光的一點寄稿，——玄同已久歸道山，維鈞還時常會見，但也沒有勇氣去和他談當日的事了。至於普通的地方歌謠，我在民國初年曾鈔錄有一個稿本，計從范嘯風的《越諺》中轉抄下來，也經過自己的實驗的，有五十五篇，由我個人親自搜集的有七十三篇，此外是別人所記錄，雖然沒有聽到過，也是靠得住的，有八十五篇，一總計有二百二十三首，略為注解，編成了一卷《紹興兒歌集》，於一九五八年冬天才算告成，但是這種傳統的舊兒歌沒有出板的機會，所以也只是擱着就是了。

一三五　在病院中

民國九年(一九二〇)我很做了些文學的活動，十一月廿三日下午到東城萬寶蓋胡同(俗語是王八蓋)的耿濟之君家裏開會，大約記得是商量組織「文學研究會」的事情，大家叫我擬那宣言，我卻沒有存稿，所以記不得是怎麼說了，但記得其中有一條，是說這個會是預備作為工會的始基，給文學工作者全體聯絡之用，可是事實正是相反，設立一個會便是安放一道門檻，結果反是對立的起頭，這實在是當初所不及料的了。到了十二月廿二日下午往大學赴歌謠研究會，至五時散會，晚間覺得很是疲倦，到廿四日便覺得有點發熱，次日發熱三十八度三分，而且咳嗽，廿九日去找醫生診視，據說是肋膜炎，於是這一下子便臥病大半年之久，到九月裏方才好起來，現在且把養病中間的事情來一說吧。

我當初在家中養病，到了三月初頭，病好得多了，於是便坐了起來，開始給婦女雜誌做文章，這是頭一年裏所約定的，須得趕快交卷才好，題目是「歐洲古代文學上的婦女觀」，結果努力寫了幾天，總算完成了前半篇，是說希伯來思想與希臘思想的，第三節乃是說中古的傳奇思想，還沒有來得及寫，但是病勢卻因而惡化，比起初更是嚴重了，遂於三月廿九日移往醫院，一直住了兩個月，於五月三十一日這才出院，六月二日往西山的碧雲寺般若堂裏養病，至九月廿一日乃下山來回到家裏。我這回生病計共有九月之久，最初的兩月是在家裏，沒有什麼可以說的，第二段是在醫院中的四五兩月，第三段是在西山的六至九凡四個月，這裏所記述的便是那後邊這兩段的事情。

在醫院裏的時候，因為生的病是肋膜炎，是胸部的疾病，多少和肺病有點關係，到了午後就熱度高了起來，晚間幾乎是昏沉了，這種狀態是十分不舒服的，但是說也奇怪，這種精神狀態卻似乎於做詩頗相宜，在疾苦呻吟之中，感情特別銳敏，容易發生詩思。我新詩本不多做，但在詩集裏重要的幾篇差不多是這時候所作。有一篇作為詩集的題名的，叫作「過去的生命」，便是「四月四日在病院中」做的，其詞云：

「這過去的我的三個月的生命，哪裏去了？
沒有了，永遠的走過去了！
我親自聽見他沉沉的緩緩的，一步一步的，
在我牀頭走過去了。
我坐起來，拿了一枝筆，在紙上亂點，
想將他按在紙上，留下一些痕跡，——
但是一行也不能寫，
一行也不能寫。
我仍是睡在牀上，

親自聽見他沉沉的緩緩的，一步一步的，
在我牀頭走過去了。」

這詩並沒有什麼好處，但總是根據真情實感，寫了下來的，所以似乎還說得過去，當時說給魯迅聽了，他便低聲的慢慢的讀，彷彿真覺得東西在走過去了的樣子，這情形還是宛然如在目前。解放以前，做了好些寒山子體的打油詩，一九四六年編為《知堂雜詩》一卷，題記中有一節云：

「丁亥所作《修禊》一詩中，述南宋山東義民吃人臘往臨安，有兩句云，猶幸製熏臘，咀嚼化正氣。可以算是打油詩中之最高境界，自己也覺得彷彿是神來之筆，如用別的韻語形式去寫，便決不能有此力量，倘想以散文表出之，則又所萬萬不能者也。關於人臘的事，我從前說及了幾回，可是沒有一次能這樣的說得決絕明快，雜詩的本領可以說即在這裏，即此也可以表明它之自有用處了。我從前曾說過，平常喜歡和淡的文章思想，但有時亦嗜極辛辣的，有掐臂見血的痛感，此即為我喜歡那『英國狂生』斯威夫德之一理由，上文的發想或者非意識的由其《育嬰芻議》中出來亦未可知，唯索解人殊不易得，昔日魯迅在時最能知此意，今不知尚有何人耳。」上邊所說，或者不免有「自畫自贊」和「後臺喝彩」之嫌，但是我這裏是有些證據的，請看《魯迅全集》裏的書簡，有一九三四年四月三十日給曹聚仁的信說：

「周作人自壽詩誠有諷世之意，然此種微詞已為今之青年所不憭解，群公相和則多近於肉麻，於是火上添油，遽成眾矢之的，而不作此等攻擊文字，此外近日亦無可言。此亦『古已有之』，文人美女必負亡國之責，近似亦有人覺國之將亡，已在卸責於清流或輿論矣。」

又五月六日給楊霽雲的信說：

「至於周作人之詩，其實是還藏些對於現狀的不平的，但太隱晦，已為一般讀者所不憭，加以吹擂太過，附和不完，致使大家覺得討厭了。」對於我那不成東西的兩首歪詩，他卻能公平的予以獨自的判斷，特別是在我們「失和」十年之後，批評態度還是一貫，可見我上邊的話不全是沒有根據的了。魯迅平日主張「以眼還眼，以牙還牙」，不會對於任何人有什麼情面，所以他這種態度是十分難得也是很可佩服的，與專門「挑剔風潮」，興風作浪的胡風等輩，相去真是不可以道里計了。

一三六　西山養病

我於六月二日搬到西山碧雲寺裏，所租的屋即在山門裏邊的東偏，是三間西房，位置在高臺上面，西牆外是直臨溪谷，前面隔着一條走路，就是一個很高的石臺階，走到寺外邊去。這般若堂大概以前是和尚們「掛單」的地方，那裏東西兩排的廂房原來是「十方堂」，這塊大木牌還掛在我的門口，但現在都已租給人住，此後如有游方僧到來，除了請到羅漢堂去打坐以外，已經沒有地方可以安頓他們了。我把那西廂房一大統間佈置起來，分作三部分，中間是出入口，北頭作為臥室，擺一頂桌子算是書房了，南頭給用人王鶴招住，後來有一個時期，母親帶了她的孫子也來山上玩了一個星期，就騰出來暫時讓給她用了。

我住在西山前後有五個月，一邊養病，一邊也算用功，但是這並不是什麼重要的工作，主要的只是學習世界語，翻譯些少見的作品，後來在《小說月報》上發表的從世界語譯出的小說，即是那時的成績，可是更重要的乃是後來給愛羅先珂做世界語講演的翻譯，記得有一篇是《春天與其力量》，說得空靈巧妙，覺得實在不錯。所以在這養病期間，也着實寫了不少東西，在五月與九月之間一總給孫伏園寫了六回的《山中雜信》，目的固然在於輕鬆滑稽，但是事實上不得做到，仍舊還回到煩雜的時事問題上來。如六月廿九日第三回的雜信上說：

「但是我在這裏不能一樣的長閒逸豫，在一日裏總有一個陰鬱的時候，這便是下午清華園的郵差送報來後的半點鐘。我的神經易於激動，病後更甚，對於略略重大的問題稍加思索，便很煩躁起來，幾乎是發熱狀態，因常十分留心避免。但每天的報裏總是充滿着不愉快的事情，見了不免要起煩惱。或者有人說，既然如此，不看豈不好麼？但我又捨不得不看，好像身上有傷的人，明知觸着是很痛的，但有時仍是不自禁的要用手去摸，感到新的劇痛，保留他受傷的意識。但苦痛究竟是苦痛，所以也就趕緊丟開，去尋求別的慰解。我此時放下報紙，努力將我的思想遣發到平常所走的舊路上去，——回想近今所看書上的大乘菩薩佈施忍辱等六度難行，淨土及地獄的意義，或者去搜求遊客及和尚們的軼事，我也不願再說不愉快的事，下次還不如仍同你講他們的事情吧。」

所謂不愉快的事情大抵是中國的內政問題，這時大家最注意的是政府積欠教育經費，各校教員大舉索薪，北京大學職教員在新華門前被軍警毆傷事件了。事情出在六月上旬，事後政府發表命令，說教員自己「碰傷」，這事頗有滑稽的意味，事情是不愉快，可是大有可以做出愉快的文章的機會，我便不免又發動了流氓的性格，寫了一篇短文，名字便叫作「碰傷」，用了子嚴的筆名，在六月十日的《晨報》第五板上登了出來，原文云：

「我從前曾有一種計劃，想做一身鋼甲，甲上都是尖刺，刺的長短依照猛獸最長的牙更加長二寸。穿了這甲，便可以到深山大澤裏自在遊行，不怕野獸的侵害。他們如來攻擊，只消同毛栗或刺蝟般的縮着不動，他們就無可奈何，我不必動手，使他們自己都負傷而去。

「佛經裏說蛇有幾種毒，最利害的是見毒，看見了它的人便被毒死。清初周安士先生注《陰騭文》，說孫叔敖打殺的兩頭蛇，大約即是一種見毒的蛇，因為孫叔敖說見了兩頭蛇所以要死了(其實兩頭蛇或者同貓頭鷹一樣，只是凶兆的動物罷了)。但是他後來又說，現在湖南還有這種蛇，不過已經完全不毒了。

「我小的時候，看唐代叢書裏的《劍俠傳》，覺得很是害怕。劍俠都是修煉得道的人，但脾氣很是不好，動不動便以飛劍取人頭於百步之外。還有劍仙，更利害了，他的劍飛在空中，只如一道白光，能夠追趕幾十里路，必須見血方才罷休。我當時心裏祈求不要遇見劍俠，生怕一不小心得罪他們。

「近日報上說有教職員學生在新華門外碰傷，大家都稱咄咄怪事，但從我這古式浪漫派的人看來，一點都不足為奇。在現今的世界上，什麼事都能有。我因此連帶的想起上邊所記的三件事，覺得碰傷實在是情理所能有的事。對於不相信我的浪漫說的人，我別有事實上的例證，舉出來給他們看。

「三四年前，浦口下關間渡客的一隻小輪，碰在停泊江心的中國軍艦的頭上，立刻沉沒，據說旅客一個都不失少（大約上船時曾經點名報數，有賬可查的）。過了一兩年後，一隻招商局的輪船，又在長江中碰在當時國務總理所坐的軍艦的頭上，隨即沉沒，死了若干沒有價值的人。年月與兩方面的船名，死者的人數，我都不記得了，只記得上海開追悼會的時候，有一副輓聯道，未必同舟皆敵國，不圖吾輩亦清流。

「因此可以知道，碰傷在中國是常有的事，至於責任當然完全由被碰的去負擔。譬如我穿有刺鋼甲，或是見毒的蛇，或是劍仙，有人來觸，或看，或得罪了我，那時他們負了傷，豈能說是我的不好呢？又譬如火可以照暗，可以煮飲食，但有時如不吹熄，又能燒屋傷人，小孩不知道這些方便，伸手到火邊去，燙了一下，這當然是小孩之過了。

「聽說這次碰傷的緣故，由於請願。我不忍再來責備被碰的諸君，但我總覺得這辦法是錯的。請願的事，只於現今的立憲國裏，還暫時勉強應用，其餘的地方都不通用的了。例如俄國，在一千九百零幾年，曾因此而有軍警在冬宮前開炮之舉，碰的更利害了，但他們也就從此不再請願了。……我希望中國請願也從此停止，各自去努力罷。」

我這篇文章寫的有點彆扭，或者就是晦澀，因此有些讀者就不大很能懂，並且對於我勸阻向北洋政府請願的意思表示反對，發生了些誤會。但是那種彆扭的寫法卻是我所喜歡的，後來還時常使用着，可是這同做詩一樣，需要某種的刺激，使得平凡的意思發起酵來，這種機會不是平常容易得到的，因此也就不能多寫了。

一三七　瑣屑的因緣

一九二〇年毛子龍做北京女子高等師範學校的校長，叫錢秣陵送聘書來，去那裏講歐洲文學史。這種功課其實是沒有用的，我也沒有能夠講得好，不過辭謝也不聽，所以也就只得去了。其時是女高師，講義每小時給三塊錢，一個月是二十七元，生病的時候就白拿了大半年的錢，到了新學年開始這才繼續去上學，但是那裏的情形卻全然忘記了。後來許季茀繼任校長，我又曾經辭過一次，仍是沒有能准，可是他自己急流勇退，於改成女子師範大學的時候，卻讓給了楊蔭榆，以為女學校的校長以女子為更適宜，她才從美國回來，自然更好了，豈料女校長治校乃以阿婆自居，於是學生成了一群孤苦伶仃的「童養媳」（根據魯迅的考證），引起了很嚴重的問題，這時因為我尚在女師大，所以也牽連在內。還有一件事也是發生在一九二〇年裏，北大國文系想添一樣小說史，系主任馬幼漁便和我商量，我一時也麻胡的答應下來了，心想雖然沒有專弄這個問題，因為家裏有那一部魯迅所輯的《古小說鉤沉》，可以做參考，那麼上半最麻煩的問題可以解決了，下半再敷衍着看吧。及至回來以後，再一考慮覺得不很妥當，便同魯迅說，不如由他擔任了更是適宜，他雖然躊躇可是終於答應了，我便將此意轉告系主任，幼漁也很贊成，查魯迅日記，在一九二〇年八月六日項下，記着「馬幼漁來，送大學聘書」，於是這一事也有了着落。家裏適值有一本一九二二年的中國文學系課程指導書，裏邊文學分史列着「詞史，二小時，劉毓盤，戲曲史，二小時，吳梅，小說史，二小時，周樹人」，我的功課則是歐洲文學史三小時，日本文學史二小時，用英文課本，其餘是外國文學書之選讀，計英文與日本文小說各二小時，這項功課還有英文的詩與戲劇及日本文戲劇各二小時，由張黃擔任，張黃原名張定璜，字鳳舉，這人與北大同人的活動也很有關係，在這裏特預先說明一句。

這一年裏在我還發生了一件重大的事情，便是擔任燕京大學的新文學的功課，一直蟬聯有十年之久，到一九三八年還去做了半年的「客座教授」，造成很奇妙的一段因緣。講起遠因當然是在二年前的講演，那時因瞿菊農來拉，前往燕京文學會講點什麼，其時便選擇了「聖書與中國文學」這個題目，這與教會學校是頗為合適的。後來因時勢的要求，大約想設立什麼新的課目，前去和胡適之商量，他就推薦我去，這是近因。一九二二年三月四日我應了適之的邀約，到了他的住處，和燕京大學校長司徒雷登與劉廷芳相見，說定從下學年起擔任該校新文學系主任事，到了六日接到燕大來信，即簽定了合同，從七月發生效力。內容是說擔任國文系內的現代國文的一部分，原來的一部分則稱為古典國文，舊有兩位教員，與這邊沒有關係，但是現代國文這半個系只有我一個人，唱獨腳戲也是不行，學校裏派畢業生許地山來幫忙做助教，我便規定國語文學四小時，我和許君各任一半，另外我又設立了三門功課，自己擔任，彷彿是文學通論，習作和討論等類，每星期裏分出四個下午來，到燕大去上課。我原來只是兼任，不料要我做主任，職位是副教授，月薪二百元，上課至多十二小時，這在我是不可能，連許地山的一總只是湊成十小時，至於地位薪資那就沒有計較之必要。其實教國文乃是我所最怕的事，當年初到北大，蔡校長叫我教國文，曾經堅決謝絕，豈知後來仍舊落到這裏邊去呢？據胡適之後來解釋，說看你在國文系裏始終做附庸，得不了主要的地位，還不如另立門戶，可以施展本領，一方面也可以給他的白話文學開闢一個新領土。但是據所謂「某籍某系」的人看來，這似乎是一種策略，彷彿是調虎離山的意思，不過我一向不願意只以惡意猜測人，所以也不敢貿然決定。平心而論，我在北大的確可以算是一個不受歡迎的人，在各方面看來都是如此，所開的功課都是勉強湊數的，在某系中只可算得是個幫閒罷了，又因為沒有力量辦事，有許多事情都沒有能夠參加，如溥儀出宮以後，清查故宮的時候，我也沒有與聞，其實以前平民不能進去的宮禁情形我倒是願得一見的。我真實是一個居介涅夫小説裏所謂多餘的人，在什麼事情裏都不成功，把一切損害與侮辱看作浮雲似的，自得其樂的活着，而且還有餘暇來寫這篇談往，將過去的惡夢從頭想起，把它經過篩子，撿完整的記錄下來，至於有些篩下去的東西那也只得算了。

一三八　愛羅先珂 上

民國十一年(一九二二)裏北京大學開了一門特殊的功課，請了一個特殊的講師來教，可是開了不到一年，這位講師卻是忽然而來，又是忽然而去，像彗星似的一現不復見了。這便是所謂俄國盲詩人愛羅先珂，而他所擔任的這門功課，乃是世界語。原來北大早就有世界語了，教師是孫國璋，不過向來沒人注意，只是隨意科的第三外國語罷了。愛羅先珂一來，這情形就大不相同，因為第一是俄國人，又是盲而且是詩人，他所作的童話與戲曲《桃色的雲》，又經魯迅翻譯了，在報上發表，已經有許多人知道，恰巧那時因為他是俄國人的緣故，日本政府懷疑他是蘇聯的間諜，同時卻又疑心他是無政府主義大杉榮的一派，便把他驅逐出國了。愛羅先珂從大連來到上海，大概是在一九二二年的春初，有人介紹給蔡校長，請設法安頓他，於是便請他來北大來教世界語。但是他一個外國人又是瞎了眼睛，單身來到北京，將怎麼辦呢？蔡孑民於是想起了托我們的家裏照顧，因為他除了懂得英文和世界語之外，還在東京學得一口流利的日本語，這在我們家裏是可以通用的，我與魯迅雖然不是常川在家，但內人和他的妹子卻總是在的，因為那時妻妹正是我的弟婦。是年二月的日記裏說：

「廿四日雪，上午晴，北大告假。鄭振鐸耿濟之二君引愛羅先珂君來，暫住東屋。」這所謂東屋，是指後院九間一排的東頭這三間，向來空着，自從借給愛羅君住後，便時常有人來居住，特別是在恐怖時代，如大元帥時的守常的世兄，清黨時的劉女士等人。第二天我帶了他去見北大校長，到了三月四日收到學校的聘書，月薪二百元，這足夠他生活的需要了。以後各處的講演，照例是用世界語，於是輪到我去跟着做翻譯兼嚮導，僥倖是西山那幾個月的學習，所以還勉強辦得來。但是想像豐富，感情熱烈，不愧為詩人兼革命家兩重性格，講演大抵安排得很好，翻譯卻也就不容易，總須預先錄稿譯文，方才可以，預備時間比口說要多過幾倍，其中最費氣力的是介紹俄國文學的演說，和一篇《春天與其力量》，那簡直是散文詩的樣子。最初到北大講演的時候，好奇的觀眾很多，講堂有廟會裏的那樣擁擠，只有從前胡適博士和魯迅，隨後還有冰心女士登臺那個時候，才有那個樣子，可是西洋鏡看過也就算了，到得正式上課那便沒有什麼翻譯，大約由講師由英語說明，就沒有我的分，所以情形也不大明白。世界語這東西是一種理想的產物，事實上是不十分適用的，人們大抵有種浪漫的思想，夢想世界大同，或者不如說消極的反對民族的隔離，所以有那樣的要求，但是所能做到的也只是一部分的聯合，即如「希望者」的世界語實在也只是歐印語的綜合，取英語的文法之簡易，而去其發音之龐雜，又多用拉丁語根，在歐人學起來固屬便利，若在不曾學過歐語的人還是一種陌生的外國語，其難學原是一樣的。不過寫了「且夫」二字，大有做起講之意，意思自可佩服，且在交通商業上利用起來，也有不少的好處。但在當時提倡世界語的人們大抵都抱有很大的期望，這也是時勢使然，北京有一群學生受了愛羅先珂的熱心鼓吹的影響，成立世界語學會，在西城兵馬司胡同租了會所，又在法政大學等處開設世界語班，結果是如曇花一現，等愛羅先珂離京以後，也都關了門了。他又性喜熱鬧，愛發議論，不過這在中國是不很適宜的，是年十二月北大慶祝多少年紀念，學生發起演戲，他去旁聽了，覺得不很滿意，回來寫了一篇文章批評他們，說學生似乎模仿舊戲，有欠誠懇的地方，由魯迅譯出登在報上。不意這率直的忠告刺痛了他們，學生群起抗議，魏建功那時還未畢業，做了一篇《不能盲從》的文章最是極諷刺之能事，而且題目於「盲」字上特加引號，尤為惡劣。魯迅見報乃奮起反擊，罵得他咕的一聲也不響，那篇文章集子裏沒有收，只在全集拾遺可以見到。事情是這樣下去了，但是第二年正月裏，他往上海旅行的時候，不知什麼報上說他因為劇評事件，被北大學生攆走了。到了四月他提前回國去了，什麼原因別人沒有知道，總之是他覺得中國與他無緣吧，那麼在某種意義上，説是被攆走了，也未始不可。幸而他眼睛看不見，也不認得漢字，若是知道的話，他該明白中國青年的舉動，比較他在離開日本時便衣偵探要挖開他的眼睛看他是不是真瞎，其侮辱不相上下，更將怎樣的憤慨呢。

一三九　愛羅先珂下

愛羅先珂(Eroshenko)這是他在日本時所使用的姓氏的音譯，比較準確的寫「厄羅申科」，因為找好看字眼所以用了那四個字，其實他本姓是「牙羅申科」，因譯音與日本語的「野郎」相近，野郎本義只是漢子，後來轉為侮辱的意義，並為男娼的名稱，所以避忌了。他的名字是華西利，不過普通只用他的姓，沿用日本的稱呼叫他做「愛羅君」(Ero-sang)，——日本字母裏沒有「桑」字音，只有「三」字，但在稱呼人的「樣」字的發音上，卻往往變作「桑」了。他是小俄羅斯人，便是現在的烏克蘭，那裏的人姓的末尾多用科字，有如俄國的斯奇，如有名的小説家科羅連珂，還有新近給他做逝世一百年紀念的謝甫琴柯，都是小俄羅斯的人。——關於謝甫琴科，民國元年(一九一二)寫《藝文雜話》十三則，登在紹興的《民興日報》上，其第二篇是講他的，曾以文言譯述其詩一首，今附錄於下：

「是有大道三岐，烏克蘭兄弟三人分手而去。家有老母，伯別其妻，仲別其妹，季別其歡。母至田間植三樹桂，妻植白楊，妹至谷中植三樹楓，歡植忍冬。桂樹不繁，白楊凋落，楓樹亦枯，忍冬憔悴，而兄弟不歸。老母啼泣，妻子號於空房，妹亦涕泣出門尋兄，女郎已臥黃土隴中，而兄弟遠遊，不復歸來，三徑蕭條，荊榛長矣。」

愛羅先珂於一九二二年二月廿四日到京，寄住我們的家裏，至七月三日出京赴芬蘭第十四回的萬國世界語學會的年會，我同內弟重久和用人齊坤送他到東車站，其時離開車還有五十分鐘，卻已經得不到一個坐位了，幸而前面有一輛教育改進社赴濟南的包車，其中有一位尹炎武君，我們有點認識，便去和他商量，承他答應，於是愛羅君有了安坐的地方，得以安抵天津，這是很可感謝的。到了十一月四日，這才獨自回來了。十二月十七日北大紀念演戲，就發生了那劇評風潮。第二年一月廿九日利用寒假，又出發往上海去找胡愈之君，至二月廿七日回北京來，但是四月十六日重又出京回國，從此就再沒有回到中國來了。愛羅先珂在中國的時期可以說是極短，在北京安住的時間一總不到半年，用句老話真是席不暇暖，在他的記憶上留下什麼印象，還有他給青年們有多少影響，這都很是難說，但他總之是不曾白來了這一趟的。在魯迅的小說《鴨的喜劇》裏邊，便明朗的留下他的影像，這是一九二二年發表於十二月號的《婦女雜誌》的，可能寫這篇小說的時期還要早一點吧。愛羅先珂嫌北京的寂寞，便是夏天夜裏也沒有什麼昆蟲吟叫，連蝦蟆叫都聽不到，便買了些科斗子來，放在他窗外的院子中央的小池裏。那池的長有三尺，寬有二尺，是掘了來種荷花的，從這荷池裏雖然從來沒有見過養出半朵荷花來，然而養蝦蟆卻實在是一個極合式的處所。他又慫恿人買小雞小鴨，都拿來養在院子裏。

「他於是教書去了，大家也走散。不一會，仲密夫人拿冷飯來餵它們時，在遠處已聽得潑水的聲音，跑到一看，原來那四個小鴨都在荷池裏洗澡了，而且還翻筋斗，吃東西呢。等到攔它們上了岸，全池已經是渾水，過了半天澄清了，只見泥裏露出幾條細藕來，而且再也尋不出一個已經生了腳的科斗了。

「『伊和希珂先，沒有了，蝦蟆的兒子。』傍夜的時候，孩子們一見他回來，最小的一個便趕緊說。

「『唔，蝦蟆？』

「仲密夫人也出來了，報告了小鴨吃完科斗的故事。

「『唉，唉！』……他說。」這一段是小說，但是所寫的卻是實事，這裏邊所有的詩便只是池裏的細藕罷了。我也曾經做過三篇文章，總名「懷愛羅先珂君」，第一篇是七月十四日所寫，在他出發往芬蘭去之後，第二篇是十一月一日，大約與《鴨的喜劇》差不多同時之作，第三篇則在他回國去的第二天所寫，已是一九二三年的四月了。我在第二篇文章裏有一節云：

「他是一個世界主義者，但是他的鄉愁卻又是特別的深。他平常總穿着俄國式的上衣，尤其是喜歡他的故鄉烏克蘭的刺繡的小衫，——可惜這件衣服在敦賀的船上給人家偷了去了。他的衣箱裏，除了一條在一日三浴的時候所穿的緬甸筒形白布袴以外，可以說是沒有外國的衣服。即此一件小事，也就可以想見他是一個真實的『母親俄羅斯』的兒子。他對於日本正是一種情人的心情，但是失戀之後，只有母親是最親愛的人了。來到北京，不意中得到歸國的機會，便急忙奔去，原是當然的事情。前幾天接到英國達特來夫人寄來的三包書籍，拆開看時乃是七本神智學的雜誌名「送光明者」，卻是用點字印出的，原來是愛羅君在京時所定，但等得寄到的時候，他卻已走的無影無蹤了。

「愛羅君寄住在我們家裏，兩方面都很隨便，覺得沒有什麼窒礙的地方。我們既不把他做賓客看待，他也很自然與我們相處，過了幾時不知怎的學會侄兒們的稱呼，差不多自居於小孩子的輩分了。我的兄弟的四歲的男孩是一個很頑皮的孩子，他時常和愛羅君玩耍。愛羅君叫他的諢名道：『土步公呀！』他也回叫道：『愛羅金哥君呀！』但愛羅君極不喜歡這個名字，每每歎氣道：『唉，唉，真窘極了！』四個月來不曾這樣叫，『土步公』已經忘記愛羅金哥君這一句話，而且連曾經見過一個『沒有眼睛的人』的事情也幾乎記不起來了。」以上所記雖是微細小事，卻很足以見他生平之一斑，所以抄錄於此，這裏只須說明一句，那小說裏的最小的小孩也即是這個土步公，他的本名是一個「沛」字，但是從小就叫諢名，一直叫到現在。我的兒子本名叫「豐」，上學的時候加上了一個數目字，名叫「豐一」，到得土步公該上學了，我想反正將來長大了的時候自己要改換名字的，為的省事起見，現在就叫作「豐二」吧，在他底下還有一個「豐三」，不幸在二十歲時死去了。——可是奇怪的事，他們卻並不改換名字，至今那麼的用着。至於愛羅君為什麼不喜歡愛羅金哥這個名字的呢，因為在日本語裏男根這字有種種說法，小兒語則云欽科，與金哥音相近似。

一四〇　不辯解說　上

這裏且讓我來抄一篇刊文吧。普通說刊文有兩種意思，其一是已經刊佈的文章，不論是誰做的，就抄襲了過來，其二則用於做八股文的時候，遇着做過或是多少相近的題目，便將窗稿中舊作，抄來應付，雖然「刊文」二字似乎用的不很妥當，但是習慣上是那麼說的。我這所謂抄刊文乃是兼有此兩種的意義，因為這本是我所做的，可以說是後者，但又是刊佈過的了，所以說屬於前者也未始不可。此篇文章名叫「辯解」，收在《藥堂雜文》裏邊，原本是一九四〇年五月所寫，算起來已是二十年前的事了。原文如下：

「我常看見人家口頭辯解，或寫成文章，心裏總很是懷疑，這恐怕未必有什麼益處吧。我們回想起從前讀過的古文，只有楊惲報孫會宗書，嵇康與山濤絕交書，文章實在寫得很好，都因此招到非命的死，乃是筆禍史的資料，卻記不起有一篇辯解文，能夠達到息事寧人的目的的。在西洋古典文學裏倒有一兩篇名文，最有名的是柏拉圖所著的《梭格拉底之辯解》，可是他雖然說的明徹，結果還是失敗，以七十之高齡服毒人參了事。由是可知說理充足，下語高妙，後世愛賞是別一回事，其在當時不見得如此。如梭格拉底說他自己以不知為不知，而其他智士悉以不知為知，故神示說他是大智，這話雖是千真萬真，但陪審的雅典人士聽了哪能不生氣，這樣便多投幾個貝殼到有罪的瓶裏去，正是很可能的事吧。

「辯解在希臘羅馬稱為亞坡羅吉亞，大抵是把事情『說開』了之意。中國民間多叫作冤單，表明受着冤屈。但是『兔在羃下不得走，益屈折也』的景象，平常人見了不會得同情，或者反覺可笑亦未可知，所以這種聲明也多歸無用。從前有名人說過，如在報紙上看見有聲冤啟事，無論這裏說得自己如何仁義，對手如何荒謬，都可以不必理他，就只確實的知道這人是敗了，已經無可挽救，嚷這一陣之後就會平靜下去了。這個觀察已是無情，總還是旁觀者的立場，至多不過是別轉頭去，若是在當局者，問案的官對於被告本來是『總之是你的錯』的態度，聽了呼冤恐怕更要發惱，然則非徒無益而又有害矣。鄉下人抓到衙門裏去，打板子殆是難免的事，高呼青天大老爺冤枉，即使僥倖老爺不更加生氣，總還是丟下簽來喝打，結果是於打一頓屁股之外，加添了一段叩頭乞恩，成為雙料的小丑戲，正是何苦來呢？古來懂得這個意思的人，據我所知道的有一個倪雲林。余澹心編《東山談苑》卷七有一則云：

「『倪元鎮為張士信所窘辱，絕口不言，或問之，元鎮曰，一說便俗。』兩年前我嘗記之曰：

「『余君記古人嘉言懿行，裒然成書八卷，以余觀之，總無出此一條之右者矣。嘗怪《世說新語》後所記，何以率多陳腐，或歪曲遠於情理，欲求如桓大司馬樹猶如此之語，難得一見。雲林居士此言，可謂甚有意思，特別如余君之所云，亂離之後，閉戶深思，當更有感興，如下一刀圭，豈止勝於吹竹彈絲而已哉。』此所謂俗，本來雖是與雅對立，在這裏的意思當稍有不同，略如吾鄉方言裏的『魘』字吧，勉強用普通話來解說，恐怕只能說不懂事，不漂亮。舉例來說，恰好記起《水滸傳》來，這在第七回『林教頭刺配滄州道』那一段裏，說林沖在野豬林被兩個公人綁在樹上，薛霸拿起水火棍待要結果他的性命，林沖哀求時，董超道：『說什麼閒話，救你不得。』金聖歎在閒話句下批曰：

「『臨死求救，謂之閒話，為之絕倒。』本來也虧得做書的寫出，評書的批出，閒話這一句真是絕世妙文，試想被害的向兇手乞命，在對面看來豈不是最可笑的費話，施耐庵蓋確是格物君子，故設想得到寫得出也。林武師並不是俗人，如何做的不很漂亮，此無他，武師於此時尚有世情，遂致未能脫俗。古人云，死生亦大矣，豈不痛哉。戀愛何獨不然，因為戀愛死生都是大事，同時也便是閒話，所以對於『上下』我們亦無所用其不滿。大抵此等處想要說話而又不俗，只有看梭格拉底的樣一個辦法，元來是為免死的辯解，而實在則唯有不逃死才能辯解得好，類推開去亦殊無異於大辟之唱龍虎鬥，細思之正復可不必矣。若倪雲林之所為，寧可吊打，不肯說閒話多出醜，斯乃青皮流氓『受路足』的派頭，其強悍處不易及，但其意思甚有風致，亦頗可供後人師法者也。

「此外也有些事情，並沒有那麼重大，還不至於打小板子，解說一下似乎可以明白，這種辯解或者是可能的吧。然而，不然。事情或是排解得了，辯解總難說得好看。大凡要說明我的不錯，勢必先須說對方的錯，不然也總要舉出些隱密的事來做材料，這卻是不容易說得好，或者不大想說的，那麼即使辯解得有效，但是說了這些寒傖話，也就夠好笑，豈不是前門驅虎後門進了狼麼。有人覺得被誤解以致被損害侮辱都還不在乎，只不願說話得宥恕而不免於俗，即是有傷大雅，這樣情形也往往有之，固然其難能可貴比不上雲林居士，但是此種心情我們也總可以體諒的。人說誤解不能免除，這話或者未免太近於消極，若說辯解不必，我想這不好算是沒有道理的話吧。五月二十九日。」

一四一　不辯解說 下

這篇論「辯解」的文章是民國二十九年（一九四〇）裏所寫，是去今二十年前，那時只為要寫一種感想，成功一篇文章，需要些作料，這裏邊的楊惲嵇康，梭格拉底以及林武師，其實都是餚饌的「墊底」，至於表面的「臛頭」實在只是倪元鎮這一點。這回講到一九二三年與魯迅失和的事件，因為要說明我不辯解的態度，便想到那篇東西可能表明我的理論，所以拿來利用一下，但那些陪襯的廢話本來是多餘的，我所要的其實只是最末後的一節罷了。關於那個事件，我一向沒有公開的說過，過去如此，將來也是如此，在我的日記上七月十七日項下，用剪刀剪去了原來所寫的字，大概有十個左右，八月二日記移住磚塔胡同，次年六月十一日的衝突，也只簡單的記着衝突，並說徐張二君來，一總都不過十個字。——這裏我要說明，徐是徐耀辰，張是張鳳舉，都是那時的北大教授，並不是什麼「外賓」，如許季茀所說的。許君是與徐張二君明白這事件的內容的人，雖然人是比較「老實」，但也何至於造作謠言，和正人君子一轍呢？不過他有一句話卻是實在的，這便是魯迅本人在他生前沒有一個字發表，他說這是魯迅的偉大處，這話說的對了。魯迅平素是主張以直報怨的，並且還更進一步，不但是以眼還眼，以牙還牙，還說過這樣的話（原文失記，有錯當改），人有怒目而視者，報之以罵，罵者報之以打，打者報之以殺。其主張的嚴峻有如此，而態度的偉大又如此，我們可不能學他的百分之一，以不辯解報答他的偉大乎？而且這種態度又並不是出於一時的隱忍，我前回說過對於所謂五十自壽的打油詩，那已經是那事件的十多年之後了，當時經胡風輩鬧得滿城風雨，獨他一個人在答曹聚仁楊霽雲的書簡中，能夠主持公論，胸中沒有絲毫蔕芥，這不是尋常人所能做到的了。

或者有人說，書簡所說乃是私人間的說話，不能算什麼。那麼讓我們來看他所公表的吧，這第一是小說，收在《彷徨》裏邊的一篇《弟兄》，是寫我在一九一七年初次出疹子的事情，雖然是小說可是詩的成分並不多，主要的全是事實，乃是一九二五年十一月三日所作，追寫八年前的往事的。可是最特別的是寫成《弟兄》的十一天以前所作，在魯迅作品中最是難解的一篇，題目乃是「傷逝」，於十月二十一日寫成，也不曾在雜誌上發表過，便一直收在集子裏了。關於這篇小說，我在《魯迅小說裏的人物》裏邊只在地方略加考證，現在轉錄一部分，並加以補充於下：

「《傷逝》這篇小說大概全是寫的空想，因為事實與人物我一點都找不出什麼模型或依據。要說是有，那只是在頭一段裏說：『會館裏的被遺忘在偏僻裏的破屋是這樣的寂靜和空虛。時光過得真快，已經快滿一年了，事情又這麼不湊巧，我重來時偏偏空着的又只有這一間屋。依然是這樣的破窗，這樣的窗外的半枯的槐樹和老紫藤，這樣的窗前的方桌，這樣的敗壁，這樣的靠壁的板牀。』第二段中又說到那窗外的半枯的槐樹的新葉，和掛在鐵似的老幹上的一房一房的紫白的藤花。我們知道這是南半截胡同的紹興縣館，著者在民國初年曾經住過一時的，最初在北頭的藤花館，後來移在南偏的獨院補樹書屋，這裏所寫的槐樹與藤花，雖然在北京這兩樣東西很是普通，卻顯然是在指那會館的舊居，但看上文偏僻裏云云，又可知特別是說那補樹書屋了。」當時忘記了說，他從藤花館搬到補樹書屋的時候，日記上說明是為「避喧」，那麼更可證明會館裏偏僻的地方只是補樹書屋的一處而已。這樣的證明於瞭解那篇小說有什麼的用處呢？《傷逝》這篇小說很是難懂，但如果把這和《弟兄》合起來看時，後者有十分之九以上是「真實」，而《傷逝》乃是全個是「詩」。詩的成分是空靈的，魯迅照例喜歡用《離騷》的手法來做詩，這裏又用的不是溫李的詞藻，而是安特來也夫一派的句子，所以結果更似乎很是晦澀了。《傷逝》不是普通戀愛小說，乃是借假了男女的死亡來哀悼兄弟恩情的斷絕的。我這樣說，或者世人都要以我為妄吧，但是我有我的感覺，深信這是不大會錯的。因為我以不知為不知，聲明自己不懂文學，不敢插嘴來批評，但對於魯迅寫作這些小說的動機，卻是能夠懂得。我也痛惜這種斷絕，可是有什麼辦法呢，人總只有人的力量。我很自幸能夠不俗，對於魯迅研究供給了兩種資料，也可以說對得起他的了，關於魯迅以外的人我只有對許季茀一個人，有要訂正的地方，如上邊所說的，至於其他無論什麼樣人要怎麼說，便全由他們去說好了。

一四二　嗎嘎喇廟

民國十二三年便是一九二三至二四年，我們在北大裏的一群人，大抵是在文科裏教書的那些日本留學生，對於中日問題的解決，還有些幻想，所以在對日活動上也曾經努力過，可是後來都歸於徒勞，終是失敗了事。這一群人有陳百年，他是光復會的舊人，從前同了龔未生兩人一直跟着陶煥卿跑，在煥卿著《中國民族權力消長史》的時候，二人都列名校對，未生別號是「獨念和尚」，百年則稱為「悠悠我思」，這與著書的「會稽先生」是相對成趣，魯迅所時常引為談助的。此外是沈尹默，他雖然不是留東學生，可是在這團體裏很有勢力，算是捏鵝毛扇的，因此朋友們就奉尊號稱之為鬼谷子，而實際奔走聯絡的則是張鳳舉，他本張定璜，是京都帝大的學生，後來當國民政府的駐日代表團員，現在就一直住在日本。還有兩個人乃是馬幼漁和我，本來還有朱希祖錢玄同，但玄同或者因為在北大只是講師的關係，所以除外了，朱希祖不曉得因為什麼，也不去拉他，其實他們倒是民報社聽講的人，即此可見「正人君子」的某籍某系的話是胡亂造謠罷了。

學校方面當初找我們幾個人，商談一下退還庚子賠款的事情。當年組織聯軍的八國向中國強要了去莫大的賠款，可是後來又由美國發起，退還給中國，用在教育文化事業上面，這於文化侵略是最有效力的。俄國於第一次歐戰之後就完全放棄了，英法各國也相繼聲明退還，其中只是日本做得頂不漂亮，他不好意思說不退，可是退又是實在捨不得，所以經過好幾年的曲折，成立了一個什麼「對支文化事業委員會」，後來修正成為「東方文化事業委員會」，是屬於他們內閣的一個機關，這事是在幾年之後，那時中國只能放手不管，由他們自己去搞了。這是後話，且說其時還什麼都沒有頭緒，我們便是我和張鳳舉同去日本公使館找吉田參事官一談，當時所談只是公事，這是一九二三年三月十三日的事，但是由於這回的訪問，漸漸相識，遂於九月二十日在吉田處與阪西諸人相會，商量組織「中日學術協會」，為他日協商的地步。日記上只簡單的記着：

「二十日晴，下午往燕大上課，四時後往訪鳳舉，至正昌飲茶，同往吉田君宅晚餐，來者阪西，土肥原，今西，澤村，及北大同人，共十六人，十一時散。」阪西利八郎是日本的陸軍中將，一向在北京為北洋政府的軍事顧問，是個有名的「支那通」，土肥原賢二那時候還是少佐，是他的幫手，阪西用中國話介紹說，「這是我的夥計，」是後來「侵華」的罪魁禍首，在巢鴨監獄裏同了別的戰犯一起明正典刑的，不過在那時候還看不出什麼來，只是覺得在老奸巨猾的阪西旁邊，顯得鄉下老似的土頭土腦，其實後來他的鬼計百出，終於弄得一敗塗地，也何嘗不是他的笨拙的證據呢。今西龍是研究朝鮮語的，澤村則是講美術史的，都是東京大學的教授，那時逗留在北京，這裏只是來作陪客的罷了。這回宴會不久之後，中日學術協會便告組織完成了，裏邊的主幹在日本方面是阪西和土肥原，土肥原還有一個他的「夥計」，叫方夢超，大概是安徽桐城人，乃沈尹默的親戚，此外由阪西去拉了些在北京政府各部裏做顧問的日本人來充數，都是無關緊要的了。中國方面是張鳳舉，他同阪西後來被選作「幹事」，其餘的人便都是具員而已，這些人是陳百年，馬幼漁，沈尹默和我，此外阪西還想拉李守常，可是不成功。他們的人選是要取北大人裏多少和國民黨有淵源者，但是對於我卻有點看錯了，——北伐的時節，沈尹默張鳳舉和蕭子升組織了特務委員會，很替國民黨出過力，後來登記黨員，鳳舉替我和徐耀辰都報了名，但是我們敬謝不敏，沒有去應筆試與口試。日本人的用意是，那時北洋政府已是完全無望，眼見國民政府的北伐將要成功，便想來找個橋樑，過去和國民黨接洽。據張鳳舉所說，阪西表示中日談判很是樂觀，因為二十一條本未成立，當然可以破棄，即租界等問題亦可讓步，日本所希望者只在保留因日俄戰爭所得的權利，這些權利取自帝俄，並非由中國奪取，這種辯解雖是強詞奪理，但出自日本軍人之口，也可以說是難得了。但是不久也覺得這樣談判未必可能得中國的認可，所以又復轉為強硬政策，於是中日談判顯然無望，而中日學術協會這種組織也就自然歸於消滅了。

中日學術協會於一九二三年十月十四日宣告成立，查舊日記於那一天項下記着道：

「下午三時至西四帝王廟，赴中日學術協會成立之會，會員共十八人，交入會金十元，會費五元。歸家已晚。」這一筆錢就交給幹事，作為開辦的費用，在東城嗎嘎喇廟租了一間大屋，算作學術協會的會所，當時阪西就笑着說：「我們怎麼配說學術二字，但是招牌卻不得不這樣掛。」每月規定開一次常會，平常多借用北大第二院的會議廳，唯有遇到招待客人或接收會員等事，才在嗎嘎喇廟裏聚會。會章像煞有介事的有嚴格的規定，凡接收會員，須經到場會員全體通過，以黑白棋子表示贊否，凡投票時如有一個黑子即屬無效。會員本來是無關緊要的東西，但是這條規則卻也發生了一次效力，被否決的人是西本願寺管長大谷光瑞，這黑子乃是張鳳舉所投的。這協會自十一月十一日在北大第二院開了第一次的常會，大概維持了將有一年的光景，看看中日形勢沒有什麼好轉，特別是一九二三年十一月溥儀出宮以後，日本的漢字新聞《順天時報》更是興風作浪的胡鬧，感覺到協會再弄下去的無意義，遂於十一月十日寫了一封出會聲明書寄去，因此這有名無實的所謂學術協會也就解散了。

一四三　順天時報

凡是不曾於民國早年在北京住過些時候的人，決不會想像到日本人在中國辦的漢字新聞是怎麼豈有此理的可氣。本來中國的報紙最初都是外國人辦的，如上海的《申報》和《新聞報》都是如此，但那是外國商人主意為的賺錢，不像日本的乃是由政府主持，不但諸事替日本說話，便是國內瑣事也都加評論指導，一切予以干涉。這從前清時代就已辦起，在北京的一個叫做「順天時報」，在瀋陽那時稱作奉天的一個叫做「盛京時報」，就名稱上來看，也可以知道它成立的長久，和態度的陳舊了。日本是一個名稱君主立憲，而實際是由軍閥專政的國家，民國以來北洋政府雖然還很反動，可是民間有些活動顯得有民主的色彩，這與日本人的觀點是不大合得來的，其時便在報上大發議論，處處為反動勢力張目，其影響實在是很大而且很有害的。五四以後這種現象就特別顯著，可是人們都不當它是一回事，以是外國人所辦的新聞造謠是常有的，算不得什麼，不值得費筆墨來同它鬥爭，這種理由有一半是不錯的，但是一半也在讀者，要能夠知道它是在造謠才好，可是在中國這怎麼能行呢？至少也是在北京「輦轂之下」，數百年來習慣於專制之淫威，對於任何奇怪的反動言論，都可以接受，所以有些北京商會的主張，簡直是與《順天時報》同一個鼻孔出氣的。這個關係似乎很是重大。結果乃由我匹馬單槍去和這形似妖魔巨人的風磨作戰，那些文章我都沒有搜集，現在就《談虎集》卷下看來，裏邊只保存著《中國與日本》等十四篇。這《談虎集》係取談虎色變的意思，所收多是攻擊禮教的文章，但是因為我是主張中庸的，有的對於個人或是攻擊特別粗暴的就一律不曾收入，當時另立一個目錄，預備日後另出一冊《真談虎集》，可是這個也不曾實行，那目錄也就不見，只記得裏邊有篇《恕陳源》和《恕府衛》，——即是三一八開槍的執政府衛隊，是在那事件發生以後所寫的。我那部《談虎集》是那樣經過精密選擇，卻保有與日本《順天時報》鬧彆扭的文章有十四篇之多，可見那時是怎樣的浪費筆墨，大約那時沒有收集的文章還有不少。這期間是民國十三至十六年（一九二四—二七），以後不久日本的漢文報紙大概是由外務省撤除了，但是它的宣傳的惡影響卻是盡夠大的了。就《談虎集》裏的材料看來，最先和順天時報對抗的是在溥儀出宮的時候，那是在民國十三年的冬天。我在《清朝的玉璽》這一篇文章裏說道：

「玉璽這件東西，在民國以前或者有點用處，到了現在完全變了古董，只配同太平天國的那塊宋體字的印一樣，送進歷史博物館裏去了。這回政府請溥儀君出宮，討回玉璽，原是極平常的事，不值得大驚小怪，難道拿幾顆印還好去做皇帝不成麼？然而天下事竟有出於『意表之外』者，據《順天時報》說，『市民大為驚異，旋即謠言四起，咸謂……奪取玉璽尤屬荒謬』，我真不懂這些『市民』想的是什麼。我於此得到兩種感想。其一是大多數都是些昏蟲。無論所述的市民的意見是否可靠，總之都是遺民，迷信玉璽的奴隸，是的確的，所以別人可以影射或利用。輿論公意，不論真假，多是荒謬的，不可信託。其二是外國人不能瞭解中國的事情。外國人不是遺民，然而同他們一樣的不是本國人，所以意見也一樣的荒謬，即使不是惡意的，也總不免於謬誤，至少是不瞭解。……

「《順天時報》是外國人的報，所以對於民國縱使不是沒有好意，也總是絕無理解，它的好惡幾乎無不與我們的相反，雖說是自然的卻也是很不愉快的事。它說清室優待條件係由朱爾典居中斡旋，現在修改恐列國不肯干休，則不但謬誤，簡直無理取鬧了。我要問朱爾典與列國，以及《順天時報》的記者，當復辟的時候，你們為什麼不出來干涉，說優待條件既由我們斡旋議定，不准清室破約復辟？倘若當時說這是中國內政，不加干涉，那麼這回據了什麼理由可以來說廢話？難道清室可以無故破約而復辟，民國卻不能修改對待已經復過辟的清室的條件麼？雖然是外國人，似乎也不好這樣的亂說罷。——但是仔細一想，就是本國人，受過教育的人們中間，這樣的人也未必沒有，那麼吾又於外國人何尤。」

這篇文章的口氣還是相當的緩和，說外國人不懂中國的事情，所以多有荒謬的議論，就怪中國人不爭氣，愛聽他們的謬論。但是在《談虎集》所收的第二篇《李佳白之不解》中，卻收起這種假客氣話，單刀直入的指出這種報紙的用意來了。原文最末的第三節道：

「《順天時報》是外國政府的機關報，它的對於中國的好意與瞭解的程度是可想而知的，它引李佳白為同調所以正是當然。但我們也可以利用這些荒謬的議論。我們只要看這些外國機關報的論調，他們所幸所樂的事大約在中國是災是禍，他們所反對的大抵是於中國是有利有益的事。雖然不能說的太決絕，大旨總是如此。我們如用這種眼光看去，便不會上它的當，而且有時還很足為參考的資料。」

一四四　順天時報 續

我這所寫的是民國十三年的事情，但是《順天時報》的事卻一直繼續着，到民國十六年為止，所以這裏記錄的年代也不免要混雜一點，把其他事情跳過去，先來把這一事件結束了再說別的了。

民國十五六年廣東政府國共合作成功，北伐着着勝利，眼看北洋派的政府就要坍台，於是這邊也變本加厲的反共，在這時候正是《順天時報》得意之秋，造謠生事，無所不用其極。最顯著的是關於裸體遊行的宣傳，十六年四月十五日我寫了一篇《裸體遊行考訂》，前半云：

「四月十二日《順天時報》載有二號大字題目的新聞，題曰《打破羞恥》，其文如下：上海十日電云，據目擊者談，目前武漢方面曾舉行婦人裸體遊行二次，第一次參加者只二名，第二次遂達八名，皆一律裸體，唯自肩部掛薄紗一層，籠罩全身，遊行時絕叫打倒羞恥之口號，真不異百鬼晝行之世界矣。」該報又特別做了一篇短評，評論這件事情，其第二節裏有這幾句話：

「『上海來電，說是武漢方面竟會有婦人舉行裸體遊行，美其名曰打破羞恥遊行，此真為世界人類開中國從來未有之奇觀。』

「我以為那種目擊之談多是靠不住的，即使真實，也只是幾個謬人的行為，沒有多少意思，用不着怎麼大驚小怪。但《順天時報》是日本帝國主義的機關報，以尊皇衛道之精神來訓導我國人為職志的，那麼苟得有發揮他的教化的機會，當然要大大利用一下，不管它是紅是黑的謠言，所以我倒也不很覺得不對。不過該報記者說裸體遊行真為世界人類開中國從來未有之奇觀，我卻有點意見。在中國是否從來未有我不能斷定，但在世界人類卻是極常見的事。即如在近代日本，直至明治維新的五年(一八七二)，就有那一種特別營業，雖然不是裸體遊行，也總相去不遠，『嘁，來吹一吹吧，來戳一戳吧』的故事，現在的日本人還不會忘記吧？據《守貞漫稿》所記，在天保末年（一八四一年頃）大阪廟會中有女陰展覽，門票每人八文，原文云：

「『在官倉邊野外張席棚，婦女露陰門，觀者以竹管吹之。每年照例有兩三處。展覽女陰在大阪僅有正月初九初十這兩天，江戶（即現今東京）則在兩國橋東，終年有之。』明治十七年（一八八四）四壁庵著《忘餘錄》，亦在《可恥之展覽物》一條下有所記錄，本擬並《守貞漫稿》別條移譯於此，唯恐有壞亂風俗之虞，觸犯聖道，故從略。總之這種可笑之事所在多有，人非聖賢，豈能無過，從事於歷史研究文明批評者平淡看過，若在壯年凡心未盡之時，至多亦把卷一微笑而已。如忘記了自己，專門指摘人家，甚且造作或利用謠言，作攻擊的宣傳，我們就要請他先來自省一下。」怎麼樣的來反省呢？就是裸體遊行可能是謠言，他們卻有過同樣的女陰展覽，這是在文獻上有「目擊」者的證據，便只是有這一點的不同，因為納付過八文錢的看資，有合於資本主義的道理，或者因此便可以不算是百鬼晝行了吧。

這時候北洋政府已經完全是奉軍的勢力，張作霖進入北京，快要做大元帥了，於是有搜查俄國公使館之舉，那時國共合作的黨員便全部被捕，這是十六年四月六日事情。經過三個星期，十幾個人都被處了死刑，北大教授圖書館長李守常也就在內，《順天時報》借此機會，又做了一次顛倒黑白宣傳。我在《日本人的好意》一篇文章裏加以反駁，上半云：

「五月二日《順天時報》上有一篇短評，很有可以注意的地方，今錄其全文如下：

「『惻隱之心，人皆有之，恩怨是另一問題。貪生怕死，螻蟻尚然，善惡也是另一問題。根據以上兩個原則，所以我對於這次黨案的結果，不禁生出下列的感想來。

『李大釗是一般人稱之為學者的，他的道德如何姑且不論，能被人稱為學者，那麼他的文章他的思想當然與庸俗不同，如果肯自甘淡泊，不作非分之想，以此文章和思想來教導一般後進，至少可以終身得一部人的信仰崇拜，如今卻做了主義的犧牲，絕命於絞首臺上，還擔了許多的罪名，有何值得。

『再說這一般黨員，大半是智識中人，難道他們的智識連螻蟻都不如麼，難道真是視死如歸的麼？要是果真是不怕死的，何不磊落光明的幹一下子，又何必在使館界內秘密行動哩？即此可知他們也並非願意捨生就死的，不過因為思想的衝動，以及名利的吸引，所以竟不顧利害，甘蹈危機，他們卻萬料不到秘密竟會洩漏，黑幕終被揭穿的。俗話說得好，聰明反被聰明誤，正是這一般人的寫照。唉，可憐可惜啊。

『奉勸同胞，在此國家多事的時候，我們還是苟全性命的好，不要再輕舉妄動吧！』

「你看，這思想是何等荒謬，文章是何等不通。我們也知道，《順天時報》是日本帝國主義的機關，外國人所寫的中國文，實字虛字不中律令，原是可恕的，又古語說得好，非我族類，其心必異，意見不同也不足怪。現在日本人用了不通的文字，寫出荒謬的思想，來教化我們，這雖是日本人的好意，我們卻不能承受的。……照我們的觀察說來，日本民族是素來不大喜歡苟全性命的，即如近代的明治維新就是一個明證。日本人自己若不以維新志士為不如螻蟻，便不應該這樣來批評黨案，無論尊王與共產怎樣不同，但以身殉其主義的精神總是同的，不能加以歧視。日本人輕視生死，而獨來教誨中國人苟全性命，這不能不說別有用心，顯係一種奴化的宣傳。我並不希望日本人來中國宣傳輕生重死，更不贊成鼓吹苟全性命，總之這些他都不應該管，日本人不妨用他本國的文字去發表謬論或非謬論，但決用不着他們用了漢文寫出來教誨我們。

「《順天時報》上也登載過李大釗身後蕭條等新聞，但那篇短評上又有什麼如肯自甘淡泊，不作非分之想等語。我要請問日本人，你何以知道他是不肯自甘淡泊，是作非分之想？如自己的報上記載的是事實，那麼身後蕭條是淡泊的證據，還是不甘淡泊的證據呢？日本的漢字新聞造謠鼓煽是其長技，但像這樣明顯的胡說八道，可以說是少見的了。……英國雖是帝國主義的魁首，卻還沒有用這種陰險的手段來辦《順天時報》給我們看，只有日本肯這樣屈尊賜教，這不能不說是同文之賜了。『逢蒙學射于羿，盡羿之道，思天下唯羿為愈己，於是殺羿。孟子曰，是亦羿有罪焉。』嗚呼，是亦漢文有罪焉歟！」

這樣的前後搞了四年，白花了許多氣力，總寫了有十多萬字吧，但是這有什麼用處呢？結果還是時局變化，張作霖終於在北京也站不住了，只得退出關去，那時《順天時報》也就只好關門了。

一四五　女師大與東吉祥一

現在要回過去講以前的事情，其最為重大的一件，便是舉世聞名的所謂女師大的風潮。在這中間，卻另有一段和東吉祥胡同派的人往來的經過，另外寫作一章，似乎不大好，所以拼寫在一起，成了那樣一個湊拼而成的題目，實在是很可笑的。大家知道，這二者性質相反，正如薰蕕之不能同器，但在那時我卻同它們都有些關係，講起來所以只能混在一處了。

講到女高師，——它之改稱女師大，只是在楊蔭榆來做校長之後，這以前都是稱為北京女子高等師範學校的，我和它很有一段相當長的歷史。在民國十年還是熊崇煦長校的時代，由錢秣陵來說，叫我去擔任兩小時的歐洲文學史，第二年生了半年的病，這功課就無形的結束了。到了十一年由許壽裳繼任校長，他是一個大好人，就是有點西楚霸王的毛病，所謂「印不刓予」，譬如學生有什麼要求，可與則與，不可便立即拒絕好了，他卻總是遲疑不決，到後來終於依了要求，受者一點都不感謝，反而感到一種嫌惡了。他自己教杜威的《教育與民治》，滿口德謨克拉西，學生們就送他一個徽號叫「德謨克拉東」，這名字也夠幽默的了。我在那裏擔任了一年課，到第二年即一九二三年的八月裏，我就想辭職。在舊日記裏有這幾項記載：

八月十日，寄季茀函，辭兼課。

九月三日，季茀來，留女高師教課，只好允之。

十二月廿六日，寄鄭介石函，擬辭女高師課。這時鄭君或者是兼職國文系的主任，但辭職仍沒有准許，雖然在日記上沒有登載。一九二四年夏天許季茀辭去校長，推薦後來引起風潮的楊蔭榆繼任，楊女士是美國的留學生，許君以為辦女校最好是用女校長，況且美國是杜威的家鄉，學來的教育一定是很進步的，豈知這位校長乃以婆婆自居，把學生們看作一群的童養媳，釀成空前的風潮，這是和他的希望正相反了。我本來很怕在女學校裏教書，尤其怕在女人底下的女學校裏，因此在這時更想洗手不幹了，在日記裏記着這幾項，可以約略的知道：

七月二日，晚楊校長招宴，辭不去。

七月十一日，收女高師續聘書，當還之。

七月十四日，送還女高師聘書。

七月二十日，女高師又送聘書來。

七月廿二日，仍送還女高師聘書。

七月廿七日，上午往女高師，與楊校長談，不得要領。

九月廿一日，馬幼漁來，交來女高師聘書。

即此可以看見，我對於女師大的教課一向並無什麼興趣，特別是女校長到任以後更想積極的擺脱，可是擺脱不了，末了倒是由北大「某籍某系」的老大哥馬幼漁，不曉得是怎麼樣找來的，出來挽留我，於是我不得不繼續在那裏做一名「西席」，後來成為女師大事件中支持學生方面的一個人，一直到大家散夥之後，還留下來與徐耀辰成了女師大方面唯一的代表，和女子大學的學長林素園交涉以至衝突，想起來實在覺得運命之不可測。而在別一方面，我對於東吉祥派的人們，便是後來在女師大事件上的支持校長方面的所謂「正人君子」，我當初卻是很拉攏的，舊日記上還留着這些記錄：

一九二三年十一月三日，下午耀辰鳳舉來，晚共宴張欣海，林玉堂，丁西林，陳通伯，郁達夫及士遠尹默，共十人，九時散去。這是第一次招待他們，是在後院的東偏三間屋裏，就是從前愛羅先珂住過的地方。

十一月十七日，午至公園來今雨軒，赴張欣海陳通伯徐志摩約午餐，同坐十八人，四時返。

一九二四年六月二十四日，六時至公園，赴現代評論社晚餐，共約四十人。

七月五日，下午鳳舉同通伯來談，通伯早去。

七月三十日，下午通伯邀閱英文考卷，閱五十本，六時返。

七月三十一日，上午往北大二院，閱英文卷百本。

一九二五年二月十二日，下午同丁西林陳通伯鳳舉乘汽車，往西山，在玉泉山旅館午飯，抵碧雲寺前，同步行登玉皇頂，又至香山甘露旅館飲茶，六時回家。

這時候女師大反對校長的風潮已經很是高漲，漸有趨於決裂的形勢，在二月廿八日的日記裏記有「女高師舊生田羅二女士來訪，為女師大事也」的記載，她們說是中立派，來為學校求解決，只要換掉校長，風潮便自平息。那時是馬夷初以教育部次長代理部務，我當晚就打電話到馬次長的家裏轉達此意，馬次長說這事好辦，校長可以撤換，但學生不能指定後任為誰，如一定要易培基，便難以辦到。這事我不知底細，不能負責回答，就拖延了下來，到了四月內閣改組，由章行嚴出長教育，於是局勢改變，是「正人君子」的世界了。

一四六　女師大與東吉祥 二

女師大反對校長的風潮發生於一九二四年的秋天，遷延至次年一月，仍未解決，學生代表乃至教育部訴說請求，並發表宣言，堅決拒絕楊蔭榆為校長。五月七日該校開國恥紀念講演會，校長與學生發生衝突，五月九日乃召集評議會開除學生自治會職員六個人，即蒲振聲，張平江，鄭德音，劉和珍，許廣平，姜伯諦（這些年月和人名，我都是查考《魯迅全集》第三卷的注釋才能得來的，因為日記裏沒有詳細的記載）。我們有幾個在女師大教書的教員聽了不平，便醞釀發表一個宣言，這啟事登在五月二十七日的《京報》上，由七個人署名，即是馬裕藻，沈尹默，周樹人，李泰，錢玄同，沈兼士，周作人。照例負責起草的人是署名最後的，這裏似乎應該是我擬那宣言的了，但是看原文云，「六人學業，俱非不良，至於品行一端，平素又絕無懲戒記過之跡，以此與開除並論，而又若離若合，殊有混淆黑白之嫌。」似乎覺得不像是我自己的手筆，至於這是誰的呢，到現在卻也無從去查考了。

這宣言的反響來的真快，在五月三十日發行，而二十九日已經發賣的《每週評論》上，就發現陳西瀅即通伯的一篇《閒話》，不但所謂某籍某系的人在暗中「挑剔風潮」的話就出在這裏邊，而且大有挑唆北洋軍閥政府來嚴厲壓迫女師大的學生的意思。我以前因張鳳舉的拉攏，與東吉祥諸君子謬托知己的有些來往，但是我的心裏是有「兩個鬼」潛伏着的，即所謂紳士鬼與流氓鬼，我曾經說過，「以開店而論，我這店是兩個鬼品開的，而其股份與生意的分配，究竟紳士鬼還只居其小部分。」所以去和道地的紳士們周旋，也仍舊是合不來的，有時流氓鬼要露出面來，結果終於翻臉，以至破口大罵，這雖是由於事勢的必然，但使我由南轉北，幾乎作了一百八十度的大回旋，脫退紳士的「沙龍」，加入從前那麼想逃避的女校，終於成了代表，與女師大共存亡，我說運命之不可測就是為此。這之後我就被學生自治會請去開會，時期在五月二十一日，情形如魯迅在《碰壁之後》一篇文章裏所寫，眼見一個大家庭裏鬥爭的狀況，結果當上了一名校務維持會的會員。而且說也奇怪，我還有一次以學生家長的資格，出席於當時教育部所召開的家長會，——我其實並無女兒在女師大唸書，只因有人介紹一個名叫張靜淑的學生，叫我做保證人，這只須蓋一個圖章，本是「不費之惠」，不過有起事情來，家族如不在北京，保證人是要代家長負責的，這是尋常不會有的事情，但是我卻是適逢其會的碰着了。我終於不清楚張靜淑本人是不是反對校長的，假如她是女附中出身，那麼她應該為附中主任歐陽曉瀾的威脅利誘而加入對方去了，如今卻還找我這保證人去赴會，可以想見她是在反對的一邊的。那一天的日記只簡單的記着：

「八月十三日，下午四時赴教育部家長會議，無結果而散。」這會議是不可能有結果的，在八月六日北洋政府閣議已經通過教育部解散女師大，改辦女子大學的決議，這裏招集家長前來，無非叫約束學生，服從命令的意思。當時到場二十餘人，大都沒有表示，我便起來略述反對之意，隨有兩三個人發言反對，在主人地位的部長章士釗看見這個形勢，便匆匆離席而去，這便是那天無結果的詳情。以後緊接着二十二日武裝接收的一幕，由專門教育司長劉百昭率領老媽子隊伍，開赴石駙馬大街，把女學生拖拉出校，就原址開設國立女子大學，派胡敦復為校長。那班被拖出街上的學生們只得另尋棲止，在端王府的西南找到一個地方，作為校址，校長是易培基，這大概是校務維持會所推選的吧。日記裏寫着這：

「九月十日，上午往宗帽胡同(十四號電話西局一五八五)，女師大開校務維持會。」

「九月二十一日，上午赴女師大開學典禮，午返。」這以後就暫時在那裏上課，到了十一月底章士釗離開了教育部，女師大隨即復校，仍搬回石駙馬大街原處。可是在第二年即一九二六年中乃有更不幸的事情發生，這即是三一八事件，女師大死了兩個學生，國文系的劉和珍與英文系的楊德群，隨後有些教員也被迫脅離開了北京。教育總長換了任可澄，教育界前途一樣黑暗，我在女師大漸漸的被擠了上去，充當代表，在八月五六兩日裏去見任可澄都不曾見到。二十二日是去年「毀校紀念」，開會紀念了不到十日，教育部又發表將女子大學和女師大合併為女子學院，而以女師大為師範大學部，派林素園為學長，於九月四日來校，武裝接收了。今據林素園的報告照錄於下：

「素園本日午前十一時復往該校，維時該校教職員等聚集多人，聲勢洶洶，當晤教員徐祖正周作人說明接收理由，該徐祖正等聲言同人等對於改組完全否認，早有宣言，何竟貿然前來，言時聲色俱厲，繼復躍起謾罵，戶外圍繞多人，一齊喝打，經部員勸告無效，並被拳擊，素園等只得來部陳明。」這篇佈告登在九月六日的《世界日報》上，但記者說據前日報告，僅云「林上午到校因斥該校教授為共產黨，言語之間稍有衝突，並無互毆之說，此種報告似覺離奇，殊與事實頗有出入」。這新聞報道倒是公平的。

一四七　語絲的成立

第二次武裝接收女師大，已經是一九二六年的事，《語絲》卻是一九二四年創刊的，現在要來講它，須得退兩年回去，可是如來從頭講起，那便非先說孫伏園辦《晨報副刊》不可，那就更早了。——但是我且不去管它，如今且來跑一通野馬，說一說這件事的始末吧。

孫伏園原名福源，是我在紹興做中學教員那時候的學生，我查來北京以後的日記，在一九一七年有這一項記載：

「八月廿一日，下午得孫福源十五日上海函。」那年因為有復辟之役，北大的招考改遲了，他來上海是為的應試，但是那一年沒有錄取。次年暑假裏回家去，他來訪四次，我於九月十日返北京，可是過了六天，他老先生也飄然的來了。他說想進大學旁聽，這事假如當初對我說了，我一定會阻止他的，但是既然來了，也沒得話說。日記上說：

「十八日，上午孫福源來，為致學長函。」這是寫給陳獨秀，代他請求准許旁聽的信，當時旁聽章程，一年後隨班考試及格，可以改為正科生，這條章程可是在第二年就修正了，以後旁聽生一律不得改為正科了。那一年入學的旁聽生，只有國文系二人，其一是孫福源，其二則是成平，即是辦《世界日報》的成舍我，在一榜之中出了兩位報人，也可以說不是偶然的事。

他在北大第一院上課聽講，住在第二院對過的中老胡同，和北大有名的師生都頗熟習了，這時五四運動發生，他就得了機會施展他的能力。他最初是（據我所記得）同羅家倫在國民公報裏工作，後來那報停了，他便轉入了晨報。因為這兩種報同是研究系報紙，研究系是很聰明的政黨，見事敏捷，善於見風使帆，所以對於五四後的所謂新文化運動，它是首先贊助，在這《晨報》中間更有一位傑出的人物，他名叫蒲伯英，但在前清末年四川爭路風潮的時候，已很有名，那時叫蒲殿俊，是清朝的一位「太史公」。孫福源在《晨報》最初是編第五版，彷彿是文藝欄，登載些隨感雜文，我的《山中雜記》便都是在那上邊發表的，這是一九二一年的秋天的事情，等到魯迅的《阿Q正傳》分期登載，已經是《晨報副刊》了。這是報紙對開的四頁，雖是附張卻有獨立的性質，是《晨報》首創的形式，這可能是蒲伯英孫伏園兩個人的智慧，出版的時期是一九二一年的冬天吧。報上有這麼一個副刊，讓人家可以自由投稿，的確是很好的，孫福源的編輯手段也是很高明，所以一向很是發達，別的新聞都陸續仿照增加。但是好景不長，他的《晨報副刊》只辦了三年多，於一九二四年十月便交卸了，查舊日記上記着：

「十月二十四日，下午伏園來，云已出晨報社，在川島處住一宿。」伏園辭職的原因，據說是因為劉勉己擅自抽去副刊上的稿子，這是明明排擠他的意思，所以他覺得不能不走了。伏園既然離開了《晨報副刊》，便提出自己來辦一個出板物，大家可以自由發表意見，不受別人的干涉，於是由他去聯絡籌辦，結果除他自己以外還有李小峰章川島，作為經營出板的人，做文章的則另外約了些人，經過一次會商，這刊物的事情就算決定了。日記上記載着道：

「十一月二日，下午至市場開成北樓，同玄同伏園小峰川島紹原頡剛諸人，議出小週刊事，定名曰《語絲》，大約十七日出版，晚八時散。」至於刊物的名字的來源，是從一本什麼人的詩集中得來，這並不是原來有那樣的一句話，乃是隨便用手指一個字，分兩次指出，恰巧似懂非懂的還可以用，就請疑古玄同照樣的寫了。週刊的發刊詞是由我所擬的，但是手頭沒有《語絲》的原本，所以不能記得了，因為本來沒有什麼固定的宗旨，所以說得很是籠統，到後來與《現代評論》打架的時候，《語絲》舉出兩句口號來，「用自己的錢，說自己的話」，也就是這個意思，不過針對《現代評論》的接受官方津貼，話裏有刺罷了。魯迅在《我與語絲的始終》一篇文章裏說道：

「於是《語絲》的固定的投稿者，至多便只剩了五六人，但同時也在不意中顯了一種特色，任意而談，無所顧忌，要催促新的產生，對於有害於新的舊物，則竭力加以排擊，——但應該產生怎樣的新，卻並無明白的表示，而一到覺得有些危急之際，也還是故意隱約其詞。陳源教授痛斥『語絲派』的時候，說我們不敢直罵軍閥，而偏和握筆的名人為難，便由於這一點。但是，叱吧兒狗險於叱狗主人，我們其實也知道的，所以隱約其詞者，不過要使走狗嗅得，跑去獻功時，必須詳加說明，比較地費些氣力，不能直捷痛快，就得好處而已。」這一節話很能說明《語絲》雜文的一方面的特色，於叱吧兒狗的確有用，可是吧兒狗也不是好惹的東西，一不小心就要被咬，我自己有過經驗，吃了一點虧，但是也怪自己不能徹底，還要講人情的緣故。我根據張鳳舉的報告，揭發陳源曾經揚言曰，「現在的女學生都可以叫局」，後來陳源追問來源，欲待發表，而鳳舉竭力央求，為息事寧人計，只好說是得之傳聞，等於認輸，當時川島很是不平，因為他也在場聽到張鳳舉的話，有一回在會賢堂聚會的時候，想當面揭穿，也是我阻止了。這是當斷不斷的一個好教訓。關於《語絲》說了不少的空話，至於實在的文章如何，好在世間還有印本流傳，只得請好事者自己去看了。

一四八　五卅

一九二五年五月三十日上海英國租界的巡捕對於示威遊行的工人市民開槍，死傷很多，這是極為重大的一樁事件，但是在殖民地卻是往往發生的事，所以國人雖然奔走呼號，也是沒有別的辦法，終於在十月裏麻胡的了結了。在北大的人也只是發表幾篇外國文的宣言，更無聊的還要打電報給羅馬法皇向他們「辯誣」，結果是白討沒趣，也實在十分可笑的事情。魯迅在《忽然想到》之十裏說得很好：

「我們的市民被上海租界的英國巡捕擊殺了，我們並不還擊，卻先來趕緊洗刷犧牲者的罪名。說道我們並非赤化，因為沒有受別國的煽動，說道我們並非暴徒，因為都是空手，沒有兵器的。我不解為什麼中國人如果真使中國赤化，真在中國暴動，就得聽英捕來處死刑？記得新希臘人也曾用兵器對付過國內的土耳其人，卻並不被稱為暴徒，俄國確已赤化多年了，也沒有得到別國開槍的懲罰，而獨有中國人，則市民被殺之後，還要皇皇然辯誣，張着含冤的眼睛，向世界搜求公道。」

自己被了損害，卻要先向人家辯誣，而這些人家原是同兇手一夥兒的，這樣的做是很有點離奇的事，然而比較利用了來做生意，總還要好一點。不過這種出於「意表之外」的事情，也竟有之，不能不說是奇怪了。在《澤瀉集》裏有一篇名叫《吃烈士》的文章，便是諷刺這事的，不能正說，只好像是開玩笑似的，可見這事的重大了，——我遇見同樣事情的時候，往往只有說玩笑話的一法，過去的寫《碰傷》和《前門遇馬隊記》，便都是這一類的例子。如今且說那篇《吃烈士》的文章：

「這三個字並不是什麼音譯，雖然讀起來有點佶屈聱牙，其實乃是如字直說，就是說把烈士一塊塊的吃下去了，不論生熟。

「中國人本來是食人族，象徵的說有吃人的禮教，遇見要證據的實驗派可以請他看歷史的事實，其中最冠冕的有南宋時一路吃着人臘（案就是人肉乾）去投奔江南行在的山東忠義之民。不過這只是吃了人去做義民，所吃的原是庸愚之肉，現在卻輪到吃烈士，不可謂非曠古未聞的口福了。

「前清時捉到行刺的革黨，正法後其心臟大都為官兵炒而分吃，這在現今看去大有吃烈士的意味，但那時候也無非當作普通逆賊看，實行國粹的寢皮食肉法，以維護綱常，並不是如妖魔之於唐僧，視為十全大補的特品。若現在的吃烈士，則知其為——且正因其為烈士而吃之，此與歷來的吃法又迥乎不同者也。

「民國以來久矣夫沒有什麼烈士，到了這回五卅——終於應了北京市民的『杞天之慮』，因為陽曆五月中有兩個四月（陰曆閏四月），正是庚子預言中的『二四加一五』——的時候，才有幾位烈士出現於上海。這些烈士的遺體當然是都埋葬了，有親眼見過出喪的人可以為證，但又有人很有理由的懷疑，以為這恐怕全已被人偷吃了。據說這吃的方法計有兩種，一曰大嚼，一曰小吃。大嚼是整個的吞，其功效則加官進祿，牛羊繁殖，田地開拓，有此洪福者不過一二武士，所吞約佔十分七八，下餘一兩個的烈士，供大眾知味者之分嘗。那些小吃多者不過肘臂，小則一指一甲之微，其利益亦不厚，僅能多銷幾頂五卅紗秋，幾雙五卅坤履，或在牆上多標幾次字號，博得蠅頭之名利而已。——嗚呼，烈士殉國，於委蜕更有何留戀，苟有利於國人，當不惜舉以遺之耳。然則國人此舉既得烈士之心，又能廢物利用，殊無可以非議之處，而且順應潮流，改良吃法，尤為可嘉，西人嘗稱中國人為精於吃食的國民，至有道理。我自愧無能，不得染指，但聞『吃烈士』一語覺得很有趣味，故作此小文以申論之。乙丑大暑之日。」

大暑之日係是陽曆七月廿三，距出事的時期只有四五十天，便被敏捷的人這樣的利用了，好在殖民地時代是一去不復返了，現在只是當作往事來談談而已。我寫這種文章，大概係受一時的刺激，像寫詩一樣，一口氣做成的，至於思想有些特別受英國斯威夫德(Swift)散文的啟示，他的一篇《育嬰芻議》(A Modest Proposal)那時還沒有經我譯出，實在是我的一個好範本，就只可惜我未能學得他的十分之一耳。

一四九　三一八

一九二六年三月十八日下午，北京鐵獅子胡同執政府衛隊對於請願的民眾開槍，造成死者四十七人，傷者一百五十餘人的慘案，這乃是反動政府與帝國主義互相勾結，佈置而成的局面，其手段之兇殘，殺傷之眾多，都是破天荒的，後來孫傳芳蔣介石的肆行殘殺，差不多都是由此出發的。當日我到盔甲廠的燕京大學去上課，遇見站在課堂外邊的學生，說今天因為請願去了，所以不上課，我正想回來，這時忽見前去赴會的許家鵬君氣急敗壞的跑回來，說「了不得了，衛隊開槍，死傷了許多人！」他自己好像沒有受傷，但一看他戴着的一頂呢帽，在左邊上卻被子彈穿了個大窟窿。我從東單牌樓往北走，一路上就遇着好些輕傷的人，坐在車上流着血，前往醫院裏去。第二天真相逐漸明瞭，那天下着小雪，鐵獅子廣場上還躺着好些死體，身上蓋着一層薄雪，有朋友目擊這慘象的，說起三一八來便不能忘記那個雪景。死者多半是青年學生，與我有關係的學校是女師大的劉和珍與楊德群二人，燕大的許君雖是奇跡的沒有受傷，可是研究生郭燦然卻因此失了一條大腿，一九三一年我在燕大的時候，他還在國文系當秘書，可是後來大概回到河南故鄉去了。三一八事件發生以後，我也只能拿了筆桿以文字紀念死者，做了幾副輓聯，在三月二十三日給殉難者全體開追悼會的時候，送去一聯云：

「赤化赤化，有些學界名流和新聞記者還在那裏誣陷。

「白死白死，所謂革命政府與帝國主義原是一樣東西。」二十五日在女師大追悼劉楊二君時，送去對聯云：

「死了倒也罷了，若不想到二位有老母倚閭，親朋盼信。

「活着又怎麼着，無非多經幾番的槍聲震耳，彈雨淋頭。」我真運氣，得到陳源教授替我來做注腳，我在這裏說槍聲彈雨，本來只是隨便的一句熟語，殊有甜熟之感，乃不意在三月二十七日的《現代評論》上的《閒話》裏，明說請願是入「死地」，要「冒槍林彈雨的險，受踐踏死傷之苦」的，這不但明言那天開槍是有計劃的事，而且這也做了我的文章的出典了。中法大學的胡錫爵君的追悼會不知是哪一天，我的對聯是這樣的：

「什麼世界，還講愛國？

「如此死法，抵得成仙！」這裏很有一點玩笑的成份，因為這是我照例的毛病，那時也的確寫了一篇似乎是遊戲的文章，題曰《死法》，是發揮這個意思的，就拿這副輓聯來做結束。當時也曾寫過些文章，正面的來説憤慨的話，自譴責以至惡罵，如在《京報》上登載的《恕陳源》等，本來想收集攏來歸入《真談虎集》內的，但是不曉得怎麼一來，不曾實行，而且把目錄也遺失了，或者是紳士鬼臨時執政的時候所決定的吧。但我有時也頗想找出來看看，因為那時那東吉祥的一班「東西」——這是魯迅送給他們的徽號——的謠言實在造得太離奇了，不知道是怎麼樣「恕」他的。魯迅在《記念劉和珍君》這篇文章裏説：

「我已經説過，我向來是不憚以最壞的惡意來推測中國人的。但這回卻有幾點出於我的意外。一是當局者竟會這樣的兇殘，一是流言家竟至如此之下劣，一是中國的女性臨難竟能如是之從容。

「我目睹中國女子的辦事，是始於去年的，雖然是少數，但看那幹練堅決，百折不回的氣概，曾經屢次為之感歎。至於這一回在彈雨中互相救助，雖殞身不恤的事實，則更足為中國女子的勇毅，雖遭陰謀秘計，壓抑至數千年，而終於沒有消亡的明證了。倘要尋求這一次死傷者對於將來的意義，意義就在此罷。」

他的話是對的，此文作於四月一日，我在三月三十一日做了一篇《新中國的女子》，也曾説道：

「三月十八日國務院殘殺學生事件發生以後，日本《北京週報》上有頗為詳明的記述，有些地方比中國的御用新聞雜誌的記者説的還要公平一點，因為他們不相信群眾拿有幾支手槍，雖然說有人拿着手杖的。他們都頗佩服中國女子的大膽與從容，明觀生在《可怕的剎那》的附記中有這樣的一節話：

「『在這個混亂之中最令人感動的事，是中國女學生之剛健。凡有示威運動等，女學生大抵在前，其行動很是機敏大膽，非男生所能及，這一天女學生們也很出力。在我的前面有一個女學生，中了槍彈，她用了毛線的長圍巾把住了流出來的血潮，一點都不張皇，就是在那恐怖之中我也不禁感到佩服了，我那時還不禁起了這個念頭，照這個情形看來中國將靠了這班女子興起來罷。』北京週報社長藤原鐮兄也在社論中說及，有同樣的意見：

「『據當日親身經歷，目睹實況的友人所談，最可佩服的是女學生們的勇敢。在那個可怕的悲劇之中，女學生們死的死了，傷的傷了，在男子尚且不能支持的時候，她們卻始終沒有失了從容的態度。其時他就想到中國的興起或者是要在女子的身上了。以前有一位專治漢學的老先生，離開中國二十年之後再到北京來，看了青年女子的面上現出一種生氣，與前清時代的女人完全不同了，他很驚異，說照這個情形中國是一定會興隆的。我們想到這句話，覺得裏邊似乎的確表示着中國機運的一點消息。』」

這《北京週報》是用日本文寫，辦給日本人看的報，所以意見有時也還正確，不像漢文報的故意歪曲。但那時候的《順天時報》是怎麼說的呢，想必有很好的妙論，可是那時因為有《現代評論》超過了它，所以對於它不曾注意，已經記不得了。

一五〇　中日學院

以前對於中日問題，還不能沒有幻想，希望它能夠和平解決，因此徒勞的作些活動，第一次的中日學術協會，已經失敗了，第二次又來計劃改革同文書院，設立了中日教育會。這也是由於阪西和土肥原的介紹，與東亞同文會的代表大內見面，商議將天津的同文書院改為中國學生的留日預備學校的事宜。這同文會本是經濟文化侵略的機關，它在上海漢口天津各地設立同文書院，養成說中國話的人材，熟悉中國習慣，來中國作種種的活動。這一回卻願將天津的一處學校改作私立中學，招收中國學生，就只是用日本文作為第一外國語，畢業後可以留學日本，直接考入大學。他們請中國人合辦這學校，總務即經濟一切歸日本人擔任，教務由中國方面主持，都照教育部章程辦理。平常他們辦事，凡是要中國人給他幫忙時，總是拉些有小功名的如舉人秀才的人，這回卻找到大學裏來，仍舊在中日學術協會中間找了幾個人，即是陳百年，馬幼漁，沈尹默，張鳳舉和我一共是五個。日記上留存着這幾項記事：

「一九二五年八月三十日，上午往百年處，商議同文書院事。」

「九月二日，下午往土肥原宅，與大內江藤及北大同人共商同文書院事，晚八時回家。」

「九月四日，上午十一時往土肥原宅，議定中日教育會契約，午大內約往東興樓午餐，共計賓主九人。」

「九月五日，午在東興樓與尹默幼漁鳳舉百年，共宴大內江藤土肥原，及方夢超四人。」這以後中日教育會便算成立了，議定以天津同文書院為基礎，設立中日學院，先辦初中高中部分，再擴充到大學部，其教務方面完全由中國人主持，教務長則請原有的張子秀擔任，另外請會裏派一個院長前去，並請會員二人去任兩門功課。結果推定陳百年去教論理學，馬幼漁去教國文，每週一次，院長則請沈兼士任之，因為在北京住家，不能常駐天津，所以只好時常往來京津之間。我雖是會長的名義，但只是在有一年的學校紀念日特別開會的那天，我被邀去到校講演，去過一次，所得的印象實在平凡得很，校舍足夠中學之用，但要想辦大學哪裏能行呢，好在學院方面也是沒有誠意，姑且說一句話，後來不再提起，這邊也覺得反正不能實現，也沒有人認真去追問，便這樣虛與委蛇的拖了好久。後來一個時候陳馬二君也懶得跑這一段長路了，就都辭了兼職，只讓一位由這邊介紹去的北大的研究生在支撐門面，總務長江藤則已去世，由藤江遞補，這人也看不出別樣壞處，就只喜歡釣魚和喝酒，大半天在學校邊的水池裏垂釣，院長則時去時歸，很有倦勤的樣子，等到一九三一年柳條溝的槍聲一響，他也就正式的辭職了。土肥原介紹我們改革同文書院，未能成功，可是他在另一方面進行的搗亂工作，卻是着着進行，終於引起蘆溝橋事件，結果是「神國」成麥克阿塞的領土，而自己也遂為巢鴨殉國的「七英靈」之一人。凡是見過土肥原賢二的人，似乎不大會預料他能做大事情的人，語云，時無英雄，遂使孺子成名，我們看現在的日本好像還缺少真的英雄，這是很可怕的一件事情。

中日學院的院長當初原是想把學校辦好所以前去的，事實上他有識力可以足夠辦好一個大學部，但是事與願違，使他不得不轉為消極，然而卻有一件事，着實使他受累不淺，這便是從天津得來的一份小家眷。他本有一子一女，家庭很是圓滿，不幸他的夫人得了一種不很利害而是經常的精神病，他就在天津營了一所「金屋」，後來回到北京時又不得不把她移回來，日後他的夫人也常見到，旁人便以某女士的資格向她介紹，這真是一種可悲的喜劇了。我自己雖然沒有受什麼累，可是在一九三九年的元旦來訪的那位刺客，也聲稱是中日學院的李姓，這當然是假冒的，但是為什麼要說是中日學院來的呢？這時土肥原已經闊了起來，稱為「土肥原將軍」了，我於一月二十四日下午前去訪問他一回，擬問此事，沒有見到，從此以後就沒有看到他了。

一五一　東方文學系

我到北京大學裏來，到底也不知道是幹什麼來的。最初是講歐洲文學史，不過這件事並不是我所能擔任的，所以不久隨即放下了。一九二二年至燕京大學擔任現代文學組的主任，一九二五年答應沈尹默君去教孔德學校中學十年級的國文，即是初來北京時所堅決不肯擔任的國文功課，想起來覺得十分可笑的。隨後還在北大染指於國文系的功課，講明清散文稱曰「近代散文」，至一九三六年則添一門曰「六朝散文」，在大學課程綱要說明道：

「伍紹棠跋《南北朝文抄》云，南北朝人所著書，多以駢儷行之，亦均質雅可誦，如范蔚宗沈約之史論，劉勰《文心雕龍》，鍾嶸《詩品》，酈道元《水經注》，楊衒之《洛陽伽藍記》，斯皆篇章之珠澤，文采之鄧林。本課即本斯意，擇取六朝一二小書，略為誦習，不必持與唐宋古文較短長，但使讀者知此類散文亦自有其佳處耳。」後有案語云：

「案成忍齋示子弟帖云，近世論古文者以為壞於六朝而振於唐，然六朝人文有為唐人之所必不能為，而唐人文則為六朝才人之所不肯為者矣。」第二年又增加了「佛經文學」，說明道：

「六朝時佛經翻譯極盛，文亦多佳勝，漢末譯文模仿諸子，別無新意味，唐代又以求信故，質勝於文。唯六朝所譯能運用當時文調，加以變化，於普通駢散文外，造出一種新體制，其影響於後來文章者亦非淺鮮。今擬選取數種，稍稍講讀，注意於譯經之文學的價值，亦並可作古代翻譯文學看也。」這時候幾乎完全是轉了業，可是蘆溝橋的炮聲起來，我的這一門外道的功課也終於開不成了。

但是在那個中間，有一個時期卻很致力於東方文學系的開設，這時間是一九二五年至一九三七年，大約有十年的光景。中國過去在高等學校裏都是英語當王，有的還用英語授課，北京大學才破天荒的加以改革，一切講義都改用中文，至於外國語也不偏重英文，設立法德俄文諸系，我們也就想建立起日本文學系起來。可是這事不大容易，俄文系也是若有若無，時有時無的不穩定，何況日本文呢？經過好些商議和等待之後，在顧孟餘任教務長的時代，乃叫我做籌備主任，於一九二五年成立東方文學系，從預科辦起。那時我們預備在這系裏教書的共有三人，即是張鳳舉，徐耀辰和我，其實我們三個人都不是研究日本文學的，張徐二君乃是學英文學的，是廚川白村的學生，我則原來是個打雜的，在人手缺少的時候劈柴挑擔都可以來一手，至於專門技工實在沒得。不過事情既然答應下來，也就只好由我們來分擔了，兩年的預科還只是語學的功課，這還可來得，等得到了兩年完了，已是一九二七年了，這時張大元帥登了台，北大改為京師大學，舊日學制一律取消，就免除了我們不得不負荷的重擔了。日文預科的幾個畢業生也就星散，消納在文法科各系，我只記得一個進了歷史系，一個進了經濟系了。但是京師大學的壽命並不久長，它只拖了一年，隨即同大元帥同時坍了台了。我們當時便想捲土重來，國民黨政府卻用了封建思想的頭腦把北京改名北平，北京大學也改作北平大學，北大的學生不答應，學校一時開不成，因此耽誤了一年，到一九二九年的秋天這才恢復了日文預科。這時張鳳舉到歐洲留學去了，教員只剩了徐耀辰和我兩人，預科學生共有三個，便這樣的開了班，但是到了本科的時候，教員就不夠分配了，於是去拉人來幫忙，請錢稻孫擔任《萬葉集》的和歌，傅仲濤擔任近松的淨琉璃戲曲，徐耀辰擔任現代文學，我則搞些江戶時代的小說，雜湊成一年的課程，四年間敷衍過去，本科就算完畢了。這第一班於一九三五年畢業，第二班畢業於一九三六年，共計二人，第三班畢業於一九三七年，也是二人，一總三班七個人，計共花費了十足的八年，做了這一件略成片段的事情，但是仔細回想，覺得也是沒有什麼意義。俗語有云，黃胖春年糕，吃力弗討好，正是極好的評語。鄉間有一種病，稱作「黃胖」，極似時行的所謂浮腫病，其人胖而黃，看來好像是很茁壯的人，就只是沒有力氣，而春年糕又是格外要用力的工作，因為這裏邊多半是糯米粉，乃是很黏的，這裏人與工作兩相配合，真是相得益彰，老百姓的滑稽實在是十分可以佩服的了。

一五二　東方文學系的插話

講到東方文學系，這裏有一個插話，需得說一說，雖然照年代來說或者要差幾年，但是遲下來恐沒有機會再說了。這事在一九四四年十月裏我曾寫過一篇文章《記杜逢辰君的事》，後來收在《立春以前》隨筆集裏，不過那篇文章恐怕看到的人並不多，所以我把它來重錄一遍在這裏：

「此文題目很是平凡，文章也不會寫得怎麼有趣味，一定將使讀者感覺失望，但是我自己卻覺得頗有意義，近十年中時時想到要寫，總未成功，直至現在才勉強寫出，這在我是很滿足的事了。杜逢辰君，字輝庭，山東人，前國立北京大學學生，民國十四年入學，二十一年以肺病卒於故里。杜君在大學預科是日文班，所以那兩年中是我直接的學生，及預科畢業，正是張大元帥登臺，改組京師大學，沒有東方文學系了，所以他改入了法科。十七年冬北大恢復，我們回去再開始辦預科日文班，我又為他系學生教日文，講夏目氏的小說《我是貓》，杜君一直參加，而且繼續了有兩年之久，雖然他的學籍仍是在經濟系。我記得那時他常來借書看，有森鷗外的《高瀨舟》，志賀直哉的《壽壽》等，我又有一部高素之譯的《資本論》共五冊，買來了看不懂，也就送給了他，大約於他亦無甚用處，因為他的興趣還是在於文學方面。杜君的氣色本來不大好，其發病則大概在十九年秋後，《駱駝草》第二十四期上有一篇小文曰《無題》，署名『偶影』，即是杜君所作，末署『一九三〇年十月八日病中，於北大』，可以為證。又查舊日記民國二十年分，三月十九日項下記云，下午至北大上課，以《徒然草》贈予杜君，又借予《源氏物語》一部，托李廣田君轉交。其時蓋已因病不上課堂，故托其同鄉李君來借書也。至十一月則有下記數項：

「十七日，下午北大梁君等三人來訪，云杜逢辰君自殺未遂，雇汽車至紅十字療養院，勸說良久無效，六時回家。

「十八日，下午往看杜君病，值睡眠，其侄云略安定，即回。

「十九日，上午往看杜君。

「二十一日，上午李廣田君電話，云杜君已遷往平大附屬醫院。

「二十二日，上午孟雲嶠君來訪。

「杜君不知道是什麼時候進療養院的。在《無題》中他曾說，『我是常在病中，自然不能多走路，連書也不能隨意地讀。』前後相隔不過一年，這時卻已是臥牀不起了。在那篇文章又有一節云：

「『這尤其是在夜裏失眠時，心和腦往往是交互影響的。心越跳動，腦裏宇宙的次序就越紊亂，甚至暴動起來似的騷擾。因此，心也跳動得更加厲害，必至心腦交瘁，黎明時這才昏昏沉沉地墮入不自然的睡眠裏去。這真是痛苦不過的事。我是為了自己的痛苦才瞭解旁人的痛苦的呀。每當受苦時，不免要詛咒了：天地不仁，以萬物為芻狗！』我們從這裏可以看出病中苦痛之一斑，在一年後這情形自然更壞了，其計劃自殺的原因據梁君說即全在於此。當時所用的不知係何種刀類，只因久病無力，所以負傷不重，即可治癒，但是他拒絕飲食藥物，同鄉友人無法可施，末了乃趕來找我去勸。他們說，杜君平日佩服周先生，所以只有請你去，可以勸得過來。我其實也覺得毫無把握，不過不能不去一走，即使明知無效，望病也是要去的。勸阻人家不要自殺，這題目十分難，簡直無從着筆，不曉得怎麼說才好。到了北海養蜂夾道的醫院裏，見到躺在牀上，脖子包着繃帶的病人，我說了些話，自己也都忘記了，總之，説着時就覺得是空虛無用的，心裏一面批評着説，不行，不行。果然這都是無用，如日記上所云勸説無效。我説幾句之後，他便説，你説的很是，不過這些我都已經想過了的。末了他説，周先生平常怎麼説，我都願意聽從，這回不能從命。並且他又説，我實在不能再受痛苦，請你可憐見放我去了罷。我見他態度很堅決，情形與平時不一樣，杜君説話聲音本來很低，又是近視，眼鏡後面的目光總向着下，這回聲音轉高，除去了眼鏡，眼睛張大，烱烱有光，彷彿是換了一個人的樣子。假如這回不是受了委託來勸解來的，我看這情形恐怕會得默然，如世尊默然表示同意似的，一握手而引退了吧。現在不能這樣，只得枝梧了好久，不再説理由，勸他好好將息，退了出來。第二天去看，聽那看病的侄兒説稍為安定，又據孟君説後來也吃點東西了，大家漸漸放心。日記上不曾記着，後來聽説杜君家屬從山東來了，接他回家去，用鴉片劑暫以減少苦痛，但是不久也就去世，這大約是二十一年的事了。

「杜君的事情本來已是完結了，但是在那以後不知是從哪一位，大概是李廣田君罷，聽到了一段話。據説在我去勸説無效之後，杜君就改變了態度，肯吃藥喝粥了，所以我以為是無效，其實卻是發生了效力。杜君對友人説，周先生勸我的話，我自己都已經想過了的，所以沒有用處，但是後來周先生説的一節話，卻是我所沒有想到的，所以給他説服了。這一節是什麼話，我自己不記得了，經李君轉述大意如此：周先生説，你個人痛苦，欲求脱離，這是可以諒解的，但是現在你身子不是個人的了，假如父母妻子他們不願你離去，你還須體諒他們的意思，雖然這於你個人是一個痛苦，暫為他們而留住。老實說，這一番話本極尋常，在當時智窮力竭無可奈何時，姑且應用一試，不意打動杜君自己的不忍之心，乃轉過念來，願以個人的苦痛去抵銷家屬的悲哀，在我實在是不及料的。我想起幾句成語，日常的悲劇，平凡的偉大，杜君的事正當得起這名稱。杜君的友人很感謝我能夠勸他回心轉意，不再求死，但我實是很惶恐，覺得很有點對不起杜君，因為聽信我的幾句話使他多受了許多的苦痛。我平常最怕說不負責的話，假如自己估量不能做的事，即使聽去十分漂亮，也不敢輕易主張叫人家去做。這回因為受託勸解，搜索枯腸湊上這一節去，卻意外的發生效力，得到嚴重的結果，對於杜君我感覺負着一種責任。但是考索思慮，過了十年之後，我卻得到了慰解，因為覺得我不曾欺騙杜君，因為我勸他那麼做，在他的場合固是難能可貴，在別人也並不是沒有。一個人過了中年，人生苦甜大略嘗過，這以後如不是老成轉為少年，重復想納妾再做人家，他的生活大概漸傾於為人的，為兒孫作馬牛的是最下的一等，事實上卻不能不認他也是這一部類，其上者則為學問為藝文為政治，他們隨時能把生命放得下，本來也樂得安息，但是一直忍受着孜孜的做下去，犧牲一己以利他人，這該當稱為聖賢事業了。杜君以青年而能有此精神，很可令人佩服，而我則因有勸說的關係，很感到一種鞭策，太史公所謂雖不能至，心嚮往之，或得如傳說所云，寫且夫二字，有做起講之意，不至全然打誑語欺人，則自己覺得幸甚矣。」

一五三　堅冰至

《周易》上說，「履霜，堅冰至」，言事變之來，其所從來者積漸久遠，不是一朝一夕的事情。自從新華門「碰傷」事件發生以來，不到四年工夫，就有鐵獅子胡同的三一八慘案，這是一九二六年的事情，到了第二年更是熱鬧了，在北京有張作霖的捕殺大學教授，上海有孫傳芳的討赤，不久各地有蔣介石的清黨，殺人如麻，不可勝計。我因為困居北京，對於別處的事多是間接傳聞，不很明瞭，現在只記載在北京所見聞的一點，主要的事是關於李守常先生的。

說到李守常，照普通說法應稱李大釗先烈，但是因為稱呼熟了，這樣說還比較方便，稱作烈士彷彿有點生疏。我認識守常，是在北京大學，算來在一九一九年左右，即是五四的前後。其時北大紅樓初蓋好，圖書館是在地窖內，但圖書館主任室設在第一層，東頭靠南，我們去看他便在這間房裏。那時我們在紅樓上課，下課後有暇即去訪他，為什麼呢？《新青年》同人相當不少，除二三人時常見面之外，別的都不容易找，校長蔡孑民很忙，文科學長陳獨秀也有他的公事，不好去麻煩他們，而且校長學長室都在第二院，要隔一條街，也不便特別跑去。在第一院即紅樓的，只有圖書主任，而且他又勤快，在辦公時間必定在那裏，所以找他最是適宜，還有一層，他頂沒有架子，覺得很可親近，所談的也只是些平常的閒話。記得有一回去訪問的時候，不久吳弱男女士也進來了，吳女士談起章行嚴家裏的事情來，她說道：「周先生也不是外人，說也沒有妨礙，」便說章家老輩很希望兒子出去做官，但是她總是反對，勸他不要加入政界。從這件事情看來，可以知道那些談話之如何自由隨便吧。平常《新青年》的編輯，向由陳獨秀一人主持（有一年曾經分六個人，各人分編一期），不開什麼編輯會議，只有一九一八年底，定議發刊《每週評論》的時候，在學長室開會，那時我也參加，一個人除分任寫文章，每月捐助刊資數元，印了出來便等於白送給人的。在五四之後陳獨秀因為在市場發傳單，為警廳所捕，《每週評論》由胡適之與守常兩人來維持，可是意見不合，發生「問題與主義」之爭，就是警廳不來禁止，也有點維持不下去了。《每週評論》出了三十六期，我參與會議就只此一次，可是這情景我至今沒有忘記。

我最初認識守常的時候，他正參加「少年中國」學會，還沒有加入共產黨。有一回是他給少年中國學會介紹，叫我去講演過一次，因為「少年中國」裏許多人，我沒有一個相識。說也奇怪，「少年中國」集合兩極端的人物，有極左的便是共產主義者，也有極右的，記得後來分裂，組織國家主義團體的，即是這些人物。到了他加入共產黨，中國局勢也漸形緊張，我便很漸少與他閒談的機會，圖書館主任室裏不大能夠找到他了。那時的孔德學校，是蔡孑民及北大同人所創辦，教法比較新穎，北大同事的子弟多在這裏讀書，守常的一個兒子和一個女兒，也都在內。那時我擔任孔德高中的一年國文，守常的兒子就在我這班裏，最初有時候還問他父親安好，後來末了這幾個月，連他兒子也多告假不來，其時已經很近危險了。但是一般還不知道，有一回我到北大去上課，有一個學生走來找我，說他已進了共產黨，請我給他向李先生找點事辦，想起來這個學生也實在太疏忽，到教員休息室來說這樣的話，但是也想見到李葆華，叫他把這件事告訴他父親知道，可是大約有一個月，卻終於沒有這機會。

那一天我還記得很清楚，是清明節的這天，那時稱作植樹節，學校都放假一日。是日我們幾個人約齊了，同往海甸去找尹默的老兄士遠，同時下一輩的在孔德的學生也往那裏找他們的舊同學。這天守常的兒子也湊巧一同去，並且在海甸的沈家住下了，我們回到城裏，看報大吃一驚，原來張作霖大元帥就在當日前夜下手，襲擊蘇聯大使館，將國共合作的人們一網打盡了。尹默趕緊打電話給他老兄，叫隱匿守常的兒子，暫勿進城，亦不可外出，這樣的過了有兩個星期。但是海甸的偵緝隊就在士遠家近旁，深感不便，尹默又對我說，叫去燕京大學上課的時候，順便帶他進城，住在我那裏，還比較隱僻。我於次日便照辦，讓他住在從前愛羅先珂住過些時的三間小屋裏，——這以後也有些人來住過，如女師大的鄭德音，北大女生劉尊一等。可是到了次日我們看報，這天是四月二十九日，又是吃了一驚。守常已於前一日執行了死刑，報上大書特書，而且他和路友于張挹蘭幾個人照相，就登載在報上第一面。如何告訴他兒子知道呢，過一會兒他總是要過來看報的，這又使得我沒有辦法，便叫電話去請教尹默。他回答說就來，因為我們朋友裏還是他會得想辦法。尹默來了之後，大家商量一番，讓他說話，先來安慰幾句，如說令尊為主義而犧牲，本是預先有覺悟的。及至說了，乃等於沒有說，因為他的鎮定有覺悟遠在說話人之上，聽了之後又仔細看報，默然退去。守常的兒子以後住在我家有一個多月，後由尹默為經營，化名為楊震，送往日本留學，及濟南事件發生，與孔德去的同學這才都退學回來了。

一五四　清黨

說到「清黨」，有什麼人會得不感到憤慨的呢？在這回事件裏死的人不知有多少，即使自己沒有親屬在裏邊，也總有些友人和學生，不禁叫人時常想起，而且那些就是不認識的，也都是少壯有為的人，如今成批的被人屠殺，哪能不感覺痛惜呢。那時我住在北京，在「張大元帥」輦轂之下，雖說是老牌的軍閥，卻還比較的少一點這樣恐怖與慘痛的經歷，在「段執政」的三一八事件之後，也辦過些「黨案」，殺害了籠統稱為黨員的，如李守常等人，隨後還有高仁山，此外則槍斃了詆毀他們的新聞記者，最有名的是社會日報社長林白水和京報社長邵飄萍，以及演過《臥薪嘗膽》的戲的伶人劉漢臣高三奎，真實的緣因說是與「妨害家庭」相關，但是據報上說，他們的罪名也是「宣傳赤化」，至於如何宣傳法，那自然是無可查考了。總之北方的「討赤」是頗為溫和的，比起南方的聯帥孫傳芳來，簡直如小巫之見了大巫，若是拿去比國民黨的「清黨」，那是差的更遠了。

從僅存在《談虎集》卷上的幾篇雜文裏來看，便有好些資料。第一是那篇《偶感》之三，是民國十六年七月五日所作的，文云：

「聽到自己所認識的青年朋友的橫死，而且大都死在所謂最正大的清黨運動裏邊，這是一件很可憐的事。青年男女死於革命原是很平常的，裏邊如有相識的人，也自然覺得可悲，但這正如死在戰場一樣，實在無可怨恨，因為不能殺敵則為敵所殺是世上的通則，從本來合作的國民黨裏被清出而槍斃或斬決的那卻是別一回事了。燕大出身的顧千里陳丙中二君，是我所知道的文字思想上都很好的學生，在閩浙一帶為國民黨出了好許多力之後，據《燕大週刊》報告，這回已以左派的名義而被殺了。北大的劉尊一在北京被捕一次，幸得放免，來我家暫避，逃到南方去，近見報載上海捕『共黨』，看從英文譯出的名字，其一恐怕是她，不知道吉凶如何。普通總覺得南京與北京有點不同，青年學生跑去不知世故的行動，卻終於一樣的被禍，有的還從北方逃出去投在網裏，令人不能不感到惘然。至於那南方的殺人者是何心理狀態，我們不得而知，只覺得驚異，倘若這是軍閥的常態，那麼這驚異也將消失，大家唯有復歸於沉默，於是而沉默遂統一中國南北。」

在那時候我寫這段雜文，大概對於南方的軍閥還多少存有一種幻覺，不想把他來同北方的一樣看待，所以那樣的說，但是那幻覺卻隨即打消了，所以復歸於沉默，因為那正是軍閥的常態，沒有什麼的例外。同時寫一篇《人力車與斬決》，因胡適之演說中國還容忍人力車，所以不能算是文明國，我便問他不知斬首與人力車孰為不文明，第二節說：

「江浙黨獄的內容我們不得而知，雜誌上傳聞的羅織與拷打或者是『共黨』的造謠，但殺人之多總是確實的了。以我貧弱的記憶所及，《青天白日報》記者二名與逃兵一同斬決，清黨委員到甬斬決共黨二名，上海槍決五名姓名不宣佈，又槍決十名內有共黨六名，廣州捕共黨一百十二人其中十三名即槍決。清法着實不少，槍斃之外還有斬首，不知胡先生以為文明否？」後來九月裏有一篇《怎麼說才好》，這五個字即是沉默的替代，本文云：

「九月十九日《世界日報》載長沙通訊，記湖南考試共產黨員詳情，有一節云：

「『有鄖陳氏者，因其子係西歪（共產青年團）的關係，被逮入獄，作『曠安宅而弗居舍正路而弗由論』，洋洋數千言，並首先交卷，批評馬克司是一個病理家，不是生理家外，並於文後附志略曆。各當道因賞其文，憐其情，將予以寬釋。』

「原來中國現在還適用族誅之法，因一個初中學生一年級生是CY的關係，就要逮捕其母。湖南是中國最急進的省分，何以連古人所說的『罪人不孥』這句老生常談還不能實行呢？我看了這節新聞實在連遊戲話都不會說了，只能寫這兩行極迂闊極無聊的廢話，我承認這是我所說過的最沒有意思的廢話，雖然還有些南來的友人所談的東南清黨時的虐殺行為，我連說廢話的勇氣都沒有了。這些故事壓在我的心上，我真不知怎樣說才好，只覺得小時候讀李小池的《思痛記》的時候有點相像。

「怎麼說才好？不說最好：這是一百分的答案。」但是不說也就是愛憎都盡，給人家看穿了底，不再有什麼希望了。北伐成功的時候，馬九先生首先在孔德學校揭起青天白日旗來歡迎國民黨，但是那最是忠厚的馬二先生卻對他朋友說道：看這回再要倒霉，那便是國民黨了！總算勉強支持了二十年，這句深刻的預言卻終於實現了。

【第四卷】

一五五　北大感舊錄 一

我於民國六年(一九一七)初到北大，及至民國十六年暑假，已經十足十年了，恰巧張作霖稱大元帥，將北大取消，改為京師大學，於是我們遂不得不與北京大學暫時脱離關係了。但是大元帥的壽命也不長久，不到一年光景，情形就很不像樣，只能退回東北去，於六月中遇炸而死，不久東三省問題也就解決，所謂北伐遂告成功了。經過了一段曲折之後，北京大學旋告恢復，外觀雖是依然如故，可是已經沒有從前的「古今中外」的那種精神了，所以將這十年作為一段落，算作北大的前期，也是合於事實的。我在學校裏是向來沒有什麼活動的，與別人接觸並不多，但是在文科裏邊也有些見聞，特別這些人物是已經去世的，記錄了下來作為紀念，而且根據佛教的想法，這樣的做也即是一種功德供養，至於下一輩的人以及現在還健在的老輩悉不闌入，但是這種老輩現今也是不多，真正可以説是寥落有如晨星了。

一，**辜鴻銘**　北大頂古怪的人物，恐怕眾口一詞的要推辜鴻銘了吧。他是福建閩南人，大概先代是華僑吧，所以他的母親是西洋人，他生得一副深眼睛高鼻子的洋人相貌，頭上一撮黃頭毛，卻編了一條小辮子，冬天穿棗紅寧綢的大袖方馬褂，上戴瓜皮小帽，不要説在民國十年前後的北京，就是在前清時代，馬路上遇見這樣一位小城市裏的華裝教士似的人物，大家也不免要張大了眼睛看得出神的吧。尤其妙的是他那包車的車夫，不知是從哪裏鄉下去特地找了來的，或者是徐州辮子兵的餘留亦未可知，也是一個背拖大辮子的漢子，正同課堂上的主人是好一對，他在紅樓的大門外坐在車兜上等着，也不失為車夫隊中一個特出的人物。辜鴻銘早年留學英國，在那有名的蘇格蘭大學畢業，歸國後有一時也是斷髮西裝革履，出入於湖廣總督衙門（依據傳說如此，真偽待考），可是後來卻不曉得什麼緣故變成那一副怪相，滿口「春秋大義」，成了十足的保皇派了。但是他似乎只是廣泛的主張要皇帝，與實際運動無關，所以洪憲帝制與宣統復辟兩回事件裏都沒有他的關係，他在北大教的是拉丁文等功課，不能發揮他的正統思想，他就隨時隨地想要找機會發洩。我只在會議席上遇到他兩次，每次總是如此，有一次是北大開文科教授會討論功課，各人紛紛發言，蔡校長也站起來預備說話，辜鴻銘一眼看見首先大聲說道：「現在請大家聽校長的吩咐！」這是他原來的語氣，他的精神也就充分的表現在裏邊了。又有一次是五四運動時，六三事件以後，大概是一九一九年的六月五日左右吧，北大教授在紅樓第二層臨街的一間教室裏開臨時會議。除應付事件外有一件是挽留蔡校長，各人照例說了好些話，反正對於挽留是沒有什麼異議的，問題只是怎麼辦，打電報呢，還是派代表南下。辜鴻銘也走上講臺，贊成挽留校長，卻有他自己的特別理由，他說道：「校長是我們學校的皇帝，所以非得挽留不可。」《新青年》的反帝反封建的朋友們有好些都在坐，但是因為他是贊成挽留蔡校長的，所以也沒有人再來和他抬槓。可是他後邊的一個人出來說話，卻於無意中鬧了一個大亂子，也是很好笑的一件事。

這位是理科教授姓丁，是江蘇省人，本來能講普通話，可是這回他一上講臺去，說了一大串叫人聽了難懂，而且又非常難過的單句。那時天氣本是炎熱，時在下午，又在高樓上一間房裏，聚集了許多人，大家已經很是煩躁的了，這丁先生的話是字字可以聽得清，可是幾乎沒有兩個字以上連得起來的，只聽得他單調的斷續的說，我們，今天，今天，我們，北大，今天，北大，我們，如是者約略有一兩分鐘，不，或者簡直只有半分鐘也說不定，但是人們彷彿覺得已經很是長久，在熱悶的空氣中，聽了這單調的斷續的單語，有如在頭頂上滴着屋漏水，實在令人不容易忍受。大家正在焦燥，不知道怎麼辦才好的時候，忽然的教室的門開了一點，有人伸頭進來把劉半農叫了出去。不久就聽得劉君在門外頓足大聲罵道：「混賬！」裏邊的人都愕然出驚，丁先生以為是在罵他，也便匆匆的下了講臺，退回原位去了。這樣會議就中途停頓，等到劉半農進來報告，才知道是怎麼的一回事，這所罵的當然並不是丁先生，卻是法科學長王某，他的名字忘記了，彷彿其中有一個祖字。六三的那一天，北京的中小學生都列隊出來講演，援助五四被捕的學生，北京政府便派軍警把這些中小學生一隊隊的捉了來，都監禁在北大法科校舍內。各方面紛紛援助，贈送食物，北大方面略盡地主之誼，預備茶水食料之類，也就在法科支用了若干款項。這數目記不清楚了，大約也不會多，或者是一二百元吧，北大教授會決定請學校核銷此款，歸入正式開銷之內。可是法科學長不答應，於是事務員跑來找劉半農，因為那時他是教授會的幹事負責人，劉君聽了不禁發起火來，破口大喝一聲，後來大概法科方面也得了着落，而在當時解決了丁先生的糾紛，其功勞實在也是很大的。因為假如沒有他這一喝，會場裏說不定會要發生很嚴重的結果。看那時的形勢，在丁先生一邊暫時並無自動停止的意思，而這樣的講下去，聽的人又忍受不了，立刻就得有鋌而走險的可能。當日劉文典也在場，據他日後對人說，其時若不因了劉半農的一聲喝而停止講話，他就要奔上講臺去，先打一個耳光，隨後再叩頭謝罪，因為他實在再也忍受不下去了。——關於丁君因說話受窘的事，此外也還有些傳聞，然而那是屬於「正人君子」所謂的「流言」，所以似乎也不值得加以引用了。

一五六　北大感舊錄 二

二，**劉申叔**　北大教授中的畸人，第二個大概要推劉申叔了吧。說也奇怪，我與申叔很早就有些關係，所謂「神交已久」，在丁未（一九〇七）前後他在東京辦《天義報》的時候，我投寄過好些詩文，但是多由陶望潮間接交去，後來我們給《河南》寫文章，也是他做總編輯，不過那時經手的是孫竹丹，也沒有直接交涉過。後來他來到北大，同在國文系裏任課，可是一直沒有見過面，總計只有一次，即是上面所說的文科教授會裏，遠遠的望見他，那時大約他的肺病已經很是嚴重，所以身體瘦弱，簡單的說了幾句話，聲音也很低微，完全是個病夫模樣，其後也就沒有再見到他了。申叔寫起文章來，真是「下筆千言」，細注引證，頭頭是道，沒有做不好的文章，可是字卻寫的實在可怕，幾乎像小孩子的描紅相似，而且不講筆順，——北方書房裏的學童寫字，輒叫口號，例如「永」字，叫道：「點，橫，竪，鉤，挑，劈，剔，捺」。他卻是全不管這些個，只看方便有可以連寫之處，就一直連起來，所以簡直不成字樣。當時北大文科教員裏，以惡札而論申叔要算第一，我就是第二名了，從前在南京學堂裏的時候，管輪堂同學中寫字的成績我也是倒數第二，第一名乃是我的同班同鄉而且又是同房間居住的柯采卿，他的字也畢瑟可憐，像是寒顫的樣子，但還不至於不成字罷了。倏忽五十年，第一名的人都已歸了道山，到如今這榜首的光榮卻不得不屬於我一個人了。關於劉申叔及其夫人何震，最初因為蘇曼殊寄居他們的家裏，所以傳有許多佚事，由龔未生轉述給我們聽，民國以後則由錢玄同所講，及申叔死後，復由其弟子劉叔雅講了些，但叔雅口多微詞，似乎不好據為典要，因此便把傳聞的故事都不著錄了。只是汪公權的事卻不妨提一提，因為那是我們直接見到的。在戊申（一九〇八）年夏天我們開始學俄文的時候，當初是魯迅許季茀陳子英陶望潮和我五個人，經望潮介紹劉申叔的一個親戚來參加，這人便是汪公權。我們也不知道他的底細，上課時匆匆遇見也沒有談過什麼，只見他全副和服，似乎很樸實，可是俄語卻學的不大好，往往連發音都不能讀，似乎他回去一點都不預備似的。後來這一班散了夥，也就走散了事，但是同盟會中間似乎對於劉申叔一夥很有懷疑，不久聽說汪公權歸國，在上海什麼地方被人所暗殺了。

三，**黃季剛**　要想講北大名人的故事，這似乎斷不可缺少黃季剛，因為他不但是章太炎門下的大弟子，乃是我們的大師兄，他的國學是數一數二的，可是他的脾氣乖僻，和他的學問成正比例，說起有些事情來，着實令人不能恭維。而且上文我說與劉申叔只見過一面，已經很是希奇了，但與黃季剛卻一面都沒有見過，關於他的事情只是聽人傳說，所以我現在覺得單憑了聽來的話，不好就來說他的短長。這怎麼辦才好呢？如不是利用這些傳說，那麼我便沒有直接的材料可用了，所以只得來經過一番篩，擇取可以用得的來充數吧。這話須還得說回去，大概是前清光緒末年的事情吧，約略估計年歲當是戊申（一九〇八）的左右，還在陳獨秀辦《新青年》，進北大的十年前，章太炎在東京民報社裏來的一位客人名叫陳仲甫，這人便是後來的獨秀，那時也是搞漢學，寫隸書的人。這時候適值錢玄同（其時名叫錢夏，字德潛）黃季剛在坐，聽見客來，只好躲入隔壁的房裏去，可是只隔着兩扇紙糊的拉門，所以什麼都聽得清清楚楚的。主客談起清朝漢學的發達，列舉戴段王諸人，多出在安徽江蘇，後來不曉得怎麼一轉，陳仲甫忽而提起湖北，說那裏沒有出過什麼大學者，主人也敷衍着說，是呀，沒有出什麼人。這時黃季剛大聲答應道：

「湖北固然沒有學者，然而這不就是區區，安徽固然多有學者，然而這也未必就是足下。」主客聞之索然掃興，隨即別去。十年之後黃季剛在北大擁臯比了，可是陳仲甫也趕了來任文科學長，且辦《新青年》，搞起新文學運動來，風靡一世了。這兩者的旗幟分明，衝突是免不了的了，當時在北大的章門的同學做柏梁台體的詩分詠校內的名人，關於他們的兩句恰巧都還記得，陳仲甫的一句是「毀孔子廟罷其祀」，說的很得要領，黃季剛的一句則是「八部書外皆狗屁」，也是很能傳達他的精神的。所謂八部書者，是他所信奉的經典，即是《毛詩》，《左傳》，《周禮》，《說文解字》，《廣韻》，《史記》，《漢書》和《文選》，不過還有一部《文心雕龍》，似乎也應該加了上去才對。他的攻擊異己者的方法完全利用謾罵，便是在講堂上的罵街，它的騷擾力很不少，但是只能夠煽動幾個聽他的講的人，講到實際的蠱惑力量沒有及得後來專說閒話的「正人君子」的十一了。

一五七　北大感舊錄　三

四，**林公鐸**　林公鐸名損，也是北大的一位有名人物，其脾氣的怪僻也與黃季剛差不多，但是一般對人還是和平，比較容易接近得多。他的態度很是直率，有點近於不客氣，我記得有一件事，覺得實在有點可以佩服。有一年我到學校去上第一時的課，這是八點至九點，普通總是空着，不大有人願意這麼早去上課的，所以功課頂容易安排，在這時候常與林公鐸碰在一起。我們有些人不去像候車似的擠坐在教員休息室裏，卻到國文系主任的辦公室去坐，我遇見他就在那裏，這天因為到得略早，距上課還有些時間，便坐了等着，這時一位名叫甘大文的畢業生走來找主任說話，可是主任還沒有到來，甘君等久了覺得無聊，便去同林先生搭訕說話，桌上適值擺着一本北大三十幾周年紀念冊，就拿起來說道：

「林先生看過這冊子麼？裏邊的文章怎麼樣？」林先生微微搖頭道：

「不通，不通。」這本來已經夠了，可是甘君還不肯干休，翻開冊內自己的一篇文章，指着說道：

「林先生看我這篇怎樣？」林先生從容的笑道：

「亦不通，亦不通。」當時的確是說「亦」字，不是說「也」的，這事還清楚的記得。甘君本來在中國大學讀書，因聽了胡博士的講演，轉到北大哲學系來，成為胡適之的嫡系弟子，能作萬言的洋洋大文，曾在孫伏園的《晨報副刊》上登載《陶淵明與托爾斯泰》一文，接連登了有兩三個月之久，讀者看了都又頭痛又佩服。甘君的應酬交際工夫十二分的綿密，許多教授都為之惶恐退避，可是他一遇着了林公鐸，也就一敗塗地了。

說起甘君的交際工夫，似乎這裏也值得一說。他的做法第一是請客，第二是送禮。請客倒還容易對付，只要辭謝不去好了，但是送禮卻更麻煩了，他是要送到家裏來的，主人一定不收，自然也可以拒絕，可是客人丟下就跑，不等主人的回話，那就不好辦了。那時雇用汽車很是便宜，他在過節的前幾天便雇一輛汽車，專供送禮之用，走到一家人家，急忙將貨物放在門房，隨即上車飛奔而去。有一回竟因此而大為人家的包車夫所窘，據說這是在沈兼士的家裏，值甘君去送節禮，兼做聽差的包車夫接收了，不料大大的觸怒主人，怪他接受了不被歡迎的人的東西，因此幾乎打破了他拉車的飯碗。所以他的交際工夫越好，越被許多人所厭惡，自教授以至工友，沒有人敢於請教他，教不到一點鐘的功課。也有人同情他的，如北大的單不庵，忠告他千萬不要再請客再送禮了，只要他安靜過一個時期，說是半年吧，那時人家就會自動的來請他，不但空口說，並且實際的幫助他，在自己的薪水提出一部分錢來津貼他的生活，邀他在圖書館裏給他做事。但是這有什麼用呢，一個人的脾氣是很不容易改變的。論甘君的學力，在大學裏教教國文，總是可以的，但他過於自信，其態度也頗不客氣，所以終於失敗。錢玄同在師範大學擔任國文系主任，曾經叫他到那裏教「大一國文」（即大學一年級的必修國文），他的選本第一篇是韓愈的《進學解》，第二篇以下至於第末篇都是他自己的大作，學期末了學生便去要求主任把他撤換了。甘君的故事實在說來話長，只是這裏未免有點喧賓奪主，所以這裏只好姑且從略了。

林公鐸愛喝酒，平常遇見總是臉紅紅的，有一個時候不是因為黃酒價貴，便是學校欠薪，他便喝那廉價的劣質的酒。黃季剛得知了大不以為然，曾當面對林公鐸說道，「這是你自己在作死了！」這一次算是他對於友人的道地的忠告。後來聽說林公鐸在南京車站上暈倒，這實在是與他的喝酒有關的。他講學問寫文章因此都不免有愛使氣的地方。一天我在國文系辦公室遇見他，問在北大外還有兼課麼？答說在中國大學有兩小時。是什麼功課呢？說是唐詩。我又好奇的追問道，林先生講哪些人的詩呢？他的答覆很出意外，他說是講陶淵明。大家知道陶淵明與唐朝之間還整個的隔着一個南北朝，可是他就是那樣的講的。這個緣因是，北大有陶淵明詩這一種功課，是沈尹默擔任的，林公鐸大概很不滿意，所以在別處也講這個，至於文不對題，也就不管了。他算是北大老教授中舊派之一人，在民國二十年頃北大改組時標榜革新，他和許之衡一起被學校所辭退了。北大舊例，教授試教一年，第二學年改送正式聘書，只簡單的說聘為教授，並無年限及薪水數目，因為這聘任是無限期的，假如不因特別事故有一方預先聲明解約，這便永久有效。十八年以後始改為每年送聘書，在學校方面生怕照從前的辦法，有不講理的人拿着無限期的聘書，要解約時硬不肯走，所以改了每年送新聘書的方法。其實這也不盡然，這原是在人不在辦法，和平的人就是拿着無限期聘書，也會不則一聲的走了，激烈的雖是期限已滿也還要爭執，不肯罷休的。許之衡便是前者的好例，林公鐸則屬於後者，他大寫其抗議的文章，在《世界日報》上發表的致胡博士（其時任文學院長兼國文系主任）的信中，有「遺我一矢」之語，但是胡適之並不回答，所以這事也就不久平息了。

五，**許守白**　上文牽連的說到了許之衡，現在便來講他的事情吧。許守白是在北大教戲曲的，他的前任也便是第一任的戲曲教授是吳梅，當時上海大報上還大驚小怪的，以為大學裏居然講起戲曲來，是破天荒的大奇事。吳瞿安教了幾年，因為南人吃不慣北方的東西，後來轉任南京大學，推薦了許守白做他的後任。許君與林公鐸正是反對，對人是異常的客氣，或者可以說是本來不必那樣的有禮，普通到了公眾場所，對於在場的許多人只要一總的點一點頭就行了，等到發見特別接近的人再另行招呼，他卻是不然。進得門來，他就一個一個找人鞠躬，有時那邊不看見，還要從新鞠過。看他模樣是個老學究，可是打扮卻有點特別，穿了一套西服，推光和尚頭，腦門上留下手掌大的一片頭髮，狀如桃子，長約四五分，不知是何取義，有好挖苦人的便送給他一個綽號，叫做「余桃公」，這句話是有歷史背景的。他這副樣子在北大還好，因為他們見過世面，曾看見過辜鴻銘那個樣子，可是到女學校去上課的時候，就不免要稍受欺侮了。其實那裏的學生倒也並不什麼特別去窘他，只是從上課的情形上可以看出他的一點窘狀來而已。北伐成功以後，女子大學劃歸北京大學，改為文學理學分院，隨後又成為女子文理學院，我在那裏一時給劉半農代理國文系主任的時候，為一二年級學生開過一班散文習作，有一回作文叫寫教室裏印象，其中一篇寫得頗妙，即是講許守白的，雖然不曾說出姓名來。她說有一位教師進來，身穿西服，光頭，前面留着一個桃子，走上講臺，深深的一鞠躬，隨後翻開書來講。學生們有編織東西的，有寫信看小說的，有三三兩兩低聲說話的。起初說話的聲音很低，可是逐漸響起來，教師的話有點不大聽得出了，於是教師用力提高聲音，於嗡嗡聲的上面又零零落落的聽到講義的詞句，但這也只是暫時的，因為學生的說話相應的也加響，又將教師的聲音沉沒到裏邊去了。這樣一直到了下課的鐘聲響了，教師乃又深深的一躬，踱下了講臺，這事才告一段落。魯迅的小說集《彷徨》裏邊有一篇《高老夫子》，說高爾礎老夫子往女學校去上歷史課，向講堂下一望，看見滿屋子蓬鬆的頭髮，和許多鼻孔與眼睛，使他大發生其恐慌，《袁了凡綱鑒》本來沒有預備充分，因此更着了忙，匆匆的逃了出去。這位慕高爾基而改名的老夫子尚且不免如此慌張，別人自然也是一樣，但是許先生卻還忍耐得住，所以教得下去，不過窘也總是難免的了。

六，**黃晦聞**　關於黃晦聞的事，說起來都是很嚴肅的，因為他是嚴肅規矩的人，所以絕少滑稽性的傳聞。前清光緒年間，上海出版《國粹學報》，黃節的名字同鄧實（秋枚）劉師培（申叔）馬敘倫（夷初）等常常出現，跟了黃梨洲呂晚村的路線，以復古來講革命，灌輸民族思想，在知識階級中間很有些勢力。及至民國成立之後，雖然他是革命老同志，在國民黨中不乏有力的朋友，可是他只做了一回廣東教育廳長，以後就回到北大來仍舊教他的書，不復再出。北伐成功以來，所謂「吃五四飯的」都飛黃騰達起來，做上了新官僚，黃君是老輩卻那樣的退隱下來，豈不正是落伍之尤，但是他自有他的見地。他平常憤世疾俗，覺得現時很像明季，為人寫字常鈐一印章，文曰「如此江山」。又於民國廿三年（一九三四）秋季在北大講顧亭林詩，感念往昔，常對諸生慨然言之。一九三五年一月廿四日病卒，所注亭林詩終未完成，所作詩集曰《蒹葭樓詩》，曾見有仿宋鉛印本，不知今市上尚有之否？晦聞卒後，我撰一輓聯送去，詞曰：

「如此江山，漸將日暮途窮，不堪追憶索常侍。

「及今歸去，等是風流雲散，差幸免作顧亭林。」附以小注云，「近來先生常用一印云，如此江山，又在北京大學講亭林詩，感念古昔，常對諸生慨然言之。」

七，**孟心史**　與晦聞情形類似的，有孟心史。孟君名森，為北大史學系教授多年，兼任研究所工作，著書甚多，但是我所最為記得最喜歡讀的書，還是民國五六年頃所出的《心史叢刊》，共有三集，搜集另碎材料，貫串成為一篇，對於史事既多所發明，亦殊有趣味。其記清代歷代科場案，多有感慨語，如云：

「凡汲引人材，從古無以刀鋸斧隨其後者。至清代乃興科場大案，草菅人命，無非重加其罔民之力，束縛而馳驟之。」又云：

「漢人陷溺於科舉至深且酷，不惜借滿人屠戮同胞，以泄其多數僥倖未遂之人年年被擯之憤，此所謂天下英雄入我彀中者也。」孟君耆年宿學，而其意見明達，前後不變，往往出後輩賢達之上，可謂難得矣。廿六年華北淪陷，孟君仍留北平，至冬臥病入協和醫院，十一月中我曾去訪問他一次，給我看日記中有好些感憤的詩，至次年一月十四日乃歸道山，年七十二。三月十三日開追悼會於城南法源寺，到者可二十人，大抵皆北大同人，別無儀式，只默默行禮而已。我曾撰了一副輓聯，詞曰：

「野記偏多言外意，

「新詩應有井中函。」因字數太少不好寫，又找不到人代寫，亦不果用。北大遷至長沙，職教員凡能走者均隨行，其因老病或有家累者暫留北方，校方承認為留平教授，凡有四人，為孟森，馬裕藻，馮祖荀和我，今孟馬馮三君皆已長逝，只剩了我一個人算是碩果僅存了。

一五九　北大感舊錄 五

八，**馮漢叔**　說到了「留平教授」，於講過孟心史之後，理應說馬幼漁與馮漢叔的故事了，但是幼漁雖說是極熟的朋友之一，交往也很頻繁，可是記不起什麼可記的事情來，講到舊聞佚事，特別從玄同聽來的也實在不少，不過都是瑣屑家庭的事，不好做感舊的資料。漢叔是理科數學系的教員，雖是隔一層了，可是他的故事說起來都很有趣味，而且也知道得不少，所以只好把幼漁的一邊擱下，將他的佚事來多記一點也罷。

馮漢叔留學於日本東京前帝國大學理科，專攻數學，成績甚好，畢業後歸國任浙江兩級師範學堂教員，其時尚在前清光緒宣統之交，校長是沈衡山（鈞儒），許多有名的人都在那裏教書，如魯迅許壽裳張邦華等都是。隨後他轉到北大，恐怕還在蔡孑民長校之前，所以他可以說是真正的「老北大」了。在民國初年的馮漢叔大概是很時髦的，據說他坐的乃是自用車，除了裝飾嶄新之外車燈也是特別，普通的車只點一盞，有的還用植物油，烏默默的很有點淒慘相，有的是左右兩盞燈，都點上了電石，便很覺得闊氣了，他的車上卻有四盞，便是在靠手的旁邊又添上兩盞燈，一齊點上了就光明燦爛，對面來的人連眼睛都要睜不開來了。腳底下又裝着響鈴，車上的人用腳踏着，一路發出的響聲，車子向前飛跑，引得路上行人皆駐足而視。據說那時北京這樣的車子沒有第二輛，所以假如路上遇見四盞燈的洋車，便可知道這是馮漢叔，他正往「八大胡同」去打茶圍去了。愛說笑話的人便給這樣的車取了一個別名，叫做「器字車」，四個口像四盞燈，兩盞燈的叫「哭字車」，一盞燈的就叫「吠字車」。算起來坐器字車的還算比較便宜，因為中間雖然是個「犬」字，但比較吠哭二字究竟字面要好的多了。

漢叔喜歡喝酒，與林公鐸有點相像，但不聽見他曾有與人相鬧的事情，他又是搞精密的科學的，酒醉了有時候有點糊塗了，可是一遇到上課講學問，卻是依然頭腦清楚，不會發生什麼錯誤。古人說，呂端小事糊塗，大事不糊塗，可見世上的確有這樣的事情。魯迅曾經講過漢叔在民初的一件故事，有一天在路上與漢叔相遇，彼此舉帽一點首後將要走過去的時候，漢叔忽叫停車，似乎有話要說。及至下車之後，他並不開口，卻從皮夾裏掏出二十元鈔票來，交給魯迅，說「這是還那一天輸給你的欠賬的」。魯迅因為並無其事，便說「那一天我並沒有同你打牌，也並不輸錢給我呀」。他這才說道：「哦，哦，這不是你麼？」乃作別而去。此外有一次，是我親自看見的，在「六三」的前幾天，北大同人於第二院開會商議挽留蔡校長的事，說話的人當然沒有一個是反對者，其中有一人不記得是什麼人了，說的比較不直截一點，他沒有聽得清楚，立即憤然起立道：「誰呀，說不贊成的？」旁人連忙解勸道：「沒有人說不贊成的，這是你聽差了。」他於是也說，「哦，哦」，隨又坐下了。關於他好酒的事，我也有過一次的經驗。不記得是誰請客了，飯館是前門外的煤市街的有名的地方，就是酒不大好，這時漢叔也在坐，便提議到近地的什麼店去要，是和他有交易的一家酒店，只說馮某人所要某種黃酒，這就行了。及至要了來之後，主人就要立刻分斟，漢叔阻住他叫先拿試嘗，嘗過之後覺得口味不對，便叫送酒的夥計來對他說，一面用手指着自己的鼻子道：「我，我自己在這裏，叫老闆給我送那個來。」這樣換來之後，那酒一定是不錯的了，不過我們外行人也不能辨別，只是那麼胡亂的喝一通就是了。

北平淪陷之後，民國廿七年（一九三八）春天日本憲兵隊想要北大第二院做它的本部，直接通知第二院，要他們三天之內搬家。留守那裏的事務員弄得沒有辦法，便來找那「留平教授」，馬幼漁是不出來的，於是找到我和馮漢叔。但是我們又有什麼辦法呢？走到第二院去一看，碰見漢叔已在那裏，我們略一商量，覺得要想擋駕只有去找湯爾和，說明理學院因為儀器的關係不能輕易移動，至於能否有效，那只有臨時再看了。便在那裏由我起草寫了一封公函，同漢叔送往湯爾和的家裏。當天晚上得到湯爾和的電話，說擋駕總算成功了，可是只可犧牲了第一院給予憲兵隊，但那是文科只積存些講義類的東西，散佚了也不十分可惜。這是我最後一次見到馮漢叔，看他的樣子已是很憔悴，已經到了他的暮年了。

一六〇　北大感舊錄 六

九，**劉叔雅**　劉叔雅名文典，友人常稱之為劉格闌瑪，叔雅則自稱狸豆烏，蓋狸劉讀或可通，叔與菽通，尗字又為豆之象形古文，雅則即是烏鴉的本字。叔雅人甚有趣，面目黧黑，蓋昔日曾嗜鴉片，又性喜肉食，及後北大遷移昆明，人稱之謂「二雲居士」，蓋言雲腿與雲土皆名物，適投其所好也。好吸紙煙，常口銜一支，雖在說話亦黏着唇邊，不識其何以能如此，唯進教室以前始棄之。性滑稽，善談笑，唯語不擇言，自以籍屬合肥，對於段祺瑞尤致攻擊，往往醜詆及於父母，令人不能紀述。北伐成功後曾在蕪湖，不知何故觸怒蔣介石，被拘數日，時人以此重之。劉叔雅最不喜中醫，嘗極論之，備極詼諧谿刻之能事，其詞云：

「你們攻擊中國的庸醫，實是大錯而特錯。在現今的中國，中醫是萬不可無的。你看有多多少少的遺老遺少和別種的非人生在中國，此輩一日不死，是中國一日之禍害。但是謀殺是違反人道的，而且也謀不勝謀。幸喜他們都是相信國粹的，所以他們的一線死機，全在這班大夫們手裏。你們怎好去攻擊他們呢？」這是我親自聽到，所以寫在一篇說「賣藥」的文章裏，收在《談虎集》卷上，寫的時日是「十年八月」，可見他講這話的時候是很早的了。

他又批評那時的國會議員道：

「想起這些人來，也着實覺得可憐，不想來怎麼的罵他們。這總之還要怪我們自己，假如我們有力量買收了他們，卻還要那麼胡鬧，那麼這實在應該重辦，捉了來打屁股。可是我們現在既然沒有錢給他們，那麼這也就只好由得他們自己去賣身去罷了。」他的說話刻薄由此可見一斑，可是叔雅的長處並不在此，他實是一個國學大家，他的《淮南鴻烈解》的著書出版已經好久，不知道隨後有什麼新著，但就是那一部書也足夠顯示他的學力而有餘了。

十，**朱逷先**　朱逷先名希祖，《北京大學日刊》曾經誤將他的姓氏刊為米遇光，所以有一個時候友人們便叫他作「米遇光」，但是他的普遍的綽號乃是「朱鬍子」，這是上下皆知的，尤其是在舊書業的人們中間，提起「朱鬍子」來，幾乎無人不知，而且有點敬遠的神氣，因為朱君多收藏古書，對於此道很是精明，聽見人說珍本舊抄，便揎袖攘臂，連說「吾要」，連書業專門的人也有時弄不過他。所以朋友們有時也叫他作「吾要」，這是浙西的方音，裏邊也含有幽默的意思，不過北大同人包括舊時同學在內普通多稱他為「而翁」，這其實即是朱鬍子的文言譯，因為《説文解字》上説，「而，頰毛也」，當面不好叫他作朱鬍子，但是稱「而翁」，便無妨礙，這可以説是文言的好處了。因為他向來就留了一大部鬍子，這從什麼時候起的呢？記得在《民報》社聽太炎先生講《説文》的時候，總還是學生模樣，不曾留鬚，恐怕是在民國初年以後吧。在元年（一九一二）的夏天他介紹我到浙江教育司當課長，我因家事不及去，後來又改任省視學，這我也只當了一個月，就因患瘧疾回家來了。那時見面的印象有點麻鬍記不清了，但總之似乎還沒有那古巴英雄似的大鬍子，及民六（一九一七）在北京相見，卻完全改觀了。這卻令人記起英國愛德華理亞（Edward Lear）所作的《荒唐書》裏的第一首詩來：

「那裏有個老人帶着一部鬍子，
他説，這正是我所怕的，
有兩隻貓頭鷹和一隻母雞，
四隻叫天子和一隻知更雀，
都在我的鬍子裏做了窠了！」

這樣的過了將近二十年，大家都已看慣了，但大約在民國廿三四年的時候在北京卻不見了朱鬍子，大概是因了他女婿的關係移轉到廣州的中山大學去了。以後的一年暑假裏，似乎是在民國廿五年(一九三六),這時正值北大招考閱卷的日子,大家聚在校長室裏,忽然開門進來了一個小伙子,沒有人認得他,等到他開口說話,這才知道是朱逷先,原來他的鬍子剃得光光的,所以是似乎換了一個人了。大家這才哄然大笑,這時的逷先在我這裏恰好留有一個照相,這照片原是在中央公園所照,便是許季茀,沈兼士,朱逷先,沈士遠,錢玄同,馬幼漁和我,一共是七個人,這裏邊的朱逷先就是光下巴的。逷先是老北大,又是太炎同門中的老大哥,可是在北大的同人中間似乎缺少聯絡,有好些事情都沒有他加入,可是他對於我卻是特別關照,民國元年是他介紹我到浙江教育司的,隨後又在北京問我願不願來北大教英文,見於魯迅日記,他的好意我是十分感謝的,雖然最後民六(一九一七)的一次是不是他的發起,日記上沒有記載,說不清楚了。

一六一　北大感舊錄　七

十一,**胡適之**　今天聽說胡適之於二月二十四日在臺灣去世了,這樣便成為我的感舊錄裏的材料,因為這感舊錄中是照例不收生存的人的,他的一生的言行,到今日蓋棺論定,自然會有結論出來,我這裏只想就個人間的交涉記述一二,作為談話的資料而已。我與他有過賣稿的交涉一總共是三回,都是翻譯。頭兩回是《現代小說譯叢》和《日本現代小說集》,

時在一九二一年左右，是我在《新青年》和《小說月報》登載過的譯文，魯迅其時也特地翻譯了幾篇，湊成每冊十萬字，收在商務印書館的《世界叢書》裏，稿費每千字五元，當時要算是最高的價格了。在一年前曾經托蔡校長寫信，介紹給書店的《黃薔薇》，也還只是二元一千字，雖說是文言不行時，但早晚時價不同也可以想見了。第三回是一冊《希臘擬曲》，這是我在那時的唯一希臘譯品，一總只有四萬字，把稿子賣給文化基金董事會的編譯委員會，得到了十元一千字的報酬，實在是我所得的最高的價了。我在序文的末了說道：

「這幾篇譯文雖只是戔戔小冊，實在也是我的很嚴重的工作。我平常也曾翻譯些文章過，但是沒有像這回費力費時光，在這中間我時時發生恐慌，深有『黃胖揉年糕，出力不討好』之懼，如沒有適之先生的激勵，十之七八是中途擱了筆了。現今總算譯完了，這是很可喜的，在我個人使這三十年來的岔路不完全白走，固然自己覺得喜歡，而原作更是值得介紹，雖然只是太少。諦阿克列多斯有一句話道，一點點的禮物捎着大大的人情。鄉曲俗語云，千里送鵝毛，物輕人意重。姑且引來作為解嘲。」關於這冊譯稿還有過這麼一個插話，交稿之前我預先同適之說明，這中間有些違礙詞句，要求保留，即如第六篇擬曲《昵談》裏有「角先生」這一個字，是翻譯原文抱朋這字的意義，雖然唐譯《芻尼律》中有樹膠生支的名稱，但似乎不及角先生三字的通俗。適之笑着答應了，所以它就這樣的印刷着，可是注文裏在那「角」字右邊加上了一直線，成了人名符號，這似乎有點可笑，——其實這角字或者是說明角所製的吧。最後的一回，不是和他直接交涉，乃是由編譯會的秘書關琪桐代理的，在一九三七至三八年這一年裏，我翻譯了一部亞波羅陀洛斯的《希臘神話》，到一九三八年編譯會搬到香港去，這事就告結束，我那《神話》的譯稿也帶了去不知下落了。

一九三八年的下半年，因為編譯會的工作已經結束，我就在燕京大學托郭紹虞君找了一點功課，每週四小時，學校裏因為舊人的關係特加照顧，給我一個「客座教授」(Visiting Professor)的尊號，算是專任，月給一百元報酬，比一般的講師表示優待。其時適之遠在英國，遠遠的寄了一封信來，乃是一首白話詩，其詞云：

「臧暉先生昨夜作一夢，
夢見苦雨庵中吃茶的老僧，
忽然放下茶鐘出門去，
飄然一杖天南行。
天南萬里豈不大辛苦？
只為智者識得重與輕。——
夢醒我自披衣開窗坐，
誰人知我此時一點相思情。

一九三八，八，四。倫敦。」

我接到了這封信後，也做了一首白話詩回答他，因為聽説他就要往美國去，所以寄到華盛頓的中國使館轉交胡安定先生，這乃是他的臨時的別號。詩有十六行，其詞云：

「老僧假裝好吃苦茶，
實在的情形還是苦雨，
近來屋漏地上又浸水，
結果只好改號苦住。
晚間拼好蒲團想睡覺，
忽然接到一封遠方的信，
海天萬里八行詩，
多謝藏暉居士的問訊。
我謝謝你很厚的情意，
可惜我行腳卻不能做到，
並不是出了家特地忙，
因為庵裏住的好些老小。
我還只能關門敲木魚唸經，
出門托鉢募化些米麵，——

老僧始終是個老僧，
希望將來見得居士的面。
廿七年九月廿一日，知堂作苦住庵吟，略仿藏暉體，
卻寄居士美洲。十月八日舊中秋，陰雨如晦中錄存。」

僥倖這兩首詩的抄本都還存在，而且同時找到了另一首詩，乃是適之的手筆，署年月曰「廿八，十二，十三，臧暉」。詩四句分四行寫，今改寫作兩行，其詞云：

兩張照片詩三首，今日開封一惘然。
無人認得胡安定，扔在空箱過一年。

詩裏所說的事全然不清楚了，只是那寄給胡安定的信擱在那裏，經過很多的時候方才收到，這是我所接到的他的最後的一封信。及一九四八年冬北京解放，適之倉皇飛往南京，未幾轉往上海，那時我也在上海，便托王古魯君代為致意，勸其留住國內，雖未能見聽，但在我卻是一片誠意，聊以報其昔日寄詩之情，今日王古魯也早已長逝，更無人知道此事了。

末了還得加上一節，《希臘擬曲》的稿費四百元，於我卻有了極大的好處，即是這用了買得一塊墳地，在西郊的板井村，只有二畝的地面，因為原來有三間瓦屋在後面，所以花了三百六十元買來，但是後來因為沒有人住，所以倒塌了，新種的柏樹過了三十多年，已經成林了。那裏葬着我們的次女若子，侄兒豐二，最後還有先母魯老太太，也安息在那裏，那地

方至今還好好的存在，便是我的力氣總算不是白花了，這是我所覺得深可慶幸的事情。

一六二　北大感舊錄 八

十二，**劉半農**　講到胡適之，令人聯想起劉半農來，這不但是因為兩人都是博士，並且還是同年的關係，他們是卯字號的名人，這事上文已經說過了。劉半農因為沒有正式的學歷，為胡博士他們所看不起，雖然同是「文學革命」隊伍裏的人，半農受了這個激刺，所以發憤去掙他一個博士頭銜來，以出心頭的一股悶氣，所以後來人們叫他們為博士，其含義是有區別的，蓋一是積極的博士，一是消極的也。二人又同為卯字號小一輩的同年生，可是半農卒於一九三四年才及中壽，適之則已是古稀，又是不同的一點。我在上文裏關於半農已經説及，現在再來講他恐有不少重出之處，為此只將那時所作的《半農紀念》一文，抄錄在這裏，那麼即使有些重出，因為那是文中的一部分，或者也無甚妨礙吧。

「七月十五日夜我們到東京，次日定居本鄉菊阪町。二十日我同妻出去，在大森等處跑了一天，傍晚回寓，卻見梁宗岱先生和陳櫻女士已在那裏相候。談次陳女士説在南京看見報載劉半農先生去世的消息，我們聽了覺得不相信，徐耀辰先生在座也説這恐怕是別一個劉復吧，但陳女士説報上記的不是劉復而是劉半農，又説北京大學給他照料治喪，可見這是不會錯的了。我們將離開北平的時候，知道半農往綏遠方面旅行去了，前後相去不過十日，卻又聽說他病死了已有七天了。世事雖然本來是不可測的，但這實在來得太突然，只覺得出於意外，惘然若失而外，別無什麼話可說。

「半農和我是十多年的老朋友，這回半農的死對於我是一個老友的喪失，我所感到的也是朋友的哀感，這很難得用筆墨紀錄下來。朋友的交情可以深厚，而這種悲哀總是淡泊而平定的，與夫婦子女間沉摯激越者不同，然而這兩者卻是同樣地難以文字表示得恰好。假如我同半農要疏一點，那麼我就容易說話，當作一個學者或文人去看，隨意說一番都不要緊。很熟的朋友卻只作一整個的人看，所知道的又太多了，要想分析想挑選了說極難着手，而且褒貶稍差一點分量，心裏完全明瞭，就覺得不誠實，比不說還要不好。荏苒四個多月過去了，除了七月二十四日寫了一封信給半農的長女小蕙女士外，什麼文章都沒有寫，雖然有三四處定期刊物叫我做紀念的文章，都謝絕了，因為實在寫不出。九月十四日，半農死後整兩個月，在北京大學舉行追悼會，不得不送一副輓聯，我也只得寫這樣平凡的幾句話去：

十七年爾汝舊交，追憶還從卯字號；

廿餘日馳驅大漠，歸來竟作丁令威。

「這是很空虛的話，只是儀式上所需的一種裝飾的表示而已。學校決定要我充當致辭者之一，我也不好拒絕，但是我仍是明白我的不勝任，我只能說說臨時想出來的半農的兩種好處。其一是半農的真。他不裝假，肯説話，不投機，不怕罵，一方面卻是天真爛漫，對什麼人都無惡意。其二是半農的雜學。他的專門是語音學。但他的興趣很廣博，文學美術他都喜歡，做詩，寫字，照相，書，講文法，談音樂。有人或者嫌他雜，我覺得這正是好處，方面廣，理解多，於處世和治學都有用，不過在思想統一的時代自然有點不合式。我所能説者也就是極平凡的這寥寥幾句。

「前日閱《人間世》第十六期，看見半農遺稿《雙鳳凰專齋小品文》之五十四，讀了很有所感。其題目曰《記硯兄之稱》，文云：

「『余與知堂老人每以硯兄相稱，不知者或以為兒時同窗友也。其實余二人相識，余已二十七，豈明已三十三。時余穿魚皮鞋，猶存上海少年滑頭氣，豈明則蓄濃髯，戴大絨帽，披馬夫式大衣，儼然一俄國英雄也。越十年，紅鬍入關主政，北新封，《語絲》停，李丹忱捕，余與豈明同避菜廠胡同一友人家。小廂三楹，中為膳食所，左為寢室，席地而臥，右為書室，室僅一桌，桌僅一硯。寢，食，相對枯坐而外，低頭共硯寫文而已，硯兄之稱自此始。居停主人不許多友來視，能來者余妻豈明妻而外，僅有徐耀辰兄傳遞外間消息，日或三四至也。時為民國十六年，以十月二十四日去，越一星期歸，今日思之，亦如夢中矣。』

「這文章寫得頗好，文章裏邊存著作者的性格，讀了如見半農其人。民國六年春間我來北京，在《新青年》中初見到半農的文章，那時他還在南方，留下一種很深的印象，這是幾篇《靈霞館筆記》，覺得有清新的生氣，這在別人筆下是沒有的。現在讀這遺文，恍然記及十七年前的事，清新的生氣仍在，雖然更加上一點蒼老與着實了。但是時光過得真快，魚皮鞋子的故事在今日活着的人裏只有我和玄同還知道吧，而菜廠胡同一節說起來也有車過腹痛之感了。前年冬天半農同我談到蒙難紀念，問這是那一天，我查舊日記，恰巧民國十六年中有幾個月不曾寫，於是查對《語絲》末期出版月日等等，查出這是在十月二十四，半農就說下回我們要大舉請客來作紀念，我當然贊成他的提議。去年十月不知道怎麼一混大家都忘記了，今年夏天半農在電話裏還說起，去年可惜又忘記了，今年一定要舉行。然而半農在七月十四日就死了，計算到十月二十四恰是一百天。

昔時筆禍同蒙難，菜廠幽居亦可憐。

算到今年逢百日，寒泉一盞薦君前。

「這是我所作的打油詩，九月中只寫了兩首，所以在追悼會上不曾用，今見半農此文，便拿來題在後面。所云菜廠在北河沿之東，是土肥原的舊居，居停主人即土肥原的後任某少佐也，秋天在東京本想去訪問一下，告訴他半農的消息，後來聽說他在長崎，沒有能見到。

「民國二十三年（一九三四）十一月三十日，於北平苦茶庵記。」

十三，**馬隅卿**　隅卿是於民國二十四年二月十九日在北大上課，以腦出血卒於講堂裏的，我也在這裏抄錄《隅卿紀念》的一篇文章作替代，原本是登載於《苦茶隨筆》裏的。

「隅卿去世於今倏忽三個月了。當時我就想寫一篇小文章紀念他，一直沒有能寫，現在雖然也還是寫不出，但是覺得似乎不能再遲下去了。日前遇見叔平，知道隅卿已於上月在寧波安厝，那麼他的體魄便已永久與北平隔絕，真有去者日以悚之懼。陶淵明《擬輓歌辭》云：

向來相送人，各自還其家。
親戚或餘悲，他人亦已歌。——何其言之曠達而悲哀耶。恐隅卿亦有此感，我故急急地想寫了此文也。

「我與隅卿相識大約在民國十年左右，但直到十四年我擔任了孔德學校中學部的兩班功課，我們才時常相見。當時係與玄同尹默包辦國文功課，我任作文讀書，曾經給學生講過一部《孟子》《顏氏家訓》和幾卷《東坡尺牘》。隅卿則是總務長的地位，整天坐在他的辦公室裏，又正在替孔德圖書館買書，周圍堆滿了舊書頭本，常在和書賈交涉談判。我們下課後便跑去閒談，雖然知道很妨害他的辦公，可是也總不能改，除我與玄同以外還有王品青君，其時他也在教書，隨後又添上了建功耀辰，聚在一起常常談上大半天。閒談不夠，還要大吃，有時也叫廚房開飯，平常大抵往外邊去要，最普通的是森隆，一亞一，後來又有玉華台。民十七以後移在宗人府辦公，有一天夏秋之交的晚上，我們幾個人在屋外高臺上喝啤酒汽水談天一直到夜深，說起來大家都還不能忘記，但是光陰荏苒，一年一年地過去，不但如此盛會於今不可復得，就是那時候大家的勇氣與希望也已消滅殆盡了。

「隅卿多年辦孔德學校，費了許多的心，也吃了許多的苦。隅卿是不是老同盟會我不曾問過他，但看他含有多量革命的熱血，這有一半蓋是對於國民黨解放運動的響應，卻有一大半或由於對北洋派專制政治的反抗。我們在一起的幾年裏，看見隅卿好幾期的活動，在『執政』治下有三一八時期與直魯軍時期的悲苦與屈辱，軍警露刃迫脅他退出宗人府，不久連北河沿的校舍也幾被沒收，到了『大元帥』治下好像是疔瘡已經腫透離出毒不遠了，所以減少沉悶而發生期待，覺得黑暗還是壓不死人的。奉軍退出北京的那幾天他又是多麼興奮，親自跑出西直門外去看姍姍其來的山西軍，學校門外的青天白日旗恐怕也是北京城裏最早的一張吧。光明到來了，他回到宗人府去辦起學校來，我們也可以去閒談了幾年。可是北平的情形愈弄愈不行，隅卿於二十年秋休假往南方，接着就是九一八事件，通州密雲成了邊塞，二十二年冬他回北平來專管孔德圖書館，那時復古的濁氣又已瀰漫國中，到了二十四年春他也就與世長辭了。孔德學校的教育方針向來是比較地解放的向前的，在現今的風潮中似乎最難於適應，這是一個難問題，不過隅卿早死了一年，不及見他親手苦心經營的學校裏學生要從新男女分了班去讀經做古文，使他比在章士釗劉哲時代更為難過，那也可以說是不幸中之大幸了罷。

「隅卿的專門研究是明清的小說戲曲，此外又搜集四明的明末文獻。末了的這件事是受了清末的民族革命運動的影響，大抵現今的中年人都有過這種經驗，不過表現略有不同，如七先生寫到清乾隆帝必稱曰弘曆亦是其一。因為這些小說戲曲從來是不登大雅之堂的，所以隅卿自稱曰不登大雅文庫，後來得到一部二十回本的《平妖傳》，又稱平妖堂主人，嘗複刻書中插畫為箋紙，大如冊頁，分得一匣，珍惜不敢用，又別有一種畫箋，似刻成未印，今不可得矣。居南方時得話本二冊，題曰《雨窗集》《欹枕集》，審定為清平山堂同型之本，舊藏天一閣者也，因影印行世，請兼士書額雲雨窗欹枕室，友人或戲稱之為雨窗先生。隅卿用功甚勤，所為札記及考訂甚多，平素過於謙退不肯發表，嘗考馮夢龍事蹟著作甚詳備，又抄集遺文成一卷，屢勸其付印亦未允。吾鄉朱君得馮夢龍編《山歌》十卷，為《童癡二弄》之一種，以抄本見示令寫小序，我草草寫了一篇，並囑隅卿一考證之，隅卿應諾，假抄本去影寫一過，且加丹黃，乃亦未及寫成，惜哉。龍子猷殆亦命薄如紙不亞於袁中郎，竟不得隅卿為作佳傳以一發其幽光耶。

「隅卿行九，故嘗題其札記曰《勞久筆記》。馬府上的諸位弟兄我都相識，二先生幼漁是國學講習會的同學，民國元年我在浙江教育司的樓上『臥治』的時候他也在那裏做視學，認識最早，四先生叔平，五先生季明，七先生太玄居士，也都很熟，隅卿因為孔德學校的關係，見面的機會所以更特別的多。但是隅卿無論怎樣地熟習，相見還是很客氣地叫啟明先生，這我當初聽了覺得有點局促，後來聽他叫玄同似乎有時也是如此，就漸漸習慣了，這可以見他性情上拘謹的一方面，與喜談諧的另一方面是同樣地很有意思的。今年一月我聽朋友說，隅卿因怕血壓高現在戒肉食了，我笑說道，他是老九，這還早呢。但是不到一個月光景，他真死了，二月十七日藍少鏗先生在東興樓請吃午飯，在那裏遇見隅卿幼漁，下午就一同去看廠甸，我得了一冊木板的《䛐書》，此外還有些黃虎癡的《湖南風物志》與王西莊的《練川雜詠》等，傍晚便在來薰閣書店作別。聽說那天晚上同了來薰閣主人陳君去看戲，第二天是陰曆上元，他還出去看街上的燈，一直興致很好，到了十九日下午往北京大學去上小說史的課，以腦出血卒。當天夜裏我得到王淑周先生的電話，同豐一雇了汽車到協和醫院去看，已經來不及了。次日大殮時又去一看，二十一日在上官菜園觀音院接三，送去一副輓聯，只有十四個字：

月夜看燈才一夢，
雨窗欹枕更何人。

中年以後喪朋友是很可悲的事，有如古書，少一部就少一部，此意惜難得恰好地達出，輓聯亦只能寫得像一副輓聯就算了。

「二十四年五月十五日，在北平。」

一六四　北大感舊錄　十　之上

十四，**錢玄同**　錢玄同的事情真是說來話長，我不曉得如何寫法好，關於他有一篇紀念文，原名「最後的十七日」，乃是講他的末後的這幾天的，似乎不夠全面，要想增補呢又覺得未免太囉蘇了，那麼怎麼辦才好呢？剛好在二月十九日的《人民日報》上看到晦庵的一篇「書話」，題曰「取締新思想」，引用玄同的話，覺得很有意思，便決定來先作一回的「文抄公」，隨後再來自己獻醜吧。原文云：

「《新社會》於一九二〇年五月被禁，在這之前，大約一九一九年八月，《每週評論》已經遭受查封的命運，一共出了三十七期。當時問題與主義的論爭正在展開，胡適的『四論』就發表在最後一期上，刊物被禁以後，論爭不得不宣告結束，大釗同志便沒有繼『再論』而寫出他的『五論』來。一九二二年冬，北洋政府的國務會議進一步通過取締新思想案，決定以《新青年》和《每週評論》成員作為他們將要迫害的對象。消息流傳以後，胡適曾經竭力表白自己的溫和，提倡什麼好人政府，但還是被王懷慶輩指為過激派，主張捉將官裏去，嚇得他只好以檢查糖尿病為名，銷聲匿跡的躲了起來。正當這個時候，議員受賄的案件被揭發了，不久又發生國會違憲一案，鬧得全國譁然，內閣一再更易，取締新思想的決議便暫時擱起。到了一九二四年，舊事重提，六月十七日的《晨報副刊》第一三八號上，雜感欄裏發表三條『零碎事情』，第一條便反映了『文字之獄的黑影』：

「『天風堂集與一目齋文鈔忽於昌英之妐之日被ㄐㄧㄣ ㄓ了。這一句話是我從一個朋友給另一個朋友的信中偷看來的，話雖然簡單，卻包含了四個謎語。《每週評論》及《努力》上有一位作者別署天風，又有一位別署隻眼，這兩部書大概是他們作的吧。ㄐㄧㄣ ㄓ也許是禁止，我這從兩部的性質上推去，大概是不錯的。但什麼是『昌英之妐之日』呢？我連忙看《康熙字典》看妐是什麼字。啊，有了！字典『妐』字條下明明注着，《集韻》，諸容切，音鐘，夫之兄也。中國似有一位昌英女士，其夫曰端六先生，端六之兄不是端五麼？如果我這個謎沒有猜錯，那麼謎底必為《胡適文存》與《獨秀文存》忽於端午日被禁止了。但我還沒有聽見此項消息。可恨我這句話是偷看來的，不然我可以向那位收信或發信的朋友問一問，如果他們還在北京。』」

「這條雜感署名『夏』，夏就是錢玄同的本名，謎語其實就是玄同自己的創造。當時北洋軍閥禁止《獨秀文存》，《胡適文存》，《愛美的戲劇》，《愛的成年》，《自己的園地》等書，玄同為了揭發事實，故意轉彎抹角，掉弄筆頭，以引起社會的注意。胡適便據此四面活動，多方寫信。北洋政府一面否認有禁書的事情，說檢閱的書已經發還，一面卻查禁如故。到了六月廿三日，《晨報副刊》第一四三號又登出一封給『夏』和胡適的通信，署名也是『夏』。

「『夏先生和胡適先生：

『關於《天風堂集》與《一目齋文鈔》被禁止的事件，本月十一日下午五時我在成均遇見茭白先生，他的話和胡適先生一樣。但是昨天我到舊書攤上去問，據說還是不讓賣，幾十部書還在那邊呢，許是取不回來了吧。

『夏白。（這個夏便是夏先生所説的寫信的那個朋友。夏先生和夏字有沒有關係，我不知道，我可是和夏字曾經發生過關係的，所以略仿小寫萬字的注解的筆法，加這幾句注。）

十三，六，二十。』

「所謂『略仿小寫萬字的注解的筆法』云云，意思就是萬即萬，夏即夏，原來只是一回事，一個人而已。這封通信後面還有一條畫龍點睛的尾巴：

「『寫完這封信以後，拿起今天的《晨報》第六版來看，忽然看見「警察廳定期焚書」這樣一個標題，不禁打了一個寒噤，雖然我並不知道這許多敗壞風俗小説及一切違禁之印刷物是什麼名目。』可見當時不但禁過書，而且還焚過書，鬧了半天，原來都是事實。短文採取層層深入的辦法，我認為寫得極好。這是五四初期取締新思想的一點重要史料。敗壞風俗，本來有各種各樣解釋，魚目既可混珠，玉石不免俱焚。從古代到近代，從外國到中國，敗壞風俗幾乎成為禁書焚書的共同口實，前乎北洋軍閥的統治階級利用過它，後乎北洋軍閥的統治階級也利用過它。若問敗的什麼風，壞的什麼俗，悠悠黃河，這就有待於我們這一輩人的辨別了。」

這篇文章我也覺得寫的很好，它能夠從不正經的遊戲文章裏瞭解其真實的思義，得到有用的資料，極是難得的事。可惜能寫那種轉彎抹角，掉弄筆頭，詼諧諷刺的雜文的人已經沒有了，玄同去世雖已有二十四年，然而想起這件事來，卻是一個永久的損失。

一六五　北大感舊錄十　之下

以下是我所寫的《玄同紀念》的文章，原名《最後的十七日》，登在燕京大學的月刊上，因為裏邊所記是民國廿八年（一九三九）一月一日至十七日的事情，玄同就在十七日去世的。一日上午我被刺客所襲擊，左腹中一槍，而奇跡的並未受傷，這案雖未破獲，卻知道是日本軍部的主使，確無疑問，這事到講到的時候再說。玄同本來是血壓高，且有點神經過敏，因此受刺激以致發病。還有湊巧的一件事，他向來並不相信命運，恰於一年前偶然在舊書裏發見有一張批好的「八字」。這也不知道是什麼時候的東西，大約總還是好多年前叫人批了好玩的吧，他自己也已忘記了，在這上邊批到五十二歲便止，而他那時候正是五十二歲，因為他是清光緒丁亥（一八八七）年生的，雖然他並不迷信，可是這可能在他心理上造成一個黑影。

「玄同於一月十七日去世，於今百日矣。此百日中，不曉得有過多少次，攤紙執筆，想要寫一篇小文給他作紀念，但是每次總是沉吟一回，又復中止。我覺得這無從下筆。第一，因為我認識玄同很久，從光緒戊申在《民報》社相見以來，至今已是三十二年，這其間的事情實在太多了，要挑選一點來講，極是困難。——要寫只好寫長篇，想到就寫，將來再整理，但這是長期的工作，現在我還沒有這餘裕。第二，因為我自己暫時不想說話。《東山談苑》記倪元鎮為張士信所窘辱，絕口不言，或問之，元鎮曰，一說便俗。這件事我向來是很佩服，在現今無論關於公私的事有所聲說，都不免於俗，雖是講玄同也總要說到我自己，不是我所願意的事。所以有好幾回拿起筆來，結果還是放下。但是，現在又決心來寫，只以玄同最後的十幾天為限，不多講別的事，至於說話人本來是我，好歹沒有法子，那也只好不管了。

「廿八年一月三日，玄同的大世兄秉雄來訪，帶來玄同的一封信，其文曰：

「『知翁：元日之晚，召詒坌息來告，謂兄忽遇狙，但幸無恙，駭異之至，竟夕不寧。昨至丘道，悉鏗詒炳揚諸公均已次第奉訪，兄仍從容坐談，稍慰。晚，鐵公來詳談，更為明瞭。唯無公情形，迄未知悉，但祝其日趨平復也。事出意外，且聞前日奔波甚劇，想日來必感疲乏，願多休息，且本平日寧靜樂天之胸襟加意排解攝衛！弟自己是一個浮躁不安的人，乃以此語奉勸，豈不自量而可笑，然實由衷之言，非勸慰泛語也。旬日以來，雪凍路滑，弟懍履冰之戒，只好家居，憚於出門，丘道亦只去過兩三次，且迂道黃城根，因怕走柏油路也。故尚須遲日拜訪，但時向奉訪者探詢尊況。頃雄將走訪，故草此紙。闇白。廿八，一，三。』

「這裏需要說明的只有幾個名詞。丘道即是孔德學校的代稱，玄同在那裏有兩間房子，安放書籍兼住宿，近兩年覺得身體不好，住在家裏，但每日總還去那邊，有時坐上小半日。闇是其晚年別號之一，去年冬天曾以一紙寄示，上鈐好些印文，都是新刻的，有肄，觚叟，庵居士，逸谷老人，憶菰翁等。這大都是疑古二字變化來，如逸谷只取其同音，但有些也兼含意義，如觚本同一字，此處用為小學家的表徵，菰乃是吳興地名，此則有敬鄉之意存焉。玄同又自號鮑山疒叟，據說鮑山亦在吳興，與金蓋山相近，先代墳墓皆在其地云。曾托張樾丞刻印，八月六日有信見告云：

「『日前以三孔子贈張老丞，蒙他見賜疒叟二字，書體似頗不惡，蓋頗像百衲本《廿四史》第一種宋黃善夫本《史記》也。唯看上一字，似應云，像人高踞牀闌幹之顛，豈不異歟！老兄評之以為何如？』此信原本無標點，印文用六朝字體，疒字左下部分稍右移居畫下之中，故云然，此蓋即鮑山疒叟之省文也。

「十日下午玄同來訪，在苦雨齋西屋坐談，未幾又有客至，玄同遂避入鄰室，旋從旁門走出自去。至十六收來信，係十五日付郵者，其文曰：

「『起孟道兄：今日上午十一時得手示，即至丘道交與四老爺，而祖公即於十二時電四公，於是下午他們（四與安）和它們（《九通》）共計坐了四輛洋車將這書點交給祖公了。此事總算告一段落矣。日前拜訪，未盡欲言，即挾《文選》而走。此《文選》疑是唐人所寫，如不然，則此君樵唐可謂工夫甚深矣。……研究院式的作品固覺無意思，但鄙意老兄近數年來之作風頗覺可愛，即所謂「文抄」是也。「兒童……」（不記得那天你說的底下兩個字了，故以虛線號表之）也太狹（此字不妥），我以為「似尚宜」用「社會風俗」等類的字面（但此四字更不妥，而可以意會，蓋即數年來大作那類性質的文章，——愈說愈說不明白了），先生其有意乎？……旬日之內尚擬拜訪面罄，但窗外風聲呼呼，明日似又將雪矣，泥滑滑泥，行不得也哥哥，則或將延期矣。旡公病狀如何？有起色否？甚念！弟師黃再拜。廿八，一，十四，燈下。』」

「這封信的封面上寫『鮑緘』，署名師黃則是小時候的名字，黃即是黃山谷。所云《九通》，是李守常先生的遺書，其後人窘迫求售，我與玄同給他們設法賣去，四祖諸公都是幫忙搬運過付的人。這件事說起來話長，又有許多感慨，總之在這時候告一段落，是很好的事。信中略去兩節，覺得很是可惜，因為這裏講到我和他自己的關於生計的私事，雖然極有價值有意思，卻亦就不能發表。只有關於《文選》，或者須稍有說明。這是一個長卷，係影印古寫本的一卷《文選》，有友人以此見贈，十日玄同來時便又轉送給他了。

「我接到這信後即發了一封回信去，但是玄同就沒有看到。十七日晚得錢太太電話，云玄同於下午六時得病，現在德國醫院。九時頃我往醫院去看，在門內廊下去遇見稻孫少鏗令揚炳華諸君，知道情形已是絕望，再看病人形勢刻刻危迫，看護婦之倉皇與醫師之緊張，又引起十年前若子死時的情景，乃於九點三刻左右出院徑歸，至次晨打電話問少鏗，則玄同於十時半頃已長逝矣。我因行動不能自由，十九日大殮以及二十三日出殯時均不克參與，只於二十一日同內人到錢宅一致吊奠，並送去輓聯一副，係我自己所寫，其詞曰：

戲語竟成真，何日得見道山記；

同游今散盡，無人共話小川町。

這輓對上本撰有小注，臨時卻沒有寫上去。上聯注云：『前屢傳君歸道山，曾戲語之曰，道山何在，無人能說，君既曾遊，大可作記以示來者。君歿之前二日有信來，覆信中又復提及，唯寄到時君已不及見矣。』下聯注云：『余識君在戊申歲，其時尚號德潛，共從太炎先生聽講《說文解字》，每星期日集新小川町民報社。同學中龔寶銓朱宗萊家樹人均先歿，朱希祖許壽裳現在川陝，留北平者唯余與玄同而已。每來談，常及爾時出入《民報》社之人物，竊有開天遺事之感，今並此絕響矣。』輓聯共作四副，此係最後之一，取其尚不離題，若太深切便病晦或偏，不能用也。

「關於玄同的思想與性情有所論述，這不是容易的事，現在亦還沒有心情來做這種難工作，我只簡單的一說在聽到凶信後所得的感想。我覺得這是一個大損失。玄同的文章與言論，平常看去似乎頗是偏激，其實他是平正通達不過的人。近幾年和他商量孔德學校的事情，他總是最能得要領，理解其中的曲折，尋出一條解決的途徑，他常詼諧的稱『貼水膏藥』，但在我實在覺得是極難得的一種品格，平時不覺得，到了不在之後方才感覺可惜，卻是來不及了，這是真的可惜。老朋友中間玄同和我見面時候最多，講話也極不拘束而且多遊戲，但他實在是我的畏友。浮泛的勸誡與嘲諷雖然用意不同，一樣的沒有什麼用處。玄同平常不務苛求，有所忠告必以諒察為本，務為受者利益計，亦不泛泛徒為高論，我最覺得可感，雖或未能悉用而重違其意，恒自警惕，總期勿太使他失望也。今玄同往矣，恐遂無復有能規誡我者。這裏我只是少講私人的關係，深愧不能對於故人的品格學問有所表揚，但是我於此破了二年來不說話的戒，寫下這一篇小文章，在我未始不是一個大的決意，姑以是為故友紀念可也。民國廿八年，四月廿八日。」

這裏須要補說一句，那部李先生的遺書《九通》，是賣給當時的北京女子師範大學的，所謂祖君就是學校的秘書趙祖欣氏，現在還在北京，雖然在勝利後學校仍然歸併於師範大學，可是圖書館裏的書大概是仍然存在的吧。

一六六　北大感舊錄　十一

上面所說都是北京大學的教授，但是這裏想推廣一點開去，稍為談談職員方面，這裏第一個人自然便是蔡校長了，第二個是蔣夢麟，就是上文一六四節玄同的信裏所說的「茭白先生」，關於他也有些可以談的，但其人尚健在，這照例是感舊錄所不能收的了。

十五，**蔡孑民**　蔡孑民名元培，本字鶴卿，在清末因為講革命，改號孑民，後來一直沿用下去了。他是紹興城內筆飛衖的人，從小時候就聽人說他是一個非常的古怪的人，是前清的一個翰林，可是同時又是亂黨。家裏有一本他的朱卷，文章很是奇特，篇幅很短，當然看了也是不懂，但總之是不守八股的規矩，後來聽說他的講經是遵守所謂公羊家法的，這是他的古怪行徑的起頭。他的主張說是共產公妻，這話確是駭人聽聞，但是事實卻正是相反，因為他的為人也正是與錢玄同相像，是最端正拘謹不過的人。他發起進德會，主張不嫖，不賭，不娶妾，進一步不作官吏，不吸煙，不飲酒，最高等則不作議員，不食肉，很有清教徒的風氣。他是從佛老出來經過科學影響的無政府共產，又因讀了俞理初的書，主張男女平等，反對守節，那麼這種謠言之來也不是全無根據的了。可是事實呢，他到老不殖財，沒有豔聞，可謂知識階級裏少有人物，我們引用老輩批評他的話，做一個例子。這是我的受業師，在三味書屋教我讀《中庸》的壽洙鄰先生，他以九十歲的高齡，於去年逝世了，壽師母分給我幾本他的遺書，其中有一冊是《蔡孑民言行錄》下，書面上有壽先生的題字云：

「孑民學問道德之純粹高深，和平中正，而世多訾嗷，誠如莊子所謂純純常常，乃比於狂者矣。」又云：

「孑民道德學問集古今中外之大成，而實踐之，加以不擇壤流，不恥下問之大度，可謂偉大矣。」這些讚語或者不免有過高之處，但是他引莊子的話說是純純常常，這是很的確的，蔡孑民庸言庸行的主張最初發表在留法華工學校的講義四十篇裏，只是一般人不大注意罷了。他在這裏偶然說及古今中外，這也是很得要領的話。三四年前我曾寫過一篇講蔡孑民的短文，裏邊說道：

「蔡孑民的主要成就，是在他的改革北大。他實際擔任校長沒有幾年，做校長的時期也不曾有什麼行動，但他的影響卻是很大的。他的主張是『古今中外』一句話，這是很有效力，也很得時宜的。因為那時候是民國五六年，袁世凱剛死不久，洪憲帝制雖已取消，北洋政府裏還充滿着烏煙瘴氣。那時是黎元洪當總統，段祺瑞做內閣總理，雖有好的教育方針也無法設施。北京大學其時國文科只有經史子集，外國文只有英文，教員只有舊的幾個人，這就是所謂『古』和『中』而已，如加上『今』和『外』這兩部分去，便成功了。他於舊人舊科目之外，加了戲曲和小說，章太炎的弟子黃季剛，洪憲的劉申叔，尊王的辜鴻銘之外，加添了陳獨秀胡適之劉半農一班人，英文之外也添了法文德文和俄文了。古今中外，都是要的，不管好歹讓它自由競爭，這似乎也不很妥當，但是在那個環境裏，非如此說法，『今』與『外』這兩種便無法存身，當作策略來說，也是必要的。但在蔡孑民本人，這到底是一種策略呢，還是由衷之言，也還是不知道（大半是屬於後者吧），不過在事實上是奏了效，所以就事論事，這古今中外的主張在當時說是合時宜的了。

「但是，他的成功也不是一帆風順的。學校裏邊先有人表示不滿，新的一邊還沒有表示排斥舊的意思，舊的方面卻首先表示出來了。最初是造謠言，因為北大最初開講元曲，便說在教室裏唱起戲文來了，又因提倡白話文的緣故，說用《金瓶梅》當教科書了。其次是舊教員在教室中謾罵，別的人還隱藏一點，黃季剛最大膽，往往昌言不諱。他罵一般新的教員附和蔡孑民，說他們『曲學阿世』，所以後來滑稽的人便給蔡孑民起了一個綽號叫做『世』，如去校長室一趟，自稱去『阿世』去。知道這個名稱，而且常常使用的，有馬幼漁錢玄同劉半農諸人，魯迅也是其中之一，往往見諸書簡中，成為一個典故。報紙上也有反響，上海研究系的《時事新報》開始攻擊，北京安福系的《公言報》更加猛攻，由林琴南來出頭，寫公開信給蔡孑民，說學校裏提倡非孝，要求斥逐陳胡諸人。蔡答信說，《新青年》並未非孝，即使有此主張也是私人的意見，只要在大學裏不來宣傳，也無法干涉。林氏老羞成怒，大有借當時實力派徐樹錚的勢力來加迫壓之勢，在這時期五四風潮勃發，政府忙於應付大事，學校的新舊衝突總算幸而免了。」

我與蔡孑民平常不大通問，但是在一九三四年春間，卻接到他的一封信，打開看時乃是和我茶字韻的打油詩三首，其中一首特別有風趣，現在抄錄在這裏，題目是——《新年，用知堂老人自壽韻》，詩云：

新年兒女便當家，不讓沙彌袈了裟。一
鬼臉遮顏徒嚇狗，龍燈畫足似添蛇。
六么輪擲思贏豆，數語蟬聯號績麻。二
樂事追懷非苦語，容吾一樣吃甜茶。三

署名則仍是蔡元培，並不用什麼別號。此於遊戲之中自有謹厚之氣，我前談《春在堂雜文》時也說及此點，都是一種特色。他此時已年近古稀，而記敘新年兒戲情形，細加注解，猶有童心，我的年紀要差二十歲光景，卻還沒有記得那樣清楚，讀之但有悵惘，即在極小的地方前輩亦自不可及也。

一 原注：吾鄉小孩子留發一圈而剃其中邊者，謂之沙彌。《癸巳存稿》三，《精其神》一條引經了筳陣了亡等語，謂此自一種文理。

二 吾鄉小孩子選炒蠶豆六枚，於一面去殼少許謂之黃，其完好一面謂之黑，二人以上輪擲之，黃多者贏，亦仍以豆為籌馬。以成語首字與其他末字相同者聯句，如甲說「大學之道」，乙接說「道不遠人」，丙接說「人之初」等，謂之績麻。

三 吾鄉有「吃甜茶，講苦話」之語。

此外還有一個人，這人便是陳仲甫，他是北京大學的文科學長，也是在改革時期的重要腳色。但是仲甫的行為不大檢點，有時涉足於花柳場中，這在舊派的教員是常有的，人家認為當然的事，可是在新派便不同了，報上時常揭發，載陳老二抓傷妓女等事，這在高調進德會的蔡孑民，實在是很傷腦筋的事。我們與仲甫的交涉，與其說是功課上倒還不如文字上為多，便是都與《新青年》有關係的，所以從前發表的一篇《實庵的尺牘》，共總十六通，都是如此。如第十二是一九二〇年所寫的，末尾有一行道：

「魯迅兄做的小說，我實在五體投地的佩服。」在那時候他還只看得《孔乙己》和《藥》這兩篇，就這樣說了，所以他的眼力是很不錯的。九月來信又說：

「豫才兄做的小說實在有集攏來重印的價值，請你問他倘若以為然，可就《新潮》《新青年》剪下自加訂正，寄來付印。」等到《吶喊》在一九二二年的年底編成，第二年出版，這已經在他說話的三年之後了。

一六七　道路的記憶一

凡是一條道路，假如一個人第一次走過，一定會有好些新的發見，值得注意，但是過了些時候卻也逐漸的忘記了。可是日子走得多了，情形又有改變，許多事情不新鮮了，然而有一部分事物因為看得長久了，另外發生一種深切的印象，所以重又記住，這卻是輕易不容易忘記，久遠的留在記憶裏。我所想記者便是這種事情，姑且以最熟習的往兩個大學去的路上為例，這就是北京大學和燕京大學，自南至北，自西至東，差不多京師的五城都已跑遍了，論時則長的有二十年，短的也有十年，與今日相去也已有三十年光景，所以殊有隔世之感了，現在就記得的記錄一點下來，未始不是懷古的好資料吧。

北京大學從前在景山東街，後來改稱第二院，新建成的宿舍作為第一院，在漢花園，因為就是沙灘的北口，所以也籠統稱為沙灘。這是在故宮的略為偏東北一點的地方，即是北京的中央，以前警廳稱為中一區的便是。可是我的住處卻換了兩處，民國六年至八年(一九一七—一九一九)住在南半截胡同，位於宣武門外菜市口之南，往北大去須朝東北，但以後住在現今的地方，是西直門內新街口之西，所以這又須得朝着東南走了。這兩條線會合在北大，差不多形成一個鈍角，使我在這邊線上看得一個大略，這是很有意思的，叫我至今不能忘記。

往北大去的路線有好幾條，大意只是兩種，即是走到菜市口之後，是先往東走呢，還是先往北走？現在姑且說頭一種走法，即由菜市口往騾馬市走去，——這菜市口當時的印象就不很好，在現今大約都已不記得了吧，雖然在民國以來早已不在那裏殺人，但是庚子時候的殺三大臣，戊戌的殺「五君子」，都是在那裏，不由人不聯想起來，而那個飽經世變的「西鶴年堂」卻仍是屹立在那邊，更令人會幻想起當時的情景，不過這只是一轉瞬就過去了。往東走到虎坊橋左近，車子就向北走進五道廟街，以後便一直向東向北奔去。這中間經過名字很怪的李鐵拐斜街，走到前門繁盛市街觀音寺街和大柵欄，——大柵欄因為行人太多，所以車子不大喜歡走，大抵拐彎由廊房頭條進珠寶市，而出至正陽門了。這以後便沒有什麼問題，走過了天安門廣場，在東長安街西邊便是南池子接北池子這條漫長的街道，走完了這街就是沙灘了。

第二種走法是先往北走，就是由菜市口一直進宣武門，通過單牌樓和四牌樓，——這些牌樓現在統沒有了，但是在那時候都還是巍然在望的。說起西四牌樓來，這也是很可怕的地方，因為明朝很利用它為殺人示眾之處，不，不只是殺而是剮，據書中記錄明末將不孝繼母的翰林鄭，欽命剮多少刀的，就是在這個寫着「大市街」的牌樓的中間。現在沒有這些牌樓了，到也覺得乾淨，雖然記憶還不能抹拭乾淨，看來崇禎的倒楣實在是活該的，他的作風與洪武永樂相去不遠，後人記念他，附會他是朱天君，乃是因為反對滿清的緣故罷了。朝北走到西四牌樓，這已經夠了，以後便是該往東走，但是因為中間有一個北海和中南海梗塞着，西城和中城的交通很是不方便，籠總只有兩條路可走，一條是由西單牌樓拐彎，順着西長安街至天安門，一條則是由西四牌樓略南拐彎，順着西安門大街過北海橋，至北上門，這是故宮的後門，北邊便是景山，中間也可以通過。雖說這兩條路一樣的可以走得，但是拉車的因為怕北海橋稍高（解放後重修，這才改低了），所以不大喜歡走這條路，往往走到西單牌樓，便取道西長安街，在不到天安門的時候就向北折行，進南長街去了。南長街與北長街相連接，是直通南北的要道，與南北池子平行，是故宮左右兩側的唯一的通路，不過它通到北頭，離沙灘還隔着一程，就是故宮的北邊這一面，現在稱為景山前街的便是。在這段街路上，雖然不到百十丈遠，卻見到不少難得看見的情景，乃是打發到玉泉山去取御用的水回來的驢車，紅頂花翎的大官坐着馬車或是徒步走着，成群的從北上門退出，乃是上朝回來的人，這些都是後來在別的地方所見不到的東西，但是自從搬家到西北城之後，到北大去不再走這條道路，所以後來也就沒有再見的機會了。

從外城到北大去，隨便在外邊叫一輛洋車，走路由車夫自願，無論怎樣走都好，但是平均算來總有一半是走前門的，所以購買東西很是方便，不必特別上街去，那時買日用雜貨的店鋪差不多集中前門一帶，只有上等文具則在琉璃廠，新書也以觀音寺街的青雲閣最為齊備，樓上也有茶點可吃，住在會館裏的時候幾乎每星期日必到那裏，記得小吃似乎比別的地方為佳，不過那都是「五四」以前的事，去今已是四十多年了。

從西北城往北大的路，與上邊所說正是取相反的方向，便是一路隻從東南走去，這路只有一條，即是進地安門即後門出景山後街，再往東一拐即是景山東街了，此外雖然還有走西安門大街的一條路，但那似乎要走遠一點，所以平常總是不大走。這一條從新街口到後門的路本來也很平凡，只是我初來北京往訪蔡校長的時候，曾經錯走過一次，所以覺得很有意思，不過那是出地安門來的就是了。後來走的是從新街口往南，在護國寺街東折，沿着定府大街通往龍頭井，往南便是皇城北面的大路了。這一路雖是冷靜平凡，可是變遷很多，也很值得講。第一是護國寺，這裏每逢七八有廟會，裏邊什麼統有，日常用品以及玩具等類，茶點小吃，演唱曲藝，都是平民所需要的，無不具備，來玩的人真是人山人海，終年如此。這稱為西廟，與東城隆福寺稱作東廟的相對，此外西城還有白塔寺也有廟會，不過那是規模很小，不能相比了。第二是定府大街，後來改稱定阜大街，原來是以王府得名，這就是清末最有勢力的慶王的住宅，雖是在民國以後卻還是很威風，門前站着些衛兵，裝着拒馬。後來將東邊地方賣給天主教人，建造起輔仁大學，此後他們的威勢似乎漸漸的不行了。第三是那條皇城北面的街路，當初有高牆站在那裏，牆的北邊是那馬路，車子沿着牆走着，樣子是夠陰沉沉的，特別在下雪以後，那靠牆的一半馬路老是冰凍着，到得天暖起來這一半也總是濕淋淋的，這個印象還是記得。那裏從前通什剎海的一座石橋就有一部分砌在牆內，便稱作西壓橋，和那東邊的橋相對，那邊的橋不被壓着，所以稱為東不壓橋。西壓橋以北是什剎海，乃是明朝以來的名勝，到了民國以後也還是人民的公園，特別是在夏季，興起夏令市場，擺些茶攤點心鋪，賣八寶蓮子粥最有名，又有說書歌唱賣技的處所，可以說是平民的遊樂地。我雖然時常走過，遠聞鼓樂聲，看大家熙來攘往的，就可惜不曾停了車子，走去參加盛會，確實是一回遺憾的事情。

一六八　道路的記憶 二

我是從民國十一年才進燕京大學去教書，至二十年退出，在這個期間我的住處沒有變動，但是學校卻搬了家，最初是在崇文門內盔甲廠，乃是北京內城的東南隅，和我所住的西北城正成一條對角線，隨後遷到西郊的海甸，卻離西直門很遠，現今公共汽車計有十站，大約總有十幾里吧。但是當初在城裏的時候，這條對角線本來也不算近，以前往北大去曾經試驗步行過，共總要花一個鐘頭，車子則只要三十分鐘，若是往燕大去車子要奔跑一個鐘頭，那麼是北大的二倍了。我在那邊上課的時間都是排在下午，可以讓我在上午北大上完課之後再行前去，中午叫工友去叫一盤炒麵，外帶兩個「窩果兒」即是氽雞子來，只要用兩三角錢就可以吃飽，但是也有時來不及吃，只可在東安市場買兩個雞蛋糕的卷子，冬天放下車簾一路大吃，等得到來也就可以吃完了。從北大走去，那條對角線恰是一半，其路線則由漢花園往南往東，或者取道北河沿，或者由翠花胡同出王府大街，反正總要走過東安市場所在的東安門的。說起東安門來也有復辟時記憶留着，那朝西北的門洞邊上有着槍彈的痕跡，即是張勳公館的辮子兵所打出來的，不過現在東安門久已拆除，所以這些遺跡已全然不見了。自東安市場以至王府井大街，再往東便是東單牌樓了，那是最為繁盛的地方，買什麼東西都很方便，那時雖然不再走過前門，可是每星期總要幾回走過東單，就更覺得便利了。東單牌樓往南走不多遠，就得往東去，或在蘇州胡同拐彎再轉至五老胡同，或者更往南一點進船板胡同釣餌胡同，出去便是溝沿頭，它的南端與盔甲廠相接。說也奇怪，這北京東南的地方在我卻是似曾相識，因為在五年前復辟的時候，我們至東城避難，而這家旅館乃是恰在船板胡同的陋巷裏。我們在那裏躲了幾天，有時溜出去買英文報看，買日本點心吃，所以在附近的幾條胡同裏也徘徊過，如今卻又從這裏經過，覺得很有意思。我利用來東城的機會，時常照顧的是八寶胡同的青林堂日本點心鋪，東單的祥泰義食料鋪，買些法國的蒲桃酒和苦艾酒等。傍晚下課回來，一直要走一個多鐘頭，路實在長得可以，而且下午功課要四點半鐘才了，冬天到了家裏要六點鐘了，天色已經昏黑，頗有披星戴月之感，幸而幾年之後學校就搬了家，又是另外一種情形了。

燕京大學的新校址在西郊篗斗橋地方，據說是明朝米家的花園叫做勺園，不過木石均已無復存留，只有進門後的一座石橋，大概還是舊物吧。現在已改為北京大學，建築已很有增加，但是大體上似乎還無什麼改變。往海甸去的道程已有許多不同吧，就當時的狀態來說，有民國十五年(一九二六)十月三十日所寫的一封通信，登在《語絲》上面，題曰「郊外」，可以看見其時北京的一點情形，今抄錄於下：

「燕大開學已有月餘，我每星期須出城兩天，海甸這一條路已經有點走熟了。假定上午八時出門，行程如下，即十五分高亮橋，五分慈獻寺，十分白祥庵南村，十分葉赫那拉氏墳，五分黃莊，十五分海甸北簍斗橋到。今年北京的秋天特別好，在郊外的秋色更是好看，我在寒風中坐在洋車上遠望鼻煙色的西山，近看樹林後的古廟以及河邊一帶微黃的草木，不覺過了二三十分的時光。最可喜的是大柳樹南村與白祥庵南村之間的一段S字形的馬路，望去真與畫圖相似，總是看不厭。不過這只是說那空曠沒有人煙的地方，若是市街，例如西直門外或海甸鎮，那是很不愉快的，其中以海甸為尤甚，道路破壞污穢，兩旁溝內滿是垃圾以及居民所傾倒出來的煤球灰，全是一副沒人管理的地方的景象。街上三三五五遇見灰色的人們，學校或商店的門口常貼着一條紅紙，寫着什麼團營連等字樣。這種情形以我初出城時為最甚，現在似乎少好一點了，但是還未全去。我每經過總感到一種不愉快，覺得這是佔領地的樣子，不像是在自己的本國走路，我沒有親見過，但常常冥想歐戰時比利時等處或者是這個景象吧。海甸的蓮花白酒是頗有名的，我曾經買過一瓶，價貴而味仍不甚佳，我不喜歡喝它。我總覺得勃蘭地最好，但是近來有什麼機制酒税，價錢大漲，很有點買不起了。——城外路上還有一件討厭的東西，便是那紙煙的大招牌。我並不一定反對喝紙煙，就是豎招牌也未始不可，只要弄得好看一點，至少也要不醜陋，而那些招牌偏偏都是醜陋的。把這些粗惡的招牌立在佔領地似的地方，倒也是極適合的罷？」

那時候正是「三一八」之年，這時馮玉祥的國民軍退守南口，張作霖的奉軍和直魯軍進佔北京，上面所說便是其時的情形，也就是上文說過的履霜堅冰至的時期了。

我在燕京前後十年，以我的經驗來說，似乎在盔甲廠的五年比較更有意思。從全體說起來，自然是到海甸以後，校舍設備功課教員各方面都有改進，一切有個大學的規模了，但我覺得有點散漫，還不如先前簡陋的時期，什麼都要緊張認真，學生和教員的關係也更為密切。我覺得在燕大初期所認識的學生中間有好些不能忘記的，過於北大出身的人，而這些人又不是怎麼有名的，現在姑且舉出一個已經身故的人出來，這人便是畫家司徒喬。他在民國十四年六月擬開一次展覽會，叫我寫篇介紹，我是不懂畫和詩的，但是寫了一篇《司徒喬所作畫展覽會的小引》在報上發表了，其詞曰：

「司徒君是燕京大學的學生。他性喜作畫，據他的朋友說，他作畫比吃飯還要緊。他自己說，他所以這樣的畫，自有他不得不畫的苦衷，這便因為他不能閉着眼睛走路。我們在路上看見了什麼，回來就想對朋友說說，他也就忍不住要把它畫出來。我是全然不懂畫的，但他作畫的這動機我覺得還能瞭解，因為這與我們寫文章是一致的。司徒君畫裏的人物大抵是些乞丐，驢夫和老頭子，這是因為他眼中的北京是這樣，雖然北京此外或者還有別的好東西，大家以為好的物與人。有一天，我到他宿舍裏去，看見他正在作畫，大乞丐小乞丐並排着坐在他的牀沿上，——大的是瞎了眼的，但聽見了聲音，趕緊站了起來。我真感覺不安，擾亂了他們正經工作。我又見到一張畫好了的老頭兒的頭部，據說也是一個什麼胡同的老乞丐，在他的皺紋和鬚髮裏真彷彿藏着四千年的苦辛的歷史。我是美術的門外漢，不知道司徒君的畫的好壞，只覺得他這種作畫的態度是很可佩服的。現在他將於某日在帝王廟展覽他的繪畫，我很願意寫幾句話做個介紹，至於藝術上的成就如何，屆時自有識者的批判，恕我不能贊一辭了。」

那時他的宿舍也就是在盔甲廠附近的一間簡陋的民房，後來在西郊建起新的齋舍，十分整齊考究，可是沒有那一種自由，他也沒有在那裏唸書了。民國廿三年(一九三四)他外遊歸來，回到北京來看我，給我用炭畫來描畫了一幅小像，作我五十歲的紀念，這幅畫至今保存，掛在舊苦雨齋的西牆上，我在燕大教書十年，得到這一幅畫作紀念，這實在是十分可喜的事情了。

一六九　女子學院

我剛寫下了上邊這個題目，心裏不禁苦笑道：又是女學校！我幾乎懷疑自己是相信那不可知的運命的，特別是所謂華蓋運，吾鄉老百姓則讀如「鑊蓋」，謂像鍋蓋似的蓋在頭上，無從擺脱，這又多少近於日本相法上的所謂女難，則是說為了女人的緣故而受到災禍。運命是不可能有的，但是偶爾的遭逢，以後便糾纏不了，雖然不是戀愛的關係，拖在裏邊總是很不愉快的。當初在女高師當講師，因為同情學生反對婆婆式的女校長，略加援助，可是做到校長可以更換，卻沒有法子保證別人不謀繼任，結果只可任其演變，後來主要的人們都走開了，落得留京的一兩個人擔起女師大的牌子，和任可澄林素園相周旋，被他們叫一通共產黨，趕出門來了事。日前與徐耀辰君談到那時的事，還是覺得很可發笑的。多管女學校的事，結果要被人家利用為自費的打手的，很好的經驗擺在眼前，卻又要重蹈覆轍，這如不是成心自找麻煩，不能不說是命該如此了。可是這一回的事卻與女師大無關，倒是從和它反對的方面來的，因為女子學院乃是後來改定的名稱，它的前身實在即是章士釗任可澄在女師大的廢墟上辦起來的那個女子大學。

蔣介石的北伐成功了，南北統一，但是這個革命政府事實上已投降了帝國主義了，願意在上海近旁建立南京政府，不想往北方來，並且為的表示正統關係，取消北京字面，改地名為北平，這北平本是「古已有之」的地名，未始不可以用，但是他們的用意乃是北方安寧，這就不大好了。北京舊有的學校也經過一番改組，將幾個大學專科一總組成一個北平大學，校長大概仍是蔡孑民，易培基似乎已經沒有辦女學校的興趣，因為那時已經做了故宮博物館館長了，大學各學院長乃由李石曾派下的國民黨新貴來擔任。經利彬做了理學院長，張鳳舉做了文學院長，但是他們卻不能一帆風順的到任，因為政府取消了北京大學的名義，北大出身的人都很反對，而且有些人在國民黨政府裏頗有勢力，所以這種氣勢是不可以輕視的。因此北京男女師大以及農工各專科已經次第開學，北大的文理兩院拒絕新院長去接收，一直僵持着，院長不能到院倒也罷了，中間卻有第三者也吃了虧，這便是預備着歸併到北大文理兩院裏去的舊女子大學學生了。因為當初有歷史的關係，既然不能把她們並在女師大，只得將她們分為文理兩組，併合在北大裏邊去，現在北大不能開學，所以她們也連帶的擱了淺。新院長聘定劉半農為國文系主任，溫源寧為英文系主任（餘從略），預備先辦文學院分院，給她們上課，校址設在西城根的眾議院舊址，但是劉半農辭不肯就，因為他是反對取消北大的，所以他的意思我也贊同，不過為的早點開辦分院，張鳳舉和我商量，叫我代理半農的主任職務，安排功課，我就答應了。隨後半農給我打電話來，說女子大學是我們所一向反對的，怎麼給她們去當主任，責備我不應該去，我當即答覆他，從前雖然女子大學可是現在改組了，我們去接收過來，為什麼去不得，我還勸他自己去，可是他還是不同意，但是沒得話說了，後來他究竟去做了女子學院的院長，可見並不固執原來的意見了。這個機關起頭叫做文理分院，裏邊兩個院主任，分治其事，隨後在保存北京大學後，作為北平大學女子學院，又改為女子文理學院，但那時我卻已早不在那裏了。

文理分院的開設是在眾議院舊址，那就是後來法學院的第一院，可能是一時借用的，可是法學院一再要求歸還，因為難找到適宜地方，遷延下來到了第二年春天，那即是民國十八年（一九二九）也就是五四的十年後了，法學院終於打了進來，武力接收了校址，教員們也連帶的被拘了小半天，給我有寫一篇愉快的散文的機會，而學校卻因禍得福，將破爛的眾議院換得了一座華麗的九爺府，本是前清的舊王府，後為楊宇霆所得，女子學院由楊家以廉價租來的，至今巋然在朝陽門大街的北邊，是科學院的一所辦公地址。擔任過女子學院院長的有經利彬，劉半農，沈尹默，那是以北平大學校長兼任的，最後是許壽裳，隨後這學校即就沒有了。

一七〇　在女子學院被囚記

這就是我所做的所謂愉快的散文，是記述民國十八年四月十九日法學院學生襲擊女子學院的事的，因為記的頗是詳細，便將原文抄錄於下：

「四月十九日下午三時我到國立北平大學女子學院（前文理分院）上課，到三點四十五分時分忽然聽見樓下一片叫打聲，同學們都驚慌起來，說法學院學生打進來了。我夾起書包（書包外面還有一本新從郵局取來的LaWall的《四千年藥學史》），到樓下來一看，只見滿院都是法學院學生，兩張大白旗（後來看見上書『國立北京法政大學』），進來之後又拿往大門外去插，一群男生扭打着一個校警，另外有一個本院女生上去打鐘，也被一群男生所打。大約在這時候，校內電話線被剪斷，大門也已關閉了，另外有一個法學院學生在門的東偏架了梯子，爬在牆上瞭望，幹江湖上所謂把風的勾當。我見課已上不成，便預備出校去，走到門口，被幾個法學院男生擋住，說不准出去。我問為什麼，他們答說沒有什麼不什麼，總之是不准走。我對他們說，我同諸君辯論，要求放出，乃是看得起諸君的緣故，因為諸君是法學院的學生，是懂法律的。他們愈聚愈多，總有三四十人左右，都嚷說不准走，亂推亂拉，說你不用多說廢話，我們不同你講什麼法，說什麼理。我聽了倒安了心，對他們說道，那麼我就不走，既然你們聲明是不講法不講理的，我就是被拘被打，也決不說第二句話。於是我便從這班法學院學生叢中擠了出來，退回院內。

「我坐在院子裏東北方面的鐵柵邊上，心裏納悶，推求法學院學生不准我出去的緣故。在我凡庸遲鈍的腦子裏，費了二三十分鐘的思索，才得到一線光明：我將關門，剪電話，把風這幾件事連起來想，覺得這很有普通搶劫時的神氣，因此推想法學院學生拘禁我們，為的是怕我們出去到區上去報案。是的，這倒也是情有可原的，假如一面把風，剪電話，一面又放事主方面的人出去，這豈不是天下第一等笨賊的行為麼？

「但是他們的戰略似乎不久又改變了。大約法學院學生在打進女子學院來之後，已在平津衛戍總司令部，北平警備司令部，北平市公安局都備了案，不必再怕人去告訴，於是我們教員由事主一變而為證人，其義務是在於簽名證明法學院學生之打進來得非常文明了，被拘禁的教員就我所認識，連我在內就有十一人，其中有一位唐太太，因家有嬰孩須得餵奶，到了五時半還不能出去，很是着急，便去找法學院學生要求放出。他們答說，留你們在這裏，是要你們會同大學辦公處人員簽字證明我們文明接收，故須等辦公處有人來共同證明後才得出去。我真詫異，我有什麼能夠證明，除了我自己同了十位同事被拘禁這一件事以外？自然，法學院男生打校警，打女子學院學生，也是我這兩隻眼睛所看見。——喔，幾乎忘記，還有一個法學院男生被打，這我也可以證明，因為我是在場親見的。我親見有一個身穿馬褂，頭戴瓜皮小帽，左手挾一大堆講義之類的法學院男生，嘴裏咕嚕的，向關着的大門走去，許多法學院男生追去，叫罵喊打，結果是那一個人陷入重圍，見西邊一個拳頭落在瓜皮帽的上頭，東邊一隻手落在瓜皮帽的旁邊，未幾乃見此君已無瓜皮帽在頭上，仍穿馬褂挾講義，飛奔地逃往辦公的樓下，後面追着許多人，走近臺階而馬褂已為一人所扯住，遂蜂擁入北邊的樓下，截至我被放免為止，不復見此君的蹤影。後來閱報知係法學院三年級生，因事自相衝突，幾至動武云。我在這裏可以負責聲明，幾至二字絕對錯誤，事實是大動其武，我係親見，願為證明，即簽名，蓋印，或再畫押，加蓋指紋，均可，如必要時須舉手宣誓，亦無不可也。

「且說法學院學生不准唐太太出去，不久卻又有人來說，如有特別事故，亦可放出，但必須在證明書上簽名，否則不准。唐太太不肯簽名，該事遂又停頓。隨後法學院學生又來勸諭我們，如肯簽字即可出去，據我所知，沈士遠先生和我都接到這種勸諭，但是我們也不答應。法學院學生很生了氣，大聲說他們不願出去便讓他們在這裏，連笑帶罵，不過這都不足計較，無須詳記。那時已是六時，大風忽起，灰土飛揚，天氣驟冷，我們立在院中西偏樹下，直至六時半以後始得法學院學生命令放免，最初說只許單身出去，車仍扣留，過了好久才准洋車同去，但這只以教員為限，至於職員仍一律拘禁不放。其時一同出來者為沈士遠陳逵俞平伯沈步洲楊伯琴胡浚濟王仁輔和我一共八人，此外尚有唐趙麗蓮郝高梓二女士及溥侗君當時未見，或者出來較遲一步，女子學院全體學生則均鵠立東邊講堂外廊下，我臨走時所見情形如此。

「我回家時已是七點半左右。我這回在女子學院被法學院學生所拘禁，歷時兩點多鐘之久，在我並不十分覺得詫異，恐慌，或是憤慨。我在北京住了十三年，所經的危險已不止一次，這回至少已經要算是第五次，差不多有點習慣了。第一次是民國六年張勳復辟，在內城大放槍炮，我頗恐慌，第二次民國八年六三事件，我在警察廳前幾乎被馬隊所踏死，我很憤慨，在《前門遇馬隊記》中大發牢騷，有馬是無知畜生，但馬上還有人，不知為甚這樣胡為之語。以後遇見章士釗林素園兩回的驅逐，我簡直看慣了，劉哲林修竹時代我便學了乖，做了隱逸，和京師大學的學生殊途同歸地服從了，得免了好些危險。現在在國立北平大學法學院學生手裏吃了虧，算來是第五次了，還值得什麼大驚小怪？

我於法學院學生毫無責難的意思。他們在門口對我聲明是不講法不講理的，這豈不是比鄭重道歉還要切實，此外我還能要求什麼呢？但是對於學校當局，卻不能就這樣輕輕地放過，結果由我與陳沈俞三君致函北平大學副校長質問有無辦法，能否保障教員以後不被拘禁，不過我知道這也只是這邊的一種表示罷了，當局理不理又誰能知道，就是覆也還不是一句空話麼？

「打開天窗說亮話，這回我的被囚實在是咎由自取，不大能怪別人。誠如大名鼎鼎的毛校長所說，法學院學生要打進女子學院去，報上早已發表，難道他們不知道麼？是的，知道原是知道的，而且報上也不止登過一二回了，但是說來慚愧，我雖有世故老人之稱（但章士釗又稱我是膽智俱全，未知孰是），實在有許多地方還是太老實，換一句話就是太蠢笨。我聽說法學院學生要打進來，而還要到女子學院去上課，以致自投羅網，這就因為是我太老實，錯信託了教育與法律。當初我也躊躇，有點不大敢去，怕被打在裏邊，可是轉側一想，真可笑，怕什麼？法學院學生不是大學生而又是學法律的麼？怕他們真會打進來，這簡直是侮辱他們！即使是房客不付租金，房東要收回住屋，也只好請法院派法警去勒令遷讓，房東自己斷不能率領子侄加雇棒手直打進去的，這在我們不懂法律的人也還知道，何況他們現學法律，將來要做法官的法學院學生，那裏會做出這樣勾當來呢？即使退一百步說，他們說不一定真會打進來，但是在北平不是還有維持治安保護人民的軍警當局麼？不要說現今是在暗地戒嚴，即在平時，如有人被私人拘禁或是被打了，軍警當局必定出來干涉，決不會坐視不救的。那麼，去上課有什麼危險，誰要怕是誰自己糊塗。我根據了這樣的妄想，貿貿然往女子學院上課，結果是怎樣？法學院學生聲明不講法不講理，這在第一點上證明我是愚蠢，但我還有第二點的希望。我看法學院學生忙於剪電話，忙於『把風』，覺得似乎下文該有官兵浩浩蕩蕩地奔來，為我們解圍，因此還是樂觀。然而不然。我們僥天之幸已經放出，而一日二日以至多少日，軍警當局聽說是不管。不能管呢，不肯管呢，為什麼不，這些問題都非我所能知，總之這已十足證明我在第二點上同樣的是愚蠢了。愚蠢，愚蠢，三個愚蠢，其自投羅網而被拘禁也豈不宜哉。雖然，拘禁固是我的愚蠢之懲罰，但亦可為我的愚蠢之藥劑。我得了這個經驗，明白地知道我自己的愚蠢，以後當努力廓清我心中種種虛偽的妄想，糾正對於教育與法律的迷信，清楚地認識中國人這東西的真相，這是頗有意義，很值得做的一件事，一點兒代價算不得什麼。我在這裏便引了《前門遇馬隊記》的末句作結：

「『可是我決不悔此一行，因為這一回所得的教訓與覺悟比所受的侮辱更大。』

「中華民國十八年四月二十四日，於北平。」

這是被囚以後的第六天所寫，在這幾天裏頭我們幾個人分班去找北平的軍政要人，有人專找商震，我則同三四個人專門訪北平大學，問有什麼解決辦法。那時是北平大學總管華北教育，任這重要職責的是北平大學副校長李書華，我們着實不客氣的追問他，特別是沈士遠，他說沒有辦法，便質問既然沒有辦法管，那麼為什麼不辭職呢？這樣的逼他，卻終於沒有逼出一句負責的話來，我那時的印象便是十足的泥塑木雕，這大概也是一種官僚氣，不過是屬於消極的一方面就是了。有時候乘夜去訪問他，客人種種責難，主人還是必恭必敬的陪着，直至深夜並無倦容，覺得實在無法可想，這其時新校舍漸有着落，所以還是我們方面知難而退，不敢再去找他們了。不過老實的說，這北伐成功後的教育家給我們的印象實在是不大好，正如法學院學生所給的印象不大好是一樣。

一七一　北伐成功

北伐成功是近年的一件大事，中國南北總算統一了，但這只是從表面上看的話，若是在事實上卻是給人民帶來很大的災難，因為這乃是蔣介石專政的起頭，猶如辛亥革命之於袁世凱，民六打倒復辟之於段祺瑞一樣，事情很好可是結果卻是很壞的。在北伐還只有一半勝利的時候，就來了一個兇殘的清黨，就給予人以不祥的印象，唯北方的人民久已厭棄北洋政府，猶以為彼善於此，表示歡迎，然識者早知其不能久長了。我的朋友裏邊，馬隅卿因為身任孔德校務，直接受到壓迫，故盼望尤切，在北京為第一個豎起青天白日旗來的學校，其老兄幼漁人很老實，乃私下對友人說，下回繼北洋派而倒楣的便是國民黨了。這一看好像是知識階級常有的歷史循環觀，所謂盛極必衰的道理，其實是不盡然，是從他反動的開頭就可以知道了。那時我做了一篇《國慶日頌》，也表示差不多的意思的：

「第十七回的中華民國國慶日到來了，我們應該怎樣祝賀他，頌禱他才好呢？

「以前的國慶日是怎麼地過去的呢？恕我記性不好，有點記不明白了，勉強只記得近兩年的事，現在記錄出來，以資比較。

「十五年十月十日我做過一篇小文，題曰『國慶日』，是通信的形式，文曰：

「『子威兄：今天是國慶日。但是我一點都不覺得像國慶，除了這幾張破爛的國旗。國旗的顏色本來不好，市民又用雜色的布頭來一縫，紅黃藍大都不是正色，而且無論阿貓阿狗有什麼事，北京人就亂掛國旗，不成個樣子，弄得愈掛國旗愈覺得難看，令人不愉快。雖然章太炎知道了或者要說這是侮蔑國旗，但我實在望了這齷齪的街市掛滿了破爛的旗，不知怎的總覺得不像什麼國慶。其實，北京人如不掛旗，或者倒還像一點也未可知。

『去年今日是故宮博物院開放，我記得是同你和徐君去瞻仰的。今年，聽說是不開放了，而開放了歷史博物館。這倒也很妙的。歷史博物館是在午門樓上，我們平民平常是上不去的，這回開放拿來作十五年國慶的點綴，可以說是唯一適宜的小點綴罷。但是我終於沒有去。理由呢？說不清，不過不願意看街上五色旗下的傻臉總是其中之一。

『國慶日的好處是可以放一天假，今年卻不湊巧是禮拜日，糟糕糟糕。』

「十六年國慶日我也寫有一篇《雙十節的感想》，登在《語絲》第一五四期上，可是這期《語絲》就禁止了，在北京不曾得見天日。那一天我同徐君往中央公園去看光社展覽會，見了兩件特別的事情，所以發生了一點感想。這事情是什麼呢？一件是公園門口有許多奉軍三四方面軍團宣傳部員，洋裝先生和剪髮女士，分發各種白話傳單，一件是許多便服偵探在端門外野餐。這當時使我大吃一驚。一面深感在中國生存之不易，到處要受監伺，危機四伏，既將睹書坊夥計而心驚，亦復遇煤鋪掌櫃而膽戰，令人有在火山上之感焉。一面我又有點樂觀，覺得這宣傳部員很有一番新氣象，北方的禁白話禁剪髮的復古的反動大約只是舊派的行為，不見得會長久。這樣荏苒的一年過去，恐慌也有時似乎不恐慌，樂觀也有時似乎不樂觀，於是到了民國十七年的國慶日了。

「今年的國慶日是在青天白日旗裏過的了，這自然就很夠可喜了。即使沒有政治意義，我也很反對那不好看的五色旗，雖然因此受到國家主義者（現在多已投誠了罷？）的怨恨也並不反悔。現在這張旗換掉了，而且北海橋上的高牆也已拆去，這就盡夠使我喜歡了，我覺得已經「獲得」了一個不曾有過的好的國慶日，——此外那敢還有什麼別的奢望呢。我為表示我的真誠，將於是日正午敬乾一杯白乾，以賀民國十七年的國慶日，並以吊十七年前的今日武昌死難的諸烈士之靈！

「然而，這國慶日又即是國府九十八次會議決定明令規定的孔子紀念日，卻是不湊巧之至。從這一邊看固然是少放假一天的損失，從那一邊看又可以說是復古的反動之吉兆。正如前三四年前遠遠地聽東北方面的讀經的聲浪，不免有戒心一樣，現在也彷彿聽見有相類的風聲起於西南或東南，不能不使人有『杞天之慮』。禁白話，禁女子剪髮，禁男女同學等等，這決不是什麼小問題，乃是反動與專制之先聲，從前在奉，直，魯各省曾實施過，經驗過，大家都還沒有忘記，特別是我們在北平的人。此刻現在，風向轉了，北方剛脫了復古的鞭笞，革命發源的南方卻漸漸起頭來了，這風是自北而南呢，還是仍要由南返北而統一南北的呢，我們驚弓之鳥的北方人瞻望南天，實在不禁急殺恐慌殺。

「似乎中國現在還是在那一個大時代裏，如《官場現形記》所說的『多磕頭少說話』的時代。今年的國慶日只得就這樣算了，不知道明年的國慶日能否給我們帶來一個好運，使我們有可以少磕一點頭多說幾句話的福氣？」

這篇文章因為題目是「國慶日頌」，所以照例應該有幾句頌禱的話，但是頌禱又照例是空話，不大期望它是能兑現的。上面所說的福氣事實上沒有得到，只獲得了身上的一條濕麻繩，漸漸的抽緊攏來，雖然因為華北不是輦轂之下，抽的不很快，然而末了有名的「憲兵第三團」也終於到來了。我與它有過一回喜劇的接觸，雖然結果是個喜劇，然而當時的虛驚實在是很大的。民國廿三年（一九三四）十一月，我和俞平伯因了燕京同學的介紹，往保定育德中學去講演，講演完了順便往定縣一看平民教育會的情形，因為那時孫伏園在會裏辦公，就在他那裏住了兩夜，下午一點鐘在車站候車，預備回京。在車站上有憲兵第三團一個正裝憲兵在那裏徘徊，這也不足為奇，可是他似乎很注意我們三人——我和俞平伯以及送行的孫伏園。在觀察一會兒之後，他徑來找我問道：「你是從北京來的周先生麼？」我想要來的終於來了，雖然不知道是什麼事情，可是有了麻煩，這趟火車無論如何是來不及的了。便把來保定講演和看平民教育會的事說了，現在就等火車回北京去，閒談了幾句，看他並沒有什麼惡意。正在納罕，他又笑說，本來也不知道，因為看見手提包上的名片，所以問一聲，果然是的。據說卓別林有一次在美國旅行，隱姓埋名不讓人家曉得，誰知他所到的地方凡有旅館都知道他是卓別林，這個謎隨後也是在皮箱上的名片那裏解決的。卓別林的笑話或者出於假作也未可知，但是我這一回卻是真實的，而且事後重述可以當作笑話來講，在當時卻實在是大吃一驚，古人云談虎色變，這回不但談到而且還碰着了。

一七二　章太炎的北遊

北伐方才告一段落，一二三四集團便搞了起來，這便是專心內戰，沒有意思對付外敵，予敵人以可乘之機，於是本來就瘋狂了的日本軍閥鬧起「九一八」事件來了。隨後是偽滿洲國的成立，接着是長城戰役，國民黨政府始終是退讓主義，譬猶割肉飼狼，欲求得暫時安靜，亦不可得，終至蘆溝橋一役乃一發而不可收拾。計自一九三一年以後前後七年間，無日不在危險之中，唯當時人民亦如燕雀處堂，明知禍至無日，而無處逃避，所以也就遷延的苦住下來。在這期間也有幾件事情可以紀述的，第一件便是章太炎先生的北遊。

北京是太炎舊遊之地，革命成功以後這五六年差不多就在北京過的，一部分時間則被囚禁在龍泉寺裏，但自從洪憲倒後，他復得自由，便回到南方去了。他最初以講學講革命，隨後是談政治，末了回到講學，這北遊的時候似乎是在最後一段落裏，因為再過了四年他就去世了。他談政治的成績最是不好，本來沒有真正的政見，所以很容易受人家的包圍和利用，在民國十六年以浙紳資格與徐伯蓀的兄弟聯名推薦省長，當時我在《革命黨之妻》這篇小文裏稍為加以不敬，後來又看見論大局的電報，主張北方交給張振威，南方交給吳孚威，我就寫了《謝本師》那篇東西，在《語絲》上發表，不免有點大不敬了。但在那文章中，不說振威孚威，卻借了曾文正李文忠字樣來責備他，與實在情形是不相符合的。到得國民黨北伐成功，奠都南京，他也只好隱居蘇州，在錦帆路又開始講學的生活，逮九一八後淞滬戰事突發，覺得南方不甚安定，雖然冀東各縣也一樣的遭到戰火，北京卻還不怎麼動搖，這或者是他北遊的意思，心想來看一看到底是什麼情形的吧。

他的這次北遊大約是在民國廿一年（一九三二）的春天，不知道的確的日子，只是在舊日記裏留有這幾項記載，今照抄於下：

「三月七日晚，夷初招飲辭未去，因知係宴太炎先生，座中有黃侃，未曾會面，今亦不欲見之也。」

「四月十八日，七時往西板橋照幼漁之約，見太炎先生，此外有逷先玄同兼士平伯半農天行適之夢麟，共十一人，十時回家。」

「四月二十日，四時至北大研究所，聽太炎先生講《論語》。六時半至德國飯店，應北大校長之招，為宴太炎先生也，共二十餘人，九時半歸家。」當日講演係太炎所著《廣論語駢枝》，就中擇要講述，因學生多北方人，或不能懂浙語，所以特由錢玄同為翻譯，國語重譯，也是頗有意思的事。

「四月廿二日，下午四時至北大研究所聽太炎先生講，六時半回家。」

「五月十五日，下午天行來，共磨墨以待，托幼漁以汽車迓太炎先生來，玄同先兼士平伯亦來，在院中照一相，又乞書條幅一紙，係陶淵明《飲酒》之十八，『子云性嗜酒』云云也。晚飯用日本料理生魚片等五品，紹興菜三品，外加常饌，十時半仍以汽車由玄同送太炎先生回去。」

太炎是什麼時候回南邊去的，我不曾知道，大約總在冬天以前吧。接着便是刊刻《章氏叢書續編》的商量，這事在什麼時候由何人發起，我也全不知道，只是聽見玄同說，由在北平的舊日學生出資，交吳檢齋總其成，付文瑞齋刻木，便這樣決定了。廿二年的日記裏有這一條云：

六月七日下午，四時半往孟鄰處，於永滋張申府王令之幼漁川島均來，會談守常子女教養事。六時半返，玄同來談，交予太炎先生刻《續編》資一百元，十時半去。」因為出資的關係，在書後面得刊載弟子某人覆校字樣，但實際上的校勘則已由錢吳二公辦了去了。後來全書刊成，各人分得了藍印墨印的各二部，不過早已散失，只記得七種分訂四冊，有幾部卷首特別有玻璃板的著者照相，仍是笑嘻嘻的口含紙煙，煙氣還彷彿可見。此書刻板原議贈送蘇州國學講習會的，不知怎樣一來，不曾實行，只存在油房胡同的吳君，印刷發兑。後來聽説蘇州方面因為沒有印板，還擬重新排印行世，不久戰禍勃發，這事也就擱置，連北京這副精刻的木板也弄得不知下落了。

當時因為刊刻《續編》的緣故，一時頗有復古或是好名的批評，其實刊行國學這類的書要説好古多少是難免的，至於好名那恐怕是出於誤會了。在這事以前，蘇州方面印了一種同門錄，羅列了些人名，批評者便以為這是攀龍附鳳者的所為，及至經過調查，才知道中國所常有的所謂事出有因查無實據了。恰巧手頭有一封錢玄同的來信，説及此事，便照錄於下，不過他的信照例是喜講笑話的，有些句子須要説明，未免累墜一點：

「此外該老闆（指吳檢齋因其家開吳隆泰茶葉莊）在老夫子那邊攜歸一張『點鬼簿』（即上邊所説的同門錄），大名赫然在焉，但並無魯迅許壽裳錢均甫朱蓬仙諸人，且並無其大姑爺（指龔未生），甚至無國學講習會之發祥人董修武董鴻詩，則無任叔永與黃子通，更無足怪矣。該老闆面詢老夫子，去取是否有義？答云，絕無，但憑記憶所及耳。然則此《春秋》

者，斷爛朝報而已，無微言大義也。廿一，七，四。」

民國廿五年(一九三六)太炎去世了，我寫了一篇文章紀念他，講他學梵文的事。梵文他終於沒有學成，但他在這裏顯示出來，同樣的使人佩服的熱誠與決心，以及近於滑稽的老實與執意。他學梵文並不專會得讀佛教書，乃是來讀檀多派，而且末了去求救於正統護法的楊仁山，結果只得來一場的申飭。這來往信札見於楊仁山的《等不等觀雜錄》卷八，時間大概在己酉(一九〇九)夏天，《太炎文錄》中不收，所以是頗有價值的。我的結論是太炎講學是儒佛兼收，佛裏邊也兼收婆羅門，這種精神最為可貴：

「太炎先生以朴學大師兼治佛法，又以依自不依他為標準，故推重法華與禪宗，而淨土秘密二宗獨所不取，此即與普通信徒大異，宜其與楊仁山輩格格不相入。且先生不但承認佛教出於婆羅門正宗，又欲翻讀吠檀多奧義書，中年以後發心學習梵天語，不辭以外道為師，此種博大精進的精神，實為凡人所不能及，足為後學之模範者也。」

一七三　打油詩

《二十三年一月十三日偶作牛山體》，這是我那時所做的打油詩的題目，我說牛山體乃是指志明和尚的《牛山四十屁》，因為他做的是七言絕句，與寒山的五古不同，所以這樣說了。這是七言律詩，實在又與牛山原作不一樣，姑且當作打油詩的別名。過了兩天，又用原韻做了一首，那時林語堂正在上海編刊《人間世》半月刊，我便抄了寄給他看，他給我加了一個《知堂五十自壽詩》的題目，在報上登了出來，其實本來不是什麼自壽，也並沒有自壽的意思的。原詩照錄於下：

其一

前世出家今在家，不將袍子換袈裟。
街頭終日聽談鬼，窗下通年學畫蛇。
老去無端玩骨董，閒來隨分種胡麻。
旁人若問其中意，且到寒齋吃苦茶。

其二

半是儒家半釋家，光頭更不着袈裟。
中年意趣窗前草，外道生涯洞裏蛇。
徒羨低頭咬大蒜，未妨拍桌拾芝麻。
談狐説鬼尋常事，只欠工夫吃講茶。

發表以後得到許多和詩，熟朋友都是直接寄來，其他就只是在報上讀到罷了。恰好存有原稿的有錢玄同和蔡孑民的兩份，今抄錄如下，以為紀念。玄同和作云：

但樂無家不出家，不皈佛教沒袈裟。
腐心桐選誅邪鬼，切齒綱倫打毒蛇。
讀史敢言無舜禹，談音尚欲析遮麻。
寒宵凜冽懷三友，蜜橘酥糖普洱茶。

後附說明云：「也是自嘲，也用苦茶原韻，西望牛山，距離尚遠。無能子未定草，廿三年一月廿二日，就是癸酉臘八。」另有信云：「苦茶上人：我也謅了五十六個字的自嘲，火氣太大，不像詩而像標語，真要叫人齒冷。第六句只是湊韻而已，並非真有不敬之意，合併聲明。癸酉臘八，無能。」這裏所謂不敬，是有出典的，因為平常談到國語的音韻問題我總說不懂，好像是美術上的「未來派」，詩中乃說尚欲析遮麻，似乎大有抬杠的意味了。

蔡孑民的和詩彷彿記得是從別處寄來的，總之不是在北京，原信也未保存，而且原來有沒有信也不記得了。

其一

何分袍子與袈裟，天下原來是一家。
不管乘軒緣好鶴，休因惹草卻驚蛇。
捫心得失勤拈豆，入市婆娑懶績麻。[一]

一 君已到廠甸數次矣。

園地仍歸君自己，可能親掇雨前茶。[一]

其二

廠甸攤頭賣餅家，[二]肯將儒服換袈裟。
賞音莫泥驪黃馬，佐鬥寧參內外蛇。
好祝南山壽維石，誰歌北虜亂如麻。
春秋自有太平世，且咬饃饃且品茶。

此外還有一首，題云《新年用知堂老人自壽韻》，是詠故鄉新年景物的，亦復別有風趣，今並錄於此：

新年兒女便當家，不讓沙彌袈了裟。[三]
鬼臉遮顏徒嚇狗，龍燈畫足似添蛇。
六么輪擲思贏豆，[四]數語蟬聯號績麻。[五]

一　君曾著《自己的園地》。
二　君在廠甸購戴子高《論語注》。
三　吾鄉小孩子留髮一圈而剃其中邊者，謂之沙彌。《癸巳類稿》三，《精其神》一條引經了筵陣了亡等語，謂此自一種文理。
四　吾鄉小孩子選炒蠶豆六枚，於一面去殼少許，謂之黃，其完好一面謂之黑，二人以上輪擲之，黃多者贏，亦仍以豆為籌馬。
五　以成語首字與其他末字相同者聯句，如甲說「大學之道」，乙接說「道不遠人」，丙接說「人之初」等，謂之績麻。

樂事追懷非苦話，容吾一樣吃甜茶。[一]

其署名仍是蔡元培，並不用什麼別號，這也是很有意思的事。

《五十自壽詩》在《人間世》上發表之後，便招來許多的批評攻擊，林語堂趕緊寫文章辯護，說什麼寄沉痛於悠閒，這其實是沒有什麼可辯護的，本來是打油詩，乃是不登大雅之堂的東西，挨罵正是當然。批評最為適當的，乃是魯迅的兩封信，在《魯迅書簡》發表以後這才看見，是四五月間寄給曹聚仁和楊霽雲的，今將給曹聚仁的一封再抄錄一次在這裏，日期是一九三四年四月三十日：

「周作人自壽詩誠有諷世之意，然此種微詞已為今之青年所不憭，群公相和則多近於肉麻，於是火上添油，遽成眾矢之的，而不作此等攻擊文字，此外近日亦無可言。此亦古已有之，文人美女必負亡國之責，近似亦有人覺國之將亡，已在卸責於清流或輿論矣。」

那打油詩裏雖然略有諷世之意，其實是不很多的，因為那時對於打油詩使用還不很純熟，不知道寒山體的五言之更能表達，到得十二三年之後這才摸到了一點門路。一九四七年九月在《老虎橋雜詩題記》裏說道：

「在《修禊》一篇中，述南宋山東義民吃人臘往臨安事，有兩句云，猶幸製熏臘，咀嚼化正氣。這可以算是打油詩中之最高境界，自己也覺得彷彿是神來之筆，如用別的韻語形式

一　吾鄉有「吃甜茶，講苦話」之語。

去寫，便決不能有此力量，倘想以散文表出之，則又所萬萬不能者也。關於人臘的事，我從前說及了幾回，可是沒有一次能這樣的說得決絕明快，雜詩的本領可以說即在這裏，即此也可以表明它之自有用處了。我前曾說過，平常喜歡和淡的文字思想，有時亦嗜極辛辣的，有掐臂見血的痛感，此即為我喜那『英國狂生』斯威夫德之一理由，上文的發想或者非意識的由其《育嬰芻議》中出來亦未可知，唯索解人殊不易得，昔日魯迅在時最能知此意，今不知尚有何人耳。」

《修禊》是一篇五言的打油詩，凡十六韻，今不嫌冗長，抄錄於後，以資比較，看比自壽詩有沒有多少進步：

「往昔讀野史，常若遇鬼魅。白晝踞心頭，中夜入夢寐。
其一因子巷，舊聞尚能記。次有齊魯民，生當靖康際。
沿途吃人臘，南渡作忠義。待得到臨安，餘肉存幾塊。
哀哉兩腳羊，束身就鼎鼐。猶幸製熏臘，咀嚼化正氣。
食人大有福，終究成大器。講學稱賢良，聞達參政議。
千年誠旦暮，今古無二致。舊事倘重來，新潮徒欺世。
自信實雞肋，不足取一臠。深巷聞狗吠，中心常惴惴。
恨非天師徒，未曾習符偈。不然作禹步，撒水修禊事。」

一七四　日本管窺

《日本管窺》是我所寫關於日本的比較正式的論文，分作四次發表於當時由王芸生主編的《國聞週報》上頭，頭三篇是在民國廿四年下半年所作，可是第四篇卻老是寫不出，拖了一年多，到得做成刊出，恰巧是逢着七七事件，所以事實上沒有出版。頭三篇意思混亂，純粹是在暗中摸索，考慮了很久，得到一個結論，即此聲明，日本研究小店之關門，事實上這種研究的確與十多年前所說文學小店的關門先後實現了。

我於五四以後就寫些小文章，隨意的亂說，後來覺得「不知為不知」的必要，並且有感於教訓之無用，所以把有些自己不很知道的事情擱過一邊，不敢再去碰它一下，例如文學藝術哲學等，至於中國的事覺得似乎還知道一點，所以仍舊想講，日本則因為多少有點瞭解，也就包括在知之的一方面了。最初是覺得這不很難寫，而且寫的是多少含有好意的，如《談虎集》卷上起首所收的這幾篇，但是後來不久就發生了變化，日本的支那通與報刊的御用新聞記者的議論有時候有點看不下去，以致引起筆戰，如《談虎集》上的那些對於《順天時報》的言論，自己看了也要奇怪，竟是惡口罵詈了。我寫這幾篇《管窺》，乃是想平心靜氣的來想它一回，比較冷靜的加以批評的，但是當初也沒有好的意見，不過總是想竭力避免感情用事的就是了。

第一篇《管窺》作於廿四年（一九三五）五月，隨後收在《苦茶隨筆》裏邊。這篇文章多是人云亦云的話，沒有什麼值得說的，只是云：

「日本人的愛國平常似只限於對外打仗，此外國家的名譽彷彿不甚愛惜。」後面引《密勒評論》調查戰區一帶販毒情形，計唐山有嗎啡館一百六十處，灤縣一百另四處，古冶二十處，林西四處，昌黎九十四處，秦皇島三十三處，北戴河七處，山海關五十處，豐潤二十三處，遵化九處，餘可類推。說毒化是一種政策，恐怕也不盡然，大約只是容許浪人們多賺一點錢吧，本來國際間不講什麼道德，如英國那樣商業的國家倘若決心以賣雅片為業，便不惜與別國開戰以達目的，日本並不做這生意，何苦來呢。商人賺上十萬百萬，並不怎麼了不得，卻叫人家認為日本人都是賣白麵嗎啡的，這於國家名譽有何好看，豈不是損失麼？其次又引了「五一五」事件，現役軍人殺了首相犬養毅也不嚴辦，其民間主謀的井上日召和尚初判死刑，再審時減等發落，旁聽的人都喜歡得合掌下淚。由此歸結到日本士風之頹廢，所謂武士道的氣風已無復餘留，戶川秋骨所以歎為現在頂墮落的東西並非在咖啡館進出的遊客，也不是左傾的學生，實在乃是這種胡塗思想的人們耳。雖然有這些譴責的話卻都是浮泛的，不切實際的文句，就全篇看來卻是對於日本仍有好意的。

第二篇管窺是六月裏所做，收在第二年出版的《苦竹雜記》中，改名為「日本的衣食住」，因為實際即是介紹日本固有的衣食住，我說固有，因為此乃是明治時代的生活狀態，不是說近時受美國文化的那一種式樣。將日本生活與中國古代及故鄉情形結合說來，似乎反有親近之感，只在末一節裏說道：

「日本與中國在文化的關係上本猶羅馬之與希臘，及今乃成為東方之德法，在今日而談日本的生活，不撒有『國難』的香料，不知有何人要看否，我亦自己懷疑。但是，我仔細思量日本今昔的生活，現在日本『非常時』的行動，我仍明確的明白日本與中國畢竟同是亞細亞人，興衰禍福目前雖是不同，究竟的運命還是一致，亞細亞人豈終將淪於劣種乎，念之憫然。因談衣食住而結論至此，實在乃真是漆黑的宿命論也。」

第三篇《管窺》作於是年十二月，後來收在《風雨談》內，題目仍舊是《日本管窺之三》，因為想不出扼要的別的題目，故仍用原名。這裏覺得講一國的文化，特別是想講它的國民性，單以文學藝術為範圍去尋討它，這是很錯誤的，不然也總是徒勞的事。因為「學術藝文固然是文化的最高代表，而其低的部分在社會上卻很有勢力，少數人的思想雖是合理，而多數人卻也就是實力，所以我們對於文化似乎不能夠單以文人哲士為對象，更得放大範圍才是。」彷彿在這裏找到了一點線索，可是那時抓着的也只是從書本子來的舊話，什麼武士道裏的人情，實在也是希有的傳說，在現代斷乎是無從找到的了。那麼這篇文章也是徒勞的廢話，可以說是失敗的了，但是離開了舊路，有意思去另找線索，似乎是在破承題之下已經寫了「且夫」二字，大有做起講之意了。

第二年民國廿五年（一九三六）裏一直沒有續寫，但是並不是忘記了，因為在這一年裏一總寫了兩篇《談日本文化書》，可見還是在想着問題，只是還沒有着落罷了。我在《談日本文化書》其二中說：

「我想一個民族的代表可以有兩種，一是政治軍事方面的所謂英雄，一是藝文學術方面的賢哲。此二者原來都是人生活動的一面，但趨向並不相同，有時常至背馳，所以我們只能分別觀之，不當輕易根據其一以抹殺其二。」後來又說道：

「我們要知道日本這國家在某時期的政治軍事上的行動，那麼像豐臣秀吉伊藤博文這種英雄自然也該注意，因為英雄雖然多非善類，但是他有作惡的能力，做得出事來使世界震動，人類吃大苦頭，歷史改變，不過假如要找出這民族的代表來問問他們悲歡苦樂，則還該到小胡同大雜院去找，浮世繪刻印工亦是其一。」我所要找尋的問題到此似乎已有五分光，再過一年也就成功了。

一七五　日本管窺續

《日本管窺之四》擱淺了一年有半，於廿六年（一九三七）六月十六日這才寫成，——花了這些時候，究竟想出了什麼結論來了呢？結論是有了，可是不能說好，但是此外也實在沒有什麼好說了。因為答案是一個不字，就是說日本人的國民性我們不能瞭解，結果是宣佈日本研究小店就此關門，卻也十分適當的。這篇文章雖發表出來，可是雜誌就未能發行，也不曾收到文集裏去，直至解放後有一年曹聚仁先生來北京看我，我把解放以前的舊稿給他看，承他攜至香港，於去年春間把《乙酉文編》的第二分印了出來，距原作的年月差不多有二十四個年頭了。

管窺之四繼承上面的意思，從別的方面來求解說，那篇文章上有一節云：

「日本對於中國所取的態度本來是很明瞭的，中國稱曰帝國主義，日本稱曰大陸政策，結果原是一樣東西，再用不着什麼爭論，這裏我覺得可談的只有一點，便是日本為什麼要這樣做。這句話有點不大明白，這問題所在不是目的而是手段，本來對中國的帝國主義不只一個日本，為主義也原可不擇手段，而日本的手段卻特別來得特別，究竟是什麼緣故？我老實說，我不能懂，雖然我找出這個問題來，預備寫這篇文章，結果我只怕就是說明不能懂的理由而已。近幾年來我心中老是懷着一個很大的疑情，即是關於日本民族的矛盾現象的，至今還不能得到解答。日本人愛美，這在文學藝術以及衣食住種種形式上都可看出，不知道為什麼在對中國的行動卻顯得那麼不怕醜。日本人又是很巧的，工藝美術都可作證，行動上卻又是那麼拙，日本人愛潔淨，到處澡堂為別國所無，但行動上又那麼髒，有時候卑劣得叫人噁心。這是天下的大奇事，差不多可以說是奇跡。我們且具體的舉例來說吧：

「其一，藏本失蹤事件。
「其二，河北自治請願事件。
「其三，成都北海上海汕頭諸事件。
「其四，走私事件，日本稱之曰特殊貿易，如此名詞頗有幽默味，但只宜用作江湖上的切口，似乎不是正當國家所可用的名詞吧。
「其五，白麵嗎啡事件。
「以上諸例都可以做我的證明。假如五十嵐力的話是不錯的，日本民族所喜歡的是明淨直，那麼這些例便即可以證明其對中國的行動都是黑暗污穢歪曲，總之所表示出來的全是反面。日本人盡有他的好處，對於中國卻總不拿什麼出來，所有只是惡意，而且又是出乎情理的離奇。這是什麼緣故呢？」

這個我是不能懂，——因為以不知為不知，宗教我是不懂的，而這個緣故便出於宗教。在那篇文章裏我說道：

「我平常這樣想，日本民族與中國有一點很相異，即是宗教信仰，如關於此事我們不能夠懂得若干，那麼這裏便是一個隔閡沒有法子通得過。中國人也有他的信仰，如吾鄉張老相公之出巡，如北平妙峰山之朝頂，我覺得都能瞭解，雖然自己是神滅論者，卻理會得拜菩薩的信士信女們的意思。我們的信仰彷彿總是功利的，沒有基督教的每飯不忘的感謝，也沒有巫教降神的歌舞，蓋中國的民間信仰雖多是低級而並不熱烈者也。日本便似不然，在他們崇拜儀式中往往顯出神憑或如柳田國男氏所云『神人和融』的狀態，這在中國絕少見，也是不容易瞭解的事。淺近的例如鄉村神社的出會，神輿中放着神體，卻是不可思議的代表物，如石或木，或不可得見不可見的別物，由十六人以上的壯丁抬着走，而忽輕忽重，忽西忽東，或撞毀人家的門牆，或停在中途不動，如有自由意志似的，輿夫便只如蟹的一爪，非意識的動着。柳田氏在所著《世間與祭禮》第七節中有一段說得很好：

「『我幸而本來是個村童，有過在祭日等待神輿過來那種舊時情感的經驗。有時候便聽人說，今年不知怎的御神輿特別的發野呀。這時候便會有這種情形，儀仗已經到了十字路口了，可是神輿老是不見，等到看得見了也並不一定就來，總是左傾右側，抬着的壯丁的光腿忽而變成了Y字，忽而變成X字，又忽而變成W字，還有所謂高舉的，常常盡兩手的高度將神輿高高的舉上去。』這類事情在中國神像出巡的時候是絕沒有的。」這樣說來，日本民族與中國人絕不相同的最特殊的文化是它的宗教信仰，而關於這個我們卻是無從瞭解的，他們往往感情超過理性，因此如上邊所舉的例都是蠻不講理，有時離奇狂暴近於發瘋。外國有一句格言道，上帝要叫一個人滅亡，必先使他瘋狂。這句話是不錯的，希忒拉和德國的國社黨是如此，日本的軍閥也正是如此滅亡的。

我寫了四篇《日本管窺》，將日本的國民性歸結到宗教上去，而對於宗教自己覺得是沒有緣份，因此無法瞭解，對於日本事情宣告關門不再說話了。但是此後我卻又寫了一篇，叫作《日本之再認識》，事實上是抄的「刊文」，乃是將管窺之二的關於日本衣食住與之四的後半接合，便是說從別的方面下手不能夠瞭解日本，這須得由宗教入門，才可懂得，題云「再認識」，即言前此的認識都是錯的。那篇文章是民國廿九年(一九四〇)十二月所作，其時華北已經淪陷，值日本所謂建國二千六百年紀念，特約作文，乃以此敷衍塞責，當時原說有美術品作報酬，經特別交涉，以不受報酬為條件，而所作文章採用與否也不計較，後來經日本國際文化振興會印為單行本，我自己也收在《藥味集》裏邊，於民國三十一年(一九四二)在北京出版。

一七六 北大的南遷

九一八以後東北整個淪陷，國民黨政府既決定採用不抵抗主義，保存實力來打內戰，於是日寇遂漸行蠶食，冀東一帶成為戰區，及至七七之變，遂進佔平津了。國民黨政府成竹在胸，軍政機關早已撤離，值錢的文物亦已大部分運走了，所以剩下來的一着就是搬動這幾個大學了。我所在的北京大學是最初遷到湖南長沙，後來又到了雲南昆明，與清華大學組成了聯合大學。北大專任的教職員本應該一同前去，但是也可以有例外，即是老或病，或家累重不能走的，也只得不去。我那時並不算怎麼老，因為那年是五十三歲，但是係累太多，所以便歸入不能走的一邊。當時不記得是在什麼地方開會的，因為那一年的舊日記散失了，所以無從查考，只記得第二次集會是廿六年（一九三七）十一月廿九日，在北池子一帶的孟心史先生家裏，孟先生已經臥病，不能起牀，所以在他的客房裏作這一次最後的聚談，可是主人也就不能參加談話了。隨後北大決定將孟心史馬幼漁馮漢叔和我四人算作北大留平教授，每月寄津貼費五十元來，在那一年的年底蔣校長還打一個電報給我，叫我保管在平校產，可是不到兩個月工夫，孟心史終於病逝了。

學校搬走了，個人留了下來，第一須得找得一個立足之處，最初想到的即是譯書。這個須得去找文化基金的編譯委員會，是由胡適之所主持，我們以前也已找過它好幾回了，《現代小說譯叢》和《現代日本小說集》，都是賣給它的，稿費是一千字五元，在那時候是不算很低了。民國廿一年（一九三二）夏天我還和它有一次交涉，將譯成的《希臘擬曲》賣給它，其間因梁實秋翻譯莎士比亞，價值已經提高為千字十元，我也沾了便宜，那一本小冊子便得了四百塊錢。當時我想在北京近郊買一塊墳地，便是用這錢買得的，在西郊板井村，給我的次女若子下了葬，後來侄兒豐二，先母亡妻也都葬在那裏。這是那一本書，使我那時學了預備翻譯《四福音書》的，卻並沒有用過的希臘文，得有試用的機會，因而得到了這塊墳地，是很可紀念的事。原本係海羅達思的擬曲七篇，後面又添上了諦阿克列多思的牧歌裏類似擬曲的五篇，一總才只是十二篇，而且印本又是小字大本，所以更顯得是戔戔小冊了。因為是描寫社會小景的，所以有地方不免大膽一點，為道學家們所不滿意，容易成為問題。海羅達思擬曲的第六篇《暱談》中便有些犯諱的地方，裏邊女客提出熟皮製成的紅色的「抱朋」，許多西方學者都想諱飾，解作鞋帽或是帶子，但是都與下文有了矛盾，實在乃是中國俗語所謂「角先生」，這我在譯文中給保存下來了。後來在未發表的筆記中，有一則記之云：

「往年譯《希臘擬曲》，《暱談》篇中有抱朋一語，曾問胡適之君，擬譯作角先生，無違礙否，胡君笑諾，故書中如是寫，而校對者以為是人名，在角字旁加了一直畫，可發笑也。民間雖有此稱，卻不知所本，疑是從明角來，亦未見出處。後讀林蘭香小說，見第廿八回中說及此物，且有寄旅散人批註云：『京師有朱姓者，豐其軀幹，美其鬚髯，設肆於東安門之外而貨春藥焉，其角先生之製尤為工妙。聞買之者或老嫗或幼尼，以錢之多寡分物之大小，以盒貯錢，置案頭而去，俟主人措辦畢，即自來取，不必更交一言也。』案此說亦曾經得之傳聞，其見諸著錄者殆止此一節乎。林蘭香著書年月未詳，余所見本題道光戊戌刊，然則至今亦總當是百年前事矣。友人蔡谷清君民國初年來北京，聞曾購得一枚，惜蔡君久已下世，無從問詢矣。文人對於猥褻事物，不肯污筆墨，坐使有許多人生要事無從徵考，至為可惜。寄旅散人以為遊戲筆墨無妨稍縱，故偶一著筆，卻是大有價值，後世學人皆當感激也。」

因為這個因緣，我便去找編譯委員會商量，其時胡適之當然已經不在北京了，會裏的事由秘書關琪桐代理，關君原是北大出身，從前也有點認識，因此事情説妥了，每月交二萬字，給費二百元，翻譯的書由我自己酌量，我便決定了希臘人著的希臘神話。我老早就有譯這書的意思，一九三四年曾經寫過一篇，後來收在《夜讀抄》裏，便是介紹這阿波羅多洛斯所著的原名叫作「書庫」的希臘神話，如今有機會來翻譯它出來，這實在可以説塞翁失馬的所得來的運氣了。不記得從那年的幾月裏起頭了，總之是已將原書本文譯出，共有十萬多字，在寫注解以前又譯了哈理孫女士的《希臘神話論》，和佛雷則的十五六篇研究，一共也有十萬字左右，回過頭來再寫注解，才寫到第二卷的起頭，這工作又發生了停頓，因為編譯委員會要搬到香港去了。我那些譯稿因此想已連同搬去，它的行蹤也就不可得而知了。但是我與希臘神話的因緣並不就此斷絕了，在解放後我將《伊索寓言》譯出之後，又從頭來搞這神話的翻譯，於一九五一年完成，原稿交給人民文學出版社，只是因為紙張關係，尚未刊行。説起我與神話的因緣真是十二分的奇妙的。英國人勞斯所著的《希臘的神與英雄與人》，是學術與趣味結合的一冊給少年人看的書，我於民國廿四年寫過一篇介紹，後來收在《苦茶隨筆》裏頭，原書則在一九四七年頃譯出，其時浙江五中舊學生蔣志澄在正中書局當主任，由他的好意接受了，但是後來正中書局消滅，這部稿子也就不可問了。第二次的新譯是一九四九年在北京起頭的，它的名字第一次是《希臘的神與人》，第二次的卻是《希臘的神與英雄》，這一回從文化生活出版社刊行，並且印了好幾版，末了還由天津人民出版社印行過一版，但是名字是改為《希臘神話故事》了。一部書先後翻譯過兩次，這在我是初次的經驗，而且居然有了兩次，又湊巧都是希臘神話，這如果不是表示它於我特別有緣，便是由於我的固執的，偏頗的對於希臘神話的愛好了。

一七七　元旦的刺客

編譯委員會既然決然從北京撤退，搬到香港去，從前在那裏寫作的人便發起一個惜別會，在什剎海會賢堂聚餐，我不記得是什麼人發起了，只記得彷佛人很多，一共有兩桌吧，主客當然是關琪桐，主人們裏邊只有王古魯還是沒有忘記，他那時是替他們譯白鳥庫吉的著作。大概這編譯會遷移的事情決定的頗早，是在民國廿七年的上半年，所以我就趕緊作第二步的打算，因為從前曾在燕京大學教過十年的書，想在裏邊謀一個位置，那時燕大與輔仁大學因為是教會大學的關係，日本人不加干涉，中國方面也認為在裏邊任職是與國立的學校沒有什麼不同。我把這意思告知了在燕大擔任國文系主任的郭紹虞君，承他於五月二十日來訪，送來燕大的聘書，名義是「客座教授」，功課四至六小時，待遇按講師論，但增送二十元，以示優異。其後因為決定每星期只去一天，便規定兩種功課各二小時，月薪一百元。日記上有這幾則記事：

「九月十四日，下午豐一帶燕大點名簿來，紹虞約十六日午餐。

「十五日，上午九時雇車出城往燕大，上下午各上一班，午在紹虞處飯，吳雷川亦來，三時後出校，四時頃回家，付車夫一元。

「十六日，上午十一時往朗潤園，應紹虞之招，共二席，皆國文系教員，司徒雷登吳雷川亦來，下午三時回家。」

這樣的不覺過了四個月，轉瞬又是一年了。我本不會做詩，不知怎的忽然發起詩興來，於十二月廿一日寫了這三首，仍然照例的打油詩，卻似乎正寫得出那時的情緒，其詞云：

「禹跡寺前春草生，沈園遺跡欠分明。
偶然拄杖橋頭望，流水斜陽太有情。」
「禪牀溜下無情思，正是沉陰欲雪天。
買得一條油炸鬼，惜無白粥下微鹽。」
「不是淵明乞食時，但稱陀佛省言辭。
攜歸白酒私牛肉，醉倒村邊土地祠。」[一]

同時在日記上寫道：

「十二月廿三日，下午得李炎華信，係守常次女也，感念存歿，終日不愉。前作詩云，

一 「攜歸白酒私牛肉」有作「攜歸白酒和牛肉」，待考。（編者）

『流水斜陽太有情』，不能如有財有令譽者之擺脱，正是自討苦吃，但亦不能改耳。」嘗以三詩寫示在上海的匏瓜庵主人(沈尹默)，承賜和詩，末一聯云，斜陽流水干卿事，未免人間太有情。指點得很是不錯，但如我致廢名信中説過，覺得有此悵惘，故對於人世未能恝置，此雖亦是一種苦，目下卻尚不忍即舍去也。

過了十天，便是民國廿八年(一九三九)的元旦了。那天上午大約九點鐘，燕大的舊學生沈啟無來賀年，我剛在西屋客室中同他談話，工役徐田來説有天津中日學院的李姓求見，我一向對於來訪的無不接見，所以便叫請進來。只見一個人進來，沒有看清他的面貌，只説一聲，「你是周先生麼？」便是一手槍。我覺得左腹有點疼痛，卻並不跌倒，那時客人站了起來，説道：「我是客。」這人卻不理他，對他也是一槍，客人應聲仆地。那人從容出門，我也趕緊從北門退歸內室，沈啟無已經起立，也跟了進來。這時候聽見外面槍聲三四響，如放鞭炮相似，原來徐田以前當過偵緝隊的差使，懂得一點方法，在門背後等那人出來時跟在後面，一把將他攔腰抱住，捏槍的手兜在衣袋裏，一面叫人來幫他拿下那兇人的武器。其時因為是陽曆新年，門房裏的人很多，有近地的車夫也來閒談，大家正在忙亂不知所措，不料刺客有一個助手，看他好久不出來，知道事情不妙，便進來協助，開槍數響，那人遂得脱逃，而幫忙的車夫卻有數人受傷，張三傷重即死，小方肩背為槍彈平面所穿過。

受傷的人都送到日華同仁醫院去醫治，小方經過消毒包紮，就算行了，沈啟無彈中左肩，沒有傷着心肺，就只是彈子在裏邊，無法取出，在醫院裏療養了一個月半，創口好了，也就出了院。我的傷一看似乎很是嚴重，據醫生說前年日本首相濱口雄幸在車站被刺，就是這個部位，雖然一時得救，卻終於以此致命。我自己覺得不很痛，以為重傷照例是如此，乃在愛克斯光室裏，醫生卻無論如何總找不着子彈，才知道沒有打進去，這時候檢查傷口，發現肚臍左邊有手掌大的一塊青黑色，只是皮面擦破而已，至於為什麼子彈沒有打進去，誰都不能解說得出來。到了第二天早上起來穿衣服，這才一下子省悟了，因為穿一件對衿的毛線衫，扣扣子到第三顆的時候，手觸到傷處覺得疼痛，這時乃知道是這顆扣子擋住了那子彈，卻幸虧那時鈕扣穿得偏左了一點，如果在正中的話那也無濟於事。這扣子乃是一種化學製品，並非金屬，卻能有此作用，當日警察檢查現場，在客室地上拾得一顆子彈，係鉛質的已經扁了，上面印有花紋，就是那毛線衣的鈕上的。

這事件的經過已經約略敘說過了，現在便是想一問詢這位暴客的來訪的意義與其來源了。這案始終未破，來源當然無從知悉，但這也可以用常識推理而知的。日本軍警方面固然是竭力推給國民黨的特務，但是事實上還是他們自己搞的。這有好幾方面的證據。第一，日本憲兵在這案件上對於被害者從頭就取一種很有惡意的態度。一日下午我剛從醫院裏回家，就有兩個憲兵來傳我到憲兵隊問話，這就是設在漢花園的北京大學第一院的，當時在地下室的一間屋子裏，仔細盤問了兩個鐘頭，以為可能國民黨認為黨員動搖，因而下手亦未可知。

以後一個月裏總要來訪問一兩次，説是聯絡，後來有一次大言治安良好，種種暗殺案件悉已破獲，我便笑問，那麼我的這一件呢？他急應道，也快了。但自此以後，便不再來訪問了。

第二，刺客有兩個，坐汽車來到後面的胡同，顯然是大規模的。但奇怪的是，到家裏來找我，卻不在我到海甸去的路上，那是有一定的日子和時刻的，在那路上等我可以萬無一失，也不必用兩個人，一個就盡夠用了。民國十五年燕大初搬到海甸的時候，我曾在一篇文章裏説過上學校去的行程道：

「假定上午八時出門，行程如下，即十五分高亮橋，五分慈獻寺，十分白祥庵南村，十分葉赫那拉氏墳，五分黃莊，十五分海甸簍斗橋到。」現在卻是大舉的找上門來，不用簡單直捷的辦法，豈不是為避免目標，免得人聯想到燕大去的事情麼？這安排得很巧，但也因此顯露出拙來了。我到燕大去當了客座教授，就可以謝絕一切別的學校的邀請，這件事情第一觸怒了誰，這是十分顯而易見的事情。

僥倖那一天槍彈打在毛線衣的扣子上，也僥倖那刺客並未打第二槍，所以我得以拾得這一條性命。在一月八日又做了兩首打油詩，以為紀念：

「橙皮權當屠蘇酒，贏得衰顏一霎紅。
我醉欲眠眠未得，兒啼婦語鬧哄哄。」
「但思忍過事堪喜，回首冤親一惘然。

飽吃苦茶辨餘味，代言覓得杜樊川。」

「忍過事堪喜」係杜枚之句，偶從《困學紀聞》中見到，覺得很有意思。我以前喜言苦茶，其實是不懂吃茶，甚為世所詬病，今又說及苦茶，不過漸有現實的意味了。

一七八　從不說話到說話

民國廿六年(一九三七)七月以後，華北淪陷於日寇，在那地方的人民處俘虜的地位，既然非在北京苦住不可，只好隱忍的勉強過活，頭兩年如上兩章所說的總算借了翻譯與教書混過去了。但到了廿八年元旦來了刺客，雖然沒有被損害着，警察局卻派了三名偵緝隊來住在家裏，外出也總跟着一個人，所以連出門的自由也剝奪了，不能再去上課。這時湯爾和在臨時政府當教育部長，便送來一個北京大學圖書館長的聘書，後來改為文學院院長，這是我在偽組織任職的起頭。我還是終日住在家裏，領着乾薪，圖書館的事由北大秘書長代我辦理，後來文學院則由學院秘書代理，我只是一星期偶然去看一下罷了。不過這些在敵偽時期所做的事，我不想這裏來寫，因為這些事本是人所共知，若是由我來記述，難免有近似辯解的文句，但是我是主張不辯解主義的，所以覺得不很合適。

古來許多名人都曾寫過那些名稱懺悔錄，自敘傳或是回憶的文章，裏邊多是虛實淆混，例如盧梭，托爾斯多，折里尼，歌德都是如此。那是藝術作品，所以它的價值並不全在事情的真實方面，因為讀者並不是當歷史去看，只把它當作著者以自己生活為材料的抒情散文去讀，這也是很有意味的。歌德將他的自傳題名為《詩與真實》，這是很有意思的事，在這裏詩與真實相對立，詩是藝術，也就是理想或幻想，將客觀的真實通過了主觀的幻想，安排了敘述出來，結果成為藝術的作品，留供後世人的鑒賞。但那是藝術名人的事情，不是我們平凡人所可學樣的，我平常不懂得詩，也就不能贊成這樣的做法，我寫這回憶錄，也同從前寫《魯迅的故家》一個樣子，只就事實來作報道，沒有加入絲毫的虛構，除了因年代久遠而生的有些遺忘和脫漏，那是不能免的，若是添加潤色則是絕對沒有的事。平常寫文章的時候，即使本來沒有加進去詩的描寫，無意中也會出現一種態度，寫出來誇張不實的事來，這便是我在乙酉(一九四五)年六月所寫一篇《談文章》裏所說的，做文章最容易犯的一種毛病，即是作態。原文有一節云：

「我看有些文章本來是並不壞的，他有意思要說，有詞句足用，原可好好的寫出來，不過這裏卻有一個難關。文章是個人所寫，對手卻是多數人，所以這與演說相近，而演說更與做戲相差不遠。演說者有話想說服大眾，然而也容易為大眾所支配，有一句話或一舉動被聽眾所賞識，常不免無意識的重演，如拍桌說大家應當衝上前去，得到鼓掌與喝彩，接下去說大家不可不衝鋒，拍桌使玻璃杯都蹦跳了。這樣，引導群眾的演說與娛樂群眾的做戲實在已沒有多大區別。我是不懂戲文的，但是聽人家說好的戲子也並不是這樣演法，他有自己的規矩，不肯輕易屈己從人。小時候聽長輩談一個故鄉的戲子的軼事，他把徒弟教成功了，叫他上臺去演戲的時候，吩附道：你自己唱演要緊，戲臺下邊鼻孔像煙通似的那班傢伙你千萬不要去理他們。鄉間戲子有這樣見識，可見他對於自己的技術確有自信，賢於一般的政客和文人矣。」對於這種毛病，我在寫文章的時候也深自警惕，不敢搦起筆來繃着面孔，做出像煞有介事的一副樣子，只是同平常寫信一樣，希望做到瑣屑平凡的如面談罷了。這一節話本來是應該在開頭第一章裏說的，現在這裏來補說，雖然似乎是遲了一點，卻也覺得沒有不合適的地方。

我不想寫敵偽時期個人的行事，那麼寫的是那時候的心事麼？這多少可以這樣的說，因為在那個時期的確寫了不少文章，而且多是積極的有意義的，雖然我相信教訓之無用，文字之無力，但在那時候覺得在水面上也只有這一條稻草可抓了。其實最初我是主張沉默的，因為有如徐君所說在淪陷區的人都是俘虜，苦難正是應該，不用說什麼廢話。在廿七年（一九三八）二月在一篇《讀東山談苑》裏表明態度道：

「《東山談苑》卷七云，倪元鎮為張士信所窘辱，絕口不言，或問之，元鎮曰，一說便俗。此語殊佳，余澹心記古人嘉言懿行，裒然成書八卷，以余觀之，總無出此一條之右者矣。嘗怪《世說新語》後所記何以率多陳腐，或歪曲遠於情理，欲求如桓大司馬樹猶如此之語，難得一見。雲林居士此言可謂甚有意思，特別如余君所云，亂離之後，閉戶深思，當更有感興，如下一刀圭，豈止勝於吹竹彈絲而已哉。」當時以為說多餘的廢話這便是俗，所以那一年裏只寫些兩三百字的短篇筆記，像這一篇的便是，後來集有二百多則，並作一集叫作《書房一角》。但是廿八年元旦來了刺客，過了十七天又遇着了故友錢玄同君之喪，他的精神受了激刺，這是與那刺客事件不無關係的，在他去世後百日，我便寫了《最後的十七日》這篇文章，做他的記念，後來改名為《玄同紀念》，收在《藥味集》裏。那篇文章的末尾說：

「今玄同往矣，恐遂無復有能規誡我者。這裏我只是稍講私人的關係，深愧不能對於故人的品格學問有所表揚，但是我於此破了二年來不說話的戒，寫下這一篇小文章，在我未始不是一個大的決意，姑以是為故友紀念可也。」年月是民國廿八年四月廿八日，這篇文章是登在當時為燕大學生所辦的《燕大週刊》上邊的。我自此決意來說話，雖是對於文字的力量仍舊抱着疑問，但是放手寫去，自民國廿八年至三十四年這七年裏，收集起來的共計有一百三十篇，其散佚者在外，可以說是不算少了吧。

一七九　「反動老作家」一

我寫文章平常所最為羡慕的有兩派，其一是平淡自然，一點都沒有做作，說得恰到好處，其二是深刻潑辣，抓到事件的核心，彷彿把指甲狠狠的掐進肉裏去。可是這只是理想，照例是可望而不可即，寫出來的都是些貌似神非的作品，所以在每回編好集子的時候，總是覺得不滿意，在前記或後記裏發一回牢騷。我的根基打的不好，當我起頭寫文章的那時，「文學革命」正鬧得很起勁，但是我的興趣卻是在於「思想革命」的方面，這便拉扯到道德方面去，與禮教吃人的問題發生永遠的糾葛。從前美國的沉醉詩人愛倫坡（Allen Poe）平生懷着一種恐懼，生怕被活埋，我也相似的有怕被人吃了的恐懼，因此對於反禮教的文人很致敬禮，自孔文舉至李卓吾都是，顧亭林以明遺民不仕清朝，雖然也很佩服，但是他那種在《日知錄》中所表示的痛恨李卓吾的態度，自不免要加以攻擊了。本來高談思想革命，不與經濟生活發生關係，乃是一種唯心的說法，與宗教家之勸人發心行善沒有什麼兩樣，所以結果覺得教訓無用，文字無力，乃是當然的事情，但是因為不能忘情於人間，明知無益也仍由於惰性拖延下去了。

以上是我在淪陷前寫文章的態度，實在是消極的一種消遣法罷了，這可以說是前期吧？但是在淪陷後的寫作，這便有些不同了，文章仍舊是那麼樣，但是態度至少要積極誠實一點了。在淪陷中有什麼事值得改變態度，積極去幹的呢？因為這是在於敵人中間，發表文章也是宣傳的一種，或者比在敵人外邊的會有效力也未可知。這事果有效力麼？我不能確說，但是我覺得這是有的，因為我因此從日本軍部的御用文人方面得到了「反動老作家」的名號，這是很有光榮的事，但在講到這件事的始末以前，我還得把我後期的著作大略說一說。

我很反對顧亭林的那種禮教氣，可是也頗佩服他的幾句說話，在一九四四年出版的一冊《苦口甘口》，曾在自序中有這一節話道：

「重閱一過之後，照例是不滿意，如數年前所說過的一樣，又是寫了些無用也無味的正經話。難道我的儒家氣真是這樣的深重而難以湔除麼？我想起顧亭林致黃梨洲的書中有云：

「『炎武自中年以前，不過從諸文士之後，注蟲魚，吟風月而已。積以歲月，窮探古今，然後知後海先河，為山覆簣，而於聖賢六經之旨，國家治亂之原，生民根本之計，漸有所窺。』案此書亭林文集未載，見於梨洲《思舊錄》中，時在清康熙丙辰，為讀《明夷待訪錄》後之覆書，亭林年已六十四，梨洲則六十七矣。黃顧二君的學識我們何敢妄攀，但是在大處態度有相似者，亦可無庸掩藏。鄙人本非文士，與文壇中人全屬隔教，平常所欲窺知者，乃在於國家治亂之原，生民根本之計，但所取材亦並不廢蟲魚風月，則或由於時代之異也。」這一番話雖是也包括前期的文章在內，但特別著重在說明後期的，因為正經文章在那時候是特別的多。當然裏邊也不少閒適的小文，有如收在《藥味集》裏的《賣糖》《炒栗子》與《蚊蟲藥》，以及後來的《石板路》，都可以說是這一路，但是大多數卻多是說理，因此不免於枯燥了。在那方面平常有兩種主張，便是其一為倫理之自然化，其二為道義之事功化是也。這第一點是反對過去的封建禮教，不合人情物理，甚至對於自然亦多所歪曲，非得糾正不可。這思想的來源是很古舊的，在民國八年三月所寫的《祖先崇拜》這篇小文中說道：

「我不相信世上有一部經典，可以千百年來當人類的教訓的，只有紀載生物的生活現象的biologie（生物學），才可供我們參考，定人類行為的標準。這彷彿與尼采所說的，要做一個健全的人須得先成為健全的動物，意思相近似，可是人們一面實行着動物所沒有那些行為，例如賣淫，強姦，大量的虐殺如原子彈等，一面卻來對於自然加以不必要的美化，說什麼烏反哺，羔羊跪乳，硬說動物也是知道倫常的，實在是非常荒唐的話，但是在中國卻還有相當的勢力。第二點是反對一切的八股化。自從董仲舒說過，「正其誼不謀其利，明其道不計其功」，後來的人便抗了這塊招牌大唱高調，崇理學而薄事功，變成舉世盡是八股的世界。孟子對於梁惠王「何以利吾國」之問，開口喝道：「王何必曰利，亦有仁義而已矣。」但是後面具體的說來，卻是「五畝之宅樹之以桑」這一大串話，歸結到「黎民不饑不寒」，正是極大的事功。清朝阮元在他的《論語論仁論》中有云：

「凡仁必於身所行者驗之而始見，亦必有二人而仁乃見，若一人閉戶齊居，瞑目靜坐，雖有德理在心，終不得指為聖門所謂之仁矣。蓋士庶人之仁見於宗族鄉黨，天子諸侯卿大夫之仁見於國家民臣，同一相人偶之道，是必人與人相偶而仁乃見也。」所以我以為瞑目靜坐在那裏默想仁字，固然也不是壞事情，然而也希望他能夠多少見於實行，庶幾表示與一心念佛的信徒稍有不同耳。

我揭櫫了這兩個主張，隨時發點議論，此外關於中國的文學思想等具體問題也講了些話，這是違反我從前說過的話的，因為在多年以前我聲明將文學店關門了，現在卻再來講話，莫非又覺得懂得了文學了麼？這其實是並不如此的，文學仍舊是不懂，但是本國的事情不能毫不關心，而且根據知之為知之，不知為不知的原則，一般文學問題可以推說不懂，若是關於中國的事情多少總是有點瞭解的，這樣便忍不住來說幾句話了。

我所寫的關於中國文學和思想的文章，較為重要的有這四篇，依了年月的次序寫來是這幾種：

一，《漢文學的傳統》，民國廿九年三月。

二，《中國的思想問題》，三十一年十一月。

三，《中國文學上的兩種思想》，三十二年四月。

四，《漢文學的前途》，同年七月。

其中一四兩篇，所說也就是那一套，但題目稱漢文學卻頗有點特別，因為我在那時很看重漢文的政治作用，所以將這來代表中國文學。在《漢文學的前途》後邊有一篇附記道：

「民國廿九年冬曾寫一文曰《漢文學的傳統》，現今所說大意亦仍相同，恐不能中青年讀者之意，今說明一句，言論之新舊好歹不足道，實在只是以中國人立場說話耳。太平時代大家興高采烈，多發為高論，只要於理為可，即於事未能亦並不妨，但不幸而值禍亂，則感想議論亦近平實，大抵以國家民族之安危為中心，遂多似老生常談，亦是當然也。中國民族被稱為一盤散沙，自他均無異辭，但民族間有繫維在，反不似歐人之易於分裂，此在平日視之或無甚足取，唯亂後思之，卻大可珍重。我們史書，明永樂定都北京，安之若故鄉，數百年燕雲舊俗了不為梗，又看報章雜誌之紀事照相，東至寧古塔，西至烏魯木齊，市街住宅種種色相，不但基本如一，即瑣末事項有出於迷信敝俗者，亦多具有，常令覽者不禁苦笑。反復一想，此是何物在時間空間中有如是維繫之力，思想文字語言禮俗，如此而已。漢語漢字其來已遠，近更有語體文，以漢字寫國語，義務教育未普及，只等刊物自然流通的結果，現今青年以漢字寫文章者，無論地理上距離間隔如何，其感情思想卻均相通，這一件小事實有很重大的意義。舊派的人歎息語體文流行，古文漸衰微了，新派又覺得還不夠白話化方言化，也表示不滿意，但據我看來，這在文學上正夠適用，更重要的乃是政治上的成功，助成國民思想感情的連絡與一致，我們固不必要表揚褒揚新文學運動之發起人，唯其成績在民國政治上實較在文學上為尤大，不可不加以承認。以後有志於文學的人亦應認明此點，把握漢文學的統一性，對於民族與文學同樣的有所盡，必先樹立了民族文學的根基，乃可以東亞文學的一員而參加活動，此自明之事實也。關於文人自肅，亦屬重要，唯苦口之言，取憎於人，且即不言而亦易知，故從略。七月二十日。」

這兩篇關於漢文學的是我比較注重的文章，在三十三年十二月給一種期刊寫的《十堂筆談》裏也重復提起，起頭的兩節便是漢字與國文。第三篇的兩種思想，無非是將那民為貴與君為臣綱對立起來，構成一篇講演，最有意思的乃是第二篇，即是《中國的思想問題》，因為我之所以得到那「反動老作家」的徽號，正因這篇文章的關係。

一八〇 「反動老作家」二

我於盧溝橋事件的前半個月前，在國聞週報上面發表《日本管窺之四》，聲明日本研究店的關門，但是在後期著作裏卻仍寫有十篇以上的文章，談及日本的風俗，名物或是書籍的，其中比較特別的乃是一篇《日本之再認識》。這是一九四〇年值日本所謂建國二千六百年紀念，國際文化振興會於募集紀念文之外，又特別指名徵求，贈送藝術品為報酬，我於不受酬的條件之下，答應了這要求。那是很可笑的一篇東西，因為實在乃是抄襲《日本管窺》而成的，將其二的上半接品了其四的下半，結論仍舊是日本國民性不可解，歸結到宗教上去，換句話說即是感情超過理論，也就是沒有道理可講。這個結論我至今還是相信，戰後的新興宗教風起雲湧，固然是個證據，戰前的什麼大本教和天理教也更是興旺了，社會上橫行着右傾團體實在都是宗教的狂信者。我那篇文章本來是應教的八股，理應大加頌聖才對，但是不單是沒有做到，而且意在訕謗，情罪甚重，怕有什麼問題麼？可是想不到這卻是接收了，而且還承他們居然印了單行本，過了兩年卻在那《中國的思想問題》上發生了問題，觸怒了日本軍部的御用文人，於是軒然大波起來了。那個日本軍部的御用文人在答覆我的信中說，「此雖是甚失禮的說法，對於日本人之文章感受性幸勿予以過低的估價可也，」那麼那篇《再認識》的意義未始不覺察，只因是自己請求我寫的，不好翻過臉來，只好啞子吃黃連了，但是這回卻有不同，所以不禁暴跳如雷，高呼「掃蕩中國反動老作家」了吧。

那篇文章是我照例的鼓吹原始儒家思想的東西，但寫的時候卻別有一種動機，便是想阻止那時偽新民會的樹立中心思想，配合大東亞新秩序的叫嚷，本來這種驢鳴犬吠的運動，時至自會消滅，不值得去注意它，但在當時聽了覺得很是討厭，所以決意來加以打擊。文章起頭說：

「中國的思想問題，這是一個重大的問題，但是重大，卻並不嚴重。本人平常對於一切事不輕易樂觀，唯獨對於中國的思想問題卻頗為樂觀，覺得在這裏前途是很有希望的。中國近來思想界的確有點混亂，但這只是表面一時的現象，若是往遠處深處看去，中國人的思想本來是很健全的，有這樣的根本基礎在那裏，只要好好的培養下去，必能發生滋長，從這健全的思想上造成健全的國民出來。

「這個中國固有的思想是什麼呢？有人以為中國向來缺少中心思想，苦心的想給它新定一個出來，這事很難，當然不能成功，據我想也是可不必的，因為中國的中心思想本來存在，差不多幾千年來沒有什麼改變。簡單的一句話說，這就是儒家思想。」以下是我的照例的那一番話，引用孟子的「禹稷當平世，三過其門而不入」，和「五畝之宅，樹之以桑」這兩段，接下去是焦理堂在《易餘籥錄》裏的話：

「先君子嘗曰，人生不過飲食男女，非飲食無以生，非男女無以生生。唯我欲生，人亦欲生，我欲生生，人亦欲生生，孟子好色好貨之說盡之矣。不必屏去我之所生，我之所生生，但不可忘人之所生，人之所生生。循學《易》三十年，乃知先人此言聖人不易。」將這個意思提高上去，則屬於最高的道德，便是仁，放低了便屬於生物學之所謂求生意志，這原是人類所同，但是在聖經賢傳裏那樣明確表示的，如《禮記．禮運》中說過，「飲食男女，人之大欲存焉，死亡貧苦，人之大惡存焉」，那卻是中國所特有的了。為的貫徹求生意志，使得人己皆得生存，皆得幸福，這便是中國人的現實主義，可是若是生存受了威脅，那也就起來抵抗，這就要亂的一團糟了。大意就是如此，可是這激怒了敵人，因為這裏邊有些平穩的話在他看去是大不平穩，與大東亞建設的理想不能並立，非加以打倒不可。

我那篇文章由日本改造社《文藝雜誌》譯出登載，三十二年九月日本軍部領導的文學報國會在東京召開大東亞作家大會，第二分組會議席上有片岡鐵兵發表演說，題曰《掃蕩反動作家》，登在《文學報國》的第三號上，便是那文章所引起的反響，在我覺得是意外的成功，因為我當初的用意只是反對新民會的主張，卻沒有料到這樣大的收穫，至於敵人封我為

「反動老作家」或「殘餘敵人」，則更是十二分的光榮了。此案的全文經陶晶孫君譯出，登在三十三年五月出版的《雜誌》中，現在已經找不到，只能將摘抄下來的片岡演說詞錄下：

「余之議題雖為『中國文學之確立』，其實問題尚更狹隘，僅以中國和平地區內，基於渝方政權分立下之中國特殊情形，而有一特殊之文學敵人存在，不得不有對之展開鬥爭之提議。吾人若不先行注意中國之特殊情形，即難透視中國之動態，吾人對中國代表諸君協力大東亞戰爭之熱情與闡發大東亞建設理想之努力，自不勝敬仰。但余想像，中國諸君或者以為自己目前之地位，因中國特殊情形之故，尚不得不姑息種種殘餘敵人之存在。現在余在此指出之敵人，正是諸君所認為殘餘敵人之一，即目前正在和平地區內蠢動之反動的文壇老作家，而此敵人雖在和平地區之內，尚與諸君思想的熱情的文學活動相對立，而以有力的文學家資格站立於中國文壇。關於此人的姓名，余尚不願明言，總之彼常以極度消極的反動思想之表現與動作，對於諸君及吾人之思想表示敵對。諸君及吾人建設大東亞之理想，係一種嶄新之思想，亦即青年之思想，欲將東亞古老之傳統以新面目出現於今日歷史之中，確乎只有精神肉體兩俱沉浸於今日歷史中之青年創造意志，方能完成其困難工作。坦直言之，余年已五十，然而歷史巨浪之大東亞戰爭，與夫大東亞建設之思想，已使余返老還童矣。況諸君較余年輕，故余確信以諸君之憤怒，必將向彼嘲弄青年思想之老成精神予以轟炸，進擊。」又云：

「諸君之文學活動沿着新中國創造之線，然彼老大家則毫不考慮今日之中國呼吸於如何歷史之中，被置於如何世界情勢之下，唯其獨自隨意的魅力豐富的表現，暗嗤諸君，而於新中國之創造不作如何的努力。彼已為諸君與吾人前進之障礙，積極的妨害者，彼為在全東亞非破壞不可之妥協的偶像，彼不過為古的中國的超越的事大主義與第一次文學革命所獲得的西洋文學的精神之間的怪奇的混血兒而已。」

這個片岡鐵兵是什麼人呢？他本來是左派作家，後來與林房雄都「轉向」了，——一九三四年夏天我同徐耀辰君暑假時往東京，藤森成吉招待我們，見到秋田雨雀，神近市子，渡邊順三諸人，只有林房雄沒有到，打電話來說明天要進監獄去，所以不能來了，可見轉向還在這以後。轉向的人比平常人更為可怕，文人也不例外，後來林房雄派到華北來當什麼文化使節，便是來搞些特務工作，用喝酒挾妓的手段拉攏些人，想弄什麼華北特殊文化，但是沒有成功，住了半年便回去了。且說片岡雖是要掃蕩老作家，但是沒有說出姓名，胡蘭成第一個說明就是指我，為得查問清楚起見，乃寫信給文學報國會的總務局長久米正雄，要求說明，過了好久乃由片岡覆信承認，並言明所以主張要掃蕩的理由。原文很長，今只節錄第三段於下：

「請你想起在改造社文藝雜誌所登載的大作《中國的思想問題》中之一節，原文云，他們要求生存，他們生存的道德不想損人以利己，可是也不能聖人那樣損己以利人云云。這樣說起，講到亂的那一節話，當時鄙人在大東亞文學者大會中發表那篇演說，即有此文在鄙人胸中。只以此奉告，該文作者的先生當能立即覺到鄙人以何者為問題，為何者所戟刺矣。讀了《中國的思想》全文，熟讀上述之一節，假如不曾感覺在今日歷史中該文所演的腳色乃是『反動保守的』，則此輩只是眼光不能透徹紙背的讀者而已。鄙人感到，不應阻害中國人民的欲望之主張實即是對於為大東亞解放而鬥爭着的戰爭之消極的拒否，因此在去年九月大東亞文學者大會第二分組會議席上，作那樣的演說。假如中國人雖贊成大東亞之解放，而不願生存上之欲望被阻害，即中國人不分擔任何苦痛，以為即協力於大東亞戰爭，使此種思想成為一般的意思，則在此戰爭上中國之立場將何如乎。為中國人民所仰為指南之先生有此文章，其影響力為何如，鄙人念及為之然。不睹個人的生存之戰爭可能有乎？不犧牲個人之欲望而願贏得戰爭既不可能，然則先生此文無非將使拒否大東亞戰爭，或至少亦欲對於此戰爭出於旁觀地位之一部分中國人之態度予以傳統道德之基礎，而使之正當化耳。文章之批評不可為文章之表面所眩惑，雖是平穩的言詞，而在其底下流動之物必可感知其出於平穩之上，此雖是甚失禮的說法，對於日本人之文章感受性幸勿予以過低的估價可也。」

這個題目的文章，寫的非常的長了，內容也很無聊，所以應當適可而止了。但是事情雖是無聊，對於我卻是很嚴重的，試想潛伏和平地區（即是淪陷區），在那裏蠢動的殘餘敵人，那麼這樣的人該當何罪呢？連東京的文人都知道了，難道在北京的憲兵還不知道，怕不捉將官裏去，弄到了失了蹤。實在他們是這樣想的，當日本投降的時候，原特務機關的頭子森岡皋中將做華北綜合調查研究所的理事長，我當着副理事長，一天會議遣散所員的事，他看見我笑嘻嘻的問道：「周先生，沒有接到新的任命麼？」我也笑答道：「還沒有哩。」可是他們不曾動手掃蕩，這在我不能不說是萬分的僥倖了。

一八一　先母事略

民國三十二年(一九四三)這年在我是一個災禍很重的年頭，因為在那年裏我的母親故去了。我當時寫了一篇《先母事略》，同訃聞一起印發了，日前偶然找着底稿，想就把它拿來抄在這裏，可是無論怎麼也找不到了，所以只好起頭來寫，可能與原來那篇稍有些出入了吧。

先母姓魯，名瑞，會稽東北鄉的安橋頭人。父名希曾，是前清舉人，曾任戶部司員，早年告退家居，移家於皇甫莊，與范嘯風(著《越諺》的范寅)為鄰，先君伯宜公進學的時候，有一封賀信寫給介孚公，是范嘯風代筆的，底稿保存在我這裏，裏邊有「弟有三嬌，從此無白衣之客，君惟一愛，居然繼黃卷之兒」，是頗有參考價值的。先母共有兄弟五人，自己居第四，姊妹三人則為最小的，所以在母家被稱為小姑奶奶。先君進學的年代無可考了，唯希曾公於光緒十年甲申(一八八四)去世，所以可見這當更在其前。先母生於咸豐七年丁巳(一八五七)十一月十九日，卒於民國三十二年癸未(一九四三)四月二十二日，享年八十七歲。先母生子女五人，長樟壽，即樹人，次櫆壽，即作人，次端姑，次松壽，即建人，次椿壽。端姑未滿一歲即殤，先君最愛憐她，死後葬於龜山殯舍之外，親自題碑曰，周端姑之墓，周伯宜題，後來遷移合葬於逍遙村，此碑遂因此失落了。椿壽則於六歲時以肺炎殤，亦葬於龜山，其時距先君之喪不及二年，先母更特別悲悼，以椿壽亦為先君所愛，臨終時尚問「老四在哪裏」，時已夜晚乃從睡眠中喚起，帶到病牀裏邊。故先母亦復懷念不能忘，乃命我去找畫師葉雨香，托他畫一個小照，他憑空畫了個小孩，很是玉雪可愛，先母看了也覺中意，便去裱成一幅小中堂，掛在臥房裏，搬到北京來以後，也還是一直掛着，足足掛了四十五年。關於這事我在上面已曾寫過，見第十八章中，所以現在從略了。

先君生於咸豐十年庚申（一八六〇）十二月二十一日，卒於光緒二十二年丙申（一八九六）九月初六日，得年三十七，紹興所謂剛過了本壽。他是在哪一年結婚或是進學的都無可考，或者這在當時只用活字排印了二十部的《越城周氏支譜》上可能有紀載，但是我們房派下所有的一部卻給國民黨政府沒收了，往北京圖書館去查訪，也仍是沒有下落。先君本名鳳儀，進學時的名字是文郁，後來改名儀炳，又改用吉，這以後就遇着那官事，先君說，「這名字的確不好，便是說拆得周字不成周字了。」但他的號還是伯宜，因為他小名叫做「宜」，先母平時便叫他「宜老相公」，——查《越諺》卷中人類尊稱門中有老相公，注云有田產安享者，又佃戶亦常稱地主為收租老相公，意如是稱謂當必有所本，唯小時候也不便動問，所以這緣故終於不能明瞭。

先母性和易，但有時也很強毅。雖然家裏也很窘迫，但到底要比別房略為好些，以是有些為難的本家時常走來乞借，總肯予以通融周濟，可是遇見不講道理的人，卻也要堅強的反抗。清末天足運動興起，她就放了腳，本家中有不第文童，綽號「金魚」的頑固黨揚言曰，「某人放了大腳，要去嫁給外國鬼子了。」她聽到了這話，並不生氣去找金魚評理，卻只冷冷的說道：「可不是麼，那倒真是很難說的呀。」她晚年在北京常把這話告訴家裏人聽，所以有些人知道，我這事寫在《魯迅的故家》的一節裏，我的族叔冠五君見了加以補充道：

「魯老太太的放腳是和我的女人謝蕉蔭商量好一同放的。金魚在說了放腳是要嫁洋鬼子的話以外，還把她們稱為妖怪，金魚的老子也給她們兩人加了『南池大掃帚』的稱號，並責備藕琴公家教不嚴，藕琴公卻冷冷的說了一句，『我難道要管媳婦的腳麼？』這位老頑固碰了一鼻子的灰，就一聲不響的走了。所謂金魚的老子即故家裏五十四節所說的椒生，也就是冠五的先德藕琴公的老兄，大掃帚是罵女人的一種隱語，說她要敗家蕩產，像大掃帚掃地似的，南池乃是出產掃帚的地名。先母又嘗對她的媳婦們說：

「你們每逢生氣的時候，便不吃飯了，這怎麼行呢？這時候正需要多吃飯才好呢，我從前和你們爺爺吵架，便要多吃兩碗，這樣才有氣力說話呀。」這雖然一半是戲言，卻也可以看出她強健性格的一斑。

先君雖未曾研究所謂西學，而意見甚為通達，嘗謂先母曰，「我們有四個兒子，我想將來可以將一個往西洋去，一個往東洋去留學。」這個說話總之是在癸巳至丙申（一八九三至九六）之間，可以說是很有遠見了，那時人家子弟第一總是讀書趕考，希望做官，看看這個做不到，不得已而思其次，也是學幕做師爺，又其次是進錢店與當鋪，而普通的工商業不與焉，至於到外國去進學堂，更是沒有想到的事了。先君去世以後，兒子們要謀職業，先母便陸續讓他們出去，不但去進洋學堂，簡直搞那當兵的勾當，無怪族人們要冷笑這樣的說了，便是像我那樣六年間都不回家，她也毫不嗔怪。她雖是疼愛她的兒子，但也能夠堅忍，在什麼必要的時候。我還記得在魯迅去世的那時候，上海來電報通知我，等我去告訴她知道，我一時覺得沒有辦法，便往北平圖書館找宋紫佩，先告訴了他，要他一同前去。去了覺得不好就說，就那麼經過了好些工夫，這才把要說的話說了出來，看情形沒有什麼，兩個人才放了心。她卻說道：「我早有點料到了，你們兩個人同來，不像是尋常的事情，而且是那樣遲延儘管說些不要緊的話，愈加叫我猜着是為老大的事來的了。」對這一件與上文所說的「一幅畫」的事對照來看，她的性情的兩方面就可全然明瞭了。

先母不曾上過學，但是她能識字讀書。最初讀的也是些彈詞之類，我記得小時候有一個時期很佩服過左維明，便是從《天雨花》看來的，但是那裏寫他劍斬犯淫的侍女，卻是又覺得有了反感了，此外還有《再生緣》，不過看過了沒有留下什麼記憶。隨後看的是演義，大抵家裏有的都看，多少也曾新添一些，記得有大櫥裏藏着一部木版的《綠野仙蹤》，似乎有些不規矩的書也不是例外，至於《今古奇觀》和《古今奇聞》，那不用說了。我在庚子年以前還有科舉的時候，在「新試前」趕考場的書攤上買得一部《七劍十三俠》，她看了覺得喜歡，以後便搜尋它的續編以至三續，直到完結了才算完事。此後也看新出的章回體小說，民國以後的《廣陵潮》也是愛讀書之一，一冊一冊的隨出隨買，有些記得還是在北京所買得的。她只看白話的小說，雖然文言也可以看，如《三國演義》，但是不很喜歡，《聊齋志異》則沒有看過。晚年愛看報章，定上好幾種，看所登的社會新聞，往往和小說差不多，同時卻也愛看政治新聞，我去看她時輒談段祺瑞吳佩孚和張作霖怎麼樣，雖然所根據的不外報上的記載，但是好惡得當，所以議論都是得要領的。

先母的誕日是照舊曆計算的，每年在那一天，叫飯館辦一桌酒席給她送去，由她找幾個合適的人同吃，又叫兒子豐一照一張相，以作紀念。一九四二年十二月廿六日為先母八十六歲的生日，豐一於飯後為照相，及至曬好以後先母乃特別不喜歡，及明年去世，唯此相為最近所照，不得已遂放大用之於開吊時。一九四三年四月份日記云：

「廿二日晴，上午六時同信子往看母親，情形不佳，十一時回家。下午二時後又往看母親，漸近彌留，至五時半遂永眠矣。十八日見面時，重復云，這回永別了，不圖竟至於此，哀哉，唯今日病狀安謐，神識清明，安靜入滅，差可慰耳。九時回來。

「廿三日晴，上午九時後往西三條。下午七時大殮，致祭，九時回家。此次係由壽先生讓用壽材，代價九百元，得以了此大事，至可感也。

「廿四日晴，上午八時往西三條，九時靈柩出發，由宮門口出西四牌樓，進太平倉，至嘉興寺停靈，十一時到。下午接三，七時半頃回家，豐一暫留，因晚間放焰口也。」至五月二日開吊，以後就一直停在那裏，明年六月十九日乃下葬於西郊板井村之墓地。

本文是完了，但是這裏卻有一個附錄，這便是上文所說范嘯風替晴軒公寫的那封信，因為文章雖並不高明，內容卻有可供參考的地方，而且那種「黃傘格」的寫法將來也要沒有人懂得了，所以我把它照原樣的抄寫在這裏了。原題是「答內閣中書周福清（兩字偏右稍小）並賀其子入泮」：

忝依
玉樹，增葭末之榮光，昨奉
金緘，愧楮生之。玆者欣遇
令郎入泮，竊喜擇婿東牀，笑口歡騰，喜心傾寫。
恭維
介孚仁兄親家大人職勤視草，
恩遇賜羅，

雅居中翰之班，愛蓮名噪，秀看後英之茁，采藻聲傳。聞喜可知，馳賀靡似。弟自違粉署，遂隱稽山，蝸居不啻三遷，蠖屈已將廿載。所幸男婚女嫁，願了向平，任侍孫嬉，情娛垂晚。昔歲季女歸第，今茲快婿遊庠。弟有三嬌，從此無白衣之客，君惟一愛，居然繼黃卷之兒。不禁筆歌，用達絮語，

敬賀

鴻禧，順請

台安，諸維

亮察不莊。

姻愚弟魯希曾頓首。

一八二　監獄生活

到了一九四五年八月，日本終於無條件投降了，抗日戰爭得到勝利，凡是在敵偽時期做過事的人當然要受到處分，不過雖有這個覺悟，而難望能夠得到公平的處理，因為國民黨

政府的一個目的是在於「劫收」，並不是為別的事情。我這裏沒有其它寶貝，只有一塊刻着「聖清宗室盛昱」六字的田黃石章，和摩伐陀(Movado)牌的一隻鋼錶，一總才值七八百塊錢，也被那帶槍的特務所偷去，幸而他們不要破磚瓦，所以那塊鳳皇磚和永明磚硯總算留下了。這是那年十二月六日的事，他們把我帶到有名的炮局胡同的獄舍裏，到第二年五月才用飛機送往南京，共總十二個人，最初住在老虎橋首都監獄的忠舍，隨後又移至義舍，末了又移往東獨居，這是一人一小間，就覺得很是不錯了。這一直住到民國三十八年(一九四九)一月廿六日，那時南京政府已經坍台了，這才叫我們保釋出去，第三天到得上海，正是陰曆的除夕了。

在北京的炮局是歸中統的特務管理的，諸事要嚴格一點，各人編一個號碼，晚上要分房按號點呼，年過六十的云予優待，聚居東西大監，特許用火爐取暖，但煤須自己購備，吃飯六人一桌，本來有菜兩鉢，亦特予倍給。第二年五月移居南京之後，原是普通監獄，分出一部分作為看守所，都屬於司法部，便很有些舊時的風氣了。忠舍為看守所的一部，在西北的一角裏，東西相對各有五間房子，每房要住五個人，北面有一個小院子，關起門來倒也自成一個院落。住在裏面的人，安定下來就開始募款，記不清那數目了，大約是每月三四十萬吧，給他們做酬勞，——這叫做什麼好呢？凡是在忠舍當差的人，自看守以至副所長都有所得，據說只有所長沒有分潤，這是我聽說如此，詳細也不知道。我們沒有錢的也可以不出，反正忠舍的住民裏不缺少富翁，他們就負擔下來了，例如有一位乾癟的老頭子，年紀有七十多歲了，是盛宣懷的侄子，是統售鴉片煙的，上上下下都稱他為「老太爺」，便是一例。因為如此，忠舍的管理比較緩和，往來出入可以自由，煙酒什麼違禁物品也可輸入，所裏照例每月也有檢查，但是都是預先知道，由擔任「外役」的人先期收集了，隱藏在板屋的頂上，檢查完畢再一一歸還原主。當外役的都是那些短期拘禁的犯竊盜小罪的人，有一個姓沈的少年，卻很有工夫，嘗親自表演，將看守身邊的東西轉眼掏到手裏，有一回同了好些人上法院去，回來檢查的時候，向會計課領了錢出去的人找不到餘剩的錢，卻發現在這人的身上了，明知道偷了也是沒有用，但看見有好機會便忍不住要技癢了吧。不過這事也有例外，有個剃頭的卻是殺人犯，我曾屢次叫他理髮，問起他的事情，答說是因為鬥毆，與同行的兄弟兩人打架，兩面均拿着傢伙，結果是他打贏了，對方一死一傷，但是他卻吃了官司，初判死刑，後來改處有期徒刑。其人並不兇悍，所以將頭顱託付他，沒有覺得什麼不放心，可是叫殺人犯來剃頭，當初一聽卻是駭人聽聞的了。

在忠舍大約住有一年的樣子，起居雖然擠得很，卻還能做一點工作，我把一個餅乾洋鐵罐做台，上面放一片板當做小桌子，翻譯了一部英國勞斯(W. H. D. Rouse)所著的《希臘的神與英雄與人》，給了正中書局，沒有出版，解放後經我重新譯了，由文化生活社刊行，書名省作「希臘的神與英雄」了。此外又開始做些舊詩，就是我向來稱它做打油詩的，不過這時不再作那七言律詩了，都是些七言絕句和五言古詩，那是道地的外道詩，七絕是牛山志明和尚的一派，五古則是學寒山子的，不過似乎更是疲賴一點罷了。計共有忠舍雜詩二十首，往昔五續三十首，丙戌歲暮雜詩十一首，這裏除忠舍雜詩外都是五言古詩。丁亥（一九四七）七月移居東獨居，稍得閒靜，又得商人黃煥之出獄時送我的折疊炕桌，似乎條件盡夠用功了，可是成績不夠好，通計在那裏住了一年半，只看了一部段注《說文解字》，一部王友的《說文釋例》和《說文句讀》，其次則是寫詩，丁亥暑中雜詩三十首，兒童雜事詩七十二首，和集外的應酬和題畫詩共約一百首。《兒童雜事詩》為七言絕句，最初因讀英國利亞(Edward Lear)的詼諧詩，妙語天成，不可方物，略師其意，寫兒戲趁韻詩數章，迄不能就，唯留存三數首，衍為兒童生活及故事詩各二十四章，後又廣為三編，得七十二章焉。三十七年一年中不曾作詩，是年一月廿七日曾題詩稿之末云：

「寒暑多作詩，有似發寒熱。間歇現緊張，一冷復一熱。
轉眼寒冬來，已過大寒節。這回卻不算，無言對風雪。
中心有蘊藏，何能托筆舌。舊稿徒千言，一字不曾說。
時日既唐捐，紙墨亦可惜。據榻讀爾雅，寄心在蠓蠛。」

這時國民黨政府已近末期，獨居裏邊雖然報紙可以潛入，但是沒有人要留心這些，最受歡迎的乃是《觀察》週刊，它的戰爭通信真是犀利透徹，令人佩服。這一年裏所關心的便是時局的變化，盼望這種政府的趕快覆沒，雖然它大吹大擂的裝做勝利歸來的樣子，但人家看去終不像是真的政府，便是那在大行宮的法院，和峨冠博帶的法官，也總是做戲一般的予人以偽的感覺，這是很奇怪的也是實在的事情。即如它的最高法院對於我的申請判決，裏邊有這樣的一節話：

「次查申請人所著之《中國的思想問題》，考其內容原屬我國固有之中心思想，但聲請人身任偽職，與敵人立於同一陣線，主張全面和平，反對抗戰國策，此種論文雖難證明為貢獻敵人統治我國之意見，要亦係代表在敵人壓迫下偽政府所發之呼聲，自不能因日本文學報國會代表片岡鐵兵之反對而卸通敵叛國之罪責。」對於那篇《中國的思想問題》，可以看作「貢獻敵人統治我國之意見」，或是「代表在敵人壓迫下偽政府所發之呼聲」，這種武斷羅織的話是本國人的公正法官所應該說的麼？或者此乃是向來法官的口氣也未可知，那麼我只好以「作揖主義」對付之，說大人們這樣說一定是不錯的吧。

但是這個偽朝廷卻終於坍台了，倉皇解散一切的機關，我遂於民國三十八年一月廿六日離開了老虎橋，這也是很巧的，恰好正是寫那篇蠛蠓詩的一周年，我於當日口占了一首，題目是《擬題壁》，可是實在卻沒有題，只是記在心裏，到了二月八日這才把它記了下來。詩云：

「一千一百五十日，且作浮屠學閉關，
今日出門橋上望，菰蒲零落滿溪間。」

這是賦而比也的打油詩，缺少溫柔敦厚之致，那是沒有法子的，但是比較丙戌（一九四六）六月所做的一首「騎驢」的詩，乃是送給傅斯年的，卻是似乎還要好一點了。

一八三　在上海迎接解放

一月廿六日走出了老虎橋，在近地的馬驥良君家住宿一夜，可是剛吃過晚飯，馬君聽了友人的勸，忽然決定連夜趁車趕往上海去了，我遂獨自佔領他的大牀，酣眠了一夜。第二天午前尤君走來找我，乃於下午同了尤君父子乘公共汽車到了下關，那時南京城內已經很亂，當日又有國民黨的兵從浦口退下來，所以下關一帶更是混亂，很不好走路。當時有一位老者同行，蘇州人姓王，也是從老虎橋出來的，不曉得怎麼樣與一個兵相撞了，那兵便其勢洶洶的喝問，「你是什麼人？」王君倉猝答應道，「我是老百姓。」這句話對答得恰好，而且形貌衰老也正相配合，所以幸得免於毆辱，實在是很運氣的了。

進了車站，看見有一列車輛停在那裏，就擁了上去，那時車上已擠滿了人，我因了尤君父子的幫助，從車窗上進去了，得到一個坐處，尤君父子卻只能站着，後來在過道上放下包裹，也就坐下了。這車大約是下午四五點鐘開行的，到了第二天傍晚這才到上海的北站，足足走了二十四小時，奇怪的是車裏的人在這一晝夜間一動也不動，實在也是不能動，既不要小便，並且不覺得饑渴，車上固無從得水，麵包卻是帶着的，並不想到吃，就只是傻子似的坐着，冬天黑暗的很早，車上沒有電燈，也就只是張着眼在暗中坐着。我不曾有過逃難的經驗，但是這兩天裏異常緊張與窘迫的情形，可以說是經驗到一點，後來想起深深感到奇異，所可異的不單是我個人，乃是全列車的人都會忘記飲食便利，毫無怨言的擔受着那苦難。途中有過人來收票，這一件事稍為作為點綴，表明是在坐火車旅行，可是沒有人拿出錢來，都說是什麼部什麼機關的關係，疏散到別處去的，只是口頭一句話，並不拿出什麼證件來，收票的人也沒有要了來看，就這樣的算了。付錢買票的一總不過十個人吧，我同尤君父子依照法定價格一總付了一百多元，但是拿到補的車票來一看，卻是一個人只要十多塊錢，這是什麼理由，大概也不難理解，這裏也無須詞費來加以說明了。

到了車站，我們坐了兩人乘坐的三輪車，走到北四川路橫浜橋的福德里，已經是暮色蒼然了，這時我才感覺口渴和想要小便，這其間卻已經過了二十四小時以上了。尤老太太忙着張羅招待客人，一面也佈置祀神的事情，這時我又才知道今日已是陰曆的戊子年的除夕了。從這一天起我就成為尤君府上的食客，白吃白住，有一百九十八天，直到八月十五日這才回到北京來的。其時北京早已解放了，現在我所要說的便是在上海遇到解放的事情。其實這也沒有什麼可說的，因為蟄居橫浜橋頭小樓上，見聞不廣，沒有遇到特別事情，但是有些看到的貟瑣社會事項，頗有意思，這裏所記的無非就是這些罷了。

當時在上海的人所最關心的，並不是戰局的如何，因為國民黨的坍台反正是註定的了，而且覺得愈早愈好，其感覺頂傷腦筋的乃是鈔票和銀元的每天的漲落。其實漲的是銀元，落的是鈔票，這乃是一定的，它卻不是一天一變，實在是時刻在變動，所以是生活上極大的威脅，需要隨時警惕着，沒有一刻的安靜。據説有人去喝酒，剛喝了第一碗，及至再要時卻已漲了價了，這決不是什麼假作的話。尤君每天出門去，早上換了錢，等得中午回來時，兑換率已經增高許多了，輒高呼損失不置，及至午後出去，到傍晚回家的時候，又是如此，雖然覺得好笑，可是事實是如此，時時刻刻在吃着虧。那時通行的銀元除鷹洋和站人的已經少見外，計有龍洋，大頭和小頭這三種。大頭也稱作袁頭，是民國初年所鑄，上邊是袁世凱的像，還有一種是孫中山像的，但是做的稍差，頭髮式樣有似小孩的樣子，而且似乎銀子的成色也要差一點，實在顯得要貧弱一點，所以就類推的被叫作小頭了。價格以大頭為最高，小頭要略為差些，大約和龍洋相去不遠。我從那年四月裏才重新寫起日記，也不注意這些事，沒有詳細的記錄，但是買東西的價錢去看，也可以知道一二。四月十日記着托紀生買龍井半斤，四萬三千元，合銀洋七角強，可知那時一塊銀元和金圓券的兑換率大概是六萬。可是在四月二十日換袁頭一元計四十一萬，廿八日又換則是一百五十萬，五月四日三百七十萬，十日換龍洋為三百八十萬，十六日換小頭則已是六百五十萬了。同時還有幾項記載，也有比較研究的價值，今匯錄於下：五月十七日買龍井四兩，二百萬。四月十六日買紹興酒一瓶約三斤，二萬八千，二十日又買兩瓶十二萬四千。四月二十日理髮，計五萬五千元，五月十五日理髮一百萬。五月五日寄平信計十六萬，航空四十萬，至廿八日雖已解放，郵資新率未定，仍照金圓券一百二十萬付給。至五月三十一日，買空白摺扇一柄，價五百萬元，這乃是使用金圓券最後的一回了吧。

那裏卻也記着些好玩的事情，如四月五日上午古魯夫婦來，邀遊城隍廟，平白紀生同行，途遇亢德亦同去，在裏園茶點，六時始回寓，買竹背骨牌一副八千元，古魯所付。後來就常用這骨牌，於那小樓上在四周暴風雨中，玩那古來傳下來的「打五關」的遊戲。又有一回是五月四日，同紀生至巷口小店福德香的樓上吃餛飩，共八十萬元，那一天袁頭的行市是三百七十萬，那麼也只是銀洋兩角多罷了。關於打仗的事情日記裏沒有什麼記載，只有這幾項：

「十三日陰。徹夜遙聞炮聲。」

「十七日陰。下午付本里巷口做鐵門費，大頭一枚，又代紀生付出一枚。」為的是怕潰兵亂入，所以各巷都議做鐵門，每戶出現洋一枚，我與紀生都算作一戶，但是出了錢之後只有一個星期，就整個上海都解放了，鐵門也不見一點影子，大約這些大頭就為所謂保長之流所笑納了吧。鐵門雖然未做，可是招集巷內居民守夜，廿三日大雨夜七至九時本是我的班次，卻由尤君穿了雨衣替我去了。

「廿五日晴，上午北四川路戒嚴，裏門亦關閉。滬西其時已解放，近地尚有市街戰云。」

「廿六日陰。下午路上已可通行，雖槍聲陸續未斷，如放爆竹。夜大雨，平白往應夜警，地方上頗有訛言，卻並無事。」國民黨兵其實是隨處皆有，福德里中就有一個，只是他看見形勢日非，早已退歸林下，所以這時就換了一身小褂，站在木柵欄門裏面，以老百姓的身份在看着熱鬧，大家也就不計較了。

上海一經解放，人心立即安定下來，我就打算等交通恢復，想回北京去了。其時國民黨軍隊還佔據着舟山，時常有飛機來滬騷擾，日記上云：

「六月廿一日晴。連日國民黨飛機來滬轟炸，可謂風狂行動，上海人卻處之泰然，亦很好。」

「廿九日陰，午匪機又來擾頗久。」這種情形大概還暫時繼續着，直到舟山解放，這魔手才永遠和中國大陸脱離了。

我自從老虎橋出來後，沒有寫過一首舊詩，所以或者可以説這是絕筆於那篇《擬題壁》了吧。但是在上海卻也曾做過五言絕句，那是應酬人的題花鳥畫的詩，純粹是模仿八股文截搭題的做法的，有些沒有法子搭上，便只得不題，乃是三月十九日所作。現在抄錄幾首在這裏，以留紀念。

應是春常在，花開滿藥欄。白頭相對坐，渾似霧中看。（一，月季花白頭翁）
花好在一時，富貴那可恃。且聽荒雞鳴，撫劍中宵起。（二，牡丹雞）
寒華正自榮，家禽相對語，似告三徑翁，如何不歸去。（三，野菊雞）
木蘭發白華，黃鳥如團絮，相將送春歸，惆悵不得語。（四，木蘭芙蓉鳥）

一八四　我的工作一

民國三十八年（一九四九）八月五日與尤君約定同行赴北京，九日上午五時半至虬江路候買火車票，不得，八時半回來，因買票人眾多，須先一日往候方可。十日下午八時後同平白至虬江路，候編號後回來，由平白派其長子徹夜守候。十一日上午五時往虬江路，候蓋戳又編新號，八時頃先回，九時半又去憑編號並照相，買北平二等票，計三萬六百廿元，取得收據，回家已十時半。十二日上午寄存行李二件，五十一公斤，運費一萬九千餘元。下午二時出發，五點五十分火車開行，各有坐位。十三日上午九時後至安徽嘉山縣，因有飛機警報，停車直至下午四時始行。十四日下午八時至天津，十一時半到北京。那時因為秩序恢復不久，旅行所以還有些困難，但是拿去與那回逃難的火車相比，真是不可同年而語了。

既然平安的到了北京，安靜的住了下來，於是我要來認真的考慮我所能做的工作了。

我過去雖然是教書的，不過那乃是我的職業，換句話説乃是拿錢吃飯的方便，其實教書不是我的能力所及的。那麼估量自己的力量，到底可以幹些什麼工作呢？想來想去，勉強的説還是翻譯吧，不過這裏也有限度，我所覺得喜歡也願意譯的，是古希臘和日本的有些作品。我的外文知識很是有限，哲學或史詩等大部頭的書不敢輕易染指，不能擔當重任，過去也沒有機會可以把翻譯的工作當做職業，所以兩者只好分開了。這回到北京以後，承黨的照顧讓我去搞那兩樣翻譯，實在是過去多年一直求之不得的事情。我弄古希臘的東西，最早是那一冊《希臘擬曲》，還是在一九三二年譯成，第二年由商務印書館出版的。第二種乃是《希臘女詩人薩波》，一九四九年編譯好了，經上海出版公司印行了三千冊，就絕版了。這乃是一種以介紹薩波遺詩為主的評傳，因為她的詩被古來基督教的皇帝所禁止焚毁，後人採集佚文止存八十章左右，還多是一句兩句，要想單獨譯述，只有十多頁罷了，在這評傳裏卻幾乎收容了她全部遺詩，所以這本小冊子可以説是介紹她的詩與人的。我對於這書覺得很是滿意，當時序言裏説得很清楚，今抄錄於後：

「介紹希臘女詩人薩波到中國來的心願，我是懷的很久了。最初得到一九〇八年英國華耳敦(Wharton)編的《薩波詩集》，我很喜歡，寫過一篇古文的《希臘女詩人》，發表在紹興的劉大白主編的《禹域日報》上邊。這還是民國初年的事，荏苒三十年，華耳敦的書已經古舊了，另外得到一冊一九二六年海恩斯(Haines)編的集子，加入了好些近年在埃及地方發現，新整理出來的斷片，比較更為完善。可是事實上還是沒有辦法，外國詩不知道怎麼譯好，希臘語之美也不能怎麼有理解，何況傳達，此其一。許多半句幾個字的斷片，照譯殊無意義，即使硬把全部寫了出來，一總只有寥寥幾頁，訂不成一本小冊子，此其二。末了又搜求到了一九三二年韋格耳(Arthur Weigall)的《勒斯婆思的薩波(Sappho of Lesbos)，她的生活與其時代》，這才發見了一種介紹的新方法。他是英國人，曾任埃及政府古物總檢查官，著書甚多，有《法老史》三冊，《埃及王亞革那頓，女王克勒阿帕忒拉，羅馬皇帝宜祿各人之生活與其時代》，關於希臘者只此一書。這是一種新式的傳記，特別也因為薩波的資料太少的緣故吧，很致力於時代環境的描寫，大概要佔十分之八九，但是借了這做底子，他把薩波遺詩之稍成片段的差不多都安插在裏面，可以說是傳記中兼附有詩集，這是很妙的辦法。一九一二年帕忒列克(Patrick)女士的《薩波與勒斯婆思島》也有這個意思，可是她真的把詩另附在後面，本文也寫得很簡單，所以我從前雖然也覺得可喜，卻不曾想要翻譯它。近來閱韋格耳書，摘譯了其中六章，把薩波的生活大概都說及了，遺詩也十九收羅在內，聊以了我多年的心願，可以算是一件愉快的事。有些講風土及衣食住的地方，或者有人覺得繁瑣，這小毛病當然也可以說是有的，但於知人論世上面大概亦不無用處，我常想假如有人來做一部杜少陵或是陸放翁的新式傳記，不知他能否在這些方面有同樣的敘述，使我們知道唐宋人日常的飲食起居，可以推想我們的詩人家居的情狀，在我覺得這是非常可以感謝的。所有這些問題都是原著者的事，可以說是於我無干，我的工作是在本文以外，即是附錄中的那些薩波的原詩譯文，一一校對海恩斯本的原文，用了學究的態度抄錄出來，只是粗拙的達旨，成績不好，但在我卻是十分想用力的。既無詩形，也少詩味，未必值得讀，但是介紹在《詩經》時代的女詩人的詩到中國來，這件事還是值得做的。古典文學即是世界文學的一部分，我們中國應當也取得一份，只是擔負的力氣太小，所以也分得太少罷了。一九四九年八月二日，在上海。」

這篇序文是在橫浜橋頭的亭子間裏所寫，書編成後將原稿託付康嗣群君，經他轉交給上海出板公司，後來鄭西諦君知道了，他竭力慫恿公司的老闆付印，並且將它收入他所主編的文藝復興叢書裏邊。古來有句話，索解人難得，若是西諦可以算是一個解人，但是現在可是已經不可再得了。

一八五　我的工作二

我回到北京以後，所做的第二件事乃是重譯英國勞斯的《希臘的神與英雄與人》。我這所謂重譯，實在乃是第二次翻譯，綜計我的翻譯工作這樣重譯的共總有兩種，其它一種乃是希臘人所著的希臘神話，與這是屬於同類的，這雖然全是出於偶然，但也可見我與希臘神話的緣份是怎樣的深了。這部書的原著者是英國人，照我的計劃是並不在我的翻譯範圍以內，但是它是關於希臘神話的，而且他的人與文章更使我覺得愛好，所以決心要譯它出來。他是有名的古典學者，是勒布古典叢書的編者之一人，自己譯注有農諾斯(Nonnos)的《狄俄女西阿卡》(*Dionysiaka*)三冊，又通現代希臘語，譯有小說集名曰《在希臘諸島》。他的文章據他小序裏說，是這樣來的：

「這些故事是講給十歲至十二歲的小孩聽過的，因了這些小孩們的批評，意識的或非意識的，都曾得到了許多益處。

「這故事講來像是一個連結的整篇的各部分，正如希臘人所想的那麼樣，雖然各人一定的知道他的地方的傳說最是清楚。末了的世系亦於參考上可以有用。這大抵是從赫西俄多斯來的，可是我所利用的古作家，乃是上自荷馬，下至農諾斯。假如我有時候在對話中採用我的想像，那麼荷馬和農諾斯他們也是如此的。」我於書的末尾加上一個附錄，在譯後附記的第五節「關於本書」，有這幾句話：

「這本書因為翻譯過兩遍，所以可以說弄得很有點清楚了。它的好處我可以簡單的舉出兩點來。其一是詼諧。基督教國人講異教的故事，意識的或非意識的表示不敬，以滑稽的形式表現出來，原是可以有的，加上英國人的喜歡幽默，似乎不能算是什麼特別，但是這裏卻有些不同。如四十二節戰神打仗中所說，希臘詩人常對神們開一點玩笑，但他們是一個和氣的種族，也都能好意的接受了。這本是希臘的老百姓的態度，因為自己是如此，所以以為神們也是一樣。著者的友誼的玩笑乃是根據這種人民的詩人的精神和手法而來，自然與清教徒的紳士不是一樣的。其二是簡單。簡單是文章最高的標準，可是很不容易做到。這書裏講有些故事卻能夠達到幾分，說得大一點這是學得史詩的手法，其實民間文學的佳作裏也都是有的。例如第四十四節愛與心的故事，內容頗是複雜，卻那麼剪裁下來，粗枝大葉的卻又疏勁有致，是很不容易的事。又如關於特洛亞的十年戰爭，說起來着實頭緒紛煩，現在只用不和神女的金果等三節就把它結束了，而且所挑選的又是那幾個特別好玩的場面，木馬一段也拋棄了，這種本事實在可以佩服。總之在英美人所做的希臘神話故事書中這一冊實是最好的，理由有如在序文中所說，原著者是深悉神話與希臘兩方面的人，故勝過一般的文學者也。

一九四九年十一月一日，在北京記。」

全書約可十五萬字，譯稿自九月十三日起手，至十月廿七日譯成，凡四十五日，其中還有十天休息，可以算是很快了。譯好後仍舊寄給康君，由他轉給文化生活出版社刊行，承李芾甘君賞識，親予校勘，這是很可感謝的。本書的運氣總算要比《希臘女詩人》好得多了，它出過好幾版，銷行總在萬冊以上，這在以前是很不容易達到的。古人有句話，敝帚千金，我雖然沒有這種脾氣，可是對於此書卻不免有這樣感情。我因為以不知為不知，對於文學什麼早已關了門，但是也有知之為知之，這仍舊留着小門不曾關閉，如關於神話是也。所以對於神話什麼的問題，仍然是有些主張發表，在原書出版的第二年即民國廿四年，我寫一篇介紹的文章，裏邊發牢騷說：

可喜別國的小孩子有好書讀，我們獨無。這大約是不可免的。中國是無論如何喜歡讀經的國度，神話這種不經的東西自然不在可讀之列。還有，中國總是喜歡文以載道的。希臘與日本的神話縱然美妙，若論其意義則其一多是儀式的說明，其它又滿是政治的色味，當然沒有意思，這要當作故事聽，又要講的寫的好，而在中國卻偏偏都是少有人理會的。」現今已是差不多三十年後，情形當然改變了許多了，但是我卻還覺得它印得少，不大有人知道，雖然它的譯文也有缺點，如在譯本序中所說，文句生硬，字義艱深，小學生不容易自己讀懂，這是最大的毛病，有人介紹原書，說自八歲至八十歲的兒童讀了當無不喜歡，我這譯本只好請八十以內的小孩讀了，再去講給八歲以上的小孩聽去吧。寫到這裏，自己不禁苦笑了，再過一兩年真要到八十了，卻還是那樣的喜愛「小人書」，可不是也正是八十歲的小孩，如著者所說，「我常看見小孩們很像那猴子，就只差一條尾巴」麼?

一八六　我的工作 三

一九五〇年一月承蒙出版總署署長葉聖陶君和秘書金燦然君的過訪，葉君是本來認識的，他這回是來叫我翻譯書，沒有說定什麼書，就是說譯希臘文罷了。過了幾天鄭西諦君替我從中法大學圖書館借來一冊《伊索寓言》，差人送了來，那是希臘文和法文譯本，我便根據了這個翻譯。這就是我給公家譯書的開始。就只可惜在北京找參考書不夠容易，想找別的本子參校一下，或者需用插圖，都無法尋找，就是再版時要用原書覆校一回，卻已無從查訪，因為中法大學的書不知道歸在哪一個圖書館裏了。因此即使明知道那裏有些排錯的地方，卻也無法加以訂正，其實《伊索寓言》的原本在西洋大概是很普通的，很容易得到，不過在我們個人的手頭是沒有罷了。這本商伯利(Chambry)本的《伊索寓言》共計三百五十八則，自三月十三日起至五月八日止，共計兩個月弱，譯的不算怎麼仔細，但是加有注釋六十四條，可以說是還可滿意的。伊索原名埃索坡斯(Aisopos)，由於西洋人向來是用羅馬人的拼法，用拉丁字拼希臘文的Ai照例是Ae，又經英國人去讀便一變而為「伊」了，又略掉語尾，所以成為「伊索」。這個譯名大概起於清光緒年間，林琴南初次譯《伊索寓言》的時候，但在這以前卻已有過《意拾蒙引》，於一八四〇年頃在廣東出版，更早則一六二六年也有此書在西安出版，是意大利人金尼閣口述的，書名曰「況義」，共二十二則，跋言況之為言比也，那麼也就是比喻之意。譯本的《關於伊索寓言》裏我有幾句話道：

「《伊索寓言》向來一直被認為啟蒙用書，以為這裏故事簡單有趣，教訓切實有用，其實這是不對的，於兒童相宜的自是一般動物故事，並不一定要是寓言，而寓言中的教訓反是累贅，說一句殺風景的話，所說的多是奴隸的道德，更是不足為訓。」即如譯本中第一百十八則《宙斯與羞恥》，乃以男娼(Pornos)為題材，更不是蒙養的適當材料了。不過話又得說回來，如下文所說：

「現在《伊索寓言》對於我們乃是世界的古典文學遺產之一，這與印度的本生故事相並，我們從這裏可以看到古來的動物故事，像一切民間文藝一樣，經了時代的淘汰而留存下來，又在所含的教訓上可以想見那時苦辛的人生的影子，也是一種很有價值的寶貴的資料。」希臘的動物故事既然集中於伊索的名下而得到結集了，印度的故事要比希臘更為豐富，因為多數利用為本生談，收在佛經裏邊，中國也早已譯出了，就只差來一番編整工作，輯成一大冊子，不過此乃是別一種勝業，我只能插嘴一句，不是我的事情了。

我譯了《伊索寓言》之後，再開始來重譯《希臘神話》。那即是我在一九三七年的時候為文化基金編譯委員會所譯的，本文四卷已經譯出，後來該會遷至香港，注釋尚未譯全，原稿也就不見了，這回所以又是從頭譯起，計以一年的工夫做成，本文同注各佔十萬字以上。這乃是希臘人阿波羅多洛斯(Apollodorus)所著，原書名叫「書庫」(Bibliotheka)，據英國人賴忒(F. A. Wright)的《希臘晚世文學史》卷二上說：

「第四種書，也是著作年代與人物不很確實的，是阿波羅多洛斯的《書庫》，希臘神話與英雄傳說的一種綱要，從書冊中集出，用平常自然的文體所寫。福都思主教在九世紀時著作，以為此書著者是雅典文法家，生存於公元前百四十年頃，曾著一書曰『諸神論』，但這已證明非是，我們從文體上考察大抵可以認定是公元一世紀時的作品。在一八八五年以前我們所有的只是這七卷書中之三卷，但在那一年有人從羅馬的梵諦岡圖書館裏得到全書的一種節本，便將這個暫去補足了那缺陷。卷一的首六章是諸神世系，以後分了家系敘述下去，在卷二第十四章中我們遇到雅典諸王，忒修斯在內，隨後到貝羅普斯一系。我們見到特洛亞戰爭前的各事件，戰爭與其結局，希臘各主帥的回家，末後是俄底修斯的漂流。這些都很簡易但也頗詳細的寫出，如有人想要得點希臘神話的知識，很可以勸他不必去管那些現代的參考書，最好還是一讀阿波羅多洛斯，有那弗來則勳爵的上好譯本。」

我所根據的原文便是《勒布古典叢書》本，裏邊不但附弗來則的上好譯文，還有很有用的但或者可以看作很繁瑣的注解，這所以使得我的注釋有本文一樣的長，也使得讀者或編輯者見了要皺眉頭的。我在前清丁未（一九〇七）年間將《紅星佚史》譯稿賣給商務印書館的時候，就受過一回教訓，辛辛苦苦的編了希臘埃及的神話的注釋附在後邊，及至出版時卻完全刪掉了。我有那時候的經驗，知道編輯的人是討厭注釋的，這回卻因為原有的注太可佩服了，所以擇要保留了許多，而且必要處自己也添了些進去，雖然我看是必要，然而人家看了總是尾大不掉，非得割去不可了。幸而本書還沒有出世，還不知道情形如何。

弗來則在引言上論阿波羅多洛斯的缺點說得很好，這兩點在他實在乃是二而一的，他說：

「《書庫》可以說是希臘神話及英雄傳說的一種梗概，敘述平易不加修飾，以文藝上所說的為依據，作者並不說採用口頭傳說，在證據上及事實的可能上也可以相信他並不採用，這種幾乎可以確說他是完全根據書卷的了。但是他選用最好的出處，忠實的遵從原典，只是照樣紀述，差不多沒有敢想要說明或調解原來的那些不一致或矛盾。因此他的書保存着文獻的價值，當作一個精密的記載，可以考見一般希臘人對於世界及本族的起源與古史之信念。作者所有的缺點在一方面卻變成他的長處，去辨成他手裏的這件工作。他不是哲學家，也不是詞章家，所以他編這本書時既不至於因了他學說的關係想要改竄材料，也不會為了文章的作用想要加以藻飾。他是一個平凡的人，他接受本國的傳說，簡直照着字面相信過去，顯然別無什麼疑慮。許多不一致與矛盾他都坦然的敘述，其中只有兩回他曾表示意見，對於不同的說法有所選擇。長庚星的女兒們(Hesperides)的果，他說，並不在呂比亞，如人們所想，卻是在遠北，從北風那邊來的人們的國裏，但是關於這奇怪的果子和看守果子的百頭龍的存在，他似乎還沒有什麼懷疑。」所以他總結的說：「阿波羅多洛斯的《書庫》乃是一個平常人的單調的編著，他重述故事，沒有一點想像的筆觸，沒有一片熱情的光耀，這些神話傳說在古代時候都曾引起希臘詩歌之不朽的篇章，希臘美術之富美的製作來過的。但是我們總還該感謝他，因為他給我們從古代文學的破船裏保留下好些零星的東西，這假如沒有他的卑微的工作，也將同了許多金寶早已無可挽救的沉到過去的不測的大洋裏去了。」

還有一點，雖然沒有表明什麼，他可是一個愛國者。他所搜集的神話傳說很是廣泛，但是限於希臘，其出於羅馬文人之創造者，雖然沒有說可是不曾採用，保持希臘神話的純粹，這一點是不錯的。我們希望有一冊希臘人自己編的神話書，這部《書庫》可以算是夠得上理想的了。有那理解神話的人再來寫一冊給小孩們看的，如今有了勞斯的書，也可以充數了。我很高興能夠一再翻譯了完成我的心願，至於神話學的研究，那種繁瑣而不通俗的東西，反正世間不歡迎，那麼就可以省事不去弄它吧。

出版總署因為自己不辦出板，一九五一年將翻譯的事移交開明書局去辦，所以這《希臘神話》的譯稿於完成後便交給開明的。六月以後我應開明書店的提示，動手譯希羅多德的《史記》，可是沒有原典，只得從圖書館去借勒布叢書本來應用，到了第二年的一月，開明通知因為改變營業方針，將專門出青年用書，所以希羅多德的翻譯用不着了，計譯至第二卷九十八節遂中止了。

一八七　我的工作 四

一九五二年「三反運動」已經過去，社會逐漸安定下來，我又繼續搞翻譯工作了。在這困難的期間，我將國民黨所搶剩的書物「約斤」賣了好些，又抽空寫了那兩本《魯迅的故家》等，不過那不是翻譯，所以可無需細說了。自此以後我的工作是在人民文學出版社，首先是幫助翻譯希臘的悲劇和喜劇，這是極重要也是極艱巨的工作，卻由我來分擔一部分，可以說是光榮，但也是一種慚愧，覺得自己實在是「沒有鳥類的鄉村裏的蝙蝠」。我所分得的悲劇是歐里庇得斯(Euripides)的一部，他共總有十八個劇本流傳下來，裏邊有十三個是我譯的，現今都已出版，收在《歐里庇得斯悲劇集》三冊的裏邊。希臘悲劇差不多都取材於神話，因此我在這裏又得複習希臘神話的機會，這於我是不無興趣與利益的。這十三部悲劇的本事有五種是根據特洛亞戰爭，兩種是講阿伽曼農王的兒子報仇，就是這戰事的後日談，可以說是特別多了，兩篇是關於赫剌克勒斯的，兩篇是關於「七雄攻忒拜」的，這些都是普通的神話。其中有一篇最是特別，這名為《伊翁》，是篇悲劇而內容卻是後來的喜劇，又一篇名為《圓目巨人》(*Kyklops*)，乃是僅存的「羊人劇」，在三個悲劇演完的時候所演出的一種笑劇，這是十分希有而可貴的。

《伊翁》(*Ion*)是說明一個民族起源的傳說，這個族叫作伊翁族(Iones)，是希臘文化的先進者，據說他們的始祖即是伊翁，是阿波隆的一個兒子。他的母親是雅典古王的女兒，名叫克瑞烏薩(Kreusa，意思即是王女，所以這也就是等於沒有名字)，生下來時就被「棄置」了，可是被阿波隆廟裏的女祭師所收養，長大了即成為廟裏的神僕。克瑞烏薩後來嫁了斯巴達的一個君長克蘇托斯，因為沒有子息，同來阿波隆廟裏來求神示。阿波隆告訴他，在他從廟裏出來的時候遇着的那人，就是他的兒子，於是他遇着了伊翁，這樣就承認他是自己的兒子，因為在少年時他有過荒唐的事情，曾經侵犯過一個女子，所以他也相信了，認為這乃是她所生的。克瑞烏薩知道了卻生了氣，又很是妒忌，想用毒藥害死伊翁，被破獲了，事很是危急的時候，那女祭師忽然趕到了，她拿了伊翁被棄置時所穿的衣飾，這才證明他原來乃是克瑞烏薩的兒子，又經雅典娜空中出現，證明一切乃是阿波隆的計策，這個戲劇以故事論實在平凡得很，但是它有幾種特別的地方，很可注意。其一，希臘神話中別處沒有伊翁的記載，這只在歐里庇得斯劇中保存下來。其二，歐里庇得斯在戲劇中對於神們常表示不敬，這是他特有的作風，在本劇中即說阿波隆不負責任的搞戀愛，後來又弄手段將伊翁推給克蘇托斯，末後雅典娜對克瑞烏薩說：

「所以現在不要說，這孩子是你生的，那麼克蘇托斯可以高興的保有着那想像，夫人，你也可以實在的享受着幸福。」

這裏說的很是可笑，因為這裏不但乩示說假話，而且愚弄克蘇托斯，也缺少聰明正直的作風，無怪英國穆雷(G. Murray)說這劇本是挖苦神們的了。其三，這篇故事團圓結末，與普通悲劇不一樣，卻很有後來興起的喜劇的意味。羅念生在《歐里庇得斯悲劇集》序文裏說：

「《伊翁》寫一個棄兒的故事，劇情的熱鬧，棄兒的證物以及最後的大團圓，為後來的世態喜劇所摹仿。與其說古希臘的『新喜劇』（世態喜劇）來自阿里斯托芬的『舊喜劇』（政治諷刺劇），無寧說來自歐里庇得斯的新型悲劇。所以歐里庇得斯對於戲劇發展的貢獻，一方面是創出了悲喜劇，另一方面是為新喜劇鋪好了道路。」

伊翁這個字是由伊翁族引伸過來的，它只把複數變成單數，所以便成為伊翁了。他本來是神的僕人，屬於奴隸一類，本無法定的名字，在未遇見克蘇托斯給他定名之先，原是不該叫作伊翁的。這個名字的意義，是根據從廟裏「出去」（exion）時遇見的神示而取的，很顯明的是由於文字的附會，但因了這件故事給新喜劇奠了基礎，卻是很有意思的事，從此被棄置的小孩終於復得，被遺棄的女郎終於成婚，戲曲小說乃大見熱鬧，這個影響一直流傳下來，到了相當近代。

《圓目巨人》是荷馬史詩中有名的一個故事，見於《俄底賽亞》卷九中，俄底修斯自述航海中所遇患難之一。這名字的意思是圓眼睛，但是一隻眼睛而不是兩隻，所以是一種怪物，他養有許多羊，卻是喜吃人肉，俄底修斯一行人落在他的手中，被吃了幾個，可是俄底修斯用酒灌醉了他，拿木樁燒紅刺瞎了他的獨眼，逃了出來。這劇裏便敘這件事，但是卻拿一班羊人來做歌隊，故名為羊人劇（Satyros）。羊人本為希臘神話上的小神，與酒神狄俄倪索斯的崇拜有關，是代表自然的繁殖力的，相傳他們是赫耳墨斯的兒子，大概因為他的職司之一是牧羊的緣故吧。羊人的形狀是毛髮蒙茸，鼻圓略微上軒，耳朵上尖，有點像獸類，額上露出小角，後有尾巴像是馬或是山羊，大腿以下有毛，腳也全是羊蹄，與潘（Pan）相似。

他們喜歡快樂，愛喝酒，跳舞奏樂，或是睡覺，這些都和他們的首領塞勒諾斯(Seilenos)相像，只是更為懶惰懦弱罷了。他常隨從着酒神，一說他曾撫養教育過酒神，或又說他是羊人的父親。劇中便由他率領着一群羊人，出去救助酒神，因為有一班海盜綁架酒神想把他賣到外國去當奴隸，卻遇風飄到荒島，為圓目巨人所捕，給他服役。這是劇中所以有羊人出現的原因，而本劇就借他們來當歌隊，一群小丑似的腳色帶着一個副淨做首領，打諢插科，僅夠使劇中增加活氣，至於所以必要有羊人出現，則別有緣因在那裏。這是原始戲劇的一種遺留，在當初它和宗教沒有分化的時期，在宗教儀式上演出，以表演主神的受難——死以及復活為主題，每年總是一樣的事，待到漸次分化乃以英雄苦難事蹟替代，年年可以有變化，但至少最後一劇也要有些關聯才好。這是說希臘的事，他們那時是崇祀狄俄倪索斯的，羊人恰是他的從者，因此乃聯繫得上了。悲劇是從宗教分化出來的藝術，而在分化中表示出關聯的痕跡的乃是這宗羊人劇了，在這一點上這唯一保存下來的劇種是很有價值的，但我們離開了這些問題，單當它一個笑劇來看，也是足夠有趣的了。

悲劇以外我也幫譯了一個喜劇，那是阿里斯托芬(Aristophanes，正譯應作阿里斯托法涅斯)的，名叫《財神》(*Ploutos*)，收在《阿里斯托芬喜劇集》裏，這是一九五四年刊行給他做念的。那是一篇很愉快的喜劇，希臘人相信財神是瞎眼的，所以財富向來分配得不公平，這回卻一下子醫好了眼睛，世上的事情全都翻了過來，讀了很是快意，用不着這裏再來細說。就只是古喜劇裏那一段「對駁」，這是雅典公民熱心民主政治關係，喜歡聽議會法院的議論，在戲劇裏不免近似累贅，這劇中便是主人和窮鬼對辯貧富對於人的好處，除此以外是很值得一讀，因此也就值得譯出來的了。——我找出《喜劇集》來，重復翻讀一過之後，不禁又提起舊時的一種不快的感覺來。當初在沒有印書之先，本擬把原稿分別發表一些在報刊上，以紀念作者的，這篇《財神》便分配給了《劇本》，這刊物現在早已停辦了，不知為什麼卻終於沒有實行，只在《人民文學》以及《譯文》上邊刊登了兩篇《阿卡奈人》和《鳥》。其實這篇《財神》是夠通俗可喜的，其不被採用大約是別有看法的吧。

我譯歐里庇得斯悲劇到了第十三篇《斐尼基婦女》，就生了病，由於血壓過高，腦血管發生了痙攣，所以還有一篇未曾譯，結果《酒神的伴侶》仍由羅念生君譯出了。我這病一直靜養了兩年，到了一九五九年的春天我才開始譯書，不過那所譯的是日本古典作品，並不是說日本的東西比希臘為容易，只因直行的文字較為習慣些，於病後或者要比異樣的橫行文字稍為好看一點也未可知。這樣的過了三年，到得今年一月這才又弄希臘文，在翻譯路喀阿諾斯（日譯為路吉亞諾斯）的對話了。

一八八 我的工作 五

我翻譯日本的古典文學，第一種是《古事記》。其實我想譯《古事記》的意思是早已有了，不過那時所重的還只在神話，所以當初所擬譯的只是第一卷即是所謂神代卷部分，其二三卷中雖然也有美妙的傳說，如女鳥王和輕太子的兩篇於一年以前曾經譯出，收在《陀螺》裏邊，但是不打算包括在內的。在一百十幾期的《語絲》週刊上登過一篇《漢譯古事記神代卷引言》，乃是一九二六年一月三十日所寫的，說明翻譯這書的意思：

「我這裏所譯的是日本最古史書兼文學書之一，《古事記》的上卷，即是講神代的部分，也可以說是日本史冊中所紀述的最有系統的民族神話。《古事記》成於元明天皇的和銅五年(公元七一二)，當唐玄宗即位的前一年，是根據稗田阿禮(大約是一個女人)的口述，經安萬侶用了一種特別文體記下來的。當時的日本還沒有自己的字母，安萬侶就想出了一個新方法，借了漢字來寫，卻音義並用，如他進書的駢體表文中所說，或一句之中交用音訓，或一事之內全以訓錄，不過如此寫法，便變成了一種古怪文體，很不容易讀了。」其實這就是所謂和文，但是它用字母的時候卻拿整個的漢字去代表，並且毫無統一，所以看去像是咒語一樣，但是近世經過國學家的研究與考證，便已漸可瞭解了。我那時每週翻譯一段落，登在《語絲》上，大約登了十回，卻又中止了，後來在解放以後，介紹世界古典文學的運動發生，日本部分有《古事記》一書在內，這才又提了起來。承樓適夷君從《語絲》裏把它找了出來，又叫人抄錄見示，其時我大概還在病中，所以又復放下，到一九五九年翻譯復工以後才開始工作，但在那時候我對於日本神話的興趣卻漸以衰退，又因為參考書缺少，所以有點敷衍塞責的意思，不然免不得又大發其注釋癖，做出叫人家頭痛的繁瑣工作來了。這部書老實說不是很滿意的譯品，雖然不久可以出書了，可是我對於它沒有什麼大的期待，就只覺得這是日本的最古的古典，有了漢文譯本了也好，自然最好還是希望別人有更好的譯本出現。

譯得不滿意的不但是這一種《古事記》，有些更是近代的作品，也譯得很不恰意，這便是石川啄木的詩歌。其實他的詩歌是我所頂喜歡的，在一九二二年的秋天我在西山養病的時候，曾經譯過他的短歌二十一首，長詩五首，後來收在《陀螺》裏邊。當時有一段說明的話，可以抄在這裏，雖然是三十年前的舊話了，可是還很確當：

「啄木的著作裏邊小說詩歌都有價值，但是最有價值的還要算是他的短歌。他的歌是所謂生活之歌，不但是內容上注重實生活的表現，脫去舊例的束縛，便是在形式上也起了革命，運用俗語，改變行款，都是平常的新歌人所不敢做的。他在一九一〇年末所做的一篇雜感裏，對於這些問題說得很清楚，而且他晚年的（案啄木只活了二十七歲，在一九一二年就死了）社會思想也明白的表示出來了。

「『我一隻胳膊靠在書桌上，吸着紙煙，一面將我的寫字疲倦了的眼睛休息在擺鐘的指針上面。我於是想着這樣的事情。——凡一切的事物，倘若在我們感到有不便的時候，我們對於這些不便的地方可以不客氣的去改革它。而且這樣的做正是當然的，我們並不為別人的緣故而生活着，我們乃是為了自己的緣故而生活着的。譬如在短歌裏，也是如此。我們對於將一首歌寫作一行的辦法，已經覺得不便，或者不自然了，那麼便可以依了各首歌的調子，將這首歌寫作兩行，那首歌寫作三行，就是了。即使有人要説，這樣的辦反要將歌的那調子破壞了，但是以前的調子，它本身如既然和我們的感情並不能翕然相合，那麼我們當然可以不要什麼客氣了。倘若三十一字這個限制有點不便，大可以盡量的去做增字的歌。（案日本短歌定例三十一字，例外增加字數通稱為字餘）。至於歌的內容，也不必去聽那些任意的拘束，説這不像是歌，或者説這不成為歌，可以別無限制，只管自由的説出來就好了。只要能夠這樣，如果人們懷着愛惜那在忙碌的生活之中，浮到心頭又復隨即消去的刹那刹那的感覺之心，在這期間歌這東西是不會滅亡的。即使現在的三十一字變成了四十一字，變成了五十一字，總之歌這東西是不會滅亡的。我們因了這個，也就能夠使那愛惜刹那的生命之心得到滿足了。

「『我這樣想着，在那秒針正走了一圈的期間，凝然的坐着，我於是覺得我的心漸漸的陰暗起來了。——我所感到不便的，不僅是將一首歌寫作一行這一件事情。但是我在現今能夠如意的改革，可以如意的改革的，不過是這桌上的擺鐘硯臺墨水瓶的位置，以及歌的行款之類罷了。說起來，原是無可無不可的那些事情罷了。此外真是使我感到不便，感到苦痛的種種的東西，我豈不是連一個指頭都不能觸它一下麼？不但如此，除卻對於它們忍從屈服，繼續的過那悲慘的二重生活以外，豈不是更沒有別的生於此世的方法麼？我自己也用了種種的話對於自己試為辯解，但是我的生活總是現在的家族制度，階級制度，資本制度，知識賣買制度的犧牲。

「『我轉過眼來，看見像死人似的被拋在席上的一個木偶。歌也是我的悲哀的玩具罷了。』」

啄木的短歌集只有兩冊，其一是他在生前出版的，名曰《一握砂》，其二原名《一握砂以後》，是在他死後由他的友人土岐哀果給他刊行，書名改為《可悲的玩具》了。他的短歌是所謂生活之歌，與他的那風暴的生活和暗黑的時代是分不開的，幾乎每一首歌裏都有它的故事，不是關於時事也是屬於個人的。日本的詩歌無論和歌俳句，都是言不盡意，以有餘韻為貴，唯獨啄木的歌我們卻要知道他歌外附帶的情節，愈詳細的知道便愈有情味。所以講這些事情的書在日本也很出了些，我也設法弄一部分到手，盡可能的給那些歌做注釋，可是印刷上規定要把小注排在書頁底下，實在是沒有地方，那麼也只好大量的割愛了。啄木的短歌當初翻譯幾首，似乎也很好的，及至全部把它譯出來的時候，有些覺得沒有多大意思，有的本來覺得不好譯，所以擱下了，現在一古腦兒譯了出來，反似乎沒什麼可喜了。這是什麼緣故呢，大概就是由於上述的情形吧？

一八九　我的工作　六

但是在翻譯中間也有比較覺得自己滿意的，這有如式亭三馬的滑稽本《浮世風呂》，譯本名《浮世澡堂》，和《浮世牀》，譯本名《浮世理髮館》。前者已於一九五八年出版，只譯出了初二兩編四卷，因為分別敘述女澡堂和男澡堂兩部分的事，以為足夠代表了，還有三四編共五卷，譯注太是麻煩，所以不曾翻譯，想起來很覺得可惜。後者則於一九五九年譯成，凡兩編五卷，乃是全書，只是尚未出版。關於這書我曾於一九三七年二月寫過一篇《浮世風呂》，收在《秉燭談》裏邊，有這樣的幾句話：

「偶讀馬時芳所著《朴麗子》，見卷下有一則云：

「『朴麗子與友人同飲茶園中，時日已暮，飲者以百數，坐未定，友亟去。既出，朴麗子曰，何亟也？曰，吾見眾目亂瞬口亂翕張，不能耐。朴麗子曰，若使吾要致多人，資而與之飲，吾力有所不給，且不免酬應之煩，今在坐者各出數文，聚飲於此，渾貴賤，等貧富，老幼強弱，樵牧廝隸，以及遐方異域，黥劓徒奴，一杯清茗，無所參異，用解煩渴，息勞倦，軒軒笑語，殆移我情，吾方不勝其樂而猶以為飲於此者少，子何亟也。友默然如有所失。友素介特絕俗，自是一變。』這篇的意思很好，我看了就聯想起戶川秋骨的話來，這是一篇論讀書的小文，其中有云：

「『哈理孫告戒亂讀書的人說，我們同路上行人或是酒店遇見不知何許人的男子便會很親近的講話麼，誰都不這樣做，唯獨在書籍上邊，我們常同全然無名而且不知道是那裏的什麼人會談，還覺得很高興。但是我卻以為同在路上碰見的人，在酒店偶然同坐的人談天，倒是頂有趣，從利益方面說也並不很少的事。我想假如能夠走來走去隨便與遇着的人談談，這樣有趣的事情恐怕再也沒有吧。不過這只是在書籍上可以做到，實際世間不大容易實行罷了。《浮世牀》與《浮世風呂》之所以為名著豈不即以此故麼？』」這話說的很對，《浮世風呂》是寫澡堂裏的事情，就女堂和男堂兩部分，記述各人的談話，寫日常平凡的事情，雖然不能構成複雜的小說，卻別有一種特色，為普通小說所沒有的，這便是上文所謂軒軒笑語，殆移我情者是也。《浮世牀》則是寫理髮館的，在明治維新以前，日本男子都留一部分頭髮，梳着椎髻，這須得隨時加以梳理，而且隨便出入，沒有像澡堂的進去必須洗澡的規定，所以那時成為一種平民的俱樂部，無事時走去聊天上下古今的說一通，它的缺點是只有男子，因為女子另外有專門的梳頭婆上門去給她們梳，所以這裏的描寫稍為冷靜一點。在《江戶時代戲曲小說通志》上堀舍次郎批評得不錯，他說：

「文化六年（一八〇九）所出的《浮世風呂》是三馬著作中最有名的滑稽本。此書不故意設奇以求人笑，然詼諧百出，妙想橫生，一讀之下雖髯丈夫亦無不解頤捧腹，而不流於野鄙，不陷於猥褻，此實是三馬特絕的手腕，其所以被稱為斯道之泰斗者蓋正以此也。」

我在寫那篇文章二十年之後，能夠把三馬的兩種滑稽本譯了出來，並且加了不少的注解，這是我所覺得十分高興的事。還有一種《日本落語選》，也是原來日本文學中選定中的書，叫我翻譯的，我雖然願意接受，但是因為譯選為難，所以尚未能見諸事實。落語是一種民間口演的雜劇，就是中國的所謂相聲，不過它只是一個人演出，也可以說是說笑話，不過平常說笑話大抵很短，而這個篇幅較長，需要十分鐘的工夫，與說相聲差不多。長篇的落語至近時才有紀錄，但是它的歷史也是相當的悠久的，有值得介紹的價值。可是它的材料卻太是不好辦了，因為這裏邊所講的不是我們所不大理解的便是不健康的生活。一九〇九年森鷗外在《性的生活》裏有一段文章，說落語家的演技的情形道：

「剛才饒舌着的說話人起來彎着腰，從高座的旁邊下去了。隨有第二個說話人交替着出來，先謙遜道：人是換了卻也換不出好處來。又作破題道：爺們的消遣是玩玩窯姐兒，隨後接着講一個人帶了不懂世故的青年，到吉原（公娼所在地）去玩的故事。這實在可以說是吉原入門的一篇講義。我聽着心裏佩服，東京這裏真是什麼知識都可以抓到的那樣便利的地方。」落語裏的資料最是突出而有精彩的，要算吉原的「倌人」（Oiran），俗語也就是窯姐兒，其次就是專吃鑲邊酒的「幫閒」了，否則是那些壽頭碼子的土財主。有些很好的落語，如《挑人》(*Omitate*)或是《魚乾盒子》(*Hoshimono Hako*),都因此而擱淺,雖然考慮好久,卻終於沒有法子翻譯。這一件事,因事實困難只好中止,在我卻不能不說是一個遺恨了。

此外關於日本狂言的翻譯,也是一件高興的事。民國十五年(一九二六)我初次出版了一冊《狂言十番》,如這書名所示裏邊共包含狂言的譯文十篇。到了一九五四年我增加了十四篇,易名為《日本狂言選》,由人民文學出版社刊行,算是第二次版本。第三次又有一回增補,尚未出版,唯譯稿已於一九六〇年一月送出,除增加三十五篇計十二萬字,連舊有共五十九篇約二十八萬字。此次增補係應出版社的囑託,命將蘇聯譯本的「狂言」悉收容在裏邊,經查對俄譯本三十九篇中有五篇已經有譯文,乃將餘下的三十四篇一一按照篇目譯出補齊,又將額外指定的一篇《左京右京》也翻譯了,這才交了卷。狂言的翻譯本是我願意的一種工作,可是這回有一件事卻於無意中做的對了,這也是高興的事。我譯狂言並不是只根據最通行的《狂言記》本,常找別派的大藏流或是鷺流的狂言來看,採用有趣味的來做底本,這回看見俄譯本是依據《狂言記》的,便也照樣的去找別本來翻譯,反正只要是這一篇就好了。近來見日本狂言研究專家古川久的話,乃知道這樣的辦是對的,在所著《狂言之世界》附錄二《在外國的狂言》中說:「據市河三喜氏在《狂言之翻譯》所說,除了日本人所做的書以外,歐譯狂言的總數達於三十一篇,但這些全是以《狂言記》為本的。新加添的俄文譯本,也是使用有朋堂文庫和日本文學大系的,那麼事情還是一樣。只有中國譯本參照《狂言全集》的大藏流，和《狂言二十番》的鷺流等不同的底本。」他這裏所說的乃是《狂言十番》，我的這種譯法始於一九二六年，全是為的擇善而從，當時還並未知道《狂言記》本為不甚可靠也。

一九六〇年起手翻譯《枕之草紙》，這部平安時代女流作家的隨筆太是有名了，本來是不敢嘗試，後來卻勉強擔負下來了，卻是始終覺得不滿意，覺得是超過自己的力量的工作。一九二三年寫《歌詠兒童的文學》這篇文章時，曾經抄譯過一節，但是這回總覺得是負擔過於重大了，過於譯《古事記》的時候。一九六一年又擔任校閱別人譯的《今昔物語》，這也是大工作，可是我所用的乃是一部《岩波文庫》本，這與譯者所根據的不是一樣的本子，這又給予我們以不必要的紛歧。隨後這樣不很愉快的工作完結了，乃能回過來再做希臘的翻譯，這雖然比較更是繁難一點，但是這回所譯的乃是路喀阿諾斯(Lukianos)的對話集，是我向來決心要翻譯的東西，所以是值得來努力一番的。以炳燭的微光，想擔負這工作，似乎未免太不自量了，不過耐心的幹下去，做到哪裏是哪裏，寫成功了一篇，重復看一遍，未始不是晚年所不易得的快樂。這人生於公元二世紀初，做了許多對話體的文章，但他不是學柏拉圖去講哲學，卻是模仿生在公元前三世紀的犬儒墨涅波斯(Menippos)做了來諷刺社會，這是他的最大的特色。我以前將他的名字寫作路吉亞諾斯，從英文譯出過他的兩篇文章，便是《冥土旅行》和《論居喪》，這回卻有機會把它來直接改譯，這實在是很好的幸運，現在最近已經譯出《卡戎》和《過渡》兩長篇，後者即是《冥土旅行》，至於那位卡戎，也是與那旅行有關係的人，便是從前譯作哈隆，渡鬼魂往冥土者也。

一九〇　拾遺　甲

小引　這裏要感謝曹聚仁先生，他勸我寫文章，要長一點的，以便報紙上可以接續登載，但是我有什麼文章可寫呢？從前有過這樣一句話，凡是自己所不瞭解的東西，便都不能寫，話說過有好多年了，但是還想遵守着它。可是現在要問什麼東西是我所瞭解的呢，這實在是沒有。我躺着思索，那麼怎麼辦呢，一身之外什麼都沒有，有什麼東西可寫呢？這時候忽爾恍然大悟，心想「有了」，這句話如說出來時簡直像阿基末得在澡堂的一聲大叫了！因為我是小時候學過做八股文的，懂得一點虛虛實實的辦法，想到一身之外沒有辦法，那麼我們不會去從一身之內着想麼？我一生所經歷的事情，這似乎只有我知道得最清楚，然則豈不是頂適當的材料了麼？

材料是有了，但是怎麼寫呢？平常看那些名士文人的自敘傳或懺悔錄，都是文情俱勝，華實並茂，換句話說就是詩與真實調和得好，所以成為藝術的名著，如意大利的契利尼，法國的盧梭，俄國的托爾斯泰等。近來看到日本俳人芭蕉的旅行記，這是他有名的文章，裏邊說及在市振地方，客棧裏遇着兩個女人，乃是妓女，聽見她們夜裏談話，第二天出發請求同行，說願以法衣之故發大慈悲，賜予照顧（芭蕉其時蓋是僧裝），以自己也行止無定謝絕了，但是很有所感，當時做了一句俳句道：

「在同一住家裏也睡着遊女，——胡枝子和月亮。」還說道：「告訴了曾良，把它紀錄了。」曾良是芭蕉的弟子，和他一起旅行的，也是個俳人，近來他的旅行日記也發見了，可是卻沒有記着這一條。他的日記也記的很是仔細，說芭蕉在市振左近的河裏把衣服弄濕了，曬了好一會兒，記的很詳細，卻不見有遊女同宿這件事，也並不記錄着那一首俳句。這是怎麼的呢？芭蕉研究者荻原井泉水解說得好，他說我們以前不知道，種種揣摩臆測，附會解釋，實在上了芭蕉的當，要知道這不是普通的紀行文，乃是紀行文體的創作，以文學作品實是不朽的名著。這話實在是不錯的，後世有人指摘盧梭和托爾斯泰的不實，契利尼有人甚至於說他好說誑話大話，然而他們的著作不愧為不朽，因為那是裏邊的創作部分，也就是詩。西洋的詩字的原義即是造作，有時通用於建築，那即是使用實物的材料，從無生出有來，所以詩人的本領乃是了不得的。古代有些作者很排斥詩人，聽說柏拉圖的理想國裏不讓他們進去，後來路喀阿諾斯便專門譭謗他們造謠，把荷馬史詩說成全是誑話，這是不足為奇的事。十九世紀的王爾德很歎息浪漫思想的不振，寫一篇文章曰《說誑的衰頽》，即是說沒有詩趣，我們鄉下的方言謂說誑曰「講造話」，這倒是與做詩的原意很相近的。要有詩趣便只好說誑，而這說誑卻並無什麼壞意思，只是覺得這樣說了於文章上更有意思，或是當初只是幻想着，後來卻彷彿成為事實，便寫了進去，與小孩子的誑話有點相同，只要我們讀者知道真實裏還有詩，便同荻原一樣感覺又上了作者的一個大當，承認自己是個傻子，這也就好了。

我在這裏說了一大篇的廢話，目的何在呢？那無非想來說明回想錄不是很好寫的東西，可是讀回想錄也並不是怎麼容易的一件事情。回想錄要想寫的好，這就需要能懂得做詩，即使不是整個是詩人，也總得有幾分詩才，才能夠應付豫如。但是關於這個問題，我卻是碰了壁。我平常屢次聲明，對於詩我是不懂的，雖然明知是說誑話的那些神話，傳說童話一類的東西，卻是十分有興趣。現在因為要寫回想錄，卻是條件不夠，那麼怎麼好呢？——我想，這也是容易辦的。好的回想錄既然必須具備詩與真實，那麼現在是只有真實而沒有詩，也何妨寫出另一種的回想錄來，或者這是一種不好的回想錄亦未可知。一個平凡人一生的記錄，適用平凡的文章記了下來，裏邊沒有什麼可取的，就只是依據事實，不加有一點虛構和華飾，與我以前寫《魯迅的故家》時一樣，過去八十年間的事情只有些缺少而沒有增加，這是可以確說的。現在將有些零碎的事情，當時因為篇幅長短關係，不曾收入在內的，就記憶所及酌量補記，作為拾遺加在後邊。

一九一　拾遺　乙

兒時　兒時的事情在上面記得很不多，因為十歲以前的事差不多都已忘記了，現在只就記得的零星小事寫下一點來，不過這也不是自己記得，只是大人們傳說下來的就是了。其中頂早的一件事，大約是在我三四歲的時候，因為妹子端姑生於光緒乙亥（一八八七）年，不到一周歲便因天花死去了，而這件事卻在夏天，所以可能還是在乙亥年裏。據說她那時一個人躺在那裏，雙腳亂蹬，我看見覺得太可愛了，小腳趾頭像是豌豆似的，便拿來咬了一口，她就哭了起來，大人跑來看才知是那麼一回事，後來便被傳作話柄。隨後她得了天花，當初情形很好，忽然發生變怪，我的病好轉而她遂以不起，這雖然不是我自己所能做主的事情，在長大以後總覺得很抱歉似的，彷彿是她代我死了。——老實說，假如先母有一個女兒，她的生活要幸福的多，不過那是人力以上的事情，多說也別無什麼用處了。

第二件是自己記得的，不是大人們告訴我的事情，所以一直在後，大約是八歲以前，總之是祖父還沒有從北京回去，父親還住在「堂前」的西邊房裏時候的事情。那時在朝北的套房裏，西向放着一張小牀，這也有時是魯迅和我玩耍的地方，記得有一回模仿演戲，兩個人在牀上來回行走，演出兄弟失散，沿路尋找的情狀，一面叫着大哥呀賢弟呀的口號，後來漸漸的叫得淒苦了，這才停止。此後還演些戲，不過不是在這裏了，時期也還要再遲幾年，是往三味書屋讀書以後的事，從前在《兒童劇》的序裏有一節云：

「那時所讀的是《中庸》和唐詩，當然不懂什麼，但在路上及塾中得到多少見聞，使幼稚的心能夠建築起空想的世界來，慰藉那憂患寂寞的童年，是很可懷念的。從家裏到塾中不過隔着十幾家門面，其中有一家的主人頭大身矮，家中又養着一隻不經見的山羊（後來才知道這是養着厭禳火災的），便覺得很有一種超自然的氣味。同學裏面有一個身子很長，雖然頭也同常人一樣的大，但是在全身比例上就似乎很小了。又有一個本家長輩，因為吸雅片煙的緣故，聳着兩肩，彷彿在大衫底下橫着一根棒似的。這幾個現實的人，在那時看了都有點異樣，於是拿來戲劇化了，在有兩株桂花樹的院子裏扮演這日常的童話劇。『大頭』不幸的被想像做兇惡的巨人，帶領着山羊，佔據了岩穴，擾害別人，小頭和聳肩的兩個朋友便各仗了法術去征服他：小頭從石窟縫裏伸進頭去窺探他的動靜，聳肩等他出來，只用肩一夾，就把他裝在肩窩裏捉了來了。這些思想儘管荒唐，而且很有唐突那幾位本人的地方，但在那時覺得非常愉快，用現代的話來說明，演着這劇的時候實在是得到充實的生活的少數瞬時之一。我們也扮演喜劇，如『打敗賀家武秀才』之類，但總是太與現實接觸，不能感到十分的喜悅，所以就經驗上來說，這大頭劇要算第一有趣味了。」

現在再退回去講那小牀，因為這事與「射死八斤」的漫畫有關，而「射死八斤」的畫又與小牀有密切的關係的。從前在《魯迅的故家》裏曾經說過，本家誠房的房客李楚材，帶着一家沈姓親戚，大概是個寡婦，生活似乎頗清苦，有三個小孩，男孩名叫八斤，女孩是蘭英與月英，年紀大抵五六歲吧，夏天常常光身席地坐。《故家》的第二十五節裏講「射死八斤」的事，今抄錄於下：

「八斤那時不知道是幾歲，總之比魯迅要大三四歲吧，衣服既不整齊，夏天時常赤身露體，手時拿着自己做的釘頭竹槍，跳進跳出的亂戳，口裏不斷的說，『戳伊殺，戳伊殺！』這雖然不一定是直接的威嚇，但是這種示威在小孩子是忍受不住的，因為家教禁止與別家小孩打架，氣無可出，便來畫畫，表示反抗之意。魯迅從小就喜歡看花書，也愛畫幾筆，雖然沒有後來畫活無常那樣好，卻也相當的可以畫得了。那時東昌坊口通稱鬍子的雜貨店中有一種荊川紙，比毛邊更薄而白，大約八寸寬四寸高，對折訂成小冊，正適合於抄寫或繪畫。在這樣的冊子上面，魯迅便畫了不少的漫畫，隨後便塞在小牀的墊被底下，因為小孩們沒有他專用的抽屜。有一天，不曉得怎麼的被伯宜公找到了，翻開看時，好些畫中有一幅畫着一個人倒在地上，胸口刺着一枝箭，上有題字曰射死八斤。他叫了魯迅去問，可是並不嚴厲，還有點笑嘻嘻的，他大概很瞭解兒童反抗的心理，所以並不責罰，結果只是把這頁撕去了。此外還有些怪畫，只是沒有題字，所以他也不曾問。」

這裏我想來把那怪畫說明一下子，因為這一件事如果不加說明，就此付之不問，也是怪可惜的。這是那本荊川紙小冊子中所有的一頁，畫着一個小人兒手裏提了一串東西，像是鄉下賣麻花油條的用竹絲穿着。當時伯宜公也一定看了以為是畫賣麻花的吧，若問是什麼時我想也是這樣的回答。可是這實在乃是怪畫，是賣淫的一種童話化的畫。鄉下這種不雅馴的話很是普通，所謂倚門賣笑俗語便稱曰賣必，但是怎麼賣法在小兒心中便是疑問，意謂必是像桃子杏子似的一個個的賣給人，於是便加以童話化，從水果攤裏鍘甘蔗得到暗示，隨割隨長，所以可以賣去好幾個一串。這種初看似猥褻而實是天真爛漫的思想，不曉得是從哪裏來的，現在想起來也有點不可思議，可是卻是實在的事，從前寫「射死八斤」的時候原想寫進去，終於擱下了，現在又記了起來，覺得不寫很是可惜，所以把它記在這裏了。

一九二　拾遺　丙

杭州　上邊第十四至十七章寫過杭州與花牌樓的事情，這回找出舊稿《五十年前之杭州府獄》一篇，有些地方似乎可以作為補遺，因鈔錄於後：

「一八九六年即前清光緒二十二年九月，先君去世，我才十二歲。其時祖父以事係杭州府獄，原有姨太太和小兒子隨侍，那即是我的叔父，卻比我只大得兩三歲，這年他決定進學堂從軍去，祖父便叫我去補他的缺，我遂於次年的正月到了杭州。我跟了祖父的姨太太住在花牌樓的寓裏，這是牆門內一樓一底的房屋，樓上下都用板壁隔開，作為兩間，後面有一間披屋，用作廚房，一個小天井中間隔着竹笆，與東鄰公分一半。姨太太住在樓上前間，靠窗東首有一張鋪牀，便是我的安歇處，後間樓梯口住着台州的老媽子。男僕阮元甫在樓下歇宿，他是專門伺候祖父的，一早出門去，給祖父預備早點，隨即上市買菜，在獄中小廚房裏做好了之後，送一份到寓裏來（寓中只管煮飯），等祖父吃過了午飯，他便又飄然出去上佑聖觀坐茶館，順便買些什物，直到傍晚才回去備晚飯，上燈後回寓一徑休息，這是他每日的刻板行事。他是一個很漂亮，能幹而又很忠實的人，家在浙東海邊，只可惜在祖父出獄以後一直不曾再見到他，也沒有得到他的消息。

「我在杭州的職務是每隔兩三日去陪侍祖父一天之外，平日自己『用功』。樓下板桌上固然放着些經書，也有筆墨，三六九還要送什麼起講之類去給祖父批改，但是實在究竟用了些什麼功，只有神仙知道。自己只記得看了些閒書，倒還有點意思，有石印《閱微草堂筆記》，小本《淞隱漫錄》，一直後來還是不曾忘記。我去看祖父，最初自然是阮元甫帶領的，後來認得路徑了，就獨自前去。走出牆門後往西去，有一條十字街，名叫塔兒頭，雖是小街，卻很有些店鋪，似乎由此處往南，不久就是銀元局，此後的道路有點兒麻糊了，但走到杭州府前總之並不遠，也不難走。府署當然是朝南的，司獄署在其右首，即是西向。我在杭州住了兩年，到那裏總去過一百多次，可是這署門大堂的情形如何卻都說不清了，只記得監獄部分，入門是一重鐵柵門，我推門進去，門內坐着幾個禁卒，因為是認識我的，所以什麼也不問，我也一直沒有打過招呼。拐過一個彎，又是一頭普通的門，通常開着，裏邊是一個小院子，上首朝南大概即是獄神祠，我卻未曾去看過，只顧往東邊的小門進去，這裏面便是祖父所住的小院落了。門內是一條長天井，南邊是牆，北邊是一排白木圓柱的柵欄，柵欄內有狹長的廊，廊下並排一列開着些木門，這都是一間間的監房。大概一排有四間吧，但那裏只有西頭一間裏祖父住着，隔壁住了一個禁卒，名叫鄒玉，是長厚的老頭兒，其餘的都空着沒有人住。房間四壁都用白木圓柱做成，向南一面，上半長短圓柱相間，留出空隙以通風日，用代窗牖，房屋寬可一丈半，深約二丈半，下鋪地板，左邊三分之二的地面用厚板鋪成榻狀，很大的一片，以供坐臥之用。祖父房間裏的佈置是對着門口放了一張板桌和椅，板臺上靠北安置棕棚，上掛蚊帳，旁邊放着衣箱。中間板桌對過的地方是幾疊的書和零用什物，我的坐處便在這台上書堆與南窗之間。這幾堆書中我記得有廣百宋齋的《四史》，木板《綱鑒易知錄》，《五種遺規》，《明季南略北略》，《明季稗史彙編》，《徐靈胎四種》，其中只有一卷道情可以懂得。我在那裏坐上一日，除了偶爾遇見廊下炭爐上燉着的水開了，拿來給祖父沖茶，或是因為加添了我一個人用，便壺早滿了，提出去往小天井的盡頭倒在地上之外，總是坐着翻翻書看，顛來倒去的就是翻弄那些，只有《四史》不敢下手罷了。祖父有時也坐下看書，可是總是在室外走動的時候居多，我亦不知道是否在獄神祠中間坐，總之出去時間很久，大概是在同禁卒們談笑，或者還同強盜們談談。他平常很喜歡罵人，自呆皇帝昏太后（即是光緒和西太后）起頭直罵到親族中的後輩，但是我卻不曾聽見他罵過強盜或是牢頭禁子。他常講罵人的笑話，大半是他自己編造的，我還記得一則講教師先生的苦況，云有人問西席，貴東家多有珍寶，先生諒必知其一二，答說我只知道有三件寶貝，是豆腐山一座，吐血雞一隻，能言牛一頭。他並沒有給富家坐過館，所以不是自己的經驗，這只是替別人不平而已。

「杭州府獄中強盜等人的生活如何，我沒有能看到，所以無可說，只是在室內時常可以聽見腳鐐聲音，得以想像一二而已。有一回，聽到很響亮的鐐聲，又有人高聲唸佛，向外邊出去了。不一會聽禁卒們傳說，這是台州的大盜，提出去處決，他們知道他的身世，個人性格，大概都瞭解他，剛才我所聽得的這陣聲響，似乎也使他們很感到一種傷感或是寂寞，這是一件事實，頗足以證明祖父罵人而不罵強盜或禁卒，雖然有點怪僻，卻並不是沒有道理了。在這兩三年之後，我在故鄉一個夏天乘早涼時上大街去，走到古軒亭口，即是後來清政府殺秋瑾女士的地方，店鋪未開門，行人也還稀少，我見地上有兩個覆臥的人，上邊蓋着破草席，只露出兩隻腳——可以想見上邊是沒有頭的，此乃是強盜的腳，在清早處決的。我看這腳的後跟都是皴裂的，是一般老百姓的腳。我這時候就又記起台州大盜的事來。我有一個老友，是專攻倫理學的，也就是所謂人生哲學的，他有一句詩云，盜賊漸可親，上句卻已不記得，覺得他的這種心情我可以瞭解得幾分，實在是很可悲的。這所說的盜賊與《水滸傳》裏的不同，《水滸》的英雄們都是原來有飯吃的，他們愛搞那一套，乃是他們的事業，小小的做可以佔得一個山寨，大大的則可以弄到一座江山，如劉季朱溫都是一例。至於小盜賊只是饑寒交迫的老百姓鋌而走險，他們搞的不是事業而是生活，結果這條路也走不下去，卻被領到『清波門頭』（這是說在杭州的話），簡單的解決了他的生活的困難。清末革命運動中，浙江曾經出了一個奇人，姓陶號煥卿，在民國初為人所暗殺了。據說他家在鄉下本來開着一爿磚瓦鋪，可是他專愛讀書與運動革命，不會經管店務，連石灰中的梗灰與市灰的區別都不知道。他的父親便問他說，你搞這什麼革命為的是什麼呢？他答說，為的要使得個個人有飯吃。他父親聽了這話，便不再叫他管店，由他去流浪做革命運動去了，曾對人家說明道，他要使得個個人都有飯吃，這個我怎麼好阻擋他。這真是一個革命佳話，我想我的老友一定也有此種感想，只是有點趨於消極，所以我說很可悲的，不過如不消極，那或者於他又可能是有點可危了吧。」

說到了杭州，我想把祖父的姨太太的事情也在這裏補說幾句，做個結束。她姓潘，據叔父伯升小時候說，她名叫大鳳，但也沒有別的證據。她的為人說不出有什麼好壞，雖然家裏的風暴普通總歸罪於她，這實在也給予祖母母親以無限的苦惱，所以大家的怨恨是無怪的。但是由我看來，以平常的婦女處在特殊的環境裏，總會有這種的情形，這是多妻的男子的責任，不能全怪被迫做妾的人，以一個普通的女人論，我覺得是並無特別可以非難的地方。

她比祖父大概要年小三十歲以上，光緒甲辰（一九〇四）祖父以六十八歲去世，她那時才只三十六七歲，照道理說本來是可以放她出去了，但是這沒有做到，到得後來有點不安於室，祖母這才讓她走了。當時有些文件偶爾保存下來，便抄錄一點在下面，一張是手諭，一張是筆據，手諭是依了草稿錄下來的。

「主母蔣諭妾潘氏，頃因汝嫌吾家清苦，情願投靠親戚，並非虛言，嗣後遠離家鄉，聽汝自便，決不根究，汝可放心，即以此諭作憑可也。

宣統元年十二月初八日，主母蔣諭。」

「立筆據妾潘氏，頃因情願外出自度，無論景況如何，終身不入周家之門，決無異言。此據。

宣統元年十二月初八日，立筆據妾潘氏，

代筆周芹侯押。」

我以前做過三首花牌樓的詩，末一首是紀念花牌樓的諸婦女的，裏邊也講到潘姨太太，有這幾句話道：

「主婦生北平，髫年侍祖父。嫁得窮京官，庶幾尚得所。應是命不猶，適值暴風雨。中年終下堂，漂泊不知處。」聊為她作紀念。

大姑母 族叔冠五，原來號曰官五，因為名是鳳紀，取以鳥紀官的故典，後來以同音字取筆名曰觀魚，著有一冊《回憶魯迅房族和社會環境三十五年間的演變》，裏邊有一節文章，可以補我這裏的不足，即是講大姑母的。今轉錄於後：

「介孚公有一個女兒，乳名叫作『德』的，我叫她德姊姊，她是介孚公的先室孫老太太所出，蔣老太太是她的繼母。介孚公相攸過苛，高來不就，低來不湊，以致耽誤了婚期。紹地有一種壞風俗，對年長待字的閨女，不研究因何貽誤的原因，凡是年逾二十以外，概目之為『老大姑娘』，對老大姑娘的估價都認為無論是何原因總或多或少的有其缺點。要挽人做媒就只好屈配填房，要想元配那就無人問津。俞鳳岡斷弦敢於挽媒求配，也就是根據這一習俗。因此這位德姑太太以延誤過久，終於許給吳融村一個姓馬的做了填房。德姑太太雖非蔣老太太所出，像幽默和詼諧也都一模一樣。有一年三伏天她上城來拜她生母的忌日，這天氣候特別惡劣，午飯後已殷殷其雷。她每次來城雖是當天往返，時間局促，但每來總必到我家和藕琴公說長道短並夾雜些笑談。這天午飯後她又照例來了，藕琴公因為天氣太壞，勸她今天不必返鄉，防的路上危險，她幼小又有怕雷電的毛病，況且雷聲已在響着。她聽藕琴公的勸告，回來對蔣老太太說了，蔣老太太不知怎的忽然說：『九叔（她呼藕琴公為九叔）這末說嗎，九叔的話不會錯的，那末今天鄉下河港裏不會再有船了。』或者是她幽默老調，德姑太太多了心，認為話頭不對，忙說：『我一定要回去的。』蔣老太太又重述了一句說：『九叔叫不要去，你怎麼能去呢？』德姑太太也斬釘截鐵的說：『我一定要回去的。』說畢又來我家轉了一轉，把蔣老太太的所說也匆匆的告了藕琴公，我父又再三勸止，她恨恨的說就死也得去，說罷就出門下船去了。沒有多久，天大雷雨以風，雷震電疾，風狂雨暴，晦黑如夜，煞是可怕，大家都為德姑太太擔憂，到了傍晚噩耗來了，她竟在恐惶中於船隻簸動時不自主的顛出船舷落水而死，屍身直至次日方才撈起。族中多有人說，要是她生母健在，哪會放她回去，足見後母對前出子女的漠不關心。其實蔣老太太是完全出之於幽默，德姑太太介意發生誤會，意外的遭遇都不為大家所逆料耳。不過有了前娘後母的關鍵，人們總不免有猜測迷胡。

「德姑太太嫁給馬家做填房時，偏偏先室也遺有一個兒子，那末德姑太太不容分說被擁上後母的稱號，她對前子的情況如何，我們不瞭解，可是因看潮曾在她家被留住了好幾天，在這時我所接觸的，好像對前子和親生女兒珠姑是有其差別的。自從她溺死以後，她生前痛愛如珍寶的珠姑就被兄嫂迫壓得無路可走，以致隨乳母出奔，給一個茶食店夥作妾，又被大婦淩虐，賣入娼寮。後竟音信杳然不知所終，這也是有關前娘後母的一段哀史。

「因看潮在德姑太太家被留住過幾天已在前面提及，現在也附帶來敘述一下。

「有一年她從城返鄉，這天正是八月十七，是大潮汛前夕。她家在吳融，距離鎮塘殿后桑盆不遠，這兩處都是海的尾閭，每年八月十八日到這兩處看潮的人非常擁擠。她將次下船，邀大家一道同去。那時年青好事，興趣特濃，於是鳴山啟明喬峰和我四個人，一道應邀前往。出城後我們就不安靜起來了，四個人分作兩起，站在船側兩舷，此起彼落，此落彼起的把船左右晃蕩得顛簸不堪。船夫喊着不能搖了，珠姑嚇得哭了，我們還是不肯停歇。德姑太太發急的說：『你們兩個娘舅兩個表哥打算把阿珠作弄到怎麼樣呢？』但是我們終於不買賬，一直把船左晃右蕩遊酒醉似的顛簸到她的家鄉門口，這才完結。上岸後到了她家，她客情濃厚，連忙殺雞為黍而食，並把她前房兒子在市上從事商業的招回來見過我們，還找來了一位她的夫弟名夢飛的招待作陪。這位夢飛先生約有五十歲的光景，雖也情意殷殷，但總覺得腐朽可厭。下午看潮並看了戲，晚飯時我們就表示意見，拒絕夢飛作陪，她接受我們的條件，自晚餐起就由我們四個人共食，連她和阿珠也不來陪了。我們覺得很滿意，可是又想出新花樣來了。她接待我們的是四大碗四大盤的全葷菜蔬，我們商訂了一個辦法，有時把四盤吃得乾乾淨淨，對四碗卻原封不動，有時吃光四碗，不動四盤，有時四盤四碗全部吃光，有時只吃光飯而不開動所有的菜蔬，每餐給我們盛一桶飯，我們也是這樣的辦法，有時吃半桶，有時全吃光，有時顆粒不動，就這樣的和她尋開心。樓上設了兩張大牀給我們兩人合一張，我們偏要四人共一張，一張讓它空着，她不論怎樣和我們說，總是一個不理睬。晚間她每天每人給我們一個紙帽盒（是紹地合錦茶食的名稱），備夜間的充饑，我們又弄出花樣來，半夜後假作搶吃相罵相打的動作，把她嚇得半夜披衣上樓來排解，我們又寂靜無聲的偽裝睡熟了。樓上給我們擺了一個便桶，為的是夜間之需，我們卻整天整夜的蹲在樓上，叫看戲不去！叫上市閒逛，不去！大小便無間日夜的都撒在便桶裏，且不讓用人們去倒，一定要便桶蓋浮起來了，這才由老媽子用糞勺，一勺一勺的撒出去。想盡了辦法和她鬧彆扭，惡開心。她也恨恨的說：『你們這班惡客，我該不邀你們來！』話雖這樣說，可是她性情和藹，從也不以為忤。到了第四天我們要走了，她又很誠懇的苦苦挽留。我們敢於和她惡作劇，也是知道她的性情。不然的話，哪會跟她去看潮呢！後來她的慘死，合族的人都感到非常悲哀，為之惋惜不置。」

先君共有姊妹兄弟四人，長即大姑母，名德，咸豐戊午(一八五八)生，次為先君，庚申(一八六〇)生，皆孫老太太出。第三為小姑母，不知其名，同治戊辰(一八六八)生，蔣老太太出，第四名鳳升，光緒壬午(一八八二)生，則為庶母章氏所生。小時候多與小姑母接近，故亦多所依戀，但年代久遠，不特容貌不復記憶，亦並不省其名字了。大姑母因早已出嫁，幼時沒有什麼印象，但在成人以後亦常相見，聲音笑貌尚可記憶，唯看潮時事則已忘卻，今得此文乃重復記起，甚可喜也。其時當在光緒甲辰(一九〇四)，我在南京告假回家，至所述遭難之事則那時我不在家中，只於家信中得到消息，當在丙午(一九〇六)年之後，我已經由南京往東京留學去了。

大姑母於辛卯（一八九一）年生一女兒，取名阿珠，就是本篇中所說的珠姑，小姑母也於同年生女，亦名阿珠，但是她旋於甲午年去世，所以這個阿珠我們便少看見了。大姑母方面的珠姑則一年裏總有好幾回要跟着母親到外婆家裏來的，幼女的面影至今也還記得。我家對於她的印象似乎也頗不壞，因為在有一個時候，這大約在蔣老太太和大姑母都已去世以後，這或者是先母吧，曾問她到我家裏來好不好，意思是想要她做一個媳婦，她答道願意。但是這時似乎和那茶食店夥已有關係，所以這樣說了之後，不久便即出奔了。她的異母哥哥是茶食店有股份的，自己在常在店裏幫忙，因此說不定這件事有他的陰謀在裏邊，故意給她們以便利，借此好來排除她的。到了民國元年，大約是秋天吧，有一個老太婆突然來訪，帶了兩斤月餅的包頭，她開門見山的說是珠姑的使者，因為記念外婆家，特差她來看望，希望能讓她來走動。先母與大家商量，因為都不大贊成，所以婉詞謝絕了。以常情論，這實在是有點可憫的。她大概感覺境遇有點不安，想於外婆家求到些須的保護，卻不意被拒絕了。我家自昔有妾禍，潘姨剛才於兩年前出去，先母的反感固亦難怪，但我們也是擺起道學家的面孔來，主張拒絕，乃是絕不應該的，正是命理初的所謂虐無告也。回想起這件事，感到絕大的苦痛，不但覺得對不起大姑母，而且平常高談闊論的反對禮教也都是些廢話。

一九四　拾遺　戊

讀小說　小說我在小時候實在看了不少，雖則經書讀得不多。本來看小說或者也不能算多，不過與經書比較起來，便顯得要多出幾倍，而且我的國文讀通差不多全靠了看小說，經書實在並沒有給了多少幫助，所以我對於耽讀小說的事正是非感謝不可的。十三經之中，自從疊起書包，作揖出了書房門之後，只有《詩經》《論語》《孟子》《禮記》《爾雅》——這還是因了郝懿行的《義疏》的關係，曾經翻閱過幾遍，別的便都久已束之高閣，至於內容則早已全部還給了先生了。小說原是中外古今好壞都有，種類雜亂得很，現在想起來，無論是什麼總多少帶有好感，因為這是當初自己要看而看的，有如小孩子手頭有了幾文錢，跑去買了些粽子糖炒豆花生米之屬，東西雖粗，卻吃得滋滋有味，與大人們揪住耳朵硬灌下去的湯藥不同，即使那些藥不無一點效用，後來也總不會再想去吃的。關於這些小說，頭緒太紛煩了，現在只就民國以前的記憶來說，一則事情較為簡單，二則可以不包括新文學在內，省得說及時要得罪作者，——他們的著作我讀到的就難免要亂說，不曾讀到又似乎有點渺視，都不是辦法，現在有這時間的限制，這種困難當然可以免除了。

我學國文，能夠看書及略寫文字，都是從小說得來，這種經驗大約也頗是普通，前清嘉慶時人鄭守庭的《燕窗閒話》中有着相似的記錄，其一節云：

「予少時讀書易於解悟，乃自旁門入。憶十歲隨祖母祝壽於西鄉顧宅，陰雨兼旬，几上有《列國志》一部，翻閱之僅解數語，閱三四本解者漸多，復從頭翻閱，解者大半。歸家後即借說部之易解者閱之，解有八九。除夕侍祖母守歲，竟夕閱《封神傳》半部，《三國志》半部，所有細評無暇詳覽也。後讀《左傳》，其事蹟已知，但於字句有不明者，講解時盡心諦聽，由是閱他書益易解矣。」我十歲時候正在本家的一個文童那裏讀《大學》，開始看小說還一直在後，大抵在兩三年之後吧，但記得清楚的是十五歲時在看《閱微草堂筆記》這一件事。我的經驗大概可以這樣總結的說，由《鏡花緣》《儒林外史》《西遊記》《水滸》等漸至《三國演義》，轉到《聊齋志異》，這是從白話轉入文言的徑路，教我懂得文言並略知文言的趣味者，實在是這《聊齋》，並非什麼經書或古文讀本。《聊齋志異》之後，自然是那些《夜談隨錄》《淞隱漫錄》等假《聊齋》，一變而轉入《閱微草堂筆記》，這樣舊派文言小說的兩派都已入門，便自然而然的跑到《唐代叢書》裏邊去了。這裏說的很是簡單輕便，事實上自然也要自有主宰，能夠「得魚忘筌」，乃能通過小說的陣地獲得些語文以及人事上的知識，而不至長久迷困在這裏邊。現在說是回憶，也並不是追述故事，單只就比較記得的小說略為談談，也只是一點兒意見和印象，讀者若是要看客觀的批評的話，那只可請去求之於適當的文學史中了。

首先要說的自然是《三國演義》。這並不是我最先看的，也不是因為它是最好的小說，它之所以重要是由於影響之大，而這影響又多是不良的。我從前關於這書曾說過一節話，可以抄在這裏：

「前幾時借《三國演義》，重看一遍。以前還是在小時候看過的，現在覺得印象很不相同，真有點奇怪它的好處在哪裏。這些年中意見有些變動，第一對於關羽，不但是伏魔大帝那些妖異的話，就是漢壽亭侯的忠義，也都懷疑了，覺得他不過是幫會裏的一個英雄，其影響及於後代的只是桃園結義這一件事罷了。劉玄德我並不以為他一定應該做皇帝，無論中山靖王譜系的真偽如何，中國古來的皇帝本來誰都可以做的，並非必須姓劉的才行，以人物論實在也還不及孫曹，只是比曹瞞少殺人，這是他唯一的長處。諸葛孔明我也看不出他好在什麼地方，《演義》裏那一套詭計，才比得《水滸》裏的吳學究，若說讀書人所稱道的鞠躬盡瘁死而後已的精神，又可惜那《後出師表》是後人假造，我們成人之美，或者承認他治蜀之遺愛可能多有，不過這些在《演義》裏沒有說及。掩卷以後仔細回想，這書裏的人物有誰值得佩服，很不容易說出來，末了終於只記起了一個孔融。他的故事在《演義》裏是沒有，但這的確是一個傑出的人，從前所見木版《三國演義》的繡像中，孔北海頭上好像戴了一頂披肩帽，側面畫着，飄飄的長鬚吹在一邊，這個樣子也還不錯。他是被曹操所殺的一個人，我對於曹的這一點正是極不以為然的。」

其次講到《水滸》，這部書比《三國》要有意思得多了。民國以後我還看過幾遍，其一是日本銅版小本，其二是有胡適之考證的新標點本，其三是劉半農影印的貫華堂評本，看時仍覺得有趣味。《水滸》的人物中間，我始終最喜歡魯智深，他是一個純乎赤子之心的人，一生好打不平，都是事不干己的，對於女人毫無興趣，卻為了她們一再鬧出事來，到處闖禍，而很少殺人，算來只打死了鄭屠一人，也是因為他自己禁不起打而死的。這在《水滸》作者意中，不管他是否施耐庵，大概也是理想的人物之一吧。李逵我卻不喜歡，雖然拿來與宋江對比的時候也覺得很痛快，他就只是好胡亂殺人，如江州救宋江時不尋官兵厮殺，卻只向人多處砍去，可以說正是一隻野貓，只有以獸道論是對的吧。設計賺朱仝上梁山那時，李逵在林子裏殺了小衙內，把他梳着雙丫角的頭劈作兩半，這件事我是始終覺得不可饒恕的。武松與石秀都是可怕的人，兩人自然也分個上下，武松的可怕是煞辣，用於報仇雪恨卻很不錯，而石秀則是兇險，可怕以至可憎了。武松殺嫂以至飛雲樓的一場，都是為報仇恨，石秀的逼楊雄殺潘巧雲，為的要表白自己，完全是假公濟私，這些情形向來都瞞不過看官們的眼，本來可以不必贅說。但是可以注意的是，前頭武松殺了親嫂，後面石秀又殺盟嫂，據金聖歎說來，固然可以說是由於作者故意要顯他的手段，寫出同而不同的兩個場面來，可是事實上根本相同的則是兩處都慘殺犯奸的女人，在這上面作者似乎無意中露出了一點馬腳，即是他的女人憎惡的程度。《水滸》中殺人的事情也不少，而寫殺潘金蓮尤其是殺潘巧雲迎兒處卻是特別細緻殘忍，或有點欣賞的意思。——可是話又得說了回來，在向來看不起女人的社會裏，況且這又是在至少四百年前所寫的小說裏邊，我們怎好以今日的看法來責備他們，或者他也是借此寫出一種人來，有這麼樣殘酷，正如寫一個純樸的魯智深，是同一的用意呢，上面的話也只是想到了說說罷了。

一九五　拾遺己

讀小說續　《封神傳》，《西遊記》，《鏡花緣》，我把這三部書歸在一起，或者有人以為不倫不類，不過我的這樣排列法是有理由的。本來《封神傳》是《東周列國》之流，大概從《武王伐紂書》轉變出來的，原是歷史演義，卻著重在使役鬼神這一點上敷衍成那麼一部怪書，見神見鬼的那麼說怪話的書大概是無出其右的了。《西遊記》因為是記唐僧取經的事，有人以為隱藏着什麼教理，這裏不想討論，雖然我自己原是不相信的，我只覺得它寫孫行者和妖精的變化百出，很是好玩，與《封神》也是一類。《鏡花緣》前後實是兩部分，那些考女狀元等等的女權說或者也有意思，我乃喜歡的乃是那前半，即唐敖多九公漂洋的故事。這三種小說的性質如何不同且不管它，我只合在一處，在古來缺少童話的中國當作這一類的作品看，亦是慰情勝無的事情。《封神傳》在我們鄉下稱作「紂鹿台」，雖然已經成為荒唐無稽的代名詞，但是姜太公神位在此的紅紙到處貼着，他手執杏黃旗騎着四不像的模樣也是永久存在人的空想裏，因為一切法術都是童話世界的應有的陳設，缺少了便要感覺貧乏的。它的缺點只是沒有個性，近似單調，不過這也是童話或民話的特徵，它每一則大抵都只是用了若干形式湊拼而成的，有如七巧圖一般，擺得好的雖然也可以很好。孫猴子的描寫要好得多了，雖則豬八戒或者也不在他之下，其他的精怪則同闡截兩教的神道差不多，也正是童話劇中的木頭人而已，不過作者有許多地方都很用幽默，所以更顯得有意思。兒童與老百姓是很有幽默感的，所以好的童話與民話都含有滑稽趣味。我的祖父常喜歡講，孫行者有一回戰敗逃走，無處躲藏，只得搖身一變，變作一座古廟，剩下一根尾巴，苦於無處安頓，只好權作旗杆，放在後面。二郎神趕來看，廟倒是不錯，但一根旗杆豎在廟背後，這種廟宇世上少有，一定是孫猴變的，於是終被看破了。這件故事看似尋常，卻實在是兒童的想頭，小孩聽了一定要高興發笑的，這便是價值的所在。

《紅樓夢》自然也不得不一談，雖然關於這書談的人太多了，多談不但沒用，而且也近於無謂，我只一說對於大觀園裏的女人意見如何。正冊的二十四釵中，當然春蘭秋菊各有其美，但我細細想過，覺得作者描寫得最成功也最用力的乃是王熙鳳，她的缺點和長處也是不可分的，《紅樓夢》裏的人物好些固然像是實在有過的人一般，而鳳姐則是最活現的一個，也自然最可喜。副冊中我覺得晴雯最好，而襲人也不錯，別人恐怕要說這是老子韓非同傳，其實她有可取，不管好壞怎麼的不一樣。《紅樓夢》的描寫和言語是頂漂亮的，《兒女英雄傳》在用語這一點上可以相比，我想拿來放在一起。二者運用北京語都很純熟，因為作者都是旗人，《紅樓夢》雖是清朝的書，但大觀園中有如桃源似的，時代的空氣很是稀薄，起居服色寫得極為朦朧，始終似在錦繡的戲臺佈景中，《兒女英雄傳》則相反的表現得很是明瞭。前清科舉考試的情形，世家家庭間的禮節詞令，有詳細的描寫，也是一種難得的特色。從前我說過幾句批評，現在意見還是如此，可以再應用在這裏：

「《兒女英雄傳》還是三十多年前看過的，近來重讀一過，覺得實在還寫得不錯。平常批評的人總說筆墨漂亮，思想陳腐。這第一句大抵是眾口一詞，沒有什麼問題，第二句也並未說錯，不過我卻有點意見。如要說書的來反對科舉，自然除了《儒林外史》再也無人能及，但志在出將入相，而且還想入聖廟，則亦只好推《野叟曝言》去當選了。《兒女英雄傳》作者的晝夢只是想點翰林，那時候恐怕只是常情，在小說裏不見得是頂腐敗，他又喜歡講道學，而安老爺這個腳色在全書中差不多寫得最好，我曾說過玩笑話，像安學海那樣的道學家，我也不怕見見面，雖然我平常所頂不喜歡的東西道學家就是其一。此書作者自稱恕道，覺得有幾分對，大抵他通達人情物理，所以處處顯得大方，就是其陳舊迂謬處也總不叫人怎麼生厭，這是許多作者都不易及的地方。寫十三妹除了能仁寺前後一段稍為奇怪外，大體寫得很好，天下自有這一種矜才使氣的女孩子，大約列公也曾遇見一位過來，略具一鱗半爪，應知鄙言非妄，不過這裏集合起來，暢快的寫一番罷了。書中對於女人的態度我覺得很好，恐怕這或者是旗下的關係。其中只是承認陽奇陰偶的謬論，我們卻也難深怪，此外總是當作一個人相對待，絕無淫虐狂的變態形跡，夠得上說是健全的態度。小時候讀彈詞《天雨花》，很佩服左維明，但是他在階前劍斬犯淫的侍女，至今留下一極惡的印象，若《水滸》之特別憎惡女性，曾為廢名所指彈，小說中如能無此種污染，不可謂非難得而可貴也。

我們順便的就講到《儒林外史》。它對於前清的讀書社會整個的加以諷刺，不但是高翰林衛舉人嚴貢生等人荒謬可笑，就是此外許多人，即使作者並無嘲弄的口氣，而寫了出來也是那個無聊社會的一分子，其無聊正是一樣。程魚門在作者的傳裏說，此書「窮極文士情態」，正是說得極對，而這又差不多以南方為對象的，與作者同時代的高南阜曾評南方士人多文俗，也可以給《儒林外史》中人物作一個總評。這書的缺限是專講儒林，如今事隔百餘年，教育制度有些變化了，讀者恐要覺得疏遠，比較的減少興味亦未可知，但是科舉雖廢，士大夫的傳統還是儼存，誠如識者所說過，青年人原是老頭子的兒子，讀書人現今改稱知識階級，仍舊一代如一代，所以《儒林外史》的諷刺在後世還是長久有生命的。中國向來缺少諷刺滑稽的作品，這部書是唯一的好成績，不過如喝一口酸辣的酒，裏邊多含一點苦味，這也實在是難怪的，水土本來有點兒苦，米與水自然也是如此，雖有好釀手亦無可奈何。後來寫這類譴責小說的也有人，但沒有趕得上的，有些老新黨的思想往往不及前朝的人，他們始終是個成功的上海的報人罷了。

《品花寶鑒》與《儒林外史》《兒女英雄傳》同是前清嘉道時代的作品，雖然是以北京的「相公」生活為主題，實在也是一部好的社會小說。書中除所寫主要的幾個人物過於修飾之外，其餘次要的也就近於下流的各色人等，卻都寫得不錯，有人曾說他寫的髒，不知那裏正是他的特色，那些人與事本來就是那麼髒的，要寫就只有那麼的不怕髒。這誠如理查白頓(Richard Burton)關於《香園》一書所說，這不是小孩子的書。中國有些書的確不是小孩子可以看的，但是有教育的成年人卻應當一看，正如關於人生的暗黑面與比較的光明面他都該知道一樣。有許多壞小說，在這裏也不能說沒有用處，不過第一要看的人有成人的心眼，也就是有主宰，知道怎麼看。但是我老實說不一定有這裏所需要的忍耐力，往往成見的好惡先出來了，明知《野叟曝言》裏文素臣是內聖外王的思想的代表，書中的思想極正統，極謬妄，極荒淫，很值得耐心一讀，可是我從前借得學堂同班的半部石印小字本，卻終於未曾看完而還了他了。這部江陰夏老先生的大作，我竭誠推薦給研究中國文士思想和心理分析的朋友，是上好的資料，雖則我自己還未能通讀一過。

這裏還有一部書我覺得應該提一提，這便是那《綠野仙蹤》。什麼人所著和什麼年代出板我都忘記了，因為我看見這書還是在許多年前，大概至少總有六十年了吧。魯迅的《中國小說史略》中也不著錄，現今也沒法查考。這是一部木版大書，可能有二十冊，是我在先母的一個衣櫃(普通稱作大櫥)內發見的，平常乘她往本家妯娌那裏談天去的時候偷看一點，可能沒有看完全部，但大體是記得的，書中說冷於冰修仙學道的事，這是書名的所由來，但是又夾雜着溫如玉狎娼情形，裏邊很有些穢褻的描寫，其最奇怪的是寫冷於冰的女弟子於將得道以前被一個小道士所強姦的故事。不過我所不能忘記的不是這些，乃是說冷於冰遇着一個開私塾教書的老頭子，有很好的滑稽和諷刺。這老儒給冷於冰看的一篇《饃饃賦》，真是妙絕了，可惜不能記得，但是又給他講解兩句詩，卻幸而完全沒有忘記，這便是：

「媳釵俏矣兒書廢，哥罐聞焉嫂棒傷。」

這裏有意思的事，乃是諷刺乾隆皇帝的。我們看他題在《知不足齋叢書》前頭的「知不足齋何不足，渴於書籍是賢乎」，和在西山碧雲寺的御碑上的「香山适才游白社，越嶺便以至碧雲」比較起來，實在好不了多少。書裏的描寫可以說是挖苦透了，不曉得那時何以沒有捲進文字獄裏去的，或者由於發告的不好措詞，因為此外沒有確實的證據，假如直說這「哥罐」的詩是模擬「聖制」的，恐怕說的人就要先戴上一頂大不敬的帽子吧。

一九六　拾遺　庚

遇狼的故事　從前以不知為知的寫些關於文藝的文章，總集起來名曰《談龍》，其關於別的問題的則稱為《談虎》，並出一本對人的批評，書名已經擬好為《真談虎集》，可是想到這種妄耗精神乃是昏愚的事，遂爾中止了。民國三十三年(一九四四)又發生了遇狼的問題，也寫了些東西，卻一樣的埋沒了事，但是有些朋友以不明了這事為恨，希望在回想錄上能夠得到材料，深愧不能滿足他們這期望，覺得在本文中不提一字也是不對，因把那一篇故事收在拾遺裏面，算是應個景吧。原文如下：

「從前看郝懿行的《曬書堂筆錄》，很是喜歡，特別是其中的《模糊》一篇，曾經寫過文章介紹，後來有日本友人看見，也引起興趣來，特地買了《曬書堂全集》去讀，說想把郝君的隨筆小文抄譯百十則出版，可是現在沒有消息，或者出版未能許可也不可知(可是不久出板了，書名就叫作《模糊集》，後來在譯者所編的中國古典文學全集裏的《歷代隨筆集》中，也全部收入在內)。模糊普通寫作馬虎，有辦事敷衍之意，不算是好話，但郝君所說的是對於人家不甚計較，我覺得也是省事之一法，頗表示贊成，雖然實行不易，不能像郝君的那麼道地。大抵這只有三種辦法。一是法家的，這是絕不模糊。二是道家的，他是模糊到底，心裏自然是很明白的。三是儒家的，他也模糊，卻有個限度，彷彿是道家的帽，法家的鞋，可以說是中庸，也可以說是不徹底。我照例是不徹底的人，所以至多也只能學到這個地步。前幾天同日本的客談起，我比喻說，這裏有堵矮牆，有人想瞧瞧牆外的景致，對我說，勞駕你肩上讓我站一下，我諒解他的欲望，假如脫下皮鞋的話，讓他一站也無什麼不可以的。但是，若連鞋要踏到頭頂上去，那可是受不了，只得蒙御免了。不過這樣做並不怎麼容易，至少也總比兩極端的做法為難，因為這裏需要一個限度的酌量，而其前後又恰是那兩極端的一部分，結果是自討麻煩，不及徹底者的簡單乾淨。而且，定限度尚易，守限度更難。你希望人家守限制，必須相信性善說才行，這在儒家自然是不成問題，但在對方未必如此，凡是想站到別人肩上去看牆外，自以為比牆還高了的，豈能尊重你中庸的限度，不再想踏上頭頂去呢。那時你再發極，把他硬拉下去，結果還是弄到打架。仔細想起來，到底是失敗，儒家可為而不可為，蓋如此也。

「不佞有志想學儒家，只是無師自通，學的更難像樣，這種失敗自然不能免了。多少年前有過一位青年，心想研究什麼一種學問，那時曾經給予好些幫助，還有些西文書，現在如放在東安市場，也可以得點善價了。不久他忽然左傾了，還要勸我附和他的文學論，這個我是始終不懂，只好敬謝不敏，他卻尋上門來鬧，有一回把外面南窗的玻璃打碎，那時孫伏園正寄住在那裏，嚇得他一大跳。這位英雄在和平的時代曾記錄過民間故事，題曰大黑狼，所以亡友餅齋後來嘲笑我說，你這回被大黑狼咬了吧。他的意思是說活該，這個我自己也不能否認，不過這大黑狼實在乃是他的學生，我被咬得有點兒冤枉，雖然引狼入室自然也是我的責任。

去年冬天偶然做了幾首打油詩，其一云：

山居亦自多佳趣，山色蒼茫山月高，

掩卷閉門無一事，支頤獨自聽狼嗥。

「餅齋先生去世於今已是五年了，說起來不勝感歎。可是別的朋友，好意的關懷我，卻是不免有點神經過敏的列位，遠道寄信來問，你又被什麼狼咬了麼？我聽了覺得也可感也好笑，心裏想年紀這樣一年年長上去了，還給人那麼東咬西咬，還了得麼。我只得老老實實的回答說道，請放心，這不是狼，實在只是狗罷了。本來詩無達詁，要那麼解釋也並無什麼不可，但事實上我是住在城裏，不比山中，那裏會有狼來。寒齋的南邊有一塊舊陸軍大學的馬號，現在改為華北交通公司的警犬訓練所，關着許多狗，由外國人訓練着。這狗成天的嗥叫，弄得近地的人寢食不安，後來卻也漸漸習慣，不大覺得了，有時候還須提起耳朵靜聽，才能辨別他們是不是叫着。這能否成為詩料，都不成問題，反正是打油詩，何必多所拘泥，可是不巧狗字平仄不調，所以換上一個狼字，也原是狗的一黨，可以對付過去了。不料因此又引起朋友們的掛念，真是抱歉得很，所以現在忙中偷閒來說明一下子。

「說到遇狼，我倒是有過經驗的，雖然實際未曾被咬。這還是四十年前在江南水師學堂做學生的時候的事，《雨天的書》裏《懷舊之二》，根據汪仲賢先生所說，學校後邊山上有狼，據牆上警告行人的字帖，曾經白晝傷人，說到自己的遇狼的經驗，大意云：

「『仲賢先生的回憶中的那山上的一隻大狼，正同老更夫一樣，他也是我的老相識。我們在校時每到晚飯後常往後山上去遊玩，但是因為山坳裏的農家有許多狗，時以惡聲相向，所以我們習慣都拿一枝棒出去。一天的傍晚，我同友人盧君出了學堂，向着半山的一座古廟走去，這是同學常來借了房間叉麻將的地方。我們沿着小路前進，兩旁都生長着稻麥之類，有三四尺高。走到一處十字路口，我們看見左手橫路旁伏着一隻大狗，照例揮起我們的棒，他便竄入麥田裏不見了。我們走了一程，到了第二個十字路口，卻又見這只狗從麥叢中露出半個身子，隨即竄向前面的田裏去了。我們覺得他的行徑有點古怪，又看見他的尾巴似乎異常，才想到他或者不是尋常的狗，於是便把這天的散步中止了。後來同學中也還有人遇見過他，因為手裏有棒，大抵是他先回避了。原來過了多年之後他還在那裏，而且居然傷人起來了。不知道現今還健在否，很想得到機會去南京打聽一聲。』

「以上還是民國前的話，自從南京建都以後，這情形自當大不相同了。依據我們自己的經驗，山野的狼是並不怎麼可怕的。最可怕的或者是狼而能說人話的，有如中山狼故事裏的那一隻狼。小時候看見木版書的插圖，畫着一隻乾瘦的狼，對着土地似的老翁說人一般的話，至今想起還是毛骨聳然。此外則有西洋傳說裏的人狼，古英文所謂衛勒伍耳夫(Werwolf)者是也，也正是中國的變鬼人一類的東西。我有一大冊西文書，是專講人狼的，與講僵屍的一冊正是一對，真是很難得的好書，可是看起來很可怕，所以雖然我很珍重，卻至今還不曾細閱，豈真恐怕嚇破苦膽乎，想起來亦自覺得好笑人也。民國甲申(一九四四)驚蟄節，在北京。」

一九七　拾遺　辛

我的雜學　一九四四年從四月到七月，寫了一篇《我的雜學》，共有二十節，這是一種關於讀書的回憶，把我平常所覺得有興趣以及自以為有點懂得的事物，簡單的記錄了下來。雖然末後的結論裏也承認說，這可以說是愚人的自白，實際也寫得不大高明，假如現在來改寫的話，可能至少要減少到一半以上，但是既然寫成了，刪改也似乎可以不必，所以現今仍照原樣的保存了。

一，**引言**　小時候讀《儒林外史》，後來多還記得，特別是關於批評馬二先生的話。第四十九回高翰林說：

「若是不知道揣摩，就是聖人也是不中的。那馬先生講了半生，講的都是些不中的舉業。」又第十八回舉人衛體善衛先生說：

「他終日講的是雜學。聽見他雜覽到是好的，於文章的理法他全然不知，一味亂鬧，好墨卷也被他批壞了。」這裏所謂文章是說八股文，雜學是普通詩文，馬二先生的事情本來與我水米無干，但是我看了總有所感，彷彿覺得這正是說着我似的。我平常沒有一種專門的職業，就只喜歡涉獵閒書，這豈不便是道地的雜學，而且又是不中的舉業，大概這一點是無可疑的。我自己所寫的東西好壞自知，可是聽到世間的是非褒貶，往往不盡相符，有針小棒大之感，覺得有點奇怪，到後來卻也明白了。人家不滿意，本是極當然的，因為講的是不中的舉業，不知道揣摩，雖聖人也沒有用，何況我輩凡人。至於說好的，自然要感謝，其實也何嘗真有什麼長處，至多是不大説誑，以及多本於常識而已。假如這常識可以算是長處，那麼這正是雜覽應有的結果，也是當然的事，我們斷章取義的借用衛先生的話來說，所謂雜覽到是好的也。這裏我想把自己的雜學簡要的記錄一點下來，並不是什麼敝帚自珍，實在也只當作一種讀書的回想云爾。民國甲申(一九四四)四月末日。

二，**古文** 日本舊書店的招牌上多寫着「和漢洋書籍」云云，這固然是店鋪裏所有的貨色，大抵讀書人所看的也不出這範圍，所以可以說是很能概括的了。現在也就仿照這個意思，從漢文講起頭來。

我開始學漢文，還是在甲午以前，距今已是五十餘年，其時讀書蓋專為應科舉的準備，終日念四書五經以備作八股文，中午習字，傍晚對課以備作試帖詩而已。魯迅在辛亥曾戲作小說，假定篇名曰《懷舊》，其中略述書房情狀，先生講《論語》「志於學」章，教屬對，題曰紅花，對青桐不協，先生代對曰綠草，又曰，紅平聲，花平聲，綠入聲，草上聲，則教以辨四聲也。此種事情本甚尋常唯及今提及，已少有知者，故亦不失為值得記錄的好資料。我的運氣是，在書房裏這種書沒有讀透。我記得在十一歲時還在讀「上中」，即是《中庸》的上半卷，後來陸續將經書勉強讀畢，八股文湊得起三四百字，可是考不上一個秀才，成績可想而知。語云，禍兮福所倚。舉業文沒有弄成功，但我因此認得了好些漢字，慢慢的能夠看書，能夠寫文章，就是說把漢文卻是讀通了。漢文讀通極是普通，或者可以說在中國人正是當然的事，不過這如從舉業文中轉過身來，他會附隨着兩種臭味，一是道學家氣，一是八大家氣，這都是我所不大喜歡的。本來道學這東西沒有什麼不好，但發現在人間便是道學家，往往假多真少，世間早有定評，我也多所見聞，自然無甚好感。家中舊有一部浙江官書局刻方東樹的《漢學商兑》，讀了很是不愉快，雖然並不因此被激到漢學裏去，對於宋學卻起了反感，覺得這麼度量褊窄，性情苛刻，就是真道學也有何可貴，倒還是不去學他好。還有一層，我總覺得清朝之講宋學，是與科舉有密切關係的，讀書人標榜道學作為求富貴的手段，與跪拜頌揚等等形式不同而作用則一。這些恐怕都是個人的偏見也未可知，總之這樣使我脱離了一頭羈絆，於後來對於好些事情的思索上有不少的好處。八大家的古文在我感覺也是八股文的長親，其所以為世人所珍重的最大理由我想即在於此。我沒有在書房學過唸古文，所以搖頭朗誦像唱戲似的那種本領我是不會的，最初只自看《古文析義》，事隔多年幾乎全都忘了，近日拿出安越堂平氏校本《古文觀止》來看，明瞭的感覺唐以後文之不行，這樣説雖有似明七子的口氣，但是事實無可如何。韓柳的文章至少在選本裏所收的，都是些《宦鄉要則》裏的資料，士子做策論，官幕辦章奏書啟，是很有用的，以文學論不知道好處在那裏。唸起來聲調好，那是實在的事，但是我想這正是屬於八股文一類的證據吧。讀前六卷的所謂周秦文以至漢文，總是華實兼具，態度也安詳沉着，沒有那種奔競躁進氣，此蓋為科舉制度時代所特有，韓柳文勃興於唐，盛行至於今日，即以此故，此又一段落也。不佞因為書房教育受得不充分，所以這一關也逃過了，至今想起來還覺得很僥倖，假如我學了八大家文來講道學，那是道地的正統了，這篇談雜學的小文也就無從寫起了。

一九八　拾遺　壬

三，**小說與讀書**　我學國文的經驗，在十八九年前曾經寫了一篇小文，約略說過。中有云，經可以算讀得也不少了，雖然也不能算多，但是我總不會寫，也看不懂書，至於禮教的精義尤其茫然，乾脆一句話，以前所讀的書於我無甚益處，後來的能夠略寫文字，及養成一種道德觀念，乃是全從別的方面來的。關於道德思想將來再說，現在只說讀書，即是看了紙上的文字懂得所表現的意思，這種本領是怎麼學來的呢。簡單的說，這是從小說看來的。大概在十三至十五歲，讀了不少的小說，好的壞的都有，這樣便學會了看書。由《鏡花緣》《儒林外史》《西遊記》《水滸傳》等漸至《三國演義》，轉到《聊齋志異》，這是從白話轉入文言的徑路。教我懂文言，並略知文言的趣味者，實在是這《聊齋》，並非什麼經書或是《古文析義》之流。《聊齋志異》之後，自然是那些《夜談隨錄》《淞隱漫錄》等的「假聊齋」，一變而轉入《閱微草堂筆記》，這樣，舊派文言小說的兩派都已經入門，便自然而然的跑到《唐代叢書》裏邊去了。這種經驗大約也頗普通，嘉慶時人鄭守庭的《燕窗閒話》中也有相似的記錄。不過我自己的經歷不但使我瞭解文義，而且還指引我讀書的方向，所以關係也就更大了。

《唐代叢書》因為板子都欠佳，至今未曾買好一部，我對於他卻頗有好感，裏邊有幾種書還是記得，我的雜覽可以說是從那裏起頭的。小時候看見過的書，雖本是偶然的事，往往留下很深的印象，發生很大的影響。《爾雅音圖》《毛詩品物圖考》《毛詩草木疏》《花鏡》《篤素堂外集》《金石存》《剡錄》，這些書大抵並非精本，有的還是石印，但是至今記得，後來都搜得收存，興味也仍存在。說是幼年的書全有如此力量麼，也並不見得，可知這裏原是也有別擇的。《聊齋》與《閱微草堂》是引導我讀古文的書，可是後來對於前者我不喜歡他的詞章，對於後者討嫌他的義理，大有得魚忘筌之意。《唐代叢書》是雜學入門的課本，現在卻亦不能舉出若干心喜的書名，或者上邊所說《爾雅音圖》各書可以充數，這本不在叢書中，但如說是已從《唐代叢書》養成的讀書興味，在叢書之外別擇出來的中意的書，這說法也是可以的吧。

這個非正宗的別擇法一直維持下來，成為我搜書看書的準則。這大要有八類：一是關於《詩經》《論語》之類。二是小學書，即《說文》《爾雅》《方言》之類。三是文化史料類，非志書的地志，特別是關於歲時風土物產者，如《夢憶》《清嘉錄》，又關於亂事如《思痛記》，關於倡優如《板橋雜記》等。四是年譜日記遊記家訓尺牘類，最著的例如《顏氏家訓》《入蜀記》等。五是博物書類，即《農書》《本草》，《詩疏》《爾雅》各本亦與此有關係。六是筆記類，範圍甚廣，子部雜家大部分在內。七是佛經之一部，特別是舊譯《譬喻》《因緣》《本生》各經，大小乘戒律，代表的語錄。八是鄉賢著作。我以前常說看閒書代紙煙，這是一句半真半假的話，我說閒書，是對於新舊各式的八股文而言，世間尊重八股是正經文章，那麼我這些當然是閒書罷了，我順應世人這樣客氣的說，其實在我看來原都是很重要極嚴肅的東西。重復的說一句，我的讀書是非正統的，因此常為世人所嫌憎，但是自己相信其所以有意義處亦在於此。

四，**古典文學** 古典文學中我很喜歡《詩經》，但老實說也只以「國風」為主，「小雅」但有一部分耳。說詩不一定固守「小序」或「集傳」，平常適用的好本子卻難得，有早印的掃葉山莊陳氏本《詩毛氏傳疏》，覺得很可喜，時常拿出來翻看。陶淵明詩向來喜歡，文不多而均極佳，安化陶氏本最便用，雖然兩種刊板都欠精善。此外的詩，以及詞曲，也常翻讀，但是我知道不懂得詩，所以不大敢多看多說。駢文也頗愛好，雖然能否比詩多懂得原是疑問，閱孫隘庵的《六朝麗指》卻很多同感，仍不敢貪多，《六朝文》及黎氏箋注常備在座右而已。伍紹棠跋《南北朝文抄》云，南北朝人所著書多以駢儷行之，亦均質雅可誦。此語真實，唯諸書中我所喜者為《洛陽伽藍記》《顏氏家訓》，此他雖皆是篇章之珠澤，文采之鄧林，如《文心雕龍》與《水經注》，終苦其太專門，不宜於閒看也。以上就唐以前書舉幾個例，表明個人的偏好，大抵於文字之外看重所表現的氣象與性情，自從韓愈文起八代之衰以後，便沒有這種文字，加以科舉的影響，後來即使有佳作，也總是質地薄，分量輕，顯得是病後的體質了。

至於思想方面，我所受的影響又是別有來源的。籠統的說一句，我自己承認是屬於儒家思想的，不過這儒家的名稱是我所自定，內容的解說恐怕與一般的意見很有些不同的地方。我想中國人的思想是重在適當的做人，在儒家講仁與中庸正與之相同，用這名稱似無不合，其實這正因為孔子是中國人，所以如此，並不是孔子設教傳道，中國人乃始變為儒教徒也。儒家最重的是仁，但是智與勇二也很重要，特別是在後世儒生成為道士化，禪和子化，差役化，思想混亂的時候，須要智以辨別，勇以決斷，才能截斷眾流，站立得住。這一種人在中國卻不易找到，因為這與君師的正統思想往往不合，立於很不利的地位，雖然對於國家與民族的前途有極大的價值。上下古今自漢至於清代，我找到了三個人，這便是王充，李贄，俞正燮，是也。王仲任的疾虛妄的精神，最顯著的表現在《論衡》上，其實別的兩人也是一樣，李卓吾在《焚書》與《初潭集》，俞理初在《癸巳類稿》《存稿》上所表示的，正是同一的精神。他們未嘗不知道多說真話的危險，只因通達物理人情，對於世間許多事情的錯誤不實看得太清楚，忍不住要說，結果是不討好，卻也不在乎。這種愛真理的態度是最可寶貴，學術思想的前進就靠此力量，只可惜在中國歷史上不大多見耳。我嘗稱他們為中國思想界之三盞燈火，雖然很是遼遠微弱，在後人卻是貴重的引路的標識。太史公曰，高山仰止，景行行止，雖不能至，然心嚮往之。對於這幾位先賢我也正是如此，學是學不到，但疾虛妄，重情理，總作為我們的理想，隨時注意，不敢不勉。古今筆記所見不少，披沙揀金，千不得一，不足言勞，但苦寂寞。民國以來號稱思想革命，而實亦殊少成績，所知者唯蔡孑民，錢玄同二先生可當其選，但多未著之筆墨，清言既絕，亦復無可徵考，所可痛惜也。

一九九 拾遺 癸

五，**外國小說** 我學外國文，一直很遲，所以沒有能夠學好，大抵只可看看書而已。光緒辛丑(一九〇一)進江南水師學堂當學生，才開始學英文，其時年已十八，至丙辰被派往日本留學，不得不再學日本文，則又在五年後矣。我們學英文的目的為的是讀一般理化及機器書籍，所用課本最初是《華英初階》以至《進階》，參考書是考貝紙印的《華英字典》，其幼稚可想，此外西文還有什麼可看的書全不知道。許多前輩同學畢業後把這幾本舊書拋棄淨盡，雖然英語不離嘴邊，再也不一看橫行的書本，正是不足怪的事。我的運氣是同時愛看新小說，因了林氏譯本知道外國有司各得，哈葛德這些人，其所著書新奇可喜，後來到東京又見西書易得，起手買一點來看，從這裏得到了不少的益處。不過我所讀的卻並不是英文學，只是借了這文字的媒介雜亂的讀些書，其一部分是歐洲弱小民族的文學。當時日本有長谷川二葉亭與升曙夢專譯俄國作品，馬場孤蝶多介紹大陸文學，我們特別感到興趣，一面又因《民報》在東京發刊，中國革命運動正在發達，我們也受了民族思想的影響，對於所謂被損害與侮辱的國民的文學更比強國的表示尊重與親近。這裏邊，波蘭，芬蘭，匈加利，新希臘等最是重要，俄國其時也正在反抗專制，雖非弱小而亦被列入。那時影響至今尚有留存的，即是我的對於幾個作家的愛好，俄國的果戈理與伽爾洵，波蘭的顯克微之，雖然有時可以十年不讀，但心裏還是永不忘記。陀思妥也夫斯奇也極是佩服，可是有點敬畏，向來不敢輕易翻動，也就較為疏遠了。摩斐耳的《斯拉夫文學小史》，克羅巴金的《俄國文學史》，勃蘭特思的《波蘭印象記》，賴息的《匈加利文學史論》，這些都是四五十年前的舊書，於我卻是很有情份，回想當日讀書的感激，歷歷如昨日，給予我的好處亦終未亡失。只可惜我未曾充分利用，小說前後譯出三十幾篇，收在兩種短篇集內，史傳批評則多止讀過獨自怡悅耳。但是這也總之不是徒勞的事，民國六年來到北京大學，被命講授歐洲文學史，就把這些拿來做底子，而這以後七八年間的教書，督促我反復的查考文學史料，這又給我做了一種訓練。我最初只是關於古希臘與十九世紀歐洲文學的一部分有點知識，後來因為要教書編講義，其他部分須得設法補充，所以起頭這兩年雖然只擔任六小時功課，卻真是日不暇給，查書寫稿之外幾乎沒有別的事情可做，可是結果並不滿意，講義印出了一本，十九世紀這一本終於不曾付印，這門功課在幾年之後也停止了。凡文學史都不好講，何況是歐洲的，那幾年我知道自誤誤人的確不淺，早早中止還是好的，至於我自己實在卻仍得着好處，蓋因此勉強讀過多少書本，獲得一般文學史的常識，至今還是有用，有如教練兵操，本意在上陣，後雖不用，而此種操練所餘留的對於體質與精神的影響則固長存在，有時亦覺得頗可感謝者也。

六，**希臘神話**　從西文書中得來的知識，此外還有希臘神話。說也奇怪，我在學校裏學過幾年希臘文，近來翻譯阿波羅多洛斯的神話集，覺得這是自己的主要工作之一，可是最初之認識與理解希臘神話卻是全從英文的著作來的。我到東京的那年（一九〇六），買得該萊(Gayley)的《英文學中之古典神話》，隨後又得到安特路朗(Andrew Lang)的兩本《神話儀式與宗教》，這樣便使我與神話發生了關係。當初聽說要懂西洋文學須得知道一點希臘神話，所以去找一兩種參考書來看，後來對於神話本身有了興趣，便又去別方面尋找，於是在神話集方面有了阿波羅多洛斯的原典，福克斯(W. S. Fox)與洛茲(H. J. Rose)各人的專著，論考方面有哈理孫女士(Jane Harrison)的《希臘神話論》以及宗教各書。安特路朗的則是神話之人類學派的解說，我又從這裏引起對於文化人類學的趣味來的。世間都說古希臘有美的神話，這自然是事實，只須一讀就會知道，但是其所以如此又自有其理由，這說起來更有意義。古代埃及與印度也有特殊的神話，其神道多是鳥頭牛首，或者是三頭六臂，形狀可怕，事蹟亦多怪異，始終沒有脫出宗教的區域，與藝術有一層的間隔。希臘的神話起源本亦相同，而逐漸轉變，因為如哈理孫女士所說，希臘民族不是受祭司支配而是受詩人支配的，結果便由他們把那些都修造成為美的影像了。「這是希臘的美術家與詩人的職務，來洗除宗教中的恐怖分子，這是我們對於希臘的神話作者的最大的負債。」我們中國人雖然以前對於希臘不曾負有這項債務，現在卻該奮發去分一點過來，因為這種希臘精神即使不能起死回生，也有返老還童的力量，在歐洲文化史上顯然可見。對於現今的中國，因了多年的專制與科舉的重壓，人心裏充滿着醜惡與恐怖而日就萎靡，這種一陣清風似的袪除力是不可少，也是大有益的。我從哈理孫女士的著書得悉希臘神話的意義，實為大幸，只恨未能盡力紹介。阿波羅多洛斯的書本文譯畢，注釋恐有三倍的多，至今未曾續寫。此外還該有一冊通俗的故事，自己不能寫，翻譯更是不易。勞斯博士於一九三四年著有《希臘的神與英雄與人》，他本來是古典學者，文章寫得很有風趣，在一八九七年譯過《新希臘小說集》，序文名曰《在希臘諸島》，對於古舊的民間習俗頗有理解，可以算是最適任的作者了，但是我不知怎的覺得這總是基督教國人寫的書，特別是在通俗的為兒童用的，這與專門書不同，未免有點不相宜，未能決心去譯他，只好且放下。我並不一定以希臘的多神教為好，卻總以為他的改教可惜，假如希臘能像中國日本那樣，保存舊有的宗教道德，隨時必要的加進些新分子，有如佛教基督教之在東方，調和的發展下去，豈不更有意思。不過已經過去的事是沒有辦法了，照現在的事情來說，在本國還留下些生活的傳統，劫餘的學問藝文在外國甚被寶重，一直研究傳播下來，總是很好的了。我們想要討教，不得不由基督教國去轉手，想來未免有點彆扭，但是為希臘與中國再一計量，現在得能如此也已經是可幸的事了。

二〇〇　拾遺　子

七，**神話學與安特路朗**　安特路朗是個多方面的學者文人，他的著書很多，我只有其中的文學史及評論類，古典翻譯介紹類，童話兒歌研究類，最重要的是神話學類，此外也有些雜文，但是如《垂釣漫錄》以及詩集卻終於未曾收羅。這裏邊於我影響最多的是神話學類中之《習俗與神話》《神話儀式與宗教》這兩部書，因為我由此知道神話的正當解釋，傳說與童話的研究也於是有了門路了。十九世紀中間歐洲學者以言語之病解釋神話，可是這裏有個疑問，假如亞里安族神話起源由於亞利安族言語之病，那麼這是很奇怪的，為什麼在非亞里安族言語通行的地方也會有相像的神話存在呢。在語言系統不同的民族裏都有類似的神話傳說，說這神話的起源都由於言語的傳訛，這在事實上是不可能的。言語學派的方法既不能解釋神話裏的荒唐不合理的事件，人類學派乃代之而興，以類似的心理狀態發生類似的行為為解說，大抵可以得到合理的解決。這最初稱之曰民俗學的方法，在《習俗與神話》中曾有說明，其方法是，如在一國見有顯是荒唐怪異的習俗，要去找到別一國，在那裏也有類似的習俗，但是在那裏不特並不荒唐怪異，卻正與那人民的禮儀思想相合。對於古希臘神話也是用同樣的方法，取別民族類似的故事來做比較，以現在尚有存留的信仰推測古時已經遺忘的思想，大旨可以明瞭，蓋古希臘人與今時某種土人其心理狀態有類似之處，即由此可得到類似的神話傳說之意義也。《神話儀式與宗教》第三章以下論野蠻人的心理狀態，約舉其特點有五，即一萬物同等，均有生命與知識；二信法術；三信鬼魂；四好奇；五輕信。根據這裏的解說，我們已不難瞭解神話傳說以及童話的意思，但這只是入門，使我更知道得詳細一點的，還靠了別的兩種書，即是哈忒蘭的《童話之科學》與麥扣洛克的《小說之童年》。《童話之科學》第二章論野蠻人思想，差不多大意相同，全書分五目九章詳細敘說，《小說之童年》副題即云「民間故事與原始思想之研究」，分四類十四目，更為詳盡，雖出版於一九五〇年，卻還是此類書中之白眉，夷亞斯萊在二十年後著《童話之民俗學》，亦仍不能超出其範圍也。神話與傳說童話源出一本，隨時轉化，其一是宗教的，其二則是史地類，其三屬於藝文，性質稍有不同，而其解釋還是一樣，所以能讀神話而遂通童話，正是極自然的事。麥扣洛克稱其書曰《小說之童年》，即以民間故事為初民之小說，猶之朗氏謂說明的神話是野蠻人的科學，說的很有道理。我們看這些故事，未免因了考據癖要考察其意義，但同時也當作藝術品看待，得到好些悅樂。這樣我就又去搜尋各種童話，不過這裏的目的還是偏重在後者，雖然知道野蠻民族的也有價值，所收的卻多是歐亞諸國，自然也以少見為貴，如土耳其，哥薩克，俄國等。法國貝洛耳，德國格林兄弟所編的故事集，是權威的著作，我所有的又都有安特路朗的長篇引論，很是有用，但為友人借看，帶到南邊去了，現尚無法索還也。

八，**文化人類學**　我因了安特路朗的人類學派的解說，不但懂得了神話及其同類的故事，而且也知道了文化人類學，這又稱為社會人類學，雖然本身是一種專門的學問，可是這方面的一點知識於讀書人很是有益，我覺得也是頗有趣味的東西。在英國的祖師是泰勒與拉薄克，所著《原始文明》與《文明之起源》都是有權威的書，泰勒又有《人類學》，也是一冊很好的入門書，雖是一八八一年的初版，近時卻還在翻印，中國廣學會曾經譯出，我於光緒丙午在上海買到一部，不知何故改名為《進化論》，又是用有光紙印的，未免可惜，後來恐怕也早絕版了。但是於我最有影響的還是那《金枝》的有名的著者弗來則博士。社會人類學是專研究禮教習俗這一類的學問，據他說研究有兩方面，其一是野蠻人的風俗思想，其二是文明國的民俗，蓋現代文明國的民俗大多即是古代蠻風之遺留，也即是現今野蠻風俗的變相，因為大多數的文明衣冠的人物在心裏還依舊是個野蠻。因此這比神話學用處更大，他所講的包括神話在內，卻更是廣大，有些我們平常最不可解的神聖或猥褻的事項，經那麼一說明，神秘的面幕倏爾落下，我們懂得了時不禁微笑，這是同情的理解，可是威嚴的壓迫也就解消了。這於我們是很好很有益的，雖然於假道學的傳統未免要有點不利，但是此種學問在以偽善著稱的西國發達，未見有何窒礙，所以在我們中庸的國民中間，能夠多被接受本來是極應該的吧。茀來則的著作除《金枝》這一流的大部著書五部之外，還有若干種的單冊及雜文集，他雖非文人而文章寫得很好，還頗像安特路朗，對於我們非專門家而想讀他的書的人是很大的一個便利。他有一冊《普須該的工作》(*Psyche's Task*)，是四篇講義，專講迷信的，覺得很有意思，後來改名曰《魔鬼的辯護》，日本已有譯本在《岩波文庫》中，仍用他的原名，又其《金枝》節本亦已分冊譯出。茀來則夫人所編《金枝上的葉子》又是一冊啟蒙讀本，讀來可喜又復有益，我在《夜讀抄》中寫過一篇介紹，卻終未能翻譯，這於今也已是十年前事了。此外還有一位原籍芬蘭而寄居英國的威思忒瑪克教授，他的大著《道德觀念起源發達史》兩冊，於我影響也很深。茀來則在《金枝》第二分序言中曾說明各民族的道德與法律均常在變動，不必說異地異族，就是同地同族的人，今昔異時，其道德觀念與行為亦遂不同。威思忒瑪克的書便是闡明這道德的流動的專著，使我們確實明瞭的知道了道德的真相，雖然因此不免打碎了些五色玻璃似的假道學的擺設，但是為生與生生而有的道德的本義則如一塊水晶，總是明澈的看得清楚了。我寫文章往往牽引到道德上去，這些書的影響可以說是原因之一部分，雖然其基本部分還是中國的與我自己的。威思忒瑪克的專門巨著還有一部《人類婚姻史》，我所有的只是一冊小史，又「六便士叢書」中有一種曰《結婚》，只是八十頁的小冊子，卻很得要領。同叢書中也有哈理孫女士的一冊《希臘羅馬神話》，大抵即根據《希臘神話論》所改寫者也。

二〇一　拾遺　丑

九，**生物學**　我對於人類學稍有一點興味，這原因並不是為學，大抵只是為人，而這人的事情也原是以文化之起源與發達為主。但是人在自然中的地位，如嚴幾道古雅的譯語所云「化中人位」，我們也是很想知道的，那麼這條路略一拐彎便又一直引到進化論與生物學那邊去了。關於生物學我完全只是亂翻書的程度，說得好一點也就是涉獵，據自己估價不過是受普通教育過的學生應有的知識，此外加上多少從雜覽來的零碎資料而已。但是我對於這一方面的愛好，說起來原因很遠，並非單純的為了化中人位的問題而引起的。我在上文提及，以前也寫過幾篇文章講到，我所喜歡的舊書中有一部分是關於自然名物的，如《毛詩草木疏》及《廣要》，《毛詩品物圖考》《爾雅音圖》及郝氏《義疏》，汪曰楨《湖雅》《本草綱目》《野菜譜》《花鏡》《百廿蟲吟》等。照時代來說，除《毛詩》《爾雅》諸圖外最早看見的是《花鏡》，距今已將五十年了，愛好之心卻始終未變，在康熙原刊之外還買了一部日本翻本，至今也仍時時拿出來看。看《花鏡》的趣味，既不為的種花，亦不足為作文的參考，在現今說與人聽，是不容易領解，更不必說同感的了。因為最初有這種興趣，後來所以牽連開去，應用在思想問題上面，否則即使為得要瞭解化中人位，生物學知識很是重要，卻也覺得麻煩，懶得去動手了吧。

外國方面認得懷德的博物學的通信集最早，就是世間熟知的所謂《色耳彭的自然史》，此書初次出版還在清乾隆五十四年，至今重印不絕，成為英國古典中唯一的一冊博物書。但是近代的書自然更能供給我們新的知識，於目下的問題也更有關係，這裏可以舉出湯木孫與法勃耳二人來，因為他們於學問之外都能寫得很好的文章，這於外行的讀者是頗有益處的。湯木孫的英文書收了幾種，法勃耳的《昆蟲記》只有全集日譯三種，英譯分類本七八冊而已。我在民國八年寫過一篇《祖先崇拜》，其中有云：

「我不信世上有一部經典，可以千百年來當人類的教訓的，只有記載生物的生活現象的比阿洛支比阿洛吉，才可供我們參考，定人類行為的標準。」這也可以翻過來說，經典之可以作教訓者，因其合於物理人情，即是由生物學通過之人生哲學，故可貴也。我們聽法勃耳講昆蟲的本能之奇異，不禁感到驚奇，但亦由此可知焦理堂言生與生生之理，聖人不易，而人道最高的仁亦即從此出。再讀湯木孫談落葉的文章，每片樹葉在將落之前，必先將所有糖分葉綠等貴重成分退還給樹身，落在地上又經蚯蚓運入土中，化成植物性壤土，以供後代之用，在這自然的經濟裏可以看出別的意義，這便是樹葉的忠藎，假如你要談教訓的話。《論語》裏有「小子何莫學夫詩」一章，我很是喜歡，現在倒過來說，多識於鳥獸草木之名，可以興，可以觀，可以群，可以怨，邇之事父，遠之事君，覺得也有新的意義，而且與事理也相合，不過事君或當讀作盡力國事而已。說到這裏話似乎有點硬化了，其實這只是推到極端去說，若是平常我也還只是當閒書看，派克洛夫忒所著的《動物之求婚》與《動物之幼年》二書，我也覺得很有意思，雖然並不一定要去尋求什麼教訓。

十，**兒童文學**　民國十六年春間我在一篇小文中曾說，我所想知道一點的都是關於野蠻人的事，一是古野蠻，二是小野蠻，三是文明的野蠻。一與三是屬於文化人類學的，上文約略說及，這其二所謂小野蠻乃是兒童。因為照進化論講來，人類的個體發生原來和系統發生的程序相同，胚胎時代經過生物進化的歷程，兒童時代又經過文明發達的歷程，所以幼稚這一段落正是人生之蠻荒時期。我們對於兒童學的有些興趣，這問題差不多可以說是從人類學連續下來的。自然大人對於小兒本有天然的情愛，有時很是痛切，日本文中有兒煩惱一語，最有意味。莊子又說聖王用心，嘉孺子而哀婦人，可知無間高下人同此心。不過於這主觀的慈愛之上又加以客觀的瞭解，因而成立兒童學這一部門，乃是極後起的事，已在十九世紀的後半了。我在東京的時候得到高島平三郎編《歌詠兒童的文學》及所著《兒童研究》，才對於這方面感到興趣，其時兒童學在日本也剛開始發達，斯丹萊賀耳博士在西洋為斯學之祖師，所以後來參考的書多是英文的，塞來的《兒童時期之研究》雖已是古舊的書，我卻很是珍重，至今還時常想起。

以前的人對於兒童多不能正當理解，不是將他當作小形的成人，期望他少年老成，便將他看作不完全的小人，說小孩懂得什麼，一筆抹殺，不去理他。現在才知道兒童在生理心理上雖然和大人有點不同，但他仍是完全的個人，有他自己內外兩面的生活。這是我們從兒童學所得來的一點常識，假如要說救救孩子，大概都應以此為出發點的。自己慚愧於經濟政治等無甚知識，正如講到婦女問題時一樣，未敢多說，這裏與我有關係的還只是兒童教育裏一部分，即是童話與兒歌。在二十多年前我寫過一篇《兒童的文學》，引用外國學者的主張，說兒童應該讀文學的作品，不可單讀那些商人們編撰的讀本，唸完了讀本雖然認識了字，卻不會讀書，因為沒有讀書的趣味。幼小的兒童不能懂名人的詩文，可以讀童話，唱兒歌，此即是兒童的文學。正如在《小說之童年》中所說，傳說故事是文化幼稚時期的小說，為古人所喜歡，為現時野蠻民族與鄉下人所喜歡，因此也為小孩們所喜歡，他們共通的文學，這是確實無疑的了。

這樣話又說了回來，回到當初所說的小野蠻的問題上面，本來是我所想要知道的事情，覺得去費點心稍為查考也是值得的。我在這裏至多也只把小朋友比做紅印度人，記得在賀耳派的論文中，有人說小孩害怕毛茸茸的東西和大眼睛，這是因為森林生活時恐怖之遺留，似乎說的新鮮可喜。又有人說，小孩愛弄水乃是水棲生活的遺習，卻不知道究竟如何了。弗洛伊特的心理分析應用於兒童心理，頗有成就，曾讀瑞士波都安所著書，有些地方覺得很有意義，說明希臘腫足王的神話最為確實，蓋此神話向稱難解，如依人類學派的方法亦未能解釋清楚者也。

二〇二 拾遺 寅

十一，**性的心理** 性的心理，這於我益處很大，我平時提及總是不惜表示感謝的。從前在論自己的文章一文中曾云：

「我的道德觀恐怕還當說是儒家的，但左右的道與法兩家也都有點參合在內，外邊又加了些現代科學常識，如生物學人類學以及性的心理，而這末一點在我更為重要。古人有面壁悟道的，或是看蛇鬥蛙跳懂得寫字的道理，我卻從妖精打架上想出道德來，恐不免為傻大姐所竊笑吧。」

本來中國的思想在這方面是健全的，如《禮記》上說，飲食男女，人之大欲存焉。又莊子設為堯舜問答，嘉孺子而哀婦人，為聖王之所用心，氣象很是博大。但是後來文人墮落，漸益不成說話，我曾武斷的評定，只要看他關於女人或佛教的意見，如通順無疵，才可以算作甄別及格，可是這是多麼不容易呀。近四百年中也有過李贄王文祿俞正燮諸人，能說幾句合於情理的話，卻終不能為社會所容認。俞君生於近世，運氣較好，不大挨罵，李越縵只嘲笑他說，頗好為婦人出脫，語皆偏譎，似謝夫人所謂出於周姥者。這種出於周姥似的意見實在卻極是難得，榮啟期生為男子身，但自以為幸耳，若能知哀婦人而為之代言，則已得聖王之心傳，其賢當不下於周公矣。我輩生在現代的民國，得以自由接受性心理的新知識，好像是拿來一節新樹枝接在原有思想的老幹上去，希望能夠使他強化，自然發達起來，這個前途遼遠，一時未可預知，但於我個人總是覺得頗受其益的。這主要的著作當然是藹理斯的《性的心理研究》，此書第一冊在一八九八年出版，至一九一〇年出第六冊，算是全書完成了，一九二八年續刊第七冊，彷彿是補遺的性質。一九三三年即民國二十二年，藹理斯又刊行了一冊簡本《性的心理》，為「現代思想的新方面叢書」之一，其時著者蓋已是七十四歲了。我學了英文，既不讀沙士比亞，不見得有什麼用處，但是可以讀藹理斯的原著，這時候我才覺得，當時在南京那幾年洋文講堂的功課可以算是並不白費了。性的心理給予我們許多事實與理論，這在別的性學大家如福勒耳，勃洛赫，鮑耶爾，凡特威耳特諸人的書裏也可以得到，可是那從明淨的觀照出來的意見與論斷，卻不是別處所有，我所特別心服者就在於此。從前在《夜讀抄》中曾經舉例，敘說藹理斯的意見，以為性欲的事情有些無論怎麼異常以至可厭惡，都無責難或干涉的必要，除了兩種情形以外，一是關係醫學，一是關係法律的。這就是說，假如這異常的行為要損害他自己的健康，那麼他需要醫藥或精神治療的處置，其次假如這要損及對方的健康或權利，那麼法律就應加以干涉。這種意見我覺得極有道理，既不保守，也不急進，據我看來還是很有點合於中庸的吧。說到中庸，那麼這頗與中國接近，我真相信如中國保持本有之思想的健全性，則對於此類意思理解自至容易，就是我們現在也正還托這庇蔭，希望思想不至於太烏煙瘴氣化也。

十二，**藹理斯的思想**　藹理斯的思想我說他是中庸，這並非無稽，大抵可以說得過去，因為西洋也本有中庸思想，即在希臘，不過中庸稱為有節，原意云康健心，反面為過度，原意云狂恣。藹理斯的文章裏多有這種表示，如《論聖芳濟》中云，有人以禁欲或耽溺為其生活之唯一目的者，其人將在尚未生活之前早已死了。又云，生活之藝術，其方法只在於微妙地混和取與舍二者而已。《性的心理》第六冊末尾有一篇跋文，最後的兩節云：

「我很明白有許多人對於我的評論意見不大能夠接受，特別是在末冊裏所表示的。有些人將以我的意見為太保守，有些人以為太偏激。世上總常有人很熱心的想攀住過去，也常有人熱心的想攫得他們所想像的未來。但是明智的人站在二者之間，能同情於他們，卻知道我們是永遠在於過渡時代。在無論何時，現在只是一個交點，為過去與未來相遇之處，我們對於二者都不能有何怨懟。不能有世界而無傳統，亦不能有生命而無活動。正如赫拉克萊多思在現代哲學的初期所說，我們不能在同一川流中入浴二次，雖然如我們在今日所知，川流仍是不息的回流着。沒有一刻無新的晨光在地上，也沒有一刻不見日沒。最好是閒靜的招呼那熹微的晨光，不必忙亂的奔上前去，也不要對於落日忘記感謝那曾為晨光之垂死的光明。

「在道德的世界上，我們自己是那光明使者，那宇宙的歷程即實現在我們身上。在一個短時間內，如我們願意，我們可以用了光明去照我們路程的周圍的黑暗。正如在古代火把競走——這在路克勒丟思看來似是一切生活的象徵——裏一樣，我們手持火把，沿着道路奔向前去。不久就會有人從後面來，追上我們。我們所有的技巧便在怎樣的將那光明固定的炬火遞在他手內，那時我們自己就隱沒到黑暗裏去。」

這兩節話我頂喜歡，覺得是一種很好的人生觀，「現代叢書」本的《新精神》卷首，即以此為題詞，我時常引用，這回也是第三次了。藹理斯的專門是醫生，可是他又是思想家，此外又是文學批評家，在這方面也使我們不能忘記他的績業。他於三十歲時刊行《新精神》，中間又有《斷言》一集，《從盧梭到普魯斯忒》出版時年已七十六，皆是文學思想論集，前後四十餘年而精神如一，其中如論惠忒曼，加沙諾伐，聖芳濟，《尼可拉先生》的著者勒帖夫諸文，獨具見識，都不是在別人的書中所能見到的東西。我曾説，精密的研究或者也有人能做，但是那樣寬廣的眼光，深厚的思想，實在是極不易再得。事實上當然是因為有了這種精神，所以做得那性心理研究的工作，但我們也希望可以從性心理養成一點好的精神，雖然未免有點我田引水，卻是誠意的願望。由這裏出發去着手於中國婦女問題，正是極好也極難的事，我們小乘的人無此力量，只能守開卷有益之訓，暫以讀書而明理為目的而已。

二〇三　拾遺　卯

十三，**醫學史與妖術史**　關於醫學我所有的只是平人的普通常識，但是對於醫學史卻是很有興趣。醫學史現有英文本八冊，覺得勝家博士的最好，日本文三冊，富士川著《日本醫學史》是一部巨著，但是綱要似更為適用，便於閱覽。醫療或是生物的本能，如犬貓之自舐其創是也，但其發展為活人之術，無論是用法術或方劑，總之是人類文化之一特色，雖然與梃刃同是發明，而意義迴殊，中國稱蚩尤作五兵，而神農嘗藥辨性，為人皇，可以見矣。醫學史上所記便多是這些仁人之用心，不過大小稍有不同，我翻閱二家小史，對於法國巴斯德與日本杉田玄白的事蹟，常不禁感歎，我想假如人類要找一點足以自誇的文明證據，大約只可求之於這方面罷。我在《舊書回想記》裏這樣說過，已是四五年前的事。近日看伊略忒斯密士的《世界之初》，說創始耕種灌溉的人成為最初的王，在他死後便被尊崇為最初的神，還附有五千多年前的埃及石刻畫，表示古聖王在開掘溝渠，又感覺很有意味。案神農氏在中國正是極好的例，他教民稼穡，又發明醫藥，農固應為神，古語云，不為良相，便為良醫，可知醫之尊，良相云者即是諱言王耳。我常想到巴斯德從啤酒的研究知道了黴菌的傳染，這影響於人類福利者有多麼大，單就外科傷科產科來說，因了消毒的施行，一年中要救助多少人命，以功德論，恐怕十九世紀的帝王將相中沒有人可以及得他來。有一個時期我真想涉獵到黴菌學史去，因為受到相當大的感激，覺得這與人生及人道有極大的關係，可是終於怕得看不懂，所以沒有決心這樣做。但是這回卻又伸展到反對方面去，對於妖術史發生了不少的關心。據茂來女士著《西歐的巫教》等書說，所謂妖術即是古代土著宗教之遺留，大抵與古希臘的地母祭相近，只是被後來基督教所壓倒，變成秘密結社，被目為撒但之徒，痛加剿除，這就是中世有名的神聖審問，至十七世紀末才漸停止。這巫教的説明論理是屬於文化人類學的，本來可以不必分別，不過我的注意不是在他本身，卻在於被審問追跡這一段落，所以這裏名稱也就正稱之曰妖術。那些唸佛宿山的老太婆們原來未必有什麼政見，一旦捉去拷問，供得荒唐顛倒，結果坐實她們會得騎掃帚飛行，和宗旨不正的學究同付火刑，真是冤枉的事。我記得中國楊惲以來的文字獄與孔融以來的思想獄，時感恐懼，因此對於西洋的神聖審問也感覺關切，而審問史關係神學問題為多，鄙性少信未能甚解，故轉而截取妖術的一部分，瞭解較為容易。我的讀書本來是很雜亂的，別的方面或者也還可以料得到，至於妖術恐怕説來有點鶻突，亦未可知，但在我卻是很正經的一件事，也頗費心收羅資料，如散茂士的四大著，即是《妖術史》與《妖術地理》《僵屍》《人狼》，均是寒齋的珍本也。

十四，**鄉土研究與民藝**　我的雜覽從日本方面得來的也並不少。這大抵是關於日本的事情，至少也以日本為背景，這就是説很有點地方的色彩，與西洋的只是學問關係的稍有不同。有如民俗學本發源於西歐，涉獵神話傳說研究與文化人類學的時候，便碰見好些交叉的處所。現在卻又來提起日本的鄉土研究，並不單因為二者學風稍殊之故，乃是別有理由的。《鄉土研究》刊行的初期，如南方熊楠那些論文，古今內外的引證，本是舊民俗學的一路，柳田國男氏的主張逐漸確立，成為國民生活之史的研究，名稱亦歸結於民間傳承。我們對於日本感覺興味，想要瞭解他的事情，在文學藝術方面摸索很久之後，覺得事倍功半，必須着手於國民感情生活，才有入處，我以為宗教最是重要，急切不能直入，則先注意於其上下四旁，民間傳承正是絕好的一條路徑。我常覺得中國人民的感情與思想集中於鬼，日本則集中於神，故欲瞭解中國須得研究禮俗，瞭解日本須得研究宗教。柳田氏著書極富，雖然關於宗教者不多，但如《日本之祭事》一書，給我很多的益處，此外諸書亦均多可作參證。當《遠野物語》出版的時候，我正寄寓在本鄉，跑到發行所去要了一冊，共總刊行三百五十部，我所有的是第二九一號。因為書面上略有墨痕，想要另換一本，書店的人說這是編號的，只能順序出售，這件小事至今還記得清楚。這與《石神問答》都是明治庚戌年出版，在《鄉土研究》創刊前三年，是柳田氏最早的著作，以前只有一冊《後狩詞記》終於沒有能夠搜得。對於鄉土研究的學問我始終是外行，知道不到多少，但是柳田氏的學識與文章我很是欽佩，從他的許多著書裏得到不少的利益與悅樂。

與這同樣情形的還有日本的民藝運動與柳宗悅氏。柳氏本係《白樺》同人，最初所寫的多是關於宗教的文章，大部分收集在《宗教與其本質》一冊書內。我本來不大懂宗教的，但柳氏諸文大抵讀過，這不但因為意思誠實，文章樸茂，實在也由於所講的是神秘道即神秘主義，合中世紀基督教與佛道各分子而貫通之，所以雖然是檻外也覺得不無興味。柳氏又著有《朝鮮與其藝術》一書，其後有集名曰《信與美》，則收輯關於宗教與藝術的論文之合集也。民藝運動約開始於二十年前，在《什器之美》論集與柳氏著《工藝之道》中意思說得最明白，大概與摩理斯的拉飛耳前派主張相似，求美於日常用具，集團的工藝之中，其虔敬的態度前後一致，信與美一語洵足以包括柳氏學問與事業之全貌矣。民藝博物館於數年前成立，惜未及一觀，但得見圖錄等，已足令人神怡。柳氏著《初期大津繪》，淺井巧著《朝鮮之食案》，為《民藝叢書》之一，淺井氏又有《朝鮮陶器名匯》，均為寒齋所珍藏之書。又柳氏近著《和紙之美》，中附樣本二十二種，閱之使人對於佳紙增貪惜之念。壽岳文章調查手漉紙工業，得其數種著書，近刊行其《紙漉村旅日記》，則附有樣本百三十四，照相百九十九，可謂大觀矣。式場隆三郎為精神病院長，而經管民藝博物館與《民藝月刊》，著書數種，最近得其《大阪隨筆：民藝與生活》之私家板，只印百部，和紙印刷，有芹澤銈介作插畫百五十，以染繪法作成後製板，再一一著色，覺得比本文更耐看。中國的道學家聽之恐要說是玩物喪志，唯在鄙人則固唯有感激也。

十五，**江戶風物與浮世繪**　我平常有點喜歡地理類的雜地志這一流的書，假如是我比較的住過好久的地方，自然特別注意，例如紹興，北京。東京雖是外國，也算是其一。對於東京與明治時代我彷彿頗有情份，因此略想知道他的人情物色，延長一點便進到江戶與德川幕府時代，不過上邊的戰國時代未免稍遠，那也就夠不到了。最能談講維新前後的事情的要推三田村鳶魚，但是我更喜歡馬場孤蝶的《明治之東京》，只可惜他寫的不很多。看圖畫自然更有意思，最有藝術及學問意味的有戶塚正幸即東東亭主人所編的《江戶之今昔》，福原信三編的《武藏野風物》。前者有圖板百零八枚，大抵為舊東京府下今昔史跡，其中又收有民間用具六十餘點，則兼涉及民藝，後者為日本寫真會會員所合作，以攝取漸將亡失武藏野及鄉土之風物為課題，共收得照相千點以上，就中選擇編印成集，共一四四枚，有柳田氏序。描寫武藏野一帶者，國木田獨步德富蘆花以後人很不少，我覺得最有意思的卻是永井荷風的《日和下馱》，曾經讀過好幾遍，翻看這些寫真集時又總不禁想起書裏的話來。

再往前去這種資料當然是德川時代的浮世繪，小島烏水的浮世繪與風景畫已有專書，廣重有《東海道五十三次》，北齋有《富嶽三十六景》等，幾乎世界聞名，我們看看複刻本也就夠有趣味，因為這不但畫出風景，又是特殊的彩色木板畫，與中國的很不相同。但是浮世繪的重要特色不在風景，乃是在於市井風俗，這一面也是我們所要看的。背景是市井，人物卻多是女人，除了一部分畫優伶面貌的以外，而女人又多以妓女為主，因此講起浮世繪便總容易牽連到吉原遊廓，事實上這二者確有極密切的關係。畫面很是富麗，色澤也很豔美，可是這裏邊常有一抹暗影，或者可以說是東洋色，讀中國的藝與文以至於道也總有此感，在這畫上自然也更明瞭。永井荷風著《江戶藝術論》第一章中曾云：

「我反省自己是什麼呢？我非威耳哈倫似的比利時人而是日本人也，生來就和他們的運命及境遇迥異的東洋人也。戀愛的至情不必說了，凡對於異性之性欲的感覺悉視為最大的罪惡，我輩即奉戴此法制者也，承受勝不過啼哭的小孩和地主的教訓之人類也，知道說話則唇寒的國民也。使威耳哈倫感奮的那滴着鮮血的肥羊肉與芳醇的葡萄酒與強壯的婦女之繪畫，那於我有什麼用呢。嗚呼，我愛浮世繪。苦海十年為親賣身的遊女的繪姿使我泣，憑倚竹窗茫然看着流水的藝妓的姿態使我喜，賣宵夜面的紙燈寂寞地停留着的河邊的夜景使我醉。雨夜啼月的杜鵑，陣雨中散落的秋天樹葉，落花飄風的鐘聲，途中日暮的山路的雪，凡是無常，無告，無望的，使人無端嗟歎此世只是一夢的，這樣的一切東西，於我都是可親，於我都是可懷。」

這一節話我引用過恐怕不止三次了。我們因為是外國人，感想未必完全與永井氏相同，但一樣有的是東洋人的悲哀，所以於當作風俗畫看之外，也常引起悵然之感，古人聞清歌而喚奈何，豈亦是此意耶。

十六，**川柳，落語與滑稽本**　浮世繪如稱為風俗畫，那麼川柳或者可以稱為風俗詩吧。說也奇怪，講浮世繪的人後來很是不少了，但是我最初認識浮世繪乃是由於宮武外骨的雜誌《此花》，也因了他而引起對於川柳的興趣來的。外骨是明治大正時代著述界的一位奇人，發刊過許多定期或單行本，而多與官僚政治及假道學相抵觸，被禁至三十餘次之多。其刊物皆鉛字和紙，木刻插圖，涉及的範圍頗廣，其中如《筆禍史》《私刑類纂》《賭博史》《猥褻風俗史》等，《笑的女人》一名《賣春婦異名集》，《川柳語彙》，都很別致，也甚有意義。《此花》是專門與其說研究不如說介紹浮世繪的月刊，繼續出了兩年，又編刻了好些畫集，其後同樣的介紹川柳，雜誌名曰《變態知識》，若前出《語彙》乃是入門之書，後來也還沒有更好的出現。

川柳是只用十七字音做成的諷刺詩，上者體察物理人情，直寫出來，令人看了破顏一笑，有時或者還感到淡淡的哀愁，此所謂有情滑稽，最是高品。其次找出人生的缺陷，如繡花針噗哧的一下，叫聲好痛，卻也不至於刺出血來。這種詩讀了很有意思，不過正與笑話相像，以人情風俗為材料，要理解他非先知道這些不可，不是很容易的事。川柳的名家以及史家選家都不濟事，還是考證家要緊，特別是關於前時代的古句，這與江戶生活的研究是不可分離的。這方面有西原柳雨，給我們寫了些參考書，大正丙辰年與佐佐醒雪共著的《川柳吉原志》出得最早，十年後改出補訂本，此外還有幾種類書，只可惜《川柳風俗志》出了上卷，沒有能做得完全。我在東京只有一回同了妻和親戚家的夫婦到吉原去看過夜櫻，但是關於那裏的習俗事情卻知道得不少，這便都是從西原及其他書本上得來的。這些知識本來也很有用，在江戶的平民文學裏所謂花魁是常在的，不知道她也總得遠遠的認識才行。即如民間娛樂的落語，最初是幾句話可以說了的笑話，後來漸漸拉長，明治以來在寄席即雜耍場所演的，大約要花上十來分鐘了吧，他的材料固不限定，卻也是說游里者為多。森鷗外在一篇小說中曾敘述說落語的情形云：

「第二個說話人交替着出來，先謙遜道，人是換了卻也換不出好處來。又作破題云，客官們的消遣就是玩玩窯姐兒。隨後接着講工人帶了一個不知世故的男子到吉原去玩的故事。這實在可以說是吉原入門的講義。」一語雖詼諧，卻亦是實情，正如中國笑話原亦有腐流殊稟等門類，而終以屬於閨風世諱者為多，唯因無特定游里，故不顯著耳。江戶文學中有滑稽本，也為我所喜歡，一九的《東海道中膝栗毛》，三馬的《浮世風呂》與《浮世牀》可為代表，這是一種滑稽小說，為中國所未有。前者借了兩個旅人寫他們路上的遭遇，重在特殊的事件，或者還不很難，後者寫澡堂理髮鋪裏往來的客人的言動，把尋常人的平凡事寫出來，都變成一場小喜劇，覺得更有意思。中國在文學與生活上都缺少滑稽分子，不是健康的徵候，或者這是偽道學所種下的病根歟。

十七，**俗曲與玩具**　我不懂戲劇，但是也常涉獵戲劇史。正如我翻閱希臘悲劇的起源與發展的史料，得到好些知識，看了日本戲曲發達的徑路也很感興趣，這方面有兩個人的書於我很有益處，這是佐佐醒雪與高野斑山。高野講演劇的書更後出，但是我最受影響的還是佐佐的一冊《近世國文學史》。佐佐氏於明治二十二年戊戌刊行《鶉衣評釋》，庚子刊行《近松評釋天之網島》，辛亥出《國文學史》，那時我正在東京，即得一讀，其中有兩章略述歌舞伎與淨琉璃二者發達之跡，很是簡單明瞭，至今未盡忘記。也有的俳文集《鶉衣》固所喜歡，近松的《世話淨琉璃》也想知道，這評釋就成為頂好的入門書，事實上我好好的細讀過的也只是這冊《天之網島》，讀後一直留下很深的印象。這類曲本大都以情死為題材，日本稱曰心中，《澤瀉集》中曾有一文論之。在《懷東京》中說過，俗曲裏禮讚戀愛與死，處處顯出人情與義理的衝突。偶然聽唱義太夫，便會遇見紙治，這就是《天之網島》的俗名，因為裏邊的主人公是紙店的治兵衛與妓女小春。日本的平民藝術彷彿善於用優美的形式包藏深切的悲苦，這似是與中國很不同的一點。佐佐又著有《俗曲評釋》，自江戶長唄以至端唄共五冊，皆是抒情的歌曲，與敘事的有殊，乃與民謠相連接。高野編刊《俚謠集拾遺》時號斑山，後乃用本名辰之，其專門事業在於歌謠，著有《日本歌謠史》，編輯歌謠集成共十二冊，皆是大部巨著。此外有湯朝竹山人，關於小唄亦多著述，寒齋所收有十五種，雖差少書卷氣，但亦可謂勤勞矣。民國十年時曾譯出俗歌六十首，大都是寫游女蕩婦之哀怨者，如木下太郎所云，耽想那卑俗的但是充滿眼淚的江戶平民藝術以為樂，此情三十年來蓋如一日，今日重讀仍多所感觸。歌謠中有一部分為兒童歌，別有天真爛漫之趣，至為可喜，唯較好的總集尚不多見，案頭只有村尾節三編的一冊童謠，尚是大正己未年刊也。

與童謠相關連者別有玩具，也是我所喜歡的，但是我並未搜集實物，雖然遇見時也買幾個，所以平常翻看的也還是圖錄以及年代與地方的紀錄。在這方面最努力的是有阪與太郎，近二十年中刊行好些圖錄，所著有《日本玩具史》前後編，《鄉土玩具大成》與《鄉土玩具展望》，只可惜《大成》出了一卷，《展望》下卷也還未出版。所刊書中有一冊《江都二色》，每葉畫玩具二種，題諧詩一首詠之，木刻著色，原本刊於安永癸巳，即清乾隆三十八年。我曾感歎說，那時在中國正是大開四庫館，刪改皇侃《論語疏》，日本卻是江戶平民文學的爛熟期，浮世繪與狂歌發達到極頂，乃迸發而成此一卷玩具圖詠，至可珍重。現代畫家以玩具畫著名者亦不少，畫集率用木刻或玻璃板，稍有搜集，如清水晴風之《垂髫之友》，川崎巨泉之《玩具畫譜》，各十集，西澤笛畝之《雛十種》等。西澤自號比那舍主人，亦作玩具雜畫，以雛與人形為其專門，因故赤間君的介紹，曾得其寄贈大著《日本人形集成》及

《人形大類聚》，深以為感。又得到菅野新一編《藏王東之木孩兒》，木板畫十二枚，解說一冊，菊楓會編《古計志加加美》，則為菅野氏所寄贈，均是講日本東北地方的一種木製人形的。《古計志加加美》改寫漢字為《小芥子鑒》，以玻璃板列舉工人百八十四名所作木偶三百三十餘枚，可謂大觀。此木偶名為小芥子，而實則長五寸至一尺，鏇圓棒為身，上着頭，畫為垂髮小女，著簡單彩色，質樸可喜，一稱為木孩兒。菅野氏著係非賣品，《加加美》則只刊行三百部，故皆可紀念也。三年前承在北京之國府氏以古計志二軀見贈，曾寫諧詩報之云：

> 芥子人形亦妙哉，出身應自埴輪來，
> 小孫望見嘻嘻笑，何處娃娃似棒槌。

依照《江都二色》的例，以狂詩題玩具，似亦未為不周當，只是草草恐不能相稱為愧耳。

十八，**外國語**　我的雜學如上邊所記，有大部分是從外國得來的，以英文與日本文為媒介，這裏分析起來，大抵從西洋來的屬於知的方面，從日本來的屬於情的方面為多，對於我卻是一樣的有益處。我學英文當初為的是須得讀學堂的教本，本來是敲門磚，後來離開了江南水師，便沒有什麼用了，姑且算作中學常識之一部分，有時利用了來看點書，得些現代的知識也好，也還是磚的作用，終於未曾走到英文學門裏去，這個我不怎麼懊悔，因為自己的力量只有這一點，要想入門是不夠的。日本文比英文更不曾好好的學過，老實說除了丙午丁未之際，在駿河台的留學生會館裏，跟了菊池勉先生聽過半年課之外，便是懶惰的時候居多，只因住在東京的關係，耳濡目染的慢慢的記得，其來源大抵是家庭的說話，看說看報，聽說書與笑話，沒有講堂的嚴格的訓練，但是後面有社會的背景，所以還似乎比較容易學習。這樣學了來的言語，有如一顆草花，即使是石竹花也罷，是有根的盆栽，與插瓶的大朵大理菊不同，其用處也就不大一樣。我看日本人的書，並不專是為得通過了這文字去抓住其中的知識，乃是因為對於此事物感覺有點興趣，連文字來賞味，有時這文字亦為其佳味之一分子，不很可以分離，雖然我們對於外國語想這樣辨別，有點近於妄也不容易，但這總也是事實。我的關於日本的雜覽既多以情趣為本，自然態度與求知識稍有殊異，文字或者仍是敲門的一塊磚，不過對於磚也會得看看花紋式樣，不見得用了立即扔在一旁。我深感到日本文之不好譯，這未必是客觀的事實，只是由我個人的經驗，或者因為比較英文多少知道一分的緣故，往往覺得字義與語氣在微細之處很難兩面合得恰好，大概可以當作一個證明。明治大正時代的日本文學，曾讀過些小說與隨筆，至今還有好些作品仍是喜歡，有時也拿出來看，如以雜誌名代表派別，大抵有《保登登岐須》《昴》《三田文學》《新思潮》《白樺》諸種，其中作家多可佩服，今亦不復列舉，因生存者尚多，暫且謹慎。

此外的外國語，還曾學過古希臘文與世界語。我最初學習希臘文，目的在於改譯《新約》至少也是《四福音書》為古文，與佛經庶可相比，及至回國以後卻又覺得那官話譯本已經夠好了，用不著重譯，計劃於是歸於停頓。過了好些年之後，才把海羅達斯的《擬曲》譯出，附加幾篇牧歌，在上海出版，可惜版式不佳，細字長行大頁，很不成樣子。極想翻譯歐利比台斯的悲劇《忒洛亞的女人們》，躊躇未敢下手，於民國廿六七年間譯亞坡羅陀洛斯的神話集，本文幸已完成，寫注釋才成兩章，擱筆的次日即是廿八年的元日，工作一頓挫就延到現今，未能續寫下去，但是這總是極有意義的事，還想設法把他做完。世界語是我自修得來的，原是一冊用英文講解的書，我在暑假中臥讀消遣，一連兩年沒有讀完，均歸無用，至第三年乃決心把這五十課一氣學習完畢，以後借了字典的幫助漸漸的看起書來。那時世界語原書很不易得，只知道在巴黎有書店發行，恰巧蔡孑民先生行遁歐洲，便寫信去托他代買，大概寄來了有七八種，其中有《世界語文選》與《波蘭小說選集》至今還收藏着，民國十年在西山養病的時候，曾從這裏邊譯出幾篇波蘭的短篇小說，可以作為那時困學的紀念。世界語的理想是很好的，至於能否實現則未可知，反正事情之成敗與理想之好壞是不一定有什麼關係的。我對於界語的批評是這太以歐語為基本，不過這如替柴孟和甫設想也是無可如何的，其缺點只是在沒有學過一點歐語的中國人還是不大容易學會而已。

我的雜學原來不足為法，有老友曾批評說是橫通，但是我想勸現代的青年朋友，有機會多學點外國文，我相信這當是有益無損的。俗語云，開一頭門，多一些風。這本來是勸人謹慎的話，但是借了來說，學一種外國語有如多開一面門窗，可以放進風日，也可以眺望景色，別的不說，總也是很有意思的事吧。

二〇六 拾遺 午

十九，**佛經** 我的雜學裏邊最普通的一部分，大概要算是佛經了吧。但是在這裏正如在漢文方面一樣，也不是正宗的，這樣便與許多讀佛經的人走的不是一條路了。四十年前在南京時，曾經叩過楊仁山居士之門，承蒙傳喻可修淨土，雖然我讀了《阿彌陀經》各種譯本，覺得安養樂土的描寫很有意思，又對於先到淨土再行修道的本意，彷彿是希求住在租界裏好用功一樣，也很能瞭解，可是沒有興趣這樣去做。禪宗的語錄看了很有趣，實在還是不懂，至於參證的本意，如書上所記俗僧問溪水深淺，被從橋上推入水中，也能瞭解而且很是佩服，然而自己還沒有跳下去的意思，單看語錄有似意存稗販，未免慚愧，所以這一類書雖是買了些，都擱在書架上。佛教的高深的學理那一方面，看去都是屬於心理學玄學範圍的，讀了未必能懂，因此法相宗等均未敢問津。這樣計算起來，幾條大道都不走，就進不到佛教裏去，我只是把佛經當作書來看，而且這漢文的書，所得的自然也只在文章及思想這兩點上而已。

《四十二章經》與《佛遺教經》彷佛子書文筆，就是儒者也多喜稱道，兩晉六朝的譯本多有文情俱勝者，什法師最有名，那種駢散合用的文體當然因新的需要的興起，但能恰好的利用舊文字的能力去表出新意思，實在是很有意義的一種成就。這固然是翻譯史上的一段光輝，可是在國文學史上意義也很不小，六朝之散文著作與佛經很有一種因緣，交互的作用，值得有人來加以疏通證明，於漢文學的前途也有極大的關係。十多年前我在北京大學講過幾年六朝散文，後來想添講佛經這一部分，由學校規定名稱曰「佛典文學」，課程綱要已經擬好送去了，七月發生了蘆溝橋之變，事遂中止。課程綱要稿尚存在，重錄於此：

「六朝時佛經翻譯極盛，文亦多佳勝。漢末譯文模仿諸子，別無多大新意思，唐代又以求信故，質勝於文。唯六朝所譯能運用當時文詞，加以變化，於普通駢散文外造出一種新體制，其影響於後來文章者亦非淺鮮。今擬選取數種，少少講讀，注意於譯經之文學的價值，亦並可作古代翻譯文學看也。」至於從這面看出來的思想，當然是佛教精神，不過如上文說過，這不是甚深義諦，實在是印度古聖賢對於人生特別是近於入世法的一種廣大厚重的態度，根本與儒家相通而更為徹底，這大概因為他有那中國所缺少的宗教性。我在二十歲前後讀《大乘起信論》無有所得，但是見了《菩薩投身飼餓虎經》，這裏邊的美而偉大的精神與文章至今還時時記起，使我感到感激，我想大禹與墨子也可以說具有這種精神，只是在中國這情熱還只以對人間為限耳。又《佈施度無極經》云：

「眾生擾擾，其苦無量，吾當為地。為旱作潤，為濕作筏。饑食渴漿，寒衣熱涼。為病作醫，為冥作光。若在濁世顛倒之時，吾當於中作佛，度彼眾生矣。」這一節話我也很是喜歡，本來就只是眾生無邊誓願度的意思，卻說得那麼好，說理與美和合在一起，是很難得之作。經論之外我還讀過好些戒律，有大乘的也有些小乘的，雖然原來小乘律注明在家人勿看，我未能遵守，違了戒看戒律，這也是頗有意思的事。我讀《梵網經》《菩薩戒本》及其他，很受感動，特別是《賢首戒疏》，是我所最喜讀的書。嘗舉「食肉戒」中語，一切眾生肉不得食，夫食肉者斷大慈悲佛性種子，一切眾生見而舍去，是故一切菩薩不得食一切眾生肉，食肉得無量罪。加以說明云，我讀舊約《利未記》，再看大小乘律，覺得其中所說的話要合理得多，而上邊食肉戒的措辭我尤為喜歡，實在明智通達，古今莫及。又「盜戒下」，注疏云：

「善見云，盜空中鳥，左翅至右翅，尾至顛，上下亦爾，俱得重罪。准此戒，縱無主，鳥身自為主，盜皆重也。」鳥身自為主，這句話的精神何等博大深厚，我曾屢次致其讚歎之意，賢首是中國僧人，此亦是足強人意的事。我不敢妄勸青年人看佛書，若是三十歲以上，國文有根柢，常識具足的人，適宜的閱讀，當能得些好處，此則鄙人可以明白回答者也。

二十，**結論**　我寫這篇文章本來全是出於偶然。從《儒林外史》裏看到雜覽雜學的名稱，覺得很好玩，起手寫了那首小引，隨後又加添三節，作為第一分，在雜誌上發表了。可是自己沒有什麼興趣，不想再寫下去了，然而既已發表，被催着要續稿，又不好不寫，勉強執筆，有如秀才應歲考似的，把肚裏所有的幾百字湊起來繳卷，也就可以應付過去了罷。這真是成了雞肋，棄之並不可惜，食之無味那是毫無問題的。這些雜亂的事情，要怎樣安排得有次序，敘述得詳略適中，固然不大容易，而且寫的時候沒有興趣，所以更寫不好，更是枯燥，草率。我最怕這成為自畫自贊。罵猶自可，贊不得當乃尤不好過，何況自贊乎。因為竭力想避免這個，所以有些地方覺得寫的不免太簡略，這也是無可如何的事，但或者比多話還好一點亦未可知。總結起來看過一遍，把我雜覽的大概簡略的説了，還沒有什麼自己誇讚的地方，要説句好話，只能批八個字云，國文初通，常識略具而已。我從古今中外各方面都受到各樣影響，分析起來，大旨如上邊説過，在知與情兩面分別承受西洋與日本的影響為多，意的方面則純是中國的，不但未受外來感化而發生變動，還一直以此為標準，去酌量容納異國的影響。這個我向來稱之曰儒家精神，雖然似乎有點籠統，與漢以後尤其是宋以後的儒教顯有不同，但為得表示中國人所有的以生之意志為根本的那種人生觀，利用這個名稱殆無不可。我想神農大禹的傳説就從這裏發生，積極方面有墨子與商韓兩路，消極方面有莊楊一路，孔孟站在中間，想要適宜的進行，這平凡而難實現的理想我覺得很有意思，以前屢次自號儒家者即由於此。佛教以異域宗教而能於中國思想上佔很大的勢力，固然自有其許多原因，如好談玄的時代與道書同尊，講理學的時候給儒生作參考，但是其大乘的思想之入世的精神與儒家相似，而且更為深徹，這原因恐怕要算是最大的吧。這個主意既是確定的，外邊加上去的東西自然就只在附屬的地位，使他更強化與高深化，卻未必能變化其方向。我自己覺得便是這麼一個頑固的人，我的雜學的大部分實在都是我隨身的附屬品，有如手錶眼鏡及草帽，或是吃下去的滋養品如牛奶糖之類，有這些幫助使我更舒服與健全，卻並不曾把我變成高鼻深目以至有牛的氣味。我也知道偏愛儒家中庸是由於癖好，這裏又缺少一點熱與動，也承認是美中不足。儒家不曾說「怎麼辦」，像猶太人和斯拉夫人那樣，便是證據。我看各民族古聖的畫像也覺得很有意味，猶太的眼向着上是在祈禱，印度的伸手待接引眾生，中國則常是叉手或拱着手。我說儒家總是從大禹講起，即因為他實行道義之事功化，是實現儒家理想的人。近來我曾說，中國現今緊要的事有兩件，一是倫理之自然化，二是道義之事功化。前者是根據現代人類的知識調整中國固有的思想，後者是實踐自己所有的理想適應中國現在的需要，都是必要的事。此即是我雜學之歸結點，以前種種說話，無論怎麼的直說曲說，正說反說，歸根結底的意見還只在此，就只是表現得不充足，恐怕讀者一時抓不住要領，所以在這裏贅說一句。我平常不喜歡拉長了面孔說，這回無端寫了兩萬多字，正經也就枯燥，彷彿招供似的文章，自己覺得不但不滿而且也無謂。這樣一個思想徑路的簡略地圖，我想只足供給要攻擊我的人，知悉我的據點所在，用作進攻的參考與準備，若是對於我的友人這大概是沒有什麼用處的。寫到這裏，我忽然想到，這篇文章的題目應該題作「愚人的自白」才好，只可惜前文已經發表，來不及再改正了。民國三十三年，七月五日。

二〇七　後記

我寫那篇《我的雜學》，還是在甲申（一九四四）年春夏之交，去今也已有十八九年，有些事情已經變了樣子了。其一是勝利之後，經國民黨政府的劫收，沒有什麼值錢的東西，只是一隻手錶和一小方田黃的圖章，朱文曰聖清宗室盛昱，為特務所掠，唯書物悉蕩然無存，有些歸了圖書館，有些則不可問矣。所以文中所記的書籍，已十不存一，蕭老公云，自我得之，自我失之，亦復何恨，昔曾寫《舊書回想記》，略記漢文舊籍，正可補此處之缺。其二則是解放之後，我的翻譯工作大有進展，《我的雜學》第六節中所説兩種的希臘神話，都已翻譯完成，並且二者都譯了兩遍，可以見我對於它們的熱心了。《古希臘的神與英雄與人》於一九五〇年在上海出版，印行了相當的冊數，後來改名《希臘神話故事》，又在天津印過，因為這雖是基督教國人所寫，但究竟要算好的，自己既然寫不出，怎麼好挑剔別人呢？至於那部希臘人所自編的神話集，因初次的譯稿經文化基金編譯會帶往香港去了，弄得行蹤不明，於一九五一年從新翻譯，已經連注釋一起脱稿，但是尚未付印，日本高津春繁有一九五三年譯本，收在《岩波文庫》中。此外還譯出些希臘作品，已詳上文一八三節以下《我的工作》裏邊，這裏不重述了。日本的滑稽本也譯了兩種，有《浮世澡堂》即是《浮世風呂》，我翻譯了兩編四卷，已於一九五八年出板，《浮世牀》則譯名《浮世理髮館》，全書兩編五卷，也是已經譯出了。

我開始寫這自敘傳，還是在一年多以前，曹聚仁先生勸我寫點東西，每回千把字，可以繼續登載的，但是我並不是小說家，有什麼材料可這樣的寫呢？我想，我所有的唯一的材料就是我自己的事情，雖然吃飯已經吃了七八十年，經過好些事情，但是這值得去寫麼？況且我又不是創作家，只知道據實直寫，不會加添枝葉，去裝成很好的故事，結果無非是白花氣力。可是當我把這意思告訴了曹先生之後，他卻大為贊成，竭力攛掇我寫，並且很以我的只有事實而無詩的主張為然，我聽了他的話，就開始動筆。我當初以為是事情很是簡單，至多寫上幾十章就可完了，不料這一寫就幾乎兩年，竟拉長到二百章以上，約計有三十八萬字的樣子，我自己也不知道哪裏有這許多話可講，只覺得有些地方已經很節約了，因為過去的瑣屑事對於現代青年恐怕沒有趣味，有的年代久遠所以忘懷了，沒有能夠記述清楚。還有一層，是凡我的私人關係的事情都沒有記，這又不是鄉試硃卷上的履歷，要把家族歷記在上面。與其記那些，倒是家鄉的歲時習俗，我是覺得很有意思，頗想記一點下來，可是這終於沒有機會插到裏邊去，而且在我族叔觀魚先生的那本書裏有一個附錄，是《紹興的風俗習尚》，已夠好了，不必再來多事。此外有些不關我個人的事情，我也有故意略掉的，這理由也就無須說明了，因為這既是不關我個人的事，那麼要說它豈不是「鄰貓生子」麼？

古來聖人教人要「自知」，其實這自知着實不是一件容易的事情。說以不知為不知似乎是不難，但是說到知，知的是什麼，便很有點不明白了。即如上文所說的「雜學」，裏邊十之八九只不過是對於這個有點興趣，想要知道罷了，實在只寫得「起講」的且夫二字，要說多少有點瞭解還只有本國的文字和思想。因為深知八股與八家文與假道學的害處，翻過來尋求出路，便寫下了那些雜學的文章，實在也不知道自己所走的路是走的對不對。據我自己的看法，在那些說道理和講趣味的之外，有幾篇古怪題目的如《賦得貓》《關於活埋》《榮光之手》這些，似乎也還別致，就只可惜還有許多好題材，因為準備不能充分，不曾動得手，譬如八股文，小腳和雅片煙都是。這些本該都寫進《我的雜學》裏去，那些物事我是那麼想要研究，就只是缺少研究的方便。可是人苦不自知，那裏我聯想起那世界有名的安徒生（H. C. Andersen）來。他既以創作童話成名，可是他還懷戀他的蹩腳小說《兩個男爵夫人》，晚年還對英國的文人戈斯（E. Gosse）陳訴說，他們是不是有一天會丟掉了那勞什子（指童話），回到《兩個男爵夫人》來呢？我的那些文章說不定正是我的《兩個男爵夫人》，雖然我並無別的童話。這也正是很難說呢。一九六二年十一月三十日。

二〇八 後序

這篇文章，應該名叫後記的，但是我查看《回想錄》的目錄，卻已有一節後記了，而且這乃是一九六三年的一月所寫，距今是整整的三年，我也不記得裏邊說的是些什麼了，所以只能把我現在所寫改換一下叫做後序，反正所改換的只是一個名目，裏邊所寫的無非我想說的這幾句話。這話可以分作三點來說。——關於三點有個笑話，很值得記錄它一下，以前維新很講究演說這一套的時候，演說者開頭總說所要講的共有幾點，說三點或是五點，而闡說一點的時間往往費的很多，因此聽者很感苦惱，聽說共有幾點就很頭痛。有的講演者知道了這個情形，便來改良一下，說所要講的只有幾點，不說出數目來，可是這一下卻更糟了，說數目時使人苦惱，不說時使人恐慌了，因為不知道他所說的究竟共有若干，是十點或是八點呢。不過我所說者很是簡單，乾脆就是三點，所費的時間一總不會超過一小時，雖然我這開頭似乎有點拉長的樣子，與回想錄的全體相像，很有些嚕嗦。

且說第一點，我要在這裏首先謝謝曹聚仁先生，因為如沒有他的幫忙，這部書是不會得出版的，也可以說是從頭就不會得寫的。當初他說我可以給報紙寫點稿，每月大約十篇，共總一萬字，這個我很願意，但是題目難找，材料也不易得，覺得有點為難，後來想到寫自己的事，那材料是不會缺乏的，那就比較的容易得多了。我把這個意思告知了他，回信很是贊成，於是我開始寫《知堂回想》，陸續以業餘的兩整年的工夫，寫成了三十多萬字，前後寄稿凡有九十次，都是由曹先生經手收發的。這是回想錄的前半的事情，即是它的誕生經過。但是還有它的後半，這便是它的出版，更是由於他的苦心經營，乃得有成。我於本書毫無敝帚自珍的意思，不過對他那種久要不忘的待人的熱心，辦事的毅力，那是不能不表示感佩的。這大約可以說是蔣畈精神的表現吧。第二點是說這回想錄寫得太長了。這長乃是事實，沒有法子可以辯解，而且其實如要寫得詳盡，恐怕這還可以加上兩倍，至少有一百萬字，這便是一種辯解。因為年紀活得太多了，所以見聞也就不少，要拉雜的不加選擇的說起來，話就是說不完的。我平常總是這麼想，人不可太長壽，普通在四十以後死了最是得體，這也不以聽兼好法師的教訓才知道，可是人生不自由，就這一點也不能自己作主，不知道這是怎麼幹的，一下子就活到八十（其實現在是實年八十一了），實在是活得太長了。從前聖王帝堯曾對華封人說道，「壽則多辱」，這雖是一時對於祝頌的謙抑的回答，其實是不錯的。人多活一年，便多有些錯誤以及恥辱，這在唐堯且是如此，何況我們呢。但是話要說回來，活到古來稀的長壽雖然並不一定是好事，可是也可以有若干的好處。即如我不曾在日軍刺客光臨苦雨齋的那時成為烈士，活到解放以後，得以看見國家飛躍的進步，並且得以參加譯述工作，於一九六二年七月至一九六五年五月這三年中間，譯成了路吉阿諾斯（Loukianos）對話集一卷，凡二十篇，計四十餘萬字。這是我四十年來蓄意想做的工作，一直無法實現的，到現在總算成功了。這都是我活到了八十歲，所以才能等到的，前年，《新晚報》上有過我的一篇雜文，叫作《八十心情》，足以表達我那時的情意。

第三點也是最末的一點，是我關於自敘傳裏的所謂詩與真實的問題的。這「真實與詩」乃是歌德所作自敘傳的名稱，我覺得這名稱很好，正足以代表自敘傳裏所有的兩種成分，所以拿來借用了。真實當然就是事實，詩則是虛構部分或是修飾描寫的地方，其因記憶錯誤，與事實有矛盾的地方，當然不算在內，唯故意造作的這才是，所以說是詩的部分，其實在自敘傳中乃是不可憑信的，應該與小說一樣的看法，雖然也可以考見著者的思想，不過認為是實有的事情那總是不可以的了。古代希臘叫詩人為「造作者」，意思重在創造，哲學者至有人以詩人為說誑的人，加以排斥，這並沒有錯，英國文人王爾德作文云《說誑之衰歇》（*The Decay of Lying*），歎近代詩思的頹廢，便不諱言說誑，日本人翻譯易說誑為「架空」，這有點近於粉飾，如孔乙己之諱偷書為「竊書」了。自敘傳總是混合這兩種而成，即如有名的盧梭和托爾斯泰的《懺悔錄》，據他們研究裏邊也有不少的虛假的敘述，這也並不是什麼瑕疵，乃是自敘傳性質如此，讀者所當注意，取材時應當辨別罷了。因為他們文人天性兼備詩才，所以寫下去的時候，忽然觸動靈機，詩思勃發，便來它一段詩歌的感歎，小說的描寫，於是這就華實並茂，大著告成了。也有特殊的天才，如伊太利的契利尼者，能夠以徹頭徹尾的誑說作成自敘傳，則是例外不可多得的。我這部回想錄根本不是文人自敘傳，所以夠不上和他們的並論，沒有真實與詩的問題，但是這裏說明一聲，裏邊並沒有什麼詩，乃是完全只憑真實所寫的。這是與我向來寫文章的態度全是一致，除了偶有記憶不真的以外，並沒有一處有意識的加以詩化，即是說過假話。可是假如有人相信了我的這句話，以為所有的事情都真實的記錄在裏邊，想來找得一切疑難事件的說明，那未免是所願太奢了，恐怕是要失望的。我在上邊說過，如果詳盡的說明，那就非有一百萬字不可，這第一說是沒有這紙面。我寫的事實，雖然不用詩化，即改造和修飾，但也有一種選擇，並不是凡事實即一律都寫的。過去有許多事情，在道德法律上雖然別無問題，然而日後想到，總覺得不很愉快，如有吃到肥皂的感覺，這些便在排除之列，不擬加以記錄了。現在試舉一例。這是民國二年春間的事，其時小兒剛生還不到一周歲，我同了我的妻以及妻妹，抱了小兒到後街咸歡河沿去散步。那時婦女天足還很少，看見者不免少見多怪。在那裏一家門口，有兩個少女在那裏私語，半大聲的說道，「你看，尼姑婆來了。」我便對她們搖頭贊歎說，「好小腳呀，好小腳呀！」他們便羞的都逃進門去了。這一種本領，我還是小時候從小流氓學來的手法，可是學做了覺得後味很是不好，所以覺得不值得記下來。此外關於家庭眷屬的，也悉不錄，上邊因為舉例，所以說及。其有關於他人的事，有些雖是事實，而事太離奇，出於情理之外，或者反似《天方夜談》裏頭的事情，寫了也令人不相信，這便都從略了。我這裏本沒有詩，可是卻叫人當詩去看，或者簡直以為是在講「造話」了。紹興方言謂說誑曰講造話，造話一語卻正是「詩」的本原了。但因此使我非本意的得到詩人的頭銜，卻並不是我所希望的。我是一個庸人，就是極普通的中國人，並不是什麼文人學士，只因偶然的關係，活得長了，見聞也就多了些，譬如一個旅人，走了許多路程，經歷可以談談，有人說「講你的故事罷」，也就講些，也都是平凡的事情和道理。他本不是水手辛八，寫不是旅行述異，其實假如他真是遇過海上老人似的離奇的故事，他也是不會得來講的。

一九六六年一月三日，知堂記於北京。

附　錄：一九四九年的一封信

發表於一九八七年六月出版的《新文學史料》，題為《周作人的一封信》，並加按語：「這是周作人寫給中央負責同志的一封信，是林辰同志於一九五一年向馮雪峰同志借閱時抄下的；現在我們從林辰同志處抄得一份，發表於此，以供研究周作人問題的同志參考。」收入《周作人散文全集》時改為今名，校勘的依據為一份作者手稿很模糊的複印件，看其空出收信人的名字，或是副本之一。

□□先生：

我寫這封信給先生，很經過些躊躇，因為依照舊的說法，這有好些不妥當，如用舊時新聞記者的常用筆調來說，這裏便有些又是拍馬屁，有些又是丑表功，說起來都是不很好聽的。可是我經了一番考慮之後，終於決定寫了。現在的時代既與從前不同，舊時的是非不能適用，我們只要誠實的說實話，對於人民政府，也即是自己的政府有所陳述，沒有什麼不可以的，這與以前以臣民的地位對於獨裁政府的說話是迥不相同的。因為這個緣故，我決心來寫這信給先生，略為說明個人對於新民主主義的意見，以及自己私人的一點事情。

我不是研究社會科學的，不能說懂得共產主義的科學的精義，雖然普通的文獻看過一點，相信從來歷史都是階級鬥爭的歷史，歷代的道德法律是代表當時特權階級的利益的。我沒有專門學問，關於文學自己知道沒有搞得通，早已不弄了，但是現在還有興趣的是希臘神話，童話兒歌，以及民俗這一部分的東西，這裏牽涉婦女兒童問題，我也比較的加以注意。有一個時間關於婦女問題的探討，歸結到如英國人卡本德所說：婦女問題要與工人的一起解決，相信共產社會主義是其唯一的出路，這意思多少年來一直沒有更變。我由婦女問題一角入手，知道共產主義的正路，因此也相信它可以解決整個的社會問題。關於中國共產黨的理論與實際，我們在國民黨政府之下知道的很少，只從毛主席的二三著作和美國人斯諾等人的書中略有所聞，但到了今年，天津北平先後解放，繼之以南京上海，這才直接得到聞見，這才確實的有了瞭解。我們知道共產主義的理論是對的，可是所更要知道的是事實如何。人民共見共聞的解放軍的紀律，是極好的。老實的說，這誠然是好，可是也正是當然的，更重要的是政治作風如何，這是一般人所更為關心的事情。就華北華東的事實來說，中國共產黨在實行新民主主義，這衹是籠統的一句話，可是含義卻是非常重大的。民國以來，揭櫫過好些主義理論，一直都衹是招牌與廣告，不兌現的支票，到了現在居然有實行的，這在中國是破天荒的奇跡，在我向來相信道義之須事功化的人，自然更不能不表示佩服。這個中國歷史上的新的轉變，自然難以一言包括盡了，現在衹就普通一般所共見共聞的來說，中國共產黨有批評制度，學習精神，有切實刻苦穩健的作風，儉樸肯幹，實事求是的態度（大都引用張治中氏的話），都是中國從來所無的新的趨向，大抵是舉世皆知的，但是我覺得最有意義的乃是這一點，中國共產黨將理論與實踐合一，打破過去統治界的傳統空氣，建立農民的質樸的作風，來推行政治，它的意義與價值之大的確不容易估計，至少與打倒封建獨裁的武力相比不在其下，而且更為難能，因為這是開創的。關於這方面，祇在這裏誠實的表示一點佩服的敬意，不再贅說，因為這在中國共產黨自己知道得很清楚，外邊說過的人也已不少了。

我因為是不懂政治經濟的，所說的話便祇是這一點粗淺的，卻是真實的話，要表明我的意思，所以不復躊躇的寫了出來。但或者有人說，某人也來說這些話麼，我想這種批評原是可能的，因此我覺得關於自己須說明幾句，因為關於我的有些思想與行為，恐怕先生也不大明白。人家批評我，在抗戰前說是有閒消極，在戰後則是附逆與敵合作。關於自己的事情應當嚴格批評，坦白承認錯誤，但是我現在還須得先來敘述事實緣由，這裏便多少有點像是辯解，可是誠實的說，決不是強詞奪理的辯解，其間顯示出來的錯誤，我都承認。我的思想因為涉獵婦女問題與性心理的關係，受倍倍耳、卡本德、藹理思等人的影響，關於婦女之性的解放與經濟的解放，歸結到共產的社會，這個意見一直是如此。中國古人中給我影響的有三個人，一是東漢的王仲任，二是明的李卓吾，三是清代的俞理初，他們都是「疾虛妄」，知悉人情物理，反對封建的禮教的人，尤其是李卓吾，對於我最有力量。五四前後有一個時期，大家對於李卓吾評論稱揚的很多，他的意見都見於所作《焚書》《初潭集》及《藏書》中，這些書在明清兩朝便被列為非聖無法的禁書。他以新的自由的見解，來批評舊歷史，推翻三綱主義的道德，對於卓文君、武后、馮道諸人都有翻案的文章。他說不能以孔子之是非為是非，可是文章中多是「據經引傳」，在《焚書》中有一篇信札，說明自己不相信古人，而偏多引他們的話，這便因為世人都相信典據，借了古人的話過來，好替自己作屏風罷了。我也並不相信孔孟會得有民主思想的，更不喜歡漢宋以來的儒教徒，可是寫文章時也常引用孔孟的話，說孔孟以前的儒家原是有可取的，他們不奉文武周公而以禹稷為祖師，或者上去更是本於神農之言也說不定，他們的目的是要人民得生活，雖然不是民治也總講得到民享，這裏也是用的同一方法，即所謂托古改制，自己知道說的不是真實，但在那環境中也至少是不得已的。民國三十二年中所寫《論中國的思想問題》《中國文學上的兩種思想》這些篇，都是這一例。對於舊禮教的意見，我與李卓吾差不多是一致的，雖然他所用以打破儒教的獨裁之器具是佛教的禪，我們在這時代自然是用別的器具，即是科學。禮教吃人都有歷史的事實根據，一條條寫在書上的，這二千年來中國的道德原是為代表家長的利益而建立的，它的主要的綱領便是男子中心的三綱主義。為家長的男子是他們宇宙的中心，妻子都是他的所有，子女應該竭盡其能力供給他，必要時可以變賣作奴婢、頂凶或娼妓，病時割肉煎湯，生氣時殺死勿論。這是父為子綱，已經夠受了，但是說到夫為妻綱更是要不得，兒女只是他的財產牲畜，妻妾則是財產牲畜又兼是器具，於同樣隨意處分之外，還加上一種出於珍惜妒忌之意的殘虐行為，是這一綱上所特有的。主父死了，妻妾和車馬衣服一起的埋入墳墓裏，因為他死後還要用的，此其一。遇到戰亂的時候，主父也即是後世的官紳士人，第一希望妻妾趕快上吊投河，因為這是他所使用的，不願意再給別人拿去，他又不能保護，所以死了乾淨，而且又於他有光榮，等到太平時候他可以回來，一面仍舊迎取三妻四妾，一面又可釘匾造牌坊，旌表節烈，給他家門增加名譽，此其二。這種不平等不人道的道德在社會上繼續佔着勢力，宋朝以後更加盛大，以至於今。我在這裏對於夫綱特別多說了好些話，並不一定是著重婦女問題，事實乃是因為君為臣綱這一項正是由此而出，所以有先加說明之必要。專制君主制度在世界上到處有過，君尊臣卑一樣是如此，但與中國不同的是，世間一般君臣關係即使至不平等，也只是主奴的關係，役使生死可以惟命，如是而已，中國的君臣關係則是以男女為規範，所謂臣妾，處士處女，都是對舉，詩文中以男女比喻君臣者往往多有，其最明顯最普通的聯繫則是所謂忠貞、氣節，都是說明臣的地位身份與妾婦一致，這是現今看來頂不合理的事。在古時候，或者也不足為怪，但是在民國則應有別，國民對於國家民族自有其義分，惟以貞姬節婦相比之標準則已不應存在了。我相信民國的道德惟應代表人民的利益，那些舊標準的道德我都不相信，雖然也並不想故意的破壞它。還有一點，我很不滿意於董仲舒的話，說正其誼不謀其利，明其道不計其功，覺得古人祇知道講空話、唱高調，全不實行，這個毛病很大，所以主張道義之須事功化，這也受着顏習齋的影響，卻也是由我的實感上發生的。我冗長的說這些話，是想說明一點我的反禮教的思想，後來行事有些與此有關，因此說是離經叛道，或是得罪名教，我可以承認，若是得罪民族，則自己相信沒有這意思，並不以此為辯解，這只是事實的說明罷了。

再就事實來說一下。我於民國六年到北京大學，至二十六年已經滿二十年了，北大定例凡繼續服務滿五年者可以休假一年，我未曾利用過，這時想告假休息，手續剛在辦，盧溝橋事件就發生了。北大遷移長沙，教授集議過兩次，商定去留隨意，有些年老或有家累的多未南下。那時先母尚在，舍弟的妻子四人，我的女兒（女婿在西北聯大教書）和她的子女三人，都在我家裏，加上自己的家人一共有十四口，我就留下不走。北大將年老的教授孟森、馬裕藻、馮祖荀和我（其時年只五十四）共四人承認為北大留平教授，委託照管北大校產，十一月中北大校長蔣夢麟又給我一個電報，加以囑託。是年年底，北大第二院即理學院的保管職員走來找我，說日本憲兵隊派人去看，叫兩天內讓出該院，其時孟森已病篤，馬裕藻不願管事，由我與馮祖荀出名具函去找偽臨時政府教育部長湯爾和，由其當夜去與日憲兵隊長談判，得以保全，及勝利後國民黨政府教育部長朱家驊至北平視察，發表談話，稱為中國最完整保存之理科。北京大學圖書館及文史研究所亦以我的名義收回，保存人與物的原狀，後來對於國立北平圖書館也是如此辦法。及湯爾和病死，教育總署一職擬議及我，我考慮之後終於接受了。因為當時華北高等教育的管理權全在總署的手裏，為抵制王揖唐輩以維護學校起見，大家覺得有佔領之必要。在職二年間，積極維持學校實在還在其次，消極的防護，對於敵興亞院、偽新民會的壓迫和干涉，明的暗的種種抗爭，替學生與學校減少麻煩與痛苦，可以說是每日最傷腦筋的事。這有多少成效不敢確說，但那時相信那是值得做的事情，至少對學生青年有些關係或好處，我想自己如跑到後方去，在那裏教幾年書，也總是空話，不如在淪陷中替學校或學生做得一點一滴的事，倒是實在的。我不相信守節失節的話，只覺得做點於人有益的事總是好的，名份上的順逆是非不能一定，譬如受國民政府的委託去做「勘亂」的特務工作，決不能比在淪陷區維持學校更好，我的意見有些不免是偏的，不過都是老實話，但是我所顧慮到的只是學校學生一方面，單為知識階級的利益着想，未能念及更廣大的人民大眾，這當然是錯誤，我也是承認的。與敵人合作，在中國人中間大概是很少的，虛與委蛇不能真算是合作，若是明的暗的抗爭，自然更不是了。在淪陷的前後，我的思想文字的方面可以有兩件事來證明，前後並沒有什麼轉變。其一，在抗戰前我曾寫了幾篇《日本管窺》，在《國聞週刊》上發表，末了的第四篇管窺登在二十六年七月初的那一期上，是該刊戰前最後的一期了。這裏邊我說明要瞭解日本的國民性，我們從文化上如文學美術等等去找鑰匙，那是不可能的，因為那種鑰匙雖然可以應用在文化問題上，但是如用以解說政治軍事上的問題時便要碰了壁，無論如何是開不通的了。

現在須得改從宗教入手，去觀察日本民間的神道教，這與外來的儒佛兩教不同，完全是一種神靈附身的狂信，出會的神輿，常常不照路線亂走亂撞，在中國民間是絕對見不到的。這種感情衝動往往超過了理性制裁，無可理喻的發動起來，可以看作對內對外的亂暴行動之說明。二十九年冬天，日本國際文化振興會要求寫一篇文章，紀念他們的建國二千六百年祭，沒有法子拒絕，我寫了一篇《日本之再認識》給它，這文有印本，讀者可以知道裏邊還是那個結論，說要瞭解國民性，如從文化下手沒有結果，必須從其固有的宗教入門，才有希望。這可以代表我對於日本所說的言論。其二，關於對於中國的言論，在淪陷中寫了不少，可以其中一篇《論中國的思想問題》作為代表。這是在三十一年冬天所寫的，其時興亞院新民會等正熱心於替中國人建立一個中心思想，不用說那是想用大東亞新秩序做中心的，我的文章便是對此而發。照例引用了些孔孟的話，高調禹稷的作風，我說明中國早已自有其中心思想，此思想並不單是出於文人學士的提倡，乃是上自聖賢，下至匹夫匹婦，無不心中共有，所以既然無法消除，也是無須注入的，這本於民族求生意志，個人要能生存，也要大家一起生存，聖人加上一個名稱曰仁，老百姓不認識這字，意思卻是先天的懂得的。中國民族平時很是和平，很肯吃苦，但是假如到了民族生存的緊要關頭，那也就不能讓步了。這裏的理論有些自己知道是淺薄空泛，但其重要的不是學理而是作用。到了次年九月，日本軍部統制下的日本文學報國會發起大東亞文學者大會在東京開會，由會員片岡鐵兵提出掃蕩中國反動的老作家問題，其演說詞中有云：現在余在此指出之敵人，正是諸君所認為殘餘敵人之一，即目前正在和平地區內蠢動之反動的文壇老作家，而此敵人雖在和平地區之內尚與諸君思想的熱情的文學活動相對立，而以有力的文學家資格站立於中國文壇。彼常以極度消極的反動思想之表現與動作，對於諸君及吾人之建設大東亞之思想表示敵對。彼為諸君及吾輩鬥爭途上之障礙物，積極之妨害者，彼為大東亞地域中必須摧毀之邪教偶像云云。

原文見該會機關報《文學報國》第三號，三十三年五月上海出版之《雜誌》中載有全譯。他這裏還沒有說出姓名，經我直接去信質問，片岡來信承認所說殘餘敵人即是指我（原信送在南京高等法院，現存有謄本），其第三節中云：

讀了《中國的思想問題》全文，假如不曾感覺在今日歷史中該文所演的腳色乃是反動保守的，則此輩只是眼光不能透徹紙背的讀者而已。鄙人感到不應阻害中國人民的欲望之主張，實即是對於為大東亞解放而鬥爭着的戰爭之消極的拒否，因此在去年九月大東亞文學者大會會議席上，作了那樣的演說。為中國人民所仰為指南之先生有此文章，其影響力為何如，鄙人念及為之慄然。先生此文無非將使拒否大東亞戰爭，至少亦欲對於此戰爭出於旁觀地位之一部分中國人之態度，予以傳統道德之基礎，而使之正當化耳。

這裏可以看出來我在淪陷中的文字是哪一種色彩，敵人認為是他們鬥爭途上之障礙物，積極之妨害者，必須掃蕩摧毀之對象，這總可以表明不是合作得來的人。至於此外文章也還寫了些，但是沒有什麼值得說的，所以不再贅說了。本來竭力想寫的簡單，實在已經太嚕嗦了。雖然有些地方為的要說明，也有不得已的，要請原諒。過去思想上的彆扭，行動上的錯誤，我自己承認，但是我的真意真相也希望先生能夠瞭解，所以寫這一封信。本來也想寫給毛先生，因為知道他事情太忙，不便去驚動，所以便請先生代表了。

民國三十八年七月四日，周作人

校讀小記

曹聚仁

這部《知堂回想錄》，先後碰到了種種挫折，終於和世人相見了。此稿付印時，知堂老人尚在人世，而今老人逝世已三年餘，能夠印行問世，我也可慰故人於地下了。

此稿，正如老人所再三說的，乃是我所建議，卻是羅兄所大力成全的，我不敢貿然居功。全稿本來準備在《海光文藝》上連載，《海光》中停，事不果行。書版早於一九六六年春間付排，校樣苦於郵遞不便，只好由我一力擔任下來；那知我年老衰殘，精神不濟，伏案校對，脹痛如割。到了一九六七年夏間，我進廣華醫院動手術；臥牀兩月，百事俱廢。出院後，身體逐漸復原。那年秋間，商之李引桐兄，經《南洋商報》的同意，在「商餘」連載十個月，本書才順利印成。我在這兒代老人，除向李引桐、連士升諸先生致謝，也對三育的車載青兄和在東京的陳約翰兄致謝意。同時，對關切這本書的鮑耀明、鄭子瑜、高貞白、朱省齋諸兄表中心銘感。

我手邊存有知堂老人的來信三百多封，原想刊在卷末；此書篇幅已經太多了，只能期之他日。老人總希望我來做一篇跋尾文字，我已經在子瑜兄的周作人年譜後面寫了〈知堂老人晚年〉，這兒也不再寫後記了。

且說，這部《回想錄》在《南洋商報》刊載時，讀者自有所領會，不待我來多說。此刻看了全書，我相信大家一定會承認這麼好的回憶錄，如若埋沒了不與世人相見，我怎麼對得住千百年後的社會文化界？可惜，那位對老人作主觀批評的人，已不及見這本書了。我呢，求心之所安，替老人出了版，知我罪我，我都不管了。

是為記。

牛津版後記

周吉宜

先祖父知堂先生的遺著《知堂回想錄》，現在終於又在香港出版了。承林道群先生邀寫後記，思忖自己本是行外之人，文、史各方面都知之甚少，但亦恐不能不就所知所感，勉力為之。

如大家所知，這部書稿是上世紀六十年代初完成的。那時我還是個小學生，在我的記憶中，那是一個饑餓的年代、營養不良的年代，聽說有人餓死也不會奇怪的年代。當時我只知道，祖父的寫作也是家庭衣食主要的來源，其重要性絲毫不亞於父母的上班，因此從不敢去打擾甚至高聲講話。我還知道，祖父患高血壓，有時需要臥床靜養，祖母常年臥病在床，香港有友人願意幫助我們。那時家裏的氣氛平靜而略顯壓抑，有時父親回家來即匆匆去祖父的房間，把帶回的書交給他，母親有時會熬夜為祖父抄寫什麼。

曹聚仁先生的大名，那時就在家裏聽到過，雖然更多的細節不知道，後來的事情也無從預知，但知道他是祖父在香港的好友，在給我們以幫助。所以一九六七年春我在院子裏見到他在清華讀書的兒子奉父命來探訪，並不奇怪，甚至雖第一次見面而並無生疏之感。後來我和母親把這一消息告訴祖父，他沒有說話，印象中也沒有特別的表示，以致我當時覺得這件事告訴不告訴他都是沒有什麼分別的。時事變遷，五十年過去了，我看過了祖父的日記，看過了他與曹聚仁先生大量的往復信件，現在想起來覺得當時我是做了一件非常重要的傳遞：在「文革」迫害如火如荼之際，曹聚仁先生一片真摯的關心和愛護之情，我轉達了。此刻舊事重溫，唏噓之餘也可感到些許欣慰。

六十年代末，新加坡的《南洋商報》連載了《回想錄》全文，實際上是保存了中國亂世之中的珍貴文獻，曹聚仁、李引桐、連士升等先生為此做出的努力也是不應忘記的。

為這本書作出很大貢獻的還有羅承勛先生。「文革」前，羅先生除了冒着政治風險首先在香港報紙上發表了書中部分內容外，還精心保存了全部原稿，使得著者的原文本意得以準確存世，善莫大焉。

「文革」被否定後，這本書在中國大陸也出版過很多次，就我的理解，出版者都是心懷敬意的，雖然有些版本出版前我們並不知情。希望這次的版本可以更接近著者的本意，以告慰逝去的著者和他的各位友人。

二〇一九年五月三日，於北京

出版後話：只求心之所安

曹景行　曹　臻[一]

半個世紀前的一九六八年，新加坡《南洋商報》開始連載知堂老人周作人（啟明）先生的《知堂回想錄》，前後凡十個月。此前一年多，老人已在北京「文革」風暴中慘苦離世，但他這部最後的重要著作卻能完整傳世，其中的艱辛曲折實為外人難以想像。最近我們整理了手中的所有相關資料，大致梳理清了整個寫作與出版過程，以下面的文字來紀念《知堂回想錄》刊發半個世紀，也是對知堂老人及曹聚仁、羅孚兩先生遲來的致意。

《回想錄》本不在知堂老人的規劃之中，能夠寫成、能夠刊出、能夠印成、能夠傳世，都極不容易，其中「種種挫折」「磨難重重」，在當代中國文學出版史中應不多見。最近重又翻看當年周作人、曹聚仁、羅孚、鮑耀明相互間數百封通信，對曹〈校讀小記〉中「知我罪我，我都不管了」一語，有了更深一層的感覺。

《回想錄》緣起曹聚仁一九六〇年約稿，背後有《新晚報》老總羅孚（承勳）先生的承諾。知堂老人從一開始就關心稿子如何發表，但直到一九六二年底辛辛苦苦完成三十八萬字

一　曹景行（曹聚仁之子），資深新聞人；曹臻（曹聚仁之孫女），文化工作者。本文首發於新加坡《聯合早報》。

全稿，仍然沒有得到明確答覆，期間他甚至一度打算擱筆。曹在信中則屢屢安慰加催稿：「先生不要停筆，一直寫下去，決不會使先生失望。」

老人所不知，除了香港媒體環境惡劣，報社還要考慮他那段歷史與北京可能的反應。羅孚先生能夠做的，就是由《新晚報》預支稿費，按當時最高標準每千字港幣十元（相當於人民幣四元二角七分）。有這樣安排，保證了老人持續寫稿，並通過《大公報》駐內地辦事處朋友轉至香港，繞過了海關審檢查禁，全稿含目錄共五百六十三張筒子頁，折疊起來一千一百二十六面，完整無缺。題目則由原來的《藥堂談往》改為《知堂回想錄》。

那兩年內地民眾生活很是艱困，營養缺乏，浮腫病蔓延，老人也不能逃過。而且周家人口多，夫人周信子又得病臥牀至去世，經濟負擔益重。由此，來自香港的稿費和食品也成為老人維持全家生計的一個重要來源，此外還要援助同樣困難的親友，有關內容在周曹通信中佔了相當的比重；最初把老人香港寫稿所得謔稱為撿三兩粒「芝麻」，實際已成果腹的「燒餅」。

香港政治上左右對立，曹在信中多次對老人提及「情況複雜」，勸他給香港別的媒體寫稿須謹慎小心，以免惹上麻煩。但老人的文字要在「左派」報刊上登出也非易事，「不是那麼能大張旗鼓」。羅孚先生說：「左派報刊用它，多少有些試探的性質，只要上邊不來過問，也就繼續刊載下去。」

羅曹原先想把《回想錄》安排在葉靈鳳先生正在籌備的文化刊物《南斗》上，以為格調相符。不料新刊難產，《回想錄》的發表也就拖了時間。直到一九六四年八月，老人終於得知文稿開始由《新晚報》連載，「在宣統廢帝(文章刊完)之後，又得與大元帥(關於張作霖的文章)同時揭載，何幸如之！」愉悅之外，他卻開始另一種不安：「但或者因事關瑣碎，中途會被廢棄，亦未可知。」

老人的擔心竟然「不幸而中」，《回想錄》刊登了四十多天就被迫腰斬，只是並非「事關瑣碎」，而是無法對老人明講的政治壓力。羅孚先生說：「那是中宣部通知香港的領導，不能繼續這樣刊登周作人的文章。」「自上面而來的責問是：『這個時候還去大登周作人的作品，這是為什麼？』」政治壓力直接落到了羅的身上，曹則勸老人「對羅兄不要錯怪，因為他也只能執行京中的政策，不能自己作主的」。

羅曹都已經感覺到北京文化政策開始收緊，卻還是想把老人的文稿盡快刊登出來，接着就可以成書出版。羅參與籌備的《海光文藝》月刊，於一九六六年初出版了第一期。為謹慎起見，到了第三、四期才開始選載《知堂回想錄》中《北大感舊錄》那部分。同屬香港左派文化圈的車載青先生，則允諾由他的三育圖書文具公司出書，並着手排版製版。日本《朝日新聞》也有意刊登《回想錄》的日譯本。老人在給香港朋友鮑耀明的信中說：「我本無敝帚自珍之意，唯辛辛苦苦花了兩年多時間寫了出來，如能出版總比送進字紙簍去好。」

但很快，內地的文化大革命影響到香港。一九六七年初《海光》停刊，《知堂回想錄》第二次被腰斬，老人卻已無法知道。同樣，香港的朋友也無法知道他在北京過着怎樣的日子。曹鮑因接不到老人北京來信而擔心他處境「一定不十分好」，但又不敢再給他寫信以免增添麻煩。曹曾告訴鮑：「病中接啟明老人來信，知道他也生病，又逢文化大革命，生活相當困難。可否乞兄籌借港幣伍佰元，匯往老人濟急？」

一九六六年底，曹聚仁曾吩咐在北京清華大學就讀的大兒子曹景仲去八道灣周家看望，但也只見到老人的長孫周吉宜，說是老人「患病在牀」。八十年代初，周豐一和夫人張菼芳曾告訴曹的家人，景仲可能是探望老人的最後一位外人。一九六七年五月六日，已患癌症的老人在遭受多批紅衛兵暴力摧殘和非人虐待大半年之後，終於擺脫了生不如死的日子，在孤寂中離去，時年八十三歲。消息傳到香港，已經是年底。

老人去世之日，正是香港發生反英「抗暴」運動之時。受到北京極左勢力的干擾，香港左派文化圈陷入前所未有的困境。曹聚仁主辦的報紙經營不下去，他的多種著作也被左派書店拒售，拖了多年的肝膽疾病又加重起來，一時間可謂貧病交加，自顧不暇。那年夏天，他因膽囊炎發作被朋友緊急送進廣華醫院動了手術，盛暑中病臥兩個月。

一九六七年的十月十九日，是魯迅去世三十一周年的日子。這一天，北京《人民日報》用第四版的整版篇幅刊登聲討檄文《「我們的癰疽，是他們的寶貝」——怒斥中國赫魯曉夫一夥包庇漢奸文人、攻擊魯迅的罪行》，從劉少奇、陸定一、周揚、胡喬木一路斥罵過去，罪名就是利用周作人來反對魯迅。文章中有一段說到「周作人還不受任何限制，可以為香港反動報刊自由寫稿」。

文章特別提及：「當時，有一個拜倒在國民黨門下的無恥文人，就在香港大放厥詞，攻擊我們革命作家用馬克思列寧主義、毛澤東思想來論述魯迅的革命經歷和鬥爭精神，胡說什麼大陸上『連許廣平也不敢說真話』。他特別賣勁地替周作人吹噓——這批牛鬼蛇神，裏應外合，內外夾攻，鬧得烏煙瘴氣，令人十分忿恨。他們簡直把這個大漢奸快要捧上天了。」

顯然，曹聚仁這些年與周作人的關係，他為老人在香港出書發文章，以及他在《魯迅評傳》等文字中發表的一些看法，早已引起一些人的不滿，文化大革命正是總清算的時機。文章雖然沒有直接點名，但如此嚴重的政治定性，曹聚仁當時若在北京，難免落到與老人同樣的悲慘命運。清楚記得，看到全國黨報轉載這篇文章，我們這些生活在內地的家人猶如晴天霹靂、大石壓頂。

只是，在香港剛剛「浮過了生命海」的曹聚仁似乎不知道這回事，或者並沒有放在心上。第二年，他身體略有恢復，又開始考慮老人遺稿的出版。他在給朋友的信中說：「弟年已衰老，入墓之日已近。對於故友的遺著以及現代文獻之保存，不敢放棄責任。如老人著作由弟手中淹滅，弟何以對世人？」「弟並不想把這件事公開起來，使香港論客用為反共的藉口——為了國家體面，把這事處理得好一點，就是了。」

但那時左派書業連唐詩一百首之類的書籍都不能賣，車載青先生的三育書店經營十分困難，不僅無力印製《知堂回想錄》，排版費都還欠着賬。曹聚仁考慮了各種可能，想到了他寫稿多年的新加坡《南洋商報》。經過當地著名華商李引桐先生的推薦，《南洋商報》總編輯連士升和總經理施祖賢同意從一九六八年九月二十三日開始連載《知堂回想錄》，前後十個多月。稿費每千字十元（新加坡幣）；扣去香港《新晚報》已經發表過的三萬字，全部直接匯至香港三育作為書的印刷費，解決了車載青先生的困難。

為此，曹聚仁「欣慰無似」。他對連士升先生說：「老人已逝世，我也垂垂老矣，在我生前這部故人的遺著，未曾與世人相見，總是一件人情債呢。對後世人，也是交代不了的大事。」他對施祖賢先生也表示：「知堂老人地下有知，一定深感盛情的。這是對百年後史家交代了一件大事呢。」這番心情，同三四十年前他與周氏兄弟共商出版李大釗（守常）文集，竟有幾分相似呢。

但此時，他還要向領導香港左派文化事業的《大公報》社長「費公」費彝民先生「報告」上述安排。他在六月十日夜半寫信給「彝民、承勳二兄」，一開頭就「明白表示態度，關於《知堂回想錄》的刊行，我個人負完全責任，如有錯誤，我個人願受任何處分，決無怨言」。信中說：「我並不居功，也不辭責。我先後校了三回，內容絕無反動之點，而且都是第一手史料，值得保留下來。」

他解釋說：「我把這部書的排刊，由三育書店車兄進行，想不到久病三年，把校刊的事擱下來。到了可以着手校對，『抗暴』以後的書業，實在差得很，私人開書店，真是走投無路。這麼一大筆校印費，店中實在擔任不起。我那時想起了兩條路：一條路是把這份知堂老人的手稿讓別人收藏了去，另一條路，便是讓別的報紙來刊載。我托李引桐兄向《南洋商報》談，一拍即合，而且大受歡迎。目前的排刊費，便是我運用了那筆稿費來支持的。這樣，我對車兄了卻一番心願。」信中最後表示：「總之，我負一切責任，但希望處理這件事的朋友，勿使此事為親者所痛心，而為見仇者所快才對。」

《知堂回想錄》從一開始，校對就是重負。《新晚報》初載時怕京港間通信誤事，曹聚仁先行校對，打算出書前再由老人總校全稿。但「文革」中局勢大變，老人生死未知，曹聚仁只能扛起校對全責。「哪知我年老衰殘，精神不濟，伏案校對，腹痛如割」，直到入院病臥，百事俱廢。一九六八年身體稍有恢復，《南洋商報》答應刊登回想錄，也讓出書成為可能，他便開始第三次的校對，儘管已經老眼昏花。

一九七〇年的春天，曹聚仁經歷了一悲一喜兩件大事。悲的是長子曹景仲年初在張家口外的沽源縣因公殉職，年僅二十五歲。曹聚仁四月才從費彝民那兒知道此事，深感「斷指之痛」。接踵而來的喜事，則是《知堂回想錄》終於出版了。十年牽掛，至此大致了斷，羅孚形容曹是「興沖沖地」拿了剛印好的回想錄給他。

此時又發生了一件插曲。最早印製的《知堂回想錄》前面有兩封老人給曹聚仁信的原件照片，談及曹的《魯迅評傳》等事，其中有些話顯然有所指，後來再印製就換成另外兩封信。我們手中有三本不同的首版《知堂回想錄》，都是曹聚仁留下的。第一本前面有那兩信，第二本把信撕了，第三本是另兩信。今天《回想錄》在香港重版發行，把前後這四封信都放上了，讓今人和後人能從細節變化中感受當年的歷史。

最後一節事情，就是手稿原件的處置。早先為知堂老人在香港出版了《知堂乙酉文編》等著作，曹聚仁會把老人的手稿分成多份，贈送給文化界朋友留作紀念。而《回想錄》的刊登出版，從一開始就打算保留完整的原稿，每一頁都由朋友找人抄寫再送去排版。現在書已出版，曹聚仁就把全稿轉交給羅孚先生保存：「兄可留作紀念，三五十年後，也許將是一份有價值的文物呢。」羅孚先生卻不如此樂觀：「世變甚殷，三五十年後如何，恐未必如公所想像。至少我輩已不及見矣！」

只是，三五十年後的今天，《知堂回想錄》的價值已經得到公認，而這部珍貴的手稿也因羅先生的捐贈，收藏在了北京的中國現代文學館，成為國民的公共財產。一九九三年，羅孚先生把保管了二十五年的《回想錄》手稿托馮偉才先生帶到北京：「考慮到私藏易散失，不如由公家保藏來得穩妥，現代文學館就正是一個恰當的地方。這才對得住我熟悉的曹公

（聚仁）、我只見過一面的知堂老人。」

我面前的書桌上，放着五度先生贈送的《回想錄》手稿影印件。厚厚一疊翻開，每一紙都那麼乾淨整潔，每一字都清逸蒼勁，本身就是一件藝術品。如果有一天能夠把原稿每一頁都影印出版，而且附上按照原稿再次校對的繁體字《知堂回想錄》，以最接近原樣的方式把老人們的心血奉獻給今人和後人，那就算是最完美的結局了。這次由五度先生校對的繁體版能在香港出版，甚感欣慰。

一九七二年七月，在《知堂回想錄》出版兩年後，曹聚仁在澳門病故。羅孚先生和鮑耀明先生，也於二〇一四年五月和二〇一六年四月先後去世。這兩年，我們同知堂老人之孫周吉宜先生、羅孚之子羅海雷先生經常往來，相互交換家中舊藏和近期新獲。或許，圍繞《知堂回想錄》那十年的書信資料，今後可以再編撰一部翔實的出版史料，對前輩和後人又是一種交代。曹聚仁當年「只求心之所安」，至今對我們依然如此。

二〇一九年四月十八日修訂於香港

校勘記

五度

二〇一八年十一月四日，我將新浪微博「慕知堂」改為「朽竹居」，說道：「前者之『慕知堂』，從二〇〇四年算起，共是十四年。我由校訂知堂入出版界，所行所言，磊落光明，對於死生兩造，均可心安理得。今墓木已拱，歸於大眾，正可任有心人海闊天空，隨份做去。我樂見其成，偶一沾潤，當如何歡喜！這並非說我不再慕他，不過慕在心中，大可不需標榜而已。」

牛津欲重印知堂文，自回想錄始，可謂心力具足，善莫大焉。承他不棄，令就所知為一後記，我既親歷此事，翻檢舊賬，湊成一篇，自是義不容辭。

我於二〇〇四年秋冬間開始校訂《周作人散文全集》。全集正文十四卷，回想錄收在第十三卷，查我的工作筆記《桂海塵影錄》，提及回想錄的零星可見，擇要列下：

二〇〇六年十月十三日：「竟無暇校讀《知堂回想錄》。」

十月十八日：「今日校《知堂回想錄》二十餘碼。」

十一月六日：「知堂全集卷十三已將校讀完畢，回想錄部分最為精彩，某某本直不是據手跡排印者，錯誤之多令人咋舌。」

十一月七日：「今日無甚事，只是看《知堂回想錄》三十餘碼。」

十一月十四日回友人短信有云：「周集卷十三、十四仍是我看，回想錄部分已過半，某某版錯誤驚人，均已於備本(按：此當稱為「工作底本」，由全集編者處借用)上標示。」

十一月廿四日：「今始《知堂回想錄》下部筆記之擇寫，此事須堅持。」

十一月廿八日：「上午校《知堂回想錄》，只得廿五碼，計四五小節也。」

十二月十一日：「下班前校《知堂回想錄》僅一節，《東方文學系的插話》是也。」

十二月廿五日：「下午校《知堂回想錄》數則。某本錯誤有甚離奇者，不知何以致此也。」

十二月廿八日：「下班前校《知堂回想錄》數則，已得百餘頁了。某本錯誤常令我拍案稱奇，倒是頗有意思的事，如將『出門』排為『入門』，似有意與知堂作對者。」

二〇〇七年元月廿六日(臘八)：「至五點三刻校《知堂回想錄》完畢，但仍留有一條尾巴，乃是『後序』，作於四年之後者也。所帶回之工作底本下冊即留寓中，待將全部差錯過錄至我的備本上之後再行歸還……」

然則起始時間不能確知，完成時間卻精確到時分。

我校訂《知堂回想錄》的底本原為「周作人自編文集」之一種，二〇〇二年一月初印。先是全集編者以影印件與此底本對勘，得錯一百九十；我在對手稿校勘的過程中，發現校樣有錯，便翻看該書是何情形，以鉛筆標註，又得六百二十四。兩下相加，計八百一十四，這裏面包括純粹的硬傷，如「大菜館」錯為「大華館」、「軒亭口」錯為「軒亭上」、「夏目漱石」竟成「夏日漱石」之類，像是照排人員認不得手稿，或文本掃描無法辨識所致；此外，對知堂整篇整組鈔入的文章，不按手稿錄入，以已經印行的文集裏面的該文替換，辦法之簡便聰明是不用說了，但雖是照錄舊文，已生變化，隨手微改，所在多有，如「劉半農」與「半農」之別，足可窺見作者精神世界隱微的變化，卻全不體現。既照手稿校勘，這些地方應也屬於硬傷，自不待言了。而據說編者自言以手稿校正香港三育本錯誤三千餘處，所附「校勘記」數頁，臚列成果涉及三育本的，較之三千之數，直可謂九牛一毛，玄之又玄，不可思議。惟「周作人自編文集」印行甚廣，可謂深入讀書人之心，於今思之，自無話可說。

校事畢役，歸還工作底本之前，承同事陳紅妮女士提前安排文印室將全書複印，訂為四冊，我加上牛皮紙的護衣，此即回想錄的「伍度重校本」，此本之免於湮滅，實在要感謝陳女士，記得她說過一句話：「這些都是你的勞動成果，應該留下來。」這番善意，自當銘記在心。

《知堂回想錄》能夠傳世自不能忘懷曹聚仁先生。二〇一四年初夏，一個偶然的機緣與先生哲嗣曹景行先生相見，發願將《知堂回想錄》手稿的「第二複印件」轉奉景行先生，以表達對聚仁先生的敬意。那時景行先生在清華大學客座，我們約定見面的時日，當日熱若烤，我被門衛所阻欲入而不得，恰在這時景行先生踩單車而至，將我迎入清華。當日與景行先生談知堂與聚仁先生甚多，深為景行先生的學識與人品所折服。當年的知堂忌日，我在一篇文章的末尾寫道：「知堂的出版以及研究，都還在初級的階段，眼下似乎也沒有振興的跡象。但我們應該把眼光放遠，相信將來會有人研究，會有更多的人閱讀。我在此呼籲出版界以及研究界的專家學者，大家同心一力，不但以發現軼文為能事，並且為知堂的出版做些實在的事情，將知堂的文字進行匯總系統的出版，則不僅是一樁功德，名利亦未嘗不在其中也。是所至禱焉。」

時光過去五年，知堂的忌日又至。有心人的願力如此強大深固，回想錄一九七〇年初版於香港，今定本亦將出在香港。彷佛五十年一個輪迴，這是非常值得欣幸的！我以最笨的功夫校勘知堂文時方纔三十四歲，今則天命漸知，追憶過往，惟覺斯文不滅，聊述前緣云爾。

二〇一九年五月四日青年節初稿，五月六日知堂忌辰改定

附：許寶騤題周作人手書雜詩

華北淪陷期間知堂翁之出任教育督辦偽職，余從地下工作利害考慮，實游說而促成之。其經過具見拙文，載在一九八六年十一月廿九日七九二號《團結報》。近得閱翁當年之日記，未明載此節，而歷歷往跡，經姚錫佩女士撰文為之扒疏闡發（載在《魯迅研究動態》一九八七年第一期），亦自隱約可見。後閱翁解放後致鮑耀明信，有「關於督辦事，既非脅迫，亦非自動（後來確有費氣力自己去運動的人），當然是由日方發動，經過考慮就答應了，因為自己相信比較可靠，對於教育可以比別人出來少一點反動的行為也」等語（見姚文引錄），又可見翁當時之複雜心跡與余所說動之者，固不無合拍之處。至於日記中對余之微辭，所謂「某派中人不似端士」、「亦是狐狸」云云，蓋以余當時工作危險，處境微妙，時或藏頭露尾，未能相見以誠。此四十七年前一段逸史也。頃者　苗子尊兄以翁手書雜詩若干首都一冊出示屬題，中有在南京獄中之作，余摩挲吟咏，棖觸萬端。世歷滄桑，人隔明冥，時逐逝水，事付煙塵。翁之學術文章，自足昭傳久遠，而出處節操，且由後人評說。至於余之於翁，竊自以為論公差得兩害取輕之理，於私殊失愛人以德之道。言念及此，愀然傷懷矣！一九八七年春介君許寶騤書於北京，時為盧溝橋事變五十周年前之四月也。

周作人（一八八五—一九六七），浙江紹興人。中國現代著名散文家、翻譯家，新文化運動代表人物之一。原名櫆壽，字星杓，又名啟明、啟孟、起孟，筆名遐壽、仲密、豈明，號知堂、藥堂等。魯迅（周樹人）之弟，周建人之兄。歷任國立北京大學教授、東方文學系主任，燕京大學新文學系主任、客座教授。新文化運動中是《新青年》的重要同人作者，並曾任新潮社主任編輯。五四運動之後，參與發起成立「文學研究會」；並與魯迅等創辦《語絲》周刊。

ISBN 978-0-19-098866-1

9 780190 988661

知堂回想錄